KB162018

춘원 이광수(1892~1950)

▲메이지학원 중학부 졸업 무렵의 춘원(1910)

◀〈신한자유종〉 표지 1910년 일본 유학 중 편집한 잡지. 일본 경찰이 독립정신을 고취했다는 혐의로 압수한 뒤 찍은 '극비' 도장이 선명하다.

▼와세다대학 조선인학생 동창생들 가운뎃줄 왼쪽에서 두 번째가 춘원 이광수(1916)

▲〈신한청년〉 1919년 12월 상해 신한
청년당 기관지 창간호 주필 이광수

▶상해 망명시절 춘원(28세)

▼상해 임시사료편찬회 주임 이광수
(1919. 7. 17)
앞줄 가운데 이광수, 뒷줄 가운데
안창호(총재)

◀〈독립신문〉 창간호 1896년 4월 7일 서재필이 창간한 주간지. 이날을 기려 오늘날 4월 7일을 '신문의 날'로 기념하고 있다.

▼제1회 3·1절 경축식(1920. 3. 1) 독립신문사 사장 이광수가 '3·1절'이란 역사 용어를 처음으로 만들어 사용했다. 앞줄 왼쪽에서 4번째가 춘원 이광수

▲《흙》 연재 첫회 1932~33년 동아일보에 연재된 농촌운동 장편소설이다.

▶〈동아일보〉 편집국장 시절의 춘원(1923)

▼첫 아들 봉근을 안고 기뻐하는 춘원 부부(1929) 봉근은 7세 때 폐혈증으로 죽고 만다.

《흙》을 집필했을 때 삼천리사에서(1932) 왼쪽부터 춘원·이선희·모윤숙·최정희·김동환

1943년의 춘원 가족 왼쪽부터 허영숙 여사·막내딸 정화·맏딸 정란·아들 영근·춘원

허영숙 여사와 막내딸 정화 가족 허영숙 여사는 1975년 78세로 작고, 막내 정화는 분자생화학자, 정란은 영문학자, 아들 영근은 원자물리학 교수(은퇴)로 모두 미국에서 거주하고 있다.

북한에 있는 춘원 이광수의 묘 6·25전쟁 때 납북 도중 병사(1950. 10)한 것으로 알려지나 정확하지는 않다.

《무정》(1918)

1917년 〈매일신보〉에 연재되어 선풍적 인기를 누린 근대 한국문학사상 최초의 자유연애 소설이다.

《흙》(1934)

1932~33년 〈동아일보〉에 연재된 농촌계몽 장편소설. 소설이 창작된 시기는 이광수가 동아일보 편집국장으로 재직하면서 왕성한 활동을 벌이던 때이다. 1931년은 전세계적으로 공황이 불어닥치던 때이고 우리나라 농촌은 유례없이 참담한 상황이었는데, 《흙》은 이러한 상황 속에서 집필되었다.

《마의 태자》(1928)

1926~27년 〈동아일보〉에 연재했던 작품은 1928년에 펴낸 책으로, 단행본 출간 이후 꾸준한 인기를 끌어 1950년대에도 다시 출간되었다. 신라의 마지막 태자 마의태자의 일생보다는 신라 끝 무렵 역사적 상황이 주를 이룬다.

《춘원서간문범》(1939)

1939년 초판 이후 판과 쇄를 거듭하며 큰 인기를 끈 베스트셀러였다. 근대적인 문체와 형식의 서간문에 익숙하지 못한 많은 독자들이 이 책을 서간문의 길잡이로 삼았기 때문. 그 무렵 삼중당 서재수 사장은 탈고를 자꾸 미루는 이광수에게 원고를 받아내기 위해, 이광수가 실제 편지를 쓸 때 다른 종이를 대고 한꺼번에 두 장을 쓰는 아이디어까지 제공했다.

《유정》(1935)
1933년 〈조선일보〉에 연재된 장편 애정소설이다.

《도산 안창호》(1947)
초판은 도산기념사업회에서 1947년에 나왔다. 춘원 이광수가 광복 후 남양주 사릉에 칩거하면서 집필한 것으로 알려진다. 이광수는 상하이 망명 시절 임시정부 기관지 일을 하며 도산 안창호의 준비론에 깊이 공감하고 흥사단에도 참여하게 되었다.

▲남양주시 봉선사

1976년 5월 29일 봉선사 입구에 세워졌다. 제막식에는 아들 이영근을 비롯하여 이갑과 이갑의 사위 이응준 그리고 춘원의 평생동지 동우회 주요한이 참석했다.

◀춘원 이광수 기념비

제1회 육당 학술상 수상 전성곤
2016년 12월 12일, 동서문화사 창업 60주년 기념겸 제1회 육당 학술상·춘원 문학상 시상식 거행.

제1회 춘원 문학상 수상 박순녀

춘원이광수 민족정신 찾아서

고산고정일 지음

동서문화사

머리글

시간과 공간을 꿰뚫는 우리의 인생은 짧은 듯하기도 하고, 기나긴 듯하기도 하다. 짧다고 느끼는 것은, 몇십 세기에 걸친 사상과 몇천이나 되는 문학가들 이야기를 고작 몇 마디나 몇 페이지만으로는 다 말할 수 없기 때문이다. 길다고 느끼는 것은, 이렇게 한순간 지나가는 사이에 우리는 놀라움이라는 노을 속에서, 무지라는 안개 속에서, 또는 우리가 가깝게 지내는 태양이나 머나먼 저 끝이 없는 우주에 수없이 많은 별들처럼 우리 저편에 있는 천재들이 비추는 빛나는 그들의 업적 속에서 헤매면서 방향을 찾기 때문이기도 하다. 그러나, 구름과 노을과 햇볕과 수없이 많은 별들 속을 달려 온 인간의 여행에도, 시간과 공간 속에서 얻는 단 한 가닥의 위안과 추억이 있다—우리는 언제나 돌아갈 수가 있는 것이다. 우리가 겪어 온 여행 길보다 짧은 나그네길인 춘원이광수 도서관까지의 길목에서 우리는 《무정》《흙》《사랑》《유정》《무명》을 비롯 영원한 춘원문학의 숲에서, 언제까지나 함께 살 수 있다는 사실이다.

빼앗긴 시간 그들의 겨울, 얼어버린 이 땅 모든 생물들은 두려움에 떨면서 이상과 희망은 묻혀만 갔다. 눈 위로 핏빛 태양이 그들의 희미한 그림자를 끌고 있을 뿐이었다. 들판은 창백하고 차갑게 빛만이 깔렸다. 하늘은 고독하고 들까마귀는 늪 위에서 빙빙 돌고 음산한 나무 봉오리엔 침묵이 깃들며 회색빛 달이 떠오른다. 갈대는 누렇게 헐벗은 몸 오들오들 떤다. 차라리 눈과 진눈깨비와 서리를 내려

달라 하늘에 빈다. 봄은 언제 오려나 우리 조선의 봄은 언제 오려나, 그렇게 외치며 울부짖으면서 그들은 일제강점 40년(36년) 모진 추위 속에서 죽어갔다.

한국 근대사에 대하여, 근대사상에 대하여, 근대문학에 대하여, 아니 인간이라는 존재의 깊이 그 자체에 관심을 갖는 이라면 춘원이 광수의 존재를 눈여겨보고 그 의미를 진실로 살펴봄으로써 뜻깊은 깨달음을 얻어내리라. 일찍이 춘원은 우리 민족성의 특징으로 허위와 비사회적 이기심, 나태와 무신(無信), 나약함과 비겁함, 사회성 결핍 등을 들고, 이런 점들 때문에 조선 민족이 쇠퇴하고 있다고 외친다. 우리 민족이 살아나려면 홍익인간 정신을 잃어버린 민족성을 뜯어고칠 수밖에 없는데, 춘원의 외침은 그 도덕적인 개조를 뜻한다. 우리는 춘원의 근대문학사적 선구 위치는 인정하면서도 독립운동가로서의 그를 인정하는 데는 매우 인색하다. 일제강점 끝 무렵 그가 절개를 지키지 못했다는 것이다. 춘원에 대한 이러한 어리석은 비판에도 불구하고 그는 끊임없이 조국 독립을 위한 투쟁에 몸바치고 언제나 앞장서서 조선의 지성으로 민족을 이끌고 나아갔다.

우리 질곡의 그 시대 상황에서 진정 나라를 생각하는 마음이란 무엇을 의미하는가? 국가를 자신보다 앞세우는 애국정신, 짧고 광적인 감정의 폭발이 아닌, 구도적 인생을 통한 조용하고 끝없는 헌신으로서의 애국정신. 춘원의 글을 올바로 보면 그는 진실로 애국자이며 선각자로서 조국과 민족에의 헌신을 게을리하지 않았다. 춘원의 사상은 도산 안창호 사상을 이어받아 크게 자란다.

"자손은 조상을 원망하고, 후진은 선배를 원망하며, 우리 민족 불행의 책임을 자기는 말고 다른 이에 돌리려 하니, 도대체 당신 스스로는 왜 나서지 못하고 남만 책망하려 하는가? 우리나라가 독립 못하는 것이 다 나 때문이로구나 가슴을 두드리며 아프게 뉘우칠 생각은 왜 하지 못하는가? 어찌하여 그들에게 죽일 놈이라 하면서 가만히 앉아만 있는가? 나 자신이 죽일 놈이라고 왜들 깨닫지 못하는가? 그대는 진정 나라를 사랑하는가? 그러면 먼저 그대가 건전한 인격자가 되라. 백성의 질고(疾苦)를 어여삐 여기거든 그대가 먼저 의사가 되라. 이렇게까지는 못 되더라도 그대의 깊은 병부터 먼저 고쳐 나서서 나라와 민족을 사랑하는 사람이 되라."

상해 임시정부 기관지 〈독립신문〉 주필로서 절절히 펼치는 춘원의 나라사랑 마음, 그 사상의 포괄성에서 비롯되는 지성적 결기는 우리를 감동케 한다. 춘원의 젊은 시절 피끓는 삶은 조선독립운동을 위해 온몸을 조국에 바치는 것이었다. 그리하여 그는 대한민국 임시정부 활동에 모든 열정을 바친다.

춘원이광수는 임시정부 기관지 등사판 〈우리 소식〉에 이어, 1919년 8월 21일부터 〈독립〉이라는 이름으로 활판신문 발행을 이끌어 나아간다. 〈독립〉은 창간호부터 21호까지 이어졌으며, 1919년 10월 15일자 제22호부터 제호를 〈독립신문〉으로 바꾸고 1924년 1월부터 자신이 〈독립신문〉 발행인 주필을 맡는다. 편집은 주요한이 맡았다. 이때 주요 사설 논평은 모두 춘원이 썼다. 그의 애국애족의 절절한 글에 민족사상 독립사상이 일관되게 뚜렷이 드러난다.

그 피끓는 오로지 독립, 독립, 독립, 동포애, 그 울부짖는 슬픔, 그 분노와 열정, 그 지성과 이상, 오로지 조선 민족의 독립을 위해 외치는 한 인간의 민족화합 호소와 조국 사랑의 절규, 냉엄한 꾸짖음은 오늘날 우리들 가슴에 메아리쳐 울린다.

춘원이광수, 그 천재성에서 넘쳐나오는 힘찬 필치가 암울했던 조선 민중에게 큰 감동과 감화를 주었으리라. 그럼에도 그때와 달리 마음대로 살 수 있는 이 좋은 세상 한쪽에서 춘원이광수에 대한 애국절개 훼절 운운하는 데는 참으로 비감하기까지 하다.

여기에 글들을 보라! 조선 민족의 영욕을 함께 짊어진 춘원이광수라는 한 인간, 그 시대정신을 보라! 그의 탁월한 식견 진보적 사고의 필치를 보라! 우리 조선민족 일제강점 질곡의 시대를 헤쳐온 선구자들이 한결같이 갈구했던 그 소망의 절절한 웅변이 아니던가. 이 책에서 춘원이광수의 뜨거운 민족정신 그 진실을 찾으려 한다. 춘원이광수 그는 피끓는 내재적 애국혼으로 행동하고 동포에게 뜨거운 감화를 주었음을 한민족 역사에서 그 누구도 부정할 수 없으리라.

2017년 또다시 봄이 오고 있다. 고산고정일 글에 이어 춘원이광수의 사상을 바르게 이해할 수 있는 그의 세 가지, 독립신문 주필로서 쓴 글, 조국해방을 맞는 마음 글, 그리고 돌베개 글을 싣는다.

마침 뉴욕에서 온 친구의 편지를 읽는다.

"하늘을 두려워하고 역사를 두려워하며 사람을 두려워하는 양심의 바람이 거짓과 위선과 어둠을 몰아내고, 진실의 문을 활짝 여는 희망의 새해가 되게 하시며, 정의의 이름으로 나라의 상처를 치유하고 대동강의 얼음이 녹아 봄이 되는 축복을 이 땅에 내려주소서."

나는 인간의 종말을 믿지 않는다. 인간은 영원할 뿐 아니라 승리의 연속이라고 나는 믿는다. 인간은 불후의 존재이다. 왜냐하면 인간은 동정 희생 인내할 줄 아는 영혼이요, 정신이기 때문이다. 문학가의 운명은 죽음에 이르기까지 이런 것에 대해 쓰는 일이 아닐까.

춘원이광수는 죽지 않으리라. 모든 피조물 가운데 그만이 무한한 목소리를 갖고 있어서가 아니라 그가 한민족 순수한 영혼을 가지고 있기 때문이며 동정, 희생, 인내, 사랑할 수 있는 단군 홍익인간 정신을 지녔기 때문이다.

춘원'무정' 탄생 100년을 맞으며 고산고정일

춘원이광수 민족정신 찾아서
차례

머리글

조선민족에게 고함–춘원이광수/고산고정일 풀어씀

춘원이광수 민족정신 찾아서
고산고정일 지음

　하나님이시어 불쌍한 이의 발원을 들어주신다는 하나님이시어 잃어버린 나라 그 안에 우짖는 가엾은 동포를 건져 주소서. 늦도록 바쁜 일에 피곤한 몸을 겨울 새벽 닭의 소리에 일으켜 인적 없는 길로 당신의 집을 찾아갑니다. 망명의 이역(異域), 길치인 오막살이 검은 불빛에 말없이 모여앉은 남녀의 얼굴을 봅시오. 사향(思鄕)과 우국의 눈물에 붉은 눈들을 봅시오. 폭 수그린 고개 멀리, 땅밑에서 오는 듯한 떨리는 기도의 소리 검은 바람같이 왼 방안으로 휙도는 구슬픈 느낌. "지아비를 잃은 아내, 아들딸을 잃은 어머니 주여 그네의 피눈물을 씻어 주시고 소원을 이루어 주소서"―아아 이 진정의 발원 무덤에 한 발을 놓은 팔순이 넘은 할머니 철도 나지 아니한 어린 아이, 규중(閨中)에 깊이 자란 처녀들까지 "하나님이시여" 부르는 그네의 부르는 소리를 들읍시오. 가장 낮은 땅의 한 모퉁이에서 부르짖는 이 불쌍한 무리의 기도가 번제(燔祭)의 내와 같이 구름을 지나 별을 지나 당신의 보좌(寶座)로 오르게 합시오.　　춘원이광수

춘원이광수 민족정신 찾아서

실존과 인간

조국은 바람에 시달리는 풀잎. 춘원에게 풀잎은 사랑이었다. 바람이 세찰 때마다 땅에 잠시 쓰러졌다 다시 일어서는 풀잎. 춘원은 그 풀잎에 싹을 틔워 나가려 애썼다. 춘원은 기쁨과 슬픔, 빛과 그림자, 삶과 죽음을 모두 끌어안으며 혼돈 속에 시들어 가는 조선 풀잎에 한방울 이슬이 맺혀 다시 꽃피기를 얼마나 간절히 바랐던가.

역사는 진실로 흐르기 마련이다. 곡학아세적 평가와 직업적 천박한 이용이 진실을 왜곡시켜 역사적 한 인간을 파괴한다면 그 행위는 민족사에 씻을 수 없는 죄악을 저지르는 일이 아닌가.

그들에게 묻는다. 일제강점 40년(36년), 그 질곡의 시대에 당신네 조상들은 이 나라의 진운(進運)을 위해 무얼 했는가? 직업으로서 제자리 헐뜯기라면 얼마나 가련하기조차 한가. 그처럼 황량하기만 했던 빼앗긴 들에 이제 푸르른 싹이 돋아 꽃이 피어나 세계로 뻗어 나아가니, 참담한 인고의 세월을 걸어야만 했던 선각들의 진실이 어찌 죽어 살아나지 않으랴. 나치의 프랑스 강점은 4년이었다. 부역자들 마르틴 하이데거, 리하르트 슈트라우스, 모리스 드 블라맹크, 에즈라 파운드 등 수많은 철학, 음악, 미술, 문학 예술가들은 어찌되었는가. 오늘 세기에 이르러 그들은 더더욱 눈부신 별이 되어 인류의 길에 빛을 발한다.

오늘 우리 근대 문학예술의 선구자 춘원이광수는 무엇이란 말인

가. 그는 우리의 치부를 숨김 없이 보여주는 또 다른 자아이고, 그 자체로서 우리의 조국, 우리의 얼굴, 우리의 삶이었다. 그러나 '이광수' 논의에서 보여주는 이 황망함은 무슨 까닭에서인가. 그에 대한 언급, 그에 대한 토론에서 보여주는 그 인색함과 조급함, 또한 너무나 쉽게 잃어버리게 되는 평정심은 누구를 위함이란 말인가.

이 모든 비극의 원천은 무엇인가. 결론부터 말한다면 춘원이광수에 대한 자격 없는 우리의 요구 때문이다. 한민족에게 그는 진정 누구란 말인가. 한편에는 한국문학이 낳은 세상에 드문 천재이며 빛나는 감성적 언어와 더없이 깊은 철학적 통찰을 지닌 지성의 본보기 '춘원이광수'가 있다. 또 다른 한편에는 이러한 '춘원이광수'와 맞아떨어지지 않는 실존의 인간 춘원이광수가 있다. 마음이 여리고 좀처럼 거절할 줄 모르며, 벽촌의 독자가 보내온 편지에 호롱불 밑에서 정성스레 답장을 해주던 정 많은 작가 말이다.

그 시대 지성이라면 누구나 한 번씩은 버선발을 적실 수밖에 없었던 '친일'이라는 흙탕물이 유독 춘원이광수에게만 선명한 얼룩으로 남는 까닭은 무엇인가. 그가 보여준 빛이 너무도 밝고 넓어서 한때의 그림자일지언정 깊고 길게 드리운 탓이 아니던가.

춘원이광수를 바라보는 흐름은 크게 셋으로 나눌 수 있다. 첫째는 비판적 시선, 둘째는 우호적 받아들임, 셋째는 평가를 유보함. 이들 저마다의 관점에서 그에 대한 사상론, 작가론, 문학론, 작품론 등 연구서가 300편 넘게 나왔다. 참으로 방대한 비평이다. 춘원을 연구한 나라 안팎 학자는 김동인, 백철, 김윤식, 윤홍로, 김원모, 정창범, 박계주, 주요한, 구인환, 한승옥, 이희춘, 류철균, 유병천, 마이클 로빈슨, 춘원의 손녀 앤 리 등을 들 수 있다. 더욱이 요즘 북한에서도 지난날 친일 반동 작가로 규정했던 춘원이광수를 다시 연구하고 있다. 1986년판 《조선문학개관》에서 그를 '조선 대표 근대 작가'로 소개하는가 하면, 1988년 출간한 리동수의 《우리나라 비판적 사실주의문학 연구》에서는 춘원이광수만을 따로 떼어내 본격적으로 다룬다.

고정 관점 테두리 안에서 인간 춘원이광수의 풍모는 언제나 왜곡된 단편적 모습만을 보이도록 운명 지어져 왔다. 오늘날 우리가 곧잘 이야기하는 '춘원이광수'는 이런 틀이 만들어 낸 거짓된 모습이다. 그러므로 인간 춘원이광수에게 올바로 다가가기 위해서는 먼저 정치적 색채로 얼룩진 시선으로부터 벗어나야 한다. 인간 춘원이광수를 그 자체로서 투명하게 보아야 한다. 그렇지 않으면 춘원이광수의 실존은 언제나 잘못된 생각과 편견에 갇힐 수밖에 없다. 색안경을 벗고 춘원이광수를 민족 본심으로 알아보도록 한다.

세상 속으로

춘원이광수는 1892년 2월 28일(음력 2월 1일) 평안북도 정주군 갈산면 익성 마을에서 태어났다. 그때 그의 아버지 이종원(李鍾元)은 마흔두 살, 어머니 충주 김씨는 스물세 살이었다. 두 사람 사이에 나이 차이가 많았던 이유는 이종원이 두 번이나 상처하고 세 번째 결혼한 상대가 바로 충주 김씨였기 때문이다. 이광수는 어느 초여름 아버지가 한 늙은 스님으로부터 거울을 받는 꿈을 꾸고 잉태한 아이라 하여 어릴 때 보경(寶鏡)이라 불렸다. 본디 행세깨나 하는 집안이었으나, 할아버지와 아버지의 대를 이은 방탕과 무능으로 집안은 몹시 기울어져 있었다. 이종원은 과거시험에 실패하고 술이나 마시며 세월을 보낸 인물이었다. 김동인은 그의 《춘원연구》에서 이렇게 말한다.

집안은 시골서는 내로라고 뽐내는 집안이요, 춘원이 태어날 때에는 넉넉했으나, 그가 세상에 나온 지 4·5년 뒤 집안이 차차 기울어

큰 집에서 작은 집으로, 작은 집에서 오막살이로 걷잡을 새 없이 어려워졌기 때문에, 지주에서 자작농으로, 자작농에서 소작농으로 내려갔다오. 이리하여 여덟인가 아홉 살 때에는 벌써 어린 몸으로 산에 올라 나무를 하며 소 끌고 밭 가는 힘든 일을 하지 않을 수 없었지.

춘원이광수 반자전적 작품인《그의 자서전》(1936~1937)에 나오는 아래 풍경은 이종원 집안의 곤궁한 가난을 잘 보여준다.

한 해가 끝날 무렵이 되면 머리에 남바위 눌러쓰고 수건 동여매고 두루마기 허리를 새끼로 질끈 동인 빚받이들이 여럿 찾아왔다. 남들은 떡을 하네, 부침개질을 하네 분주한 그믐날, 어머니는 불도 잘 때지 못한 추운 방에서 손을 호호 불며 우리 오누이 설빔을 꿰매고 있노라면 밖에서 누군가 발에 묻은 눈을 터는지 툭툭 바닥을 구르며 소리쳤다.
"초시님 계시우?"
빚받이였다. 어머니는 잔뜩 가라앉은 목소리로 말했다.
"안 계세요."
밖에 선 빚받이는 어머니의 대답을 듣고도 냉큼 가지 아니하고 잔뜩 화가 난 목소리로 다시 소리쳤다.
"아니, 섣달그믐날도 안 주면 언제 주겠단 말이요? 갚을 힘도 없으면서 남의 것을 먹기는 왜 먹어."
빚받이는 혼자서 구시렁거리다가 마지못해 돌아섰다. 그런데 그 빚받이가 가고 나면 또 다른 빚받이가 와서 물었다.
"초시님 계시우?"
"안 계세요."

어머니는 그 대답을 밤이 깊도록 거듭해야만 했다.

이종원은 이처럼 가족을 가난 속에 내버려 둔 무능한 가장이었다. 하지만 그는 매우 선량한 품성을 타고났으며 어린 아들 광수를 무척이나 귀여워했다. 수필 〈25년을 회고하며 애매에게〉(1917) 다음 구절에서 그 마음을 엿볼 수 있다.

내가 생후 2개월 만에 풍으로 쓰러졌을 때 아버지께서는 밤새 눈물을 흘리셨고 너무나 슬픈 나머지 마침내 자살까지 하려 하셨다는 말을 들었다. 그 뒤에도 나는 대여섯 살이 넘도록 몸이 매우 약해 늘 병으로 앓고는 했었다.

그렇다면 이광수의 어머니 충주 김씨는 어떤 사람이었을까? 이광수의 《그의 자서전》에 다음과 같은 글이 있다.

그래도 채마는 조금 있어서 어머니가 오이, 호박, 고추, 가지, 옥수수, 파, 마늘 등 여러 종류의 야채를 심었다. 어머니는 언젠가 채마밭에 삼을 심은 일도 있었는데, 거기서 나온 베 한 필로 내 적삼을 만들어 주신 일도 있었다.

이광수는 삼 남매의 맏이로 하나밖에 없는 아들이었고, 재주도 남달라 어릴 때부터 총명했다. 그는 네다섯 살에 벌써 한글을 익혔으며 천자문을 떼었다. 그의 외할머니는 이야기책을 좋아하여 어린 이광수에게 자주 책을 읽어달라 했고, 그는 《덜걱전》, 《소대성전》, 《장풍운전》 등을 읽어드리고는 했다. 이런 경험들이 이광수에게는 문학에 눈뜨는 계기가 되었으리라. 어려운 생활 형편 속에서도 춘원은 글방에 다니며 한문을 배웠고 매우 영특하고 슬기로워 신동이라는 칭찬을 듣는다.《그의 자서전》에 춘원은 이렇게 썼다.

나는 절 아래 마을에서 꼭 몇 해를 살았는지도 모르거니와 그곳에서 글방에 다니기 시작했다. 천자문의 절반은 네 살 적에 깨쳤으니 남들이 말하거니와 내가 외조모한테 이야기책을 읽어드리고는 상금으로 밤과 배를 받은 것을 기억하고, 또 외조모가 돌아가셨을 때 어머니가 끌러 놓은 댕기를 허리에 두르고 장난치던 것을 생각하면 여섯 살쯤인 것 같으니 언문을 깨친 것은 꽤 일렀던 듯하다.

몰락해 가는 집안에서 일도 돕고 한문도 배우던 어린 시절은 그래도 이광수의 일생에서 꽤 행복한 때였다. 그러나 날이 갈수록 어려워져만 가는 집안에서 어린 이광수는 글공부 대신 산으로 나무를 하러 가거나 아버지가 얻어 온 일거리를 돕는 일이 잦아졌다. 물론 어린 이광수가 아무리 힘껏 도운다 하더라도 그리 큰 보탬이 되지는 않았다. 거기에 안타깝게도 춘원이광수의 일생을 괴로운 방황 속으로 몰아넣는 사건이 일어난다.

그가 열한 살 되던 해 8월이었다. 어느 날 아버지가 설사를 하며 몹시 고통스러워했다. 그즈음 크게 번진 콜레라에 걸린 때문이었다. 이튿날 아침 아버지는 벌써 눈을 잘 돌리지 못하고 혀가 굳어 말도 제대로 하지 못했다. 이광수가 의원을 부르러 달려갔다가 터덜터덜 홀로 돌아왔을 때 이미 아버지는 싸늘하게 죽어 있었다. 엎친 데 덮친 격으로 아흐레 뒤 이광수는 어머니마저 잃고 만다. 이광수는 열한 살 어린 나이에 두 동생을 책임지는 가장이 되고 만다. 그러나 어린 이광수가 무엇을 할 수 있단 말인가. 어쩔 수 없이 동생들을 친척집으로 보내야만 했다. 그는 큰누이 애경을 할아버지께 맡기고 막내 여동생은 남의 집으로 보낸다. 그런데 그 막내 여동생마저 1년 만에 세상을 떠나고 만다. 춘원은 여기저기 친척집을 옮겨 다니지만 돌림병으로 부모 잃은 아이를 어느 누구도 반갑게 맞아주지 않았다. 한번은 형뻘 되는 사람 집으로 가기도 했는데 형수의 온갖 학대를 견디다 못해 끝내 뛰쳐나와 버린다.

> 이 불쌍한 소년을 가엾이 여겨 동네 사람이 돈 3원을 주었다. 그 3원을 가지고 소년은 담배장사를 했다. 궐련을 평양에서 한 통을 사다가 한 갑씩 따로 팔면 거의 1원의 이익이 붙었다. 정주 읍내에서 사오면 이익이 적다 해서, 이 소년은 멀고 먼 길을 평양까지 가서 사다가 팔고는 했다.
> 김동인 《춘원연구》

이처럼 이광수는 어려서부터 인생의 쓴맛을 알았고 모순된 환경에서 자라났다. 가진 것 없이 술이나 마시며 풍류를 즐기던 할아버지, 겨우 자기 몸 하나 간수하는 것밖에 할 수 없었던 아버지, 배움 없이 그저 모성애로 살아가는 어머니. 이런 가족을 보며 감수성 넘치는 어린 이광수는 어떻게 느꼈을까? 가난으로 찌든 가정에서 별 볼일 없이 자란 그의 '한껏 기죽은 자아'와 꿈에 한 스님으로부터 거울을 받았다고 보경이라는 이름까지 얻은 신동 이광수의 '부푼 자아'는 서로 어긋난 가치 체계 속에서 열등감과 우월감, 겸손과 오만, 무저항적 순응과 반사회적 공격성 등 두 가지 측면이 서로 부딪치며 어른이 되어간다. 이는 곧 그가 살아가면서 받은 수많은 오해와 이해, 멸시와 시기 억측 그리고 존경의 뿌리이리라.

어린 이광수가 여느 집에 비해 오래 머무른 곳은 외갓집과 아버지의 육촌 형제인 재당숙집이었다. 모두 그를 가엾게 여겼다. 재당숙집의 시집 안 간 큰누이는 이광수를 무척 귀여워해서 《사씨남정기》와

《장화홍련》,《구운몽》 등 이야기책을 읽게 하면서 옛날 노래도 가르쳐 주었다. 뒷날, 이광수는 스스로를 돌아보며 그것은 "문학생활의 씨앗이었다" 말한 바 있다.

그러던 다음 해 이광수는 동학(東學)의 대접주(大接主) 승이달이란 사람 눈에 띄었다. 어린 광수의 영특함을 알아본 그는 자기 집으로 데려가서 옷도 갈아입히고 세상에 눈뜨는 이야기를 들려주었다. 그러고는 박찬명이라는 이에게로 데리고 갔다. 이광수는 거기에서 동학 수행을 시작하게 된다.

내가 동학에 입도한 것은 열두 살 적 겨울이거니와 나를 동학에 끌어넣은 이가 승이달이라는 유식한 선비 두목이었기 때문에 동학의 교리를 잘 들었고, 또 박찬명 두목의 서기(書記)로 있어서 동경과 서울에서 도인들에게 오는 모든 문서를 베껴서 각지로 돌리는 일과 입으로 전하는 일을 했기 때문에 동학의 이론적 내용과 도인의 실천하는 일상생활을 볼 기회도 많았다. 세상을 위하는 일만이 사람의 직분이라는 생각이 좋았다. 이광수《나의 고백》

부모를 잃고 그 어디에도 기댈 데 없는 이광수가 자신에게 일자리까지 마련해 준 승이달에게서 크게 감화를 받았음은 마땅한 일이다. 이광수는 무엇보다 다른 사람을 위해 자기 자신을 기꺼이 희생하는 이들의 삶에서 커다란 감명을 받았다. 또한 그들에게서 자신을 낮추고 남을 존중하는 태도와 친절, 평등, 민족주의 정신을 배운다.

이렇듯 그는 사회로 첫걸음을 내디뎠으며 그의 생애에 걸친 종교 편력을 시작한다. 깨우침 빠르고 정의감 넘치는 이광수는 박찬명의 손발이나 다름없었다. 그의 가족들도 친절히 대해 주었다. 그보다 다섯 살 위인 박찬명의 딸 예옥은 이광수에게 깊은 인상을 남겼다.

그러나 춘원은 곧 이러한 생활을 떠나야만 했다. 일제(日帝) 저항세력으로서 동학은 정부의 탄압을 받기 시작하며, 그 검은 손길은 정주 산골에까지 찾아들었다. 할아버지와 정들었던 예옥, 소년시절의 쓰라림과 그리움의 추억을 남긴 정주땅을 이광수는 이렇게 떠났다.

이광수는 얼마 동안 평양으로 몸을 피했다가 정주로 돌아온다. 그러나 정주에서도 오래 머무르지 못하고 서울로 올라간다. 그가 찾아간 곳은 동학의 한 갈래인 일진회(一進會)가 운영하고 있던 소공동의 조그만 일본어학교였다. 이광수는 그곳에서 고작 열네 살 어린 나이로, 이삼십 대의 학생들에게 일본어를 가르치게 된다. 이때의 생활에서 그는 교사로서 자의식에 눈을 뜬다. 그즈음 마침 천도교(天道敎)에서 일본 유학생을 모집하고 있었다. 이광수는 가장 뛰어난 성적으로 합격해 일본으로 건너간다. 1905년 여름이었다.

도쿄유학 새로운 문명의 만남

도쿄에 도착한 이광수는 벽돌로 지은 서양 건축물이 즐비하게 늘어선 광경을 처음 보았다. 신세계였다. 서울 남대문역 주위는 온통 초가집뿐이던 무렵이었다. 두 도시의 '문명' 격차를 눈앞에서 보게 된 열네 살 소년 이광수는 무척 놀랐으리라.

12년 뒤 이광수는 《무정》에서 주인공이 소년시절을 떠올리는 장면을 빌려 그 신세계의 놀라움을 다음과 같이 그렸다.

대동강 위에서 '뺑' 하고 달아나는 '화륜선'을 보고 놀라던 소년은 그 노인을 알았다. 그러나 그러하던 소년은 이미 죽었다. '뺑' 하는 '화륜선'을 볼 때에 이미 죽었다. 그리고 그 소년의 껍데기에 전혀 다른 '이형식'이라는 사람이 들어앉았다.

영어교사 이형식은 탕건을 머리에 쓰고 평상에 하루 내내 멍하니 앉아 있는 한 노인을 보고 그것이 과거 조선의 한 모습이라고 생각한다. 자신 또한 어린 시절엔 저 노인과 같은 세계에 살았지만, '문명'을 만나 새로이 태어난 것이라고 여긴다. 화륜선은 '문명'을 뜻한다. 평양에서 기선을 처음 본 소년은 도쿄에서 더욱 놀라운 '거대한 문명'과 마주친다. 대동강에 떠 있는 기선에서 느꼈던 경이로움은 도쿄에 도착했을 때 느낀 놀라움의 원점이었다. 소년 이광수는 별천지에 온 것 같았으리라. 새로운 세계를 알게 된 뒤 자신이 완전히 변해 버렸다는 감각은 '그의 껍데기에 전혀 다른 사람이 들어앉았다'는 표현에 잘 드러난다.

이광수는 도카이의숙(東海義塾)이라는 어학학교에 다님으로 유학 생활을 시작한다. 그 무렵 조선에서 간행되던 〈황성신문(皇城新聞)〉에 실린 도카이의숙의 학생 모집광고를 보면, "대한제국 학생들을 모집하는 광영(光榮)을 가진다"는 문구가 먼저 눈에 들어온다. 이어서 도카이의숙은 빠르게 늘어나는 조선인 유학생을 받기 위해 1905년 4월 문을 열었으며, 일본어에 정통한 조선인 교사를 갖추고 전문학교 입학자를 배출하는 학교라고 씌어 있다. 이곳은 유학 붐을 타고 생겨난 조선인 중심 어학학교의 맨 처음이었다. 2학기는 9월 11일부터라고 되어 있으니, 8월에 도쿄에 간 이광수는 2학기부터 공부를 시작했으리라.

1905년 11월 제2차 한일협약, 이른바 을사늑약이 맺어져 조선은 일본의 보호국으로 전락하고 만다. 대한제국의 외교권은 일본 외무성이 관리하고, 조선 한성에는 통감부(統監府)가 들어섰다. 이토 히로부미(伊藤博文)가 초대 통감으로 부임했고, 정부의 부서마다 일본인 차관(次官)을 두어 일본은 실질적 권력을 행사하기 시작한다.

그동안 일본은 대한제국의 독립을 지켜줄 것을 약속했다. 이 말을 굳게 믿었던 이광수를 비롯한 유학생들은 고우지마치(麹町)의 조선 공사관에 모여 "일본이 우리를 속였다" 눈물을 흘리며 앞으로의 방침을 울분과 열정으로 토론했으나, 결론을 내리지 못한 채 그대로 일본에 머물며 공부할 수밖에 없었다.

일본에 외교권을 빼앗긴 대한제국에는 '외부(外部)'가 없어져 조선 공사관이 철폐되었고, 그 자리에 '학부(學部)' 소속의 유학생감독부가 들어섰다.

이듬해 1906년 4월 이광수는 다이세이중학(大成中學)에 입학한다. 다이세이중학은 그 무렵 천도교 유학생을 많이 받아들였다. 이광수와 그의 동료들은 혼고(本鄉) 모토마치(元町)에 있는 하숙집에서 생활을 했다.

얼마 지나지 않아 홍명희가 이 하숙집에 들어왔다. 충청도 출신인 홍명희는 이광수보다 네 살 위로, 뒤에 대장편역사소설 《임꺽정》을 썼고, 해방 뒤에는 북한에서 부수상을 지낸다.

춘원의 회상에 따르면 그들이 처음 만난 곳은 어느 대중목욕탕이었다. 조선 본토에서였다면 증조할아버지가 이조판서를, 할아버지가 참판을 지낸 명문 양반 집안 맏아들이 평안도 벽촌의 고아와 친구가 되는 일은 상상조차 할 수 없었다. 따라서 다른 나라의 목욕탕에서 그들이 알몸으로 만난 것은 이 시대의 한 면모를 상징하는 사건이라 할 수 있다. 이듬해 봄 홍명희는 다이세이중학 3학년에 편입한다. 이때 이광수는 뒤에 이야기할 학비 문제로 학교를 떠난 상태였다. 그러나 이광수가 같은 해 가을 메이지학원(明治學院)에 편입학하면서 학교는 다르지만 그들은 문학이라는 공통의 관심사로 맺어져 깊이 사귀게 된다.

그 1학기가 끝난 뒤, 동학 교단의 분열로 유학생들에게 학비가 지급되지 않아 이광수는 어려움에 빠진다. 거의 가난한 집 자제였던 천도교 유학생들은 집에서 학비를 받을 수 없었기 때문에 한 번 돌아가면 다시 유학할 가능성은 없었다. 그렇다고 일과 공부를 같이 해 나가기도 어려웠다. 끝내 50여 명 정도였던 유학생 중 절반이 체념하고 귀국, 집으로 돌아갔다. 이광수도 그들 가운데 하나였다.

한편 물질적으로나 정신적으로 막다른 골목에 몰린 나머지 유학생들은 모두 새끼손가락 한 마디를 그어 혈서를 썼다. 이로써 교인들의 갹출금을 보내오지 않는 손병희와 이용구에게 항의하고, 일본에서 학업을 멈추지 않으리라는 결의를 밝혔다. 이 사건은 본국에 알려져 신문, 사회단체, 학교 등이 유학생 구원에 나섰고, 마침내 대한제국 황실이 천도교 유학생 모두에게 3년 동안 학비를 지급하기로 결정한다. 이에 따라 이광수도 관비유학생 자격을 얻게 된다.

1907년 1월 이광수는 다시 일본으로 건너가 시험공부를 하여 그해 가을 메이지학원 보통학부에 편입학한다. 그때 중학교는 5년제였다. 따라서 1학년으로 복학하면 졸업 전에 관비(官費) 지급이 끊기고 만다. 이광수는 우수한 성적으로 2학년 과정을 건너뛰어 3학년 2학기에 입학한다. 다이세이중학은 한 학기밖에 다니지 않았으니 그의 뛰어남을 알 수 있다. 그 무렵 중학교는 이런저런 문제로 학교를 다 마치지 못하는 학생이 많았다. 사립중학은 편입시험으로 모자란 인원을 보충했다. 지방에서 올라온 학생들은 시험을 준비해 자신의 능력에 맞는 중학교에 편입학을 했다.

입학한 뒤 이광수는 이곳을 떠나 시로가네(白金)에 있는 메이지학원 기숙사에 들어간다. 한 달 기숙사비는 1원 50전. 여기에 식비 5원과 학비 2원 50전을 더하면 한 달 최저 경비는 9원이었다. 다달이 20원을 학비로 받았던 이광수는 책을 사거나 이따금 좋아하는 튀김과 메밀국수를 사먹는 등 여유로운 학창생활을 보낼 수 있었다.

세계고전문학사상 책들을 읽게 된 뒤 홀로 지내기 위해 하숙집으로 옮겼지만, 졸업 무렵에는 유학생들과 함께 집 한 채를 빌려 공동생활을 한다.

문학에 눈뜨다

관비유학생 신분으로 메이지학원에 다닌 2년 반 동안 이광수는 예전에 비해 한결 안정된 생활을 누렸다. 그런데 그의 마음속은 깊게 흔들리고 있었다. 세계고전 톨스토이, 도스토옙스키, 고골, 체호프, 셰익스피어, 세르반테스, 빅토르 위고 등 노신, 나쓰메 소세키 탐독으로 문학에 눈을 뜨기 시작한 것이다.

어느 날 유학생감독부에 학비를 받으러 갔던 이광수는 서점에서 《불기둥(火の柱)》을 사서 집으로 돌아와 그날로 책 한 권을 모두 읽어버린다. 《불기둥》은 기독교 사회주의자이자 전쟁반대론자인 주인공, 그를 흠모하는 아름다운 여인, 둘을 떼어놓으려는 의붓어머니, 주인공의 연인을 짝사랑하는 마음씨 나쁜 군인 등이 나오는 기노시타 나오에(木下尙江)의 대중적 반전소설(反戰小說)이다. 그 뒤로도 기노시타의 작품을 열심히 읽은 이광수는 신경과민으로 깊은 밤에 홀로 돌아다니거나 발작적으로 흥분하여 느닷없이 울곤 해 주위를 놀라게 하기도 했다. 이러한 체험으로 이광수는 서서히 문학소년이 되어갔다. 주위에서 문학에 관심을 가진 사람이라고는 다이세이중학의 홍명희뿐이었던 터라 둘은 자연스레 가까워졌다. 집안이 넉넉하고 용돈에 얽매이지 않았던 홍명희는 좋아하는 문학 철학 역사 책들을 사 모아 이광수에게도 빌려주었다. 뒷날 이광수는 홍명희가 자신의 '문학 지도자'였다고 이야기한 바 있다.

이광수가 4학년이 되던 해 봄날, 문학을 좋아하고 조금은 괴짜인 야마사키 도시오(山崎俊夫)가 다이세이중학에서 전학을 왔다. 그 학교에서 홍명희와 가까웠던 야마사키는 메이지학원에서 자연스레 이광수와 사이좋게 지냈다.

　　나는 야마사키와 가장 친한 동무였다. 우리들은 학교가 끝나면 다른 아이들과 어울리지 않고 운동장 한편 모퉁이에 모여 앉아서 성경 이야기를 했다. 야마사키의 형이 톨스토이 책을 많이 가지고 있어서 야마사키는 톨스토이와 성경에 대한 이야기를 많이 했다. 그리고 H라는 우리 성경 선생의 강의가 예수의 참뜻이 아니란 말을 야마사키는 힘주어 말했는데, 나는 그때 그의 말에 깊게 동감했다. 야마사키는 H선생의 태도가 반(反)그리스도적이라고까지 극언했다.
《그의 자서전》

　　이처럼 문학을 배우면서 러시아 톨스토이문학에 크게 감화 받은 이광수는 1908년 여름방학에 고향으로 돌아왔다. 할아버지와 여동생은 이루 말할 수 없는 비참한 생활을 하고 있었다. 이광수는 여동생을 부여안고 한없이 울었다. 이때 그의 생애에 중요한 일이 일어난다. 아버지와 알고 지내던 가난한 선비의 딸과 결혼을 하게 된 것이다. 병석에 누워 딸을 부탁한다는 노인의 마음을 이광수는 차마 거절할 수 없었다. 거절을 잘 못하는 성격이 드러난 것이다. 백혜순(白惠順)이라는 춘원과 같은 또래였다. 평범한 시골 색시로 고운 마음씨를 지녔지만 그는 어쩐지 그녀에게 정이 가지 않았다. 결국 춘원은 사흘 만에 그녀 곁을 떠나 일본으로 건너간다.

　　나는 돈을 탐내서 이 혼인을 한 것도 아니었다. 왜 그런고 하면, 그 집은 부자가 아니었기 때문에. 또 나는 색을 탐해서 그 집과 혼인을 한 것도 아니었다. 왜 그런고 하면, 나는 그 여자를 한 번도 본 일도 없을 뿐더러, 그 집이 미인 딸을 둘 만한 가문이 아닌 것도 잘 알고 있었기 때문에. 또 문벌을 탐해서 한 것도 아니었다. 왜 그런고 하면, 그 집은 내 집보다 문벌이 좋지 못한 집이기 때문이었다. 그러면 나는 무슨 까닭으로 이 혼인을 하였나? 내게는 여러 가지 설명도 없지 아니하지만 결국은 인연이라고 믿을 수밖에 없다. 내가 재당숙집에서 실망과 원망을 품고 돌아오는 길에 성재라는 내 족대부가 나를 찾아서 재당숙집으로 허덕거리고 오는 것을 만났다. 그는 육십이 넘는 노인으로서 길다란 지팡이를 짚었다. 성재가 늙은 몸으로 여러 십 리길을 나를 찾아 나선 것이 다른 일이 아니라, 내 혼인에 관한 일이었다. 그는 내 아버지의 술친구이던 S라는 노인이 방금 병 속에서 오늘내일하고 시간을 다투는데 꼭 나를 사위로 삼아서 어린 자식을 맡기고야 눈을 감겠다는 것이다. 나는 성재를 따라서 그날 밤 음력 칠월 그믐의 캄캄한 길과 미끄러운 벌판 길을 걸어서 S노인의 집을 찾았다. S노인은 내 손목을 붙들고, "석아, 너의 아버지 친구야. 나는 너만 믿어. 내 딸이 변변치 못하지만 너만 믿어. 너만 믿고 눈을 감을 테야" 유언이듯 하는 말을 가까스로 알아듣게 하였다. 벌써 혀가 꼬부라져서 어음이 분명치 못하였다. 나는 무조건 하고 "네" 하여 버렸다. 이것을 내 감격성이라고 할까. 나는 이 임종의 병인의 말을 거스를 용기가 없었다. 만일 이 임종의 병인이 청하는 말이면 무엇이나 거스를 용기가 없었다.

그 뒤 이광수는 새 시대의 남녀관계를 성숙한 눈으로 보게 된다. 더욱이 뒷날 신여성 허영숙(許英肅)을 만나게 되자 그는 자신의 결혼이 섣부른 판단이었음을 확신한다. 마치 《무정(無情)》의 이형식이 선형과 영채 사이에서 갈등하는 처지와 같았다.

그 무렵 홍명희가 알려준 바이런의 열정시가 또다시 이광수의 정신을 뒤흔들었다. 이 일을 그는 다음과 같이 회상한다.

그러나 조물(造物)은 그에게 안온(安穩)하기를 허하지 아니하여 홍(洪)이라는 사람으로 하여금 바이런의 〈해적〉과 〈천마(天魔)의 원(怨)〉을 보이게 하여 안온하던 이 소년의 영(靈)을 산란하게 한 뒤에 《문계(文界)의 대마왕(大魔王)》이라는 바이런의 전기(傳記)를 빌리어 일찍 《불기둥》을 불 일던 속 그 모양으로 김경(金鏡)이 가슴에 불길을 일으키었다.　　　　　　　　　　　　　　　　　　　《김경》

그리고 이렇게 돌아보기도 한다.

K라는 친구에게 권함 받은 바이런의 시들―〈카인〉, 〈해적〉, 〈돈판〉 등이 어떻게 청교도적 생활이 천박함과 악마주의의 힘 있고 깊음을 내게 가르쳤는지, 나는 마치 부자유한 감옥이나 수도원에서 끝없이 넓고 밝은 자유의 신천지로 나온 것같이 생각하였다.　　　　　　　　　　　　　　　　　　　《그의 자서전》

이광수를 비롯한 한국 근대작가에 대한 책들을 쓴 일본의 하타노 세츠코(波田野節子) 교수에 따르면 바이런 시에서 받은 충격은 이광수를 끊임없이 속박하던 도덕관념에서 벗어나게 해주었다. 게다가 청교도적이고 옹색한 인생관을 무너뜨리고 자신의 모습과 욕망을 온전히 받아들이는 문학의 원점까지 획득하도록 해준다.
흔히 문학소년이라면 여러 작품을 읽고 감동해 이윽고 자신도 창작 충동을 받기 마련이다. 그러나 이광수는 조금 복잡했다. 일본어로 쓰인 작품을 읽고 감동한 나머지 거기서 무엇인가 표현하고자 하는 감동을 품었을 때, 일본어로 쓸 것인가 조선어로 쓸 것인가 하는 문제에 맞닥뜨려야 했기 때문이다. 머릿속에 일본어 문구와 표현이 떠돌더라도 조선어에는 그것에 속하는 어휘나 표현이 모자랐고, 언문일치체도 없었다. 그러므로 이광수는 스스로 연구하여 해결해 나아갈 수밖에 없었다.

일본에서 근대문학을 탄생시킨 메이지 초기 작가들이 서양 문학 작품을 읽고 자기 말로 옮기면서 일본어 확장에 언문일치체를 만들어 냈음은 잘 알려진 사실이다. 한국 근대문학의 선구자인 이광수의 문학적 글쓰기 또한 '번역'에서 시작된다.

1908년 중학 4학년이었던 이광수는 유학생 잡지 《태극학보(太極學報)》에 조선어 논설 두 편과 번역문 한 편을 실었다. 〈혈루(血淚)-희랍인 스파르타쿠스의 연설〉(1908. 11)은 번역이긴 했으나 이광수가 쓴 최초의 문학적 문장이었다. 이 글은 로마의 유명한 노예 검투사가 자유를 찾기 위해 동료들에게 반란을 호소하는 연설을 담고 있다. 이광수는 자신이 본 영화를 바탕으로 〈스파르타쿠스〉를 썼던 듯하다. 1년 반 뒤에 그는 최남선이 펴낸 잡지 《소년》에 영화를 소설화한 《어린 희생》(1910. 2~5)을 연재하는데, 거기서도 18세기에 전봇대가 나오는 등의 오류가 보이는 것으로 보아 어림짐작할 수 있다. 이렇다 할 자료가 없는 상태에서 영화 내용을 소설로 그려낸 까닭이었으리라. 번역(translation)이란 언어의 전환 또는 언어의 이동을 뜻하는데, 이동(transfer)이라는 의미로 보면 영화에서 소설로의 이동도 번역의 범주에 속한다. 이런 뜻에서 이광수의 문학창작은 번역에서 시작되었다고 볼 수 있다.

《어린 희생》은 문장이 매끄럽고 묘사도 훌륭해 "믿기 어려울 만큼 매우 뛰어난 작품"이라는 평가를 받았다. 하타노 세츠코 교수는 그 까닭을 작품이 쓰여지기 전에 먼저 입으로 말해졌기 때문이라고 본다. 이광수는 중학시절 일요일마다 학교에 친구들을 모아놓고 자기가 읽은 재미있는 이야기를 해주었다고 떠올린 바 있다. 그렇다면 자신이 본 영화도 이야기했으리라. 영화 내용을 친구들에게 이야기한 뒤 그것을 문장으로 다듬어 만드는 일은 자연스러운 구어체 문장을 완성하는 데 한몫했을 터이다.

이광수가 명문장가로서 명성을 얻은 배경에는 끊임없는 문장 갈고닦기가 있었다. 그 뒤에도 이광수는 번역으로써 조선어 표현력을 높이기 위한 노력을 멈추지 않았다.

조국의 멸망을 슬픔으로 바라보며

졸업을 앞둔 5학년 2학기 겨울, 이광수의 문학은 초기 창작기를 맞는다. 조선의 멸망을 슬픔으로 바라보던 시절이었다.

1909년 10월 안중근의 이토 히로부미 저격사건이 일어나자, 조선인에 대한 일본인의 감정은 매우 나빠졌다. 메이지학원에서는 조선인 유학생 넷이 교실에서 집단 구타당하는 사건이 일어나 이부카(井深) 학원장이 학생들에게 호되게 훈시한 일도 있었다. 이광수는 "우리는 그들을 원망하고 그들은 우리를 미워하고 멸시하였다"《나의 고백》, 이렇게 그때 험악한 분위기를 돌아본 바 있다. 긴박한 상황 속에서 피어난 이광수의 문학은 처음부터 민족의식을 벗어날 수 없는 것이었다.

그 무렵 이광수는 조선어 산문시 《옥중호걸(獄中豪傑)》(1910)을 썼다. 인간에게 붙잡혀 좁은 철창에 갇힌 호랑이가 그 주인공이다. 굵은 쇠사슬로 허리가 묶인 채 인간이 던져주는 죽은 고기를 받아먹으며 차츰 패기를 잃어가는 호랑이에게 이광수는 노예가 되느니 차라리 저항하다 죽으라고 외친다. 기백을 잃은 호랑이의 처참한 몰골은, 곧 무너질 위기에 처해 있던 대한제국을 나타낸다.

호랑이는 해방을 위해 발버둥치는 이광수의 자아이기도 하다. 이 무렵 이광수는 조선어 논설 〈정육론(情育論)〉으로써 도덕과 관습이라는 사회 속박에서 벗어나 본디 모습으로 돌아가라 외쳤다. 그는 소년끼리의 사랑을 쓰는 것도 망설이지 않았다. 1909년 12월 메이지학원의 교지 《시로가네학보(白金學報)》에 실린 일본어 단편 《사랑인가(愛か)》는 동성에게 실연당해 자살을 시도하는 소년이 주인공이다. 그 뒤 이광수는 남편에게 버림받고 자살하는 여성을 그린 조선어 단편 《무정(無情)》을 써서 1910년 3월과 4월 유학생 잡지 《대한흥학보(大韓興學報)》에 연재했다. 일본어 단편 《사랑인가》와 조선어 단편 《무정》, 두 작품이 이광수의 첫 소설이다. 소설, 시, 문학론, 논설 등 분야를 뛰어넘어 일본말과 조선말의 경계를 허물어뜨린 이광수의 초기 창작은 중학교를 졸업한 뒤로도 같은 해 8월까지 활발하게 이어진다.

김윤식 교수는 이광수의 첫 작품인 《사랑인가》를 통해 춘원의 '고아의식'을 살펴본다. 그리고 그 '고아의식'이 이광수의 굴곡진 삶에 결정적 역할을 했으리라 미루어 헤아린다.

문길은 열한 살 때 부모와 사별하고 홀몸으로 세상 속의 쓰라림을 맛보았다. 그는 친척이 없지는 않았으나, 그의 집이 부유할 때의 친척이지 일단 그가 영락의 몸이 된 후로는 누구 한 사람 그를 돌보아주는 자 없었다. 그의 몸에 붙어 있는 가난의 신은 그로 하여금 일찍 세상맛을 보게 하였다. 그가 열네 살 적에는 이미 어른다와져 홍안이어야 할 그의 얼굴에서 천진난만함의 모습은 퇴색해 버렸다.

그는 총명한 편이어서, 그의 아비는 그에게 《소학》 등을 가르치자 그 해득함의 빠름을 무상의 기쁨으로 알고 종종 가난함의 고통을 잊곤 하였다. 그가 부모와 사별한 뒤의 2, 3년간이란 동표서류, 실로 가련한 것이었다. 그러나 그중에서도 그는 벗보다는 책을 빌려 읽었을 뿐 정상적 학교 교육을 받을 수가 없었다. 그러나 그는 그의 나이 또래 소년에 지나지 않았다. 그는 가정의 영향과 빈고의 영향으로 유화한 소년이었다. 차라리 약한 소년이었다. 그럼에도 불구하고 그는 이상한 야심을 품고 있었다. 무슨 짓인가 하여 한번 세상을 놀라게 하고 싶고, 만세 후의 사람으로 하여금 그의 이름을 흠모케 하고 싶은 것이 항시 그의 가슴에 깊이 잠겨 떠나지 않았다. (……) 이러한 즈음 한 줄기 빛이 그에게 비쳤다. 그것은 어떤 고관의 도움으로 동경에 유학할 수 있게 된 것이다. 내가 죽으면 늙은 조부와 어린 누이는 얼마나 한탄하랴.

김윤식 《한국 근대문학의 이해》

김윤식 교수는 《사랑인가》에서 가장 먼저 지적되어야 할 점으로 주인공 문길이 열한 살 때 부모와 사별했다는 점을 꼽는다. 이로부터 이보경 곧 문길은 이리저리 길을 헤매게 되는 바, 이 헤맴의 기원을 염두에 두고 이광수를 바라보는 일이야말로 그의 마음의 흐름을 좇는 방법론이다. 고아의식은 작품 《사랑인가》의 기원에 해당되며, 이광수는 이 고아의식에서 민족주의로 나아가고 또한 종교로까지 의지해 갈 수 있었다.

여기서 고아란 무엇일까? 이는 아버지 없음에 대한 의식적 무의식적 표현이다. 따라서 고아의식이란 아버지가 존재하지 않음에 대한 이루 말로 할 수 없는 그리움을 삶의 기본 충동으로 삼는다. 아버지 없음, 이 부재를 회복하기 위한 치열한 생명 추구야말로 다른 어떤 행위의 선택보다 앞서는 힘이다. 아버지가 없음을 극복해 내고 말리라는 그 충동이 아버지의 대용물로써 겨우 균형 감각을 유지한다는 점은 마땅한 일이리라.

아버지는 주자학적 세계에서 보면 하늘의 개념이며 근대적 국민국가의 자리에서 보면 민족주의이다. 하늘, 아버지, 공공(父公) 개념이 모두 이 수준에서는 똑같은 가치를 지닌다. 이러한 하늘과 공공 개념에 대한 민감한 반응, 즉 자의식이 뒤따르는 후천적 감각의 날카로움이란 고아의식에서 비로소 뚜렷하고도 치열해질 수 있었다. 동학은 이광수에게 아버지였고 하늘이었으며 공공의 개념이었다.

김윤식 교수는 이광수의 고아의식 중요성은 아무리 강조되어도 모자람이 없다고 주장한다. 이는 춘원의 개인적 운명이자 동시에 한국민족의 운명 자체인 까닭이다. 국권 상실이 고아의식의 다른 표현인 만큼, 이광수 개인의 고아의식은 우리 민족의 또 다른 얼굴이었다. 고아 이광수의 목소리, 표정, 감각, 정서, 사상 하나하나가 그대로 민족의 그것과 겹치는 것이다.

우리 민족에게 일제강점기 이광수는 남이 아니라 곧 자기 자신이었다. 때문에 이광수가 민족의 배신자로 보였을 때 모두가 참을 수 없이 분개하고 아파했다. 민족 한 사람 한 사람이 이광수였던 까닭이다. 이광수를 비판하는 게 아니라 자신을 비판하고 슬퍼하며 아파했던 것이다.

김윤식 교수는 이 고아의식을 중심으로 춘원이광수의 생애와 사상을 복원하고자 한다. 곧 춘원 삶에서 문인으로서, 사상가로서, 종교가로서, 사회운동가로서 그가 펼친 활동은 오직 한 가지, '아비(아버지) 찾기'로 일관된다는 것이다. 현실적으로 고아였기에 그는 동학의 보살핌 속에서 동학사상에 깊이 빠져들었고, 이 사상이 그의 생애를 결정했다. 고아의식이 아버지를 찾기 위한 치열한 마음의 흐름이라 할 때 그 첫 번째가 동학이고 그것이 3·1운동으로 역사화되었다면, 두 번째는 상해 임시정부와 그에 직결된 도산 안창호 및 도산사상이다. 도산과 관련된 부분은 뒤에서 다시 살펴보겠다.

이광수가 일본으로 유학을 떠난 시기는 일본이 청일전쟁과 러일전쟁을 일으키고 승리함으로써 조선에 대한 패권을 완성해 가던 때였다. 1907년에는 헤이그 밀사 사건이 일어났다. 고종이 네덜란드의 헤이그에서 열린 만국평화회의에 이준·이상설·이위종을 밀사로 보내 보호조약이 무효임을 호소한 사건이다. 밀사는 회의 참가를 거부당했고, 일본은 이에 대한 책임을 물어 고종을 퇴위시켰다. 이어 대한제국 군대가 해산당해 군인의 일부가 일본군과 교전을 벌였으며 이는 마침내 온 나라의 의병운동으로 번져 나아갔다. 몸은 일본에 머물렀으나 이광수의 마음 또한 조국애로 뜨겁게 끓어올랐으리라.

국내에서는 각지의 의병이 일어나서 일병과 싸우고 있었다. 나도 뛰어나가서 의병이 될까 하는 생각도 났다. 뉘게서 들은 말은 아니나 무슨 비밀결사를 만들어야 할 것도 같아서, 나 또래 칠팔인이 '소년회'를 조직하고 회람잡지를 만들었다. 회원이 이십 명쯤 되었다. 모두 십칠팔 세의 소년들이었다. 잡지도 등사판에 박았다. 그 내용은 비분강개한 애국적인 시·소설·논문·감상문 등이었으나 셋째 호인가 넷째 호 적에 벌써 일본 관헌의 눈에 띄어서 우리는 경시청에 불려 야단을 만났다.   《나의 고백》

바이런과 오산학교

메이지학원을 졸업한 춘원은 1910년 3월, 남강(南崗) 이승훈(李昇薰) 초청으로 오산학교 교원에 취임한다. 오산학교 이광수 선생은, 한 불쌍한 고아가 5년 만에 일본유학을 마친 청년이 되어 고향으로 돌아온다는 뜻과도 다름없었으리라.

나는 이러한 중에서 중학교를 마치고 고향 K라는 학교의 교사로 연빙되어서 조선으로 돌아왔다. 중학교만을 마치고 조선으로 돌아온 것은 늙은 조부 때문이란 것도 한 이유가 되지만 그 밖에도 두 가지 이유가 더 있었다. 하나는 당시 기개 있다고 자처하는 청년들은 이때가 안한하게 공부하고 앉았을 때가 아니라, 고국에 돌아가시 민중을 각성시켜야 할 때라는 비분강개한 생각을 가졌었다. 그해가 바로 합방이 되던 경술년이었다면 상상될 것이 아니냐. 또 한 가지 동경서 고등학교에 들어가기를 그만두고 돌아온 이유는 공부는 더해서 무엇 하느냐, 나는 벌써 인생관과 우주관을 완전히 가진 것이 아니냐, 하는 건방진 생각이었다. 마치 산전수전 다 겪어서 인생을 다 알고 난 사람과 같은 초연한 듯, 인생에 피곤한 듯한 그러한 태도를 나는 가지고 있었다. 그래서 인제는 내가 무엇을 배울 때가 아니요, 남을 가르칠 때라고 자임하였다. 이러한 건방진 생각을 품고 열아홉 살 먹은 나는 고향으로 돌아온 것이다.　　《그의 자서전》

그러나 이광수는 오산학교에 온 뒤 곧 후회하게 된다. 그가 남강 이승훈의 초빙을 받아들인 까닭은 민족교육 열망 때문이었다. 그런데 이 무렵 바이런 시의 열정에 깊이 빠졌던 이광수는 아름답고 한가로운 자연을 벗삼아 시를 지으려는 문학소년적 사고에 젖어 있었다. 하지만 그를 기다렸던 것은 도쿄에서는 상상도 할 수 없을 만큼 지저분한 시골생활과 자신보다 나이 많은 학생들이었고, 힘에 벅찬 연이은 수업들이었다. 춘원은 좀처럼 이런 현실을 받아들이기 힘들었다. 그래서 그는 학과 업무를 마치면 때때로 술을 마시고 시인 바이런을 자칭하는 나날을 보냈다. 할아버지 임종 자리마저도 술 때문에 참석하지 못했다. 이광수는 조부상을 핑계로 한 달이나 학교에 나가지 않고 방탕한 생활을 계속했지만 조금씩 남강으로부터 인격적 감화를 받아 이러한 생활에서 차츰 벗어나게 된다. 그는 새벽녘에 일어나 동네를 청소하고 학교 일에 열중하기 시작했다.

오산학교에 부임한 뒤 이광수는 《소년》 잡지에 〈금일 아한(我韓) 청년의 경우〉와 〈조선사람인 청년들에게〉 두 편의 논설을 발표한다. 이 글에서 그는 조선의 부모 세대는 지식도 힘도 없어 자녀 세대를 이끌어 줄 수 없기 때문에 청년들이 스스로 단체를 만들어 자기를 갈고닦아야 한다고 이야기하는 한편, 부모 세대는 자녀 세대를 위해 희생해야 한다고 주장했다. 여기에서부터 뒷날 이광수가 주장하는 '단체에 따른 실력양성'과 '자녀 중심' 사상이 싹트기 시작한다.

　한 가지 더 눈여겨볼 점은 이 두 편의 논설을 사이에 두고 이광수가 민족의 호칭을 '한(韓)'에서 '조선'으로 바꾼 것이다. 이제까지 이광수는 '이조(李朝)' 시대를 부끄러이 여겨 '조선인'이 아니라 '한인(韓人)'이라 불리기를 좋아했다. 그러나 본디 조선민족은 영예로운 민족이니 앞으로는 당당히 '조선인'임을 밝히자고 이광수는 〈조선사람인 청년들에게〉에서 선언한다. 이 논설이 《소년》에 발표된 1910년 8월 대한제국은 마침내 일본에 병합되고 만다. '조선'이라는 국호를 쓰지 못하게 되지만, 이보다 먼저 이광수는 스스로 깨달아 '조선'이라는 이름을 선택한 것이다.

　한편 조선이 끝내 일제에게 병합되던 그날 아침, 고읍역에는 안개가 자욱했다. 이광수는 여행을 떠나기 위해 역으로 나갔다가 대합실에 붙은 벽보를 읽었다. 놀랍게도 그것은 조서(詔書)였다. 대한제국의 황제는 신민(臣民)과 통치권을 대일본제국의 천황에게 양도한다는 조서와 대일본제국의 천황은 이를 받아들인다는 조서가 커다란 문자로 인쇄되어 있었다. 이광수는 정신을 잃을 만큼 크나큰 충격에 휩싸였다. 너무 놀란 나머지 어떻게 반응해야 좋을지 몰라 그저 참담하기만 했다.

　나는 여행을 중지하고 정거장에 나와서 학교로 향하였다. '인제는 망국민이다' 하는 생각을, 한참 길을 걸은 뒤에야 할 수가 있었다.

나는 중도에 앉아서 얼마 동안인지 모르게 혼자 울었다. 나라가 망한다 망한다 하면서도 설마설마하고 있었던 것이다. '왜? 대황제가 이 나라의 주인이냐? 그가 무엇이길래 이 나라와 이 백성을 남의 나라에 줄 권리가 있느냐?'

이런 생각도 났으나 그것은 '힘'이 있고야 할 말이다. 힘! 그렇다. 힘이다! 일본은 힘으로 우리나라를 빼앗았다. 빼앗긴 나라를 도로 찾는 것도 '힘'이다! 대한 나라를 내리누르는 일본 나라의 힘은 오직 그보다 더 큰 힘을 가지고야 밀어낼 수가 있다.　　　　《나의 고백》

이광수의 혼란한 머릿속에서 오로지 한 가지만이 뚜렷했다. 그것은 자신의 앞날이 조선의 '힘'을 찾는 데 바쳐지리라는 사실이었다. 이광수의 창작활동은 여기서 멈춘다. 그 뒤 이른바 105인사건으로 남강 이승훈이 투옥된다. 이에 이광수는 충격을 받아 의기를 잃고 세계무전여행을 할 목적으로 오산학교를 떠난다. 1911년 가을이었다.

이선영 교수는 춘원의 유소년기 시절을 통해 유추할 수 있는 이광수 문학의 원형적 체험을 고아로서의 체험, 엘리트로서의 체험, 약소민족으로서의 체험으로 분류한다. 이와 같이 나눔으로써 그 체험이 춘원의 문학가로서의 역할과 특징에 어떻게 이어지는지를 파악한다. 먼저 '고아로서의 내적 체험'은 뒷날 문화적으로 몹시 가난한 데다 기댈 곳 없는 고아의식으로, 즉 정신적 지적 조상이나 전통이 없다는 생각으로 확대된다. 또한 그는 전통적 공백 지대에 처해 있는 조선 청년의 주체적 문화 창조의 책임을 하나의 문화적 고아의식에 따라 강조한다.

둘째로 '엘리트로서의 체험'을 보면, 춘원은 5~6세 때 외할머니한테 이야기책을 읽어드려 밤과 배를 받은 것을 기억하며, 18~19세 때부터 우월감과 사명감이라는 하나의 엘리트의식을 체험하게 됨을 그즈음 일기와 그 밖의 여러 자전적 기록에서 거듭 밝힌다.

그는 나를 '파격의 남아'라고 일컬었다. 이대로 가면 반드시 세상을 놀래리라고. 한번은 나의 이름이 너 때문에 높아지리라고. (……) 그는 만날 적마다 나를 칭찬한다. 그러나 그것이 모두 진정인 것 같다. 듣기 싫지 아니하다. 기실은 나도 지금까지 그렇게 생각은 했던 것이지마는 남이 그렇게 말하니 더욱 마음이 든든해지는 셈인지 만족해지고 또 용기를 얻었다.　　　　　　　　《그의 자서전》

이러한 엘리트의식의 체험은 그의 계몽사상과 민족의식에 연결된 글이나 행동은 물론이요, 여러 행위, 이를테면 친일적 말과 행동까지도 이타적, 시혜적, 자기희생적인 것으로 과신하는 경향으로 발전하게 된다.

셋째로는 '약소·망국민족으로서의 체험'이다. 러일전쟁 때 러시아 병사들이 한국인에게 행패를 부리는 모습을 본 뒤 이광수는 '우리 민족이 약하고 못난 것을 통분하고 러시아 사람을 향하여 크게 분노를 품었다'고 한다. 그 뒤 동학에 입교한 그는 일본 헌병의 체포령 때문에 피신했고, 일본 유학하던 중에 을사늑약 체결을 보고 비분강개했으며, 오산학교 교원 시절에 한일병합 조서를 보고 망국한을 노래로 읊어 학생들에게 부르게 하기도 했다. 이러한 10대의 체험이 이광수의 독특한 민족주의의 형성과 변모에 마땅히 작용했으리라 짐작할 수 있다.

압록강 건너 상해로
나라 잃은 스물두 살 청년은 깊은 감회를 품고 압록강을 건넜다.

안동현(安東縣)에 내려 하룻밤 여관값을 치르고 나니 주머니에 남은 돈은 고작 1원 70전이었다. "눈에 익지 아니한 모양들"로 하여 기묘한 기분에 젖어 있을 때, 마침 여관에 함께 든 위당(爲堂) 정인보(鄭寅普)를 만난다. 그는 조선으로 돌아가는 길이었다. 이광수의 여행 계획을 듣자 위당은 먼저 상해로 가라고 말하며 이광수에게 중국돈 20원(元)을 흔쾌히 주었다. 이광수는 고마운 마음으로 청나라 옷을 사 입고 상해로 가는 배에 올랐다. 그곳에서 그는 도쿄 시절 가까운 벗인 홍명희, 문일평, 조소앙 등을 만난다. 한 달 남짓한 이광수의 상해 생활이 시작되었다.

그는 《문단고행 30년》 글에서 그때를 이렇게 돌아본다.

그들은 집 하나를 빌려가지고 청인(淸人) 하나를 밥짓는 사람으로 두고 살았다. 아래층에는 문호암(문일평)이 강개(慷慨)의 반광인(半狂人) 생활을 하고, 위층 방에는 오스카 와일드의 《도리언 그레이의 초상》을 탐독하고 '관조의 생활'을 말하는 홍가인(홍명희)과, 마호메트의 《코란》을 탐독하며 육성자교(六聖者敎)를 준비하는 조소앙과, 지금 개성에서 송고직(松高織) 중역으로 있는 송상순(宋象淳) 군, 또 한 청년, 그리고 나, 이렇게 모여 있었다. 나는 침대나 침구를 살 돈이 없어서 벽초의 침대에서 벽초의 이불을 덮고 잤다. 매트리스도 없는 침실, 게다가 도쿄 같으면 둘이 다 꼭 껴안고 입이라도 맞추고 자련마는 둘 다 스물이 훨씬 넘은 징글징글한 엉그러기라, 궁둥이만 마주대고 잤다.

춘원이광수는 상해에 1913년 12월 한 달 머물렀고 1919년 2월 5일부터 2년 동안 살았다. 상해는 그즈음 근대 합리주의의 핵심을 모은 대영 제국의 수도 런던을 동양에 옮겨놓은 것처럼 현대화된 도시였으므로 많은 외국인들이 모여 살았다. 세계를 떠도는 나라 잃은 유대인들도 많이 와서 살았다. 춘원은 그때를 이렇게 그린다.

상해는 세계의 축도라고 볼만하다. 인종치고 아니 와 사는 이 없으며 문화치고 아니 와 놓이는 것이 없고 제일 기이한 것은 십수개국 통화가 다 통용됨이다. 그러나 그중에서 가장 세력 있는 이는 영국사람이니, 그들 조계(租界)는 3조계 한복판에 지세나 풍경이 뛰어난 위치를 차지하여 그 가장 번화함이 세계의 으뜸됨과 같으며, 또 영어는 전시, 객색 인종의 통용어이다.   〈상해 인상기〉

춘원이광수는 서점에 들어갔다가 세계 여러 나라 수많은 책들이 진열되어 있는 걸 보고 놀라움을 참을 수 없었다.

상무인서관(商務印書館)에 들어가서 다시 놀라게 되는 것은 번역과 사전의 사업이라, 대개 어떤 민족의 문명 초기는 외국서적의 번역과 사전의 편찬으로 비롯하나니, 지금 중국에 이것이 필요함은 물론이다. 서가를 죽 둘러보니, 초등 고등의 제반 과학서류와 철학 문학 사조에 관한 서적이 거의 수십백 종이나 중국어로 번역되었으며, 사전류도 거의 완비하리만큼 편찬되었다. 서양인의 손을 빌려 겨우 한영자전(韓英字典) 한 권을 가지고 전세계가 들떠드는 톨스토이, 오이켄, 베르그송이며 비행기 무선전신에 관한 사오백 글도 못 가진 조선사람인 나는 남모르게 찬 땀을 흘리었다.   〈상해 인상기〉

춘원이광수는 영어에 능통했기 때문에 더더욱 서점들이 편하고 마음에 들었다. 하지만 그에 눈에 비친 서양은 동양 침략의 선봉기지로 만들어진 실제와 비슷한 모습이었다. 그는 서세동점(西勢東漸)

의 심각함을 절실히 느낄 수밖에 없었다.

배가 포동(浦東)에 닿았으므로 우리는 곤돌라와 비슷한 작은 배를 타고 황포강을 건너서 황포탄(黃浦灘)이라는 곳에 내렸다. 여기는 영국 자본의 총본영인 회풍(滙豊)은행을 머리로 하여 독일의 덕승(德勝), 러시아의 도승(道勝), 좀더 서남쪽으로 가면 프랑스의 실업은행 등 유럽 여러 강국의 은행들이 있어서 모두 중국의 이권을 잡고 돈을 꾸어주어 중국을 빨아먹는 자본주의의 흡반으로 서로 경쟁을 하고 있는 판이다. 나는 이곳의 집도 서양, 사람들도 서양인 것을 보고 아니 놀랄 수가 없었다. '서세동점'이라는 말은 듣기도 보기도 하였으나 이다지 심한 줄은 몰랐던 것이다.　　　　《나의 고백》

러시아 여행

그즈음 신규식의 추천으로 이광수는 미국 샌프란시스코에서 발간하는 국민회의 기관지 〈신한민보〉로 가게 된다. 그곳에서 조선인 주필을 찾고 있었다. 소개장을 손에 쥔 춘원은 친구들의 환송을 받으며 블라디보스토크로 가는 배에 올랐다. 시베리아를 거쳐 미국으로 건너갈 생각이었다. 블라디보스토크에서 그는 한민족끼리 길 한복판에서 상투를 부여잡고 벌이는 싸움을 보게 되는데, 주위에서 손가락질하며 마구 웃어젖히는 러시아 사람들을 보자 너무나 창피하고 부끄럽기 짝이 없었다. 이광수는 동포들의 한심한 모습에 크게 실망한다. 서둘러 자리를 뜬 그는 열차를 타고 국경을 넘어 목릉현(穆陵縣)이란 조그만 역에서 내렸다. 그곳에서 추정(秋汀) 이갑(李甲)을 만나 한 달쯤 그의 곁에 머물면서 이갑의 훌륭한 인격과 뜨거운 애국심에 깊은 감동을 받게 된다.

그러나 여비 문제로 미국행이 미루어지자 춘원은 바이칼 호수를 둘러보고 치타로 간다. 그곳에서 이강(李剛)이 발간하는 시베리아 대한인국민회 본부 기관지 〈정교보(正敎報)〉의 주필을 맡는다. 끊임없이 눈이 내려 덮인 시베리아 겨울대지는 장엄하기조차 한 눈나라였다. 이광수는 깊은 인상을 받는다. 춘원이광수는 치타에 머물면서 〈권업신문〉과 〈대한인정교보〉에 논설과 시를 발표하였다. 그는 이때의 기억을 《그의 자서전》에 자세히 기록한다. 거기에 보면 그는 고작 한 달을 공부한 러시아어로 러시아신문을 읽게 되고, 오히려 글 모르는 러시아인들에게 읽어주기까지 한다. 그는 유럽전쟁을 이렇게 경험한다.

치타 강변에 앉아 있노라면 장정과 말을 실은 열차가 길다란 구렁이 모양으로 딸려 나와 카사르라는 치타 교외의 정거장을 떠나서 모스크바 쪽으로 향하고 기운차게 달리는 것이 보였다. 어떤 때에는 순박한 영감님과 마나님이 어디서 호외 조각을 들고 와서 날더러 읽어달라고 하였다. 그들은 글을 몰랐다. 그들은 내가 호외를 읽어주는 소리를 듣다가는 도무지 호외만으로는 시원치 않다는 듯이, "독일이 이겼느냐 러시아가 이겼느냐?" 하고 단도직입적으로 물었다. "지금 싸우는 중이니까 보아야 알지요" 하면, 그들은 "대관절 왜 싸우느냐?" 물었다. 그들은 암만 해도 아들을 죽이러 내보내야 하는 이유를 못찾는 것 같았다. 《그의 자서전》

춘원이광수는 1914년 치타에서 온갖 일을 겪었다. 그해 여름에 열린 시베리아 국민회 대의회를 아래와 같이 쓰고 있다.

그해 여름 치타에서 시베리아 국민회 대의회가 열렸다. 동으로는 모고차, 서로는 예카테린부르크에 이르는 열 몇 지방에서 한 지방

두 명씩 대의원들이 모였다 이르쿠츠크, 크라스노야르스크, 톰스크 같은 큰 도시에서 온 사람들도 있었다. 대의원이라면 번쩍하게 차린 신사들일 것 같지마는 이들은 혹은 빨랫간, 혹은 감자농사, 이러한 직업의 사람들이었다. 모두 얼굴이 볕에 그을었거나 손에 마디가 선 이들이었다. 이러한 이들이기 때문에 더욱 애국심이 강하고 정성들이 넘쳤다. (……) 대회는 사흘 계속 진행되었는데, 이 대회에서 나를 〈정교보〉 주필로 뽑고 독립된 사무실이 딸린 방을 주고 30루블씩 월급까지 주기로 결정하였다. 아마 이것은 오산(이강)이 나를 위하여 자기를 희생했으리라 싶었다. 나는 미안하여 오산께 사양을 하였으나 그는 듣지 아니하였다.   《조선의 현재와 장래》

춘원이광수는 한국인이 사는 곳곳을 찾아다녔다. 그는 샅샅이 살펴본 바를 《나의 고백》에 적고 있다.

나는 해삼위를 중심으로 하는 수청, 연추, 취풍 등 동포들이 사는 동네를 찾고도 싶었으나 남의 초빙을 받아서 가는 길이라 상항(桑港, 샌프란시스코)으로 마음이 급하였다. 연해주에 우리 동포가 들어온 것은 정확한 연대를 따질 수는 없으나 이조 말엽의 학정에 못 이기어 함경도 동포들이 하나둘 노인을 부축하고 어린이를 이끌며 어렵사리 국경을 넘은 것이었다. 그들은 두만강을 건너서 혹은 북간도로 혹은 아령으로 떠돌아다니다 온 것이었다. 월경은 나라에서 법으로 금하는 것이기 때문에 국경을 넘다가 잡히면 사형까지 당하였으나 그래도 죽기를 무릅쓰고 그들은 고국을 탈출하였다. 그래서 그들은 타국땅에서 묵은장이를 일구어 논밭을 만들어 농사를 지었다. 그러면 아들을 낳고 손자를 보았다. 러시아에서는 국토개발을 위하여 이들을 환영하고 보호하였다. 그 수효가 내가 갔을 때에도 사오십만이라고 일컬었다. 그들은 그들끼리 부락을 이루고 지명도 조선식으로 지어서 불렀다. 허발깨니 미깔래니 하는 것이나 다 그들이 지은 지명이었다. 허발깨는 하바로프스크요, 미깔래는 니콜라에프스크요, 베리왜는 포그라니치나야였다. 허발깨를 다시 한문화하여서 화발포(花發浦)라고 쓰는 것은 참 재미있는 일이었다. 지명뿐만 아니라 보통 말도 그들은 많이 지었다. 기차는 부술기, 전신은 쇠줄글, 여행권은 몸궁, 차표는 글, 이런 것은 순국어로 지은 것이니 그 얼마나 총명한 조어인가. 그 밖에 우리말로 번역하기 어려운 러시아 말은 발음만을 국어화하여서 빠라호드(기선)는 뽀로대, 스피치카(성냥)는 비지깨, 사뽀기(장화)는 사바귀, 이 모양이었다. 깐또라(사무 보는 데)는 건드리, 구비르나뜨르(도장관)는 구부렁낙지, 대승정은 승감사라고 부르는 것은 참으로 유머이다. 만일 우리에게 한문이란 것이 없었던들 이곳 동포들이 한 모양으로 순수한 우리말로 새 물건과 새 일의 이름을 지었을 것이다. 이렇게 이 동포들은 얼마 배우지도 못한 조국의 전통을 가지고 남의 나라 땅에 와서 땅 파고 아들딸 낳고 있었다. 만일 지혜로운 지도자들이 본국으로부터 와서 그들에게 더 잘 사는 법을 가르쳤더라면 얼마나 더 좋았을까. 이에 응하여 생긴 것이 국민회요 권업회였다. 그 지도자들이 다 나라를 잃고 온 이들이니 직접 독립을 위한 운동에 마음이 조급했던 것도 부득이하였을 것이다. 그러나 교육과 산업으로 이 동포들의 힘을 기르는 것이 더욱 유효한 독립운동이 아니었을까. 당장 있는 힘을 긁어서 쓰기에만 급급하였기 때문에 동포의 실력은 늘지 못하고 마음은 떨어져서 애국지사라면 싫증을 내게 한 것은 지도자들의 책임이었다.

치타에서 춘원이광수는 마지막 러시아 생활을 끝내면서《그의 자서전》에서 이렇게 쓰고 있다.

　　나는 암만해도 치타에 있을 수가 없었다. 어디로나 새 길을 찾을
도리밖에 없었는데, 거의 앞도 절벽 뒤도 절벽이어서 좋은 궁리가
나지를 아니하였다. 나는 하루 종일 솔밭 속과 치타 강가로 돌아다
녔다. 치타는 뒤에 솔밭 있는 구릉이 있었다. 그리고 서남쪽으로 강
을 건너면 넓은 벌판이 있어서 거기는 소떼와 양떼와 말떼가 여름
내 풀을 뜯고 있었다. 나는 날마다 이런 것을 보면서 몽골인의 목축
생활을 그리워하였다. 몽골로 들어가 볼까, 거기 가서 몽골 사람들
속에서 방랑을 해볼까, 이러한 생각도 해보았다. 여름이면 지붕 있
는 마차에 가족을 싣고 말떼를 몰고 몰아 풀 있는 데를 따라서 정
처 없이 돌아다니다가, 겨울이 되면 장막을 치고 가죽부대에 들어
가 서 자고 말젖을 먹고─이러한 몽골사람의 생활이 그리웠다. 그래
서 나는 지도를 펴놓고 몽골로 들어가는 길도 조사해 보았다.

또한 《나의 고백》에서 러일전쟁 중국혁명을 돌아본다.

　　나는 러일전쟁을 구경하였고 중국혁명을 구경하였다. 중국혁명이
나의 피를 끓인 것은 말할 것도 없었다 손문, 황흥(黃興), 송교인이
란 이름은 마치 일가나 친구의 이름과 같이 익숙하였고 신문에 오
르는 그들의 사진조차 어려서부터 낯익은 얼굴을 보는 듯하였다. 그
런데 이번에는 '전세계 전쟁'이라고 신문에서 부르도록 큰 전쟁이 시
작된 것이었다. 연합군 측에서는 이것이 세계의 마지막 전쟁이어서
군국주의 독일만 때려눕히는 날에는 세계에 영구한 평화가 오는 것
이라고 주장하였다. 그리고 이것은 정의와 침략, 인도와 강권의 전쟁
이므로 하나님은 반드시 연합국을 도우신다고 러시아신문에서 선

전하고 러시아교회에서도 그렇게 되라고 기도하였다. 그러나 내게 신문을 가지고 오는 러시아 노인들은 이 말을 그대로 믿지는 아니하는 모양이어서 어깨를 으쓱하고 두 손을 쭉 펴면서, "독일 놈들도 같은 소리를 할 거 아냐. 하나님은 자기들 편이라고"하고는 고개를 흔들었다. 나는 거기서 진리의 빛을 본 것 같았다. 내가 치타를 떠난 것은 8월 하순이었다. 흥안령 풀이 다 마르고 기러기 떼가 남으로 남으로 구름같이 옮아가는 때였다. 나는 공부를 계속할 뜻을 먹고 본국으로 향하는 것이었다.

그러나 끝내 적지 않은 여행 자금이 해결되지 않아 이광수는 미국에 갈 마음을 접는다. 그리고 제1차 세계대전이 일어나자 이광수는 1년 동안의 나라 밖 떠돌이 생활 끝에 고향 정주로 돌아와 다시 오산학교 교원을 맡는다.

이광수는 서울에 올라가면 육당 최남선의 출판사 신문관 건물에 묵고는 했다. 육당이 그의 스승 백암 박은식의 뜻을 받들어 조선의 고전들을 간행하고 한국학을 연구할 목적으로 만든 조선광문회(朝鮮光文會)가 자리한 곳이었다. 이곳은 나이와 출신지에 상관없이 조선 팔도 지식인들이 모여들어 '서울의 양산박(梁山泊)'이라 불렸다. 그곳에서 메이지대학 학생이었던 고하 송진우(宋鎭禹)를 알게 된 이광수는 그의 소개로, 와세다대학을 졸업하고 이제 막 돌아온 인촌 김성수(金性洙)의 도움을 받아 그 이듬해 두 번째 일본 유학을 떠난다. 동아일보와 경성방직을 세운 인촌 김성수는 고창 만석군 집안의 재력을 바탕으로 주위 뛰어난 조선 인재들에게 물질적 지원을 해오고 있었다.

조선인 눈에 비친 일본인

1915년 여름, 스물세 살이 된 이광수는 5년 만에 도쿄를 다시 밟았다. 그리고 9월 와세다대학 고등예과에 편입학한다. 총독부는 일찍이 민족주의 교육을 추구해 온 오산학교에서 교사를 지냈고 중국과 시베리아에서 저명한 망명자들과 만나고 온 춘원을 눈여겨보았다. 《조선인개황》에는 그즈음 이광수가 일본의 민본주의 평론가 가야하라 가잔(茅原華山)의 잡지 《홍수이후(共水以後)》에 두 번 잇따라 투고한 사실이 기록되어 있다.

첫째 원고는 1916년 3월호에 실린 〈조선인 교육에 대한 요구〉이다. 이 글에서 이광수는 일본은 이제 '천황의 적자(赤子)'가 된 조선인을 일본인과 같은 교육 제도 아래 동등한 수준으로 교육해야 한다며, '동화(同化)'의 논리를 역이용하여 교육의 완전 평등을 이야기했다. 메이지 천황은 일본과 조선을 차별하지 않겠다고 약속했으니, 이광수의 논리는 그 누구도 반박할 수 없는 것이었다. 천황의 말을 방패 삼아 차별 철폐를 요구하는 수법은 그 뒤로도 이광수의 '공식'이 된다. 식민통치가 끝나 해방을 맞이한 뒤 춘원은 이렇게 떠올렸다.

가령 '우리 조선인의 교육기관을 세워다오' 할 경우에 언론인이나 공직자는 '같은 천황의 적자가 아니냐, 왜 교육에 차별을 두느냐' 해야 당시에는 말이 통하였고, 관공직이 조선인에 대한 제한이나 차별 없앨 것을 부르짖는 공식이 '다 같이 천황의 적자여든, 내선일체여든, 명치 대제의 뜻이어든 왜 내선 차별을 하느냐' 하는 것이었다.

《나의 고백》

그러나 이광수는 이런 생각만으로는 투고가 쉽사리 채택되지 않으리라 여겼던 듯싶다. 이어 그는 똑같은 자격을 얻게 되면 조선인은 "황은(皇恩)을 입은 것을 진심으로 감사할 것"이라든가, 알맞은 때가 되면 '참정권'을 부여받아 "일본 신민의 대열에 함께하고 싶으며 이를 위해 교육은 일본말로 하는 것이 좋다"는 등, 자칫 그들 정책의 동의로 받아들여지기 쉬운 내용을 함께 일부러 언급한다.

그다음 호에서는 이와 달리 울분을 터뜨리는 듯한 내용의 글을 보냈다. 〈조선인 눈에 비친 일본인의 결점〉이라는 제목의 글로, 이 원고에는 이름을 밝히지 않았다.

이 글에서 이광수는 조선인과 중국인에게는 건방지기 짝이 없는 일본인이 백인, 특히 영국인에게 비굴하게 아첨하는 모습은 가소롭기 짝이 없다면서, 조선인에게서 직업과 재산을 빼앗아 그들을 굶겨 죽이는 기생충이라는 매서운 꾸짖음으로 날이 선, 위험한 문구를 늘어놓았다. 물론 《홍수이후》 잡지는 이 글을 싣지 않는다. 그런데 어떻게 이 익명의 투고가 이광수의 글이라고 단정지어져 《조선인개화》에 기록되었던 것일까? 아마도 글씨체 감정이 뒤따랐으리라. 일본당국은 요시찰 인물인 이광수의 항일정신 속마음을 꿰뚫어 보았을 것이다.

1916년 여름 춘원은 와세다대학교 고등예과를 마치고 정주에 들렀다. 그는 가을 도쿄로 돌아가는 길에 매일신보 기자였던 친구의 권유로 경성일보사 사장 아베 미츠이에(阿部充家)의 집을 찾아간다. 친구는 학비가 부족해 어려움을 겪는 이광수를 걱정하며 아베에게 소개했던 것이다. 아베와의 만남으로 춘원이광수의 삶은 커다란 전기를 맞게 된다.

도쿄로 돌아간 이광수는 와세다대학 문학부 철학과 특대생이 되었다. 그러고는 〈매일신보〉에 글을 쓰기 시작한다. 이어 그동안 써온 '물결 위에 떠 있는 고독한 배와 같은 처지'를 뜻하는 '고주(孤舟)'라는 필명을 '춘원(春園)'으로 바꾼다. 조선총독부 기관지에 글을 쓰는 행위는 나라를 위하는 사람이라면 눈썹을 찌푸릴 일이었다. 그러나 이광수는 〈매일신보〉에 글을 썼는데, 몇 가지 까닭이 있었다.

이광수에게는 자신의 글을 발표할 지면이 없었다. 최남선의 《청춘》은 춘원이광수가 유학하기 바로 전에 정간되었고, 《학지광》은 그가 도쿄에 발을 디딘 뒤 세 번 연달아 압수되었다. 춘원은 자신의 글이 읽히기를 바랐다. 공식 발행부수가 2만 부를 넘는 〈매일신보〉에 글을 쓰는 일은 학생 대상인 《청춘》이나 《학지광》과는 비교조차 되지 않는 많은 수의 독자들이 자신의 글을 읽는다는 걸 뜻했다. 그 무렵 조선 청년들에게 엄청난 인기를 얻었던 《청춘》은 발행부수가 고작 2천 부였다. 글로써 조선인을 깨우치고 일본인에게 조선의 사정을 이해시킴으로써 조선을 더 좋게 만들어 나아가는 데 이바지하고자 했던 이광수에게 〈매일신보〉는 더없이 큰 무대였다.

계몽으로 민족 힘을 키우고자 했던 그에게 무엇보다도 필요한 것은 자신의 문장을 사람들에게 읽히는 일이었다. 조선총독부의 기관지에 글을 쓰는 일은 적의 요구를 들어주는 척하면서 반대로 이용하는 행동이었다. 또한 그것은 스스로의 천재성을 살리고 더불어 조선민족에게 기여하는, 오산학교에서는 도저히 나란히 할 수 없었던 일을 실현하는 길이기도 했다.

《소년의 비애》, 《어린 벗에게》 이 단편소설들을 써서 그보다 앞서 창간된 《청춘》에 발표한 것도 이즈음이다. 이어 《무정》을 〈매일신보〉에 1917년 1월 1일부터 같은 해 6월 14일까지 126회에 걸쳐 연재한다. 이광수는 이 소설로 독자들에게 뜨거운 찬사를 받으며 1910년대 한국문학에 가장 찬란한 별로 떠오른다.

윤명구에 따르면 춘원이광수의 문학에 대한 평가는 주로 다음과 같이 나눌 수 있다. 첫째, 신문학의 개척자요 최고의 작가이다. 둘째, 계몽주의 문학이며 설교 문학이다. 셋째, 위선의 문학이다. 넷째, 민족주의, 인도주의 문학이다. 다섯째, 연애소설의 창시자이며 통속소설이다. 이 밖에 춘원에 대한 여러 평가는 아래와 같다.

한국 신문학의 아버지로서의 춘원의 지위는 누구나 이론(異論)이 없고, 그것만으로 그의 사상(史上)의 위치는 부동이다. 그러나 그의 창작과 논설은 소위 계몽적인 색채가 농후하다 함도 사실이다. 만년에 와서 그의 필치와 사상은 새로운 비약의 싹이 트기 시작하였던 것을 우리는 주목한다 ─주요한

춘원은 우리가 귀중히 받드는 최초요, 최대의 작가입니다. 여기서 '최초'라 말하는 것은 우리의 신문학이 춘원으로부터 시작된 까닭이요, '최대'라 말하는 것은 신문학 발전 50년 동안 지금까지 춘원만큼 커다란 존재가 나타나지 못하고 있는 까닭입니다. ─김팔봉

나는 서슴지 않고 춘원이광수를 한국 신문학 50년 사상 최대의 작가라고 인정한다는 점이다. ─김붕구

춘원이광수는 한국현대문학의 개척자이며 선구자이다. ─백철

한국현대문학 어두움의 새벽을 여는 첫닭 울음소리, 춘원이광수의 문학이었다. ─이어령

춘원은 그가 신문학 초창기의 선구자라는 사실을 논외로 하더라도 여전히 우리 문학사의 거장임을 부인할 수 없을 만큼 비중이 큰 작가인 것이다. ─이형기

춘원은 고금을 통한 이 나라의 소설사상 가장 큰 비중을 차지하는 작가다. 지금까지 이 나라의 소설사상 그의 공적에 비견할 만한 것을 남긴 작가는 아무도 없다. ─김우종

이광수는 근대문학의 최대 최고의 작가요, 역사의식에 의한 삶의 지표를 제시하는 소설의 원천이라고 할 만하다. ─구인환

한국근대문학 선구 춘원이광수, 그리고《무정》

여러 문학 평론가들의 견해는 춘원이광수를 신문학 50년사에 있어서 최초 최대의 작가로 보는 공통점을 지닌다. 주요한, 김팔봉처럼 춘원을 직접 대하고 문학 활동을 했던 사람은 물론이요 불문학자 김붕구를 비롯 이형기, 김우종, 구인환 같은 해방 뒤의 비평문학가들에 의해서도 춘원의 공적은 널리 인정된다. 이처럼 춘원이광수가 높은 평가를 얻게 된 근거는 무엇일까?

먼저 비평가 김태준은《조선한문학사》에서, 서구적인 개념의 소설을 처음으로 쓴 것이 춘원이며, 평이한 조선말로 그 시대 조선인의 이념을 문학적으로 표현한 것이 이광수라고 했다. 그리고 춘원은 서구의 개인주의를 조선인에게 불어넣은 작가라는 말도 한다. 시인이자 소설가인 박영희는 이광수를 이야기할 때 구도덕을 깨고 신도덕을 선언했다는 데에 중점을 두는데, 이는 김태준이 말한 서구의 개인주의를 고취했다는 말과 같은 의미로 볼 수 있다. 춘원의 작품을 철저히 분석적으로 비판한 김동인도 춘원의 소설이 새로운 이데올로기를 지닌 작품임을《무정》에 대한 평가에서 밝힌 바 있다. "새로운 감정이 포함된 소설이 조선에 나타난 효시로도《무정》은 특필할 가치를 가졌다."

여기서 살펴보고 넘어가야 할 점이 그 시대 '조선시민의 이데올로기'라고 지적된 것의 내용과 그 평가이다. 흔히 춘원 문학의 바탕이 되는 사상을 민족주의라고 말하며, 그의 문학적 행위의 기능과 목적을 계몽주의에 있다고 본다. 춘원이광수 자신도 여러 곳에서 스스로 민족주의자이며 계몽주의자임을 밝힌다. 이러한 언급은 춘원의 여러 저작에서 드러난다.

내가 민족운동의 첫 실천으로 나선 것은 교사로였다. 열아홉 살

먹은 중학교 졸업생이 교사가 된다는 것이 지금에 생각하면 우스운 일이었으나 그때에는 애국지사의 행동이었다.

나의 문학상 주지(主旨)요? 잘들 아시는 바와 같이 민족주의문학이겠지요.

《무정》 이하로 《마의태자》나, 《단종애사》나, 《이순신》이나, 또 《재생》《그 여자의 일생》이나 무릇 내가 쓴 소설은 민족정신 밀수입의 포장으로 쓴 것이었다.

내가 소설을 쓰는 데 첫째가는 목표가 '이것이 조선인에게 읽혀 이익을 주려' 하는 것임은 물론이다.

나는 조선사람을 향하여 내 속을 말하느라고 소설을 씁니다. (……) 나는 오직 내가 동포들에게 하고 싶은 말을 쓸 뿐입니다.

춘원이 문필 활동을 한 시대는 한일병합 직전부터 식민지상황을 지나 해방을 맞게 되는 시기이다. 이때를 민족사의 격변기라 부를 수도 있으며 현실 극복의 수단으로서 민족주의가 중요한 기능을 해야 하는 시기라 볼 수도 있다. 그럼에도 춘원의 논설과 작품에 나타나는 민족주의의 특징은 전통 단절 또는 반교훈주의이며 개인주의에 기초한 인습의 거부라는 부정의 윤리에 바탕을 두고 있음을 발견하게 된다. 물론 식민지적 상황 아래에서 과격하거나 적극적인 민족주의가 받아들여질 수 없었다는 점을 인정하지 않을 수 없겠으나, 현실 극복의 자세로는 춘원의 부정 윤리는 현실 인식을 협소하게 여긴다는 점에서 이해할 수 있다.

춘원이광수를 신문학의 개척자로 평가할 수 있음은, 비록 제한적이며 왜곡된 민족주의라 하더라도 한 시대의 이데올로기를 바탕으로 하여 작품 활동을 했다는 점에 있다. 그는 계몽적 목적으로 작품을 썼으나 문학의 또 다른 기능인 자율성이 있음을 인식하고 있었다. 〈문학이란 하(何)오〉에서 춘원은 권선징악의 설교 문학을 제외한 나머지 문학을 업신여긴 것이 우리 문학이 발달하지 못한 가장 큰 원인이라고 지적한다. 또한 〈문학과 도덕〉이라는 글에서, 이제까지 조선문학이 발달하지 못한 가장 큰 까닭으로 유교 사상과 권선징악을 드높여온 도덕 문제를 들었다. 이런 도덕적 굴레는 자유로운 사상 감정의 드러남을 가로막으며, 자유롭게 상상된 고상한 쾌락의 재료가 없이는 찬란한 문학의 꽃을 피울 수 없다고 했다. 그러나 그의 도덕 비판은 유교 비판과 같은 뜻이고, 가끔 종교 도덕이라는 말을 쓰고 있으나 불교나 기독교 도덕을 비판하는 일은 드물다.

김태준의 〈이광수 문학론〉에 따르면 춘원이광수의 유교 도덕 비판은 노예적 옛 도덕에 대립하는 '독립의 정신'을 강조하는 뜻임이 틀림없다. 그러나 이광수가 말하는 도덕의 기준은 전통적 성정론이나 정의에 바탕을 둔 민족적 도덕이기보다는, 자아실현이라는 개인적 차원의 것이었다. 이처럼 문학 자율성에 대한 의식에도 불구하고 그는 스스로 설교 문학을 선택했으며, 문학의 사회적 기능을 근대적으로 인식했다는 점에서 아직도 살아 있는 '문학자의 양심과 사회인(市民)의 양심 사이에 충돌과 갈등과 방황의 드라마를 보여준 최초의 문학자'로 평가될 수 있는 것이다.

우리 문학사에서 이광수 문학에 대한 자리매김은 백철의 《조선신문학사조사》에서부터 시작된다. 《조선신문학사조사》는 해방 뒤 이 땅에서 가장 먼저 출간된 한국문학사이다. 춘원이광수의 대표작 《무정》을 백철은 이렇게 평가한다.

춘원의 첫 장편 《무정》이 조선신문학사상에 있어서 얼마나 획기적인 의미와 공적을 가진 것인지는 순문학사가 아닌 때문에 번다한 서술을 피하거니와, 신문학 작품으로서 조선에서 처음 발표된 《무정》은 이 계몽기의 신문학을 여기서 종합해 놓은 하나의 기념탑과 같이 옹립한 작품이었다. 말하자면 이 초창기의 신문학을 결산해 놓은 시대적인 거작(巨作)이다. 작품 내용으로 봐도 《무정》에는 이 시대의 모든 민족적, 사회적, 도덕적 문제가 제시되어 이 시대의 사조를 일장 대변한 작품이었다.

《무정》을 비롯 몇몇 단편들이 한국 신문학사에 어떤 위치를 차지하는가는, 단행본으로 나온 《무정》의 머리말 육당(六堂) 최남선의 글에서도 볼 수 있다.

혼자매 크지 못하도다. 그러나 빈 들에 부르짖는 소리는 본디 떼지어 하는 일이 아니로다. 벗 부르는 맹꽁이 소리는 하나가 비롯하여 온 벌이 어우르는 것이로다.

그것은 빈 들에서 홀로 부르짖는 설교의 소리였다. 따라서 조선현대문학에 드리워진 어둠의 새벽을 여는 첫닭이 만방을 깨우는 울음소리였다. 그것은 기성윤리에 맞선 반항과 고발이었다. 젊은 남녀의 애정에 대한 뜨거운 호소, 근대적 자유연애관의 깃발을 올린 춘원 이광수는 시대의 선각이었다. 자유연애! 이는 젊은 독자들의 열정을 모을 수 있는 새로운 시대의 상징이었다. 이 한 마디의 선언으로써 그는 시대의 영웅으로 뛰어오를 수 있었다. 《무정》은 계몽기 조선 사회를 한데 모아놓은 하나의 기념비적 작품이며, 한국 신문학 결산의 시대적 역사적 거작이었다.

또한 《무정》은 여러 의미에서 춘원이광수에게 뜻깊은 작품이다. 비평가 한승옥에 따르면 제목부터 암시하는 바가 크다. 무정함은 춘원에게 뼛속 깊이 스민 한(恨)의 뿌리를 가지고 있음에 분명하다. 일찍이 어릴 때부터 집안이 크게 기울었고 부모를 여읜 고아로서의 체험은 도무지 세상을 따뜻하게 볼 수 있는 여유와 애정을 빼앗아 버렸을 것이다. 그러면서도 《무정》에서 주인공 이형식은 한결같이 희망을 찾고 기다린다. 운도 좋은 편에 속한다. 그의 능력을 인정해 주는 김 장로의 도움을 받아 그의 딸과 약혼하여 미국 유학길에 오른다. 소설의 시작부터 형식은 행운아로 출발한다. 독신인 데다가 아직 이성(異性)과 마주 대해 본 경험도 없는 형식에게 두 처녀가 나타난다. 선형과 선형의 친구 순애와의 만남이다. 여기에다가 생기 넘치고 변화 있는 과거의 여인 영채까지 나타난다. 선택의 고민은 오히려 행복한 고민에 속한다. 이형식에게 비로소 세계가 따뜻하고 의미 있게 인식되기 시작한다. 그에게 가장 큰 고뇌가 있었다면 대성학교에서 학생들에게 배척받은 사건이었다. 이 또한 유학이라는 큰 행운 앞에서 오히려 보상으로 나타난다.

춘원이광수는 이형식을 통해 부푼 기대를 드러낸다. 마침내 애정에 눈뜨게 되고, 부잣집 사위가 되고, 미국 유학까지 가게 되는 희망을 가치와 기대치로 제시한다. 세상에 대한 긍정적 대응이라 볼 수 있다. 이형식에게 그동안의 무정함은 극복되고 이제는 유정(有情)함과 기쁨만이 있을 뿐이다.

그러나 이 소설에서 가장 현실을 잘 드러내 주는 인물인 영채는 이와 상반된다. 영채는 형식과는 달리 행복했던 지난날이 이제는 불행으로 이어져 있을 뿐이다. 몰락한 양반집의 딸로서 온갖 고난을 겪게 된다. 영채에게 시간인식은 부정적으로만 작용한다. 시간이 갈수록 더욱 비극적 결과만 불러오게 된다. 그 무렵 민족의 현실로 시각을 넓혀보면, 대부분은 영채와 비슷하다. 형식은 춘원이 품은 희망의 투영이자 꿈과 이상의 절규에 지나지 않으며, 현실은 영채와 동일시되는 것이다.

춘원이광수는 이러한 영채의 가치관을 병욱을 통해 바꾸려 시도한다. 이광수의 독특한 의지를 읽을 수 있다. 영채는 마침내 병욱에게 설득되어 새로운 사람으로 다시 태어날 것을 약속하면서 자신 또한 유학길에 오른다. 작품의 드러난 구조로 보아서는 낙관적 기대가 상승적으로 작용한다고 볼 수 있다. 또한 그로 말미암아 《무정》은 조국의 희망찬 미래 모습을 자연스럽게 제시한다.

그러나 영채의 내면 의식을 들여다보면 이와는 다른 결론에 이른다. 영채는 끝까지 비관적인 세계인식을 고수한다. 그렇다고 영채가 처음부터 비관론적 세계인식의 태도를 지닌 것은 아니었다. 집안이 몰락하고 자신의 처지가 어려움에도 영채는 형식을 만날 수 있다는 간절한 바람 때문에 희망적이고 낙관적인 세계관을 품었다. 그런데 이러한 세계관이 형식을 만나 그의 무정한 태도를 마주하고 난 뒤 비관적인 세계관으로 바뀐다. 김현수 일당에게 정조까지 짓밟힌 뒤에는 이 비관적인 세계관이 절정에 이르러 죽음까지 결심하게 된다. 비극의 극단이다. 춘원이광수는 이 막다른 골목에서 가치관의 변혁을 꾀한다. 작품상에서는 겉보기에 일단 성공하여 영채가 유학을 떠나는 것으로 되어 있다. 하지만 작품을 면밀히 검토하면 외적 변화에 따르는 내적 변화까지 완전히 이루어지고 있지 않음을 알 수 있다. 영채에게 무정함은 지속되는 것이다. 영채에게는 사랑의 대상인 이형식을 잃어버린 것이 문제가 될 뿐 그 밖에는 아무런 의미가 없다. 이 작품에서 형식과 선형은 춘원이광수의 이상이 투영된 인물들이고, 영채는 현실의 투영이라 풀이할 수 있다. 이렇게 볼 때, 무정함은 계속될 수밖에 없으며 현실은 비극적으로 남아 있을 수밖에 없다.

《무정》은 겉으로는 낙관적 세계관이 드러나지만 그 안에 담긴 진실로는 비극적 세계관이 강하게 반발하고 있다. 이 점은 춘원이광수의 그 뒤 작품을 파악하는 데 강한 암시적 의미를 지닌다. 비극적 세계관의 잉태라 해석할 수 있다.

일제강점기 문학과 출판

조선총독부는 한국 역사상 가장 표현의 자유를 제약하는 극심한 검열을 감행했다. 일제강점기 검열체제의 여러 장애에도 한국 출판계는 조선총독부의 규제를 받지 않는 영역에서 상당한 성장을 보였다. 일제강점기에 출판시장이 점차 형성될 수 있었던 것은 출판문화가 독자들을 앞서 이끌어 나갔기 때문이다. 그러나 조선에서 출판업으로 성공하기 위해서는 조선총독부가 부과하는 제약들과 식민지시대 출판시장의 요구에 각별한 주의를 기울여야만 했다. 많은 출판인들이 이러한 까다로운 업계 상황 속에서 실패를 맛보기도 했지만, 몇몇 출판사들은 출판시장 규제에 잘 적응하여 해방될 즈음에는 성공한 기업들로 성장했다.

일제강점기로 들어서며 10년간은 출판인들에게 가장 어려운 시기였다. 1907년의 신문법과 1909년의 출판법령은 모든 인쇄물이 출판이전에 검열을 받도록 규정했다. 한일병합 이후에 조선총독부는 공보신문인 〈매일신문〉과 지역신문인 〈경남일보〉(1909~1914)를 제외한 모든 한글 일간신문들을 폐간한 데 이어서 잡지 간행과 서적 출간은 계속 허용했지만 1908년 창간되었던 최남선의 《소년》을 비롯한 많은 간행물들을 곧 폐간했다. 1910~1920년에 한글잡지들이 조선에서는 37종, 일본에서는 8종이 발행되었지만, 이 가운데 절반 이상이 제한적인 독자층을 상대로 하는 종교 또는 학술단체에 의해 간행된 것들이었다.

일제강점기 조선총독부 행정가들의 억압적인 출판문화정책이 식민지의 지적 활동을 제한했음은 명백하다. 그러나 이렇게 외부에서 부과한 규제뿐만 아니라, 책시장의 수요 감소와 1910년대의 저작권체계 문제 같은 다른 요소들도 이 시대 출판계에 영향을 끼쳤다. 그래서 많은 초기 출판업자들은 사업을 유지하기 위해 학용품, 명함, 편지지 등 문구류를 함께 판매했다. 적은 선금만을 저자에게 지불하고 판권과 이윤을 출판사가 취하는 그즈음의 저작권체계도 작가들이 시장에 내놓을 문학작품을 창작하고자 하는 의욕을 떨어뜨리는 원인이었다. 1910년대 책 매매 상황에서 또 하나 두드러진 특징은 제한된 시장을 두고 매우 격렬한 가격경쟁이 펼쳐졌다는 점이다. 이 시기 출판사들은 독자들에게 일상적으로 대대적인 책 가격 인하를 광고했는데, 최고 50퍼센트까지 할인판매를 하기도 했다.

출판사업의 어려움을 겪던 초기에 출판사들은 《춘향전》, 《심청전》, 《구운몽》과 같은 고전소설들에 대한 수요가 상당하다는 것을 발견했다. 이러한 고전소설 출판의 유행은 1910년대 출판시장의 특성 가운데 하나로 자리 잡았다. 고전소설은 저작권 비용을 치를 필요가 없었을 뿐만 아니라 총독부의 검열도 쉽게 통과할 수 있었다. 또한 고전소설들은 일반적으로 한자를 쓰지 않거나 한자를 쓰더라도 한글 해석을 달아 독자들이 쉽게 읽을 수 있었다. 아울러 고전소설은 나이와 성별 및 교육 정도를 뛰어넘어 모든 조선인 독자들에게 친숙한 소재를 다루고 있다는 이점도 있었다.

그러나 고전소설의 제목이 일제강점기 초기 조선 독자들에게 익숙한 것이었다 할지라도 조선 후기 방각본(坊刻本)이나 세책본(貰冊本) 같은 한글소설들과는 다른 내용과 형식을 지니고 있었다. 일제강점기 초기 고전소설에는 새로운 출판기술과 형식들이 적용되었다.

예를 들어 전통적인 글은 보다 읽기 쉽게 바뀌었고 표지도 울긋불긋한 형태로 꾸며졌다. 따라서 이렇게 새로운 기술로 출판된 고전소설의 출판물들을 이전 출판물들과 구분하기 위해 '구활자본 고전소설'이라고 부른다. 또한 이러한 고전소설들은 눈길을 사로잡는 삽화들이 들어간 표지로 꾸며졌으므로 '딱지본'이라 부르기도 했다. 딱지본 소설들은 1960~1970년대까지도 시골 시장에서 흔히 볼 수 있었다. 1910년대에는 이런 책들이 시장의 국수 한 그릇과 같은 가격인 6전에 판매된다 하여 '육전소설(六錢小說)'이라 불리기도 했다. 이 가격은 월구독료에 비해 훨씬 싸서 큰 인기를 끌었다.

1912년 보급서관이 처음으로 딱지본 고전소설들을 출판했는데, 이는 《옥중화》라는 제목으로 다시 쓰여진 춘향전이었다. 딱지본은 주로 《춘향전》, 《홍길동전》, 《흥부전》처럼 옛소설의 제목들을 가지고 있었지만 《추월색》 같은 신소설도 포함되었으며, 이 책은 1910년대와 1920년대에 여러 차례 간행될 정도로 많이 팔렸다. 1928년 12월 21일자 〈동아일보〉 기사에 따르면 총독부 검열자들의 눈을 통과한 책 대부분은 고전소설들이었으며, 이들 중 몇몇은 수만 권에 이르는 판매부수를 기록했다. 이러한 고전 한글소설의 인기는 1920년대 후반부터 1930년대 중반까지 그 절정에 올랐으며, 그때까지 무려 60여 개 출판사들이 이러한 종류의 책들을 출판하고 있었다.

3·1운동 이후, 총독부는 마침내 출판계에 대한 규제를 일부 해제하고 이른바 '문화정치'라고 불리는 정책을 펴자 출판시장은 크나큰 변화를 겪었다. 그러나 검열제도는 여전히 지속되었고 이로 인한 출판물 압수와 사업정지 사례가 곧잘 발생했다. 이처럼 극심한 검열은 일제강점기 조선에서 사라지지 않았지만, 문화정치로 검열정책이 느슨해지면서 잡지와 신문들이 많이 창간되었다. 이로써 1910년대와 비교할 수 없는 출판물이 쏟아져 나왔다. 이들 가운데 《개

벽》(1920~1926)과 《조선지광》(1922~1930) 같은 일부 정기간행물들은 여러 해 동안 지속되어 주요 지식인들의 글을 싣게 된다. 또한 한국인이 한글신문을 출판하는 것이 허용되어 1920년 1월 〈시사신문〉, 1920년 3월 〈조선일보〉, 1920년 4월 〈동아일보〉가 잇달아 창간되었다.

1920년대에도 고전소설들의 판매는 강세를 보였지만, 많은 신문학 작품들은 폭넓은 독자층을 형성하지 못했다. 우리나라 최초의 근대식 베스트셀러라 불리는 《무정》은 1918년에 처음 단행본으로 출판된 뒤 6년 동안 무려 1만 권이나 팔렸는데, 1930년대까지 《무정》의 인기에 버금가는 작품은 나오지 않았다. 《창조》, 《폐허》, 《백조》, 《신천지》 같은 동인지에서 활동한 김동인, 주요한, 염상섭, 방인근, 박영희 등의 신인 작가들은 문단에서 높은 평가를 받았다. 그러나 여전히 농촌에 근거지를 두고 있어 전원적 성격이 짙었던 그때 사회에서 근대적 주제를 지닌 이들의 작품은, 고전소설을 소비하는 넓은 독자층 가운데 적은 일부만을 끌어들이는 데 그치고 말았다. 일제 강점기 출판시장은 고전소설의 인기 말고도 몇 가지 점에서 주목할 만한 특색을 보였다. 1926년 11월 16일자 〈동아일보〉 기사에 따르면, 그 전해에 조선총독부의 검열을 통과한 2천여 종의 출판물 중에서 가장 많은 수를 차지한 것은 족보와 소설이었고, 가장 적은 것은 정치와 과학에 관한 책들이었다. 정치와 학술 관련 글들이 적게 출판된 점은 엄격한 검열 상황을 반영하는 것으로 보이나, 한편으로 일반 독자들이 고전소설을 매우 선호한다는 점도 그때의 출판시장에 큰 영향을 끼치는 원인으로 해석된다.

그러나 엄격한 검열제도에도 불구하고 온갖 출판물들이 등장할 수 있는 여지를 주었던 1920년대 문화정치기를 지나 1930년대에 접어들자 극심한 통제가 행해졌다. 일제는 1931년 만주사태를 기점으로 군국주의 단계로 접어들었고, 1936년 미나미 지로(南次郎)가 조선총독부 총독으로 부임하면서 한반도 전역에 총동원체제를 도입했다. 이러한 1930년대의 군국주의 분위기에서 정치적으로 논란이 될 수 있는 내용물을 출판하는 것은 더욱 어려워졌지만, 1930년대 중반에 이르면서 조선의 출판계는 전대미문의 성장률을 보였다. 여기에는 몇 가지 원인이 있었다. 먼저 일제강점기 끝 무렵에 이르면서 작가와 출판인 모두 어떤 내용들이 총독부의 검열을 통과할 수 있는가를 파악하게 되었고, 따라서 스스로 문제가 될 만한 소재와 내용을 피할 수 있었다. 또한 한국의 출판계가 독자의 취향에 잘 맞춘 소재들, 즉 정치적 내용과 무관하면서 주로 사랑, 돈, 성공담 등을 다루는 출판물을 주로 펴냈다. 이러한 통속적인 이야기들이 성공적인 상업출판의 필수조건이나 다름없었기 때문이다. 이와 같은 한국의 출판시장 변화는 많은 사회적인 변화를 의미했다. '근대적 대중독자'의 탄생은 문맹이나 전습된 구술문화적 환경에서 문자문화의 글쓰기와 책읽기로의 전환을 뜻하고 또한 새로 확대된 도시 대중문화와도 밀접한 관계가 있었다.

이렇듯 출판계의 높은 성장률은 그 시대에도 기이한 현상으로 여겨졌으며, 1930년대 출판시장의 빠른 성장, 특히 신문학 작품의 활발한 간행은 다음과 같은 몇몇 요소들이 작용한 결과였다. 먼저 출판자본의 형성과 동시에 1920년대 후반부터 1930년대 중반까지 전성기를 이룬 뒤 1930년대 후반에 급격히 인기가 떨어진 고전소설을 들 수 있다. 고전소설의 급격한 퇴조는 출판인들로 하여금 줄어든 수입을 메우기 위해 새로운 문학시장을 개척하는 노력을 하게 만들었으며, 바로 이 시점에서 일제강점기 출판시장이 새로운 확장 단계로 접어들 수 있었다.

1930년대 들어서며 신세대 출판인들이 업계에 등장했다. 이들 가운데 상당수는 일본에 유학한 이들로 일본 현지의 시장 조건들을 잘 파악하고 있었고, 10년 전 일본시장에서 인기가 있었던 출판형태를 조선에 들여왔다. 여러 작품의 모음집, 즉 '전집'은 근대소설들이 예전에는 이르지 못했던 출판부수를 올릴 수 있도록 했다. 한성도서가 최초의 근대문학 전집인 〈현대조선장편소설전집〉을 1936년에 출간했고, 이어 1938년 〈현대걸작장편소설전집〉을 출간한 박문서관처럼 여러 출판사들이 전집 출판에 몰두했다. 1940년에 이르면 이 둘을 포함 조선일보출판부, 삼문사, 영창서관 등 5개 출판사가 약 70권을 출간했는데, 연 간행부수는 20만부를 넘어섰다.

이 통계는 문고판 전집의 판매부수를 포함하지 않은 수치로, 문고판들은 50쪽 정도로 이루어져, 가격은 권당 10전 안팎이었다. 학예사는 1938년 10월 〈조선문고〉의 출간을 시작했으며 1941년까지 40개가 넘는 작품을 출판했다. 〈조선문고〉는 일제강점기 주요 작가들의 작품들뿐만 아니라 고전소설도 포함하고 있었다. 박문서관은 이와 경쟁하는 〈박문문고〉를 1939년 3월부터 1941년 7월까지 출판했다. 〈박문문고〉는 전시의 어려운 여건들 때문에 출판이 중단되기까지 18권의 고전소설과 근대소설들을 펴냈다.

1930년대 출판시장의 급속한 성장은 근대 베스트셀러 소설의 탄생을 가능하게 했다. 1938년 〈매일신보〉에 처음 연재되어 1945년 해방까지 단행본 형태로 12만 5천 부가 팔리는 실적을 올린 박계주의 《순애보》는 1938년 처음 출판되었을 무렵 최고 인기 작품이었다. 1938년에 나온 이광수의 《사랑》 또한 두 번째로 높은 인기를 누렸다. 박문서관은 초판에서 《사랑》을 2천 부 인쇄했으나 2주 만에 품절되자 6개월도 채 안 되어 4판까지 인쇄했다. 《사랑》은 또한 단행본으로 출판되기 이전에 신문이나 잡지에서 연재하지 않고 장편소설 형태로 바로 간행한 최초의 작품이라는 점이 광고에서 강조되기도 했다. 이전에는 출판사들이 연재를 통해 인기를 확인하기 전에는 근대 문학작품을 단행본으로 펴내기를 꺼려했다는 점에서 《사랑》의 출판은 특히 중요한 의미를 가진다. 1938년까지 단행본 형태로 바로 출판된 소설이 한 권도 없었다는 사실은 그 시대 출판인들이 문학작품을 서적 시장에 소개할 때 겪었던 어려움들을 대변해 주는 것이기도 하다.

1940년에 이르면 문학작품 출판 속도가 새로운 원고의 공급력을 앞서기 시작했다. 전집을 펴내던 출판사들은 예전에는 출간되지 못한 채 밀려 있던 많은 작품들에 의존할 수 있었지만 이제는 새로운 작품들의 수가 동나기 시작했다. 원고가 부족해지자 출판사들은 이류작가들의 연재 작품 판권까지 예매했고, 유망한 작가들의 경우 선금을 주기도 했다. 이렇게 원고가 부족한 것은 전집을 출판하는 출판인들에게만 국한된 어려움은 아니었다.

1930년대 많은 출판인들이 맞닥뜨린 또 하나의 문제는 점점 심각해지는 종이의 부족이었다. 1937년 10월 29일자 〈조선일보〉 기사는 신문과 연속 간행물의 발행자들 사이에서 종이값 상승에 대한 우려가 퍼지고 있다 보도하면서, 종이 부족 현상이 문학 출판에 미칠 수 있는 심각한 파장에 대해 경고했다. 1938년 6월 조선총독이 선포한 할당 배급제에 따르면 정기 간행물에 사용하는 종이량의 절반쯤이 줄어들 정도였으나, 이러한 출판계의 어려움에도 1938년 출판업의 전망은 낙관적이었다.

출판계가 빠르게 확장한 문학 생산은, 전시의 종이부족 현상이 더욱 심각해지면서 〈동아일보〉〈조선일보〉가 문을 닫는 1940년 무렵에 이르면 그 성장이 침체되고 만다. 그러나 그즈음에 존재했던 여러 심각한 제약들에 비추어 볼 때, 1930년대 후반에 일어났던 출판계의 급성장은 매우 놀라운 일이었다.

일제강점기 출판계가 발달하면서 몇몇 출판사들의 성공 사례도 생겨났다. 1939년 백철이 쓴 〈출판계〉라는 글에 따르면 이 시대 주요 출판사는 박문서관, 조선일보출판부, 인문사, 삼문사, 동광당서점, 이문당, 영창서관, 한성도서, 신조선사, 문장사, 대동출판사, 세창서관, 덕흥서림, 학예사, 중앙인서관, 조선어학회 등이었다.

이렇듯 우리 출판계는 그 발달 과정에서 몇 차례 어려운 시기를 겪었고, 엄격한 검열과 자본의 부족, 종이와 같은 자원의 부족 등 쉽지 않은 조건 아래에서도 문학작품 생산을 가능하게 하는 물질적 기반을 충실히 마련해 갔다. 일제강점기 끝무렵에 이르면 이태준, 이효석, 박태원 등을 비롯한 여러 작가들은 전문적인 활동을 통해서 생계를 유지할 수 있을 정도가 되었다. 이들이 저술한 작품들은 현대한국문학에서 주목받는 글들이기도 하다. 이 시대 출판계의 발달이 없었다면 작가들의 창작활동은 빛을 보기 어려웠을 것이다. 그러나 한국현대문학의 창작활동이 전성기에 이르렀던 일제강점기 끝무렵 태평양전쟁이 치열해지고 물자가 부족해지면서 순수한 작품 창작이 어려워져 갔다.

운명의 만남

1918년 가을 어느 날, 춘원은 몸의 이상을 느끼고 병원을 찾았다. 여름 내내 원고지에 매달려 있었으니 무리도 아니었다. 그곳에서 이광수는 허영숙을 만난다.

그 병원이 바로 우시고메(牛込) 여자의학전문학교 부속병원이었다. 진찰비는 1원 20전이었는데 춘원의 수중에는 60전밖에 없었다. 모처럼 왔다가 진찰을 못 받고 돌아가게 되어 쩔쩔매고 있었다. 그때 춘원 앞에 나타난 여인이 있었다. 여인이라기보다는 소녀라 함이 옳았다. 그녀가 바로 허영숙이었다. 우시고메 여의전 졸업반 학생이던 영숙은 졸업을 앞두고 실습생으로 부속병원에 나와 있었는데, 나이는 겨우 스물한 살이었다. 영숙은 그가 서울만 아니라 조선 전체에서 한창 화제를 모으고 있는 이광수인 줄을 몰랐다고 한다. 아니 이광수라는 이름조차 영숙은 뚜렷하게 기억하고 있지 않았다. 몇 달 뒤면 한국 최초의 여의사가 될 영숙으로서는 학업 말고 다른 것에 관심을 둘 겨를이 없었다. 다만 진찰비가 부족해 쩔쩔매는 젊은이가 조선인이라는 데 선뜻 나선 것이다.

"괜찮으시다면 제가 빌려드리겠어요."

이 한 마디가 춘원이광수에게 건넨 허영숙의 첫마디였다. 그 순간 두 사람의 운명이 하나로 이루어진다.

춘원이광수는 허영숙을 만나, 그녀의 헌신을 다한 간호로 서서히 병에서 회복된다. 춘원은 일생 동안 몇 번이나 병으로 죽음의 문턱에 이르게 되는데, 그때마다 허영숙은 꼭 알맞은 간호와 정성으로써 그의 건강을 돌보았다. 그녀는 침착하고 사리에 밝으며 이지적이어서 춘원은 경제적으로도 허영숙에게 도움을 받는다. 그가 첫 번째 결혼을 후회하고 이혼을 결심하게 된 데는 이 새로운 애정관계가 큰 계기가 되었음에 틀림없다.

그가 초기작품에서 그토록 신념화된 자유연애관을 내세우게 된 데는 자신의 사사로운 애정관계 또한 작용했으리라. 민족주의적 정치의식에 사로잡혔던 그 시절 춘원이광수의 작품에 애정문제가 주된 경향으로 흐르고 있음은 그의 절실한 개인 사정을 배경으로 이해할 수 있다. 그러나 둘의 사랑은 그리 순탄치만은 않았다. 허영숙의 어머니는 그녀를 한 의사와 맺어주려 했다. 마침내 춘원과 영숙은 북경으로 사랑의 도피를 떠난다. 허영숙이 그곳에서 한 병원에 내과의사로 취직하면서 그들은 조그만 방을 얻어 사랑의 보금자리를 꾸밀 수 있었다.

허영숙은 무슨 까닭으로 이광수에게 손길을 내밀었던 것일까? "춘원이광수는 그 생긴 위인이 미래에 무슨 큰 보람을 우리 사회에 기필코 남겨놓을 것만 같았기" 때문이라고 그녀는 회상했다. 그 무렵 조선 유학생들은 매우 강렬한 민족의식을 지녔다. 누구나 민족을 위해 무언가 기여하고자 했다. 문필가로서의 춘원이광수를 존경했던 허영숙은 그를 보살펴 주어 조국에 보탬이 될 일을 하도록 돕는 것이 조선민족에 봉사하는 길이라고 여겼으리라.

1918년 스물일곱살 청년 춘원은 여러 달 북경에 살면서 여러 가지를 깊이 있게 관찰해 나아갔다.

"열강이 장차 중국을 분할하면 어찌 하느냐" 나는 이러한 말을 해 보았다. 왜 그런고 하면 영국이 양자강 이남을, 미국이 안휘와 복건을, 러시아가 몽골과 청해를, 프랑스가 광서와 운남을 이 모양으로 세력 범위를 정하여 사실상의 분할을 한다는 소문이 많았기 때문이다. 그러면 중국 학생들은, "아이 돈 캐어(나는 상관없어)" 한다든지 "네버 마인(걱정말어)" 하고 태연하였다. 그 이유는 과거에도 몽골족이나 만주족이 중원을 정복한 일이 있었지마는 다 삼백 년이 못 돼서 도리어 피정복자인 한족에게 동화되고 흡수됨을 받았다는 것이다 그러므로 열강이 설사 중국을 과분하더라도 그것은 길어야 삼백 년을 못 가서 도로 한족 세상이 된다는 것이다. 우리와 같이 수효 적은 민족으로는 도저히 상상할 수 없는 일이었다. 나는 한편 그들에게 애국심이 없음을 비웃으면서도 또 한편으로는 그들의 대륙적인 가슴속 생각이 부러웠다.   《그의 자서전》

일찍이 서양 사람들이 중국을 '잠자는 사자'라고 일컫다가 청일전쟁에 참패하는 것을 보고는 '죽은 사자'라고 하거니와, 역시 또 한번 깨어날 산 사자가 아닌가 하였다. 어찌 했든지 한족은 우리와는 교대로 관계가 깊은 민족이다. 단군 때부터 벌써 요임금 시대의 한족과 교통이 있었고 역사가 C의 말과 같이 기자(箕子)가 비록 지금의 요양(遼陽)의 한편 구석에 와서 망명생활을 하였다 하더라도 또 한(漢)나라 때 낙랑이 비록 지금 대동강 연안이 아니라는 W 씨의 말이 사실이라 하더라도 또 우리 한국족이 독특한 문화를 지어내었다 하더라도 우리가 한족 문화의 영향과 혜택을 받은 것은 부인할 수 없는 일이다. 이러한 의미에서 우리는 한족에게 감사의 뜻을 아니 품지 못할 것이다. 우리가 신만엽 이래로 특히 이조 오백 년에 한족의 문화에 중독하여 제 것이다 할 모든 좋은 것을 잃어버린 것은 심히 원통한 일이지마는 그것은 우리 조상네의 잘못이지 결코 한족의 잘못이라 할 수는 없고 또 백제와 고구려의 나라를 멸한 당나라나, 임진왜란에 한국에 들어 와서 모질고 나쁜 짓을 저지른 명나라 병사나, 그것도 그들을 우리나라에 불러들인 우리 조상들의 죄요, 한족의 죄는 아니다. 우리는 한족을 미워하고 멸시하는 생각까지도 가지는 경향이 있지마는 이것이 심히 어리석은 일이다. 《그의 자서전》

1918년 11월, 제1차 세계대전이 끝났다. 미국의 윌슨 대통령은 민족자결주의를 부르짖었다. 세계 약소민족들 사이에 독립하려는 기운이 일어났다. 이광수는 그저 달콤한 결혼생활에 파묻혀 있을 수만은 없었다. 춘원은 영숙을 북경에 두고 서울로 돌아온다.

그 일을 허영숙은 이렇게 떠올린 바 있다. "나라를 위해서라고 하지만 정말 야속했어요. 세상에 그런 박정한 사람이 어디 있을까 원망스러웠어요. 말릴 성질의 일도 아니었지만 말린다고 해서 들을 사람도 아니었습니다." 그는 생판 딴사람, 아니 신들린 사람처럼 허둥 대다가 아내에게 앞으로 어떻게 하라는 말 한 마디 없이 11월 끝 무 렵 홀쩍 서울로 떠나버린다.

오직 나라독립 열정으로

춘원이광수는 서울에서 현상윤(玄相允)과 함께 최린(崔麟)을 설득 하고 도쿄로 건너가 학생들의 독립투쟁에 가담한다. 사흘 밤낮 춘원 은 〈조선청년독립단선언서(朝鮮靑年獨立專宣言書)〉를 기초한다. 그리 고 앞장서 2·8독립선언을 주도 선언한다. 이것이 기미 3·1독립운동의 시작이었다. 그에 앞서 춘원이광수는 이 독립운동을 온 겨레가 참여 해 삼천리강산 곳곳으로 뻗어 나가도록 하기 위해 조선청년독립단 대표로 상해로 건너가, 이 큰 뜻을 독립투사들에게 알린다.

1919년 2월 상해에 도착한 이광수는 항구에서 우연히 장덕수(張 德秀)를 만난다. 이광수는 일본으로 떠나는 길인 그에게 갖고 있던 돈을 모두 주었다. 그리고 그를 배웅하러 나온 동료의 집에서 신세 를 지면서 여운형(呂運亨) 등 정치청년들이 만든 신한청년당(新韓靑 年黨) 활동에 가담한다. 한편 이광수는 학비를 내지 못한 탓에 와 세다대학에서 제적되고 만다. 그의 두 번째 유학은 이렇게 막을 내 린다.

그 무렵 춘원이광수와 동료들은 파리 강화회의에 김규식(金奎植) 을 대표로 보내는 한편, 상해에 임시정부를 세우기 위해 조선, 시베 리아, 일본 등 곳곳으로 동료들을 보내고 있었다. 그해 3월 5일 즈음, 3월 1일 서울에서 독립운동이 일어났다는 소식이 신문에 실렸다. 이 광수와 동료들은 곧 해외동포 단체에 이 사실을 알리고, 미국 대통 령과 영국·프랑스 수상에게 모든 조선인이 조선의 독립을 선언하며 봉기했다는 장문의 영문 전보를 보냈다.

모르는 것이 유감이었으나 나는 현순에게서 들은 대로 천도교 수령 손병희, 예수교 대표 이상재, 늙은 정치가요 귀족인 박영효 등이 (나중에 알고 보니 박영효의 서명은 헛소문이었다) 서명한 〈독립선언서〉가 발표되어서 2천만 대한민족이 독립을 부르짖었다는 장문의 동문 전보를 지어 파리 강화회의, 미국 대통령 월슨, 영국 수상 로이드 조지, 프랑스 수상 클레망소 등 열국 대표에게 전보를 놓았다. 이날 여운홍과 나는 참으로 어깨가 으쓱하여 노르웨이인이 경영하는 무선전신국으로 갔던 것이다. 미국, 하와이 국민회에 치는 전보와 아울러서 대양 7백 몇십 원의 전보료를 물고 전신국에서 나올 때는 참으로 딴 세상 같았다. 그때 대양 7백원이라면 우리에겐 엄청나게 큰 돈이었던 것이다.   《나의 고백》

국경을 넘어 넘어 조선의 소식이 전해져 갔다. 옷이나 구두 속에 숨겨온 것으로 보이는 꼬깃꼬깃한 종이에 작은 글씨로 적힌 그 내용은, 어디서 몇 천 명이 만세를 불렀고, 어디서 몇 십 명이 일본 경찰과 군대에게 죽임당했는지에 대한 정보였다. 이광수의 임무는 이런 정보를 중국어와 영어로 기사화해 신문사와 통신사에 보내는 일이었다. 신한청년당을 떠난 이광수는 신익희(申翼熙) 등과 더불어 소장파 중심으로 임시정부 기반을 마련하는 한편, 도산 안창호를 받들어 열정적으로 독립운동을 펼쳐나갔다.

1907년 도산 안창호가 망명했던 미국에서 조선으로 돌아오는 길에 일본에 들렀을 때, 중학 편입을 준비하던 이광수는 그의 연설을 들은 일이 있다. 그 뒤 안창호는 조선에 돌아와 신민회를 만드는 한편 평양에 대성학교를 세운다. 이광수는 그곳에서 안창호의 연설을 듣고 감동한 이승훈이 정주에 세운 오산학교에 교사로 초빙된다. 그러나 춘원이광수가 오산학교에 교사로서 첫발을 디뎠을 때 안창호

는 중국 망명 준비중이었다. 그리고 상해에서 이광수는 드디어 안창
호와 만남을 이루게 된다.

임시정부에 들어온 안창호는 오랜 기간에 걸친 독립 계획이 담긴
〈독립운동방략(方略)〉을 구상하는 한편, 임시사료편찬회를 만들어
민족운동사 자료를 편집하고, 임시정부 기관지 〈독립신문〉을 창간
한다.

춘원이광수는 안창호를 도와 〈독립운동방략〉을 쓰고, 사료편찬회
의 주간을 맡아 독립운동사를 정리해 나갔다. 한편 독립신문의 발행
인 주필로서 그 간행에도 힘썼다. 또한 도산 안창호의 사상을 정리
하여 〈민족개조론〉을 쓰게 되는 사상적 안목을 키운다. 그러나 자신
감과 의욕에 넘치던 춘원이광수는 임시정부 선배 지도자들의 갈등
을 보면서 크나큰 실망감을 감출 수 없었다. 춘원은 그때 상황을 이
렇게 쓰고 있다.

홍사단이 목적하는 바를 들은 내 의견으로는 민족의 독립은 독립
을 운동함으로 될 것이 아니요, 민족이 독립의 실력을 갖춤으로써
이뤄진다는 것이었다. 그런데 민족의 실력을 기르는 길은 민족 각 개
인의 실력을 기르고, 이러한 개인들이 단결함으로 독립의 힘을 발할
수 있다는 것이었다.

이러한 힘이 없다면 독립이 될 수도 없거니와, 설사 남의 힘으로
또는 요행으로 독립이 되더라도 그것은 오래 지탱할 수가 없는 것이
었다. 이렇게 깨닫고 보니 나는 동포들이 많이 사는 속으로 들어갈
수밖에 없었다. 나는 제 주권이 있는 나라의 혁명운동은 국외에서
하는 것이 편하고, 제 주권이 없이 남의 식민지가 된 나라의 독립운
동은 국내에서 해야 한다는 결론을 얻었다. 나는 이 본을 중국혁명
에서와 인도의 독립운동에서 보았다.

이광수는 중국의 손문이 나라 밖에서 혁명운동을 하다가 국내 세력과 협력해 성공한 사례와 인도의 간디가 국내에서 법을 지키면서도 온 국민적인 호응을 얻어 독립운동을 펼쳐나간 사례를 살펴가면서 자신의 귀국 명분으로 삼았다. 그는 여러 갈래로 찢어진 우리 독립지사들의 힘만으로는 선진 일본제국에 맞서지 못할 뿐만 아니라 조선인 인명 살상이 엄청나리라 결론지었다.

이리해서 나는 '국민개업(國民皆業), 국민개학(國民皆學), 국민개병(國民皆兵)'이라는 긴 글 한 편을 지어 독립신문에 실리고는 그 신문사에서 손을 떼고 국내로 뛰어들어오기로 결심했다. 나는 이 뜻을 안도산에게 말했으나 그는 반대하고 나더러 미국으로 가라고 했다. 도산은 내가 국내에 들어가는 것이 민족운동자로서의 명성을 떨어뜨리는 길이라고 말했다. 명성을 돌아볼 것이 아니나 명성이 떨어지면 민중이 따르지 아니하여 일을 할 수 없으니, 그러므로 명성은 아끼는 것이라고 도산은 간곡하게 말했다. 그러나 나는 내 명성이라는 것을 그다지 대단한 것으로 생각지 아니했고, 조그마한 내 명성을 아낀다는 것도 좋지 않은 생각이라고 결론짓고 도산 모르게 귀국할 결심을 했다.

도산 안창호가 춘원이광수의 귀국을 말리며 해준 충고는 도산의 통찰력을 그대로 보여준다. 그 뒤의 모든 현실은 도산이 내다본 대로 정확하게 일어나고 만다. 그리하여 춘원의 생애는 현실의 중압감에 눌린 채 살아가야 했던 비극으로 이어져 간다.

독립신문
"비록 변변치 못하나마 내가 맡은 직분(독립운동의 역사적 소임, 노블레스 오블리주)을 다하였다. 무한한 희망과 축복을 동포에게 남기고 나는 이 세상을 떠나노라." 이렇게 춘원은 자유 민족국가 건설이 그의 정치 이상임을 밝히고 있다.

1919년 8월 21일 〈독립신문〉 창간호가 발행되었다. 사상 고취와 민심 통일, 우리의 사정과 사상은 우리 입으로 설파하기, 여론 환기, 새로운 사상 소개, 국사와 국민성 고취, 민족개조 등 5대 사명을 창간사에 내세우고 발행하기 시작했다. 독립운동의 이론적 근거를 제시하면서 임시정부 활동을 소개하는 한편 국내의 독립운동 소식도 전했으며 일제의 한국 통치와 중국 침략을 비판하기도 했다. 춘원은 독립신문의 주의를 다음과 같이 정의했다.

"어떤 이는 본지의 논지에 대하여 너무 개방적이요 사실보고주의임을 논란하고 있다. 이는 비밀이 누설되는 걸 두려워하며 국민을 격려하여 용기를 북돋우는 힘이 적을 것을 우려함일지니 우리는 그 충고의 진정을 이해하며 우리도 비밀의 필요를 알고 있다. 논자보다 더 잘 알 수도 있을 것이다. 그러나 적의 눈을 가리기 위하여 동포의 눈을 가리는 어리석음은 배우지 아니하리라."

〈독립신문〉은 5호 활자로 6단 조판 4면으로 주 3회(화·목·토) 발행되었다. 창간호부터 제21호(1919.10.16.)까지는 '獨立'이란 제호로 나오다가 제22호(10.25.)부터는 제호가 '獨立新聞'으로 바뀌어 발행되었다. 〈독립신문〉 제호의 휘호는 춘원 친필로 추정된다. 〈독립신문〉의 기사를 분석해 보면 일본을 적국(敵國), 왜(倭), 일본 천황을 왜황(倭皇), 동경을 적경(敵京)이라 표기하면서 일본을 적대국으로 규정한다. 미국을 일본식 미국(米國)이 아니라 미국(美國)이라 표기하는 등 주체성도 강조하고 있다.

춘원의 문체에는 의고체 문장과 현대식 문장이 뒤섞여 있다. 따라서 〈독십신문〉은 춘원의 문체 연구에 귀중한 자료이다. 예를 들면

"반도내(半島內)에서 위대할 뿐 불시(不啻)라 인(引)하여는 동아전국(東亞全局)이"를 "반도 안에서만 위대할뿐더러 나아가서는 동아 전국이"로 번역·윤문했다. 접인(摺引—끌어들임), 요뇌(橈腦—머리가 어지러움), 언위(言爲—말함), 초출(迢出—특출), 고사(古楂—고목등걸), 통량(通亮—양해함), 취회(聚會—모아들임), 말유(末由—할 수 없음) 등이다. 한국어의 고어로는 모도아(모아), 모도다(모으다), 가론(이른바, 가로되), 무디(무더기), 먹서리(짚으로 만든 그릇), 두던(두덩, 둔덕), 안해(아내), 입설(입술) 등이다. 춘원이광수는 어천절(御天節—단군이 하늘에 오른 날) 기념시를 순 한글고어를 써서 찬송하기도 했다.

　검(왕)이신 우리 한배, 배달 뫼 나리시사, 두온열일곱해(217년), 가르치고 보이시니, 눈에 보임 뿐일가, 마음 밭(心田·정신) 더욱 빛나, 동녘 모든 겨레, 비로사(비로소) 환하도다, 오신 자리 돌아가심, 이치로 깨우시니, 아스(아스라이) 달 밝은 달에, 빛 구름 자욱하도다, 뜻 못 받은 저의 무리, 많은 틀림 까닭으로 이짐(잊음)이 얼마인지, 생각할사록 두렵도다, 괴롬 끝에 지치여서, 뿌리 찾는 돌린 맘, 떠라시며(뜨다) 길이 바람, 늘 흰 뫼가 서리 오니, 어찌 다만 새 기운이랴, 끼치옵심 더욱 밝다, 따뜻하고 시원하며, 아름답고 기름진 땅, 세우(세게)차고 씩씩하며, 착하고 어진 버릇, 어떤 것 아니 주심인가, 부러워할 이 그 얼만고, 한배시며 스승이며, 예나 이제 임검(임금)이시니, 공경하고 사모함이, 어느 때에 없을손가, 하물며 저 스스로 다스리게, 모든 더 나리 맡기심가, 저의 비록 미련하나, 그 고이(사랑)를 잊으리까, 얼마 못된 정성이나, 한데 모아 기념하니, 아름다운 꽃무들기(꽃무더기), 얻은 때 자랑하며, 즐검(즐거움)을 차지랴는, 우리 터 꾸미었도다, 우에(위에) 계신 우리 한검(하나님·한울님), 기쁨으로 보옵소서.

춘원이광수는 〈독립신문〉 제1호부터 제101호(1919.8.21.~1921.4.2.)에 이르기까지 시가, 논설문(사설), 한국독립운동사, 인터뷰, 연설문, 시사단평, 개조론, 역술 등에 이르는 모든 분야를 홀로 썼다. 이광수처럼 호 및 필명이 다양한 인물도 찾아보기 힘들 만큼 그는 춘원, 장백산인, 장백, 천재, 춘, 일기자, 송아지, 등 온갖 이름들로 글을 발표했다.

　　춘원이 〈차이나 프레스(China Press)〉와 교섭하여 페퍼(Nathaniel Peffer)라는 기자가 1919년 3월 중순 서울에 특파원으로 가서 3주간 취재하고 돌아왔다. 캐나다인 스코필드(F. Schofield) 박사의 도움으로 수원 제암리 학살사건 등 많은 정보와 사진을 구하여 날마다 〈차이나 프레스〉에 실었다. 여운형과 이광수는 페퍼를 칼튼 호텔에 초청하여, "저녁을 대접하면서 그가 조선에 들어가 애씀에 감사를 나타내면서 그의 소감을 들었다. 페퍼는 여운형과 이광수에게 비관적인 말을 했다.

　　그만했으면 너희 민족이 일본 통치에 불복하고 독립을 원한다는 뜻과, 또 독립을 위하여서는 죽기도 두려워하지 않는다는 용기도 표시되었으니 더 동포를 선동하며 희생을 내지 말라. 지난 수십 년간에 길러낸 지식계급을 다 희생하면 다시 수십년을 지나가 전에는 그만한 사람을 기를 수 없으니 앞으로 교육과 산업으로 독립의 실력을 길러라. 내가 보기에는 현재의 너희 힘으로는 일본을 내쫓고 독립할 힘은 없다고 본다. 　　　　　　　　　　　《나의 고백》

　　춘원이광수는 이 글에서 "페퍼의 말은 우리를 슬프게 하고 분개하게도 했으나 돌려 생각하면 그는 우리에게 자기의 솔직한 소견을 말하는 성실을 가진 것이었다. 최후의 일인, 최후의 일각까지 독립운동으로 나아갈 길밖에 없는 우리라고 우리는 대답하였다" 적고 있다.

춘원이광수는 〈독립신문〉 3호(1919.8.29.)에 〈한일병합 전말〉이라는 긴 논설을 발표했는데, 그 첫 구절을 러일전쟁으로부터 시작한다.

1904년 2월에 러·일 양국이 선전하자 일본 공사 하야시(林權助)는 병력을 빙자하고 우리 조정에 압박하여 한일동맹 전약(專約) 6조를 강제로 정하게 하니, 이는 일본이 한국의 권리를 공공연히 침해한 시초이다. (……) 러일전쟁이 종식을 고하고 1905년 9월에 미국 포츠머스에서 러·일 강화회의를 열 때 일본은 이전의 조약을 위배하고 한국의 강화회의 참가를 불허하였다. 이 회의에서 체결된 조약 중 제2조에 "러시아 황제는 일본이 한국의 정치 군사 및 경제상에 대하여 각 우월권이 있음을 승인하며, 차후에 일본이 한국정부와 더불어 공동 필요로 인정하고 한국 주요 정치를 실시하며, 한인의 거동을 지도함에 이르러 러시아는 장애가 되지 아니함"이라 하니 이는 일본이 한국의 자주권 무시를 세계 여러 나라에 공공연히 보여 준 것이다.

춘원이광수는 러시아령에 거주하는 한인들의 사정을 잘 알고 그들의 분열을 경고하면서 단합을 촉구하는 글을 〈독립신문〉 1920년 3월 11일자에 싣기도 했다.

근래에도 상해, 북경 등지로부터 무수한 암실의 사신(私信)이 러시아령 서북간도 및 미주 하와이 등지로부터 날아드는 모양이며, 그 사신이 날아드는 대로 통일이 있던 곳에는 통일이 깨어지려 하고 통일이 되려던 곳에도 분열이 심하여 가는 경향이 있다. 러시아령의 동포는 요즘 인심이 통일되어 중앙정부의 기치하에서 광복의 대사업을 무도(務圖)하려는 조짐이 보이더니, 그 저주받을 암실의 사신이 또 인심을 어지럽히는 모양이다. 서북 간도도 많이 통일되는 모양이더니, 역시 근래에 상해, 북경 등지 암실의 사신의 화재(禍災)를 받는다 하도다. 그들 간사한 무리의 상투어는 "상해 정부는 신임할 수 없다. 혈전을 하여야 하겠는데 정부에도 혈전의 준비가 없다. 그런데 내게는 이 의사가 있으니 금전이나 인물이나 정부의 밑으로 가지 말고 내 밑으로 오너라" 함이니, 간사한 무리가 으레 하는 모양으로 국민의 생전론(生戰論) 심리를 교묘히 속여서 일이 이룩되면 건국의 영웅이 되고 패하더라도 수중에 들어온 금전과 명예야 갈 데 있으랴 하는 가증가민(可憎可憫)한 심사로 이러함이라.

〈차제(此際)를 당하여 재외동포에게 경고하노라〉

춘원이광수는 〈독립신문〉에 〈러시아혁명기〉를 우리말로 옮겨 총 11회를 연재했다. 춘원은 그 머리글을 이렇게 쓰고 있다.

금후의 세계의 정신적 지배자는 러시아이다. 금후의 사상의 세계, 쟁투의 세계는 전혀 러시아의 것이다. 우리는 '러시아주의'의 승리를 확신하거니와 이 새 시대의 개막인 3월 대혁명기를 옮겨 펴내는 데 있어 더욱 그 감개를 이기지 못한다.　　　　〈독립신문〉 1920. 1. 10.

또한 춘원은 러시아 혁명용사 포타포브 장군을 면담하여 〈독립신문〉 1920년 3월 11일자 기사에 실었다.

지난(1919) 2월에 '거적(巨敵)'이라는 혐의로 콜차크 정부의 추방을 당하고 같은 해 12월에 제국의 치안을 방해한다는 이유로 일본으로 부터 추방을 당하여 그때부터 상해에 머물면서 조국의 형세를 관망하고 있는 대붕(大鵬), 러시아 제1혁명의 친위대장으로 차르의 전제정치에 최후의 일수(一手)를 내린 백전의 용사 포타포브 장군을 그 여관으로 방문했다. (……) "내가 귀국에 머물 때에 일본에게 강탈을 당하는 한국의 독립을 위하여 전력을 다하였다 하면, 그리고 항차 민족자결 민족평등의 대세 중에 처한 러시아 혁명당의 영수로 대한 민족의 장래에 대하여 어찌 수수방관할 수 있으리오" 하고 목소리를 높여, "나는 귀국의 독립운동에 참가하기를 약속하노라. 나는 귀국민이 일본정부의 철쇄를 끊고 자유를 얻으려는 대운동을 위하여 온 마음과 온 힘을 기울여 원조하기를 약속하노라" 할 때에는 두 눈에 전광이 번득이는 듯하다. 마지막에 포 장군은 기자의 손을 잡으며, "이 뜻을 나의 경애하는 귀국민에게 알리기를 희망하노라" 말하였다. 장군은 일시 상해에 잠복하였거니와 머지않아 시베리아에 장군의 웅자가 포효할 날이 나타나리라.

〈러시아 제1혁명 용사 포타포브 장군 담화와 약력〉

춘원이광수는 시베리아에서 일본과 러시아 간의 우수리스크 전투를 보도하고 블라디보스토크에서 희생된 최재형(崔在亨) 등 네 명의 의사 추모 글을 〈독립신문〉에 썼다. 또한 〈적수공권(赤手空拳) 독립운동 진행방침 사견(私見)〉이라는 4회에 걸친 열정적인 논설을 발표한다.

대한인아, 너와 피를 같이한 형제가 적의 칼 아래 상하고 죽음을 못 보았는가. 너의 적은 니콜라예프스크 항(하바로프스크 주 아무르 항)에서 수십의 동포를 죽였다. 그 전쟁도 피치 않으리만큼 국민이 비등함을 보라. 맹산(孟山)에서 학살을 당한 53명의 혼이 부르짖는다. 정주(定州)와 사천(砂川)에서 몰살 당한 40명, 그 아름답던 촌락은 다 불타고 다섯 살 유아는 적의 거친 손 아래 두 다리가 찢기어 죽었다. 너의 이웃 동리 친척이 현재 이 시간에도 악형의 고초를 당하는 자가 얼마인가. 너가 의리를 아나니 마땅히 적의 관리와 말을 주고받을 염치도 없으리라. 하물며 적에게 세금을 바치랴.

(……) 일본 통치의 거절은 민족 의사를 발표하는 실제요, 납세의 거절은 통치 거절의 가장 중요한 것 가운데 하나이다. 희생적 정신과 견인불발의 용기로써 너 한 사람부터 적에게 한 푼의 세금을 납부함을 거절하여 민족적 의무를 이행하고 동포의 원혼을 위로하며 적의 간사한 속임수를 타파할 지어다. 〈독립신문〉 1920. 6. 22.

춘원은 더불어 그리피스에게 독립 염원이 짙게 담긴 영문편지를 보냈다. 그리피스의 《은둔의 나라 한국》(1882)은 초판본이 간행된 이래 일본에게 유리한 왜곡된 역사서술임에도 유럽과 미국에 한국을 소개하며 이해하는 데 교과서적 역할을 했다. 이 책은 영문으로 된 최초의 한국사로 1904년에 이르기까지 무려 7판이나 발행되었다. 이 책에서 한국사 왜곡은 두 가지로 나뉘었는데 하나는 고대 일본의 삼한지배설을 주장했다는 사실이며 또 다른 하나는 1884년 갑신정변에 대한 편파적 기술이다. 갑신정변은 일본이 한반도 지배권을 확립하기 위해 급진 개화파를 부추겨 일으킨 정치적 쿠데타이다. 하지만 이 책에는 조선의 개화운동을 방해하기 위해 청나라가 정변을 일으켰다고 쓰여 있다.

상해의 프랑스 조계 한쪽에서 대한민국 독립신문을 발행하던 이광수는 그리피스가 《은둔의 나라 한국》 8판을 펴낸다는 말을 듣고 절호의 기회가 왔다고 여겼다. 그는 왜곡된 역사서술을 바로잡아 한국의 정체성을 온 세계에 알리고자 마음먹었다. 그리하여 독립에의 염원을 담은 영문편지를 박은식 공동 명의로 쓴 뒤, 춘원의 《한일관계사료집》(1919)과 박은식의 《한국독립운동지혈사》(1920) 두 권을 함께 넣어 그리피스에게 보냈다.

한편 상해 주재 일본 영사는 춘원의 항일 독립운동을 문제 삼아 임시정부와 독립신문사를 관할하는 프랑스 영사에게 〈독립신문〉을 폐간하라 강력히 촉구했고 마침내 그 요구가 받아들여져 〈독립신문〉은 정간되었다. 그리하여 〈독립신문〉은 제86호(1920.6.24.)를 끝으로 6개월 동안이나 발행하지 못하다가 안창호의 끈질긴 복간 교섭 덕분에 제87호(12.20.)를 이어 발행할 수 있었다.

춘원은 〈독립신문〉 창간사에서 민족을 개조해서 부활한 '신국민'으로 거듭 태어날 것을 부르짖으면서 '선전 개조'를 18회 발표했다. 따라서 〈민족개조론〉의 밑그림은 이때 이미 춘원에 의해 그려졌고 귀국 뒤 이를 바탕으로 종합 정리해 〈민족개조론〉을 썼다.

김사엽 교수가 펴낸 《춘원의 광복론 독립신문》의 이념과 편집을 보면, 원문은 단락 없이 떼어 쓰지 않고 문장을 잇따라 조판했는데, 문단을 나누고 띄어쓰기를 했으며, 의고체 문장을 현대말로 옮긴 뒤 개화기 한문 구투식 문장은 원문을 해치지 않은 채 한글로 번역했다. 또한 오·탈자를 바로잡았으며, 만연체 문장을 간결한 문장으로 바꾸었고, 이해를 돕기 위해 상세한 역주를 달았다. 그리고 모든 글 끝에는 호(號), 날짜를 써넣어서 이용자의 편의를 최대한 배려하고 있으므로 한국독립운동사 연구의 일차사료로서의 가치가 높다고 평가된다.

춘원이광수의 화두는 절대독립과 조국광복이다. "절대독립이란 자국의 국호(國號)를 가지고 자국의 국기를 달고 자국의 입법기관이

제정한 법률 아래 자국의 국민으로서 행정 및 사법기관하에서 이민족의 간섭을 불허하고 국가적 생활을 경영함을 일컬음이니, 이 이상의 독립도 없고 이하의 독립도 없는 것이다." 절대독립이야말로 〈독립신문〉의 정신이라 정의하고 있다.

한편 도산 안창호는 1913년 샌프란시스코에서 '흥사단(興士團)'이라는 단체를 만들었다. '무실역행(務實力行)'을 중심으로 개인마다 덕(德)을 기르고 전문지식을 배워 익혀 자립하는 것을 추구한 이 수양단체는 한 사람 한 사람이 힘을 키우면 민족 전체의 실력 또한 커져, 마침내 독립을 이룰 수 있다는 실력양성주의(준비론)의 사고방식에 바탕을 두었다. 안창호는 만일 운이 좋아 독립하더라도 나라가 실력이 없으면 독립을 지켜나갈 수 없다고 생각했다. 안창호는 이 사상을 동포들에게 널리 알릴 목적으로 중국에 흥사단 원동(遠東)위원부를 만들어 모범이 될 만한 집단 수양시설 세울 계획을 갖고 있었다. 도산 안창호의 사상에 깊이 공감한 이광수는 원동위원부 제1호 단원으로 흥사단에 들어간다. 이때부터 이광수는 안창호의 곁을 지키며 누구보다 세차게 흥사단운동을 펼쳐나간다.

춘원은 도산 곁에서 그를 지켜보며 그의 인격에 큰 감화를 받은 것으로 보인다. 이광수는 아래와 같은 글을 쓰고 있다.

도산은 정부에서 물러나오자 흥사단에 그의 밤 시간을 썼다. 내가 그에게 흥사단 말을 처음 들은 것은 첫해 가을인가 한다. 흥사단의 이론은 도산의 실천과 아울러서 깊이 내 마음을 끌었다. 흥사단의 주지를 들은 내 인상으로는 민족과 독립은 독립을 운동함으로써될 것이 아니요, 민족의 민족이 독립의 실력을 갖춤으로만 이뤄진다는 것이었다. 그런데 민족의 실력을 기르는 길을 민족 각 개인의 실력을 기르고, 이러한 개인들이 단결함으로써 독립의 힘을 발할 수 있다는 것이었다.   《나의 고백》

도산 안창호가 이광수에게 끼친 사상적 영향은 춘원 자신의 글이나 작품들 여기저기에서 찾아볼 수 있다. '하늘이 내게 주신 T선생'이라고까지 춘원은 도산을 숭배한다.

만일 당신께서 T선생을 내게 보내심이 없었던들 나는 지금 어떠한 지경에 빠졌을는지 알 수 없습니다. 혹은 이미 칼로나 육혈포로나, 혹은 노끈으로 보기 흉하게 이 목숨을 끊었는지도 알 수 없고, 설혹 살아 있다 하더라도 죄악과 죄악의 구렁에 깊이깊이 빠지고 잠겨서 영혼의 골수에까지 썩히는 구더기가 끓었을는지도 알 수 없습니다. (……) 당신이 내게 보내신 사자 T선생은 나를 옥에서 건져 내었습니다. 그러나 옥문을 나서 보니 사면이 모닥불 같은 별에 타는 사막이요, 그 가운데 한 줄기 사람의 발자취가 있습니다.
                                                      〈인생의 향기〉

도산 사상의 핵심은 거짓 없는 실천궁행 곧, '무실역행'으로 도산의 구국운동은 3대 교육(덕육·체육·지육)과 4대 정신(무실·역행·충의·용감), 3대 자본 축적론(금전·지식·신용의 저축)으로 요약할 수 있다. 윤홍로 교수의 춘원 연구에 따르면 도산의 표어인 '무실역행'은 우리의 인습인 공리공론과 거짓을 버리고 조금씩 성격과 습관을 고쳐나가자는 것이다. 거짓을 적으로 여기고 차츰 성격과 습관을 고쳐나가면 훌륭한 민족성을 되찾을 수 있고 자연스럽게 국권을 회복할 수 있다는 것이다. 동양철학에서는 자주 논의되었던 '실무'라는 말은 율곡 이이(李珥)도 즐겨 쓴 바 있으며 실학과도 관련 있다. 즉 도산의 '무실'은 동양사상의 뿌리와 서구적 실용주의의 복합적 의미를 지니고 있다.

도산 안창호는 1913년 흥사단의 강령으로 거짓, 공리공론, 불신, 비겁, 파쟁, 무정(無情)의 부정적 인습을 버리고 자아혁신, 개인수양에서부터 시작해야 함을 강조했다. 도산은 1, 2차 세계대전 분위기에서 약육강식의 국제적 생존경쟁의 원리를 체득했고 힘의 철학과 냉엄한 현실을 객관적으로 인식해야 할 실증과 인과법칙 등을 깨달았다. 도산의 무실사상은 유길준의 《서유견문기》를 통해 터득한 실상개화와 허명개화를 구별하고 허(虛)를 버리고 실(實)을 취하는 실용사상이다. 도산이 〈청년에게 부치는 글〉에서 활동에는 허명적 활동과 실제적 활동이 있다 구분하고 실제적 활동에 힘쓰라고 한 것은 서재필의 실용주의적 학문과도 맥락을 잇는다.

이처럼 실용주의적 사상의 흐름은 이 땅에서 일찍이 조선 끝 무렵의 실학, 즉 현실과 동떨어진 공리공론을 벗어나 실사구시(實事求是)의 경세치용(經世致用)·이용후생(利用厚生)의 학문으로 일어나, 서재필과 유길준을 거쳐 도산과 춘원으로 이어졌다.

도산의 사상은 진화론적 과학사상과도 서로 통한다. 그 무렵 사회적으로 영향을 끼친 큰 물결은 다윈의 진화론이다. 조선에 진화론을 소개한 사람은 유길준이다. 그의 《서유견문기》을 통해 사람들이 진화론적 관점에서 사회 발전을 인식하기 시작했음을 알 수 있다. 뿐만 아니라 청일전쟁에서 체험한 힘의 논리는 진화론을 받아들이는 데 아무런 저항감을 가질 수 없게 했다. 1905년 즈음 조선 땅에서는 약육강식 제국주의 국가의 침탈을 목격하게 되자 진화론은 하나의 정치사상으로 받아들여졌다. 도산은 기회가 있을 때마다 "힘을 기르소서" 호소했다. 도산의 힘의 교육철학은 우승열패의 국제사회에서 힘을 키우는 강자와 적자만이 생존한다는 진화론을 믿고 있었다. 도산은 오직 적자생존의 치열한 국제 정세에 살아남기 위하여 진화론적 관점에서 강자의 힘을 강조했고, 기독교가 예수 한 사람에서부터 시작되어 역사에서 큰 힘을 드러낸 것처럼 인격 훈련을 쌓은 사람들이 모여서 큰 힘을 얻기를 바랐다.

도산은 인간이 다른 동물보다 뛰어난 까닭은 '개조하는 존재'이기 때문이라고 보았다. 또한 "나는 사람을 가리켜서 개조하는 동물이라 하오. 이에서 우리가 금수와 다른 점이 있소. 만일 누구든지 개조의 사업을 할 수 없다면 그는 사람이 아니거나 사람이라도 죽은 사람일 것이오" 주장하면서 인간과 다른 동물과의 차이점을 바로 종차(種差)를 개조하는 힘의 유무라고 보았다. 이때의 개조란 인격 개조, 즉 도덕적인 개념이기 때문에 인간과 동물과의 차이를 인격 개조에 있음으로 구분했다. 그러나 이 개조는 단숨에 이루어지는 것이 아니라 점진적인 오랜 준비기간을 통하여 이루어지는 것이다.

춘원은 세계를 어떻게 인식했는가

스러져 가는 조국 조선에서 춘원이광수는 세계를 어떻게 바라보았으며, 그 속에서 조선민족은 어떤 방향으로 나아가야 한다고 생각했던가? 이것을 깊이 있게 논하려면 춘원의 나라 밖 경험만이 아니라 그의 인생관, 가치관, 세계관 등을 함께 생각해 보아야 한다. 춘원은 1919년에 자신이 발행하는 임시정부 기관지 〈독립신문〉에 〈조선독립에 대한 감상의 대요〉 글에서 자신의 세계인식을 이렇게 쓰고 있다.

20세기 초두부터 전 인류의 사람들! 상계는 점점 새로움으로 향하는 색채를 띠고 있어서 전쟁의 참회를 싫어하고 평화의 행복을 즐겨하여, 각국 군비의 제한 혹 전폐의 설도 있으며, 만국연합의 최고재판소를 설치하고 절대적 재판권을 부여하여 국제적 문제를 재결하여 전쟁을 미연에 방지하자는 설도 있고, 그 밖에 세계적 연방설(聯邦說)과 세계적 공화설(共和說) 등은 실로 금조선성(禽噪蟬聲)과 같이 많으니, 이는 다 세계적 평화를 촉진하는 선성(先聲)이다. 이른바 제국주의적 정치가의 눈으로 보면 일소에 부칠지나, 사실의 실현은 시간문제일 뿐이다. 최근에 세계 사상계에 통절한 실물 교훈을 내린 것은 곧 제1차 세계대전과 러시아혁명과 독일혁명이다. 세계 대세에 대하여는 상술한 바가 있은즉 중복을 피하나 일언이폐지하면 현재로부터 미래의 대세는 침략주의의 멸망, 자존적 평화주의의 승리가 될 것이다. 〈독립신문〉 1919. 11. 4.

춘원이광수는 미일전쟁(태평양전쟁, 1941)이 일어나기 전에 이미 그 전쟁을 예견하고 있었다. 그는 1920년 발표한 〈미일전쟁〉에서 이렇게 쓴다.

미일이 개전하면 일본의 산업은 파멸에 이르리니 일본의 대외무역의 5분의 1을 점하는 고객은 즉 미국임과, 일본의 방직업은 전혀 미국의 양질인 면화공업에 의존하는 까닭이다. 또 미일이 개전하면 일본은 국제상 비상한 곤경에 처하리니, 하나는 동맹국인 영국의 우의를 잃을 것이요 하나는 중국에서 열국의 공동 배척을 받아 일본의 세력이 쫓겨남에 이를 것이다. 〈독립신문〉 1920. 3. 20.

춘원이광수는 나아가 1920년 3월 23일자 〈독립신문〉에 〈세계대전이 오리라〉는 글을 싣고 있다.

사회공산주의의 사상은 요원의 불길같이 전 지구를 풍미하며, 러시아 소비에트의 맹렬한 선전의 손이 세계 어느 나라 어느 도시에 아니 간 데 없나니, 매일 신문지상에 전하는 구미의 동맹파공(同盟罷工)과 온갖 시위운동은 다만 폭풍 전야의 나뭇잎이 한 번 떨리어 움직이는 것이니, 이 진동(顫動)은 결코 헛됨이 없을지니, 또 그 뒤를 따르는 저기압의 본체가 멀리 있다 하더라도 태평양이나 대서양의 범위 안의 일이다. 문화의 정도가 아주 다른 동아에도 이 대혁명의 사상이 시시각각으로 스며들어 일본과 같이 가장 통일이 견고한 국가도 지금 그 기초가 동요하여 틈이 트이고 흙이 부서지는 소리가 들리며, 중국도 배일(排日)과 북경정부 전복을 목적으로 하고 일어난 각종 단체가 불과 1년 안에 그 본질이 변화하여 사회주의적 색채가 짙어져, 만일 무기와 군비만 얻으면 일전(一戰)을 결하려는 결심을 가지게 되도다. 일본의 인민이 역시 이러한 상태에 있나니, 이에 현존한 일본 국가제도에 대하여 일본민족을 포함한 동아 3민족의 결투가 가깝다 할 것이다. 이것은 미일 충돌이 점점 확실히 여김에 따라 더욱 확실하여지리니, 이리하여 오는 세계대전의 초막은 동아에서 열려 마침내 세계의 모든 제국주의적 국가를 파괴해 버리고야 말지니, 이것이 구세계의 대심판일이요 신천신지(新天新地)의 생일이 되리라.

춘원이광수는 제1차 세계대전이 참혹했음을 떠올리며 세계 전쟁이 일어날 가능성에 비상한 관심을 기울인다. 1939년, 춘원은 제2차 세계대전이 일어날 경우 조선의 운명은 어찌 될 것인가 한없이 걱정하며 그 조짐을 경고한다.

지난번 구주대전 발발로부터 25년, 그것이 끝난 후 20년, 구주는 또다시 동란의 장소로 바뀌었다. 영구평화를 입에 올리며 보낸 20

년 동안을 병기의 개량, 군비의 확장에 소비한 구주이다. 아직 이탈리아와 미국의 태도에 따라 대전이 될지 소전(小戰)으로 끝날지는 모르지만, 만일 대전이라도 된다면 그 참화는 지난 것보다도 훨씬 가혹할 것이다. 그리고 그 참화의 주된 원인은 항공기에 의한 후방 폭격에 있을 것이다.

이런 참화가 일어날 것을 서로가 충분히 알고 있으면서도 여전히 전쟁을 하지 않으면 안 된다는 점에 인생의 비극성이 있는 것이다. 독일은 자기 몫에 상응한다고 믿는 것을 획득하지 않으면 아니 되고 영국과 프랑스는 독일을 억누르지 않으면 오늘날까지의 영휘영화가 보장되지 않는다.

영국과 프랑스가 약해지면, 이탈리아는 코르시카나 튀니지 등을 회복하여 이른바 이탈리아=이레덴타의 숙원을 성취할 가능성이 있게 되며, 러시아는 '구주의 신사들'이 전쟁만 하면 적색 공작의 호기를 엿볼 수 있게 되는 것이다. 이렇게 전쟁은 일어나는 것이다. 욕망의 착종(錯綜), 원한의 착종' 곧 이러한 뒤섞인 엉클어짐이 힘의 충돌이 되어 전쟁이 되는 것이다.

애초에 이번 비극의 원인(遠因)을 이룬 것이 베르사이유 조약의 부자연하고 불공정한 중재에 있으며, 그 장본인이 영국과 프랑스이다. 영국과 프랑스는 전승의 위세를 업고 이기심만으로 구주를 처리했던 것이다. 체코라든지 폴란드 등의 알맞은 허수아비를 만들어내어 영국과 프랑스의 목우유마(木牛流馬)로 만들었을 때에 이미 구주 재동란의 불길한 종자는 뿌려졌던 것이다. 체코라는 허수아비를 위해서 고통을 겪어야 하는 영국과 프랑스는 이제 폴란드를 위해 사선(死線)에 서지 않을 수 없게 된 것이다. 그것이 정의를 위한 것이라니, 가소롭기 짝이 없다. 그들의 정의란 이욕(利慾)의 수사적 동의어이다.

부자연한 구주의 현세(現勢)는 새롭게 바뀌지 않으면 안 된다. 그것이 시정(是正)이건 개악이건 간에, 구주에 신질서가 올 징후임에는 틀림이 없다. 아마도 영국과 프랑스의 해(日)가 사라지게 될 것이다. 이욕적 질서 대신 노의적 신질서가 구주에 나타나는 것은 우리로서도 바라는 바가 아닐 수 없다

몰로토프의 말을 빌려 말하면, 구주의 신사들이 싸우고 있는 동안에 우리는 아시아의 문제를 멋지게 해치우자. 수세기 동안 백인의 질곡에 고통받은 아시아 여러 민족에게 자유의 날을 줄 수 있는 것은 바로 지금이다. 그리하여 "빛은 동방으로부터"라는 옛말이 오늘날을 예언했음을 저 오만불손한 구주인들이 깨닫게 하자.

〈구주의 동란〉, 1939. 9. 10.

춘원이광수는 자신의 세계관을 '세계고(世界苦)'라는 표현으로 쓰고 있다

인류의 현재 생활은 분명히 불행이외다. 만나는 사람마다 물어보시오. "당신은 행복됩니까" 그러면 그는 반드시 "아니오, 나는 불행하오. 이 세계에 행복된 사람이 있으리까" 할 것이다. 진실로 지금 인류세계에서 나는 모든 소리는 불행을 못 이기어 하는 신음의 소리외다. '인간고(人間苦)'라 '세계고(世界苦)'라는 말은 마치 인생의 사전(辭典)에 가장 의미가 명확한 말 같습니다. 과연 인간에게는 육체의 질고가 있고 의지력 유한(有限)의 번민이 있습니다. 나의 병과 죽음을 내 힘으로 어쩔 수 없다, 나의 유한성에서 오는 부자유의 품을 내 힘으로는 어찌 할 수 없다, 이것을 육체고(肉體苦)라 의지고(意志苦)라, 또는 병사고(病死苦)라 부자유고(不自由苦)라 한다면 이 고(苦)는 아마도 인간에게서 면할 수 없을 숙명적 고(苦) 또는 자연고

(自然苦)일 것이외다. 그러나 인간고에는 이러한 숙명적 고뿐이 아니오 인위적인 것도 있습니다. (……) 그중에도 우리 조선민족은 모든 자연고와 모든 인위고(人爲苦)를 혼자 다 맡았습니다. 세계 모든 민족 중에, 고금과 동서를 막론하고 오늘날 조선민족처럼 온갖 인간고를 체험하게 된 이는 없습니다. 2천만 조선민족은 창조 이래의 전 인류의 고를 혼자서 담당한 것 같습니다. 비록 지금의 전 인류가 견딜 수 없는 인간고 밑에 눌려 있다 하더라도 조선민족은 전 인류의 각 부분이 맡은 고(苦)를 한 몸에 맡은 것 같습니다.

《조선의 현재와 장래》

상해 대한민국 임시정부는 1919년 6월부터 국제연맹 대책을 수립하는데, 무엇보다 한국과 일본의 관계를 세계 여러 나라에 올바로 알리는 일이 중요하다고 판단, 《한일관계사료집》을 편찬한다. 국무총리 대리 내무총장 도산 안창호 지휘 아래 김두봉, 김병조, 이원익의 자료수집에 바탕을 두고 춘원이광수는 전4권, 739페이지에 이르는 방대한 책을 49일만에 열정을 바쳐 집필한다. 이 일을 춘원은 아래와 같이 쓰고 있다.

임시정부는 지난 6월부터 국제연맹 대책수립에 전력을 다하여 한편 한일 관계 사료 및 일본의 점령과 한족과의 관계를 조사하며 대부분을 완성하여 이미 각국어로 번역하는 중이며, 다른 한편 국제연맹회에 제출할 조건을 연구 결정하고 파리, 런던, 제네바, 워싱턴, 필라델피아, 뉴욕, 샌프란시스코, 상해 등지에 선전국을 설치하여 독립운동의 진상을 선전하며, 이로부터 중앙 유럽, 호주, 일본 등지에도 대대적 선전운동을 일으키리라 하나 미국 상원에 여러 번 제출되었고 또 방금 상원의원 스펜서 씨의 손으로 제출된 '한국독립원조안', 미국 각 교파의 '한국독립원조 결의', 전(全) 버지니아주 인민의 한국독립 승인 및 원조청원서, 각 계급의 명사로 조직된 한국독립후원회 등은 실로 이 같은 선전운동의 반향이요 머지않아 국제연맹회에 대한 우리 운동의 기초가 될 것이다. 〈독립신문〉 1919. 11. 1.

춘원이광수는 국제연맹에 대해 이렇게 쓴다.

아아 구제(救濟)의 벗! 이것이 오늘날 전 인류의 눈물그린 눈으로 바라보는 것이 아니냐. 그들은 천지개벽 이래 처음 보는 대전쟁을 하였다. 2백만의 끓는 피가 온 지구를 적시지 아니하였느냐. 그러나 구제의 빛은 그 피 속에도 있지 아니하였다. 천하의 모든 나라가 모이어 이 역시 만고(萬古)에 없는 대평화회의와 대국제연맹을 하지 아니하였느냐. 그러나 구제의 빛은 그 속에도 있지 아니하였다. 프랑스 대혁명 이래로 인류 구제의 빛을 수없는 정치적 개선과 혁명에서 찾으려 하였으나 마침내 국제연맹에 이르러 인류 구제의 빛이 거기서 얻지 못할 것을 인류가 깨달았다. 정치와 외교가 인류를 구제하노라던 참람한 사명을 인류는 부인하고 말았습니다. 그다음 새 인류 구제의 사명을 가지고 나선 것이 카를 마르크스의 경제적 혁명이외다.
《조선의 현재와 장래》

국제연맹을 바라보는 춘원이광수의 인식은 1933년 발표한 〈보모된 국련(國聯)〉 글에서 잘 읽을 수 있다

일·소·독·불 등의 국교관계가 험악하다고 전한다. 독·오의 관계도 그러하였다. 그러나 국제연맹은 여기는 손을 대지 못한다. 미국과 쿠바도 그렇다. 그들 국가들은 다 어른들인 까닭이다. 적어도 어느 한

편만은 젊잖은 어른인 까닭이다. 국제연맹은 유치원 보모다. 보모의 직분은 아동의 장난을 간섭하는 일이다. 아동이라도 어느 어른이 맡겨둔 아동에 한(限)한다. 국제연맹은 유치원 보모가 되었다. 국제 한담소(閑談所) 이외에 보모의 직분 하나는 아직도 남았다.

〈조선일보〉, 1933. 10. 14.

여기서 춘원이광수는 강대국들의 국제연맹 탈퇴를 보면서 국제연 맹의 무력함을 안타까워하면서도 부정적, 비관적으로 생각지 않고 희망을 가지려는 의지을 보여준다. 춘원은 《나의 고백》에서 이렇게 회고한다.

그러나 전고(典故)에 없는 국제연맹이란 것이 생겼다. 앞으로는 모 든 국제적 분쟁은 제네바 호숫가에 모여서 의논 조처로 해결하기로 하고 전쟁을 영영 세계에서 없애자는 것이었다. 그러나 이것의 청안 자인 윌슨의 본국인 미국국회에서 국제연맹에의 미국 가입을 부결 하여 버림으로 윌슨 대통령의 낯이 깎인 것은 물론이려니와 연맹 자체의 값이 뚝 떨어져 버리고 말았다. 몇 년 뒤에 일본이 탈퇴하 고 독일과 이태리가 그 뒤를 이어서 빠져나옴으로 이 굉장한 기대 를 가지고 나타났던 국제연맹은 그만 흐지부지되고 말았다. 그렇지 마는 그 무렵의 상해 임시정부로 보면 국제연맹은 내버릴 수 없는, 적어도 선전을 위한 무대는 되는 것이어서 대표자를 보내자는 것이 었다.

따라서 춘원이광수는 국제연맹의 위상을 정확히 파악하고 자신 이 제네바에 가게 되면 어려운 일을 맡게 되리라는 것을 잘 알았다. 춘원은 안중근처럼 〈동아평화론〉 같은 글을 쓰지는 않았다. 하지만 그의 수많은 논설들이 모두 동아시아 평화를 지향한다. 춘원은 〈한 중 제휴의 요(要)〉라는 글에서 일본 제국주의에 맞서기 위해 한국과 중국이 힘을 모아야 한다고 주장하기도 한다.

장래에 중국의 통일과 혁신을 방해하고 중국 영토와 경제적 이권을 잠식하여 마침내 북경에다 총독부를 설치하고야 말려는 자가 누구인가. 일본이다. 중국 동포여, 영국이나 미국이나, 프랑스나 독일이나 러시아나, 그 밖에 세계 모든 나라 중에는 중국을 적대하려는 자가 하나도 없고 도리어 친선을 구할 뿐이니, 온 지구상에 중국의 목덜미에 비수를 겨눈 자는 현재는 오직 일본뿐이외다. 중국은 통일을 하려든지, 혁신을 하려든지(이 두 가지는 중국의 생명인데), 또 영토와 이권을 보전하고 자유로 부강, 발전을 하려든지 일본의 야심과 강포(强暴)를 제거하기 전에는 영원히 불가능한 것이다. 이러한 이유로 보아 나는 일본은 한국만의 적이 아니요 중국에게도 유일하고 또 가장 독한 적이라고, 즉 일본은 한중 양국의 공동한 적이라 하는 것이다. 〈독립신문〉 1920. 4. 17.

이에 따라 춘원이광수는 한국과 중국의 제휴를 위한 여러 방법 가운데 중요한 것은, 단체마다 중요 인물의 접근과 공동 작전, 그리고 한국은 피를 내고 중국은 철(鐵)을 냄이라 주장한다. 춘원은 〈삼기론(의기, 근기, 용기)〉에서 한국인과 민족지도자들에게 보다 원대한 국제의식과 사업계획을 촉구한다.

대한인아, 우리가 경영하는 사업이 얼마나 멀고 큰가를 먼저 깨달을지어다. 4, 5세기 동안 우리는 원대한 사업을 잊었더라. (……) 그러므로 독립운동을 개시한 지 불과 1년만에 벌써 놀라서 어찌할 바를 모르며 조급하고 피곤하고 넋을 잃도다. (……) 독립운동에도 원대한 계획이 없었더라. 이리하다가 국치 후 광복을 도모한다는 지사들까지도 원대한 계획을 세울 줄 모르고 주장조급(周章躁急)하여 눈앞의 소사소명(小事小名)에만 급급하고 광복운동의 기초가 되는 인재를 양성하고 자금을 축적하는 등 5년이나 10년의 시일을 허비할 사업은 착수할 줄도 몰랐던 것이다. (……) 대한인아, 독립이 귀한 것인가. 우리는 을미년에 시모노세키조약의 결과로 독립을 얻지 아니하였던가. 그 후 우리나라는 대한제국이라 칭하였고 외교도 있고 사법도 있고 경찰도 있고 군대도 있지 아니하였던가. 그런데 왜 그것을 지키지 못하고 원수에게 빼앗겼는가. 오직 힘이 없음이로다. 국가를 보전할 힘이 없었던 것이다.　　　　　　　　　　〈독립신문〉 1920. 3. 13.

1923년 10월 춘원이광수는 《조선의 현재와 장래》(신흥당서점발행) 198쪽의 단행본을 출판한다. 머리글 '신유(1921) 11월 11일 태평양회의가 열리는 날에'라고 밝힌 〈민족개조론〉과 《개벽》지 1921년 11월호부터 연재한 〈소년에게〉, 그리고 〈상쟁(相爭)의 세계에서 상애(相愛)의 세계에〉라는 논설 3편을 싣고 있다. 여기에서 춘원은 한국민족의 미래와 나아갈 길을 뜨겁게 주장한다. 그의 세계인식을 고스란히 엿볼 수 있다.

근래에 전세계를 통하여 개조라는 말이 많이 유행됩니다. 일찍 구주대전이 끝나고 파리에 평화회의가 열렸을 때에 우리는 이를 세계를 개조하는 회의라 하였습니다. 이로 인해 국제연맹이 조직되매 더욱 광열(狂悅)하는 열정을 가지고 이는 세계를 개조하는 기관이라 하였습니다. 그래서 큰일에나 작은 일에나 개조라는 말이 많이 유행되게 되었습니다. 개조라는 말이 유행되는 것은 개조라는 관념이

다수 세계인의 사상을 지배하게 된 표(標)입니다. 진실로 오늘날 신간서적이나 신문잡지나 연설이나 심지어 상품 광고에까지, 또 일상회회까지 개조란 말이 많이 쓰이는 것은 아마도 비교할 만한 게 없는 현상일 것이외다. 무릇 이떤 관념이 지배하던 시대가 지나가고 새로운 어떤 관념이 지배하려는 시대가 올 때에는 반드시 인심에 갱신이라든지 개혁이라든지 변천이라든지 혁명이라든지 하는 관념이 드는 것이지마는 갱신, 개조 혁명 같은 관념만으로 만족치 못하고 더욱 근본적이요 더욱 조직적이요 더욱 전반적, 삼투적(滲透的)인 개조라는 관념으로야 비로소 인심이 만족하게 된 것은 실로 이 시대의 특징이라 하겠습니다. "지금은 개조의 시대다!" 하는 것이 현대 표어외다, 정신이외다. 제국주의 세계를 민주주의 세계로 개조하여라, 자본주의 세계를 공산주의 세계로 개조하여라, 생존경쟁 세계를 상호부조 세계로 개조하여라, 남존여비 세계를 남녀평등 세계로 개조하여라. (……) 이것이 현대 사상계 소리의 전체가 아닙니까. 이 시대 사조는 우리 땅에도 들어와 각 방면으로 개조의 부르짖음이 들립니다. 그러나 오늘날 조선사람으로서 시급히 하여야 할 개조는 실로 조선민족의 개조외다. 대체 민족개조란 무엇인가. 한 민족은 다른 자연현상과 같이 시시각각으로 어떤 방향을 취하여 변천하는 것이니 한 민족의 역사는 그 민족 변천의 기록이라 할 수 있습니다.

《조선의 현재와 장래》

그즈음 춘원의 일본, 중국, 러시아, 미국에 대한 글도 흥미롭다.

아취(雅趣)란 생활의 전통에서 그 문화의 축적에서, 세월을 거쳐 저절로 이루어집니다. 일본인에게 있어서 그것은 들에 서린 석회와 같고, 쇠그릇에 앉은 녹과 같습니다. 인위적으로 만들어질 까닭이 없으려만, 그것을 인위로 능히 만들어 낼 수 있는 것이 그들의 국민성입니다. 아취에 실용까지 겸했으니, 그렇게 편리할 수가 없습니다. 시멘트로 만든 나무기둥, 함석으로 된 대울타리는 굳고 단단하여 오래갈 것입니다. 조선 사회와 일본 사회를 비교할 때 우리 사회는 효를 중심으로 한 사회라면 일본은 충을 중심으로 한 사회입니다. 효는 혈연 중심 윤리라면 충은 주종관계 윤리입니다.

중국인 성질로서, 덮어놓고 조화나 절충을 좋아합니다. 예를 들어 누군가가 이 방이 너무 어두우니까 여기에 창을 하나 열어야 되겠다고 해도 틀림없이 사람들은 이를 허락하지 않을 것이나, 만약 누군가가 지붕을 뜯어고치라고 주장하면 그는 반드시 조화를 고려해서 창을 여는 일에 찬성하게 됩니다. 더한층 격렬한 주장이 없어도 그는 언제나 평화적 개혁조차 실행하려 하지 않습니다.

러시아 사람들에게는 뭔가 맹목적이고 불투명한 점이 있는 것 같습니다. 러시아 사람은 일을 저질러 놓고 나서야 깨닫습니다. 나는 여러분에게 러시아가 어떤 조치를 취할 것인가 미리 말해 줄 수 없습니다. 그것은 한 수수께끼 인물의 마음속에 신비로 싸여 있는 수수께끼입니다.

미합중국을 생각으로 그려보면 자유의 역사는 미국에서 생겨난 이른바 미국이 존재하고자 하는 권리 그 자체의 적에 대한 끊임없는 투쟁의 역사입니다. 소련과 미국은 모두 지금 인기가 없습니다. 서구 사람들 눈에 소련은 침략적이며 압박의 나라로 비칩니다. 그러나 미국은 그러한 죄를 짓지 않으려고 노력하는 나라로 생각해 봅니다.

도산 안창호를 만나다
이광수가 안창호를 만난 것은 신민회 일로 어수선하던 때에 서울

남대문 안 어느 여관에서였다. 상해에서도 춘원은 도산과 한방에서 일 년 넘도록 함께 머문 적이 있었다. 춘원은 도산으로부터 그 사상은 물론 한 인간으로서 감화받는 바가 많았다. 도산의 사상이 춘원에게 큰 감동을 주어 작품 곳곳에 구현된 경우가 매우 많다. 무엇보다 춘원의 〈민족개조론〉은 도산이 창안해 낸 어휘인 '민족개조' 정신을 뼈대로 해서 쓴 논문이다. 〈민족개조론〉의 사상적 배경은 진화론과 기독교적 종교사상에 바탕을 두고 있다. 춘원은 "한 민족의 역사는 그 민족의 변천의 기록"이라 하고 고도의 "문명을 가진 민족 목적의 변천은 의식적 개조의 과정"이라고 밝혔다.

춘원이광수의 민족개조는 갑신정변과 독립협회의 실패를 분석한 뒤 방향을 잡은 것이다. 1884년의 갑신 귀족혁명은 '동지 되는 인물과 사업 자금'이 없어서 실패로 돌아갔으며 독립협회는 '단결이 공고치 못해서' 실패를 했다. 민족개조는 교육 진흥사업의 발전, 민중의 떨쳐 일어남과 같은 것으로 "좀더 착실하게 좀더 완완하게 장구한 계획을 세울 것"을 주창한다. 그리고 민족개조는 도덕적인 것을 무엇보다 앞세워 실제적이면서도 점진적인 실천강령을 중시했다.

〈민족개조론〉의 시작글에서 "이 민족개조의 사상이 재외교포 중에서 발생한 것으로 내 것과 일치하여…… 나는 조선 내에서 이 사상을 처음 전하게 된 것을 무상의 영광으로 안다"고 기록하여 그의 민족개조 사상이 도산의 사상임을 분명히 하고 있다. 춘원은 "개조라는 관념이 많은 세계인의 사상을 지배하게 된 표다. 진실로 오늘날 신간 서적이나 신문잡지나 연설이나 심지어 상품 광고에까지 개조란 말이 쓰인 것은 아마도 공연한 현상이 아닐 것이리라" 말한다. 도산을 계승한 춘원은 조선이 살아남는 오직 하나의 길은 민족성을 개조하는 일이며, 민족성 개조는 개인 성격 개조부터 시작해야 한다고 주장했다. 성격 개조는 덕·체·지(德·體·智) 삼육의 교육적 사업에 따르되 "세계 각국에서 쓰는 문화운동의 방법에다가 조선의 사정에 응할 만한 독특하고 근본적이요 조직적인 방법을 덧붙인 것"이다.

처음에 춘원은 철저하게 반전통·반유학(反儒學)을 내세워 도덕적 개조·풍속개량의 자기 수양을 이야기했으면서도 한편으로는 새것에 대한 무조건적인 추종을 비판하는 데 인색하지 않았다. 이처럼 춘원 이광수는 공리공론과 허장성세의 허위를 증오하는 것도 철저했으며, 무실역행으로 오만을 억누르고 근엄성실의 구도자적 수양을 계속하여 만년의 말과 행동에서도 빈틈이 없었다.

이러한 춘원의 사상은 작품 곳곳에서도 드러난다. 《흙》의 주인공인 허숭은 무실역행한 인물로서 도산이 이상으로 삼는 도덕적·실천적 인물이기도 하다. 허숭과 대조되는 김갑진은 수양과 인격이 없는 허장성세의 거짓 인간이다. 또한 《무정》에서의 이형식은 부모로부터의 고립, 박 진사로부터 벗어난 경제적 소외감, 학벌에 대한 열등감 등으로 고난받지만 착실하게 '참'에 힘쓰는 무실역행의 인물로 수양하여 자아혁신, 민족혁신의 길을 걷는다. 형식의 스승 딸인 영채를 농락한 배 학감은 경성학교 학감으로 교육자요 지도적 인물이었다. 그러나 겉과 속이 다른 거짓 인간으로 도덕적 결함이 있어 독자에게 증오의 대상이 된다. 춘원은 '인류의 향상은 저마다의 이기적 본능을 국가와 인류의 이상을 이루기 위해서 억압하는 데 있다'고 생각했다. 《무정》의 이형식은 결국 춘원의 민족주의 이념과도 통한다. 이와 같은 유형은 《재생》에서의 숭고한 기독교 신앙인 인순에 비해 파렴치한 신앙인으로 나오는 미국 박사 김 교수를 비판한 것에서도 찾아볼 수 있다. 춘원의 작품 속 인물들은 헛된 명성만 날리는 성실하지 못한 삶을 무실(務實)의 덕으로 치유하고 인격의 감화 및 개조를 일으키는 경우가 흔하다. 또한 도산이 진화론과 창조론의 모순된 이론을 동시에 받아들이고 조화를 이루는 데 위화감을 가지고 있지 않듯이, 춘원은 과학적인 인과응보와 종교적인 도덕성과 이상을 작품에서 함께 구현하려 했다. 《사랑》의 머리말에서도 춘원 스스로가 이와 같은 의도를 밝히고 있다.

> 나는 사람이 평등되지 아니함을 믿는다. 지력으로나 의지력으로나 체력으로나 다 천차만별이 있지만 그중에도 '옳은 것', '아름다운 것'을 아는 힘, 느끼는 힘에 있어서 더욱 그러함을 믿는다. 그리고 나는 이것을 슬퍼하지 아니한다. 도리어 사람의 차별이야말로, 무한한 향상과 진화를 약속하는 것이니, 벌레가 향상하기를 힘써 부처님이 될 수 있음을 믿을 수 있는 것이다. 《사랑》

춘원이광수의 《가실》의 주인공 가실은 순박한 한 인간의 진실한 삶을 그려나간다. 무실역행의 '실(實)'을 아름답게 여기는 의미도 담고 있는 이 주인공의 이름은 고스란히 성격으로까지 반영된 것이다. 가실의 산지식과 인정과 힘은 춘원이 이상으로 하는 인간관이기도 하다. 이렇게 춘원의 작품을 통해 그의 사상을 살펴보면 그는 결국 그 시대의 민족적 현실을 전형화하여 작품을 쓴 것임을 알 수 있다. 그는 톨스토이의 종교적·인도주의적 예술감염론에 크게 감동받아 사회적 현실과 종교적 이상을 결합하면서 민족주의라는 시대정신을 시대조건으로 몸소 호소할 수 없어 사랑·종교·역사로 돌려 표현해 글을 썼다. 특히 도산의 민족주의 교육구국노선은 춘원 사상의 강렬한 밑바탕이었다.

그즈음 이광수 자신도 예상치 못한 일이 일어났다. 갑작스레 춘원 이광수가 병으로 쓰러졌다는 일본 신문의 기사를 읽고 허영숙이 상해로 달려왔다.

이때 아직 광수의 나이 어리매 지각이 없어 그러했는지 모르거니와, 당시 상해 일류 호텔인 선시공사(先施公司)에 투숙했다. 그것은 한편으로 생각하면 청년 광수의 하나의 높은 행위일는지 모르지만 (연인을 고급 호텔로 모시는 것이 무엇이 나쁘겠는가?), 그때 상해 임시정부의 재정적인 환경과 망명생활 등의 환경으로 볼 때에는 실로 큰 착각을 광수는 일으켰던 것이다. (……)

김구 경무국장은 즉시 허영숙에 대해 밀정이라는 혐의로 체포령을 내렸다. 광수는 선시공사에서 영숙을 옮겼다. 김구 경무국장의 추적은 심했으나 밤낮을 도와 여러 곳을 떠돌며 거처를 이동한 때문에 겨우 포박을 면했다. (……)

영숙의 편지를 발견한 광수는 즉시 영숙의 뒤를 따랐다. 이보다 앞서 광수는 도산 안창호를 보고 국내에 들어가서의 합법적인 투쟁과 운동을 제의해 봤으나, 도산으로부터 시기상조라는 말을 듣고 다시는 입 밖에 내지 못했다. 여기서 그러면 영숙의 뒤를 따른 광수를 어떻게 보아야 할 것인지…… 그는 의지적 정치가는 물론 아니다. 그는 한낱 나약한 시인이었고 소설가였고 가장 낭만적이요, 또 이상주의의 신봉자였다. 광수는 한동안 망설였다. 두 갈래의 길이 눈앞에 나타났다. 영숙을 따라 국내로 들어가느냐, 그렇지 않으면 영원한 코즈모폴리턴에의 길을 밟느냐 하는 것이다. 그러나 조국보다 사랑, 사랑의 뒤를 좇아서…… 이광수는 조국으로 나왔다.

《한국대표작가집》

그 뒤로도 춘원이광수는 폐결핵뿐 아니라 척추 결핵으로 늑골 수술, 신장 결핵과 이에 따른 신장 절제 수술 등을 받았다. 그때마다 춘원은 허영숙에게 더욱 기대었다. 춘원이광수는 몇 번이나 가출을 시도하곤 했는데 이는 언제나 건강 악화와 관계가 있다. 그런가 하면 그는 건강이 몹시 나빠져 삶과 죽음의 갈림길에 서 있을 때 비장한 사명감을 느끼며 하나의 순교자적인 황홀감까지 느껴진다는 고백을 하기도 했다.

더구나 아마도 죽을 날이 이제 얼마 머지 아니하다는 것을 느끼는 이때에는 내 속에 있는 모든 좋은 것을 내 목숨이 끝나는 날까지 남김 없이 동포에게 주고 싶은 마음이 간절하였다. 그때 내 처지에서 할 일은 오직 글을 쓰는 것이었다. 내가 본 조선의 새 길과 새 일을 글을 통해서 말하는 것밖에 없었다. 그러나 나는 움직이면 또 피가 나오고 열이 올랐다. 만일 이때에 의사가 보았으면 절대 안정을 명하였을 것이다. 그러나 나는 대소변 출입을 아니할 수도 없고 원고도 아니 쓸 수 없었다. (……) 나는 〈젊은 동포에게의 유언(遺言)〉이라는 제목으로 긴 논문을 쓰기 시작하였다.

춘원이광수 일본경찰에 체포되다

"하늘이 낸 천재 춘원이광수"라는 소문이 나돌았다. 그때는 춘원이 상해 망명에서 돌아온 것을 둘러싸고 그에 대한 온갖 이야기가 떠돌았다. 그 두드러진 것은 바로 그의 천재설이었다. 춘원이 몇 호 열차 2등석을 타고 돌아온다는 정보를 손에 넣은 일본 국경 이동경찰은 안동현에서부터 미행수사(尾行搜査)를 시작했다. 하지만 2등실에는 서양사람 몇이 타고 있을 뿐 조선사람은 찾아볼 수 없었다. 그 중 한 사람이 조금 동양인 비슷했지만 키가 크고 눈이 노란 것이 아무래도 서양인 같았으며, 더욱이 그 조선사람 닮은 서양인은 일본말이나 조선말 책이 아니라 영어책만 뒤적였다. 책장을 그냥 넘기다시피 빠르게 읽고 있었다. 그래서 사람을 찾아내는 데는 독사처럼 매서운 일본 경찰조차 끝내 "당신이 이광수요?" 차마 묻지 못한 채 기차는 정주역에 도착했다. 그런데 조선사람 닮은 그 서양사람이 바로 이광수였다는 이야기가 춘원의 천재설 배경으로 퍼지게 된다. 그러나 사실 춘원이광수는 조선으로 돌아오는 길에 심양(瀋陽)에서 일본 경찰에게 붙잡혀, 선천을 거쳐 서울로 호송되어 왔다. 하지만 얼마 뒤 당주동 허영숙의 집에 머무르게 된다. 그 며칠 뒤인 1921년 11월 13일자 〈동아일보〉에 다음 기사가 실려 세상을 놀라게 했다.

이광수 씨
갑자기 체포
도쿄사건 관계인가.
　재작년 2월 동경 유학생이 독립운동을 일으킬 때 참가해 출판법 위반으로 9개월 금고의 결석판결을 받았던 이광수 씨는 작일 오후 한 시에 돌연히 구속되었는데, 이광수 씨의 당주동 자택을 방문한 즉 그의 부인 허영숙은 말하되, "오늘 오후 한 시에 종로경찰서 형사 한 명이 와서 출판법 위반으로 구인장이 왔다고 불류 시각으로 데려갔는데 내용은 알 수 없으며, 사계절 폐병으로 고통받는 중 더욱 근일에는 감기가 들어서 앓는 중에 그렇게 되었으니까 매우 염려된다"고 수심이 가득한 얼굴로 말하더라.

그러나 춘원이광수는 체포되어 구속된 지 얼마 지나지 않아 풀려난다. 그리고는 오랜 고민 끝에 백혜순과 합의이혼하고 허영숙과 정식으로 결혼한다. 춘원에 대한 이런저런 억측과 비난은 빗발치듯 일어났다. 그는 묵묵히 집 안에 들어앉아 병을 치료하며 세상과 멀리했다. 그 이듬해 춘원이광수는 《개벽(開闢)》지 주간 김기전(金起田)의 부탁으로 수필을 발표하기 시작한다. 문제의 논문 〈민족개조론〉이 실린 것은 그해 5월호부터였다. 이 글은 사회적으로 큰 물의를 일으킨다. 춘원에게 온갖 공격이 닥쳐들었다. 그 글이 이토록 공격의 대상이 되었던 까닭은 주로 두 가지 외적 내적인 원인이 있었으리라. 첫째는 그 무렵 널리 퍼졌던 사회주의적인 사조 때문이요, 둘째는 앞에서 말한 춘원이광수의 귀국에 대한 좋지 않은 여론 때문이었다.

〈민족개조론〉을 읽어보면 알 수 있듯이 이 글은 비난받아야 할 민족 반동성을 띤 것이 아니었다. 여론은 참으로 험악했다. 사회적 민족적인 실천운동을 주창한 춘원의 산문 가운데서 가장 긴 글이었던 이 〈민족개조론〉은 피히테의 〈독일국민에게 고함〉을 읽고 감명받아 쓰지 않았을까 짐작된다. 우리 조선민족이 깨우쳐 일어남을 외치는 그의 대표작이라 할 수 있으리라.

비난과 의혹 속에서 은둔생활에 들어간 춘원이광수를 사회로 끌어낸 것은 〈동아일보〉였다. 'Y생'이란 익명으로 《가실》을 발표한 지 얼마 안 되어 "하루는 인촌 김성수와(仁村 金性洙) 함께 고하 송진우(古下 宋鎭禹)가 내 집을 찾아와 동아일보 입사를 적극 권했다. 나 또한 오직 감격으로 이에 응했다. 그들은 매장된 나를 무덤 속에서 끌어내는 것이요, 그 밖에 아무 요구도 없는 것이었다"《무정을 쓰던 때와 그 후》). 이광수는 1923년 5월 동아일보 편집국장으로 입사했는데, 그로부터 10여 년에 걸친 그의 언론인 생활이 시작된다. 춘원은 〈동아일보〉에 《선도자》, 《허생전》, 《재생(再生)》 등을 발표한다. 먼저 그는 《백조(白潮)》의 동인이 되어 젊은 문학인들과 가까이 지낸다. 이때 조선문단은 춘원의 독무대가 아니었다. 《창조》, 《폐허》, 《백조》 문학동인지에 김동인(金東仁), 염상섭(廉想涉), 김억(金億), 박종화(朴鍾和), 주요한(朱耀翰), 홍사용(洪思容), 김동환(金東煥) 등 새 얼굴들이 나와 조선문단 열정시대를 이루고 있었다.

춘원이광수는 《재생》을 쓰는 동안에 지병이 더욱 나빠져 상편을 끝내고는 한쪽 갈빗대를 잘라내는 혹독한 생명의 위험을 이겨낸다. "그의 출세작 《무정》에서 문학적 성과가 진보한" 작품인 《재생》은 발표되자마자 독자들의 열렬한 환영을 받는다. 그러나 "이 《재생》만큼 빨리 잊혀진 작품도 드물 것이다"라는 평을 김동인으로부터 받는다. 한편 춘원은 문예잡지 《조선문단》의 창간에 중요한 역할을 한다. 춘해 방인근(春海 方仁根)의 출자와 경영 및 춘원이광수의 주재로 나온 이 문예잡지는, 《개벽》과 더불어 문인들이 작품활동을 펼칠 수 있었던 오직 두 기관이었으며 한국 최초 순수문예지였다. 춘원은 여기에 《혈서(血書)》, 《H군을 생각하고》, 《어떤 아침》, 《사랑에 주렸던 이들》 같은 단편들을 써낸다. 만주에서 노동 품팔이로 떠돌던 최학송(崔鶴松)의 간절한 편지를 받고 그를 돌아오게 하여 보살펴 준 것도 이 무렵이다.

신문사 일, 문학 글쓰기 등으로 그의 건강은 또다시 나빠져만 갔다. 1927년 수필 《사(死)》에서 춘원은 이렇게 쓰고 있다.

나는 작년 1월 발병 이어 3차 위기를 통과했다. 제1차는 6월 1일의 객혈(喀血)이요, 제2차는 9월, 제3차는 11월의 객혈이다. 그중에 가장 위기였던 것은 제2차의 객혈이다. 그때에는 1주 야간에 6백 그람가량의 피를 토하여, 시력이 쇠하여 모든 물상(物象)이 분명치 아니하고, 형상이 괴이하게 보여 마치 희미한 꿈속에 있던 것과 같고, 하루의 대부분을 혼수상태에 있어서 1주일 동안은 내가 모르는 동안에 경과하여 버린 것이다. 그러고도 3주일이 넘도록 기억력이 감퇴하여 친우의 성명도 생각나지 않는 일이 흔히 있어서, 내 일생의 과거가 갑자기 몽롱하여짐을 깨달을 때에 나는 혼자 웃지 아니할 수 없었다. 내가 사(死)를 각오한 것은 물론이거니와 주위의 사람들은 나보다도 더 내 생명에 대하여 절망했던 모양이다.

춘원이광수는 평양, 강서군, 안변의 석왕사(釋王寺), 안악의 연등사(燃燈寺) 등을 두루 헤매며 요양을 했다. 삶의 덧없음과 인간의 연약함을 느끼면서. 그는 나라를 구하고 병든 자기 영혼을 구해야 했다. 이 둘은 모두 현세적 자기 포기 희생을 바치는 일이다. 태어난 지 다섯 달 된 아들 봉근(鳳根)을 업고 연등사로 찾아온 아내 영숙의 수심에 가득 찬 얼굴을 보자 이광수는 마음이 시렸다. 이상과 현실, 민족과 개인, 영혼과 육체, 선(善)과 미(美) 사이를 끊임없이 갈등하면서 방황하는 한 인간의 약한 모습 그대로였다. 춘원이광수가 이화여전 학생이던 모윤숙(毛允淑)과 스승과 제자 사이가 되고 연애 감정을 느끼게 됨은 그 얼마 뒤 일이다. 춘원의 전기(傳記)를 쓴 이들은 이렇게 그려낸다.

춘원과 윤숙은 부전고원(赴戰高原)의 넓은 호반(湖畔)에 가지런히 서서 준령 위에 떠 있는 구름을 바라보았다. 거기 깃든 붉은빛은 석양이었을 테지만 그들에게는 찬란한 아침 햇빛이었을 게다.

"윤숙이는 저 산 위에 떠가는 구름과 같애······"

"······"

늘 불그스레 상기되어 있는 윤숙의 두 볼을 석양이 깃든 고개 위의 석양구름에 비한 것일까. 그 진의를 윤숙은 춘원의 다음 말에서 알아차릴 수가 있었다.

"손에 잡히지 않는······"

춘원은 그냥 하늘에 시선을 둔 채 조용히 말했다. 다정다감한 20대의 윤숙이 춘원의 심정을 헤아리지 못했을 턱이 없다.

"왜 잡을 수 없겠어요. 반드시 손으로 잡아야 제 것이 되는 건가요."　　　　　　　　　　　　　　　　　　　　　　　《춘원이광수》

이제 춘원의 나이 마흔에 이르고 있었다. 그의 수양과 교양은 쉽사리 그를 사랑에 빠져들지 못하게 했다. 춘원은 《단종애사》, 《군상(群像)》, 《이순신》, 《흙》 대작들을 차례차례 발표해 나간다. 병마와 싸우면서도 글쓰기에 대한 그의 타오르는 열정은 줄어들지 않았다. 1931년 6월부터 1932년 4월까지 《이순신》을 쓰는 동안 춘원은 파인 김동환에게 보낸 편지에 다음과 같이 말하고 있다.

글이나 그림으로 저 생긴 이상은 못 쓸 법입니다. 내가 이순신을 그리거나, 안창호를 그리거나, 결국 내 인격 정도 이상은 넘지 못할 것을 내가 압니다. 그러나 나는 나 이상 할 수는 없기 때문에 다만 내 힘을 다하여서 내 애인을 그릴 뿐입니다. 그러하지마는 내게는 또 하나 숭배하는 인물이 있습니다. 그것은 아직 한 번도 입 밖에 내거나 붓 끝에 올려보지 못한 사람이니, 내가 조선민족을 위하여 이순신, 안창호를 그려 놓은 뒤에는 아마 나 자신을 위하여 혹 '사람'이란 것을 위하여 이 '사람'을 그릴 것이라고 생각합니다.

삼중당 《이광수전집》

정신의학을 전공한 이중오 박사에 따르면 춘원은 글이나 대담에서 여러 차례 자신이 누구보다 존경하는 사람으로 서슴없이 안창호, 이순신을 말하곤 했다. 안창호의 무실역행 및 진실하고 거짓 없는 행동과, 이순신의 자기희생적 나라사랑을 높이 평가했기 때문이다.

영남이나 호남이나 한가지로 우리나라 땅이니, 우리가 나라를 지키는 사람이 되어 영남이 적군의 손에 들었다 하거든 가만히 앉았을 수 없음이 하나요. 또 호남을 지킨다 하나, 영남과 호남이 실낱 같은 바다 하나, 강 하나로 접하였으니 영남을 지키지 못하고 호남을 지키려 함은, 마치 문을 지키지 못하고 방을 지키려 함이나 다름이 없음이 둘이요. 또 조정의 분부가 없으시다 하거니와, 지금 중로에 적병이 편만하여 서울 길이 어찌 된지 알 수 없으며, 또 조정에 찬 무리가 모두 당파 싸움과 제 세력만 아는 무리들이올 뿐더러, 또 수군을 알기를 없는 듯이 하옵고, 또 설사 조정의 분부가 안 계시다 하더라도 적병이 당전하면 선참후계하는 것이 병가의 법인가 하오. 용병지법이 신속함으로써 귀함을 삼는 것이니, 사또께서는 아까 녹도 말씀대로 이 밤으로 행선하시도록 분부 계시기를 바라오.

《이순신》

춘원이광수는 장편소설 《이순신》을 통해 우리 역사상 가장 존경하는 인물을 작품화한다고 밝힌 바 있다. 그리고 위와 같은 표현으로 이순신이 지휘관으로서 민주적 역량을 충분히 발휘하고 있음을 알 수 있도록 했다. 이광수의 이러한 서술에서 독자는 단순히 상하 명령 체계에 복종하는 논리보다는 동참한 지휘관들의 애국심을 고루 한데 모으는 이순신을 발견할 수 있다. 이순신과 같은 인물을 창작 대상으로 삼은 까닭은, 나라를 사랑하는 정신과 희생적 봉사를 그려냄으로써 일제 치하의 민족적 의기를 되찾고 애국심을 불러일으키려는 춘원이광수의 계몽적 의도와 바로 이어진다고 하겠다.

작품 《이순신》에서 춘원은 이순신의 인격과 충절의식을 우리 역사상 으뜸으로 그려나간다. 이순신을 명령으로만 군병을 부리지 않고 오히려 그들의 지혜와 전략을 모두 모으고 채택해 줌으로써 민주적 절차를 이루어 내는 주인공으로, 또한 이름 없는 피란민, 농민, 어민과의 밀착된 유대감을 만들어 임진란을 승리로 이끌어 나라를 지켜낸 참영웅으로 표현한다. 여기서 이순신의 애민 사상과 이광수의 인도주의 사상이 일치함을 알 수 있다. 이순신은 춘원이광수의 정치의식과 나라 사랑마음이 한데 어울린 소설의 주인공으로 제시된다. 일제강점기 그에 대응한 춘원이광수의 민족정신을 이해할 수 있게 한 의도적 작품《이순신》을 생각해 본다.

그러면 춘원이 말하는 '사람'은 과연 누구일까? 이중오 박사는 춘원이 가리키는 '사람'이란 안창호도 이순신도 아닌 바로 춘원 자신이라는 논리를 펼친다.

이광수는 1933년 압록강을 건너며 〈만주에서〉라는 글을 통해 이렇게 적고 있다.

> 옛날은 북경 가는 길 3천리에 압록강 건너는 것이 가장 큰 어려움이었다. 박연암의《열하열기》를 보더라도 알 것입니다. 그러나 지금은 졸면서 건너가게 됩니다. 철교의 고마움, 문명의 고마움을 다시금 느낍니다. 다만 한하는 것은 왜 우리의 손으로 못하였나 하는 것입니다. 〈동아일보〉 1933. 8. 9.

1933년 춘원은 병으로 한참 쉬다가 동아일보에서 조선일보사로 옮겨 부사장 자리를 맡게 된다. 엎친 데 덮친 격으로 이광수에게 큰 시련들이 닥쳐왔다. 조선일보사로 옮긴 이듬해인 1934년 2월, 허영숙과의 사이에서 태어난 첫 아들 봉근이 패혈증으로 갑자기 죽었다. 여덟 살 어린 나이였다. 더욱이 그토록 존경하던 도산 안창호가 체포되어 귀국, 감옥으로 들어갔다. 잇따른 사태에 정신적으로 크게 충격받은 춘원은 1년 만에 조선일보사를 나온다. 그는 거의 자학(自虐)과도 같은 나락으로 빠져들어 산에 들어가기로 마음먹는다. 그러고는 금강산으로 간다. 마침내 불교에 다가가게 된다.

여기서 이광수의 '고아의식'을 다시 살펴볼 필요가 있다. 김윤식 교수에 따르면 이광수 내면의 불안을 극복하게 한 심리적 계기로써 도산 안창호를 꼽는다. 그즈음 상해 임시정부는 스물아홉 살의 청년 이광수에게는 빈 껍질뿐이며 허황한 명분론에 지나지 않는 것으로 비쳤다. 국가라든가 민족이라는 관념적 아버지의 모습을 찾아 상해 임시정부를 찾아갔고, 거기 가담했으며, 그로써 심리적 균형 감각을 아슬아슬하게 확보한 이 천애 고아에게 단합을 팽개친 채 모두 흩어져 버려 명분만 남아버린 임시정부는 아버지상의 소멸 그 자체이거나 거짓 아버지상으로 보였으리라. 이때 도산의 존재, 그리고 흥사단은 임시정부보다 한층 확실한 아버지상이었으리라(도산의 흥사단 상해 활동은 그가 임정에서 물러난 1920년 1월 15일부터이다). 이러한 아버지상이 민족 균열로 서서히 무너지기 시작하자 춘원이광수에게도 균형 감각을 잃게 되는 계기가 왔는데, 도산이 체포되어 서대문 형무소에 수감됨이 그 첫째요, 아들 봉근의 죽음이 그 둘째였다. 춘원이 금강산으로 방황의 길을 떠나는 일도 이로써 조금 유연성 있게 설명될 수 있다.

만일 지구의 생물만을 표준으로 다른 별 또는 허공에는 생물이 살지 못하리라 함은 마치 유대인이 하나님을 지구만의 하나님으로 아는 것과 다름이 없을 게 아닌가. 이러한 내 우주관은 신구약의 우주관을 용납할 수는 없었다. 이러하기 때문에 나는 예수의 가르침에서는 오직 그 도덕적 가치만을 취할 수밖에 없었다. 나는 이러한 내 우주관이 곧 불교적 우주관이었음을 훨씬 나중에야 알았고 내가 이러한 우주관을 가지게 된 것은 천문학 시간에서 새 상상력이 지어낸 것이었다. 《그의 자서전》

질곡의 가시밭길

1930년대 들어서자 나라 안팎으로 정치·사회 정세는 심각한 양상을 띠고서 파국으로 치닫는다. 독일 총선거에서 나치스 대승(1930), 중일전쟁 발발(1931), 일본과 나치스 독일의 국제연맹 탈퇴(1932) 등 커다란 사건이 잇따라 일어났다. 한국에서는 신간회가 해체되고 프로문학파가 대대적으로 검거 투옥된다. 이 불안한 정치정세는 곧 문화 위기로 나타났다. "암담한 현실에 대한 맹목적 절망"뿐이다. 사람들의 머릿속에서 '조선은 이대로 영원히 식민지로 가다 마침내 일본화되어 버리는 게 아닐까' 이런 불길한 예감이 현실감을 갖기 시작한 것이 이 무렵이었다.

춘원이광수는 10여 년간 신문사 생활을 그만두고 산으로 들어갔다. 그러나 아내의 간청으로 산을 내려온 춘원은 자하문 밖 세검정에 집을 마련하고 자리를 잡는다. 감농사를 짓거나 닭을 키워서라도 살아갈 작정이었다고 한다. 그러나 뜻대로 안 되자 허영숙은 영근, 정난, 정화 세 아이를 데리고 일본으로 건너갔다. 산부인과학을 공부할 목적이었다. 이광수는 가족과 떨어져 자하문 밖 산장에 머무르면서 명상과 집필에 열중했다. 불교에 깊이 빠져 《법화경(法華經)》을 한글로 옮겼고, 그 몇 년 뒤에 쓴 《육장기》(1939)를 보면 춘원이 어떤 과정을 거쳐 《법화경》 세계에 들어가게 되는지 자세하게 씌어 있다.

이광수는 이렇게 말하고는 했다. "법화경은 나를 일깨워 주지 않았던가. 사색만이 아닌 정법(正法)에 따른 실천, 즉 행(行)을 통해 인류 사회를 구하는 것이 진리라고." 그는 《법화경》에서 전환의 이론과 실천에 대한 설법을 듣는다. 이런저런 어려운 상황과 맞닥뜨리며 방황할 때 이광수는 《화엄경》과 《법화경》 경전에 사로잡혀 있었다. 은둔하고자 금강산에 갔다가 만난 팔촌동생 운허 스님, 그리고 남편과 사별한 뒤 스님이 된 먼 고모뻘 여인이 혈서로 쓴 《법화경》을 읽었던 춘원. 그런 그가 이런 경험을 운명처럼 받아들였을 것은 너무나 마땅하다. 《법화경》이야말로 춘원이광수에게 삶의 지침서였다.

그러나 춘원은 종교에서조차 그의 행적처럼 그저 머물지 못한다. 어느 종교에도 완전히 기댈 수 없었다. 끊임없는 탐색과 추구를 바탕으로 하는 그의 성향 탓도 있었다. 그에게 종교는 자연주의에 대한 심취, 진화론을 바탕으로 하는 자연과학적 합리주의 등이 모두 한 덩어리가 된 수양도구일 뿐이었다. 그러면서도 그는 꾸준히 성자들과 자신을 동일시하면서 자책하고 참회함으로써 고통으로 이어진 삶을 견뎌나간다. 이런 방어 기제가 바로 춘원으로 하여금 주위의 온갖 비난을 받으면서도 자신의 혁명적 논지를 펼치게 하는 그의 종교라 할 수 있으리라.

조선일보사에 다시 고문(顧問)이라는 지위로 돌아간 그는 중단했던 《그 여자의 일생》 연재를 끝내고, 이어서 역사소설 《이차돈의 사(死)》, 근대소설 《애욕의 피안(彼岸)》, 자전적 소설 《그의 자서전》을 잇달아 연재하며 단편과 수필도 활발하게 써내려갔다.

이때 춘원과 깊은 관계를 가진 이가 그의 "서생이요 비서이면서 진정을 토로할 수 있는 유일한 벗"인 박정호(朴定鎬)라는 청년이었다. 이광수를 존경하고 그의 글을 읽어온 박정호는 1936년부터 춘원 곁에 머물면서 이런저런 심부름을 도맡았다. 박정호는 베일에 싸인 인물이다. 그를 가장 자세히 기록한 책은 박계주·곽학송의 《춘원 이광수》이다. 이 글에 따르면, 한 시골 중학생에게서 간절한 편지를 받은 춘원이 답장을 보냄으로써 둘의 관계가 시작된다. 그들의 관계는 춘원이 오해와 모멸을 묵묵히 견뎌야 했던 1936년부터 1939년 봄까지(춘원은 이때 그를 만주로 떠나 보낸다), 다시 1944년 해방 무렵부터 2년여 동안 이어진다. 이른바 춘원이광수의 어두운 시절을 함께한 박정호. 춘원은 그를 하늘이 자신에게 보내준 수호자라 여겼을지도 모른다. 어쩌면 춘원이광수에 대한 가장 진실한 증명을 해줄 수 있는 이가 박정호이리라. 그러나 그 뒤 안타깝게도 그의 거취는 물론 삶과 죽음조차 알려져 있지 않다.

1936년 춘원은 도산이 풀려나자 그와 함께 개성 만월대, 박연폭포 등을 돌아다니며 구경했다. 그 뒤 도산은 평양 서쪽에 있는 대보산의 송태산장(松笞山莊)에 머물렀다. 이때 일본 제국주의는 마지막 몸부림을 준비하고 있었다. 이른바 수양동우회사건(修養同友會事件)의 거짓 꾸밈이 바로 그것이다.

수양동우회 활동

본디 비정치적인 인격 수양단체로서 수양동우회는 총독부의 허가 아래 만들어졌다. 도산의 백년대계인 국민도의의 향상과 교육, 산업진흥을 목표로 삼은 단체였다. 상해에서 이광수와 함께 〈독립신문〉을 발행했던 주요한이 중국 후장대학을 졸업하고 조선으로 돌아온 것은 1925년의 일이다. 아마도 안창호의 지시를 받고 귀국했으리라. 곧 흥사단의 흐름을 잇는 평양의 '동우구락부(同友俱樂部)'와 서울에서 이광수가 세운 '수양동맹회'를 하나로 합치는 교섭이 시작되었다. 이듬해 두 단체는 '수양동우회(修養同友會)'로 통합되고 기관지 《동광(東光)》을 발간하기에 이른다.

1920년대 끝 무렵에 들어서자 조선에 진보적 사회주의 세력이 떠오르며 대중운동이 활발해졌다. 그 물결은 1927년 신간회 창립과 1929년 원산의 동맹파업, 그리고 같은 해 전라도 광주에서 조선인과 일본인 학생 사이의 충돌이 발단이 돼 일어난 광주학생운동으로 절정에 이른다.

수양을 목적으로 하는 수양동우회는 정치성을 띠지 않는 것을 방침으로 삼았지만, 회원 한 사람 한 사람의 정치활동은 제한하지 않았다. 따라서 주요한을 비롯한 몇몇 회원은 신간회에도 가입했는데, 이들을 중심으로 그저 '수양'을 목표로 삼아서는 모임의 발전을 기대할 수 없으니 수양동우회의 성격을 좀더 바꾸어 공격적이면서도 전투적으로 조정해야 한다는 의견이 거세진다. 마침내 1927년에 들어서야 수양동우회 발전 방책을 다시 살펴보는 '진흥방침 연구위원회'가 만들어지며 이광수도 위원이 된다. 이때 춘원은 탄압을 걱정해 과격한 개혁을 반대했다고 뒷날 주요한은 이야기한 바 있다. 한편 이광수는 이 무렵 결핵이 재발해 중병 상태였으며, 2년 남짓은 회의 활동에도 관여하지 못한다.

도산 안창호는 1929년 2월 미국에 있는 단원들에게 편지를 보내 흥사단은 단순한 수양단체가 아니라 조국의 독립을 목적으로 투사를 키우는 '혁명적 훈련단체'임을 분명히 밝혔다. 이 편지는 나중에 일본 경찰의 손에 넘어가 뒤에 동우회사건 재판에서 증거로 제출되어 회원들을 곤경한 상황으로 몰아넣게 된다.

1929년 7월 참으로 오랜만에 춘원이광수 집에서 수양동우회 회의가 열렸다. 이 회의에서 모임의 명칭과 규약 변경 안건을 서면투표로 결정하자고 의견을 모았다. 2개월 뒤 개표 결과 모임의 이름은 '동우회(同友會)'로 바뀌었다. 모임의 목적을 '신조선 건설'에 두는 규약 변경안도 찬성 32표, 반대 30표라는 2표 차이로 통과됐지만, 탄압 염려 때문에 이듬해 4월 다시 '신문화건설'로 바뀐다.

춘원이광수는 회의 방침 변경에 대한 의견을 남기지 않았다. 그러나 인격 수양으로써 개인마다의 자립이 마침내 민족의 독립으로 이어지는 점진적이고 비정치적인 운동을 머릿속에 그렸던 이광수는 '수양'이라는 글자를 빼놓는 것에 반대했으리라. '의결안에 복종한다'는 동우회 규약에 따라 결정 사항을 실천하는 데 최선을 다하면서도 그는 자신의 글에서는 '수양동우회'라는 이름을 계속 써 나갔다.

브나로드, 민중 속으로 운동과 《흙》

수양동우회 활동은 1931년부터 활발해진다. 이 무렵 동우회는 〈동아일보〉가 학생들에게 대대적으로 호소하며 시작한 '브나로드 운동(민중 속으로)'에 참여하는 방식으로 농촌계몽운동에 나섰던 것이다. 19세기 러시아의 계몽운동에서 이름을 따온 브나로드 운동은 여름방학에 학생들이 농촌에 가서 농민들에게 한글을 가르치는 문맹퇴치운동이었다. 1934년까지 4회 시행되었던 이 운동은 모두 5700명을 동원해 10만 명에게 한글을 가르치는 성과를 거뒀다. 조선총독부의 1930년도 정세 조사에 따르면 그즈음 한글을 읽고 쓸 줄 아는 조선인은 인구의 약 15퍼센트에 불과했는데, 그 비율은 농촌이 도시보다 훨씬 낮았다.

그 무렵 동아일보사는 이광수가 편집국장, 주요한이 편집국장 대리를 맡고 있었다. 게다가 한글교본 제작에는 동우회 회원인 언어학자 김윤경(金允經)과 이윤재(李允宰)가 중요한 역할을 담당하고 있었으니, 이 운동은 동우회가 중심이었다고 할 수 있다.

그러나 브나로드 운동은 문화운동으로서의 한계를 갖고 있었다. 처음부터 동우회는 협동조합에 따른 농촌사회의 조직화까지 염두에 두고 농촌생활의 향상을 꾀했던 듯하다. 하지만 조선총독부의 간섭으로 한글 강습회 금지 및 중단이 잇따르면서 중앙의 책임자는 정치운동으로 보이는 행동을 취하지 않도록 참가자들에게 주의시키는 데 급급했다. 당국이 정하는 합법과 비합법의 구분을 따라야 하는 합법운동의 한계가 드러났던 것이다. 이리하여 브나로드 운동의 불꽃은 차츰 사그라든다.

이때의 브나로드 운동은 한국의 근대문학에 두 명작을 남겼다. 하나는 도시생활을 버리고 이상촌을 만들기 위해 농촌에 뛰어드는 허숭이 등장하는 이광수의 장편 《흙》으로, 1932년 4월부터 1933년 7월까지 〈동아일보〉에 연재되었다. 다른 하나는 브나로드 운동에 헌신하는 젊은 연인의 이야기를 다룬 심훈(沈熏)의 《상록수》로, 〈동아일보〉 창간 15주년 기념 장편소설 특별공모에 당선되어 1935년 9월부터 그 이듬해 2월까지 〈동아일보〉에 연재되었다.

《흙》은 춘원이광수가 동아일보 편집국장 때 귀농운동을 지원하기 위하여 집필, 연재한 작품이다. 농촌 출신 변호사 허숭과 서울 대부호인 윤 참판댁 딸 정선과의 혼인으로 소설이 시작된다. 이 둘은 삶의 방식이나 태도에서 근본적 차이를 보임으로써 갈등이 드러난다. 소설 줄거리는 겉보기에는 허숭과 정선 간의 애정 갈등이지만, 그 뒤에 감추어진 의미는 조선혼의 발견이요, 민족정신의 고취인 것이다. 허숭이 가정과 재산, 그리고 사회적 지위를 버리고 고향인 살여울로 들어간 것은 민족주의 실현에 있어서 중간 단계의 모델 마을로 생각했기 때문이다.

이는 춘원이광수의 정신적 지주였던 안창호가 부르짖은 이상촌 (理想村) 건설의 구현이기도 하다. 이광수는 수양동우회와 통속교육 보급회의 중심 인물로서 농촌계몽운동을 펼쳐나갔으며, 전국적으로 1면 1개의 개량 촌락을 완성해 농민생활을 윤택하게 하는 것을 민족주의운동의 기초 활동으로 생각했다. 주인공 허숭이 살여울을 위하여 농업협동조합·농촌야학교 등을 세워 헌신한 뒤, 살여울보다 더 외진 검불랑이라는 곳으로 들어가 농촌운동을 하겠다고 말하는 것은 바로 이상촌 건설의 하나라 할 수 있다. 이광수는 초창기 신문화 운동의 구호 아래 반봉건·반유교적인 극단주의자 위치에 서서 철저한 도덕적 개조와 풍속개량을 주장했다. 하지만 장년에 이르러 쓴 이 소설에서는 경박한 외래문화에 빠진 신지식인들을 오히려 경계했다. 《흙》은 그때의 시대 분위기였던 조선심(朝鮮心)의 재발견과 조선적인 운동의 복구라는 시각에서 쓴 것이다.

《흙》이 오늘날까지도 여러 독자들에게 감동을 주는 이유는, 이것이 단순히 삼각관계의 연애이야기라거나 일제강점기 시대상을 반영하고 민족정신을 실천하기 위한 귀농운동을 소재로 하였다는 점에 한정되지 않는다. 감동을 주는 보다 근본적인 이유는 허숭의 숭고한 인품을 통해 이루어지는 감화력에 있다. 이야기가 펼쳐지는 가운데 허숭과 적대되는 인물들도 허숭의 인격에 감화되어 새롭게 바뀌기 때문이다.

이 작품은 결국 이 시대 이기적인 사이비지식인들이 인과응보에 따른 죗값을 치른 뒤 허숭의 숭고한 인격, 바로 종교적인 사랑과 용서, 인내와 실천, 봉사 등에 의해 구원되는 재생적인 심층의미를 가지고 있다. 춘원이광수는 톨스토이처럼 도시를 죄악의 소굴로 보는 대신에 소박하고 단순한 농민 속에서 참된 인간성을 찾으려 했던 것이다. 결국 이광수는 도시에서 일어나는 죄악에 맞서 싸우기보다는 농촌 공동체가 담고 있는 순박한 인간성으로 무조건 용서하고 사랑하며 무저항주의로 나감으로써 참다운 승리를 가져올 수 있다는 것을 《흙》을 통해서 보여주고 있다.

혹독한 고문과 물주전자

일제는 조선 안의 독립사상을 가진 세력을 모조리 없애기 위하여, 중일전쟁이 일어나기 한 달 전인 1937년 7월 7일, 동우회 회원 130여 명을 잡아들이기 시작했다. 병중의 안창호는 그해 6월 중순에 체포되었고, 이광수는 세검정 서재에서 일본 형사에게 강제로 끌려갔다. 도산, 춘원 등 44명은 송청 수감되고 나머지 80여 명은 풀려났으나, 4년간 끌려다닌 연루자는 모두 300여 명에 이르렀다.

총독부가 동우회원의 검거에 나서게 된 데는 몇 가지 원인이 있었다. 이광수는 조선총독부 학무국이 만든 조선문예회 회장직을 요청

받았지만 이를 거부했고, 김윤경을 비롯한 몇몇 회원은 당국이 부탁한 강연을 거절했던 것이다. 이때의 사정을 춘원이광수의 자서전을 통해 엿볼 수 있다.

1936년 2월 초생에 나는 강서군 대보산 송태(松苔)에 숨어 있는 도산 안창호를 찾아갔다. (……) 그에게 미나미 지로의 정책을 보고하고, 동우회 기타의 금후 대책을 물었다. 그는 5월 20일경에 상경할 터이니 동우회 간부를 모으라고 말하였다. 나는 약 사오 일 묵어서 서울로 올라왔다. 이때에 나는 신문에서도 손을 끊고 칩거하고 있었다. 하루는 총독부 학무국장 도미나가(富永)가 저녁을 먹인다 하여 전화로 조선 호텔로 나를 부르기로 갔더니, 최남선과 가마다(鎌田)라는 일본 사람과 ○○○가 와 있었다. 조선문인회라는 것을 조직한다는 것인데, 내가 중심이라는 것이었다. 나는 이미 문필사업에서 물러 나와서 불교생활만 한다는 이유로 이를 거절하였고, 최남선도 옆에서, "가만히 있는 이광수를 끌어내어 욕 먹히지 말라"고 내 편을 들었다. 내나 거절하였건만 이튿날 여러 일문(日文) 신문에는 내가 중심이 되어 문인회를 조직한다는 것이 톱뉴스로 났다. 그러나 나는 그 창립총회라는 데도 출석하지 아니하였다.

《나의 고백》

모질고 혹독한 고문으로 회원 둘이 죽고 한 사람은 폐인이 되었다. 대중에게 사랑받는 병약한 춘원이광수가 고문 끝에 죽으면 조선사회에 영향이 클 것이라는 사실을 경찰도 잘 알고 있었다. 이광수에게는 고문 도구인 물주전자를 갖다 놓고 옆방 회원의 울부짖는 비명 소리를 들려주며 정신압박 심문을 했다고 한다.

1주일 만에 나는 첫 심문을 받았다. 동우회는 흥사단과 같이 수양단체라는 가면을 쓰고 독립운동을 하였으니 치안유지법에 걸린다는 것이었다. 나는 그렇지 않다, 동우회는 수양단체라고 버티었다. (……) 그 이튿날인가 기억한다. 나는 이노우에라는 고등계 주임 앞에 불려나갔다. 그는 더운 우유와 토스트를 내게 권하였다. 그러고 내가 사회에 나가면 무엇을 하겠는가, 동우회를 계속하겠는가 물었다. 나는 그런다고 하였다. 다음에 그는 천황에게 충성을 가지는가 물었다. 나는 지금까지 일본의 국법을 지키고 세금을 내었으나, 천황에게 충성을 가진 일은 없다고 대답하였다. 그는, "너는 삶아도 구워도 민족주의를 버리지 않을 놈이로구나" 하기로 나는 그렇다고 대답하였더니, 조서를 쓰던 연필을 내던지고 나를 유치장으로 돌려보내었다. 이리하여서 나는 동우회 사건을 일으킨 일본 관헌의 의도를 알았다. 즉 죄가 있어서 우리를 잡아온 것이 아니라, 죄를 만들어서 우리의 운동을 탄압하기 위하여 한 것이었다. 신민회를 탄압하기 위하여 데라우치 총독 암살 음모사건을 만든 것과 같다고 생각하였다. 《나의 고백》

유치장에 들어간 한 달 보름에 이르자 춘원이광수는 척추카리에스가 재발해 긴급 입원했다. 서대문 형무소로 옮겨진 뒤로는 줄곧 병감(病監)에 갇혀 있었다. 12월 18일 병보석되어 경성의전병원에 입원한 춘원은 병상에서 파인 김동환이 발행하는 《삼천리》에 시 〈들물에〉를 쓴다.

아이들이 바닷가에서 모래를 파네
모래에서 물이 솟네
호수가 되고 강이 되네

물이 더 많고지고
아이들은 운하를 파네—
한없이 큰 밀물까지

운하의 공사가 끝나기도 전에
벌써 큰물이 운하로 쏠려드네
호수가 넘치고 강이 넘치네

홍수가 났다 해일이로고나
모래성이 모도 터져 나가는데
애들은 적은 손으로 막기에 바쁘고나

아이들은 마침내 소리를 지르고
이 자리를 포기하였네
밀물이 들었다 나간 후
그 자리의 자취는 아직도 촉촉이 젖었어라

아이들은 어디서 또
새 호수와 새 강과 새 운하를 파는고?
밀물은 저어 고파에서 영원의 노래를
중얼거리고 있는데

《삼천리문학》

모래성을 크게 쌓으려고 판 운하에서 물결이 밀려들어 성을 무너
뜨리고 만 아이들처럼 동우회는 정치성을 의심받아 끝내 조선총독
부의 잔인한 탄압을 불러오고 말았다. 마침내 춘원이광수가 걱정하

고 두려워했던 일이 일어나고야 만 것이다. 회원들은 아이들처럼 무력해 어찌 할 줄을 모르고, 큰 바다는 아무 일도 없었다는 듯이 파도를 철썩이기만 한다. 하타노 세츠코 교수는, 자신들이 이제껏 해온 민족운동을 모래성에, 조선총독부를 영원한 바다에 비유한 데서 이광수의 체념달관 사상이 엿보인다고 했다.

　꽤 추운 겨울이 된 어떤 날 나는 어떤 방으로 불려갔다. 거기는 와타나베라는 예심판사가 서기를 데리고 와 있고 옆에 길다란 나무 걸상이 하나 놓여 있는데, 날더러 괴롭거든 누워도 좋다고 하였다. (……) 와타나베는 살살 파묻는 사람이었다. 원래 우리 사건은 숨길 것이 없는 것이므로 심문은 술술 내려갔다. 다만 걸리는 곳은 우리 단체가 독립운동단체라는 구절에서였다. "나는 조선의 독립을 바라는 자요. 그러나 이 단체는 독립운동을 하는 단체는 아니요. 오직 수양운동을 하는 단체요" 하고 내가 변명하면, 그는 "수양은 왜 하느냐?" 묻고, 내가 "수양은 개인의 힘을 기르고 민족의 힘을 기르기 위함이요" 하면, 그는 "민족의 실력을 기르는 목적은 무엇인가, 민족독립을 위함이 아닌가" 추궁하였다. 이것은 경찰에서나 검사국에서나 반드시 나오는 논리였다. 그러나 나는 이렇게 답했다. "조선민족이 힘이 자란 뒤에 그 힘으로 무엇을 할는지는 나는 모른다. 다만 아는 것은 조선민족이 힘없는 민족이 되어서는 안 된다는 것이다. 만일 일본이 조선민족의 지식과 도덕과 기술의 힘이 자라는 것을 미워한다면 우리는 그야말로 일본을 적으로 하지 아니하면 아니 될 것이다."

《나의 고백》

이광수가 병으로 감옥에서 풀려나고 나서 일주일 뒤 안창호도 병보석되어 경성제국대학병원에 입원한다. 지난번 복역으로 몸이 망가진 안창호는 이광수보다 더 나쁜 상태였다. 그는 심문받을 때 "나는 밥을 먹는 것도 민족을 위한 것이고, 물을 마시는 것도 민족을 위한 것"이라며 독립운동가로서의 올곧은 됨됨이를 굳게 지켜나갔다.

민족의 선각 도산 안창호 스러지다

도산의 삶은 오로지 민족의 독립과 이어진 것이었다. 1923년 도산 안창호는 북경에서 길림으로 갔다. 대독립당을 강화할 목적에서였다. 만주에 있는 2백여 명의 동지들과 회의를 진행하는데, 중국 경관과 일본 경찰이 갑자기 회의장에 나타났다. 도산과 모든 지사들이 잡혀가 길림경찰서에 갇혔다. 일본영사관이 눈치를 챈 나머지, 중국 관헌에게 공산당 집회로 무고한 때문이었다. 하지만 중국 명사들 가운데 도산을 잘 아는 사람들이 나서서 신분을 보장했고, 일본 관헌에 넘겨지지 않은 채 20여 일쯤 있다가 모두 풀려났다.

길림에서 상해로 돌아온 도산은 미국에 있는 국민회와 흥사단이 그의 도움을 요청했으므로 곧 미국으로 건너가 국민회와 흥사단이 흔들리지 않도록 마음을 쏟았다. 그러고는 그곳 동지들이 거둔 수만 달러의 돈을 가지고 다시 상해로 돌아왔다. 그러나 만주사변이 일어나 도산은 그 꿈을 펼 기회를 갖지 못하고 만다.

1931년 4월 29일, 윤봉길 의사가 상해 홍구공원에서 일본군 수뇌들을 폭살한 사건이 일어났다. 일본 경찰은 조계에 있는 한국인을 대상으로 수색을 시작했다. 도산은 이날 한 소년과의 약속을 지키기 위해 만날 장소로 갔다가 거기서 일본 경찰에 붙잡히고 만다. 도산은 경기도 경찰부 유치장에 갇혀 심문을 받았다. 죄목은 치안유지법 위반이었다. 한달 남짓 심문 끝에 1심에서 4년 형을 받은 도산은 상소권을 포기한 채 복역에 들어간다.

1935년 봄 도산은 형기 4개월을 남기고 가출옥했다. 도산은 동포들에게 괜한 걱정거리가 되는 게 싫어, 강서 송태(松苔)란 산골에 집한 채를 짓고 은둔한다. 그러나 숨어 사는 데도 사람들과 경찰이 잇따라 찾아와 그를 귀찮게 굴었다. 그 뒤 1937년 6월 동우회 검거사건이 일어난 것이다. 그즈음 미나미(南次郞) 총독의 한국문화 말살정책에 반대하는 운동을 펼치고 있음이 드러난 때문이었다. 경성지방법원 검사가 종로서로 와서 도산을 문초했다.

"너는 독립운동을 계속할 생각인가?"

"그렇다. 내가 죽는 날까지 계속할 것이다."

"너는 조선의 독립이 이루어지리라 믿는가?"

"그렇다."

"무엇으로 어떻게 독립이 되리라 믿는가?"

"우리 조선민족 모두가 나라독립을 원하고 믿으니 그리될 것이다."

1937년 7월과 9월 도산 등 44명은 여러 차례로 나뉘어 송국 수감되었고, 80여 명은 기소유예로 풀려났다. 그 가운데는 고문과 가혹한 옥고를 치른 뒤 보석으로 풀려나와 죽거나 불구가 된 사람도 많았다. 도산은 몹시 쇠약해져 그해 12월이 다 갈 무렵에 보석으로 풀려나 서대문 형무소에서 경성제국대학병원으로 옮겨졌다. 그러나 미국의 가족들이 그의 병문안을 위해 조선에 오겠다는 것도 적극 말렸던 도산은 이듬해 3월 10일, 끝내 세상을 떠나고 만다. 위대한 겨레의 스승, 민족의 선구자 도산 안창호는 예순한 살 나이로 눈을 감았다. '회원들을 부탁한다'는 마지막 말이 춘원이광수에게 남긴 유언이 되었다.

춘원이광수에게 도산의 죽음은 하늘이 무너지는 일이었다. 춘원에게 도산은 스승이었으며 부모나 다름없는 존재였다. 외로이 자란 춘원에게 도산이 이 세상에 없음은 허망하기만 했다. 언제나 열성으로 춘원의 여린 마음에 애국심을 무한으로 심어주고 단련시키면서 용기를 북돋아 준 도산이었다. 춘원은 며칠을 통곡 식음을 전폐하면서 하늘을 우러러 탄식한다.

"하늘이시여! 우리 조선독립을 어찌하시려 도산을 데려가시나이까."

지도자 도산 안창호는 독립운동가로서 죽었지만, 동우회 회원들에게 그와 같은 각오를 기대하기는 어려웠다. 그들은 자신이 할 수 있는 범위에서 조선독립운동에 이바지하고자 한 사람들이었다. 성실하고 부지런하게 사는 것이 민족의 독립으로 이어진다는 온건한 사고를 가진 중산층이었던 이들이, 직장을 빼앗기고 가정생활이 무너질 위험에 처해 있었다. 이광수는 그들과 그 가족의 운명을 떠맡아야 했다. 도산이 죽음으로써 동우회의 방침을 결정하고 책임지는 자리를 춘원이 맡게 된 것이다.

김윤식 교수가 주장한 춘원의 '고아의식'을 여기서 다시 살펴볼 수 있다. 동우회 사건이 현실적인 면에서 아버지상의 무너짐이라면 도산의 죽음은 심리적인 아버지상의 붕괴였다. 이로써 이광수는 다시 고아의식에 떨어져 방황해야 할 운명에 놓였다. 열한 살에 고아가 되어 거기에서 벗어나기 위한 아버지상 추구가 지금까지 반평생에 걸친 그의 삶과 문학의 성취였다면, 마흔일곱 살의 그는 이제 결단을 내릴 갈림길에 섰던 것이다. 그러나 새로운 아버지상을 찾아 헤매기엔 춘원의 나이가 너무 아득하였으리라. 그리하여 그는 스스로 아버지가 되는 길을 찾는다. 동우회뿐 아니라 흥사단까지 책임진 것이다. 결국 그는 다시 아버지상을 찾을 수 없었을 뿐더러 스스로 아버지가 될 수도 없었는데, 이 두 개의 불가능성 속에서 방황하기란 마침내 춘원이광수의 원점인 '고아의식으로 돌아감'이다. 이때 그를 구원해 준 것이 《법화경》의 세계였다. 현실 속에서는 일장기였지만 마음

속에는 《법화경》이었다.

1938년 7월, 입원한 지 반년이 넘어 자택 요양을 간신히 허락받은 춘원이광수는 홍지동 집으로 돌아온다. 그보다 한 달 전 6월 서울 효자동에 허영숙 산원이 문을 열었다. 도쿄에서 박사학위논문을 쓰던 아내 영숙이 남편의 체포 통지를 받고 곧바로 조선으로 돌아온 지 1년이 지난 때였다. 허영숙은 남편을 옥바라지하는 한편 온갖 방법으로 춘원의 보석운동을 벌이고, 그가 풀려난 뒤에는 병원에 머무르며 남편을 간호했다. 그러는 소용돌이 속에도 사두었던 터에 산원을 짓기 위해 자금 마련, 설계, 공사, 직원 모집 등에 힘쓰며 바삐 뛰어다녔다. 그리고 1년 만에 허영숙 산원을 연다. 여인으로서 강인함을 넘어 초인적인 추진력이 아닐 수 없었다.

전향인가? 위장인가?

춘원이광수가 홍지동 집으로 돌아온 1938년 여름, 그를 비롯한 42명의 동우회 회원이 기소되었다. 불기소 처분을 받은 18명의 회원은 6월 전향 성명서를 발표하고 다니던 직장으로 돌아갔다. 기소된 회원들도 11월 3일 메이지 천황의 생일인 메이지절(明治節)을 맞아 사상 전향 표명서 〈합의(申合)〉를 일본어로 써서 재판소에 제출했다. 재판소에 〈합의〉를 낸 한 달 뒤인 1938년 12월 14일, 서울 부민관에서 전향자를 중심으로 한 '시국유지원탁회의(時局有志圓卓會議)'가 열렸다. 이 자리에서 이광수는 "이제 조선인이라는 고집을 버리고 일본인이 되어 일본정신 가질 것을 결심했다"고 밝힌다.

하타노 세츠코 교수에 따르면 〈합의〉 내용을 다음과 같이 요약할 수 있다. 동우회 회원들은 메이지 천황의 '일시동인'이라는 말을 믿을 수 없었고 일본이 조선을 식민지의 노예처럼 다스린다고 생각해 민족 독립사상을 품어왔지만, 중일전쟁으로 일본이 보여준 동양 공영(共營)의 국가적 이상, 미나미 지로 총독이 실시한 '몇 가지 정책'과 '의사 표명'으로 오해가 풀렸다. 조선인 또한 일본제국의 신민으로서 똑같은 대우를 받게 되리라는 사실을 이제는 믿을 수 있었으므로 앞으로는 일본 신민으로 살아갈 것을 결의한다.

미나미 총독이 실시한 '몇 가지 정책'이란 조선인에게 병역 의무를 지운 2월의 육군지원병제도와 조선의 교육제도를 일본과 똑같이 개정한 3월의 조선교육령을, 그리고 '의사 표명'이란 이른바 '내선일체(內鮮一體)'를 가리킨다.

한마디로 이제까지 일본을 믿을 수 없었지만 앞으로는 믿는다는 것이다. 거짓말하지 않음을 신조로 삼았던 춘원이광수는 그 뒤로 이 합의를 지켜나간다. 춘원의 이러한 결심에 중요한 계기가 된 것은 무엇이었을까? 여러 억측이 있다. 도산과 어떤 암묵적인 약속이 있었으리라는 것, 조선의 자주독립이 일제의 강대한 힘으로 보아 도저히 불가능하다는 게 드러났다는 추측 등. 그때 춘원이광수의 생각을 《나의 고백》에서 엿볼 수 있다.

일본이 중국과만 싸우는 동안에도 우리는 일본이 하라는 대로 다 하였지마는, 태평양전쟁이 터진 이상에는 일본은 우리에게 더 많은 요구를 할 것이 분명하였다. 지금까지는 우리는 내라는 대로 물자를 내고, 전쟁에서 이겼다고 기를 달라면 달고, 신사참배를 하라면 가서 손뼉을 치고 허리를 굽히면 그만이었다. 그러나 앞으로 그들은 우리의 땀과 피까지 요구할 것이다. 특별지원병제도를 벌써 쓴 것을 보아서도 알려니와, 조선징병론이 사방에서 행하여졌다. 그렇다 하면 우리 민족은 이에 대하여서 어떠한 태도를 취할 것인가. 나는 일본에 반항할 일을 생각하여 보았다. 그러나 이것은 불가능한 것 같았다. (……) 그렇다 하면 우리는 어떻게 할 것인가? 나는 이에 대하여 이렇게 결론을 지었다. '전쟁이 끝날 때까지 나는 일본이 요구하는 대로 협력하는 태도를 취하리라.' 이 결론을 짓는 데는 아래와 같은 이유가 있었다.

1) 물자 징발이나 징용이나 징병이나 일본이 하고 싶으면 우리 편의 협력 여부를 물론하고 강제로 제 뜻대로 할 것이다.

2) 어차피 당할 일이면 자진하여 협력하는 태도로 하는 것이 장래에 일본에 대하여 우리의 발언권을 주장하는 데 유리할 것이다.

3) 징용이나 징병으로 가는 당자들도 억지로 끌려가면 대우가 나쁠 것이니 고통이 더할 것이요, 그 가족도 그러할 것이다. 그러나 자진하는 태도로 가면 대우도 나을 것이요, 장래에 대상으로 받을 것도 나올 것이다.

4) 징용이나 징병은 불행한 일이어니와, 이왕 면할 수 없는 처지일진대 이 불행을 우리 편에 이익이 되도록 이용하는 것이 상책이다. 징용에서는 생산기술을 배우고, 징병에서는 군사훈련을 배울 것이다. 우리 민족의 현재의 처지로서는 이런 기회를 제하고는 군사훈련을 받을 길이 없다. 산업훈련과 군사훈련을 받은 동포가 많으면 많을수록 우리 민족의 실력은 커질 것이다.

5) 수십만 명의 군인을 내어보낸 우리 민족을 일본은 학대하지 못할 것이요, 또 우리도 학대를 받지 아니할 것이다. 그래서 정치적·경제적·사회적으로 우리 민족을 압박하고 괴롭게 하던 소위 '내선차별'을 제거할 수가 있을 것이다.

6) 만일 일본이 이번 전쟁에 이긴다 하면, 우리는 최소한도로 일본 국내에서 일본인과의 평등권을 얻을 수 있을 것이다. 우리 민족이 일본인과의 평등권을 얻는 것이, 아니 얻는 것보다는 민족적 행복의 절대 가치에 있어서 나을 것이요, 또 독립의 길로 한 걸음 더 가까이 갈 것이며 정치적 경제적 군사적 훈련을 받을 수가 있고,

또 민족적 실력을 자유로이 양성할 수가 있기 때문이다.

　7) 설사 일본이 져서 우리에게 독립의 기회가 곧 돌아오더라도 우리가 일본과 협력한 것은 이 일에 장애는 안 될 것이다. 왜 그런고 하면, 우리는 일본 국내에서 정치적 발언권이 없는 백성이므로 전시에 있어서 통치자가 이끄는 대로 끌려갈 수밖에 없기 때문이다.

　젊은 시절부터 타협의 개량론 신념을 확고하게 가지고 있었으며 잠시 말고는 흔들린 적이 없던 이광수는, 동우회 사건의 진행과정에서 자신이 앞장서서 친일활동을 벌이면 곤경에 빠진 동지들을 구해 내는 데 도움이 될 수 있으리라는 현실적 판단을 내렸으리라. 그리고 그런 판단이 옳았음으로 밝혀지자 자못 만족감이 생겨, '이번에는 조선민족 전체를 위해 춘원이광수 한몸을 민족의 제단에 바쳐 희생하자'는 더욱 큰 생각을 떠올렸으리라.

　춘원이광수의 이러한 생각은 그 무렵 지식인들 사이에서 퍼져 있었던 '용일론(用日論)'과도 일맥상통한다. 《나의 조국 대한민국》에서 홍일식은 '용일론'을 살펴봄으로써 일제강점기 조선 지식인들은 고육지계(苦肉之計)로서 친일을 위장한 경우가 많았다고 주장한다. 그즈음 조선총독부 고위촉탁으로 한국 지식인 규찰에 비상한 재능을 발휘한 아이바 기요시(相場淸)는 조선인의 문체만 보고도 글쓴이를 알아낼 만큼 한국과 한국 지식인에 정통한 정보전문가였다. 아이바 기요시의 극비보고서에는 한국인의 기질과 그 무렵 한국인 속마음을 꿰뚫어 본 대목이 나온다. 아이바는 이렇게 말한다.

　그렇다고 할지라도 무릇 한 민족이 다른 민족과 완전히 일체를 형성하려면 적어도 300년 이상의 세월이 걸린다(풍속-습관-언어를 완전히 귀일시키고 언문 출판물, 라디오의 조선말 방송도 필요로 하지 않을 시기까지 기다리지 않으면 안 됨). 또한 정치적으로나 사회적 혹은 문화적으로 모든 것이 일본민족과 동일한 수준에 달하여 적어도 가고시마(鹿兒島) 현 이슈우인(伊集院) 촌과 같은 정도가 되려면 300년 정도는 흘러야 될 것이므로 도저히 짧은 시일 내에 조선민족으로 하여금 우리 일본민족이 공통적으로 지니고 있는 황국신민적 사상을 가질 수 있도록 바라는 것은 곤란하다고 단언하지 않을 수 없다.

여기서 아이바가 언급하는 가고시마 현 내 이슈우인 촌이란 임진왜란 때 왜군에 잡혀온 심당길(沈當吉), 박평의(朴平意) 등 도공 여덟 사람이 정착한 마을이다. 《윤치호 일기》를 보면, 윤치호가 이곳 이슈우인 마을을 찾았을 때, 300여 년의 세월이 흐르는 동안 그 후손들은 꽤 번성하여 1000여 호에 이르고, 모두 '시조쿠(土族)'로 불리우며 자못 존경받고 있었다고 한다. 마을 사람들의 풍속 또한 일본 고유 언어와 풍속과는 사뭇 달랐다. 특히 심당길의 후손들은 일본 도자기의 상징인 사쓰마야키(薩摩燒)를 가업으로 이어오며 오늘날까지도 일본의 도예계를 이끄는 종가로 세계적 명성을 떨치면서 한국 성(姓)씨와 이름을 고집하여 세습 이름인 심수관(沈壽官)을 14대째 이어오고 있다. 이렇게 볼 때 조선민족이 일본민족으로 동화되는 정책이 300년은 넘게 걸리리라는 아이바의 예견은 마땅한 것이었으리라.

무엇보다 아이바가 괘씸하게 느낀 대상은 조선의 지식계급이었다. 이 '맹랑한' 자들은 일본민족을 공경하거나 도무지 두려워하지 않으며, 일본인에게 배우고자 하는 마음을 품기는커녕 거리낌 없이 '일본민족은 이미 발전의 막바지에 이르러 이제는 내리막길에 서 있다' 공언한다는 것이었다. 그러고는 앞으로 다가올 동아시아 민족의 지도자는 일본족도 아니고 중국의 한(漢)족도 아니며 마땅히 조선민족이 되리라고 주장한다는 것이다. 더구나 아이바의 다음과 같은 이야기는 육당 최남선의 생각을 그대로 옮겼다고 할 만큼 그때 조선 지식인들이 품고 있던 이른바 '용일론'의 뼈대를 정확하게 짚어내고 있다.

그렇기 때문에 조선민족이 오늘날 서둘러야 할 일은 일본민족이 아직 크게 몰락하기 전에 가능한 한 일본의 문화, 기술, 부력(富力)을 착취함에 있어서 황국신민을 가장하고 단순 천박한 일본민족의 환심을 사면서 미구에 다가올 시대에 대처할 조선민족의 부강한 터전으로 만들어 두지 않으면 안 된다.

아이바는 조선의 지식계급이 일본에 대한 반항의 적의를 보이고 있으며, 일반 백성들은 이를 맹종하여 부화뇌동하는 형세라고 진단했다.

또한 그는 임오군란 때 조선의 요청에 따라 청나라 군대와 함께 서울에 부임한 위안스카이(袁世凱)가 청의 영향력을 확대·강화하기 위해 미친 듯이 날뛰던 시절에 위안스카이가 외교가의 한 경험 많고 교활한 일본인 삿사고쿠도(佐佐克堂)에게 말했다는 다음과 같은 조선인관을 기술한다.

조선인은 고양이와 같다. 은혜를 입으면 더욱 기어오르고, 위세를 보이면 겁을 먹지만 복종은 하지 않는다. 고양이란 놈이 주인의 무릎에서 잠을 잘 때는 세상에 이보다 더 순한 놈이 없다. 하지만 일단 식탁의 어육을 보면 잽싸게 달려들어 맹렬한 기세로 빼앗아 달아난다. 조선인이 바로 이와 같다.

아이바는 위안스카이의 이 험담을 빌려, 도무지 길들여지지 않는 조선사람의 '반골기질'을 설명한다. 특히 그는 지원병제도(주로 학병)에 대한 지식인들의 표면적인 영합이나 적극적인 권유와 책동이 사실은 충성을 거짓으로 꾸며 일본을 안심시키고 뒷날에 대비하려는 반역성의 음모라고 단정했다. 그리하여 '조선인 문제는 영원히 풀리지 않는 중대하고도 쉽지 않은 문제'라고 결론을 내린다.

때문에 아이바는 일제 끝 무렵에 조선사람들이 일본에 협력한 이유가 오히려 일본에 대한 경멸로부터 비롯된 것이라는 판단을 한다. 이렇게 본다면 조선인의 일제 협력은 실제로는 민족의 새로운 앞날을 준비하기 위한 깊은 헤아림과 한결 더 멀리 내다봄에서 나온 또 다른 표현이라 하지 않을 수 없다. 그즈음 조선의 저명인사 중에는 와신상담(臥薪嘗膽), 민족의 먼 앞날을 내다보며 어쩔 수 없는 하나의 계책으로 친일을 가장한 경우가 많았다. 그리고 춘원이광수 또한 그들 가운데 하나였으리라.

황군위문작가단장 김동인

1939년 3월 14일 부민관 3층 회의실에서 이태준, 임화, 최재서 등은 박문서관, 한성도서, 성문사 등 14개 출판인들의 협력으로 황군위문작가단을 구성하기 위하여 모였는데 출석한 문단인들은 50여 명이었다. 이광수의 사회로 진행된 이 회의에서 박영희를 의장으로 추거하고 다음 위문사 후보로는 김동인, 백철, 임학수, 김동환, 박영희, 주요한, 김용제, 정지용 등을 선출했다. 이어 위문사 3명을 결선하기 위해서 따로 실행위원 9명을 뽑았다. 그 가운데에서 최종적으로 김동인, 박영희, 임학수 등 3명이 결정되었다.

다음 춘원이광수는 조선문인협회 회장을 맡게 된다. 이 일을 춘원은 《나의 고백》에서 이렇게 말한다.

김문집(金文輯)이라는 사람이 나를 찾아왔다. 그는 그즈음 여러 잡지에 많은 평론을 쓰고 있었고, 자기는 학무국장 시오바라(塩原)와 친하다고 하여, 지금 조선 문인들이 대단히 당국의 주목을 받고 있으니 문인의 단체를 만들어서 연맹에 가입하지 아니하면 필시 대탄압이 오리라 하고, 문인의 단체만 만들면 시오바라가 후원한다고 하며 내게 의향을 묻기로, 나는 좋겠다고 대답하였다. 이것이 나의 두 번째 훼절이었다.

연맹이란 국민정신총동원 조선연맹을 말하며, 이듬해 국민총력 조선연맹으로 이름이 바뀐다. 김사량이 쓴 《천마(天馬)》의 주인공 현룡(玄龍)의 모델이기도 한 김문집은 학생시절부터 일본에 유학해 문학을 공부했고, 조선에 돌아와 문예 평론가로 활동하고 있었다. 그 이듬해에는 사기·공갈·주택 침입 등의 혐의로 체포되어 조선 문단에서 모습을 감춘 기이한 이력을 지닌 자였다. 춘원이광수가 김문집의 제안을 받아들인 까닭은 그 또한 조선 문인들의 신변이 위험함을 얼마쯤 짐작했기 때문이었다. 이광수는 동우회사건 바로 앞서 조선 총독부로부터 조선문예회의 회장직을 요청받고 거절함으로써 동우회 회원들의 검거 사태를 부른 일을 크게 후회했다. 그래서 일제 탄압을 막을 수만 있다면 당국에 협력 또한 어쩔 수 없으리라 여겼던 듯싶다.

이광수의 생각은 이듬해 만들어진 대정익찬회(大政翼贊會)에서 문화부장을 떠맡은 기시다 구니오(岸田國士)의 생각과 같은 것이 아니었을까? 기시다가 문화부장에 취임했다는 소식이 전해지자 일본 문인들은 스스로 방파제가 되어 자신들을 지키고자 한 그의 속뜻을 헤아렸다고 한다.

춘원이광수의 답을 받아낸 김문집이 사전 공작을 펼쳐 1939년 10

월 29일 조선문인협회가 만들어진다. 그리고 이광수가 회장 자리에 오르고, 시오바라 학무국장이 명예총재를 맡는다. 그런데 한 달 보름 만에 이광수는 '개인 사정'으로 회장직에서 물러난다.《나의 고백》에 따르면, 판사가 이광수를 불러 재판에 압력을 준다는 오해를 받을 수 있으니 문인협회를 탈퇴하라 강권했다고 한다. 사실 재판소에 몇몇 조선문인협회 회원들이 이광수의 처신을 자기를 지키기 위함이라 비난하며 고발을 했던 것이다. 춘원이 물러난 뒤에도 후임 회장은 뽑히지 않았다. 이광수를 대신할 만한 사람이 문단에 없었기 때문이다. 조선문인협회는 1943년 4월 황도문학(皇道文學) 수립을 목표로 내걸고 만들어진 조선문인보국회(朝鮮文人報國會)로 통합되지만, 이때는 회장을 비롯하여 이사장도 일본인이 맡았다.

민족적 위기 상황을 맞닥뜨린 춘원은 앞으로 나라의 운명을 심각하게 걱정하지 않을 수 없었고, 이에 민족보존의 길을 찾아 나서게 된 것이다. 그 무렵 춘원이광수에게는 조선민족을 절멸로부터 구원·보존할 수 있는 길은 세 가지가 있었다. 첫째로 일제에 반항, 독립운동을 줄기차게 펼쳐나간다는 것, 둘째로 완전히 세상을 등지고 은거해 버리는 것, 셋째로 위장 부일협력(附日協力)에 앞장선다는 것. 첫번째의 경우 그즈음 조선민족의 의기는 너무나도 가라앉아 있었기에 3·1운동과 같은 거국적 항일운동을 일으킨다는 것은 불가능하다고 판단되었다. 두 번째의 경우 대보산 송태에 은거하던 도산 안창호도 끝내 검거되어 고문 끝에 숨을 거두었는데, 일제가 민족독립운동의 정신적 지주인 이광수를 은거하도록 내버려 둘 리가 없었다. 그렇다면 춘원으로서는 마지막 길을 선택할 수밖에 없었으리라. 그는 절박한 상황에 처하게 되었음을 통감했으리라.

김원모 교수의 춘원 연구에 따르면 이러한 상황 아래 놓인 이광수는 총독 정치에 대한 '타협'과 '비타협', 이 두 가지 노선 가운데 양자택일을 하지 않을 수 없는 절박한 상황에 부딪힌 것으로 볼 수 있다. 일찍이 춘원은 〈민족적 경륜(經綸)〉에서 조선 내에 허용된 범위 안에서의 정치적·경제적·교육적 결사에 따라서 실력 양성을 위한 민족개량운동을 펼칠 것을 주장한 바 있다. 이리하여 춘원은 '비타협'은 무자비한 탄압만 불러올 것이므로, '타협'의 길만이 조선민족이 살길임을 강조한다. 이에 춘원은 총독 정치와 가능한 한 충돌을 피하고 타협적 태도를 취함으로써, 문화 정치와 자치권 확대를 기대할 수 있으며, 앞으로 독립에 대비해 민족 자본을 키우고 민족개량운동을 펼쳐나가는 길만이 조선민족보존의 유일한 활로라고 확신하기에 이르렀다.

춘원이광수는 어느 누구보다도 민족보존을 위해 '차별로부터의 탈출 논리로서의 내선일체론'을 강력히 주장하면서 이를 실천해 보였다. 그러나 춘원은 일반 지식인의 내선일체 사고방식 구현에 회의를 느끼면서 〈내선일체 수상록〉에서 다음과 같이 문제를 제기하기도 한다.

진정 내선일체가 되면 조선인에 대한 내지인의 특권이 소실되므로 내지인은 조선인이 정말로 일본인이 되는 것을 싫어할 것이다, 라는 마음이다. 그것은 언뜻 바보스러운 기우인 듯하지만, 실제는 상당히 뿌리 깊은 기우이다. 또한 의외로 내지인 중에 그런 말을 하는 사람도 있다.

춘원이광수의 기우와 불안은 바로 조선민족이 아무리 내선일체와 황국신민화운동을 벌인다 하더라도 일본인이 이를 어떻게 받아들일 것인가의 자세가 문제라고 지적한다. 그는 여기에 내선일체의 한계와 모순이 있다고 느꼈다. 그래서 춘원은 일본 당국이 조선인의 황민화운동에 추호의 혐의도 두지 않도록 자진해서 철저하게 부일 협력에 솔선수범을 보여 나아가야만 했다. 이러한 논법에서 춘원은 누구보다 먼저 창씨개명을 한다. 어차피 친일운동에 나설 바에는 철두철미하게 황민화에 앞장서는 것이 민족을 보존하는 가장 나은 길이라고 춘원은 확신했던 것이다.

민족보존론이란 춘원이광수 자신의 친일 행위에 대한 하나의 변명인가, 아니면 진정으로 조선민족을 절멸로부터 구원·보존하려는 오직 그 한 생각에서 한 친일인가 등 두 가지 상반된 설이 존재한다. 앞의 경우 춘원은 위선자, 거짓 애국자로서의 민족 반역자, 매국노라고 규탄받는다. 뒤의 경우 춘원은 겉으로는 친일 행각을 벌이면서 내면적으로는 문장보국(文章報國)을 통해 민족을 보존하고 독립을 실현했다고 이해받는다. 일찍이 춘원은 〈조선청년독립단선언서〉를 기초, "일본이 만일 오족(吾族)의 정당한 요구에 불응할진대 오족은 일본에 대하여 영원히 혈전(血戰)을 선언하리라" 호소한 바 있다. 또한 〈독립신문〉 사장 겸 주필을 맡는 동안 춘원은 〈칠가살(七可殺)〉을 신문에 발표하기도 했다. 적괴(敵魁), 매국적(賣國賊), 창귀(倀鬼, 밀정), 친일부호(親日富豪), 적의 관리, 불량배(독립자금 횡령자), 모반자(謀反者) 등 일곱 가지 민족 반역자를 죽여 없애야 자유독립이 이루어질 수 있다고 주장했다.

우리의 적(敵)이 누구누구인가. 전시(戰時)의 적에게는 사형이 있을 뿐이니라. 지난 1년간 우리는 저들에게 회개의 기회를 주었나니, 1년의 기간은 저들에게 과분한 은전(恩典)이니라. 이미 은전의 기간이 다하였도다. 동포여, 용감한 애국자여. 주저할 것 없이 죽일 자는 죽이고 태울 것은 태울지어다. 저들은 양심이 없는 금수이니 금수의 흉악한 자에게는 죽음밖에 줄 것이 없느니라. 생명을 죽임이 어찌 본의(本意)리오. 저 금수 같은 목숨으로 하여 국가가 대해(大害)를 받는다 할진대 아니 죽이고 어찌하리오. (……) 경고하노라. 적괴와 적이여, 혈전의 선언이 내리기 전에 이미 너희의 신변에는 죽음의 저수가 따르리라.

이렇게 민족 반역자 처단을 절규하고 있다.

차라리 적진으로 들어가서

춘원이광수는 상해에서 꼬박 2년 동안 줄기차게 독립운동을 펼쳤다. 도산은 귀국은 곧 변절이요 투항이라 사람들에게 오해를 받는다 하여 한사코 춘원의 귀국을 말렸으나 춘원이광수는 조국으로 돌아왔다. 허영숙과의 결혼 문제도 있었지만 그보다는 독립투쟁 방법에는 크게 두 가지 길이 있다고 굳게 믿었기 때문이다. 하나는 해외에서 끝까지 항일운동을 벌여서 독립을 쟁취하는 길이요, 다른 하나는 호랑이를 잡으려면 호랑이 굴에 들어가야 하듯이 귀국하여 문장보국을 통하여 민족정신을 보존하고, 계몽문학으로 자주독립사상을 드높인다는 것이었다. 이렇게 춘원은 뒤의 길을 택한다. 춘원이광수는 항일운동을 벌인 독립운동 지도자인 만큼 겉으로만 거짓 친일 행동으로 나아갈 뿐, 그의 마음 깊은 곳에는 영원불변의 독립정신이 살아 있었다. 따라서 춘원은 그 자신의 친일 행위를 민족정신 보존운동으로 역이용했다고 볼 수 있다. 다시 말하면 부일협력을 앞세워 실천함으로써, 거짓 친일을 방패 삼아 민족보존운동을 펼쳐나갈 수 있었다는 것이다. 이와 같은 '친일을 위한 민족정신 보존운동'은 《원효대사》 같은 그의 작품 활동에서 여실히 입증되고 있기 때문에 더욱 설득력이 있다.

춘원이광수는 1940년 2월 '가야마 미쓰로(香山光郎)'로 이름을 바꾸었으며, 태평양전쟁이 일어난 뒤에는 김기진(팔봉)과 더불어 남경으로 '대동아 문학자협회'에 참석하는가 하면 학병을 권유하기 위하여 여러 곳을 돌아다니며 친일연설을 한다. 그러나 이 무렵은 그의 문학생활 절정이기도 했다. 《무명(無明)》을 《문장》 창간호에 발표하고 《사랑》, 《세조대왕》, 《육장기》 및 《원효대사》 등을 썼다. 특히 《무명》은 춘원의 예술적 역량이 모여 열매 맺은 중편 대표작으로, 《사랑》은 그의 이상주의적 애정관을 대변하는 장편으로 좋은 평가를 받는다.

《사랑》은 1938년 단행본으로 출판되었다. 신문 연재를 위한 소설이 아니었기에 춘원이 쓰고 싶은 바를 마음껏 표현한 작품이며 그의 장년의 결론적인 작품이라 일컬어지기도 한다. 춘원이 이 작품을 쓸 즈음은 병보석 중에서도 옥고를 치러야 하는 극한 상황이었다. 그의 정신적 지주였던 도산의 죽음 뒤 동우회 회원들의 판결 문제가 춘원에게 달려 있었다. 《사랑》의 두 주인공은 '안빈'과 '석순옥'이다. 두 사람은 정신적인 사랑을 이루어 가는 과정의 인물들이다. '끝없이 높은 사랑을 향해 향상하라'가 이 소설의 주제로 주인공들은 이 높은 사랑의 길을 실천하기 위해 세속적 고뇌를 선택하면서 고해의 길을 걷는다. 해와 달처럼 자신을 헌신하여 만물에 도움을 줄 때 삶의 보람과 가치를 가질 수 있으며 그것이 성숙된 사랑이요, 삶의 의미라는 것이다. 《사랑》이 지향하는 세계는 바로 이러한 사랑의 구현이다. 순옥의 애정과 적극적인 행동력은 상대의 애정을 소유하거나 결혼을 목적으로 하는 것이 아니라 성스러운 영혼의 만남에 대한 즐거움 때문이다.

춘원이광수는 《그의 자서전》에서 '벌레가 향상하기를 힘써 부처가 된다'는 진화의 법칙을 실험한 모험적인 이야기가 바로 《사랑》을 만들어 낸 동기라 밝힌 바 있다. 그러므로 이 작품에서의 실험적인 모험은, 가장 육체적인 세계에서 비롯한 모든 인간은 가장 이상적인 정신적 인간으로 향상과 진화를 할 수 있음을 증명하는 것이다. 벌레와 부처의 영역 안에는 가장 탐욕적인 인간부터 가장 성스러운 인긴까지 모두 들어갈 수 있으므로 짐승 같은 인간도 성인이 될 수 있다는 낙관적이고 긍정적인 인생관을, 춘원은 자연과학적 방법으로 설득하기 위하여 실험한다.

윤홍로의 《이광수 문학과 삶》에 따르면 '벌레가 향상하기를 힘써 부처가 될 수 있음'을 믿는 춘원의 머리말은 바로 그의 작중인물 변화 과정을 살필 수 있는 단서를 제공한다. 순옥의 끊임없는 고행은 바로 벌레(육체–정욕, 이기적인 안일 등) 같은 사람이 끊임없이 거듭나서 부처 또는 예수 같은 성스러운 세계로 걷는 과정이다. 안빈 선생은 보이지 않는 예수나 부처 말씀을 가깝게 실현하는 본받을 만한 인물이다. 실제로 안빈은 춘원이 오롯이 숭배하는 도산 안창호일 수 있다. 순옥은 안빈의 인격을 닮으려고 그 시대 조선인이 겪을 수 있는 온갖 오해와 수모와 희생을 강요당하면서도 좌절하지 않고 순교자적 자세로 자기 수련의 길을 걷는다. 춘원이광수의 욕망은 바로 민족과 인류의 삶을 가치 있고 아름답게 만드는 희생자, 즉 그런 큰 인물을 찾자는 것이다. 이는 춘원 자신의 소망이기도 했으나 현실에서 불가능해지자, 작품의 주인공을 통해 그 바람을 이루려는 뜻에서 《사랑》을 쓴다.

때문에 이 작품의 인물들은 역사상 가장 위대한 인물들의 박물관에서 기다리고 있다가 나오는 듯하다. 문학박사요 의학박사인 안빈은 처음부터 끝까지 성숙한 인격자로 끝없이 성장한다. 끊임없이 부처의 말씀을 실행하려 하면서도 기독교 성경말씀을 언제나 덧붙이기를 잊지 않고 진리를 이야기한다. 그러면서도 안빈은 도산 또는 작가 춘원이라는 인상을 지울 수 없을 만큼 춘원이광수의 내적 의식이 강하게 표현된 인물이다. 따라서 안빈에게서 나오는 말과 행동은 도산 안창호, 톨스토이 등의 영향을 받은 춘원의 이상적인 인간상이다. 춘원의 사상적인 변모는 사회적인 측면에서 한결같으면서도 자기 개량적인 계몽, 민족적인 각성을 통한 민족개조, 종교적인 성찰을 통한 인류 구원으로 확대해 가는 경향이 있었다. 이는 일생을 통해 끊임없이 변모하는 과정을 그린 작품을 통해서도 증명된다.

《무명》의 세계

《문장》 창간호에 발표된 《무명》은 춘원이광수의 중편으로 그의 대표작이라 할 수 있는 역작이다. 200자 원고지 230장이 넘는 중편인 《무명》은 도산의 서거 소식을 들은 다음 달(1938. 4)부터 쓰기 시작했다. 이 시기에 춘원이 처한 불행은 앞에서 밝힌 대로 비참했다. 그러나 중요한 점은 이 불행한 시기에 춘원의 창작 의욕은 오히려 깊어졌다는 사실이다. 《무명》은 춘원이 동우회 사건의 주모자로 연루되어 감옥살이 반년 만에 병보석으로 경성의전에 입원한 뒤 구술로 씌여진 것이다. 곽하신의 말에 따르면 《무명》의 본디 제목은 '박복한 무리들'이었다. 문장사에서는 창간과 더불어 춘원의 소설을 싣기로 편집 계획을 세웠지만 1년 동안 옥중에서 보냈고 입원 중인 춘원의 창작 작품을 얻을 수 있을까 매우 걱정했는데 뜻밖에도 230장의 대작을 내놓았다 한다. 춘원 스스로 곽하신에게 "나로서는 오늘까지 쓴 작품 중에서 가장 자신 있는 작품이요" 말한 바 있다.

《무명》의 무대는 처음부터 끝까지 병감(病監) 안이고, '진'이라는 일인칭 관찰자의 시각에 의해 해부되고 폭로되는 죄수들의 내면 세계 이야기이다. 춘원이 이 소설을 쓴 뒤 "소설다운 소설을 썼다"고 드물게 자신한 이유는 현실성의 표현에 가장 가까웠기 때문이리라. 윤홍로에 따르면 《무명》은 춘원이 몸소 체험한 인간의 극한적 고통을 소재로 하여 객관적으로 대화 형식을 빌려 그려낸 것이다. 그러므로 진실성이 짙기 때문에 생생한 현실감을 느낄 수 있는 작품이다. 게다가 병든 죄수들이 모여 있는 병감 안의 풍경이 마치 인간세계의 축소판 같아서 그 내면의 추악한 이기심과 동물적인 탐욕이 무엇인가를 거울처럼 비쳐볼 수 있어 작품의 가치가 더욱 높아진다. 죽음을 앞둔 병든 죄수들이 눈앞의 보잘것없는 이익을 위해 중상, 모략, 아첨, 비굴한 행동을 하여 죽음을 재촉하는 어리석음을 독자는 깨닫게 된다. 탐욕적인 죄수들의 성격을 유형화하여 인간 성격의 부정적인 면을 적나라하게 폭로하는 《무명》은 인간의 어두운 면을 극화하고 있다.

《무명》에 나오는 주요 인물들은 화자인 '나'와 식탐이 대단하고 욕잘하는 인장 위조범 '윤', 마름을 떼었다는 분노로 새마름 집에 불을 지른 혐의로 수감된 '민', 사기형의 미결수 '정', 공갈 취재로 2년형을 받은 전문학교 출신 '강' 등이다. 그 밖에 간병부가 2명, 장티푸스로 죽어가는 이웃 병감의 젊은이 하나가 등장한다. 이야기의 전개는 병감 장소를 중간에 한 번 옮기는 것 말고는 병든 죄인 다섯이 탐욕스러운 인간관계에서 빚어내는 추악함을 폭로하는 것으로 이어진다. 특히 '윤', '민', '정' 세 사람의 도저히 구제하기 어려운 성격적 결함과 탐욕, 암투, 시기, 질투, 아첨, 자기 허세들을 모두 드러낸다. 언행이 전혀 일치하지 않는 거짓과 위선들이 이 시대의 고통을 만드는 가장 큰 원인임을 암시하는 것이다.

《무명》의 평가는 그 문학성으로 높이 인정되었다. 김문집은 이에 대하여 매우 길게 논한 바 있다. 이 작품 한 편으로서 춘원은 완전히 과거 모든 형식의 문학을 청산했다는 것이다. 여기서 청산이란 부인을 뜻함은 아니다. 한편으로 《무명》의 '나'는 추악한 환경 속에서도 진흙에 물들지 않는 것처럼 전혀 오염되지 않는 이유를 밝히기도 한다. 관찰자 진은 새벽 목탁 소리에 깨어나 종소리를 들으며 불경의 한 구절을 떠올린다.

인생이 괴로움의 바다요, 불붙는 집이라면 감옥은 그중에서도 가장 괴로운 데다. 게다가 옥중에서 병까지 들어서 병감에 한정없이 뒹구는 것은 이 괴로움의 세 겹 괴로움이다. 이 괴로운 중생들이 서로서로 괴로워함을 볼 때에 중심의 업보는 '헤어 알기 어려워라' 한 말씀을 다시금 생각하지 아니할 수 없었다.　　　　　　《무명》

작가와 관찰자와의 거리를 가늠할 수 없을 만큼 밀착된 이 대목에 이르러서 춘원의 전기를 살펴볼 필요가 있다. 춘원의 《육장기》는 《무명》이 발표된 이듬해에 씌어진 것으로 자전적 서간체 작품이라 할 수 있다. 《육장기》는 일생을 살려고 지은 집을 어쩔 수 없이 팔게 된 사실을 가지고 인생의 집착 문제를 상징한 작품이다. 여기에서도 인생의 허무와 죽음처럼 슬픈 것들을 달래는 길은 종교적인 경서의 가르침을 따르는 것임을 밝힌다.

이 집에 와서부터 《법화경》을 주로 해서 불경을 읽게 되었소. 여덟 살 먹은 어린 아들의 참혹한 죽음이 더욱 나로 하여금 사람이 무엇인가? 어찌하여서 나는가? 죽음이란 무엇이며 죽어서는 어찌 되는가? 하는 문제를 아니 생각할 수 없이 하였소. 그러므로 나는 죽은 아들 봉근도 나를 불도에 끌어들이기 위하여서 다녀간 것이라고 믿소.　　　　　　　　　　　　　　　　　　　《육장기》

《금강경》,《원각경》 그리고 《법화경》을 읽으면서 춘원은 현실적인 고통에서 벗어나려 한다. 사회나 개인의 절망이 극한 상황에 이르러 개인의 의지로 도무지 이겨낼 수 없다고 판단될 때 작가는 주로 사회를 떠나게 되고 순수한 예술지상주의 소설, 또는 현재를 떠난 역사소설, 또는 절대신에의 귀의, 즉 종교소설로 비상할 수 있다. 춘원이 《무명》을 쓸 무렵 개인직 환경은 설망적이었다. 아들 봉근의 죽음, 도산의 죽음, 동우회 사건으로 경찰에 잡혀간 뒤 병의 악화, 중일전쟁 발발 등 세계정세의 불안이 겹쳤다. 이러한 체험이 이 작품을 쓰게 된 동기가 되었으리라. 그렇기에 현실감이 살아 있다. 춘원의 이상적인 관념의 목소리가 현실적인 체험에서 낮추어지고 이제 조용히 관찰자의 눈으로 현실을 있는 대로 바라보고 전하는 성숙한 자세를 인내하며 견지한다.

병감 속의 병든 죄수들의 악담, 험담, 이간질, 식탐을 채우려는 비굴, 아첨, 변명, 원망, 또는 위선적인 허식, 자기 연민에 빠진 자기 동정의 호소 등등은 이들의 독소 섞인 대화 가운데 거울처럼 드러난다. 즉 이 모든 인간의 불행은 결국 인간의 내면적인 탐욕에 그 원인이 있음을 그들 대화 속에서 엿볼 수 있다. 그러나 그들은 탐욕이 죄와 병 그리고 죽음의 원인임을 알면서도 몸에 배인 악습 때문에 탐욕의 노예가 되어 옛사람의 묵은 때를 씻지 못한다.

간병부가 간 뒤에는 윤은 정에게 원망하는 말을 퍼부었다. 제 담검사를 정이 주장하였다는 것이다. 그는 정이 죽어나가는 것을 맹세코 제 눈으로 보겠다고 장담하고, 또 만일 불행히 제가 먼저 죽으면 죽은 귀신이라도 정에게 원수를 갚을 것을 선언하였다. 정은 아무 말도 아니하고 고소한 듯이 싱글벙글 웃기만 하고 있더니,

"흥. 그리 마오. 당신이 그런 악한 마음을 가졌으니깐 두루 그런 악한 병을 앓게 되는게유. 당신이야말로 민 영감을 그렇게 못 견디게 굴었으니깐 두루 민 영감 죽은 귀신이 지금 와서 원수를 갚는 게야.

흥. 내가 왜 죽어? 나는 말짱히 살아 나갈걸. 나는 얼마 아니면 공판이야. 공판만 되면 무죄야. 이건 왜 이러오?"

하고 드러누워서 소리를 내어 불경책을 읽기 시작한다.

(……) 그가 때때로 설명하는 것을 들으면《무량수경》속에 있는 뜻을 대충은 아는 모양이었으나, 그는 그것을 실행에 옮길 생각은 아니하는 것 같아서 불경을 읽은 지 이 주일이 넘어도 남을 위한다는 생각은 조금도 나는 것 같지 아니하였다.   《무명》

악한 마음을 가졌기에 두루 악한 병을 앓게 된다는 정의 독설은 고스란히 민, 윤, 정에게 적용되는 시각이 이 소설의 흐름이다. 결국 윤, 민은 탐욕으로 죽음에 이르게 될 정도로 헤매게 된다. 죽음에 이르는 병은 환경적인 원인에 있다기보다는 마음의 병인 탐욕—이기적인 소유욕으로 말미암아 생긴다는 문제를 제기한다. 이는《법화경》이나 불경, 성경의 가르침이다. 유심론의 관점이다. 병감에서 죽어 나가는 사람은 대부분 이러한 탐욕이 그 원인으로 귀결된다. 여기에 관찰자인 진은 이웃 병감에서 죽은 청년의 이야기를 자유 모티프로 보완한다.

이튿날 아침에 죽은 청년의 시체가 그 방에서 나가는 것을 우리는 엿보았다. (……) 그는 인생 향락의 밑천을 얻을 양으로 장사를 하려고 시작하였다가 실패하자 돈에 대한 탐욕은 마침내 제 집에 불을 놓아 화재보험금을 사기하리라는 생각까지 내게 하였고 탐욕으로 원인을 하고 이 큰 죄악에서 오는 당연한 결과로 경찰서 유치장을 거쳐 감옥살이를 하다가 믿지 못할 인생을 끝마감한 것이다. (……) 그를 간호하던 키 큰 간병부 말이 그는 죽기 전 이삼 일 동안은 정신만 들면 예수교식으로 기도를 올렸다고 하며 또 잠꼬대 모양으로 하나님 하나님 하고 부르고 예수의 십자가 공로로 이 죄인을 용서하여 달라고 중얼거리더라고 한다. 그는 본래 예수교의 가정에서 자라서 중학교나 전문학교를 다 교회학교에서 마쳤다고 한다. 생각건대 재물이 풍성함으로 사는 것이 아니라 예수의 말씀이 잘 믿어지지 아니하여 돈에서 세상영화를 구하려는 때문의 유혹에 걸렸다가 거진 다 죽게 된 때에야 본심에 돌아간 모양이었다. 《무명》

이웃 병감에서 죽어 나간 청년 이야기는 죽음 앞에 이르러서야 신의 목소리를 듣게 되는 인간의 어리석음을 전형화한 것이다. 작가도 예외는 아니다. 작가는 야차(夜叉)에 이끌려 지옥의 불길과 배고픈 아귀들의 모습을 병감에서 확인하고 방화, 식탐하는 무리를 《법화경》의 거울을 통해 일깨운다. 《법화경》에는 《무명》의 제목과 같은 '무명'에 대한 해설 구절이 나온다. 《법화경》의 무명과 아귀에 대한 깨우침은 그대로 작품 《무명》을 쓰게 한 동기가 된 것이다.

정한숙도 계몽문학적 설교 과잉을 극복한 《무명》이야말로 춘원문학을 위해 믿음직한 작품임을 논한 바 있다. 김윤식은 《무명》, 《사랑》이 병보석 뒤 정신적 위기의 절망 상태에서 썼음을 지적하면서 새로운 평가를 시도하고 있다.

이 《무명》이 춘원문학에서 가장 빼어난 작품 가운데 하나로 손꼽는 까닭은 무엇일까? 이 소설은 춘원문학의 대부분이 신문소설로서 그 대중적인 통속성에 역점을 두었던 것과는 달리 《사랑》과 함께 연재물이 아니었다. 따라서 신문 독자들을 염두에 두지 않고 자기 자신을 위해서 쓴 것이다. 작가가 독자의 호감에 신경 쓰지 않고 자기 자신을 위해 쓴다는 조건은 소설의 순수성, 예술성을 북돋는 계기가 될 수 있다. 그런 자유로운 조건에서 쓰인 자기 목소리의 강화는 결국 소설의 형식마저도 새롭게 바꿀 수 있다.

이 작품에서는 무엇보다 춘원소설의 유형으로 공식화된 삼각관계의 연애 사건이나 설교적인 계몽성이 전혀 없다. 오직 등장인물들은 병든 죄수, 그것도 남자 죄수들뿐이며 병감 속 이들의 만남은 분열적인 속되고 고약한 내면세계만을 드러낸다. 일인칭 관찰자 '나'를 통해 차례로 밝혀지는 병든 죄수들 '윤', '민', '정', '강' 등의 탐욕적이고 포악한 성격은 인간세계의 참모습을 폭로하는 실험장과 같다. 이들 서로 간의 마찰과 갈등에서 나오는 이기적인 목소리는 지옥의 목소리를 느끼게 한다. 독자는 《무명》에서 세 가지 목소리를 듣게 된다. 이러한 지옥의 목소리들 틈 속에서 가끔씩 부처의 목소리 천상의 목소리가 들려옴을 알 수 있지만 지옥의 목소리에 가리어 전혀 듣지 못하고 있음을 깨닫는다. 어쩌다 이들 죄수들이 죽음에 맞닥뜨려 천상의 목소리를 입으로는 되뇌인다 해도 그것마저 탐욕을 위하여 부르짖는 것이다. '나'는 부처와 죄수들 가운데 있으면서 부처를 닮으려고 무던히 애쓰지만 이들 지옥의 목소리를 줄이는 데는 아무런 소용이 없다. 춘원이광수의 다른 작품 같으면 나로 말미암아 타인들의 마음이 선해지고 감화를 받아 변화를 하는 낙관론적인 결론으로 끝날 테지만, 천상의 소리를 중개할 수 있는 나는 오히려 바라다볼 뿐 현상적인 상황에 대해 전혀 무력함으로 인간의 한계와 허무와 인연과 인과응보적인 악순환의 원인이 무엇인가를 정직하게 바라보게 된다는 점에서 성숙한 관점을 보인다. 이 작품에서는 세 가지 목소리를 듣게 하는 3차원적인 세계를 제시하면서도 지옥의 불길이 꺼지지 않는 사바세계의 고통을 강조하여 되풀이한다.

시대는 갈수록 암흑기, 《무명》의 세계로 접어든다. 이른바 지원병제도는 1942년 정식 징병제도로 바뀌었으며, 조선민족을 뿌리째 없애려는 황국신민화운동은 한결 더 강화되어 창씨개명이라는 야만적인 법을 시행하기에 이른다. 일어상용운동과 함께 문학에서도 일본어로 작품을 써낼 것과 전쟁정책에 협력할 것이 강요되었다.

창씨개명과《원효대사》그 숨겨진 진실

춘원이광수의 《원효대사》 집필과 창씨개명 두 가지 뒤에 숨겨진 진실을 들여다본다. 동아일보·조선일보가 폐간되고 조선어 사용이 완전히 금지된 일제강점 가장 어두운 시기에, 춘원이 《원효대사》를 집필, 총독부 기관지 〈매일신보〉에 연재한(1942년 3월 9일~10월 31일, 184회 연재) 사실을 눈여겨봐야 한다. 일본제국의 한 지방어로 떨어져 버린 조선어를 지키는 일만이 조선민족정신 보존, 나아가서는 민족보존의 큰길이라는 오직 한 생각으로 춘원이광수는 이 작품을 써나간다.

조선총독부는 춘원이광수를 "의심할 여지가 없는 일본 국민이 되었다" 믿고, 이어서 춘원에게 총독부 기관지 유일한 조선어신문 〈매일신보〉에 《원효대사》 집필을 허용한다. 만약 춘원의 행동이 철저한 친일로 그들에게 비쳐지지 않았더라면 총독부는 절대로 《원효대사》 집필을 허락하지 않았으리라. 춘원의 친일 행각과 《원효대사》 집필은 모순된 관계가 아니다. 춘원은 총독부 당국의 친일 강요에 역발상으로 철저히 위장 친일을 서슴지 않고 조선민족정신을 보존하기 위해 《원효대사》를 쓴다.

춘원이 작품의 주인공으로 원효를 선정한 까닭을 생각해 본다. 원효는 진평왕 때 태어나 선덕·진덕 두 여왕을 거쳐 무열·문무에 이르는 시기에 활약한 신라 성승이라 할 수 있다. 그 무렵은 바로 신라가 한반도 역사상 최초 삼국통일의 대업을 이룩한 황금기이다. 춘원은 원효라는 민족정신의 상징적 인물을 내세워, 이를 조선민족 보존운동의 화신으로 승화했다. 춘원이광수는 원효를 자신의 모습으로 그렸다. 원효가 중생 제도를 위해 고행함을, 민족 구원을 위해 일평생

고난의 길을 걸었던 자기희생정신으로 그린다. 춘원이 자신을 원효와 동일시했던 몇 가지 특성 가운데에서도 가장 중요했던 점은 천재의 초월성이었다. 원효는 그 시대 기인이며 또한 천재였다. 오늘도 동방의 부처와 같은 성자로 받들어지지 않는가.

내가 원효대사를 내 소설의 주인공으로 택한 까닭은 그가 내 마음을 끄는 사람이기 때문이다. 그의 장처 속에서도 나를 발견하고 그의 단처 속에서도 나를 발견하는 것이다. 이것으로 보아서 그는 가장 우리 민족적 특징을 구비한 것 같다. 《자작의 변》

《원효대사》는 내가 친일파 노릇을 하는 중에 〈매일신보〉에 연재했던 것이다. 나는 검열이 허하는 한 이 소설 속에서 우리 민족의 전통적 정신과 영광과 애국심과 민족의식을 그려서, 천황 만세를 부르고 황국신민 서자를 제창하지 아니하면 아니 될 운명에 있는 동포들에게 보낸 것이다. (……) 무릇 내가 쓴 소설들은 민족정신 밀수입의 포장으로 쓴 것이다. 《나의 고백》

김원모 교수는 자신의 논문에서 《원효대사》에 드러나는 춘원이광수의 노력을 눈여겨보며, "이광수의 친일은 민족보존을 위한 전략적 선택일지 모른다"는 가설을 제시함으로써 학계의 이목을 집중시켰다. 나는 그의 이론을 지지한다. 이광수 연구를 쓴 바 있는 윤홍로 교수가 찾아낸 이광수의 미발표 시 〈내 노래〉를 여기 옮겨 실어 그 즈음 춘원이광수의 마음을 헤아려 본다.

인과(因果)
그러나 나는 믿었습니다. —인과의 이법(理法)을, 힘의 불멸을

내가 바치는 머리카락만 한 힘도 쌓이고 쌓이면 무엇이 되리라고

내가 호호 부는 다순 입김이 삼천리 삼천만의 어느 몸을 조금이라도 녹이리라고

그런데 나는 민족반역자의 죄명으로 법에 걸렸습니다.

법관은 나를 꾸짖고 신문은 나를 욕설합니다.

친지도 '왜 가만히 있지 않았느냐' 합니다.

아마 잘하느라 한 것이 모두 잘못이었던 모양입니다.

모처럼 제 깐에는 한다는 것이 모두 꾸중 들을 일을 저질렀던 모양입니다.

나는 깊이 반성해 보았습니다. 내게는 불순한 동기가 없었더냐고

나는 민족의—적어도 민족의 일부, 민족주의자, 청년, 학생의 수난을 완화하려고 내 애국자라는 명예를 버렸다.

그러나 그 명예를 버렸다는 명예를 탐함은 아니었던가.

나는 진실로 맹수에게 물리려는 사람을 '구'하려고 내 몸을 던졌던가—나는 이렇게 반성하였습니다.

그러나 나는 이렇게 결론하였습니다. 내게도 명리욕(名利慾)은 있었다.

그러나 이 일에서 나는 명리욕을 발(發)한 기억은 없다고

그러나 세상은 내 속을 잘 믿어주지 아니할 것입니다.

'네가 어찌 그렇게 갸륵한 사람이겠느냐. 위선자!' 하고 비웃을 것입니다.

세상은 '내가 죽을죄로 잘못했습니다. 나는 내 명리를 위하여서 민족을 반역했습니다' 하는 참회만을 요구할 것입니다.

나를 어리석었다면 그것은 수긍도 하겠습니다.

대국(大局)을 볼 줄 몰랐다 하면 그럴 법도 하겠습니다.

'네까짓 것이 하나 나서기로 모슨 민족수난 완화의 효과가 있었겠

느냐' 하면 거기 대해서도 나는 묵묵하겠습니다.

어리석은 과대망상—아마 그럴는지도 모릅니다.

나는 '우자(愚者)의 효성(孝誠)'이라고도 저를 평해 보았습니다.

그러나 나는 내가 할 일을 하여 버렸습니다.

내게는 아무 불평도 회한(悔恨)도 없습니다.

나는 '민족을 위하여 살고 민족을 위하다가 죽은 이광수'가 되기에 부끄러움이 없습니다.

천지가 이를 알고 신(神)만이 이를 알 것입니다.

아니, 아는 이가 한 분도 없거니와 그래도 좋습니다.

나는 내가 할 일을 다 하였기 때문입니다.

《이광수 문학과 삶》

탁월한 춘원 연구로 학계에서 크게 주목을 받은 김원모 교수에 따르면 이광수의 창씨 '香山'은 단군조선 창업의 성지 묘향산에서 비롯되었다. 춘원이광수의 아들 이영근은 "아버지께서 설명하기를 고향에 가면 묘향산이 있고 부처님 계신 곳에 가면 향산이 있다 하니 우리 이름을 '香山'으로 하자 하시고 아버지 이름 중의 '빛 광(光)자'를 나에게 주겠다고 하셨다"는 증언을 했다. 춘원은 1940년 2월 11일 먼저 '향산광랑'이라 호적계에 신고함으로써 창씨개명에 앞장섰다. '향산'은 일본의 첫 임금인 신무천황(神武天皇)이 즉위한 향구산(香久山)에서, '광'은 춘원의 이름에서, '랑'은 일본식 이름 타로우(太郎, たろう)에서 따서 '香山光郎'이라며 호적계에 신고했다는 것이다. 춘원은 곧 친일파라는 선입견이 생기면서 '모략사관'에 파묻힌 국수주의적 반일 학자들은 춘원의 '향산광랑'을 가리켜 일본정신(大和魂)을 드높인 창씨개명이라 거센 비난을 퍼부었다.

그러나 동우회 사건 때 압수된 문건에 따르면 이와는 완전히 반대이다. '향산'은 묘향산에서, '광'은 춘원의 이름 광수에서, '랑'은 신라의 화랑도 이름 영랑(永郎)·술랑(述郎)·관창랑(官昌郎)에서 비롯한 '향산광랑'이라 했음을 보여준다. 민족정신을 온 세상에 높이 드러내려는 기발하고 눈물겨운 창씨개명이 아닌가. 게다가 춘원이광수는 '향산광랑'이란 자호(自號)를 지어 창씨개명(1940년 2월 11일) 그에 앞서 4년 전부터 써왔다. 그렇다면 '향산광랑'은 창씨개명과는 전혀 무관하다는 결론에 이르게 된다.

춘원이광수는 동우회 사건으로 감옥생활 8개월 만인 1938년 7월 29일 풀려나 자하문 밖 산장에 은거하면서 《사랑》을 집필, 10월에 초판본을 발간했다. 1938년 10월 25일 발행한 《사랑》 초판본 판권란에 '著者 香山光郎'이라 밝히고 있다. 그 뒤 춘원은 사릉(思陵)에 집을 짓고 은거에 들어간다. 그 무렵 생활이 딸 이정화가 쓴 《아버님 춘원》에 이렇게 그려진다.

이때의 아버지의 몸은 지칠대로 다 지쳐서 글 쓸 기력도 강연하러 다니실 기력도 없었다 한다. 그러나 아버지는 이제는 나 할 일을 다 했다고 생각하시고 사릉으로 내려가신 것이다. 사릉에서도 아버님은 편히 계시지 못했다. 신문사에서, 잡지사에서 친일하는 글을 써 달라고 자주 내려왔다. 또 무슨 회니 무슨 장이니 되어달라는 사람이 많이 찾아왔다. 이곳에서도 친일하는 글을 쓰지 않으면 못 견디게 했다.

어머니는 가끔 우리가 먹을 반찬과 돈을 가지고 내려오셨다가 아침 새벽차로 다시 올라가셨다. 아버지가 감옥으로 붙잡혀 다니시고 무죄가 되고 친일 강연을 하러 다니는 동안에 우리는 어머니가 병원을 해서 벌어 먹었다.

일제 말에는 아버지의 저작물은 전부 압수되어 하나도 나오지 못했다. 지방으로 강연을 다닐 때도 어머니에게서 돈을 타가지고 가셨다고 한다.

인생 황혼기에 들어서 지나온 인생을 되돌아보며 주변을 정리해 나가던 춘원은 어느새 새로운 인생을 찾아 나선다. 그의 마음속 깊숙이 자리잡은 부푼 자아는 겸손하려는 의식적인 노력에도 끝없이 넓혀간다. 오로지 조선을 위해, 조선민족의 고통을 지고 살아야 한다. 춘원이광수 본디 모습을 드러내고 있다.

아! 해방 그리고 돌베개

1945년 8·15 해방! 일제 40년의 쇠사슬은 풀렸다. 온 나라는 환희와 흥분의 도가니에 빠졌다. 봉선사(奉先寺) 운허 스님이 내려와 일본이 항복했다고 알렸을 때, 춘원이광수는 세 자녀와 함께 있었다. 그는 아이들에게 곧 애국가를 가르쳐 주었다. 그러나 여론은 춘원을 친일파로 규정했으며 비난과 공격을 퍼부었다. 그의 가족은 안타깝고 복잡한 심정으로 해방의 기쁨과 슬픔을 함께 맛보게 된다. 그의 아내와 친구들이 피신하라고 권했을 때도 춘원은 태연하게 "소열 필이 와서 끌어도 춘원이광수는 이 자리를 안 떠날 것이다. 이광수의 목을 베어 종로 네거리에 매달아 진정 친일파가 없어진다면 나의 할 일은 다한 것이요" 외치며 꼼짝도 하지 않았다.

춘원이광수는 사릉에 계속 머물렀다. 아이들만이 허영숙을 따라 서울로 떠났다. 이광수는 박정호와 함께 농사를 계속 지었다. 1946년 봄에 소를 한 마리 샀다. 《돌베개》에 자빠뿔소, 또는 황우흑순(黃牛黑脣) 이름으로 나오는 그 소를 말한다. 1948년 6월에 단행본으로 나온 《돌베개》는 이광수가 해방 뒤에 쓴 수필과 논설을 모아 엮은 산문집이다. 이 책은 그가 다른 시기에 썼던 많은 수필들보다 더 높은 성과를 거둘 수 있었는데, 그것은 그때 춘원이광수가 처해 있던 삶의 방식이었다. 그 한 작품을 살핀다.

농사하고 사릉에 와 사니/벗 하나와 소 하나러라./창을 열어 산을 바라보고/귀 기울여 시내를 듣더라./동네 나서 봇돌을 치다가/석양에 막걸리를 마시니라./종달새 새벽 안개에 울고/해오라비 비에 젖어 졸더라./오이랑 따먹고/냉수랑 마시고/잠시 돌베개를 베고/창 밑에서 낮잠을 자니라.

그가 살고 있는 사릉의 풍경이었다. 춘원이광수는 자연을 벗삼는 육체노동을 자기 삶의 큰 비중으로 여겼다. 그는 수도생활을 목적으로 광동학교 교장인 팔촌동생 운허 스님 이학수(李學洙)를 찾아 봉선사로 들어간다. 딸 정화는 이렇게 기록한다.

아버지는 봉선사에서도 돌베개를 베고 주무셨다. 사릉에 가시면 또 이 돌베개를 지게에 짊어지고 갖고 가신다고 한다. 사릉 우리집은 봉선사에서 십 리밖에 안 된다. 돌베개를 베고 자면 입이 비뚤어지는 병에 걸린다고 어머니는 한사코 말리셨으나 아버지는 듣지 아니하셨다.   이정화《아버님 춘원》

돌베개 베기를 너무 즐겼던 춘원은 입이 비뚤어지는 안면신경마비와 고혈압으로 효자동 집에 돌아온다. 허영숙의 간호로 병은 곧 나았다. 그 무렵 춘원은《나》,《도산 안창호》,《서울》,《사랑의 동명왕》등을 썼으며《꿈》과《원효대사》등을 출판했다. 참으로 오랜만에 그의 가정에 평화가 찾아온 듯했다.

오빠는 학교에서 그림을 잘 그려서 상을 타고 언니는 월반을 하고 나는 우등을 하고 모두 다 건강하고 어머니는 병원이 잘되고 아버지는 날마다 글 써달라는 요청이 응하지 못할 만큼 많았다.

이정화 《아버님 춘원》

해방을 맞은 조선 문단은 혼란 그 자체였다. 단체의 결성과 조직 활동이 활발하게 이루어졌지만 식민지를 지배했던 일제의 권력이 소멸되면서 사회 전체가 권력의 무방비상태에 놓이게 되었다. 해방 공간의 문단은 다양한 문학적 열망과 정치 담론들이 상호작용하면서 갈등하고 충돌하는 장이었다. 이 시기에는 문학단체들이 좌우 대립이라는 이념적 지향에 따라 결성되고 통합 해체되는 과정을 반복했다. 이러한 현상은 해방 직후 쏟아진 다양한 정치적 열망들이 차츰 좌우의 대립구도에 따라 재배치되는 과정의 하나였다. 해방 공간의 이러한 분위기로 말미암아 친일 행위를 직접적으로 한 정치인과 문화인들이 자신의 태도를 드러내기는 어려웠다.

춘원이광수 또한 해방 혼란기의 화두였던 '친일' 논리에 묶여 자신을 드러낼 수 없었고, 그렇게 하려고도 하지 않았다. 이러한 시기, 즉 문단의 논의가 '반일'에 집중된 시기 춘원의 글들은 내용이나 서술방식에서도 그 뒤의 글들과 차이를 보인다. 해방을 맞고 춘원이 자신의 내면을 드러낸 작품 가운데 《죽은 새》는 민족 죄인의 위치에 숨어서 지내는 나약한 소시민인 서술자와 죽은 작은 새를 동일시한다. 이 시기의 춘원이광수는 지도자도 문학자도 아닌 단지 민족의 죄인일 뿐이었다.

안 걸어본 길에는 언제나 불안이 있다. 이 길이 어디로 가는 것인가. 길가에 무슨 위험은 없나 하여서 버스럭 소리만 나도 쭈뼛하여 마음이 쐰다. 내 수양이 부족한 탓인가. 이 몸뚱이에 붙은 본능인가. 이 불안을 이기고 모르는 길을 끝끝내 걷는 데는 용기가 필요하다. 이것을 보면 길 없던 곳에 첫걸음을 들여놓은 우리 조상님네는 큰 용기를 가졌거나 큰 필요에 몰렸었을 것이라고 고개가 숙여진다. 성인이나 영웅은 다 첫길을 밟은 용기 있는 어른들이셨다. 세상에 어느 길 치고 첫걸음 안 밟힌 길이 있던가.

《죽은 새》는 1946년 10월에 쓴 산문으로 그즈음 이광수의 심경이 절절하게 드러난다. 글쓴이가 걷고 있는 이 길이 또 위험을 불러오지는 않을까 하는 불안, 이것은 식민지 끝 무렵 춘원의 친일 행적이 위장이라 하더라도 그것을 말로 표현할 수 없는 심경을 보여주는 것이리라. 이러한 서술방식은 관조적인 형태로 40년 평생 민중을 계몽하던 글을 써온 이제까지의 춘원의 서술방식과는 자못 다를 수밖에 없다. 그저 자신의 삶을 돌아보는 관조의 방식이다. 그러나 1948년 무렵에 쓴 글들은 이러한 서술방식을 벗어나기 시작한다. 1948년 문단은 정치적 논의에 의해 우익계열 문인들이 득세를 이루고 해방기의 핵심 화두인 '반일' 문제는 서서히 잦아들면서 남한 단독정부가 수립되고 '반북'과 '반공'으로 재배치되었다.
　한국 문단의 재편성 영향은 이광수 글쓰기에서도 자연스럽게 드러난다. 그의 붓은 날개를 되찾아 자신의 역할을 회복해 갔다. 그것은 곧 민중을 계몽하는 지도자와 문학인의 위치였다. 그리하여 춘원은 조국이 나아가야 할 방향을 제시하기 시작한다. 춘원이광수는 《나의 고백》을 통해 지난날 독립운동을 한 모습으로 자신의 미래를 투사하고 싶은 욕망을 드러낸다. 물론 독립운동 때의 모습뿐만 아니라 자신의 치명적 결점인 '위장 친일' 행각을 그 어떤 변명조도 아닌 그저 담담히 고백함으로써 자신의 진정성을 증명하고 그 진정성 위에 민족이 새로이 나아갈 방향을 내보이고자 한다.

춘원이광수와 운허 스님

신용철 교수는 운허 스님과 춘원의 평생관계를 그들 연구에 매우 중요한 논문으로 다루고 있다. 운허 이학수(耘虛 李學洙, 1892~1980)는 춘원이 태어난 1892년 2월 같은 달에 50리쯤 떨어진 평안북도 정주군에서 태어났다. 그는 춘원의 생애에서 가족을 제외하면 어릴 때부터 1950년 납북될 때까지 서로 많이 교감하고 깊이 이해한 같은 고향의 삼종(8촌)동생이었다. 춘원이 4대 독자라 가까운 일가가 8촌인 이학수뿐이고 특히 두 사람이 남한 서울의 중심에서 활약한 점에서 더욱 그렇다.

운허는 독립운동에서 불가로 뛰어들어 교육과 불도 및 역경에 위대한 공적을 남긴 스님이다. 《한국독립운동사》를 쓰고 중생을 위한 불경번역에 평생을 바쳤다. 팔만대장경을 한글로 옮기는 작업을 이끌어냈으며, 그의 제자인 월운 스님에 의해 2002년에 팔만대장경이 완성되었다.

춘원의 집안이 어려웠던 것에 비해 이학수의 집안은 상당히 풍족했다. 춘원의 말에 따르면 하인이 몇 명이나 있었고 집안의 곳간에는 곡식이 가득 쌓여 있었다고 한다. 특히 제사 때면 가난한 춘원의 집에 제수를 장만해 갖고 왔으며, 뒤에 제사를 지낼 수 없을 만큼 어려워졌을 때 위패를 이학수의 집으로 모셔왔다고 한다. 그 무렵 이학수의 외숙이 정주군수였을 정도이니 그 지방의 상당한 유지였음은 확실하다.

이학수는 집에 마련된 한학숙인 회보재(會輔齋)를 거쳐 열일곱 살 되는 1908년까지 중국고전인 4서를 끝낼 정도로 한학의 기초를 확고하게 다졌다. 또한 1908년 정주향교에 세운 측량학교에 입학하여 산술과 평면 측량법을 배웠다.

춘원이광수는 자신이 문학으로 이름이 나고 오산학교의 교원으로 취임했을 무렵 이학수에게 진학하여 신학문을 배울 것을 권유했다.

이학수는 아버지와 의논한 끝에 1910년 열아홉 살에 평양의 대성학교에 입학했고 그날 밤 상투를 자르고 머리를 깎았다. 그러나 105인 사건이 일어나 교사와 학생들이 많이 구속되면서 그는 학교를 중퇴한다. 105인 사건이란 1910년 한일합방이 되면서 신의주의 압록강철교 준공식에 참석한 초대 총독 데라우치를 암살하려는 음모가 있었다는 핑계로 신민회 간부를 비롯하여 많은 애국지사들이 검거 및 처형된 사건이었는데 특히 정주인들의 관련 인사가 무려 40명을 넘었다. 이렇게 해서 이학수의 신학문의 길은 여기서 끝나고 말았다.

이학수는 독립운동을 위해 고향사람들과 함께 남만주의 환인현에 동창학교(東昌學校)를 세워 교사로서 학생들에게 우리 말과 역사 등을 가르쳤다. 이렇게 그는 조국에 돌아올 때까지 10년 동안 독립운동에 뛰어들어 20대를 보냈다. 그는 이 시기에 비밀반일단체인 대동청년단에 가입하고 대종교에 귀의하여 이름을 이시열(李時悅)로 고치고 호를 단총(檀叢)이라 했다. 그의 호에서 우리는 그 무렵 이학수의 강력한 민족의식을 느낀다. 불가에 귀의한 이학수는 다시 그의 이름을 박용하(朴龍夏)로 바꾸고 금강산 유점사를 거쳐 경기도 광릉의 봉선사에 가서 월초 스님의 인도 아래 착실하게 불교생활에 정진한다. 그는 1920년대 끝 무렵 이미 불교계의 젊은 열정적 학승으로서 주목을 받게 된다.

1923년 금강산 유점사에서 그동안 행방을 모르던 이학수를 만났을 때, 춘원은 매우 놀랐다. 다음의 외침은 바로 그러한 놀라움이었다.

회천웅도(恢天雄圖)가 일 한납(一寒衲)되단 말가.
도중생삼생대원(度衆生三生大願)을 이뤄볼까 하노라.

독립운동으로 나라의 큰일을 도모했는데, 어떻게 스님이 되었단 말인가? 그러나 이학수의 진정한 삶의 굴절을 보면서 춘원은, 이학수가 추구하는 보다 차원 높은 중생이란 인류에 대한 사랑을 어렴풋이 이해할 수 있었다.

운허 스님은 봉선사에서 불도를 정진하던 중, 서울 안암동 개원사의 전국강원학인대회로 조선불교학인연맹을 조직한 뒤, 왜경에 쫓겨 다시 만주로 도피하여 독립운동에 뛰어들었다. 그곳을 떠난 지 10년이며 불문에 들어온 지 8년이었다 그러나 만주사변으로 일제의 억압이 더욱 거세져서 흥경에서 일본군의 습격으로 다시 봉선사로 돌아왔다.

1944년 춘원이광수는 경기도 양주군 진건면 사릉리에 조그만 농가를 하나 짓고 그가 평생 좋아하는 소를 기르며 조용히 해방을 맞았다. 사릉에 와서 사는 데 의문을 가졌던 아들 이영근이 그때의 생활을 이렇게 회상한다.

삼십 리 밖의 봉선사에 있는 운허 스님이 가끔 곡식을 마련하여 주셔서 내가 지게꾼과 함께 이를 운반했다. 아버지께서는 농사에 익숙하셨고 노부들과 잘 어울리셨다.

1945년 8월 16일 봉선사의 운허 스님 이학수로부터 춘원은 양주군의 사릉에서 해방의 소식을 들었고 18일 친일매도의 무리로부터 피신하라는 허영숙의 권유를 뿌리쳤다. 8월 이학수는 서울로 올라와 재만 혁명동지회를 조직하여 정치활동을 시작한다. 1946년 춘원이 참회하는 심정으로 돌베개를 베고 자서 안면신경마비로 고생할 즈음 4월 운허 스님은 정치를 버리고 봉선사에서 돌아와 광동중학교를 세운다.

해방을 맞는 춘원의 마음은 무겁고 착잡하고 고통스러웠다. 친일 문제로 그를 비난하는 서울로부터의 소식에 불안하던 춘원은 봉선사에 광동중학교를 세워 교장을 맡고 있던 삼종제 운허 스님으로부터 작문과 영어 교사로 초청받는다. 1946년 9월부터 4개월 동안 광동중학교의 교사로 봉선사에 머무르면서 춘원은 그의 말대로 '입산수도(入山修道)' 비슷하게 조용한 시간을 갖는다. 그는 이를 이렇게 말한다.

나는 오랫동안 세상을 떠나서 수도생활을 할 작정으로 꽤 크고 비장한 결심을 가지고 봉선사로 간 것이었다. 내가 봉선사를 숨을 곳으로 정한 까닭은 광동학교의 교장으로 있는 내 삼종 운허당 이학수를 의지함이었다. 아이들 작문장이나 꼬나주고 영어마디나 가르쳐 주면 밥은 먹여준다는 것이었다.

봉선사에 도착한 다음 날, 춘원은 아래와 같이 말한다.

광동중학교의 조회에 참여했다. 모두 백 예닐곱 명, 복성스럽고 덕성스러운 얼굴을 찾아보다.

학생 수를 쓴 것이 참으로 세심하여 흥미롭다. 그는 국어 작문과 영어를 가르쳤고 때로는 역사도 담당했다. 봉선사는 춘원에게는 매우 좋은 피신처였을 뿐 아니라 그의 정신적 수양처가 되기에 알맞았다.

봉선사 내의 외형적인 발자취보다 광동학원에는 춘원의 눈에 보이지 않는 자취가 남아 있다. 먼저 법인사무국에서는 춘원이 1946년 8월 31일 광동초급 중학교의 교사로 임명된 사실을 확인할 수 있다. 그리고 춘원이 부임할 무렵 전교생 117명의 머릿속에 춘원의 이름과 모습이 새겨져 있으리라.

그다음으로 중요한 것은 광동중학교의 교가를 남긴 일이다. 현제명이 작곡하고 춘원이 작사한 이 교가는 오늘날까지 거의 2만 5천여 명의 졸업생을 낳은 광동중·고등학교의 교가로서 모든 광동인의 마음에 자리하고 있다. 교가는 다음과 같다.

운악산 구름 속이 우리들 배우는 집
송백수 푸른 그늘 맑은 물 흐르는데.
(후렴) 광 동 광 동 광 동 우 리 모 교

구름이 가고 가도 산이야 움직이리
눈서리 되게 쳐도 송백은 한 빛일세.
(후렴)광 동 광 동 광 동 우 리 모 교

바다로 흘러 흘러 쉼 없는 내와 같이
광동의 밝은 빛이 이 나라 빛내소서.
(후렴)광 동 광 동 광 동 우 리 모 교

모두 개교 100주년을 넘긴 민족운동의 명문 정주의 오산학교와 서울의 중앙중학교의 교가처럼 여기서 광동의 교가도 작사했다.

춘원의 가장 중요한 자취는 봉선사 어귀의 오른쪽 산기슭에 갓 없이 서 있는 '춘원이광수 기념비'이다. 봉선사의 기실비를 비롯하여 월초(月初) 스님이나 운허 스님 등 봉선사와 관계 깊은 고명한 스님의 비석과 부도와 같은 열에 춘원의 기념비가 서 있다. 검은색의 화강암으로 2미터 정도의 갓 없는 비교적 단순하고 소박한 비석인데, 앞면에 '춘원이광수 기념비'란 커다란 글씨가 깊이 새겨졌다. 뒷면에는 그의 기구하고 파란만장한 생애와 문학활동을 포함한 사적 및 이 비석을 세우게 된 배경과 경과가 써 있다.

이 비석의 글은 주요한(朱耀翰)이 짓고 글씨는 김기승이 썼는데, 모두 순수 한글이다. 비석의 좌·우면에는 1923년부터 1949년 사이에 쓴 9수의 시와 1936년의 글이 있으며, 특히 뒤의 글이 우리에게 많은 것을 생각하게 해준다. 춘원은 이 글에서 이렇게 간절히 소망한다.

그러나 내가 내 자식들이나 가족 친구들이 내 죽어간 뒤에 구태여 묘를 만들어 주고 비를 세워 준다면, 그야 지하에 가서까지 말릴 수야 없는 일이지만, 만일 그렇게 되어진다면, 내 생각으로는 '이광수는 조선사람을 위하여 일한 사람이다'라는 글귀가 쓰여졌으면 하나, 그도 내 마음뿐이다.

평안북도의 정주에서 같은 고조의 후손들이었던 8촌 사이 두 소년은 조선왕조가 위기에 직면한 1892년에 태어나 1910년의 한일합방과 1945년의 해방과 남북 분단 및 대한민국의 수립과 한국전쟁까지 거의 반세기를 함께 살았다. 그들은 모두 뛰어난 능력을 가진 천재적 인물들이었지만, 그렇기 때문에 오히려 그들의 삶은 더욱더 파란만장하고 기구했다.

서울을 중심으로 살며 활동한 두 사람은 자주 만나며 서로 도와주었다. 그런데 운명은 늘 춘원이 이학수를 돕기보다는 그에게서 도움을 받았다. 어린 시절 고향인 정주에서부터 1950년까지 그랬다. 춘원의 가족은 언제나 운허 스님 이학수를 의지, 한때 허영숙이 출가(出家)를 상의하기도 했다. 더욱이 1975년 봉선사 어귀에 대한민국 땅에서 유일한 춘원의 기념비, 1980년에 세상을 떠난 운허 스님의 부도와 비가 나란히 섰다. 1975년 춘원 기념비의 제막식에서 덮인 천의 끈을 잡아들이는 여든넷 노스님의 웃는 모습에서 우리는 평생 동안 춘원이 의지했고 춘원을 아끼고 존중했던 운허의 참모습을 발견한다. 두 사람은 모두 한국근대사에 불후의 업적을 남겼다. 춘원은 근대문학의 위대한 선구자로서, 이학수는 독립운동가와 교육자 및 불경번역의 찬란한 업적을 이룩했다.

김구《백범일지》는 춘원이광수 전기작품

춘원은 1945년 8월 15일 해방을 맞아 3년간 사릉과 봉선사에서 돌베개를 베고 근신생활을 하며《도산 안창호》를 집필한다. 1947년 7월 서울 본가로 돌아오자마자《백범일지》를 단숨에 몰아쳐 썼다. 먼저 저자를 밝히지 않고 도산기념사업회 명의 국한문 혼용체로 1947년 5월에 발행한다(島山紀念事業會 刊行 島山安昌浩, 太極書館, 1947.5.30.). 이 책은 '지은이 김구'로 펴내어(金九 著, 金九自敍傳 白凡逸志, 編輯兼發行者 金信, 圖書出版 國士院, 1947.12.15.) 실제 저자 춘원이광수의 이름은 찾아볼 수 없다. 해방되고 나서 춘원은 친일파 시비에 휩싸여 온갖 헐뜯음과 욕설, 죽여버리겠다는 협박까지 받아야만 했다. 이런 상황에서 저자 이름을 밝힌다는 것은 적절치 않으리라 생각했던 것이다. 그래서 춘원이광수 저술임을 드러내지 않고 기념사업회, 김구 저술로《백범일지》를 펴내게 된다.

최초《백범일지》는, '지은이 김구', '편집 겸 발행인 김신(金信)'으로 도서출판 국사원에서 간행을 한다. '저자의 말'에서 김구는 "나를 사랑하는 몇 친구들이 이 책을 발행하는 게 동포들에게 조금의 이익 드림이 있으리라 하기에 나도 허락을 했다. 국사원 안에 출판소를 두고 김지림 군과 삼종질 홍두가 편집과 예약을 받고, 번역과 한글철자법 수정, 그리고 비용, 용지, 인쇄 등 여러 친구들 여러 기관들 모두 힘쓰고 수고함에 고마운 뜻을 표하여 둔다” 쓰고 있다.

사실 《백범일지》의 초고는 백범의 친필 자전이다. 이 친필 원본은 현토 의고체(懸吐擬古體)로 1928년 아들 김신 형제에게 백범 자신의 독립운동 고난행적을 일러주려고 써놓은 《백범자전》이다. 1994년 그 친필로 자전 영인본이 집문당(集文堂 발행인 林京煥 1994.6.26.)에서 간행된다. 이 책 ‘후기’에서 김신은 “《백범일지》가 처음으로 간행된 것은 광복을 맞아 서울에서 1947년 12월 15일 국사원에 의해서이다. 이때는 원본을 현대 한글철자법에 준하여 문장을 새로 쓰고 부록으로 선친의 정치철학을 피력하신 ‘나의 소원’을 첨가한다. 그 뒤 오늘날까지 여러 출판사에서 이 국사원판의 현대 한글철자법과 문장에 준하여 윤문한 《백범일지》를 다시 약간씩 철자법을 고치고 윤문한 뒤 출판해 읽혀왔다” 쓰면서 애써 이광수 집필 사실을 숨긴다.

해방된 뒤 김구는 경교장에서 머물고 있었다. 춘원의 아들 이영근이 경교장 김구의 부름을 받아 ‘김구 자서전’ 원본을 효자동 춘원 자택으로 가져온 뒤 새 현대 문장으로 고쳐 쓴 춘원의 ‘백범일지 원고’를 출판사에 전달하고는 자신은 집필한 적이 없다고 증언했다. 《도산 안창호》를 쓴 춘원 말고는 김구의 《백범일지》를 쓸 만한 문필가는 없다는 것, 춘원과 백범과의 관계는 상해 임시정부 혁명동지임을 생각하면 춘원의 저작임을 확인할 수 있다. 더욱이 권위 있는 춘원 연구저서들에 한결같이 《백범일지》가 춘원 저작이라고 밝혀져 있다. 박계주·곽학송·조연현·김팔봉 등은 자신의 저서에서 《백범일지》의 저자는 춘원이라고 단정한다. 따라서 《백범일지》는 춘원의 김구 전기문학 작품이라고 정의할 수 있다.

춘원과 백범의 첫 만남은 1909년이었다. 이 사실은 《백범일지》에 자세히 나와 있다. 1896년 2월 끝무렵 김구는 치하포에서 일본인 스치다 조스케(土田讓亮)를 죽이고 "국모의 원수를 갚으려고 이 왜를 죽였노라" 포고문을 내걸었다. 그리고 이를 안악 군수에게 전달한 뒤 치하포를 떠나 떠돌다가 그해 7월 체포되어 인천 감옥에 수감, 사형언도를 받는다. 사형집행일은 7월 27일이었다. 그러나 처형 하루 전날 개통된 서울-인천간 전화로 고종은 국모의 원수를 갚았다는 포고문에 감동, 사형집행을 멈추라고 지시한다. 김구는 마침내 인천 감옥을 탈출, 마곡사 등 전국 곳곳을 떠돌다가 동지를 널리 모아 동포를 가르쳐야 한다는 교육론을 내세워 고향 안악에 양산학교를 세운 뒤 교장이 되었다. 1909년 여름방학을 이용해 김구가 오산학교에 교사로 있는 춘원이광수를 초빙하여 하계사범강습회를 열면서부터 춘원과 백범은 혁명동지로서 하나가 된다.

김구는 3·1운동 바로 뒤 상해로 망명, 임시정부 경무국장으로 활약하면서 춘원과 혁명동지로서 두 번째 만난 것이다. 《백범일지》 뒤에 '나의 소원'에는 '민족국가, 정치이념, 내가 원하는 우리나라' 등 3편이 실려 있는데, 춘원 《돌베개》의 '사랑의 길, 인생의 기쁨, 내 나라'와 그 내용이 거의 같다. 위의 두 저서에서 모두 새 나라 대한민국의 정치이념은 공산주의와의 합작정부를 거부한 채 자유민주주의 정체 수립을 강조한다는 점에서 춘원과 백범의 독립사상이 같음을 확인할 수 있다.

세상은 《꿈》이런가

춘원은 두 편의 《꿈》을 발표했다. 하나는 1939년에 나온 단편이고, 다른 하나는 해방 뒤 1947년 면학서관에서 출간한 중편이다. 엄격한 의미로 순수 창작은 아니며 《삼국유사》에 나오는 '조신(調信)의 꿈' 설화를 소설로 만든 작품이다. 그러나 그 설화 내용을 그대로 따르지 않고 새롭게 이야기와 주제를 변모시켰으며, 그에 나타난 작가의식도 조신설화의 주제와는 다른 양상을 보인다. 내용상으로 보아서는 두 편 모두 사랑해서는 안 되는 사랑에 대한 괴로움을 담았고, 이로 말미암은 죄의식에 괴로워한다는 점에서는 같다. 조신설화가 그대로 드러나는 작품은 해방 뒤에 발표된 중편 《꿈》이다. 이광수의 《나의 고백》에 보면 이 작품은 이미 10여 년 전에 쓰려 했음을 알 수 있다. 시기적으로 보면 《사랑》과 《무명》을 집필하고 난 뒤에 쓰려 했던 작품으로 짐작된다. 춘원이광수는 《나의 고백》에서 그렇게 될 수밖에 없던 그때의 정황을 이야기한다. 그러면서도 무척 고심하고 번뇌했으리라 짐작할 수 있다. 《꿈》에는 이런 인간 번뇌가 여실히 드러난다. 춘원은 죄의식을 홍역에 비유한다. 홍역은 전생의 모든 죄를 탕감하는 병이라는 속성을 끌어들이면서 자신이 앓고 있는 번뇌와 고민이 홍역에 해당함을 깨닫는다.

《꿈》에서 죄의식이 절정에 이르러 헛깨비에 괴로워하는 모습을 그는 이렇게 그린다.

나는 이러한 생각을 할 때에 몸에 소름이 끼쳤다. 허공과 바다와 먼 산 그림자로부터 무서운 혼령들이 악을 쓰고 내게, '내라 내! 내게 줄 것을 내라 내!' 하고 달려드는 것 같았다. '오냐 받아라 받아! 찾을 것 있거든 받아. 내 목숨까지도 받아!' 나는 이렇게 악을 써보았다. 그러나 그것은 태연한 용기가 아니라 발악이었다.

이런 관점에서 볼 때 《꿈》은 춘원이광수에게 있어 중요한 문학적

의미를 지닌다. 춘원의 작가로서 의식세계가 정리될 뿐 아니라, 작품 세계의 정리에도 중요한 해답을 제시한다. 조신설화는 죄의식에 사로잡히고 가난에 쫓겨 결국 불행한 결말에 다다르나, 《꿈》에서는 경제적인 이유에서가 아니라 도덕적 죄의식과 그에 따르는 긴장과 강박관념이 주된 흐름을 이룬다. 그러나 조신설화와 《꿈》은 이러한 환상으로부터 깨어난다는 점에서는 같다. 《꿈》은 인간이 욕망을 그대로 따를 때 감수해야 되는 모든 업보를 구체화해서 보여준 것이다. 이로 미루어 《꿈》은 춘원의 이제까지의 소설 전반을 담고 있다고 할 수 있다. 그의 소설은 비극적 세계인식을 담은 소설이었다. 외부를 이루는 세계가 너무 거대하거나 냉혹하여 자신과 세계가 화해하지 못하는 것이 그의 소설의 참모습이었다. 춘원은 《꿈》에서 자신의 욕망을 마음껏 펼친다. 그리고 죄의식에 괴로워한다. 그러나 그 또한 꿈이었다. 춘원은 《꿈》에서조차도 세계와 화해하지 못하고 있다. 비극성이 숙명적으로 작용한 것이다.

춘원 회상록 《나의 고백》

《나의 고백》은 1948년 춘원이광수가 쉰일곱에 쓴 글이다. 《돌베개》가 발표된 지 두 달만에 쓰기 시작해 《스무살 고개》가 발표되고, 두 달 뒤인 그해 12월 세상 빛을 보게 된다. 춘원은 《그의 자서전》 마지막 부분에서 누군가에게 모질고 심한 오해를 받는데도, 실생활에서 김동인 등 많은 작가나 지식인들 특히 사회주의자들에게 혹독한 지탄과 모욕을 당하면서도 그저 아무 말 없이 담담히 참고 견디어 나간다. 누가 뭐라고 하든 자신 나름대로의 신념과 '사명감'을 순교자적인 태도로 받아들인다. 그리고 그는 《나의 고백》을 쓴다. 그 까닭은 무엇이었을까?

이중오 박사에 따르면 춘원이광수는 《그의 자서전》과 《나》에서 일

부러 남궁수경과 김도경이라는 이름을 씀으로써 여백을 남겨놓고 있다. 이것은 어디까지나 작품일 뿐 자기 이야기가 아니라는 뜻이리라. 하지만 이로써 춘원은 또 하나의 자신을 그려내는 것이 아닐까. 작가는 허구를 쓸 때 한결 더 상상력이 풍부해질 뿐만 아니라 마음속 깊은 곳에 숨겨진 자의식까지도 불러낼 수 있다. 그러나 《나의 고백》은 모든 인물을 실제 이름으로 써야만 했기 때문에 부담감이 컸으리라. 그가 받아야 했던 무의식의 제어와 의식적인 통제가 《그의 자서전》과 《나》에 비해 훨씬 많았으리라 여겨진다. 이 글에서는 춘원이광수의 깊은 내면, 무의식의 흐름이 《그의 자서전》과 《나》보다 더 깊게 느껴진다. 춘원이광수의 말을 들어본다.

내가 친일과 노릇을 한 데는 반드시 곡절이 있을 것이다. 곡절을 말해라 하는 것이 평소에 나를 사랑하던 친구들의 재촉이었다. '무조건 하고 잘못했습니다'고 '민족의 앞에 사죄를 해라' 하는 것은 내 장래를 아끼는 친구의 강권이었다. 두 말이 다 옳으면서도 나는 두 말을 다 따르기가 어려웠다. 첫말을 따르자니 구구한 변명이 되기 쉽겠고, 잘못을 했으나 그 잘못에는 곡절이 있었기 때문이었다.

이 글을 쓰는 춘원이광수, 친구들의 권유에서였으리라. 춘원은 이제까지 삶과 죽음을 함께하고 그에게 영화와 오욕을 함께 가져다준 아내 허영숙 그리고 목숨처럼 아끼는 자식들은 쓰지 않으려 한다.

나는 더 젊어서는 뜻이 커서, 내가 능히 민족을 온몸으로 건지리라고 생각했다. 적어도 인도의 간디를 기억한 것이 내가 서른 살에 상해에서 돌아올 때의 꿈이었다. (……) 그러므로 나는 내 이익을 위해서 친일 행동을 한 일은 없다. 벼슬이나 이권이나 내 몸의 안전을 위해서 한 일은 없다. 어리석은 나는 그것도 한민족을 위하는 일로 알고 한 것이었다. (……) 내가 처음 친일의 패를 차고 나섰을 때에는 나는 스스로 다른 친일파와는 다르다고 자처하여 속으로 그들을 멸시했다. 그들은 일본인에 아첨하여서 제 지위나 얻고 이익이나 도모하는 자들이라고 단정하고 있었다. 그러나 그들과 오래 여러 번 만나는 동안에 나는 그들도 꼭 같은 조선민족이라고 깨달았다. 그들은 결코 일본인이 된 사람들도 아니요, 조선인보다도 일본인을 위하는 이들도 아니었다. 도리어 민족의식에 있어서는 친일파 소리 아니 듣는 사람보다 강한 편이 많았으니, 그들은 날마다 일본인을 접촉하기 때문에 가슴 아픈 차별 대우도 다른 사람보다 더 많이 받았기 때문이었다. (……) 그러면 나는 조그맣게라도 가지고 있던 명예를 버리고 친일파의 누명을 쓰고 나섰는고, 어리석을는지 모르나 내게는 나로서의 이유가 있었던 것이다. 그것을 설명하자는 것이 이 책의 목적이다. 그것은 일언이폐지하면, 나를 희생해서 다만 몇 사람이라도 동포를 핍박에서 건지자는 것이었다.

춘원이광수는 말한다. 도산의 간절한 조언에도, 상해에서 서울로 돌아올 때 그에게는 나름대로 조국의 앞날에 대한 부푼 꿈이 있었다. 도산으로서 할 수 없는, 자신만이 할 수 있으리라 믿은 꿈이었다. 그러나 도산 안창호가 예견한 대로 춘원의 그 꿈을 이루기 위한 위장 친일이 적극 친일로만 보이자, 그를 따르는 사람이 없었다. 뿐만 아니라 그때의 사회 현실도 춘원이광수의 민족정신 애국의 그 원대한 꿈을 '소크라테스의 변명'처럼 이해하도록 만들어 주지 못했다. 이제 춘원에게 무슨 변명이 남아 있으랴. 변명은 죽음과도 같다. 춘원이광수는 다른 죽음을 택하게 된다. 이제까지는 조국, 조선을 위해 희생해 왔지만 해방 뒤 처음으로 잠시 지나간 나날을 되돌아볼 마음의 여유를, 그리고 자기 처신과 행동, 능력을 새롭게 인식할 기회를 갖게 된다.

죽음을 바라보며

춘원이광수의 '민족의식이 싹트던 때' 이야기로부터 《나의 고백》은 시작된다.

> 그러나 내게 강한 민족의식이 눈을 뜨게 하는 일이 일어났으니 그것은 러일전쟁이었다. 내가 열두 살 되던 해는 계묘년이요, 서기로는 1903년이었다.

1904년에 일어난 러일전쟁. 그때 열네 살이었던 이광수는 민족과 국가에 눈을 뜨고 동학의 영향으로 민족주의 정신을 배우게 된다. 그는 '민족운동의 첫 실천'으로 교사 생활을 든다. 춘원이광수는 학생들에게 톨스토이 인도주의 사상과 다윈 진화론을 가르치다가 교주들과 싸우게 되고 끝내는 그들에게 배척받아 방랑의 길을 나선다. '망명한 사람들'에서 춘원은 방랑생활 중에 도쿄 유학 때 만났던 홍명희, 문일평 등과 다시 만나며 젊은 꿈을 함께 나눈다. 그러나 춘원은 동포들과 선배 지도자들의 불신과 분열을 보고는 깊은 절망과 회의에 빠진다.

> 길에서 우리나라 사람끼리 만나면 친한 사람이 아니면 슬쩍 피하는 것이었다. 이것은 다만 적의 밀정을 경계하는 것만이 아니라 서로 도우려는 것보다도 서로 헐뜯고 해치려는 마음이 있기 때문이다. 타국에서 동포를 만나는 것이 기쁜 일이거늘 이 무슨 슬픈 일인가. (……) 나는 해삼위에서 열흘가량 묵었거니와, 해삼위에 있는 지도자

급 사람들도 한 덩어리가 아닌 것을 보았다. 해삼위에 와서 상해를 회상하면 거기도 여러 갈래인 것을 발견했다.

젊은 춘원이광수는 나름대로 민족사랑을 게을리하지 않았다. 해방 뒤에 쓴 회고록에서도 그는 점진론과 민족개조론의 정당성을 앞장서서 주장한다. 미국으로 가려던 뜻이 좌절된 것도 재미 조선 교포들의 심각한 불화가 원인이었음을 밝힌다.

도산 안창호가 죽고 나니 내 처지는 더욱 어렵게 되었다. 동우회 사건의 온 책임이 내게 있는 것만 같았다. 지금까지 나는 도산을 따라가면 그만이나 이제부터는 내가 이 사건의 길잡이를 하지 아니하면 아니 된다.

그즈음 춘원이광수와 그의 아내 허영숙은 주위로부터 어떤 압력을 견뎌내야만 했을까?

이심공판이(수양동우회 사건으로) 진행 중에 경기도 경찰부에서 내 아내를 잡아다가 모 신문 사장을 모살 미수했다는 기상천외의 죄명으로 문초하고, 네 남편이 내일 법정에서 태도를 바꿔 경찰에서의 자백을 시인하지 않으면 너를 잡아넣는다고 위협했다.

춘원이 우리에게 남긴 가장 큰 숙제는 바로 민족보존론의 해명이다. '민족보존'에서 춘원은 자신의 친일이 나라와 민족보존을 위한 것이며, 친일은 한낱 포장일 뿐 제 몸을 팔아서 아버지의 고난을 면케하려는 심청이에게 자신을 비유한다.

이미 일본 관헌은 민족주의적인 지식계급 조선인의 명부를 만들었다 하며, 그 수는 3만 내지 3만 8천이라 하여 혹은 이것을 예방 구금한다 하며 혹은 계엄령을 펴고 총살한다고 하여 총독부와 검사국과 용산군과 사이에 문제가 되고 있다고 했다. 진실로 2, 3만 명이 무슨 방법으로나 희생을 당한다 하면 이것은 민족적 멸망에 다음가는 큰 손실일 것이다. 그런데 당시의 일본의 사정이나 감정으로는 이 무서운 조치는 토의 문제가 아니라 시일이 문제였던 것이다. '국가의 흥망이 경각에 달린 이 순간까지 비협력적인 조선인은 더 기다릴 수가 없다' 하는 것이 육군 참모부, 검사국, 경무국 관리들의 말버릇이었다.

이런 상황에서 춘원이 순교자적인 기질과 함께 지나치게 섬세한 반응을 보인 것인지 아닌지는 일본 정부 자료보관소 사고(史庫)에서 자료를 찾아내야 할 것이다. 하지만 그때 우리 조선은 최악의 경우에 조선총독부 경무국과 조선군사령부가 민족주의적인 지식계급을 처형할 살생부를 작성해 놓고 총살형을 자행할 가능성을 막아낼 수 없는, 막바지 벼랑 끝 위기에 처해 있었다. 1928년부터 1938년까지 10년 동안 사상사건의 검거 상황을 보면, 총 2만 8521명에 이른다. 심지어 대의당(大義黨) 당수 박춘금(朴春琴)은 조선인 사상가, 지식계급 30만 명을 학살할 계획을 세웠다고 한다.

다른 친일파는 어떠한지 몰라도, 내가 하려는 친일파는 돈이나 권세나 명예가 생기는 노릇은 아니었다. 내가 어떤 날 아내 허영숙에게 내 결심을 말할 때에, 그녀는 나를 미쳤다며 울면서 말렸다. 나도 목을 놓아 울었다. (……) 그러나 나는 내 아내와 사랑하는 여러 동지들의 정성된 만류도 뿌리치고, 마침내 명예롭지 못한 희생의 길에 나섰던 것이다.

이것이 우리가 바로 보아야 하는 춘원이광수이다. 춘원은 자기희생이라는 이름 아래 친일을 받아들이게 된다. 여기에서 허영숙이 울면서 말렸다고 묘사한 것은 자기 행동은 스스로 책임진다는 의미에서, 허영숙의 권고가 아니었음을 강조하고 싶은 데서 나온 표현일 뿐이다. '해방과 나'에서는 춘원이광수가 사릉에 머무는 동안 팔촌동생으로부터 해방 소식을 듣고 한편 기쁘고 한편 안타깝고도 복잡한 심정으로 자기 인생을 되돌아보면서 정리를 시작한다.

7, 8년간 내가 걸어오던 길, 해오던 생각에서 벗어난 나는 완전히 무념무상의 심경으로 세계와 우리 민족의 장래에 대하여 명상할 여유가 있었다. 나는 다시는 세상에 안 나설 사람이기 때문이다. 과거 7, 8년 걸어온 내 길이 그 동기는 어찌 갔든지 민족정기로 보아서 나는 정경대도를 걸은 사람이 아니었다. 내가 조선 신궁에 가서 절을 하고, 향산광랑으로 이름을 고친 날, 나는 이미 훼절한 사람이었다. 전쟁 중에 내가 천황을 부르고 내선일체를 부른 것은 일시 조선민족에 내릴 것 같은 화근을 조금이라도 돌리자 한 것이지마는, 그러한 목적으로 살아 있어 움직인 것이지마는 이제 민족이 일본의 기반을 벗은 이상 나는 더 말할 필요도 또 말할 자격도 없는 것이다. 가장 깨끗하게는 해방의 기별을 듣는 순간에 내가 죽어버리는 것이지마는 그것을 못한 나의 갈 길은 입을 다물고 가만히 있는 것이라고 나는 생각했다. 그래서 나는 해방된 뒤로 만 2년 정도 가만히 있었다. 내가 사릉 집도 버리고 양주 봉선사로 간 것은 아주 산중에 숨어버리자는 결심에서였다.

춘원이광수의 말대로 그가 죽음을 택했더라면 과연 우리가 그의 민족보존론을 더 쉽게 받아들이고 죄를 용서할 수 있었을까? 그런 선택은 후대 사람들에게 그를 더 비겁한 친일 분자로 영원히 남게 만드는 일일 뿐인지도 모른다. 춘원은 조심스럽게 자기 변명을 이어 나간다.

독자들은 그 포장 속에 밀수입된 내 뜻을 잘 찾아서 알았다고 믿는다. 그래서 나는 독립 전야까지 내 밀수입 포장을 계속할 작정이었던 것이다.

총독부로서는 춘원이광수는 분명 거물이었다. 춘원 자신도 충분히 이 점을 감안해 서로가 서로를 이용했음이 틀림없다. 그러면 춘원이 주장하는 대로 민족보존을 위해서였다는 친일이 어떤 나쁜 결과를 가져왔으며 춘원에게 어떤 이득을 불러왔는지 가려보는 것은 우리 몫이 아닌가.

1948년에 쓴 회상록 《나의 고백》에서 이광수는 학병 지원을 권유했던 이유를 다음과 같이 썼다.

(일본은) 대학·전문학교에 조선 학생이 입학하는 것을 종래에도 여러 가지 수단으로 제한하여 왔다. 더욱 그 제한을 심하게 할 것이다. (……) 우리 자녀들이 대학·전문학교에서 배척된다면 그것은 큰일이 아닐 수 없다.

1942년 5월 조선총독이 된 고이소(小磯國昭)는 학생들을 황민화하지 않으려는 학교나 황민화하지 않는 학생은 필요없다는 뜻을 담은 협박성 담화를 발표한다. 또한 한때 제자들에게 '내선우정'을 호소했던 경성제대 교수 오타카 도모오도 한 신문에서 간부로 쓸 수 없는 학생을 대학이 받아들일 필요는 없다고 주장했다. 조선인 제자가 학교에서 쫓겨나는 일이 눈앞에서 현실로 일어나는 상황이었다.

어느 쪽이 되었든 일본인 학생이 전쟁터로 보내진 마당에 조선인 유학생만 학교에 남아 있을 수는 없었다. 지원하지 않은 유학생은 '비국민(非國民)'이라는 낙인이 찍혀 휴학·퇴학하거나 제적되었다. 또는 뒤늦게 군대에 지원하여 인간 이하의 비참한 대우를 받게 되었다. 그렇지 않으면 조선총독부로 송환되거나 일본에서 중노동에 종사하면서 감시 처분을 받았다.

반민특위와 아들의 혈서

춘원에게 평화로운 나날은 오래가지 않았다. 대한민국 국회에서 반민족행위처벌법(반민법)이 통과되고 반민특위가 생겼다. 친일파로 지목받던 춘원은 1949년 1월 12일, 권총을 찬 반민특위 직원 세 사람에게 끌려가 구속되었고 그날로 서대문 형무소에 수감된다. 춘원 이광수는 심문을 받았다.

"그 재주와 머리를 가지고 왜 친일을 했느냐? 너는 이조 때의 이가 같은 놈이다."

"나는 민족을 위해 친일했소. 내가 걸은 길이 정경대로는 아니지만 그런 길을 걸어 민족을 위하는 일도 있다는 것을 알아주오."

그러자 심문관은 벌컥 화를 냈다.

"그래도 잘못했다고 사죄하지 않겠느냐!"

"나는 민족을 위해 친일했소."

춘원이광수는 이렇게 되풀이할 뿐이었다. 그러자 심문관은 분노를 누르고 조용히 연필과 종이를 주면서 심경을 써보라고 했다. 그러나 춘원이광수는 담담하게 말한다.

"내가 글 쓰다가 잡혀 왔는데 또 무슨 글을 쓰겠소."

이러한 이야기가 얼마쯤 사실인지는 알 수 없으나 춘원이광수의 신념이 그러했다는 것은 분명하리라 짐작해 본다. 춘원이 풀려나고 이어서 불기소 처분을 받은 데에는 여러 이야기가 있다. 그 직접적인 이유는 춘원이광수의 민족사랑 진정을 이해하는 사람들의 도움과 사릉 주민들의 진정서 제출, 그리고 아들 영근의 혈서 탄원이었으리라.

제 아비 이광수를 보석해 주옵소서. 제가 대신 갇히겠나이다. 제 아비 이광수는 폐병 삼기, 신장결핵, 척추결핵, 늑골결핵 등으로 사선에서 방황했던 것은 세상이 다 주지하는 사실입니다. 이제 병중에서 잡혀갔나이다. 이 아비를 보석해 주시옵소서. 건강한 이 자식이 대신 갇히게 해 주시옵소서. 위원장 선생님께 엎드려 애원합니다.

이 간곡한 혈서는 오늘날 읽어도 눈물겹다. 이어 춘원은 진찰을 받게 되고, 그 결과 감옥생활에 견디기 어렵다는 사실이 드러나 병보석이 된다. 8월 29일에는 검사회의에서 4대 3으로 불기소 처분이 확정되었다. 춘원의 가정에는 다시 기쁨이 찾아왔다. 밝은 조국의 태양 아래서 마음껏 숨을 들이쉴 수 있게 된 것이다. 이제 춘원의 가정에도 해방의 기쁨을 실어다 주는 듯이 보였다.

민족 재건을 꿈꾸며

해방 직후 춘원은 사릉 칩거에 들어가 농사를 지으면서 "문학이나 학문의 일은 국가의 죄인이라도 할 수 있는 일"이라고 여기면서 여러 글들을 썼다. 이 시기에 쓴 글들은 크게 자신의 삶을 돌아보는 고백적 산문들과 민족 재건을 위한 희망을 그린 소설들로 나눌 수 있다. 해방 공간의 춘원이광수 문학에 대한 연구는 다양하게 이루어지지는 못했다. 그 까닭은 춘원의 글들이 대부분 고백적 서사로 이루어진 산문이고, 나머지는 다른 인물에 대한 평전과 미완성 세태소설들로 이루어졌기 때문이다. 물론 역사소설로 완성한 《사랑의 동명왕》이 있으나 이 작품에 대한 평가도 작품성이 떨어진다는 이유로 미미하게 다뤄졌을 뿐이다.

그러나 김경미의 《이광수 문학과 민족 담론》에 따르면 《돌베개》와 《나의 고백》에서 그 무렵 춘원이광수의 의식과 무의식, 그리고 과거의 고백을 통해 기억에서 배제하고 싶었던 현재의 욕망을 읽어낼 수 있다. 특히 역사소설 《사랑의 동명왕》과 미완 작품인 《서울》은 이광수가 현재의 욕망으로 미래를 설계하고자 했던 작품이다. 신화적 기억을 더듬어 국가를 다시 세우고자 한 《사랑의 동명왕》과 해방기 세태 비판과 함께 민족 복원의 욕망을 드러낸 미완성작 《서울》.

먼저 《사랑의 동명왕》은 1949년 3월에 쓰기 시작한다. 남한 단독정부가 수립되고 새로운 국가 건설을 위한 사명감으로 춘원이광수는 민족의 희망을 보여주는 신화를 근거로 역사소설 창작으로 나아갔다. 춘원은 이 작품에서 민족 공통의 역사적 기억인 '신화'를 통해 이상화된 국가의 이미지를 창조하고자 했다. 신화는 어떤 사물의 본질에 관련된 서사이며, 시원(始原)과 관련된 서사이다. 해방기 국가를 새롭게 재건해야 하는 시점에서 신화를 통한 나라 만들기 기획은 나름 의미가 있었다. 춘원은 국가 건설을 가장 적극적으로 수행한 주몽의 건국신화를 끌어와 현재의 국가 재건에 대한 욕망을 드러냈다. 이러한 춘원이광수의 생각은 1948년 《내 나라》라는 글에서도 고스란히 드러난다.

아주 옛날은 차치하고라도 고구려 때로만 말하더라도 당시 세계에 가장 강국이었던 수와 당의 대군을 격퇴할 실력이 있을 만큼 강대했건마는 한 번도 이편에서 전쟁을 건 일은 없고 저편에서 침략하여 올 때에만 일어나서 이것을 쳐 물렸다. (……) 이제 와서 보건대 우리 민족의 홍익인간의 이상은 깊이깊이 우리의 정신에 뿌리를 박아서 몇 천 년의 세월이 지나고 어떠한 밖에서 오는 압박과 고뇌를 받아도 스러지지 아니함을 깨닫고 기쁘고 고맙게 생각하지 아니할 수 없다. (……) 우리 민족이 사는 동안 이 모든 것을 꿰뚫어 흐르는 홍익인간의 한 줄기 빛은 변함이 없는 것이니, 장차 오려는 새 시대의 출발도 여기서 시작될 것이다.

이 여러 나라들은 본디 부여를 뿌리로 하고 갈라진 '단군'의 족속이었으나 시대가 지남을 따라서 점점 서로 멀어져서 피차에 남의 집 같이 되어 서로 싸우기까지 하게 되고, 그 종주국인 부여도 늙어서 국력이 쇠한 데다가 남북으로 갈린 뒤로는 더욱 위신이 떨어져서 마치 중국의 춘추 전국 시대의 주나라나 다름없이 되었다. 이 형세를 비겨 말하면, 어미 닭 없는 병아리들이 수리 앞에 있는 것과 같아서 당시 우리 민족의 운명은 심히 위태했다. 알알이 흩어져서는 안 되겠다, 뭉쳐서 큰 힘을 이루어 살겠다 하는 생각이 이때에 우리 민족 안에 나기 시작했으니, 남에는 박혁거세를 주장으로 하는 신라의 건설이요, 북에는 주몽이 중심이 된 고구려의 궐기였다.

《사랑의 동명왕》

앞의 인용문은 단독정부가 수립된 바로 뒤 국가가 나아갈 방향성을 제시한 글이다. 춘원은 여기에서 역사상 가장 강한 힘을 발휘했던 '고구려' 시대를 끌어와 새 시대의 국가 본보기로 삼고 "장차 오려는 새 시대의 출발"은 "홍익인간의 이상"으로 시작될 것이라고 장담한다. 이러한 생각을 서사를 통해 드러낸 작품이 바로 《사랑의 동명왕》이다. 이 작품에서 춘원이광수는 민족이 나아가야 할 길을 보여준다. 물론 그 길은 강인한 국가의 형태를 띠는 것이지만 그 안에는 더 중요한 또 다른 뜻을 담고 있다. 즉 우리 민족은 흩어지면 안된다는 바람, 하나로 뭉쳐야 한다는 것이다. 이광수는 부여의 멸망이 남북으로 갈린 뒤 이루어진 것이라 보고, 이를 본보기로 삼아 하나의 민족이 하나의 국가를 이루어야 함을 강조한다. 이러한 서술은 해방기 남북의 혼란한 정세에 대한 비판으로도 읽힌다. 또한 민족 정체성의 확립과 공동체의 염원을 구상하는 데 주력하여, 실질적인 국가 건설의 모습을 그리고 있음을 알 수 있다.

이러한 춘원의 생각은 세태를 반영한 소설 《서울》로 이어진다. 이 작품은 1950년 1월 〈태양신문〉에 연재된 소설로 한 달 만에 중단된다. 좌익계인 〈태양신문〉이 이광수의 소설과 사상적으로 맞지 않다는 마찰을 빚어 연재를 지속하지 못한 것으로 알려져 있다. 그러나 미완성임에도 그 무렵 이광수가 생각한 민족에 대한 인식 지평을 읽어낼 수 있을 뿐만 아니라 남한 단독정부 수립의 기반이 얼마쯤 자리잡은 1950년이 춘원에게 어떤 해방 공간으로 다가왔는가를 살펴볼 수 있는 작품이다. 《사랑의 동명왕》이 국가를 재건해 가는 과정을 통해 대한민국이 나아가야 할 방향을 보여준 작품이라면, 《서울》은 민족의 토대가 되는 이데올로기적 측면을 집중적으로 제시하고 있다.

이 땅 위에 서로 사랑하는 나라를 세우자는 것입니다. 지난 사천 년에 여러 번 외적의 침입을 받아서 사랑의 나라 운동이 아직 큰 성과를 짓지 못했습니다마는 우리 민족의 본심은 이 정신으로 수련되어 있다고 믿습니다. (……) 남을 미워하고 남의 것을 탐내는 마음은 우리 본심이 아니요, 폭력과 모략으로 남을 해치려는 것이 우리의 마음이 아닌 것을 발견할 것입니다. 이 마음이야말로 세계 평화를 가져올 마음이 아닙니까. 우리는 이 사명을 들고일어날 날이 왔다고 믿습니다. 우리는 모스크바도 아니요, 서울의 깃발 밑에 일어나 인류 규제의 길을 떠날 때라고 믿습니다.

《서울》의 이 인용문은 사범대학생 음전이 많은 청년들 앞에서 연설하는 내용의 한 부분이다. 그녀의 사상은 기본적으로 '사랑'에 바탕을 둔 자유민주주의이자, 민족주의이다. 이러한 내용을 통해 볼 때 대한민국 건국이념의 바탕은 조선식 민족주의여야 함을 알 수 있다. 규원과 음전이 조선 춤을 사랑하고 전수받는 모습을 길게 서술한 부분에서 이런 민족주의는 더욱 강렬하게 드러난다.

민족을 사모하는 한종은 일본 밑에서 쓰러져 가는 민족 예술을 살리려고 숨어서 애를 썼다. 자신도 정악 전습소에 다니면서 거문고와 춤과 노래를 배우고 규원과 음전에게도 가르쳤다. 이것도 그 시절에는 눈물겨운 일이었다. 규원도 배웠다. 한종이 좋아하는 노래는 〈청석령〉이었다. 마음이 비장한지라 소리도 비장했다. 규원의 춤에 비장조가 있는 것도 그 영향이었다.

위의 글은 조선의 정신을 이어가기 위해 조선 예술을 배우고 지켜온 모습을 그리고 있다. 해방기 사회가 자기 것이 아닌 남의 것을 흉내내고 원숭이처럼 살아가고 있음을 반성하면서 조선의 예술, 잃어버린 조선정신을 찾을 것을 강조한다. "민주주의니 공산주의니 해도 모두 어째 우리가 영어나 러시아말을 흉내내는 것 같다" 지적하고, "잃어버렸던 정신을 찾는 것도 혁명"이라 주장한다.

이 작품은 연재가 중단되는 바람에 결말을 확인할 수는 없으나 인물 저마다 가지고 있는 사상과 삶의 방식에서 그 무렵 춘원이 드러내고자 한 의미를 짐작할 수 있다. 이야기가 진행되는 과정에서 밝혀지는 민족주의에 대한 열망과 이한종이라는 인물을 통해 자신의 역할을 되찾고자 하는 욕망의 드러냄은 춘원이광수가 늘 꿈꾸던 민족정체성의 복원이자 민족정신의 되찾음, 민족국가의 수립이었다.

시대의 그림자 끝에서

세월도 역사도 흐른다. 이중오 박사에 따르면 1952년 미국 〈헤럴드트리뷴〉 신문 주체 전국청소년대회에서 시도 대표 36명의 쟁쟁한 실력자를 물리치고 이정화는 한국 대표로 뽑혀 열일곱 살 나이에 뉴욕 아스트리아 호텔에서 '하나의 세계'라는 주제로 청중의 심금을 울려 대한민국의 이름을 드높였다. 그즈음 한국인들은 이 자랑스러운 소녀에게 아낌없는 박수를 보냈다. 이정화, 그녀가 바로 《그리운 아버님 춘원》을 여고생 나이에 쓴 춘원이광수의 막내딸이다. 그녀가 제3국의 인도인과 결혼한 일이 소문대로 북한으로 끌려갔던 아버지를 만나기 위한 한 수단이었다면 그것은 참으로 비극이 아닐 수 없다. 춘원이광수의 아들 이영근은 또 어떤가. 미국 존스홉킨스대학의 교수이자 세계 물리학계에 이름을 떨치는 석학이다.

춘원이광수의 납북 전후 모습은 그를 만난 적이 있는 조선일보 선우휘 기자의 증언으로 엿볼 수 있다. 그가 춘원이광수를 만난 것은 6·25가 나던 전해인 1949년이었다. 좀처럼 나들이를 하지 않던 춘원이지만 국전(國展)이 열리던 경복궁 미술관에 함께 구경을 갔다. 춘원은 진명여고와 비스듬히 맞은편에 있던 허영숙 산부인과의원 안에서 방 하나를 차지하고 살고 있었다. 그 집에서 길을 건너 경무대

(현 청와대) 정문 건너편으로 들어가면 바로 미술관이 있었는데 걸어서 10분 거리도 안 되었으나 춘원은 숨을 몹시 가쁘게 헐떡였다. 미술관 안을 한 바퀴 돌고 나와서도 나무 그늘에 앉아 한참 쉬어야 했다

이듬해 봄, 6·25가 나던 해이다. 큰딸 정란이 서울대 불문과에 시험을 치렀는데 춘원이 그 합격 발표를 보러 함께 갔었다. 물론 동숭동 캠퍼스로, 효자동 종점에서 전차를 두 번 갈아타고 갔다. 그때도 허영숙은 힘드니 가지 말라고 했으나 딸을 무척이나 사랑하는 춘원은 큰 마음을 먹고 어려운 나들이에 나섰다. 딸의 합격을 보고 흐뭇해하던 그 표정은 뜻밖에도 꼭 어린아이 같았다고 한다. 그때 춘원의 나이는 쉰아홉이었으나 가슴이 약해 늘 엿을 고아 입안에 어물어물 녹여 먹곤 했다. 그래야 숨이 덜 차고 기침이 나는 것을 막을 수 있었다.

6·25가 나고 춘원이 끌려간 것은 딸의 합격을 기뻐한 지 고작 몇 달 뒤인 7월 4일 새벽이었다. 춘원은 몹시 앓고 있었다. 허영숙은 그때의 일을 선우휘 기자에게 이렇게 들려준 바 있다.

"세 사람이 몰려와서 앓고 있는 그이를 일으켜 앉히고 자수서(自首書)를 쓰라고 그러더군요. 그것을 쓰면 병중인 것을 감안해서 잡아가진 않겠다고요. 그러나 그이는 펜대를 꺾고 안 쓰고 말았습니다. 조국을 두 번 배반할 수 없다면서…… 끌려가던 때의 그 험악한 광경은 정신이 없었기 때문에 기억조차 할 수 없습니다."

아버지는 그날 밤 열이 39도였다. 우리집에는 아무도 아니왔다. 어머니는 무슨 큰일이 있을 때는 반드시 아버지의 의견을 물으시는 것이다. 고열로 괴로워하시는 아버지에게, "세상이 야단이니 어떻게 해요. 공산당이 막 대대적으로 쳐들어온다고 그러는데" 하니까 아버지

는 빙그레 웃으시며 "그러기로 서울까지야 오겠소. 대한민국이 그렇게 약하기야 하겠소" 하신다. (……) 그러나 7월 6일에 우리집은 공산당에게 차압을 당했다. (……) 웬일인지 하루는 이른 아침인데 보초가 문간에 없다. 어머니는 이때가 기회라고 생각하고, 아버지에게 무명고의적삼을 꺼내 드리고 고무신을 신고 시골사람 행색으로 달아나시라고 말하고 있는데, 아무 소리도 없이 평복 입은 함경도 사투리 쓰는 사람이 불쑥 들어왔다. "선생님을 모셔다가 우리가 지도를 받으려고 합니다. 잠깐 같이 가십시다" 한다. (……) 이러한 경로로 아버지는 잡혀가셨다. (……) 나는 나에게 아버지요, 스승이요, 종교요, 희망이던 아버지를 영원히 잃어버린 것이다.

이정화 《아버님 춘원》

1950년 6월 25일 한국전쟁이 일어났을 때 춘원이광수는 온몸에 열이 들끓어 자택에 누워 있었다. 서울은 북한군에 점령되었고 춘원이광수는 끌려간 채 그대로 평양으로 이송된다. 평양 형무소에 수용되었다가 달아난 어떤 사람이 형무소에서 이광수를 보았다고 이야기한 것이 마지막 목격 증언이다. 그 뒤로 이광수가 살았는지 죽었는지조차 분명치 않았다. 춘원이광수가 납북되고 5년이 지난 1955년 11월 어느 날 초겨울 비가 주룩주룩 내리던 밤이었다. 춘원이 늘 부처님처럼 앉았던 그 방 그 자리 그 책상 앞에서 허영숙은 눈물을 흘리며 선우휘 기자에게 말했다.

"살아 있으리라고는 믿어지지 않아요. 살았다면 예순넷이 되었겠군요. 선우 기자님도 알다시피 가슴이 약한 데다 앓아누워 있었으니까요. 재주 있고 글 쓰는 사람이니 이용을 하기 위해 대우를 하느니 북경대학에서 강의를 하느니 하는 말도 일체 믿어지지 않고요. 춘원과 함께 납치되었다가 도망 온 나의 학교 동기의 남편이 평양 감옥에서 그해 10월에 그분을 보았답니다. 10월이면 추운 날씨인데 그때까지도 납치될 때의 여름옷을 그대로 입고 있어서 옷은 갈가리 찢어져 살이 드러나 보이더래요. 밤이면 기침을 몹시 하기 때문에 감방에 함께 갇힌 여러 사람들이 시끄러워 잠잘 수 없다고 해 그분을 딴 방으로 옮겨갔다고 해요."

춘원이광수의 맏딸 이정란(李廷蘭)은 부산 피란시절 쉰여덟 번째 생신을 맞는 아버지를 그리워하며 절절한 시를 읊고 있다.

아버지

구름인양 떠오르는
산으로 바다로 다니던 그때
아버지 따라다니던 그때이기에
더욱 그리워
끝내 아버지는 북쪽 기약 없는 여로(旅路)
어느 눈보라 설레이는 골짝에서
어린 우리를 굽어보시기에
눈물 자국마다 이리도 옷깃을 적시나니
봄 바다 같은
아아 그 옛날이 하도 그리워
벌써 우리는 커서
해마다 이렇게 피어서……
정녕 그 언제면
'향 피우시며' 돌아올 그날이 믿어워
손이 닳도록 비는 마음 구석에서
오늘은 아버지의 쉰여덟 번째 생신날

우리들 아들딸들 절을 드리네
아버지께
아버지께

춘원의 마지막 작품 《사랑의 동명왕》은 그가 납북된 지 5년만에 허영숙에 의해 펴내졌다.

"이 작품이 마지막이 아니기를 바랍니다. 돌아와서 또 써주기를 바라는 마음이지요. 춘원이 갖은 고초와 고생 속에서 구박을 받느니보다는 차라리 돌아갔기를 바라지만, 그래도 살아 있기를 기원하고 있답니다. 막상 돌아갔으리라 생각하면 못살 것만 같아요. 아이들이 미국에 가 있지만 그 애들보다 나는 춘원을 기다립니다. 이렇게 고독을 참고 견디는 것도 춘원이 돌아옴을 바라기 때문이지요. 그와 결혼하고 30년 동안 나의 잘못이 많았습니다. 다시 그분이 돌아온다면 좋은 아내가 될 것 같습니다."

춘원이광수의 자녀들은 1975년 허영숙이 죽은 뒤에도 멈추지 않고 아버지를 찾았다. 이광수가 강제로 끌려간 지 40년이 지난 1991년 북한은 미국에 사는 이영근에게 연락을 해왔다. 그때 캘리포니아를 방문 중이었던 김일성종합대학의 한 교수가 그에게 전화를 걸어, 아버지의 묘소에 참배할 수 있다고 알려준 것이다. 7월 베이징을 거쳐 북한으로 떠났던 이영근은 평양 근교에 있는 아버지 춘원의 무덤으로 그를 안내한 사람에게서, 이광수가 자강도 강계(江界)에서 노동하던 중 1950년 10월 25일 폐결핵으로 죽었다는 말을 들었다고 한다. 물론 이광수의 죽음에는 여러 이야기가 떠돌지만 그 정확한 기록은 찾을 수 없다. 한국 근대문학의 아버지라 불리는 문호가 언제 어디에서 어떻게 죽었는지 오늘날까지 뚜렷하지 않은 것은 한국이 겪어온 격동의 슬픈 역사를 상징한다.

이영근이 북한을 찾은 이듬해인 1992년은 춘원이광수 탄생 100주년이었다. 이영근은 한 많은 이 땅, 아버지의 조국이자 자신의 조국인 한국 땅을 밟는다. 그러나 그는 이광수의 자식이라는 오직 그 이유 하나만으로 행사가 끝나자, 사람들 눈을 피해 서둘러 공항을 빠져나가야만 했다. 춘원이광수의 자녀들은 이렇게 항변한다.

"대한민국은 왜 춘원이광수에게 의무와 책임만을 가혹하게 요구합니까? 왜 춘원이 조국을 위해 흘린 땀과 눈물은 기억하지 않고, 저 근원적인 동기가 아직도 어둠에 갇힌 친일의 실족(失足)만을 그토록 집요하게 성토합니까?"

춘원이광수의 손녀 앤(이영근의 딸)은 할아버지를 연구하며 학자의 길을 걷고 있다. 이광수 연구를 가로막는 장애는 친일이니 반일이니 문학사적 업적이니 민족사적 반역이니 하는 커다란 문제에만 있는 것이 아니다. 더 근본적으로는 조선민족 인간 심리에 담긴 역동적인 조건에서 만들어진 것으로, 오늘 이 순간에도 독특한 긴장 속에서 끊임없이 재생산되고 있다.

일제강점기 친일은 이 땅의 숱한 지식인들의 생존 방식이었다. 임종국의 《친일문학론》을 인용할 필요도 없이, 항일의 절개를 당당히 지키고도 살아남은 지식인은 거의 없다고 해도 지나친 말이 아니리라. 김동인은 조선문인 황군위문사절단을 이끌고 만주전선을 누비고 돌아와 다시 버마전선으로 빨리 보내달라고 총독부에 간청을 하는 등 절개를 꺾지 않았는가? 오늘날 김동인은 문학계에 여전히 살아 있는 권력이며, '동인문학상'은 그 상징이다. 만해 한용운은 어떠했는가? 그는 조선통감 데라우치 마사다케(寺內正毅)에게 일본 스님처럼 조선 스님들도 여자를 데리고 살게 해달라는 건백서를 올리고, 중일전쟁에 조선민족도 황군과 함께 나아가 싸우자는 글을 썼다.

춘원이광수. 죽음에 이르기까지 대한민국 국민으로서 그의 생애

한순간도 민족정신을 잃지 않은 춘원이광수. 이제 우리는 새롭게 선각자 춘원이광수를 만나야 하리라.

　나는 하나의 풀 바람에 떨고 있는 하나의 풀. 나의 조국은 풀이 떨고 있는 곳. 한번 부는 바람에 나의 씨앗은 멀리 실려가서 싹을 틔우리.

김소운의 춘원을 위한 변명

《목근통신(木槿通信)》으로 일본을 질타한 시인이자 수필가인 김소운(金素雲)은 자신의 수필집 《푸른하늘 은하수》에서 〈인간 춘원의 편모(片貌)〉를 이렇게 쓰고 있다.

　나보다 열여섯 살 앞선 춘원이광수, 그분의 걸어온 길을 나는 《나의 고백》에서 읽고, 나 자신이 허수아비같이 부끄러운 존재였던 것을 새삼스레 깨닫지 않을 수 없었다. 춘원 같은 이에 비하면 나 따위는 백촉전등 앞에 반딧불 하나만도 못한 존재이다. 그런 분으로도 넘어지지 않을 수 없었던 이 나라의 지도자가 가는 형극(荊棘)의 길, 3·1 선언에서 민족을 대표한 33인 중 죽지 않고 살아서 그 영예를 욕되게 하지 않고 낙오하지 않은 이가 과연 몇이나 되었던가? 춘원을 돌로 치려드는 이들의 그 심정을 무턱대고 나는 나무라는 사람은 아니다. 어느 의미로 보아서 그것은 그만치 이 나라의 대중들이 춘원을 아끼고 사랑했던 증좌(證左)이기도 하다. 그러나 춘원을 아끼고 사랑했다는 이들이, 인간 춘원을 어느 정도로 이해하려고 했는지, 그의 슬픔이 고인 노란 눈동자를 한번 들여다보기는 했는지. (……) 근시안적인 훼예포폄(毀譽褒貶)을 떠나 춘원이광수의 정당한 위치나 평가가 결정되는 것은 적어도 30년 뒤, 50년 뒤의 일이리라.

나 같은 사람은 간접으로 그의 문학적 선구의 혜택을 입었을 따름이요, 직접적인 사연(私緣)에 있어서는 이렇다 할 발언권도 없는 사람이다. (……) 다만 내가 하고 싶은 말은, 한 시대를 통해서 한 민족에게 그리 여하고 결론지어 버리는 그런 경솔은 제발 좀 삼가자는 그런 이야기이다.

이 글을 김소운이 발표한 때가 1952년이다. 그는 30년, 아니 적어도 50년 뒤면 춘원이광수에 대한 올바르고 정당한 평가가 내려지리라 기대했다. 하지만 김소운이 예상했던 50년보다 15년이 더 지난 오늘도 춘원이광수에 대한 이해보다 오해가 더 짙은 여전한 현실이 안타깝다.

춘원이광수는 말한다.

그렇다. 나는 떳떳했지만 방법이 달랐을 뿐이다. 나는 3만 8천 명이라는 민족의 엘리트를 구함으로써 민족을 보존하려고 친일을 한 것이다. 내가 지키며 살아왔고 내 자식들과 청소년들에게 가르쳐 온 내 인생의 좌우명은 무엇이었던가—참되자. 거짓이 없이 하자. 내 한 몸의 고락에 대한 염려를 버리자. 동포 인류를 사랑하자. 용서하여 저항하지 말자. 미워함과 성냄을 하지 말자. 평생에 내가 접한 사람이나 동물에게 힘 있는 대로 기쁨을 주자.

그는 이렇게 자신을 변명하면서 나름대로 순교자적 길을 걸었다. 이제 춘원이광수는 한 인간으로 돌아와 겸허하게 선다. 아내와 자식, 친지들을 위해 변명의 글을 쓰기로 마음먹은 것이다. 자신을 다시 한 번 죽이는 것이다. 그러나 이 또한 춘원에게는 다른 모습의 순교자적 희생이다. 춘원이광수에게 변명이란, 조금이라도 남아 있다고 믿은 명예를 버리는 또 하나의 죽음이므로.

춘원이광수의 성격만큼 복잡하고 겹겹이 쌓여 있어서 들여다보기 어려운 성격도 드물다. 그에게는 이성적이기보다는 감성적이고 즉흥적인 면이 더 많다. 그의 결심이나 결정을 내리는 배경에는 언제나 순교자적인 면과 '나만이라는' 자기 과만 또한 함께 존재한다. 그 밑바닥에는 끊임없이 인정 받으려는 기대와 자기 능력을 드러내 보이려는 멈추지 않는 욕구가 있다.

한 철학자는 말했다. "자기 존엄성과 가치를 인정 받기 위한 끝없는 투쟁은 의식의 숙명적인 존재방식이다." 춘원의 의식에서도 이는 예외가 아니었다. 그는 틀림없이 천재성을 지녔으나 우리와 다를 바 없는 인간이었다. 그럼에도 나는 그에게서 늘 일관된 행동방식, 곧 참되리라 정직하리라 애쓰는 춘원이광수를 발견하게 된다.

광복회장 김우전·불문학자 김붕구의 춘원을 위한 변명

일제강점기 끝 무렵 이광수는 과연 무슨 생각을 하고 있었을까? 학병 지원 권유가 한창이던 때 일본 교토에서 춘원의 강연을 들었다는 인물의 인터뷰 기사가 〈조선일보〉(2014. 10. 19.)에 실렸다. 그는 그때에는 조선의 독립은 어느 누구도 상상할 수 없었다며, 문학자로서의 춘원이광수를 다시 평가해야 한다는 절절한 호소를 했다. 이렇게 호소한 92세의 김우전(金祐銓)이 광복회 회장이었다는 사실은 참으로 놀랍다. 광복회는 독립운동가와 그 유족 7천여 명이 회원으로 가입된 대표 단체로서, 대한민국 정부 수립 뒤 '친일파'가 제대로 청산되지 않아 한국의 역사가 왜곡되었다고 주장하며 오늘날도 대일 협력자를 규탄하는 단체이다.

소년시절부터 춘원이광수의 작품을 즐겨 읽었다는 김우전은 그때 리츠메이칸(立命)대학 학생이었다. 이광수는 "당신들이 희생하고 공을 세워야 우리 민족이 차별을 안 받고 편하게 살 수 있다. 조선민족을 위해서 전쟁에 나가라"는 내용의 연설을 했고, 이 연설을 들은 김우전은 이광수가 민족의 생존을 위해 깊게 고민한 진실을 느낄 수 있었다고 한다. 학병 지원 마감일이 지나 대학이 문을 닫자 조선으로 돌아온 김우전은 일본군 사령부까지 찾아가 학병에 지원을 한다. 그 뒤 전선으로 보내졌으나 탈출해 중경(重慶)에서 대한민국 임시정부 주석 김구의 비서가 된다.

그 시절 도쿄에서 춘원이광수의 강연을 듣고 유학생 신분으로 그의 숙소를 찾아가기도 했던 불문학자 김붕구(金鵬九) 서울대 교수는 자신의 논문 〈신문학 초기의 계몽사상과 근대적 자아〉(1964)에서 "춘원이광수의 애국과 민족주의 사상에 티끌만큼도 위선은 없었다"고 썼다. 그러나 바로 그렇기 때문에 그에게 춘원이광수는 "건드리면 신경성의 어떤 아픔을 일으키는 상흔(傷痕)"이었다. 상처의 근원을 '민족주의'에서 찾았던 김붕구 교수는 춘원이광수가 평생 '민족의식'이라는 병을 앓고 있었다고 진단했다.

육당, 춘원 두 분을 두고는 내 견해를 이렇게 학생들에게 말했다.
"종두라는 게 있지요. 균종을 일부러 옮겨서 부스럼을 만들고, 나중에는 커다란 흉터가 생기고 하지만, 그 종두 덕분으로 육체 하나가 병을 모면하는 겁니다. 민족을 배반했느니, 절개를 굽혔느니 해서 육당, 춘원 같은 분이 지금 본국에서도 비난의 초점이 돼 있지만 그분들이 여러분만치 이 백성, 이 민족이 조국을 사랑하지 않았다고는 행여 생각하지 마시오. 그분들은 이를테면 종두의 역할을 하고 있는 겁니다. 그릇된 시대의 열병 속에 있는 민족 전체를 대신해서 부스럼이 되고, 화농하고 한 희생자들입니다……."

춘원이광수를 판단하기 전에 우리는 3만 8천 명에 이르는 엘리트를 모조리 죽이려고 했다는 일본 정부의 계획이 진실인지를 밝혀내야만 한다. 해방되고도 반세기가 더 지난 오늘까지 속수무책의 방관과 무관심으로 일관해 온 데 대해 우리는 마땅히 부끄러움을 느껴야 한다. 이를 밝히는 일은 우리 의무이자 책임이다.

〈민족개조론〉 논쟁

이중오 박사는 〈민족개조론〉을 둘러싼 논쟁, 곧 인간 춘원이광수, 문학인 이광수, 선각자 이광수를 바라보는 심리학적 관점으로 접근하는 세 가지 방법을 제시한다. 첫째, 텍스트 자체로 직접 들어가는 길이다. 둘째, 오늘의 춘원에게 돌려지는 역사적 평가를 가지고 그 텍스트에 들어서는 중간 길이다. 셋째, 숨겨진 먼 길, 아마 춘원이광수가 몸소 자신의 발자취를 남기며 걸어갔으리라 생각되는 〈민족개조론〉으로 들어서는 길이다.

이 중에서 가장 많은 이들이 몰리는 곳은 두 번째 길이다. 거의가 갑론을박하며 춘원이광수의 공과를 다툰다. 그러나 이 길에서 얻게 되는 성과는 우리에게 실망을 줄 뿐이다. 첫째 길은 찾는 이가 적어서인지 거칠고 메말랐으며 무성한 잡초만이 나그네 발길을 붙잡는다. 마지막 길은 전문 연구자들에게도 알려지지 않은 좁은 길이다. 나는 이 첫 번째와 세 번째 길을 걸어서 〈민족개조론〉에 다가서고 싶다. 이제 흥미로운 동화 한 편이 떠오른다.

낙타의 이빨이 몇 개냐를 두고 몇몇 학자들이 갑론을박하고 있었다. 한 이름 높은 학자는 12개라 우기고, 다른 저명한 학자는 24개라 고집을 부렸으며, 또 다른 석학은 28개라고 열을 올렸다. 나머지 학자들도 저마다 20개다, 40개다 하며 한나절 동안 다투었다. 이를 지켜보던 하인이 낙타를 데려다가 이빨을 세어주면서 "모두 46갠데요"

말한다. 하인은 자신의 이런 행동이 그 학자들의 부질없는 논쟁을 끝내줄 줄 알았다. 그러나 학자들은 이제 그 낙타의 이빨이 잘못되었다고 떠들어댔다. 누구는 2개가 빠졌다 하고, 누구는 10개나 빠졌다고 하고, 또 누구는 5개가 더 붙은 기형이라 주장했다. 실증적 증거로써도 끝내지 못하는 형이상학적 관념론은 있다. 하지만 학자들이 이러한 형편에 이르면 정신과 의사들의 도움이 필요한 상황이라 진단하지 않을 수 없다.

또한 증거 으뜸주의만이 최선은 아니다. 물론 이는 세 번째의 길, 그 먼 길을 돌아서 다가가려는 〈민족개조론〉을 증거 없는 추측이나 상상만으로 주장하겠다는 뜻은 아니다. 여기서 나를 이끄는 것은 두 가지이다. 하나는 춘원이광수의 한결같은 정직성에 대한 신뢰감이고, 다른 하나는 춘원이광수가 1936년 그의 나이 마흔다섯에 쓴 픽션(허구) 같은 논픽션(실화)이자 논픽션 같은 픽션인 《그의 자서전》에서 얻은 이광수의 행적에 대한 믿음이다.

《그의 자서전》은 그가 스물네 살 때 러시아를 떠돌아다니면서 만났던 엘렌과 미아가리트라는 두 여성과의 편력을 작품화한 것이다. 이광수가 이 글에서 중점을 둔 것은 두 여인을 안전한 곳으로 데리고 가면서 겪어야 했던 애정 행각보다는, 그가 몸소 보고 느꼈던 조선인의 생활 모습이었다. 이때의 경험과 통찰로 시작되는 〈민족개조론〉의 뼈대는 우리 민족성의 약점을 가차없이 비판하고 개조함으로써 새로운 번영 시대로 나아가기 위함이 아닌가. 문제는 이 〈민족개조론〉의 뿌리가 된 생각이 이미 그의 의식 한구석에 깃들어 있었다는 사실이다. 내가 이를 자세하게 소개하는 까닭은 다른 데에 있지 않다. 〈민족개조론〉의 구상이 춘원이광수의 나이 스물넷 즈음 이루어진 것이라는 믿음을 정당화할 수 있다면 그의 삶에 낙인, 또는 숙명처럼 따라다니는 친일 행적에 관련된 많은 비난을 '원인 실효'로

묶어서 내다 버릴 수도 있기 때문이다.

그의 〈민족개조론〉은 한낱 교육자요 글 쓰는 문사에 지나지 않았던 춘원이광수가 처음으로 역사 속에서 자신의 사명을 날카롭게 깨닫도록 해주었던 체험의 한 산물이다. 머나먼 유라시아 대륙을 거쳐 아메리카 대륙까지 다다르는 꿈을 꾸며 러시아로 갔던 갓 스무 살 넘은 한 비운의 천재가 문화 충격 속에서 조국의 앞날을 걱정하다가 떠올린 생각이었으리라. 그즈음 그가 뼈저리게 겪은 것은 동포들의 서로 다른 두 가지 삶이었다. 첫째는 가난 속에서 비참하게 살아가는 일반인들의 처지, 둘째는 조국을 해방하려는 지도자들이 갈기갈기 찢겨서 이전투구(泥田鬪狗)하는 모습이었다. 이러한 생각에 뚜렷한 윤곽을 그려 나가며 그의 사상 또는 이상으로 열매 맺도록 이끈 사람이 도산 안창호였다. 춘원은 1년쯤 안창호와 함께 지내면서 숱한 대화를 나누고 토론을 벌인 결과 그의 점진적 개혁사상이 동포를 이끌어 나갈 수 있는 가장 합리적인 운동 방향이라 굳게 믿게 된다.

결론적으로 〈민족개조론〉이 러시아 유랑시절에 떠올린 착상이며, 그의 정신적 대부였던 도산 안창호의 영향권 안에 놓였을 때의 사상적 산물이라고 본다면 조선총독부가 사주한 집필이며, 친일 반역을 담보하는 매명(買名)과 곡학아세(曲學阿世)의 표본이라는 등 그의 〈민족개조론〉을 겨냥한 모든 비난은 근거를 잃게 된다. 춘원을 사로잡은 서구 동경은 그의 의식 안에서 더욱 복잡한 굴곡을 만들며 삶의 고비마다 맞는 중대한 의사 결정 순간에 선택을 간섭해 온다. 춘원이광수의 서구 동경은 한꺼풀 꺾인 일본 동경으로, 이러한 동경 대상의 동일화에 대한 자기저항이 다시 서구 배척과 일본 배척으로 서로 맞서며 그의 복잡한 정치감각을 만들어 가는 것이 아니었을까.

〈민족개조론〉의 바탕에는 두 가지 서양 사상이 흐른다. '하나는 기독교 사상, 다른 하나는 다윈의 진화론'이다. 이광수는 이 사상의 발원지가 상해 흥사단운동 지도자 도산 안창호임을 머리글에서 밝힌다. 그는 프랑스 문화인류학자이며 사회심리학자인 귀스타브 르봉의 이론에 따라 우리 민족의 특성을 바꿀 수 있는 것과 그렇지 않은 것으로 나누고, 변할 수 있는 특성이 조선 왕조에 들어와 나쁘게 굴절되어 왔음을 크게 탄식하고는, 그 굴절된 양상을 숨김없이 지적하고, 우리 민족이 목적의식적으로 앞선 민족으로 진화해 나가기 위해서는 바람직하지 않게 바뀌어 버린 민족성을 다시 새롭게 개조해 나아가야 한다고 역설한다.

　　나는 많은 희망과 끓는 정성으로 이 글을 조선민족의 미래가 어떠할까, 어찌하면 이 민족을 현재의 쇠퇴에서 건져 행복과 번영의 장래에 인도할까 하는 것을 생각하는 형제와 자매에게 드립니다. 이 글의 내용인 민족개조의 사상과 계획은 재외동포 중에서 발생한 것으로서 내 것과 일치하여 마침내 내 일생의 목적을 이루게 된 것이외다.

　　나는 조선 내에서 이 사상을 처음 전하게 된 것을 무상한 영광으로 알며, 이 귀한 사상을 선각한 위대한 두뇌와 공명한 여러 선배 동지에게 이 기회에 또 한 번 존경과 감사를 드립니다.

　　원컨대, 이 사상이 사랑하는 청년, 형제자매의 순결한 가슴속에 깊이 뿌리를 박아 꽃이 피고 열매가 맺어지이다.

　　　　　　　신유 십일월 십일일 태평양회의가 열리는 날에 춘원.

춘원이광수의 친일 행적을 문제 삼는 이들에게는 '변언'부터 문제가 된다. 그러나 그때 이광수가 조국에 돌아옴으로써 '변절자 춘원'이라는 소문에 휩싸여 있었다는 현실을 감안하더라도 이 변언에서 나라 밖 지사들이 이광수로 하여금 이 글을 쓰도록 종용한 흔적은 찾아볼 수 없다.

〈민족개조론〉을 발표할 즈음에는 춘원에게 힘을 실어줄 만한 지지층이 없었다. 그 주위에는 사회주의자들, 보수적 기득권층, 그저 무위도식하는 식자들과 여전히 사리에 어두운 민중들이 있을 뿐이었다. 엘리트 양성론을 내세우는 춘원이광수의 주장에 사회주의자들이 찬성할 리 없었다. 이미 그의 소설과 논설을 통해 비친 낡은 풍습을 깨뜨려 버리자는 소신이 보수적 기득권층에게 반가울 리 없었다. 뿐만 아니라 지식인으로서의 역할을 강조하는 그의 논조는 그저 우쭐함에만 빠져 있는 식자층에게 한낱 도발적인 제안쯤으로 여겨졌으리라. 게다가 하루하루 입에 풀칠하기 바쁜 무지한 민중에게는 민족이니 국가니 하는 말이 자기들과는 아무런 상관없는 관념으로만 들렸으리라.

여기서 재외동포란, 그즈음 상해에 머물던 춘원의 정신적 지주 도산 안창호와 그가 이끄는 흥사단 조직을 이른다. 〈민족개조론〉을 쓰기 전 〈독립신문〉 논설에서도 주장했듯이 춘원 또한 이미 도산과 같은 생각을 하고 있었다. 자기 생각과 나라 밖 동포의 생각이 맞아떨어진다는 점을 들어 자신의 논조에 힘을 실어보려는 의도는 '권위에 대한 호소'라는 오해로 비판할 수 있을지 모른다. 따라서 세계로 나아간 안창호의 사상이 국내파라 할 수 있는 이광수와 일치한다고 썼음에 대한 반이광수파의 심정적 비판이라는 점도 이해할 수 있다. 우리는 한 예술가에게서 예술적 천재성과 정치적 통찰력을 함께 기대할 수도 있었으리라.

춘원이광수는 역사적으로 민족개조운동이라 일컬을 수 있는 사례를 늘어놓으면서 그 실패 원인의 예를 들고 있다. 갑신정변 이래 조선개조운동의 성과와 실패 원인을 분석하면서 단체의 조직 운영이 반드시 필요하며, 조선민족이 쇠퇴한 근본 원인을 도덕성의 무너짐에서 찾으면서 조선을 개조하려면 도덕과 정신 개조가 근본임을 부르짖는다.

춘원이광수가 아픔과 열정으로 써 나아간 글을 '자기 민족의 저능성을 밝히기에 신바람이 났던 꼴'로 표현하는 춘원 비판자들의 어휘는 그저 우리를 슬프게 한다. 그들의 그런 주장들이 설득력을 얻으려면 이광수가 받아들인 제국주의 학자들의 민족성 이론 가운데 어떤 점이 진리가 되기에 취약하며, 오로지 식민지 지배 방식을 논리화한 것에 지나지 않은지를 반박하는 일이 먼저 이루어졌어야 한다. 춘원이광수는 절대로 한국민족의 저능성을 논증하기에 신바람을 내지 않았다. 그는 우리 민족성의 바람직한 면과 그렇지 못한 면을 진실하게 드러냄으로써 왜 우리 민족이 바르지 못한 성격에서 벗어나야 하는지 밝혀주고 있을 뿐이다.

춘원이광수가 〈민족개조론〉에서 고서들의 인용과 현실에 대한 반성을 바탕으로 보여주는 한국민족의 근본적 성격은 '너그러움, 박애, 예의, 청렴하고 결백함, 자존, 용맹함, 쾌활'이며, 이러한 성격이 잘못 발휘되어 나타나는 결점으로 '허식, 게으름, 비사회성, 경제적 쇠약, 과학 부진' 등을 들고 있다.

그는 우리 민족의 부정적 측면만이 깊이 새겨져 있을 독자들에게 "만일 그렇다 하면 우리는 실망에만 빠지게 됩니다. 민족성의 개조란 불가능이 아닐까 그런 의혹이 생깁니다" 말하면서 크나큰 반론을 받아들이고 있다. 독자들을 위해서 이광수는 가장 낮은 전제에서 설득을 시도한다. 이른바 제국주의 학자의 식민 지배 합리화를 위한 이론의 전제를 인정하는 선에서 출발한다 하더라도 조선민족성의 개조는 반드시 이루어질 수 있음을 논증하려 민족에게 절절히 호소한다.

만일 민족의 근본적 성격도 변할 수 있는 것이라 하면 다시 말할 필요가 없거니와 르봉 박사의 설과 같이 민족의 근본적 성격은 불가변의 것이라 하고, 민족을 개조할 방법을 연구해 보는 것이 필요합니다. 여기는 두 가지 경우가 있겠습니다. (1) 근본적 성격은 좋지만 부속적 성격이 좋지 못한 경우와 (2) 근본적 성격 자신이 좋지 못한 경우……

춘원은 먼저 (2)의 경우에서도 바꾸어 나갈 길이 있음을 밝힌다. 그리하여 우리 민족은 (1)에 해당함을 주장하면서 개조 가능성이 참으로 풍부한 민족임을 강조한다. 앞서 말했듯 그가 고전들을 내세우며 지적하는 조선민족의 근본적 성격은 아래와 같다.

남을 용서하여 노하거나 보복할 생각이 없고, 친구를 많이 사귀어 물질적 이해관계를 떠나서 유쾌하게 놀기를 좋아하되, 예의를 중히 여기며 자존하여 남의 하풍(下風)에 입(立)하기를 싫어하며, 물욕이 적은지라 악착한 맛이 적고 유장(悠長)한 풍이 많으며, 따라서 상공업보다 문학, 예술을 즐겨하고, 항상 평화를 사랑하되 일단 불의를 보면 '투사구지(投死救之)'의 용기를 발하는 사람이외다.

무실과 역행

이러한 민족성이 갖는 결점으로 허위와 게으름과 사회성 부족, 경제적 쇠약과 과학의 부진을 들면서 춘원은 이러한 요소가 '조선민족을 오늘의 쇠망으로 이끈 원인'이라 분석한다. 이 민족성의 모습은 춘원이광수로 하여금 민족개조의 가능성과 무난함을 확신케 한다. 그다음은 이러한 민족개조를 어떻게 실천해 나아가야 하는가 그 구체적 제안을 하고 있다. 춘원이광수는 구체적인 개조 내용을 8개 항목으로 말하는데 이를 줄이면 덕(德), 체(體), 지(知)의 삼육(三育)과 부의 축적, 사회봉사심의 갖춤이라 할 수 있다. 민족개조 내용의 뿌리가 되는 사상은 이른바 무실(無實)과 역행(力行)이라 할 수 있다.

무실이란 무엇이나 거짓말을 말자, 속이는 일은 말자, 말이나 일에 오직 참되기를 힘쓰자 함이요, 역행이라 함은 공상을 말자, 공론을 말자, 옳은 일이라고 하여야 할 일이라고 생각했거든 말했거든, 곧 행하기를 힘쓰자 함이외다.

나아가 그는 무실과 역행과 사회봉사심으로 축약되는 민족개조의 이상을 이룰 구체적 방법으로 '동맹'의 중요성을 강조한다. 이렇듯 개조 가능성이 충분하고 구체적 대안이 있음에도 그즈음 춘원이광수가 몸소 뼈아프게 겪은 조선민족의 현실은 민족의 저력과 가능성을 제대로 펴보지도 못한 채 쇠퇴의 길을 걷다 마침내 백척간두 위기에 내몰리게 되었다는 것이다. 그는 결론에서 조금 거센 어조로 구체적인 민족개조의 실천으로 나아가자고 외친다.

나는 차라리 조선민족의 운명을 비관하는 자외다. (……) 우리는 과연 순치 못한 환경에 있습니다. 우리는 그 이상을 상상할 수 없으리만큼 정신적으로나, 물질적으로나 피폐한 경우에 있습니다. (……) 그러면 이것을 구제할 길은 무엇인가. 오직 민족개조가 있을 뿐이니 곧 본론에 주장한 바외다. 이것을 문화운동이라 하면 그 가장 철저한 자라 할 것이니, 세계 각국에서 쓰는 문화운동의 방법에다가 조선의 사정에 응할 만한 독특하고 근본적이요, 조직적인 방법을 첨가한 것이니 곧 개조동맹과 그 단체로써 하는 가장 조직적이요, 영구적이요, 포괄적인 문화운동이외다. 아아, 이야말로 조선민족을 살리는 유일한 길이외다.

〈민족개조론〉을 하나의 텍스트로서 접근하는 한 어떤 친일의 흔적도, 제국주의 앞잡이의 혐의도 찾아낼 수 없다. 그런 점은 오직 결론적으로 친일이라는 색안경을 썼을 때 비로소 채색되어 나타날 뿐이다. 〈민족개조론〉은 그 자체로서는 문제가 없는 논문이다. 진정 조국을 사랑하는 우국지사라면 마땅히 쓸 수 있는 내용으로 일관된다. 예컨대 춘원 대신 도산 안창호라는 이름으로 이 세상에 나왔더라면 이 논문은 오늘 다른 운명을 맞았으리라. 물론 한 텍스트는 그것이 놓이는 역사, 사회, 정치, 심리적 맥락 위에서 정밀하게 분석되어야 한다. 하지만 그러한 환원주의는 한 텍스트가 고유하게 가지는 모든 가치를 무력화할 수 있는 미처 생각지 못한 모순을 뜻한다. 바로 이광수의 〈민족개조론〉이 그런 운명을 갖고 있었다.

춘원이광수는 〈민족개조론〉에서 일본의 메이지유신에 대한 견해를 이렇게 밝히고 있다.

메이지 천황을 중심으로 기도 다카요시, 오쿠보 도시미치, 사이고 다카모리 등 모든 정치가, 후쿠자와 유키치, 스기우라 주고 같은 새로운 사상가와 교육가, 가토 히로유키, 이노우에 데쓰지로, 미야케세 쓰레이, 도쿠토미 소호, 다카야마 쵸규 같은 여러 사상가와 학자, 츠보우치 쇼요 같은 문사, 시부사와 에이이치 같은 실업가, 기타 무릇 신일본을 건설하기에 노력한 유력무명의 무수한 일꾼이 모두 5개조의 경문(警文)과 교육칙어를 종지(宗旨)로 한 한 단체의 단원이라고 볼 수 있는 것이외다. 비록 어떤 특정한 명칭을 가지지 아니했지마는 그 중심인물이 마침 국가 주권자였기 때문에 대일본제국이라는 국가의 명칭하에 민족개조 사업을 진행한 것이지마는, 그 뜻이 같고 중심인물을 통하여 나오는 명령에 복종하여 조직적으로 민족개조의 대사업을 경영한 점으로 단체사업이라고 할 수 있는 것이외다.

1920년대 춘원이광수의 일본비판은 매우 민족주의적이지만, 그 뒤로 '친일'을 포함한 삶과 사상을 오로지 민족주의라는 시각에서만 바라보아야 할지는 의문이다. 괴테가 일반 독일인들과는 달리 '적국'인 프랑스를 미워하지 말고 두 나라 가운데 어느 쪽이 더 높은 문화에 이르는가로 판단해야 한다고 하여 '비(非)독일적'이라 비난받았던 사실을 떠올릴 필요가 있다. 어느 누구나 일생 동안 일관된 논지나 신념을 갖추기는 힘들고 오히려 위인일수록 여러 모순된 점들을 안고 있다는 사실도 기억해야 할 것이다. 특히 한국인의 동질사회 속에서의 흑백논리는 오늘날 다문화적 다원사회에서 극복해야 할 사고방식과 생활원리로 받아들여진다. 다양한 모순의 포용, 관용과 조화의 관점에서 새롭게 바라보아야 할 점들이 많다.

오늘날 친일파를 철저히 단죄해야 한다고 말하는 사람들은 흔히 프랑스를 예로 든다. 프랑스가 그런 부역자들을 철저하게 응징했으며 그 덕분에 프랑스 사회가 바로 섰으니, 우리도 그 사실을 본받아야 한다는 주장을 곧잘 편다. 그러나 시인이자 소설가이며 평론을 쓰는 복거일은 이는 역사적 사실과는 거리가 먼 주장임을 지적한다. 그는 먼저 제2차 세계대전에서 패전한 프랑스가 독일의 통치를 받은 일과 조선이 일본 통치를 받은 일은 근본적으로 성격이 다르다고 말한다. 1940년 6월 독일군이 파리를 점령하자 프랑스는 독일과 휴전했고, 휴전 협정에 따라 흔히 '비시 정부(Vichy regime)'로 불리는 '프랑스 국가(État Français)'가 세워졌다. 독일군이 파리에서 물러난 것은 1944년 8월이었다. 프랑스가 독일군에게 점령당했던 기간은 4년 남짓이다. 그러나 일본이 조선을 지배했던 기간은 40년, 거의 반세기에 이른다. 시간적 규모에서 이렇게 큰 차이가 나는 두 경우에 근본적으로 다른 성격을 부여할 수밖에 없다고 복거일은 말한다.

또한 지배의 근본 성격도 달랐다. 독일은 프랑스를 군사적으로 점령했고 공식적으로는 프랑스를 식민지로 합병하지 않았다. 독일과 맺은 휴전 협정으로 비시 정부는 명목상 독일 프랑스 영토 전역과 해외 식민지들을 다스렸고(예외로 독일과 프랑스가 오랫동안 영유권 다툼을 벌여온 알자스와 로렌은 독일에 넘겨짐) 남부 지역은 초기엔 독일의 간섭을 받지 않았다. 더욱이 비시 정부는 10만 명의 육군 병력과 매우 강력한 프랑스 해군 전부를 보유하도록 허용되었다. 그러나 일본은 공식적 조약에 따라서 조선을 병합하고 통치했으며 이런 병합과 통치는 세계 모든 나라들에 공식적으로 인정을 받았다.

전후 처리 문제도 근본적으로 달랐다. 드골이 이끈 프랑스 임시정부는 1944년 9월 비시의 '프랑스 국가'를 폐지한다 선언하고 "법적으로 프랑스공화국은 존재하기를 멈춘 적이 없었다"고 주장했다. 그리고 이런 주장은 연합국들에 의해 받아들여졌다. 그러나 일본의 조선 병합은 어떤 강요된 요건들을 갖춘 조약으로 이루어졌고, 다른 나라들의 승인을 받았으며, 해방 뒤에도 대한민국 정부에 의해 그 효력이 공식적으로 부인되지 않았다. 프랑스 임시정부와는 달리, 우리 대한민국 정부는 "법적으로 대한제국이 존재하기를 멈춘 적이 없었다" 선언하지 않았고, 3·1 독립운동의 이념을 따르고 그 뒤에 발족한 상해 임시정부의 법통을 이었다고 헌법에 명시했다. 이렇게 함으로써 1910년에 나온 한일병합조약의 효력을 묵시적으로 인정했으며 조선총독부의 통치가 실질적으로만이 아니라 법적으로도 효력을 지녔음을 부정하지 않았다.

해방 과정 또한 근본적으로 달랐다. 드골이 이끈 '자유 프랑스' 세력은 그리 크지 않았지만 일단 연합국 일원으로 인정받았다. 따라서 프랑스는 스스로 독일을 물리쳤다고 주장할 수 있었다. 이와 달리 일본의 식민 통치 종식은 일본과 전쟁에서 이긴 미국이 한반도 남쪽을 일본제국의 일부로 간주해 군사적으로 점령함으로써 이루어졌다. 미군정 당국은 일본의 조선에 대한 식민 통치를 합법적이라고 인정했다. 이런 사정으로 미루어 '친일행위'라고 불리는 행위들이 실은 '친체제적 행위'로 규정되어야 함을 또렷이 드러내 주며, 친일 행위들과 친일파에 대한 심판이 프랑스의 경우와 똑같을 수 없다는 점을 일깨워 준다.

또한 복거일은 프랑스가 전후에 나치에 협력한 부역자들을 철저하게 가려내서 응징했다는 주장도 사실과는 거리가 멀다고 지적한다. 어떻게 정의하더라도 부역자들로 규정될 사람들이 너무도 많았고, 거의 모든 프랑스 사람들은 정복자 독일이 강요한 질서를 받아들였기에 적어도 수동적으로 부역한 셈이었다. 굳이 독일에 적극적으로 협력한 부역자들을 들자면, 대부분의 사람들은 비시 정부에 참여한 사람들을 가장 먼저 꼽는다. 그러나 프랑스에서 비시 정권에 참여했다는 사실만으로 '친독파'로 분류되어 형벌을 받은 경우는 결코 많지 않았다. 오히려 비시 정권에서 일했던 관리들도 고위 관리들은 그동안 쌓아온 전력 때문에 전후에 별다른 불이익을 받지 않고 사회 활동을 했다. 전후 프랑스에서는 프랑스 사람들의 독일에 대한 협력 행위들을 거의 모두 숨긴 채, 유대인들에 대한 박해가 전적으로 독일 비밀경찰이 수행했다는 '신화'에 매달린 채 '저항운동'의 규모와 드골이 이끈 '자유 프랑스' 정부의 활약을 터무니없이 부풀리는 역사 미화 작업이 진행되었다.

왜 친일파로 분류된 사람들에 대해서는 그들이 조선 사회를 위해서 한 일들은 모조리 무시하고 그들의 친일 행위만을 고려해야 하는가? 이런 태도가 안고 있는 문제점은 춘원이광수에 대한 평가에서 아주 뚜렷이 드러난다. (⋯⋯) 춘원이 도쿄 2·8독립선언에서 비롯된 3·1운동에서 선도적 역할을 했고, 상해 임시정부의 출범에서 중요한 역할을 한 것은 분명하다. 그런 활약은 무척 큰 업적이다. 3·1운동과 상해 임시정부가 없었다면, 20세기 전반의 우리 역사는 얼마나 초라했을까? 춘원이광수의 행적을 평가할 때, 이렇게 크고 중요한 업적을 전혀 고려하지 않는다는 것이 어떻게 정당화될 수 있을까?　　　　　　　　　　　　　　복거일《죽은 자들을 위한 변호》

춘원의 문학! 춘원의 민족! 춘원의 조국!

춘원이광수가 질곡의 시대가 아닌 평화스런 조국 환경에 태어나 문학적 재능을 오로지 글 쓰는 데만 쏟아부을 수 있었다면, 그의 문학은 작품의 양과 질에서 엄청난 성과를 남겼을 것이다. 춘원의 문학사상의 중심은 '사랑'이라 할 수 있다. 사랑은 그의 모든 문학작품에서 하나의 도덕률로 흐른다. 그리고 그 사랑의 질(質)이 문제이다. 그것은 '원수를 사랑하라'는 데 기원을 두고 '무저항'이라는 근대적 인도주의를 본보기로 한 것이어서, 현대문학에서와 같이 부정에 대한 저항이나 사회체제에 있어서 인간성 해방을 역사적 도덕으로 나아가게 하는 데는 어딘지 소박하고 낡은 느낌을 준다. 그의 작품 가운데 인간성 묘사가 가장 뛰어난《무명》도 글쓴이를 대변하는 듯 주인공의 지나친 도덕성이 오히려 독자들에게 강요하는 면이 있어서 어딘지 부자연스럽기까지 하다. 도덕적 근엄성, 남녀 사이의 윤리적 금욕성(禁慾性)은《흙》에서 시작되어,《사랑》에서 더 깊어진다. 이것은 춘원이광수의 주관적 기질과 외부적 사상성의 모순을 해결하지 못하는 데서 오는, 그의 인간과 문학의 근원문제라 할 수 있다.

 춘원이광수가 본받고 싶어한 예수의 은총, 석가모니의 자비, 그리고 민족애나 인류애 같은 크나큰 사랑은 개인적인 생명의 애착, 또는 남녀 사이의 애욕 같은 작은 사랑과의 갈등이다. 춘원은 물론 그 작은 사랑을 큰 사랑으로 넘어서려는 것을 자기 처신이나 작품의 도덕으로 삼으려 하지만, 그의 기질로 볼 때 이는 어려웠다. 이를테면 춘원이 상해에서 허영숙의 뒤를 따라 귀국한 사실 그 자체가, 적어도 드러난 사실로만 봐서는 작은 사랑 때문에 큰 사랑을 저버린한 예나 다름없다. 그 사랑은 진실이기에 잘못됐다고만 할 수는 없다. 춘원이광수에게 늘 문제가 되는 것은 그 진실을 억지로 숨기고 큰 사랑을 체면으로 내세우려 한 데 있다. 이런 모순을 김동인은 그의 《춘원연구》에서 지적한다.

 춘원에는 상반되는 두 가지 욕구가 서로 다투고 있는 것은 감출 수 없는 사실이다. '미(美)'를 동경하는 마음과 '선(善)'을 쫓으려는 바람이다. 이 두 가지의 상반된 욕구의 갈등! 악귀와 신의 경쟁! 춘원에게 존재하여 있는 악마적 미에의 욕구와, 의식적으로(오히려 억지로) 환기시키려는 선에 대한 동경, 이 두 가지의 갈등을 우리는 그의 온갖 작품에서 볼 수 있다. 그는 악마의 부하다. 그는 미의 동경자다. 그러면서도 그는 자기의 본질인 미에 대한 동경을 감추고 거기다가 선의 도금을 하려 한다.

 김동인은 춘원의 문학세계가 "인간적인 너무나 인간적인 성격"에서 비롯된다고 지적하는데, 이 말은 춘원의 인간과 문학에 대한 감성적 약점을 정확하게 드러낸 비평이라 할 수 있다. 그러나 그 커다란 상처가 눈에 띄면서도 다시 춘원이광수의 모습이 우리 신문학사상에 큰 별이 되어 빛을 던지는 까닭은 무엇일까? 그것은 사상의 풍부함에서 온다. 커다란 인간적 사상성이 이따금 위대한 작가가 자라는 토양이 된 적지 않은 예를 우리는 알고 있다. 단테, 밀턴, 괴테, 도스토옙스키, 톨스토이, 입센 모두 너무나 인간적 사상적인 배경에서 두드러진 존재들이다. 이는 작품에만 중점을 두고 보는 현대비평 이론과는 어긋나는 일이지만, 그것은 하나의 뚜렷한 세계문학사적 사실임에는 틀림없다.

춘원이광수에게 그 사상성이 충분히 신념화되고 직접 작품 도덕으로 주관화되지 못한 것이 약점이기는 하다. 그렇지만 춘원의 문학과 사상이 완전히 동떨어진 것은 아니며, 그 사상이 남녀 사이의 사랑문제와 억지로 맺어진 결혼을 빼고는 많은 경우에서 설득력을 지니고 있다. 무엇보다도 독자들이 춘원의 작품에서 깊은 감명과 감화를 받지 않는가. 예컨대 《무정》,《흙》,《사랑》,《무명》,《원효대사》 등은 모두 두 개의 사랑이 크게 부딪치는 장면들이지만 여기서 30퍼센트의 감점과 70퍼센트의 감명을 받는 데 인색할 수 없다. 이는 춘원이광수의 뛰어난 문학재능 덕분이기도 하다.

또 하나, 춘원이광수의 사상문학(思想文學)이 한국 신문학에서 높이 평가되는 까닭은 우리 신문학 작가들에게서는 거의 사상다운 지적(知的)인 교양을 지닌 사람을 찾아보기 어렵다는 사실 때문이라 할 수 있다. 그러한 사상적인 빈곤에 비하여 춘원의 깊고도 해박한 지식과 폭넓은 사상으로 포장된 풍요로운 작품세계는 우리 눈앞에 드높은 봉우리로 솟아 있다.

비평가 조연현에 따르면 춘원의 문학사상에는 최남선에게서는 볼 수 없는 혁명적 성질이 담겨 있다. 그것은 《무정》보다 10년이나 앞서 발표된 〈정육론〉에서 이미 그 첫 면모가 드러난다. 〈정육론〉은 감정교육 또는 정서교육을 주장한다. 이는 봉건적인 교육방법이었던 도덕중심 교육에 대한 비판이 그 전제가 되고 있다. 그즈음으로는 도덕교육보다 정서교육을 중시한다는 그 자체가 하나의 반항적인 이단성을 지닌 주장이 아닐 수 없다. 이것이 열여섯 살 소년의 사상이었다는 점에 유의할 필요가 있다. 조숙한 소년의 사상이 아니고서는 도저히 그러한 근대적 발언을 감행할 수 있을 만한 바탕은 어느 곳에도 자리 잡혀 있지 않았기 때문이다. 〈정육론〉을 발표하여 이단적인 반항아의 면모를 나타낸 춘원은 《무정》을 전후해서 쓴 〈자녀중심론〉으로 그의 혁신적인 풍모를 완전히 드러낸다.

조선서는 효가 최상의 도덕이었고 지를 승순함이 없었다. 부모가 생존하는 동안에는 자녀에게는 아무 자유가 없고 마치 전제군주하의 신민과 같이 부모의 임의대로 처리한 노예나 가축과 다름이 없었다.

이렇게 시작되는 〈자녀중심론〉은 아버지와 할아버지 중심의 옛 조선을 매섭게 비판하고 자녀 중심의 조선을 열정적으로 주장하며 다음과 같은 결론을 내린다.

우리는 지금까지 뒤만 돌아보는 생활을 하여왔다. 즉 선조만을 늘 앙모하고 부모만 중심으로 하는 생활을 하여왔다. 그러므로 선조의 유산(정신적으로나 물질적이나)은 선조의 분묘를 꾸미는 데에만 사용했고 자녀의 새집을 꾸미기에는 사용하지 못했다. 이리하여 우리는 여간한 유산을 말끔 선조의 분묘에 집어넣고 말았다. 그래서 이렇게 못살게 되었다. 그러나 이제부터는 우리는 앞만 내다보는 생활을 하여야 되겠다. 죽은 자는 죽은 자로 하여금 장사 지내게 하고 산 자 또는 살 자를 위하여 살게 하여야 되겠다. 우리는 우리 재산

(정신적으로나 물질적이나)의 전부를 우리와 우리 자손을 위하여서만 사용하여야겠고 필요하거든 선조의 분묘도 헐고 부모의 혈육도 우리 양식을 삼아야겠다. 조부가 오랫동안 우리에게 희생을 강구하여 온 것과 같이(그것은 부당하다) 우리는 이제 아버지와 할아버지에게 우리 희생되기를 강청하여야 하겠다. 이것은 정당하다.

오늘날에도 진보적 사상이라고 할 수 있는 이러한 주장을, 봉건적 인습과 사고가 지배적이었던 그 무렵에 부르짖었다는 사실은 참으로 놀랄 만하다. 춘원이광수의 이 주장이야말로 몇천 년을 두고 내려온 조선의 전통적인 가족제도나 사회윤리에 대한 최초의 공공연한 반역적 선언이었기 때문이다. 만일 이 발언이 이보다 10년 또는 20년 전에만 주장되었더라도 그는 그 무렵 사회에서 살아남을 수 없었으리라. 그러나 이미 시대는 바뀌고 있었다. 그렇기에 춘원이광수의 이 중대한 전통에 대한 반역은 하나의 선구적 혁명이 되었다. 춘원의 이러한 혁명적인 반역은 봉건성에 대한 비판과 부정으로써 행하여진 것이기도 하지만 뒤로 지나가는 역사보다 앞으로 닥쳐올 역사를 더 중시할 수밖에 없었던 그즈음 사회 현실과 미개한 민족에 대한 반발이기도 했다. 이는 소년을 시나 소설의 주인공으로 선택함으로써 조국의 앞날과 운명을 그들 신세대들에게 거는 신문학 운동의 중요한 한 흐름으로서 한결 더 적극적으로 발전되어 나아간다.

춘원이광수는 그 인간성이나 작품에서의 모순점, 김동인이 말한 춘원의 '감격성'과 '허영성(虛榮性)', 결점들을 모두 헤아리더라도 인간적인 행위, 특히 청년시절 대륙 방랑에서 겪은 그 커다란 인생 경험에 따른 해박한 지식의 무게, 작가적인 위치와 공로를 총결산할 때 우리 신문학사에서, 한국 근세사에서 가장 우뚝 솟은 큰 산봉우리가 아닐 수 없다.

고뇌하며 위장친일 조선독립

복거일은 그의 저서 《죽은 자들을 위한 변호》에서 친일의 소급적
평가 위험을 지적하며 이렇게 말한다.

조선사람들에게 식민지 조선은 '견딜 만한 지옥'이었다. 그리고 대
안이 보이지 않았으므로, 그들은 그런 '견딜 만한 지옥'을 자신들의
운명으로 받아들였고 그런 운명에 맞추어 살았다. 친일 문제를 다
룰 때, 우리는 이 점을 고려해야 한다. 안타깝게도, 그 점은 흔히 잊
힌다. 그래서 우리는 자칫하면 식민지 사회의 힘들고 굴욕적인 삶
을 살았던 당사자들의 처지에서가 아니라 우리 자신들의 처지에서
그들의 삶을 바라보고 평가하게 된다. 그런 소급의 위험은 우리 사
회가 민족주의에 깊이 젖었다는 사정 때문에 한결 커진다. (……) 일
본이 조선을 강점했던 시절에 일본의 통치를 받으며 살았던 사람들
의 판단들과 행위들을 평가할 때, 우리는 우리 생각과 안목이 일본
의 통치 아래 자라나고 다듬어진 조선의 민족주의로부터 깊은 영향
을 받았다는 사정을 고려해야 한다. 그런 사정에 마음을 쓰지 않으
면, 우리는 당시에는 존재하지 않았던 생각들과 기준들로 우리 선조
들의 삶을 거칠게 평가할 위험을 안는다.

정의된 친일 행위의 개념을 실제로 사람들에게 적용하여 친일파
를 가려내는 일에서 무엇보다 미묘한 문제는, 친일 행위를 했지만 동
시에 조선 사회의 발전에도 업적을 남긴 사람들의 경우이다. 오늘날
친일파로 불리는 사람들 가운데 적잖은 이들이 이 범주에 속한다.
이런 사람들을 우리는 어떻게 분류해야 하는가? 그들의 업적과 친

일 행위는 저마다 얼마만큼의 무게를 지니는가? 그들의 행위를 평가할 기준과 척도는 무엇인가? 그들의 업적과 친일 행위는 상쇄될 수 있는가? 상쇄될 수 없다면 어째서 그러한가?

친일파로 여겨진 사람들을 평가할 때, 그의 친일 행위만을 고려하고 그의 업적은 무시하는 관행에는 분명히 문제가 있다. 일반적으로 어떤 사람을 평가할 때, 우리는 먼저 그의 업적에 주목한다. 흠이 없는 사람은 없고, 심지어 흠이 없으면 바로 그것이 흠이라고까지 말하므로 우리는 먼저 업적을 평가하고 거기서 흠에 상당하는 부분을 덜어내어 한 사람의 삶에 매길 값을 헤아린다. 미국 경제학자 폴 새뮤얼슨(Paul A. Samuelson)의 마르크스에 대한 평가는 전형적이다.

사상사(思想史)와 현대 세계의 정치적 발전에서 마르크스의 중요성을 이루는 것은 그의 생각과 글들이다. 이들 생각에 비기면, 그의 성격에 관한 사실들은—프루동, 라살, 바쿠닌, 그리고 혁명운동의 다른 꿋꿋한 동지들과 다툰 것처럼, 그가 흔히 위압적이었다는 사실 같은 것들은—아무것도 아니다. 이사야 벌린이 그의 읽을 만한, 작은 전기 《카를 마르크스》 머리말에서 '19세기의 어떤 사상가도 마르크스만큼 인류에게 그리도 직접적이고, 의도적이며, 강력한 영향을 미치지 못했다' 말할 수 있었던 것으로 족하다. 그것이 고려되는 것의 전부이다. 그리고 그것이 우리가 그의 이야기를 충분히 듣고 그에게 공평한 판결을 내리는 일을 정당화하는 것이다.　　《경제학》

우리는 사람들을 평가할 때, 새뮤얼슨의 주장을 따른다. 사정이 그러한데, 왜 친일파로 분류된 사람들에 대해서는 그들이 조국을 위해 고뇌하면서 진력한 독립운동은 모조리 무시하고 그들의 위장친일만을 드러내려 하는가? 이런 태도가 안은 문제점은 춘원이광수에 대한 평가에서 특히 두드러진다. 춘원이 3·1운동에서 주도적인 역할을 했고, 상해 임시정부의 출범에서도 중요한 역할을 한 것은 분명하지 않은가? 이런 활약은 일제강점기라는 그때의 상황을 고려하면 오늘날에는 상상도 할 수 없을 만큼 매우 큰 업적이다.

사회를 위한 업적도 남겼고 친일 행위도 한 사람들에 대한 평가는, 그들의 친일 행위가 일본 식민 통치 당국에 의해 강요된 것이었을 때 더욱 어려워진다. 이미 여러 차례 살펴보았듯이 일본의 조선에 대한 식민 통치는 더할 나위 없이 전체주의적이었다. 그래서 주민들에 대한 통제는 모든 면에서 철저했고, 정책들에 대한 저항은 아주 작은 것들일지라도 용납되지 않았다. 정치 분야에서의 통제는 철두철미했으며, 조선사람들의 정치적 저항은 무자비하고 철저하게 짓밟았다. 그래서 조선사람들을 위해서 뜻있는 일을 해보겠다고 포부를 밝힌 지도자들은 거의 예외 없이 식민 당국에 의해 모진 박해를 받았고, 끝내는 전향해서 일본의 식민 통치를 따를 수밖에 없었다. 일제강점 아래 3·1운동을 이끈 지도자들 가운데 친일 행위를 한 사람들은 바로 이 경우에 속한다. 혹독한 고문을 견디지 못해서 전향서를 쓰고, 조선총독부의 시책들을 찬양한 사람들을 변절자로 여겨서 친일파라 매도하는 것이 과연 얼마나 정당할 수 있을까?

만해 한용운 조선총독에게 올리는 건백서

민족지도자로 부르는 만해(萬海) 한용운(韓龍雲)의 행적에서도 우리는 그런 사정을 읽을 수 있다. 《조선불교유신론(朝鮮佛敎維新論)》의 핵심적 사항인 불교 승려들의 결혼 문제를 해결하기 위해, 그는 융희 4년(1910)에 '중추원 의장 김윤식(金允植) 각하'라고 수신자를 밝힌 〈중추원 헌의서(獻議書)〉를 냈다. 이어 그해 9월에 '통감(統監) 자작(子爵) 사내정의(寺內正毅) 전(殿)'이라고 수신자를 밝힌 〈통감부 건백서(建白書)를 올린다. 여기서 우리는 만해가 낸 문서 이름이 '헌의서'에서 '건백서'로 바뀐 점을 눈여겨보아야 한다. '헌의'는 '윗사람에 의견을 엎드려 아뢴다'는 뜻을 지녔지만, '건백'은 '임금이나 조정에 의견을 아뢴다'는 뜻을 지녔다. 만해가 통감이나 통감부를 임금이나 조정으로 여겼다는 이야기다. 만해의 건백서 내용도 이런 추론을 떠받친다.

　엎드려 생각건대, 승려의 결혼을 부처님의 계율이라 하여 금한 것이 그 유래가 오래되었으나, 그것이 백 가지 법도를 유신(維新)하는 오늘의 현실에 적합지 않은 것은 말할 나위도 없는 일입니다. 만약 승려로 하여금 한 번 결혼을 금지한 채 풀지 않게 한다면, 정치의 식민과 도덕의 생리와 종교의 포교에 있어서 백해무익할 터입니다. 이것은 모든 사람이 다 말할 수 있는 일이라 꼭 그 도리를 밝힐 것까지는 없겠으나, 순서상 되풀이해 말해 두는 것이 좋을까 합니다. 불교와 연관시켜서 이를 말한다면, 그 깊은 진리와 광대한 범위는 참으로 결혼 여부로 손상시키든지 이익이 되게 할 바는 아닌 터입니다. 다만 부처님께서는 중생들이 미혹을 떠나 깨달음을 얻고 악을 고쳐 선을 행하도록 바라셨으나, 중생의 근기(根機)가 각기 달라서 한 방법으로 인도하실 수는 없으셨으므로, 형편상 부득불 천하에서 정을 제거하고 욕망을 끊어버린 사실들을 모두어 연설하셨던 것이니, 각기 좋아하는 바를 쫓아 인도하시고자 희망하셨기 때문이었습니다. 그렇다면 부처님의 계율에 있는 금혼(禁婚)은 본디 방편(方便 : 수단)의 하나에 불과한 것일 뿐, 불교의 궁극의 경지와는 거리가 먼 터이니, 이를 제한한들 어찌 손상됨이 있겠습니까.
　거기에다가 남녀 간의 욕심이란 지자(智者)·우자(愚者)에 공통되는 것이어서, 만약 일생 결혼하지 못하도록 금한다면 이 금혼으로 인해 폐단이 생겨서, 폐단은 자꾸 폐단을 낳아갈 것입니다. 실은 조선 승려들도 해금(解禁)이 낫다는 것을 모르는 바 아닙니다. 다만 하루아침의 말로 천년의 구습을 타파할 수는 없어서 마음 가득 의구심을 품고 해가 다 가도록 주저하고 있는 실정입니다. 저는 조정의 법령으로 금혼을 해제하고자 바란 까닭에 금년 3월에 전(前) 한국(韓國)의 중추원에 사실을 들어 청원한 바 있었습니다. 그러나 아직도 아무런 조처도 없고, 승려들의 의구심은 더욱 깊어만 가서 환속(還俗)하는 자가 날로 많아지고, 전도(傳道)가 날로 위축되어 가고 있으니, 속히 금혼을 풀어 교세(敎勢)를 보존하는 것과 어느 쪽이 낫겠습니까. 많은 수효의 승려로 하여금 태도를 바꾸어 결혼해 애를 낳게 한다면 그것이 정치·도덕·종교계에 영향 줌이, 생각건대 많지 않겠습니까. 이런 이유로 하여 이에 감히 소견을 개진하오니, 깊이 살피신 다음에 승려의 결혼금지 해제의 사실을 특별히 부령(府令)으로 반포하시어서, 대번에 천년의 누습을 타파하여 세상에 드문 치적을 이루게 되시기 바랍니다.

정치는 혁신함이 제일입니다. 이 일이 비록 작은 듯하면서도 사실은 중대한 일이니, 다행히도 빨리 조처하셨으면 합니다. 간곡히 기원해 마지않습니다.

메이지(明治) 43년 9월 일
통감 자작 사내정의 귀하
〈통감부 건백서〉

위의 글에서 만해는 '전(前) 한국'이라는 표현을 통해 한국은 이미 없어졌고 조선통감부가 실질적으로만이 아니라 법적으로도 정당한 정권임을 인정하고 있다. "특히 부령(府令)으로 반포하시어서, 대번에 천년의 누습을 타파하여"라는 표현에서는 만해가 조선통감부의 통치에 상당한 기대를 걸고 있었음이 드러난다. 아울러 오늘날 무슨 조치가 실효를 거두려면 '대통령 직속 기구'를 통해 일을 추진해야 한다는 주장이 흔히 나오듯, 승려 금혼 해제가 '통감부의 명령'을 통해 빠르고 효과적으로 이루어지기를 바라는 마음이 드러나서 흥미롭다. 1910년 9월이면 한일병합조약이 말 그대로 '잉크도 마르지 않은 때'였다. 그런 때에 훌륭한 민족 지도자 만해 한용운이 그런 건의를 일본의 식민 통치 책임자에게 올렸다는 사실은 그 무렵 조선인들의 현실 인식 모습을 충격적으로 드러낸다.

더욱이 만해 한용운은 중일전쟁에 조선민족도 황군과 함께 나아가 싸우자는 글을 쓰기도 한다.

지난 7월 8일 하북성(河北省) 노구교(蘆溝橋)에서 송철원(宋哲元) 휘하 제29군의 불법 사격으로 발단한 북지(北支) 사변은 일·중(日中) 2대 민족과 동양 평화, 나아가 세계 평화를 위하여 유감스레 생각하는 바이나 사태는 국민 정부의 세계 정태에 대한 그릇된 인식과 모일항일(侮日抗日)의 굴묘(掘墓) 정책으로 말미암아 날을 거듭해 악화일로를 밟더니 이제야 일지(日支)의 전면적 충돌을 부득이하게 하여 국지(局支) 해결 불확대 방침을 견지했는데도 불구하고 응징적 출사(出師)를 하지 않을 수 없는 국면에 이르게 되었다. 이는 제국이 원하는 바도 아니요, 또 국민 정부를 위해서도 불행한 사실이나 무릇 어떤 일국이 어떤 일국을 목표하여 배척·모멸의 정책을 걸고 그 국민을 교육하고 그 군병을 훈련하는 것은 그 동기의 여하를 물론하고 한 국가가 취할 길이 아니거늘, 또 일보를 양하여 대내적 여러 이유라는 의미에서 대국의 금도(襟度)로 묵시한다 하더라도 그것도 한도가 있고 정도가 있는 것이다.

은인자중의 극(極)은 철저 응징의 국(局)을 짓게 하여 남북 전지

(全支)에 뻗쳐 장병의 출정을 보게 되어 기대한 바의 전과를 얻고 있는 것은 국민과 함께 감사하는 바로, 정도(征途)의 장려(瘴癘)와 전지의 혹열(酷熱) 아래서의 장병의 심신 견고를 소원하는 동시에 후고(後顧)의 우려를 없이 하는 것은 이 총후 국민(統後國民)의 의무가 되지 않으면 안 된다. 더욱이 제국을 중심한 국제 정세는 미묘를 극하여 어떠한 전개를 장차 보일 것은 함부로의 예측을 불허하는 바이나 이 초비상 시국을 앞에 두는 오늘에 있어서 일본 국민으로서의 태도와 각오는 모름지기 시국에 대한 철저한 인식과 동양 민족의 장래에 대한 확고한 성찰에서 오직 귀납될 것이다. 그리고 현대 병기의 발달은 군략상·전법상 다대한 변화를 가져와서 전장(戰場)이 따로 없게 되어 전 영토에 확대되었으며, 전병(戰兵)이 따로 없게 되어 전 국민이 가담하게 되었으니, 후방 국민의 각오는 가일층 심각하여졌다고 하지 않을 수 없다. 그러므로 비상시국에 대한 정당 철저한 인식과 동양 평화에 대한 제국의 지위 사명을 잘 파악하여 안으로 민심의 통일을 기하고 밖으로 국위의 선양에 모자람이 없게 할 것이다.

《불교》 신(新) 제7집 1937년 10월 1일
〈지나사변(支那事變)과 불교도(佛敎徒)〉

만주신흥무관학교 학생, 만해를 총격하다

만해 한용운이 우당 이회영의 신흥무관학교를 찾아갔을 때, 학생들이 일본 밀정이 왔다며 만해에게 총격을 가한 사건이 일어났다. 신흥무관학교 학생들이 만해 한용운을 모를 리 없는데 총을 쏜 것이다. 한용운의 회상기는 물론, 우당 이회영의 아내 이은숙(李恩淑)의 자서전에 이 사건이 자세히 서술되어 있다.

우당장은 추지가에 땅 몇백 평을 사서 가옥이라고 그 추운 지방에서 조선 집 모양으로 5, 6간 지어 놓았다. 그나마 집 지으랴, 학교 간역하랴 바쁘기는 한이 없었다. 그래서 다 짓지도 못하고, 안방 간 반하고 학생들 있을 방 간 반을 들여놓았다. 만주를 오고 싶으면 미리 연락을 하고 와야지 생명이 위태치 않은 법인데, 하루는 조선서 산사 같은 분(만해 한용운)이 와서 여러분께 인사를 단정히 한다. 수삭을 유하며 행동은 과히 수상치는 아니하나 소개 없이 온 분이라 안심은 못했다. 하루는 그분이 우당장께 자기가 회환(回還)하겠는데 여비가 부족이라고 걱정을 하니 둘째영감께 여쭈어 30원을 주며 무사히 회환하라고 작별했다. 수일 뒤 그분이 동화현 가는 도중에 굴라제 고개에서 총격을 당했으나 죽지 않고 동화병원에 입원 치료 중이라 했다. 우당장께서 놀라셔서 혹 학생의 짓이나 아닌지 학생을 불러 꾸짖고 "아무리 연락 없이 왔지만 그의 행동이 침착 단정하거늘, 잘못하다 아까운 인재이면 어쩌하나" 십분 상심(詳審)하라고 당부하시던 것을 내 보았노라. 내가 정사년(1917)에 조선 갔을 때 무오년(1918)인 듯하나 하루는 우당장께서 안으로 들어오시며 미소를 띠고 나더러 "연전(年前)에 합니하서 소개 없이 청년 하나 오지 않았던가? 그분이 지금 왔어. 자기가 통화 가다 총 맞던 말을 하며 '내 생명을 뺏으려 하던 분을 좀 보면 반갑겠다'고 하니, 그분은 영웅이야" 하시며 "내 그때 학생의 짓이나 아닌가 하여 학생을 꾸짖지 않았소? 그러나 그분이 총을 맞고 최후를 마쳤으면 기미 만세(己未萬歲)에 〈독립선언서〉를 누구하고 같이 짓고, 33인의 한 분이 부족하지 않았을까?"

우당께서는 신흥무관학교(新興武官學校)를 필역(畢役)하시고, 자기 자택은 급한대로 방 세 개만 만들고, 계축년(1913) 정월 초순에 떠나 조선에 무사히 가시었으나, 어느 누가 있어 반기시고, 우선 미안하지만 주객(主客)이 비밀을 지키며 4, 5삭을 비밀히 묵으면서 동지들을 만나는데, 주야로 방에서 숨도 크게 못 쉬고 있었으니 오죽이나 미안하고 조심되셨으리요. 비록 윤복영 씨는 우당장이 사랑하시는 제자지만, 만주로 망명했던 위험한 분을 누가 좋다 하리요. 그러나 윤 씨는 백옥 같으신 신사이며, 그중에 효심이 출중했다. 우리 대고모님 고식(姑媳) 분도 구식 부인이지만 애국지사이다. 그러므로 여러 동지들의 칭송이 자자했도다. 속담에 '고삐가 길면 밟힌다'고, 아무리 주객이 조심해도 너무 시일이 오램에 염려되셨다. 나중에는 다른 동지 집으로 가서서 여러분께 연락하여 고종 황제도 간접으로 모시고 일반 운동을 하시며 시일을 보내셨다.

〈만해 한용운의 구사일생〉

사정이 이렇다고 해서 오늘날 우리는 만해 한용운을 친일파라 규정하는가? 오히려 시인이자 승려이자 독립운동가로서 '만해상'이 제정되어 세계적으로 그를 기리고 있지 않은가? 우리는 만해가 조선통감 데라우치 마사타케에게 건백서를 낸 사정을 이해할 수 있다. 조선 왕조 정부는 끝내 자기 혁신을 하지 못했다. 조선 왕조의 실패와 일본의 성공은 그들에게 조선조에 대해서는 절망과 체념을, 일본에 대해선 우려와 기대를 아울러 갖게 했다. 만해의 경우, 그가 승려였다는 사실도 물론 있었다. 일본 세력이 이 땅에 들어오기 전, 도성 안에는 절이 없었고 불교 승려들은 정치적·사회적·경제적으로 크게 차별받는 소외 계층이었다. 심지어 그들은 도성도 자유롭게 드나들지 못했다. 일본이 전통적으로 불교를 숭상했으므로 일본의 영향력이 커지고 갑오개혁을 거치면서, 조선의 불승들은 신분 상승을 비롯해서 여러 가지 적지 않은 혜택을 입었다. 아울러 일본에서는 왕정복고 뒤에 나온 개혁 조치들 속에 불승들의 육식과 대처를 허용하는 조치가 들어 있었다. 만해가 일본의 조선 통치에 많든 적든 일단 기대를 걸었던 사정이 바로 여기에 있었다.

앞에서도 말했듯이 가장 평가하기 어려운 것은 조선 사회를 위한 일들로 명망을 얻은 '민족지도자'들이, 조선인들에게 이로운 일이라는 확신 속에 친일 행위를 한 경우이다. 그 무렵 일본이 매우 강성했으므로 그들의 생각엔 조선이 일본의 식민 통치를 벗어나 독립하는 것은 가망이 없었다. 춘원이광수의 《나의 고백》에서도 이런 생각을 엿볼 수 있다. 그들이 깊은 고뇌 끝에 내린 결론은 정체성의 변환이 조선인들에게 열린 유일한 길이라는 것이었다. 즉 조선인들이 모두 완전한 일본 시민들이 되어서, '내지인'들의 차별 대우를 받지 않는 길이었다. 물론 그들의 생각은 뒤에 틀렸음이 드러났다. 그러나 그즈음엔 그들의 생각이 조선과 조선인의 앞날을 깊이 고민했던 거의 모든 조선사람들에게 마땅한 것으로 받아들여졌다.

일본이 '대동아공영권'을 부르짖었을 때, 그런 선전적 방안이 동아시아 국가들에서 꽤 큰 호응을 얻을 수 있었던 도덕적 기초는 바로 러일전쟁에서의 승리였다. 그 뒤로도 일본은 승승장구했다. 1910년엔 병합조약을 통해 조선에 대한 실질적 지배를 공식적으로 만들었다. 제1차 세계대전에선 일본이 승전국들의 대열에 합류해서 독일이 동아시아에 보유했던 이권들과 식민지들을 나누어 차지했다. 1930년대엔 만주를 경영하면서 중국 본토를 짓밟았다. 그리고 제2차 세계대전 초기엔 위세가 하늘을 찔렀던 독일 및 이탈리아와 '삼국동맹'을 맺었다. 미국에 대한 진주만 기습공격으로 제2차 세계대전에 참가한 뒤에는 동남아시아 전역을 점령하기도 했다. 그러나 일본이 그토록 융성하는 사이에, 조선의 처지는 갈수록 어려워졌다. 혹독하고 철저한 일본의 식민 통치 아래서 조선의 정치적·경제적·문화적 역량은 일본에 비해 점점 빈약해져만 갔다. 특히 지도력의 부재는 뜻

있는 민간운동조차 어렵게 만들었다. 일본의 식민 통치 당국이 조선인 지도자들을 너무나도 철저하게 탄압했으므로 조선 안에서 자생적 지도력이 나올 가능성은 없었다.

그렇다고 해서 나라 밖에서 독립운동에 기대를 걸기도 어려웠다. 해외의 조선인 독립운동 세력들은 처음부터 여러 갈래로 나뉘어서 역량을 한데 모으기도 힘들었다. 조선 독립운동가들은 만주, 중국 본토, 러시아 연해주, 미국 등지로 흩어진 데다가 계급과 지역과 이념으로 잘게 나뉘어져 서로 시기하며 싸웠다. 좌우익의 대결은 특히 처절했다. 가장 명망이 높았던 상해 임시정부마저도 참여 요인들의 상당수는 일본 정보기관의 첩자들이었다는 사실이 아프게 가리키듯, 해외 독립운동에 기대를 걸기는 어려웠고, 그래서 적잖은 독립운동가들이 조선으로 돌아와서 일본의 식민 통치를 받아들였다.

조선 지식인들이 품었던 조선독립에 대한 희망을 결정적으로 꺾어버린 것은 1920년대의 국제 정세였다. 1919년의 기미독립운동으로 희망이 한껏 부풀었지만, 그 운동은 조선 반도에서 엄청난 희생을 내고도 별다른 성과를 얻지 못했다. 그리고 큰 기대 속에 출범한 상해 임시정부는 뚜렷한 역할을 하지 못한 채, 출신과 이해와 생각이 서로 다른 세력들 사이의 분열과 다툼은 갈수록 더 심해졌다. 상황이 그토록 암담했으므로 1920년대, 특히 일본의 상대적 우위가 두드러졌던 1930년대부터는 조선이 일본의 식민 통치에서 벗어나 독립을 얻으리라는 믿음을 지닌 사람들은 드물었다. 그래서 조선 지식인들 가운데 많은 이들은 고뇌 끝에 절망적 결론을 내린 것이다. 이제 조선인들이 할 수 있는 일은 일본에 완전히 동화되는 것뿐이라고 말이다. 그렇게 해서 식민지의 처지에서 벗어나 '내지'와 똑같은 지위를 누리며 조선독립의 때를 기다리는 것뿐이라고. 1949년 2월 12일 마포 형무소에 갇힌 육당 최남선의 〈자열서(自列書)〉에 나온 구절을 보면 1930년대 끝 무렵과 1940년대 들어서며 더할 나위 없이 암울했던 시대에 덜 나쁘고 덜 어리석은 길을 고르느라 고뇌했던 식민지 지식 인들의 참담하고 처절한 번뇌를 엿볼 수 있다.

친일 행위는 보기보다 훨씬 복잡하게 얽힌 역사적 사건이다. 그리고 우리는 친일 행위를 한 사람들을 가려내어 친일파로 '기소'하고 '재판'하고 '처벌'할 법적·도덕적 근거를 충분히 지니지 않았다. 또한 우리가 친일 행위들을 단죄할 수 있는 법적·도덕적 권위를 가졌다 하더라도, 이제 와 그렇게 단죄하는 것이 우리 사회에 도움이 된다는 어떤 근거도 찾기 어렵다. 복거일은 일제강점기 역사를 다룰 때는 어느 모로 보나 친일 세력보다는 저항운동 세력에 초점을 맞추는 것이 합리적이라고 말한다. 저항운동에 몸을 바친 선각자들을 기리는 일은 법적·도덕적으로 아무런 문제가 없다. 독립운동가들 가운데 변변한 전기(傳記)를 가진 사람은 몇 되지 않는다. 그래서 독립운동가들은 거의가 무명 인사들로 남았고 오히려 친일파들이 유명해지는 희비극적 상황이 연출되었다. 친일 문제에 집착하는 사람들이 왜 항일독립운동에는 그리 소홀한가? 민족정기를 높이는 일이 시급하다면, 여전히 허술한 항일운동사 정립에 더욱 큰 힘을 쏟아야 하리라.

이것이냐! 저것이냐! 진실을 찾아서

사람에게 가장 큰 힘을 주는 것은 오로지 진실에 있다. 그 마음속에 한결같은 진심이 머물러 있다면 그는 그 진리의 힘으로 해내지 못할 일이 없을 것이다. 뙤약볕이 내리쬐는 오뉴월에 서릿발을 내리게 하였다는 전설적 이야기가 다 이를 말하는 것이리라. 주자(朱子)의 말에도 '밝은 빛깔은 금과 돌을 뚫는다'고 했다. 진실 일념은 무엇이고 뚫고 나가지 못함이 없다. 사람으로서 가장 그 몸을 버리는 것은 진실에서 떠나 허위 속을 헤맬 때이다. 허위는 먼저 그 사람의 얼굴 모양부터 일그러뜨리고 만다. 허위에 사는 사람은 인간의 본디 빛깔을 떠난 것이니, 그의 추잡한 그림자에 스스로 몸부림치게 된다. 복거일의 《죽은 자들을 위한 변호》에서 일제시대 지식인의 실상을 바르게 읽을 수 있다.

한 세기 전의 우리 사회 상황과 우리 선구들 삶을 냉철하고도 객관적으로 판단하고 이해하기란 쉽지 않다. 역사적 사실을 판단함에 있어 자신들의 민족주의적 편향을 숨김없이 드러내는데, 어떻게 일반사람들이 우리 전통적 사회의 참모습과 한일병합에 이른 역사적 과정의 진실을 냉철하게 바라볼 수 있겠는가? 그러나 우리가 그런 편향된 시각의 위험을 인식하고 이제까지 주어진 '상투적 견해들'을 그대로 받아들이기를 거부하며 자신의 판단으로 역사와 그때의 상황들을 살핀다면, 우리는 지난날의 실상을 한결 정확하게 파악할 수 있고 선각들의 삶과 생각을 더욱 올바르게 이해할 수 있으리라.

민족주의와 민중주의의 편향에서 벗어나 중립적 관점에서 갑오경장을 살피면, 그것의 혁명적 조치들로 혜택을 입은 사람들이 있었고 그들은 마땅히 일본에 호감을 품게 되었으리라는 사실을 곧 알 수 있다. 물론 그들은 일본이 조선을 위해서 실시하겠다고 내건 정책들에도 꽤 큰 기대를 품었을 것이다.

일본에 좋은 감정을 가진 사람들은 갑오경장에서 혜택을 입은 사람들만은 아니었다. 많은 지식인들은 일본에 호의적이었다. 지식인들의 친일 성향이 만들어지기까지 주로 두 가지 요인이 작용했다. 그하나는 전통 사회 체제의 노후화로, 점진적 개혁만으로 체제가 되살아날 희망은 거의 없었다. 다른 하나는 우리보다 앞서 개화에 성공한 일본이 한국의 개화에 본보기가 되리라는 기대였다.

개항 뒤 급변하는 국제 환경 속에서 조선왕조의 전통 체제는 빠르게 바뀌어야 했다. 그러나 조선 정부는 그런 변화를 이끌어 나갈 의욕도 능력도 없었다. 아니, 자신을 추슬러서 현상을 유지할 만한 힘조차 없었다.

우리를 더욱 아프게 하는 것은 그 무렵 조선왕조의 개화 노력이 진지하지도 실질적이지도 못했다는 사실이다. 개항 바로 뒤인 1880 년대 처음 조선 정부의 개화를 위한 노력의 모습을 영국 〈데일리 메일〉의 조선 특파원인 매켄지는 다음과 같이 부정적으로 바라보았다.

미국인들, 프랑스인들, 그리고 다른 사람들이 사업들을 시작하도록 고용되었다. 그러나 이 사업들은 거의 다 실패로 끝났다. 조선 정부는 어떤 계획을 시작하고 사람을 확보하지만, 몇 주 지나면 열의가 식곤 했다. 새로운 생각엔 위험이 있다고 누가 왕의 귀에 속삭이게 마련이고, 큰일을 하겠다는 희망에 부푼 가슴으로 찾아온 외국인은 헤칠 길 없는 상황에 빠진 자신을 보곤 했다. 그래서 처음엔 생도들의 부대를, 그리고 이어서 4천 명의 병사들로 이루어진 부대를 훈련하기 위해 미국인 셋과 일본인 하나, 모두 네 명의 장교들이 고용된 적이 있었다. 이 사업을 위해 돈이 배정되었지만, 그 돈엔 궁중의 수많은 신하들이 손을 댔다. 장교들은 자신들의 봉급을 타는 데도 무척 큰 어려움을 겪었고, 그 사업의 가장 중요한 성과는 생도들과 병사들에게 새 제복들이 지급된 일이었다. 화약 공장의 건설이 시작되었지만, 화약은 생산되지 않았다.

일본의 무력 시위에 굴복해서 개항했으니, 강한 군대를 만드는 것이 무엇보다 필요한 과제임은 그 시절 조선인 누구나 절실히 느꼈으리라. 그런데 그 일이 이렇게 되고 말았으니, 다른 일들에서 성과를 기대할 수는 없었을 것이다.

조선 지식인들의 실망은 마땅히 컸다. 그런 실망을 개화기의 가장 뛰어난 지식인 가운데 한 사람이었던 윤치호(尹致昊)의 이야기에서 뼈저리게 엿볼 수 있다.

셋째로 아뢰기를, "만약 미국 군사 교관이 도착하면 장차 어디에 쓸 것입니까" 했더니, 상께서 말씀하시기를, "전영(前營)에 머물게 했다가 기회를 보아 다시 다른 곳으로 보낼 생각이다"라고 하셨다.

이에 아뢰기를, "신의 어리석은 생각으로는 주상께서 만약 이와 같이 사람을 쓰신다면 반드시 나라의 체면을 크게 잃게 될 것입니다. 왜냐하면 지난 여름 주상께서 미국 공사에게 군사 교관을 친히 부탁하셨고, 미국 공사는 자기 정부에 이를 보고하였으므로 미국 정부에서는 반드시 쓸 만한 사람을 골라 보낼 것이고 또 그는 반드시 하찮은 무관이 아닐 것입니다. 그런데 도착한 뒤에 만약 이와 같이 소홀하게 대접하여 반쪽 부대만을 가르치게 한다면 그 사람이 어찌 따르겠습니까. 반드시 성을 내어 돌아갈 것이며, 만약 헛되이 돌아간다고 하면 나라의 체면을 손상함이 어떠하겠습니까"라고 하였다.

상께서 말씀하시기를, "너의 말이 옳다"고 하셨다.

이에 아뢰기를, "폐일언하고 지금 우리나라에서는 좌·우영(左右營) 병대가 모두 쓸모가 없다는 것을 알고 있으면서도 이를 능히 혁파하지 못하고 있습니다. 그것은 무슨 까닭입니까. 좌·우영과 반쪽 부대는 서로가 보기를 원수처럼 하고 있는데 평상시에도 이와 같거늘 하물며 일이 있을 때 어찌 힘을 내어 나라를 위한다고 하겠습니까."

상께서 또 말씀하시기를, "말을 하지 말라. 위안 씨는 조선 병대의 쓸모없음을 말하면서도 근일에 그가 군사 수를 늘릴 것을 청했는데 내가 듣지 않았다"고 하셨다.

이에 아뢰어 청하기를, "삼영(三營) 병대를 통합하여 1인을 시켜 가르치게 하고, 1인으로 장관을 삼아서 군심을 일치케 해야 할 것입니다"라고 하였더니, 상께서 옳다고 하셨다. 《윤치호 일기》

조선 정부에 실망한 지식인들이 눈을 돌린 곳은 일본이었다. 그들은 일본에서 조선이 나아가야 할 모범을 보았다. 일본이 서양 세력에 성공적으로 반응해서 매우 짧은 시일에 강국으로 발돋움했기 때문이다. 사실 그 무렵 조선사람들만이 아니라 모든 아시아인들이 일본을 본보기로 삼고 그들의 경험을 배우려고 했었다.

갑신정변이 참담하게 실패로 끝나고 '개화'가 조선 사회에선 더 할 나위 없이 '더러운 말'이 된 1885년, 상해에 유학했던 윤치호의 이야기에서 그런 사정을 엿볼 수 있다.

그즈음 조선 지식인들이 일본에 큰 호감을 갖게 된 또 다른 원인은 조선왕조가 청(淸)의 속국이었고 실질적으로 조선에 머문 청군의 지배를 받았다는 사실이었다. 조선은 조선 중기 인조(仁祖) 때 청의 속국이 되었지만, 두 차례에 걸친 호란 바로 뒤의 시기를 빼고는 청이 직접 조선 내정에 간섭하지는 않았다. 서양 세력이 들어오고, 청의 조선에 대한 지배 위치가 위협받자, 그들은 조선에 군대를 주둔시키고 조선 내정에 직접 간섭하기 시작했다. 조선 지식인들은 마땅히 그런 사정에 울분을 느꼈다.

고장(古丈[김옥균])과 함께 후쿠자와 유키치(福澤諭吉)를 방문했다가 이마하라(今原)라는 사람을 만났다. 우리나라에서 돌아온 사람이다. 그에게 우리나라의 사정을 물었다.

그가 말하기를, "지금 경성에 있는 지나(支那) 군사는 모두 합쳐 삼영(三營) 500명이라고 하나 아마도 이는 지나친 말인 듯하고, 경성에 있는 일본 군사는 400명이다"라고 하였다. 또 말하기를, "귀국(貴國) 조선 정부는 모두 중국의 지휘를 받는다" 하고, 이어 "중국인은 총을 쏘면서 방약무인하게 제멋대로 행동하나 일본인은 조회(照會) 하지 않으면 총을 쏘지 못한나"고 하였다.

아아 슬프다. 조선의 현상이여. 남의 노예 노릇하는 것보다 더 심한 처지에 있으면서도 어찌 떨쳐 일어나려 하지 않는가.

이날 〈우편신문(郵便新聞)〉에 한청통상조약이 게재되었다. 그 대의는 달리 적기로 하거니와 대체로 우리 군주와 북양대신(北洋大臣)이 동등하다고 하며 전혀 속번(屬藩)으로 말하였다. 마음이 상함을 이기기 어렵다.

하교(下敎) 중에, "청인의 위협과 협박은 날로 더하여 돈미(豚尾, 돼지 꼬리, 우창칭〔吳長慶〕을 가리키는 듯)가 늘 말하기를, 내년 봄에는 저들의 군대가 증파될 것이라 하더라"고 하셨다.

내가 아뢰기를 "미국 공사의 말 가운데 '오늘에 이르러 다른 나라가 무단히 조선과 개전하려 한다면 미국이 반드시 해군을 파견하여 보호할 것임은 의심할 바가 없는 사실'이라고 하였습니다. 비단 이와 같을 뿐 아니라 무릇 사람들과 교섭함에 있어서는 반드시 관용과 엄함을 병행토록 하여야 합니다. 만약에 그 청한 바에 대하여, 이해를 물론하고 매사에 복종만 한다면 더욱 사람들의 모멸만 입게 되어 마침내는 어찌할 수 없게 되고 마는 것입니다.

신이 듣건대, 돈수(豚首, 우창칭) 등이 주상이 미국인을 우대하는 것을 시비한다고 합니다. 반드시 내치와 외교는 조선이 자주하는 것이므로, 외인과 교섭할 때의 후박(厚薄)·우열은 우리 국왕이 하고자 하는 바에 달려 있는 것이지 어찌 돈미(豚尾)에게 관계된다고 하겠

습니까. (······)

　상께서 옳다고 말씀하시지 않는 것은 아니나 필경에는 청국을 두려워하는 뜻이 말씀과 얼굴에 나타나 있으니 내 건의를 채용치 못할 것이다. 운이다. 억지로 할 수 없다.

　어제 들으니 우리 왕이 각국 서울에 주재할 조선 공사를 임명, 곧 파송하여 우리나라의 독립을 보이려 하였다. 뜻밖에 청국(淸國) 정부에서 우리 정부에 일러 우리나라의 각처 공사로 하여금 청국 공사들과 동등하게 하지 못하게 함으로써 우리가 청국의 속번(屬藩) 됨을 표하게 하였다. 그래서 우리 정부에서는 어떻게 조처해야 할지 알지 못하고 있다고 한다.　　　　　　　　　　　《윤치호 일기》

　사정이 이러했으므로, 개항 바로 뒤, 특히 1882년의 임오군란(壬午軍亂) 이후에, 조선 지식인들이 두려워하고 미워한 것은 그 무렵 조선에 압제적 존재였던 청이었지 일본이 아니었다. 도리어 그 시절 조선 지식인들은 청의 예속에서 벗어나기 위해 일본의 힘을 이용하려 했다.

　오후 4시에 고우장〔김옥균〕과 같이 외무경(外務卿)이노우에 가오루(井上聲)를 방문하였다. 고우가 묻기를, "내가 들건대, 베이징으로부터 도쿄에 머물고 있는 각국 공사와 일본 정부에 은밀한 전달이 있었다고 하는데, 이것이 사실인가"라고 하였다.
　외무경이 말하기를 "없었다. 그러나 베이징에 있는 각국 공사들이 모두 중국 정부에 청하기를, 각국인도 조선인을 대하는 데 있어 중국인이 조선인을 대하는 권리와 같도록 할 것을 원했다고 하는데, 이 말이 베이징에서 보고되어 온 것이다"라고 하였다.

고우가 묻기를, "중국 정부에서 이미 허용했는가"라고 하자, 외무경이 "듣지 못하였다"고 하였다. 고우가 말하기를, "전일에 영국 공사를 만났더니, 그가 말하기를 '귀국과 우리나라 간의 조약이 만일 귀국과 청국과의 조약과 같다고 하면 우리나라에서 비준하기가 매우 쉽겠다'고 하여 내가 매우 미심쩍게 여겼다"고 하였다.

　외무경이 말하기를, "영청조약(英淸條約) 내에 아편을 흡입하는 것을 허가한다든가, 내지를 통행함에 있어 그 나라의 법률에 구애되지 않는다든가, 세금받는 등의 일을 조선에다가 행하고자 한다면, 일본 같은 나라는 비록 그러하기를 싫어하더라도, 홀로 시행하지 않는다면 우리 인민에 대하여 불리하게 되므로 부득이 이에 따라 체결하게 될 것이다. 그런즉 가령 중국인들만이 귀국 내지를 함부로 돌아다닌다고 하더라도 혼잡함을 비길 수 없을 터인데 하물며 만국인들에게 다 임의로 하게 할 수 있겠는가.

　고우가 말하기를, "그것은 내가 미처 가르침을 듣지 못한 것이다. 나도 또한 이와 같은 생각이 있어서 우리 조정에 발의한 바 있으나 친청파(親淸派) 무리들의 방해와 희롱을 입어 일이 마침내 이루어지지 않아 내가 매우 마음 상해하는 바이다.

　또 고베(神戶)에서 당신의 가르침을 들은 뒤 또한 우리 조정에 글을 보내었으나 허락을 받지 못하였으니 아깝고 한탄스러움을 이기지 못하였다. 이 일은 반드시 이루어지기 어려울 것이다. 가령 귀국 사절이 우리나라 서울로 간다고 하더라도 그대의 말과 같이 일이 마침내 불미하게 될 것이다. 한탄스럽다"고 하였다.

　다만 후쿠자와(福澤) 선생을 뵙게 되었다. 선생이 말하기를, "귀국의 일은 지금부터 큰일을 할 만하게 되었다. 치하한다"고 하였다. 그 뜻을 물었더니 선생이 말하기를 "귀국과 미국과의 조약이 이미 상원의 비준을 얻어 결정을 보게 되었다. 그리고 미국 공사가 중국 정부에 대하여 말하기를 '귀국이 우리를 소개하여 조선과 조약을 맺기는 이와 같이 하고, 귀국과 조선이 결약하기는 저와 같이 하였으니, 어찌 공평하지 않음이 이와 같이 심한 것인가. 그렇다고 하면 우리나라도 조약을 개정하여 귀국과 같게 할 것이다' 하므로 청국 정부는 지금 크게 몰리게 되었고 리홍창(李鴻章)은 진실로 꼼짝을 못하게 되었다"고 하였다.

그 길로 곧장 고우장에게로 가서 후쿠자와 선생의 말을 전하였다. 고우장이 크게 기뻐하여 뛰어 일어났다. 나와 같이 미국 공사에게 가려 하였는데 마침 위산(緯山)이 왔으므로 함께 미국 공사관을 방문하였다.

미국 공사가 말하기를 "이번에 우리나라 상원에서 귀국과의 조약에 합의했으니 이미 조약이 체결된 것이다. 내가 생각건대, 이 조약의 성립은 귀국을 위하여 크게 경하할 일이다"라고 하였다.

고우장이 사의를 표하다. 이어 두어 시간을 담론하다가 돌아왔다.

《윤치호 일기》

친일, 내재적 독립운동으로 민족보존을

최남선·이광수·홍명희 이들을 한국개화기 3천재라 부른다. 이들 모두 일제강점기 한국 민족주의 운동의 지도자이기도 하다. 조선독립민족운동 역사에서 춘원이광수의 천재적 인간상을 어떻게 정의할 수 있을까? 과연 그의 정체성은 무엇인가? 친일의 진의와 목적은 무엇이었는가?

일제강점기 40년, 민족주의 독립운동가 유형을 둘로 분류해 볼 수 있다. 현실 정치와 타협을 모두 거부한 채 절개 지킴의 독선기신(獨善其身), 절개를 굽혀 현실 정치와 타협해 합법적 독립운동으로 실천궁행하는 불구소절(不拘小節), 이 두 유형으로 나눌 수 있다. 앞은 벽초 홍명희이고 뒤는 육당 최남선과 바로 춘원이광수이다. 해방이 되자 일제강점기 민족운동에 소극적으로 초연하게 지조를 지킨 홍명희는 절개 높은 애국자로 드높여진 반면, 2·8선언서(이광수) 3·1선언서(최남선)를 기초하고 항일독립운동을 줄기차게 펼쳐나갔음에도 세상은 최남선과 이광수를 '친일 민족반역자'로 깎아내린다.

김원모 교수와 조항래 교수는 독선기신은 분명히 지사적 명예임에 틀림없지만 행동하지 않는 지식인이라면 그것은 조선민중의 희생을 그저 손놓고 바라보는 것밖에 안 되는 소극적 민족운동 방책이 아닐 수 없다 비판한다. 춘원이광수는 독선기신을 이렇게 평가한다.

"현재는 갑의 조선인, 을의 조선인의 소리는 있으나, 조선민족의 진정한 소리는 없다. 빼어난 조선인들은 스스로 초연히 있음을 자랑스럽게 여기겠지만, 물론 그것이 가장 명예를 지키는 도리임은 틀림없으나, 여러분이 그러는 동안에 조선민족은 당신들의 지사적 명예 때문에 희생이 되어 절멸하게 되는 것이다."

지사적 지식인은 제 지조만 굳게 지킬 뿐이며, 팔짱만 낀 채 수수방관만 하다가는 조선민족은 영원히 멸망하고 말리라 경고하는 춘원이광수. 그는 행동하는 지식인으로서 '노블레스 오블리주'를 실천하는 '역행(力行)지식인'에 다름 아니다.

춘원의 한 평생 화두는 '독립', 오로지 독립이었다. 미나미 총독은 조선문화 말살정책을 강력하게 밀고 나아갔고 이에 춘원이광수는 조선어 절멸 위기를 정면 돌파작전으로 대응했다고 김원모 교수는 분석한다. 문화공작상의 지도정신은 내선일체의 실현, 즉 황민화에 있다. 황민화 정책을 구현하려면 조선인의 정체성 말살이 선행되어야만 가능하다. 조선인의 정체성을 완전히 없애는 데 필요한 것은 조선인이라는 민족의식을 가지지 못하게, 궁극적 방법으로 조선어 사용을 완전폐지함과 동시에 국어(일본어) 전해(全解)운동을 벌여야 한다는 것이다. 조선의 황민화 정책 구현을 위해 마침내 1940년 8월 동아일보·조선일보를 폐간 조치하기에 이른다.

"조선어는 조선인과 운명을 같이한 말이다. 글(한글)도 그러하다. 조선인이 스스로 조선말과 글을 버리기 전에는 이것은 불가살(不可殺)이다. 조선인은 바른 조선문을 사용하는 것으로 첫 의무, 첫 자랑, 존경받을 첫 자격을 삼을 것이요, 조선어 문을 바로 쓰지 못하는 것으로 첫 수치, 첫 죄악을 삼을 것이다."

한 민족의 혼이 담긴 것이 말이기에 그 말을 빼앗음은 조선민족정신을 말살할 뿐 아니라 그야말로 국가정신, 민족정체성의 파멸이었다. 춘원은 조선어가 폐지되고 일본어만 쓰면 한문화(韓文化)의 단일문화단위의 존립 기반이 사라지기에 한민족의 역사와 문화는 영원히 죽어 없어지리라 생각했다. 따라서 조선독립을 바라는 조선인에게 조선어를 지키는 일은 더 이상 물러날 수 없는 최후 방어선이었다.

내선일체 황민화운동에 앞장선다는 것과 조선어 보존운동은 서로 모순·배치되는 개념이 아닐 수 없다. 춘원은 이렇게 두 가지 방법으로 위기를 벗어날 길을 찾기에 이른다. 일장기를 단 채 신사참배를 하면서 내 양심으로부터 조선인이라는 고집을 버리고 일본인이 되고 일본정신을 갖기로 결심했다고 고백하는 것이다. 다른 한편으로는 조선어를 완전말살 폐지하는 총독부 정책은 조선인의 감정을 오히려 악화시켜 반대 효과를 낳을 거라 걱정하면서, 조선의 언어와 문화는 끝까지 지켜 나아가야 조선인이 진심으로 일본을 사랑하는 일본 백성이 되고 천황폐하를 진심으로 경배하는 마음을 갖게 되리라 말한다. 그는 이것이야말로 내선일체의 진정한 길이라 확신했다.

친일을 하자니 민족반역자 소리를 들어야 하고 항일을 하자니 지식인들이 혹독한 탄압을 받아야만 하는 극한 상황에서 춘원은 자기 한 몸을 친일제단에 희생물로 바치고 적극적으로 친일에 뛰어들어 황민화운동에 앞장설 수밖에 없었다. 그는 도산의 '일본패망론'을 확신하고 있었기에 미일전쟁(태평양전쟁)이 일어나면 조선독립의 기회가 반드시 오리라 헤아려 보고 민족보존을 위한 독립군 군사지도자 양성을 위해 학병 권유, 유세 등 친일 행태를 실천한 것이다.

김원모 교수는 말한다. 친일 행태의 대가로 매일신보에 《원효대사》 집필을 허락받은 춘원은 직설적 서술방식을 멀리하고 은유적 암호적 상징적 서술방식을 채택, 민족정신 발양으로 쓰기 시작한다. 춘원이 우리 민족에게 가닿기를 바랐던 원효 사상 핵심은 '일심(一心)'과 '화쟁(和諍)'이라 할 수 있다. 원효는 "도는 모든 존재에 미치지만 결국은 하나의 마음 근원으로 돌아간다《대승기신론소》)" 말하며, 이 세상에 있는 모든 것을 차별 없이 사랑하는 삶을 강조했다. 그리하여 종파들의 서로 다른 이론을 인정하면서도 좀더 높은 차원에서 통합하기 위해 노력했는데, 이것을 '화쟁사상(和諍思想)' 또는 '원융회통사상(圓融會通思想)'이라 한다.

첫째로 일심사상. 원효는 《금강삼매경론》·《대승기신론소》 등 그의 모든 저술에서 일심사상을 철저하게 밝히고 있다. 인간의 심식(心識) 곧 인식하고 식별하는 마음의 작용을 깊이 통찰하여 우주에 존재하는 모든 것의 본성을 깨닫는 본각(本覺)으로 돌아가는 것, 다시 말해 일심 원천으로 돌아가는 것을 궁극의 목표로 설정하고 육바라밀(六波羅蜜)의 실천을 강조한다. 여기에서 육바라밀은 보살이 열반에 이르기 위해 실천해야 할 여섯 덕목인 보시(布施), 지계(持戒), 인욕(忍辱), 정진(精進), 선정(禪定), 지혜(智慧)를 이른다. 조건 없이 기꺼이 주는 보시, 계율을 잘 지켜 악을 막고 선을 행하는 지계, 박해나 곤욕을 참고 용서하는 인욕, 꾸준하고 용기 있게 노력하는 정진,

마음을 바로잡아 통일되고 고요한 정신 상태에 이르는 선정, 그리고 참모습을 바르게 보는 정신적 밝음인 지혜, 이 여섯 가지를 지키는 삶이다.

그는 만법귀일(萬法歸一)과 만행귀진(萬行歸眞)을 굳게 믿고 사상과 생활을 이끌어 갔다. 그리하여 일심이야말로 만물의 주춧돌이며, 일심의 세계를 불국토(佛國土) 극락으로 보았다. 이를 대승·불성(佛性)·열반이라 불렀다.

둘째로 화쟁사상. 원효는 어느 한 종파에 치우치지 않고 《화엄경》·《반야경》·《열반경》·《해심밀경(海深密經)》·《아미타경》을 비롯해 대승불교 경전 모두를 두루 읽으며 경험하여 통달한 사람이다. 그리하여 전체 불교를 하나의 진리에 귀납 종합 정리하여 자기 분열이 없는, 보다 높은 곳에서 불교의 사상체계를 세웠다. 이런 그의 조화사상을 화쟁사상이라 한다. 《십문화쟁론(十門和諍論)》은 바로 이런 화쟁사상을 단적으로 보여주는 그의 핵심 저술이다. 그는 여러 이설(異說)을 열 가지 문제로 모아 정리하여 물음에 답함으로써 일승불교(一乘佛敎)의 건설을 위한 논리적 근거를 제시했다. 원효의 이와 같은 통불교적 귀일사상은 한국불교에 커다란 영향을 끼쳤다. 화쟁의 논리는 다음과 같이 펼쳐진다.

"쟁론(諍論)은 집착에서 생긴다. 어떤 이견(異見)의 논쟁이 생겼을 때, 예컨대 유견(有見)은 공견(空見)과 다르고 공집(空執)은 유집(有執)과 다르다고 주장할 때 논쟁은 더욱 짙어진다. 그렇다고 하여 이들을 같다고만 하면 자기 속에서 서로 다툴 것이다. 그러므로 이(異)도 아니요 동(同)도 아니라고 이야기한다."

"불도(佛道)는 넓어서 거칠 것이 없으므로 무애무방(無㝵無方)하다. 그에 따라 해당하지 않음이 없으며, 모든 타의(他義)가 모두 불의(佛義)이다. 백가(百家)의 설이 옳지 않음이 없고 팔만법문(八萬法門)이 모두 이치에 맞는 것이다. 그런데 견문이 적은 사람은 좁은 소견으로 자기 견해에 찬동하는 자는 옳고 견해를 달리하는 자는 그르다 하니, 이는 마치 갈대구멍으로 하늘을 본 사람이 그 갈대구멍으로 하늘을 보지 않은 사람들을 보고 하늘을 보지 못한 자라 함과 같다” 말했다. 원효는 이처럼 철저한 논리의 근거를 가지고 화쟁을 주장했다.

셋째 무애사상. 원효의 무애사상은 그의 사생활에도 잘 나타나 있다. 그는 어디에도 걸림이 없는 철저한 자유인이었다. “일체에 걸림이 없는 사람은 단번에 생사를 벗어난다(一切無㝵人 一道出生死)”고 한 그의 말을 보더라도 그의 무애사상은 짐작된다. 그는 부처와 중생을 둘로 보지 않았으며, 오히려 이렇게 말한다. “무릇 중생의 마음은 하나로 통하여 아무 구별이 없으므로 걸림이 없는 것이니, 태연하기가 허공과 같고 잠잠하기 바다와 같으므로 평등하여 차별상(差別相)이 없다.”

그는 철저한 자유가 중생들 마음(衆生心)에 내재되어 있다 보았다. 따라서 스스로도 철저한 자유인이 될 수 있었으며, 그 어느 종파에도 치우치지 않고 보다 높은 차원에서 일승과 일심—모든 중생이 부처가 되고 하나의 마음이 된다—을 주장했던 것이다. 그 밖에도 원효는 ‘중생은 본디부터 여래가 될 수 있는 가능성을 갖추고 있다’는 여래장사상 등 불교의 모든 사상에 대해서도 독자적인 사상체계를 세웠다.

이렇듯 춘원의 작품들은 조선정신 포장으로 쓴 민족주의적 역사인식을 바탕으로 한 작품들이었다. 이는 청년 학생들에게 민족의식을 북돋워 학생운동이 일어나는 기폭제 역할을 한다. 학생운동으로 체포된 청소년 10명 가운데 7, 8명은 춘원 저서에서 매우 큰 영향을 받았다 고백하고 있다. 춘천고보 상록회사건(1938), 양정중학의 고성

동지회사건(1941) 등은 모두 춘원의 작품 영향으로 일어난 학생운동이었다. 그러자 조선총독부는 춘원의 《조선의 현재와 장래》 《문장독본》을 금서로 만들고, 뿐만 아니라 《흙》과 《무정》 등 춘원의 작품 모두를 재검열하여 발매금지처분을 내린다.

일제는 1943년 10월 재일 학도병 동원령을 발동했다. 이에 총독부는 11월 7일 조선인 학도병권설대를 조직했는데 김연수·이광수·최남선·이성근 등 4명이 강제 동원되어 도쿄 유세를 벌이게 되었다. 육당과 춘원은 군사학이 근대국가의 핵심기술이라고 보았다. 우리가 식민지로 전락하고 다른 기술은 그럭저럭 배울 수 있었지만 일본인들이 조선사람들은 군인으로 뽑지 않아 근대 군사기술을 배울 수 없었다 생각했던 터라 이제 그 기회가 왔다며 두 사람은 흔쾌히 도쿄 유세길에 올랐다. 육당과 춘원이 노리는 최종 목표는 수카르노 전략이다. 수카르노는 일본군이 인도네시아로 침공해 오자 일본군에 협력, 인도네시아 청소년들에게 일본 군사훈련을 받게 했다. 그리하여 종전 뒤 종주국 네덜란드군이 쳐들어 오자 수카르노는 일본 군사훈련을 받은 청소년을 동원, 게릴라전을 벌여 네덜란드군을 물리치고 독립을 이룩한다.

해방을 맞아 반민특위에서는 춘원이광수를 친일반역자, 민족을 팔아먹은 친일매족자(親日賣族者), 황도의 광신자라고 낙인찍었다. 그러나 춘원의 친일과 항일을 공정한 균형감각으로 평가했는가 의문을 제기하지 않을 수 없다. 워싱턴 교외 미연방정부기록보존소(NARA)에는 로버트 키니(Robert R. Kinney)의 한국지도자 평가보고서가 보관되어 있다. 키니는 1935년부터 1937년까지 서울 외국인학교 교사 겸 교장대리를 지냈다. 그가 1942년에서 1946년 동안 미육군 정보국 조사분석관으로서 한국지도자 5명(김성수·조만식·윤치호·양주삼·이광수)을 평가한 정부기록문서에 따르면 춘원은 동우회사건에서 체포 구금되어 가혹한 고문을 당했지만 보석 출감되면서 일본에 협력했다는 비난을 받게 되었고 그의 민족주의 지도자(동우회)로서의 권위와 영향력은 추락했다. 하지만 여기에서는 춘원의 이러한 일제협력이 진일인가 항일인가에 대한 평가를 보류하고 있다. 결코 춘원의 대일협력을 친일행위로만 판단할 수 없다는 것이다.

춘원의 평생 꿈은 '독립'이다. 따라서 독립은 춘원에게는 절대가치였다. 일본 도쿄에서 학도병 권유 강연을 하고 나서 귀국, 육당 최남선은 경성중앙방송국(JODK)을 통해 '신(神)의 도(道)'란 제목으로 일본어 친일방송을 하게 되었다. 춘원은 경성일보에 조선놈의 이마빡을 찌르면 일본 피가 나올 만큼 조선인은 일본정신을 간직해야 한다고 자학적인 글을 써야만 했다.

제3회 대동아문학자대회는 1944년 11월 일본군 지배 아래 중국 남경에서 열렸는데, 이광수·김팔봉은 조선대표로 참석한다. 대회를 끝내고 소주(蘇州)의 한 호텔에서 팔봉·춘원 단둘이 묵게 되자, 김팔봉은 춘원에게 가시 돋친, 뼈에 사무치는 질문을 던졌다. "여보게, 조선 놈의 이마빡에서 어떻게 일본 놈의 피가 쏟아진단 말인가" 춘원이광수는 김팔봉과 단둘이라 마음 놓고 진심어린 민족보존 독립준비론을 말한다.

"지금 우리가 일본인이 꼭 믿도록 이러한 생활태도를 갖고서 속으로 실력만 준비하면, 조선민족은 일본민족보다 우수해서 1대 1로 겨루면 일본인을 이긴다. 경기도를 경기현(京畿縣)이라 칭하게 되고 우리에게 선거권과 피선거권이 생겨 가지고 우리 조선사람의 문부대신도 육군대신도 나오게 되는 날이면 그때 가서야 일본인이 깨닫고서, 이러다가는 일본 나라가 조선인의 나라 되겠으니 안 되겠다 하고서 살림을 갈라가게 된단 말이오. 그럴 때 우리는 일본의 절반을 떼어달라고 하거든! 일본인이 그건 안 되겠으니 조선반도만 도로 갖고 나가달라 할 겝니다. 이래서 그제서야 우리는 삼천리강토를 찾아 가지고 독립한단 말이오."

위장친일로 내재적 민족보존운동, 즉 독립준비론을 실천하고 힘써 행함으로써 실력을 확실히 갖추고 조국독립을 반드시 이루겠다는 신념이 춘원이광수의 원대한 바람이고 절대절명의 사명감이었음을 확인할 수 있다.

조선민족에게 고함
춘원이광수/고산고정일 풀어씀

　조선민족에게 외치는 〈독립신문〉 주필 춘원이광수 글을 읽어라! 민족과 더불어 영욕을 함께한 피끓는 지성이자 애국자의 통렬한 분노를 들어라. 그 피끓는 동포애와 슬픔을, 그 억누를 수 없는 울분을, 그 타오르는 열정을 어찌 감동치 않을 수 있으랴. 양식과 지성을 민족독립 위해 토해내는 한 순수 인간의 민족화해 호소, 조국에 대한 사랑의 절규, 그리고 반역자에 대한 냉엄한 질타, 우리를 가슴 뭉클케 한다. 춘원이광수 조국애와 천재성, 넘쳐나오는 힘찬 필치, 그 암울했던 조선국민들에게 크나큰 감동과 희망을 마음에 심어 주었으리라.

나라 치욕 아홉 번 통곡하다

경술년(庚戌年) 8월 29일.

반만년 자유민의 역사가 단절되고 사기와 무력으로 2천만 성스러운 민족이 일본의 노예로 된 날.

우리 부여(夫餘) 민족에게서 생활의 방법과 문자와 도덕과 제도를 받아 구덩이 속에서 꿈틀거리던 야만의 영역을 벗어난 은혜를 늘 원수로써 보답하기를 국시(國是)로 하는 일본의 최후요 또 가장 철저한 보은을 감행한 날.

선조의 피로 지킨 옛 강토가 식민지가 되고, 당당하던 제국(帝國)이 북해도, 대만, 사할린 다음가는 하나의 조그만 지방이 된 날.

단군을 버리고 신무천황(神武天皇)을 우리 조종(祖宗)이라 부르고 반만년간 우리 민족의 정신과 사상을 담고 전하는 국어를 조선어라 하며 인연도 없는 일본어를 국어라고 일컫게 된 날.

마음에 전혀 없었으면서도 헌병의 위협을 못 이기어 일장기를 들고 천황폐하 만세를 부르게 된 날.

2천만의 피가 멈추고 가슴이 찢어지던 날.

뼛속에 사무친 이 원한은 수십 대를 지나도 사라지지 아니할 그러한 원통한 날.

그날부터 지금까지의 3285일이 흘러간다. 3285일의 낮과 밤, 낮에 자유를 생각하고 밤에 독립을 꿈꾸면서 여덟 번째 기념일을 보낸다. 노예된 자의 신세라, 주인의 유유자적 쾌락을 만족케 하고자 통곡할 날에 만세를 부르지 않을 수가 없었다.

'언제나, 언제나'가 2천만 겨레의 이를 갉으며 외우는 주문이어라.

속박과 압박과 모욕과 원한의 9년 동안 자유와 행복과 안심을 깡그리 잃은 암흑과 쓰라림 속의 3285일. 우리 민족은 손발이 묶이고 혀를 끊긴 포로가 되어 일본 천황의 대리인으로부터 구타와 침뱉기와 욕설과 조롱을 받아가며, 웃으라면 웃고 절하라면 절하였다.

9년, 중화혁명이 일어나 한족(漢族)이 3백 년 이래의 만족(滿族)의 굴레에서 벗어난다. 세계대전이 일어났다가 끝났다. 러시아가 무너지고 공화정부가 또 무너졌으며 인류 사상 최초로 세워진 과격파 정부가 번성하고 쇠퇴한다. 태양을 동쪽으로 굴릴 듯하던 독일 제국이 무너지고 만승(萬乘)의 유렴폐하(維廉陛下)가 한낱 나무꾼에게 무너진다. 2천 년 동안 유랑하던 이스라엘 민족이 시온성으로 모여들다.

무슨 나라가 건설되고 무슨 나라가 독립하다.

대한강산 삼천리에 욕됨을 참던 2천만 중생이 일제히 외치는 자유의 커다란 외침에 일본이 전율하고 세계가 놀라다.

아아, 원통하고 칠흑같이 어둡던 9년간, 일 많고 의미 많은 9년간.

그러나 원수의 혹독한 채찍 밑에 우리 민족은 그가 희망하고 계획한 바와는 정반대 방향으로 자각하고 진보하며 준비하다.

동화정책은 우리 민족에게 강렬한 민족적 의식을 일으키게 하였고 이른바 불령선인(不逞鮮人) 조사와 애국자 박멸책(撲滅策)인 여러 대사건은 우리 민족에게 애국자의 표준과 그에 대한 숭앙의 정을 강렬하게 하다. 내지인(內地人)이라 부를 수밖에 없을 때마다 자유를 생각하고, 천황의 은택(恩澤)에 감사하기를 강요받을 때마다 일본에 대한 원한이 커지도다.

아아, 만감이 엇갈리는 이날이여! 저주받고 기억될 이날이여, 신성한 옛 강토를 적의 점령 아래 두고 당함이 이로써 마지막이 될지어다.

독립운동 문화적 가치를 생각하라

근대 유럽 역사상에는 문화운동이 먼저 일어나고 정치운동이 이를 이었다. 15세기의 문예부흥, 16세기의 종교개혁을 거친 뒤에야 18세기의 프랑스대혁명이 일어났다. 대혁명이 일어나기 전, 프랑스에는 루소, 볼테르의 계몽 문학이 크게 떨쳤다.

오늘 우리가 그 소용돌이에 있는 동아시아의 민중운동은 먼저 정치운동에 뿌리를 두고 문화운동이 그 뒤를 이었다. (보통 문화운동이라 하면 정치운동도 포함되겠거니와 여기서 가리키는 것은 정치적 색채를 띠지 않는 사상운동, 계몽운동을 말함이다.)

메이지유신의 민권 확장을 비롯하여 문예전성(자연주의 운동)을 걸쳐 사상운동에 이른 일본도 이 예(例)에 빠지지 않고, 청조(清朝) 전복, 남북계쟁(南北係争)의 시기에서 차츰 또렷하다.

러시아의 정치운동은 김옥균 일파의 유신운동에서 시작되어 보호시대까지 있던 신민회(新民會), ××학회 등의 결사(結社) 등은 그 목적이 직접으로 정치에 있었다. (표면은 그렇지 않다 일컫고 또는 그렇게 의식도 하였겠지만) 그러나 우리 민족의 근대사 중 가장 활발하고 또 민족적인 정치운동이라 하면, 물론 작년 3월에 일어나 지금 우리가 몸담는 독립운동을 꼽을 것이요, 독립운동이 일어남은 물론 민중 자각의 결과라 할지나 인과관계는 거듭하여 독립운동의 발기가 또한 민중에게 위대한 자각과 자극을 주었을 것은 마땅한 이치이다.

이를 사실로 보더라도 독립운동의 영향은 다만 우리 민족의 뇌리 뿐만 아니라 국경을 넘어 다른 국민의 심성을 흔들었다 할지나 대체로 중국 국민의, 그중에도 학생 계급의 가슴에 적지 않은 반향을 일으키게 하였다.

작년 여름부터 일어난 중국의 배일(排日)운동, 문화운동의 도화선—직접이라 할 수 없다 하더라도 간접으로라도—이 된 자는 한국 독립운동이라. 작년 여름 이래로 운동의 중심인 학생단체가 채용해 오는 파업 시위정책은 거의 작년 봄 우리 민족의 시위운동에서 암시를 얻은 자이라. 다음에 우리 민족의 운동이 영향을 미친 곳은 일본의 민중이라 할진대 그 밖에 혹은 대만, 혹은 멀리 월남 등지에까지 미쳤다.

독립운동으로 인하여 자각과 결심과 희망을 얻은 한족은 과연 어떤 방향을 향하여 눈을 떴는가.

첫째는, 신문 잡지의 잇따른 창간이라. 작년 이래로 비밀 출판물로 독립운동의 직접 기관이 되는 신문류의 수는 계산 밖에 두고라도 안팎을 합하여 새로 나온 신문 잡지가 수십 종에 달하겠다.

적의 가혹한 출판법 및 출판 단속 아래에서도 그러하니 조금만 더 출판의 자유를 가졌던들 신문의 출판물은 넉넉히 수백 종에 이르렀으리라 한다. 그 내용에 대해서는 여기 논하기를 피하겠으나 어떤 냉정한 비평가가 이를 비웃고 욕한다 하더라도 이 유행성인 신문·잡지 열이 결코 문화사상에 의미 없는 것은 아니라 할 것이며 그 내용에 대해서도 지금은 그다지 볼 것이 없지 아니하나 어둠 속에서 더듬어 구하는 어떤 동경적(憧憬的) 기백이 있음은 부인치 못하리라.

다음에 두드러진 자는 기업열(企業熱), 회사열이니 요즈음 2년 사이에 회사가 신설되는 상황이 마치 15, 16년 전에 사립학교가 왕성하듯 하는 감이 있다. 더욱이 이번에 이른바 '회사령'이 철폐된 뒤로는 더욱 성황을 이룰 줄 안다. 이 또한 적의 그 같은 압박과 차별대우 아래에서 이같이 일어남을 보건대 그 밑바닥을 흐르는 조류(潮流)의 활발함을 알겠다.

이 두 가지 밀고도 너 들 수 있거니와 그중 눈에 나타나는 자로는 먼저 이들을 지적하겠다. 이런 운동이 직접 정치적 색채를 띤 것은 아니지만 그것이 민중의 자각에 기초하고 민족적인 문화운동이라는 관점에서 보면 독립운동과 밀접한 관계가 있다 할 것이다.

근대 유럽이 정치적 변동에 앞서 언제나 민중의 계몽운동 및 일반적 문화운동이 있은 그 예를 지금 시대에 처한 우리가 그대로 본받을 필요는 없다 하더라도 적어도 정치적 운동은 민중의 자각이라는 것과 함께 나가지 아니치 못할 것이다. 그렇지 않을 때에는 대만 혁명의 성공이 일반 한족(漢族)에게는 별로 큰 이익과 행복을 주지 못함과 같은 비희극(悲喜劇)을 드러낼는지 누가 아느냐. 그러므로 민중 생활의 향상과 민족의 실력(물질 정신 두 방면)의 충실이 곧 독립운동의 근본책이라 판단하노니, 이 점으로 보아 우리 민족의 독립운동은 미국의 그것과 완전히 다르다 하겠다.

독립운동은 문화사상에 이 같은 중대한 의의를 가졌고, 또 문화운동이 독립과 이 같은 밀접한 관계가 있다. 더욱이 독립운동의 영향은 반도 내에서만 위대할 뿐만 아니라 나아가서는 아시아 전국에, 더 나아가 말하자면 세계 문화상에 미침이 적지 않다.

그런고로 이런 관점에선 우리는 우리들 운동의 범위가 그처럼 드넓고 또 매우 길고 오랠 것을 생각하므로 일시의 실패와 곤경에 실수하지 않고 불같은 용기와 백절불굴의 지구력을 가지고 전진할 수 있다 하노라.

그때를 위하여
이에 필요한 준비

'올해 안에 독립전쟁이 일어나는가' 하고 '진정으로 일어나는가' 하는 편지도 오고 질문도 하도다.

며칠 전 의정원에서도 '올해에 선전(宣戰)할 예정인가' 하는 아무개 의원의 질문에 대하여 김 군무차장은 '마음 같아서는 오늘이라도 선전하고 싶다. 시기는 비밀이다' 하다.

러시아나 서북간도의 동포는 정부가 왜 속히 선전을 아니하느냐, 이렇게 더딜진대 우리는 정부의 명령을 기다리지 아니하고 자유로 혈전(血戰)을 개시하겠다 하며, 본국 동포들은 왜 어서 독립군이 들어오지 아니하느냐, 어찌하여 우리를 일각이라도 속히 적의 손안에서 구출하지 아니하느냐 하도다.

2천만이 이미 혈전으로 뜻을 결정하고 정부가 또한 혈전의 뜻과 방침을 결정하였나니 그러면 혈전이 개시될 시기는 언제인가. 이번 달인가, 다음 달인가, 또는 금년인가, 내년인가.

혈전의 시기는 그 준비가 완성하는 날이로다. 그리고 그 준비의 완성이 올해 안에 있게 하자.

아무리 본국 동포가 적의 포학(暴虐) 중에 짓밟히고 결딴난다 하더라도, 아무리 2천만 명이 혈전의 결심을 가졌다 하더라도, 아무리 당장에 뛰어나가고 싶더라도 준비가 없으면 어찌하리오.

비록 정부가 올해 안으로 선전할 결심이 있다 하더라도 준비가 없으면 십 년 백 년 뒤까지라도 선전되지 못할 것이오. 만일 준비야 있거나 없거나 첫 결심대로 이번 달이나 다음 달에 선전한다 하더라도 그 결과는 가히 알 것이 아닌가.

전쟁이 무엇인데 준비도 없이 되리오. 그러므로 국민이여, 만일 진실로 여러분들이 독립전쟁을 바라거든 준비할지어다. 또, 만일 진실로 올해 안에 개전하기를 원하거든 더욱 급속히 하여 올해 안에 준비가 완성하도록 힘을 모을지어다.

정부가 무슨 신통한 술법으로 어디서 신병(神兵)을 불러올 것도 아니요, 또 나뭇잎과 풀잎으로 금전을 만들어 낼 것도 아니니 군병(軍兵)이 될 자도 우리 국민이며 군비(軍費)를 마련해 낼 자도 우리 국민이다. 우리가 생명을 모으고 금전을 모으고 열성과 의사를 모아 정부에 제공하기 전에 정부가 무엇을 하리오.

그러면 준비란 무엇인가. 또 그 정도는 얼마쯤이어야 하는가.

1) 민심의 통일

강대한 국가로도 전쟁과 같은 큰일을 경영할 때에는 민심의 통일을 위주로 하나니 먼젓번 전쟁에 영국·미국이 어떻게 이를 위하여 힘썼는가. 정부는 정부로, 단체는 단체로, 신문·잡지·연설·출판 등 온갖 수단으로 선전(宣傳)을 힘써 행하며 국민은 또 국민으로, 또는 개인적 선전으로, 혹은 그 나라의 원수를 공경하여 우러르고 미덕을 기려 칭찬함으로 스스로도 현재 전력으로 발동하는 국가의 커다란 의사에 자기도 화합하려 하며 남도 화합케 하려 하였고, 언론출판의 자유가 완전하던 나라에서도 전시(戰時)를 한하여 현재 발동되는 국가의 의사에 어긋난 자를 억압 금지하기를 허락하였나니 하물며 우리는 어떠해야 하겠는가.

정부와 각 단체는 같은 뜻 아래에서 국내외 동포에게 대선전을 행하여 민심의 통일을 구하여 2천만의 정(情)과 의(意)와 힘이 전부 독립전쟁의 한점으로 집합케 하여야 하나니, 이 선전사업이야말로 우리가 할 모든 사업의 기초이다. 세금의 징수와 징병과, 조직적으로 모든 독립운동의 계획을 실행하는 데는 최선의 선전으로 최선으로 나라 안팎 민심을 통일함이 근본이 아니고 무엇인가.

2) 국민군의 편성
혈전이라 하더라도 2천만의 남녀노소가 몽둥이, 식칼로 싸울 것이 아니니 만일 그렇게 싸운다 하면 이는 시(詩)의 재료로나 재미있을 것이요 사실로 실현되지 못할 일이다. 비록 우리 전략의 일부분이 원시시대의 출급법(出汲法)을 이용할 것이라 하더라도 그 또한 군적(軍籍)에 오르고 정신적 및 병법적(兵法的)으로 상당한 훈련을 받은 군인임을 필요로 할지니 그러므로 가급적 많은 장정을 가급적 단시일에 오르게 하여 상당한 훈련을 실시하고 군대를 만들어야 하리라.

3) 인재의 집중
군사 전문가와 장교될 인물을 정부로 집중하여 군대편제와 작전계획에 몸담게 하여야 한다.

4) 재력
가능한 대로 재력(財力)을 중앙정부로 집중하여 제1기 군사행동의 준비를 만들어야 하리라.

5) 원조
아무리 분수에 맞지 않게 지껄인다 할지라도 우리가 최후의 승리를 얻음에는 외국의 원조가 절대로 필요하니 그 원조는 즉 ① 여론의 원조요, ② 군비 및 군수품의 원조요, ③ 전문가의 원조요, ④ 정치적 혹은 외교적 원조요, ⑤ 병력적 원조이다.

첫째, 세계가 우리의 전쟁을 의로운 싸움이라 하여 그 동정이 우리에게로 집중하여야 하나니 이것이 우스운 듯하나 사실 승리의 제1 요건이요, 또 그 밖의 원조의 근본이리라. 그러므로 유력한 대외 선전은 어느 때를 막론하고, 특히 혈전을 하려는 우리에게는 절대로 필요하다. 그것이 혹 미국이든지, 중국이든지, 러시아든지, 또는 그 세 나라가 다 될는지 모르거니와 우리에게 군비, 군수품 및 군사 전문가를 제공하여 줄 후원을 얻어야 함은 절대로 필요하며 또 상당한 시기에 외교적 및 군사적 후원을 얻어야 함도 필요한 일이니 우리는 여러 방면으로 모든 것을 얻도록 진력하여야 하려니와 주로 일본의 적, 일본을 증오하는 모든 국가와 모든 민족은 우리의 편인즉, 미국, 호주, 러시아, 중국 모든 나라는 쉽게 우리 편을 삼을 수 있으며, 아울러 미국·일본 러시아·일본의 관계가 날로 험악하여 언제 대파열(大破裂)이 생길지도 알 수 없을뿐더러, 또 우리 혈전이 즉시 이 대파열의 원인이 되기도 쉬운 일이니, 우리가 우리의 내부 결속을 공고히 하고 대외 선전을 지혜롭게 하면 외국의 원조를 얻기는 매우 쉬운 일이며, 또 외국으로 하여금 우리의 원조를 요청하게 하기도 아주 쉬운 일이니 대개 미국이나 러시아나 중국이 우리나라를 원조한다 함은 우리나라를 위하여 하는 것보다 자기네를 위하여 일본을 제거하는 데 하나의 방편이 되는 까닭이다.

이상 말한 것이 우리의 이른바 독립전쟁의 준비이니 이것이 상당히 이루어지는 날이 곧 선전의 날이다. 이날이 올해 안에 있기 위하여 우리는 전력을 다하는 중인즉 국내외 동포여, 정신 차려 힘을 모을지어다.

나라 세움 큰 뜻을

남편의 병을 고치기 위하여 산천기도(山川祈禱)하러 가는 아내의 심성. 목욕재계하고 향을 피운 뒤 단정하게 앉아 티끌만치의 사념이 마음에 들어오기를 두려워하는 심성. 불꽃 중에 서서 하느님에게 마지막 기도를 드리는 순교자의 심성.

2천만 동족에게 자유를 주며 천만대 후손의 복락과 번영을 위하여 새로운 국가를 건설하려는 뛰어난 선비의 심성.

오직 정결(淨潔), 오직 근신(勤愼), 오직 정의, 오직 충성, 오직 정직. 음모, 허영, 속임수, 투쟁을 추호도 성토하지 못하는 그러한 심성. 만세의 국기(國基)에 한 점의 더러움을 허락하지 말지어다.

억만대의 자손에게 한 점의 불의를 남기지 말지어다.

미국인의 선조가 그들 자손에게 전한 국가는 세계 현재의 모든 국가 중에 가장 거룩하고 깨끗하니라.

그러나 대한민족의 독립선언서가 미국의 독립선언서보다 더욱 거룩하고 깨끗하며 위대한 정신의 발로임과 같이 대한의 국가로 미국보다 더욱 거룩하고 깨끗하며 위대한 국가를 이룩하게 할지어다.

우리의 운동은 오직 일본에 대한 독립뿐이 아니며, 참으로 과거의 죄악된 사상과 생활에 대한 근본적 혁명이라야 하리니 일본과 같이 악(惡)한 국가 안에서 우리 민족의 거룩하고 깨끗하며 위대한 이상을 발휘할 수 없다 함이 또한 우리 독립운동의 심각한 이유의 하나일지니라.

그러므로 대한민국으로 하여금 정의의 집이 되게 하고, 자유와 평등의 둥지가 되게 하여 세계 인류에게 하늘의 복락을 보여주는 시온의 성지가 되게 할지어다.

다시 전제(專制), 군벌(軍閥), 계급, 빈천(貧賤), 음모, 사기, 시기, 투쟁, 허위로 한 걸음도 삼천리의 성지를 더럽힘이 없게 할지어다.

우리 독립운동의 위기가 무엇에 있는가. 혹은 인재(人材)의 결핍에 있다 하리라. 금전의 부족에 있다 하리라. 혹은 일본의 강력(强力)에 있다 하며 또 혹은 세계의 무정(無情)에 있다 하리라.

그러나 우리는 우리의 위기는 이것에도 아니요 저것에도 아니요 오직 우리들 심성에 있다 하노라.

혹은 우리나라의 뛰어난 선비 중에는 일시적인 뜻밖의 승리와 특별한 공로를 전하기 위하여 동포에 대해서나 외국인에 대하여 정당하지 않은 말을 짐짓 하려 하는 유혹도 볼지니 이것이 우리 독립운동에는 큰 위기요, 혹은 일본의 완전 자치나 합병제의 원상회복이라는 미끼로 우리의 어떤 부분을 유혹하리니 이는 더 큰 위기요, 혹은 성공이 빠르지 못함을 비관하고 자포자기하여 무질서한 과격행동에 나아가리라는 유혹이 오리니 이는 더욱 큰 위기요, 또 혹은 실망과 낙담의 유혹을 마주하리니 이는 가장 큰 위기이니라.

예수가 광야의 유혹을 이긴 것은 실로 우리의 앞날을 보여준 것이다.

굶주림에 직면했으되 결코 정도를 벗어나 돌로 떡을 만드는 계략을 행치 아니하였고, 몸이 비천해져 천하의 어려운 형편을 벗어날 경륜을 베풀 길이 없으되 결코 마귀에게 절하는 속임수로써 천하의 정권을 잡지 아니하였으며, 자기가 천하의 아들인지 아닌지, 즉 하늘이 자기를 돕는지 아닌지를 시험코자 하여 옥상에서 뛰어내려도 다치지 아니하는 요행을 구하지 아니하였나니 이러한 모든 유혹을 이

겨내어 정의와 심성으로써 죽기까지 노력한지라 마침내 세계 인류를 고난 속에서 벗어나게끔 하는 천국을 건설한 것이다.

우리의 이상이 입에 단순히 다른 민족의 굴레를 말하는 것만이 아니요, 벗어남으로써 정의와 자유의 새로운 국가를 건설함에 있을지면 모든 유혹을 다 이기고 철저하게 우리의 이상을 이루기까지 분투하여야 하리라.

우리에게도 안에 대해서나 밖에 대해서나 오직 암실(暗室) 중에서 자기 양심에 대해서나 오직 바름이며 오직 의로움인 동시에, 우리의 주의(主義) 주장을 관철하기까지는 잠시의 편안함도 없고 타협도 없고 자포자기도 없고 더구나 낙심도 실망도 없으리니, 우리는 신성한 국가와 자손의 자유, 복락을 위하여 순교자의 심성과 태도와 용기와 인내로 분투할 뿐이니라.

아아, 대한의 선비여! 오직 거룩하고 깨끗하며 위대한 국가를 건설할지어다.

그날이 오면

'언제나 독립이 되나'

'언제 저 왜놈들이 다 가나'

하는 것이 우리 2천만 동포의 밤낮으로 바라고 축원하는 바이다.

일찍 평화회의를 희망하였고, 지금은 국제연맹을 희망하며, 또는 미국·일본의 교전(交戰)을 생각하고, 혹은 일본 자신의 혁명적 파멸을 생각하며, 혹 수십만 대병이 압록강·두만강으로 질풍같이 쫓아들어와 죽음보다도 괴로운 압제와 수모의 주인인 다른 민족을 말끔히 쫓아내기를 간절히 바라도다.

다 헛된 생각은 아니니, 다 있을 만한 일이요, 희망할 만한 일이다.

적은 자기가 5대 강국의 끝자리에 머물렀다 하여 국제연맹의 믿지 못할 것과 미국의 믿지 못할 것을 우리 민족에게 선전하거나, 적 자신도 한국 독립 문제에 국제연맹을 두려워함은 그 두렵지 아니하노라 하는 중언부언이 힘 있게 증명하는 바이니, 국제연맹 제1회를 우리 독립 완성의 기회로 앎은 충분한 이유와 근거가 있는 일이리라.

그러므로 임시정부는 지난 6월부터 대(對) 국제연맹책에 전력을 다하여 한편 한·일관계 사료(史料), 독립운동 사료 및 일본의 점령과 한족(韓族)과의 관계를 조사하여 많은 분량을 완성하여 이미 각국 언어로 번역하는 중이며, 한편 국제연맹회에 제출할 조건을 연구 및 결정하고 파리, 런던, 제네바, 워싱턴, 필라델피아, 뉴욕, 샌프란시스코, 상해 등지에 선전국(宣傳局)을 설치하여 독립운동의 진실을 널리 알리며, 이로부터 중앙 유럽, 호주, 일본 등지에도 대대적인 선전운동을 일으키리라 하니, 미국 상원에 여러 번 제출되었고, 또 방금 상원위원 스펜서 씨의 손으로 제출된 한국독립원조안, 미국 각 교파의 한국독립 원조결의, 모든 버지니아 주 주민의 한국독립 승인 및 원조 청원서, 각계의 명사로 조직된 한국독립후원회 등은 실로 이 선전운동의 반향(反響)이요, 머지않아 국제연맹회에 대한 우리 운동의 기초가 될 것이다.

이때에 이르러 우리 국민이 더욱 결속하여 독립의 의사를 확고히 하고 독립이 오직 하나의 민족적 요구임을 발표하며 한편 정부를 후원하며 한편 세계의 여론을 불러일으키면 비로소 국제연맹이 우리의 목적을 이룰 기회되기에 충분하리라.

일본이 그 강대함을 우쭐거리거니와 이는 한국 내에서나 하는 소리요, 세계의 한복판에 내세우면 아직도 젖내 나는 아이이다.

게다가 가증한 야심과 교만한 심술을 감추어 여러 나라에게서 미움을 받나니, 3차 파리평화회의에서 카를린 마샬 군도(群島)와 청도(靑島) 문제 등 사욕에 대한 것 외에 한마디도 발설치 못하고, 후작(侯爵)이니 백작(伯爵)이니 하여 일본 내에서는 일류 정치가로 자처하던 자가 중국의 한 소년 논객 앞에 머리와 꼬리를 내리는 추태를 잇따라 하여 파리에 있는 일본인 기자들로 하여금 거의 분에 못 이겨 죽을 지경을 만든 일본이다.

이러한 미약한 일본을 5대 강국의 하나에 넣는 것은 국제연맹의 기초를 만들기에 황인종을 참여케 하려는 윌슨 씨의 고충에서 나온 것이요, 결코 일본이 그 지위에 합당하여서 그러함이 아님은 세상이 다 아는 비밀이다.

일본으로 하여금 황인종을 대표케 하는 황인종도 가련하거니와 이렇게 남의 덕택에 얻어 붙은 5대 강국의 하나인 일본이 국제연맹을 좌우한다 하면 누가 비웃지 아니하리오.

이번 경성의 강연회에 모(某) 일본 중장(中將)이 '국제연맹도 그 집행위원은 5대 강대국이 각 한 명, 모든 약소국가에서 네 명인즉 5대 강국의 하나인 제국의 의사에 상관없이 조선의 독립을 승인하는 일은 없으리라' 운운하는 호언(豪言)은 진실로 눈 있는 자의 실소를 금치 못하게 하도다.

또 미국·일본 전쟁도 상상치 못할 바는 아니니, 새로 카를린 마샬 군도를 획득한 일본이 꺼드럭거려 그 섬의 보호를 핑계로 내세우고, 거대한 해군을 배치하여 미국 본토와 필리핀과의 연락과 태평양을 위협한다든지, 또 현재에도 그러하거니와 앞으로 더욱 격렬하여질 중국의 이권(利權)에 대한 미국·일본의 경쟁이라든지 시베리아 문제 같은 것은 혹은 단독으로 혹은 연락이 엉클어져 넉넉히 두 나라 전기(戰機)의 원인이 되리니, 한국 독립 문제만은 미국·일본 전쟁의 원인이 아니된다 하더라도 위에서 말한 모든 원인이 하나 혹은 둘과 합해서는 넉넉히 전쟁의 원인이 될 가능성이 있느니라.

적은 미국이 유럽 전쟁에 참여한 것도 벨기에를 위함도 아니요 정의나 인도를 위함도 아니라 오직 사욕(私慾)을 위함이니 아무 이해관계 없는 한국을 위하여 이렇게 탐욕한 미국이 피를 흘릴리가 만무하다 하고 자기 마음으로 다른 사람의 마음을 미루어 헤아려 우리를 기만하고 위협하는 식자의 비웃음을 감당치 못하는 바이다.

전쟁의 동기는 비록 이해관계에서 나왔다 하더라도 미국 참가 전후에는 확실히 각국이 가급적 정의와 인도를 목적하였거늘 얕은 견해와 욕심 많은 일본인은 굳이 이를 악의로 해석하여 한족(韓族)을 속이느라고 스스로 속는 것도 어리석음을 비웃는 것도 마지못하리로다.

또 적은 중언부언하되 민족자결주의는 아무 정의 인도의 관념에서 나옴이 아니요 독일·오스트리아 두 나라를 피폐(疲弊)케 하기 위하여 윌슨이 생각해 낸 간계(奸計)라 하니 우둔한 논리의 사설(社說)에 이르러서는 시끄럽고 어리석음을 금치 못하도다.

민족자결주의의 결과는 비록 독일·오스트리아의 피폐를 가져왔다 하더라도, 그렇다고 그 동기까지 요사스럽고 교활하다 함은 너무 악해(惡解) 곡해(曲解)일지니 우리 독립운동을 혹은 일부 불령도(不逞徒)의 선동이라 하며 혹은 미국 선교사의 선동이라 하며 혹 무지몽매하여 하는 분별없는 행동이라는 것과 같은 심리에서 나온 것이다.

그러나 우리가 일어난 것은 민족자결주의에 따름도 아니요 평화회의나 국제연맹이나 미·일 전쟁을 믿고 일어난 것도 아니니 우리는 10년간 쌓은 울분과 실력과 자유를 동경하는 열렬한 민족적 요구로 그만두려 해도 그만둘 수 없고 누르려고 해도 누를 수 없어 일어난 것이다.

민족자결을 제창함은 그 어구(語句)가 우리의 의사를 발표하기에 가장 적당함에 원인함이오.

평화회의, 국제연맹, 미·일전쟁을 운운함은 그것이 다 우리의 목적을 이룰 기회의 하나됨에 말미암으니 민족자결주의나 평화회의나 국제연맹이 있기 때문에 일어난 것이니라.

일어나려고 할 때에 그것이 때마침 하나의 자극과 하나의 기회를 공급하였을 뿐이라, 어떻게 주위의 사정이 변하더라도 우리의 독립과 자유를 요구하는 정신은 변함이 없이 이 목적을 이루기까지 끊이지 않고 쉬지 않으며 모든 기회와 모든 수단을 다 이용할 것이다.

만일 오는 국제연맹에 실패하면 또 오는 국제연맹이 있고 또 오는 국제연맹이 있으며 적의 원하는 바와 같이 아주 국제연맹이 성립되지 아니한다 하더라도 우리의 목적은 변할 리가 없도다.

1년에 못하면 2년에, 그도 못하면 3년 또는 10년을 가더라도 2천만이 다 죽기까지는 맹세코 기필코 우리의 신성한 국토 내에서 우리를 노예로 하는 원수의 다른 민족을 내쫓고야 말지니 2천만 대한민족의 결심인 줄을 알고 적은 전율(戰慄)할지어다.

세계의 대세는 추측할 새 없이 변하도다.

지난 10년간의 대국(大局)의 변화를 보라. 그보다도 지난 5년간의 대국의 변화를 보라. 국가의 강대(強大)함을 믿을 수 없도다. 러시아를 보라. 독일을 보고 오스트리아를 보라. 특히 일본 내의 노동운동과 육·해 군인의 혁명사상의 물듦을 보라.

작년과 금년의 변화에서 어떻게 컸는가를 보고 아울러 금년과 내년, 그보다도 이번 달과 다음 달의 변화가 어떠할지를 상상하라. 동포여, 오직 뜻을 견고히 하여 용감하고 인내할지어다. 독립의 완성은 오직 시일 문제이니 그 기회는 잇따라 올 것이다.

민족의 단결이 날로 견고하여져 갈수록 성공의 날은 날로 가까워지리라.

세계적 사명 우리 밝은 앞날

동포여, 한숨을 그치고 근심으로 미간을 찌푸리지 말라. 우리의 앞길은 광명이니라. 다만 주먹을 불끈 쥐어 책상을 벼락같이 때리면서 '나는 하리라!' 말하라. 그러면 우리의 희망이 이루어질 것이다.

여러분 중에 만일 털끝만치라도 우리의 앞길에 의심이 있거든 버리고, 낙심이 있거든 버려라. 이는 자살의 비수(匕首)이니 이런 사상을 가진 동안 우리의 희망은 결코 달성함이 없으리라. 성공은 오직 희망하는 자, 일하는 자에게는 반드시 오고 그에게만 반드시 오는 상(賞)이니라. 우리의 희망은 결코 헛된 희망이 아니며, 또 작은 희망이 아니다. 우리의 희망은 확실한 근거가 있고, 이유가 있는 희망이며, 우리의 희망은 신성한 의미가 있고 원대한 가치가 있는 희망이니 청컨대 내 말을 들으라.

아마 동포의 희망과 용기와 확신을 빼앗는 자는 적의 강대함일지니 여러분은 마음속에 생각하되, '일본이 5대 강국의 하나이다. 그는 국제연맹 집행위원의 일원이다. 그에게는 강대한 육해군이 있다. 그런데 우리에게는 국제연맹에 발언권도 없고, 강대한 육해군도 없다' 하여 국제연맹에서 언론으로 다투더라도 승산이 없고 혈전으로써 다투더라도 승산이 없음을 근심하여 애국의 뜻은 약하고 한 몸과 한 집안의 일시적 안전만 구하는 자는 차라리 적에게 복종하리라 하여라.

얕은 견해의 근시안으로 볼 때에 이는 과연 그럴듯한 사상이라 적에게는 국제상의 지위가 있고 여론으로 위대한 육해군이 있나니, 만일 선전기관의 위대함이 여론에 승리를 얻는 유일한 조건이 되고 병력의 강대함이 전쟁에 승리를 얻는 유일한 조건이 된다 하면 현재의 지위로는 우리는 도저히 석을 이기지 못하리라. 그러나 여론의 승리는 반드시 발언하는 수(數)의 많고 적음에 말미암는 것은 아니니, 많은 사람과 금력을 사용하여 다수의 발언을 하는 자에게 일시적 승리는 있다 하더라도 세계는 그렇게 오래 허위적인 선전에 속는 자가 아니니라.

처음에 우리 독립운동이 봉기하였을 때에 적의 각국에 흩어진 수백인의 외교관을 이용하여 무수한 돈을 뿌려서, 많은 신문을 이용하여, 한국의 독립운동이 독립운동이 아님과 얼마 후에는 독립운동이라 하더라도 소수 불령(不逞) 무뢰배의 야심적 행동에 불과하고 다수 한국인은 일본 천황의 덕정(德政)에 기쁜 마음으로 복종하며 감격함과, 독립운동은 벌써 진압되었고, 그 진압하는 수단은 매우 공명정대하여 조금의 폭행도 없었음을 온갖 말로 선전할 때에 우리는 소수의 인물과 소액의 금전으로 우리의 진실을 선전함에 불과하였건마는, 오늘 세계에 누구라서 우리 운동을 이해와 계급을 초월한 전 민족 일치의 독립운동이라고 아니하는 자 있으며, 누구라서 작년 이래 일본의 우리 독립운동에 대한 만행을 믿지 아니하는 자 있느냐. 여론의 최후 승리는 결코 말이 많음에 있지 아니하고 말이 참되고 바름에 있느니라.

우리는 이미 세계의 여론상으로는 쾌히 일본을 정복하였나니, 일본 5천만의 한 몸이 모두 입이 되어도 우리의 요구와 행동이 올바르며 정당하고 일본의 야심과 행동이 부정하며 도리에 어긋나다는 세계적 단안을 뒤집지 못할지니 일본인 된 자는 그 의회라는 한담장(閒談場)에서나 미쳐 날뛰거나 어지럽게 짖어댈 뿐일지라.

그러나 완고하고 미욱하며 탐욕스러운 적들은 정의의 여론에 흔들리지 아니할 것을 이미 보였나니, 이번 적의 의회의 언론을 보더라도 비록 조삼모사(朝三暮四)의 우론(愚論)과 당리(黨利)와 사견(私見)에서 나오는 이치에 맞지 않는 허황한 이론이나 일찍 일정한 주의(主義) 주견(主見)이 있음은 아니라 하더라도 아직도 조선의 정치를 운운하며 심지어 사이토(齊藤)의 정책까지 완만하다 하는 자(者)조차 있나니, 어리석은 자와 악인을 잘못을 깨달아 뉘우치게 하는 데는 오직 눈에 불이 번쩍 나는 무서운 몽둥이가 있을 뿐이다. 우리가 지난 1년간의 평화적 수단을 포기하고 단연코 혈전의 결심을 하게 됨이 진실로 이를 위함이니라.

이에 적은 전쟁일진대 승리는 나의 것이다 하며, 어떤 동포는 전쟁으로 어떻게 강적을 이기겠는가 하도다. 작전의 기밀은 나 같은 문외한이 엿보아 알 바 아니거니와 내가 생각하기에 우리가 취할 전술은 2기로 나눌 수 있을지니 제1기는 퇴영기(退嬰期)요, 제2기는 진공기(進攻期)라, 아래에 설명하겠다.

적은 지금 우리 독립군의 침입을 방어하느라고 압록, 두만강의 국경에 거의 전부 산병선(散兵線)을 만들어 러시아와 서·북간도에 많은 밀탐(密探)을 놓아 우리의 군사적 활동을 미리 막아볼까 하고 가련한 정력을 다 쓰는 모양이나 우리 독립전쟁의 봉기함도 작년 3월 1일에 독립이 선언될 때와 같으리니 독립군이 오는 것은 하늘도 아니요 땅도 아니요 동도 서도 남도 북도 아니리라. 시베리아와 서북간도에서는 러시아나 중국에서 무기를 공급받아 대오정연(隊伍整然)하게 압록강의 철교를 건너려니와 국내 각처 방방곡곡에 봉기할 독립군에게 정예의 무기를 공급할 자는 우선 일본이니, 적은 동경과 대판의 포병공창에서 제조한 탄환이 자기 가슴을 관통할 줄은 예측 못하였으리라. 적이 각 면 왜경(倭警)에 3인씩을 배치한다 하니 이는 실로 감사한 일이다. 이러하므로 적으로 보는 기회가 드물고 따라서 적이 어떻게 흉포하고 탐욕하며 그러고도 미련한 줄을 몰라 적개심과 경멸심을 발할 기회를 얻지 못하던 동포도 이제는 그 기회를 얻었으니 적에게는 뜻밖의 대손실이요 우리에게는 뜻밖의 대이익이다. 이 또한 우리 독립전쟁의 우연한 하나의 준비라 하겠노라.

우리 독립전쟁의 개막은 작년의 만세운동과 같으리니 오늘 한 곳을 공격하고는 물러나고 내일 한 곳을 공격하고는 물러나서 오직 오랫동안 버티어 견딤으로써 적에게 손해를 입힐지니 이에 잠깐 임진왜란의 역을 한번 거듭하게 될 것이다.

한 명을 죽이매 한 명의 무기를 획득하고, 한 곳을 습격하매 한 곳의 무기를 획득하여 한두 달 안에 용산, 나남, 평양, 대구 등 대도시를 제외한 군대가 온갖 운명의 이기(利器)를 휴대하고 긴 사다리로 돌진하리니, 이에 순전히 피동적, 퇴영적(退嬰的) 전략이 변하여 전쟁은 점점 활기를 띠리라. 그러나 우리의 전쟁 요결(要訣)은 오랫동안 버티어 견딤이니 이로써 적의 사기를 떨어뜨리고 경제적 부담을 무겁게 하며, 아울러 일본의 혁명사상을 부추겨 마침내 일본으로 하여금 한국을 포기케 하거나, 아니면 제국주의적 현재의 일본 국가를 파괴하고 새롭게 건설하는 일본 국가로 하여금 호의(好意)로 우리의 독립을 승인케 하거나 둘 중 하나를 이끌어내게 하리라.

근시안적으로 보면 일본인은 혁명을 일으키기에는 너무 현재 국가—천황과 군벌과 재벌의 일본—에 대한 애국심이 강렬하고, 주의를 위하여 싸우기에는 지나치게 이기적이요 타산적이라 할 수 있다. 그러나 일본인의 현 국가 및 사회 제도에 대한 맹종적 시대는 이미 다시 돌아오지 못할 곳으로 지나가 버리고, 이제 일본 국민은 비판적 태도로 저들의 국가와 사회를 관찰하게 되었을뿐더러 이제까지 관찰하고 비판한 결과로 현재 일본의 국가 조직, 사회 조직 및 경제

조직에 대하여 부인(否認)의 단안을 내린 것은 일본의 청년운동, 노동운동, 사회주의 운동 및 그 밖의 모든 개조운동에서 그 거대한 몸집의 작은 조각을 분명히 엿볼지며, 또 이들 운동이 가속도적으로 격렬의 정도를 더함은 일본의 신문이 분명히 전하는 바이니라. 만일 현재 일본의 국가 조직 및 그 정책에 대하여 죽음으로써 이를 옹호할 자가 있다 하면 이는 소수의 군벌, 관료 및 재벌뿐일지니 본디 이들 벌족(閥族)의 능력은 그 자신에게 있는 것이 아니요, 이미 이룩한 제도를 이용하여 경찰과 육해군의 지휘권을 그 손안에 장악함에 있도다. 일단 육해군이 그 명령에 복종하기를 거절하는 날은 즉 저들이 몰락하는 날이요, 동시에 현재 일본이라는 국가가 해체되는 날일지니 러시아와 독일의 불의의 혁명이 이 좋은 실례이니라. 그런데 만일 한국의 독립전쟁이 오래 지속되면—예컨대 1년만 계속한다 하여도—그러하고 한국에 대한 출병 또 출병으로 군비 액수와 생명 희생이 갈수록 늘어나면, 또 한국 내에 있는 30만의 일본인이 생업에 종사할 수가 없게 되면, 마침내 일본 군인의 횡포가 점점 더하여 한국인의 적개심이 더욱 격렬하여 한국 안에 있는 일본인의 생명과 재산이 시시각각으로 위험을 당하게 되면, 다수의 한국인 결사대가 한국 내는 전쟁터임이 물론이거니와 일본 내지에까지 들어가 폭탄과 단총과 방화로 일본의 안녕을 파괴하게 되면, 일본 국민이 이는 한국을 자기 것으로 차지하려는 일본의 야심에 연유함인 줄을 자각하면, 국민의 요구를 무시하고 고집 세고 사리에 어두운 벌족들이 그냥 한국에 대한 전쟁을 계속한다 하면, 이리되면 일본인은 바로 그 타산적 이기심이 동기가 되어 오랫동안 잠잠하던 대혁명의 불꽃이 비로소 폭발할 기운을 당할지니 이리하여 우리는 최후의 승리를 얻으리라.

생각하라. 우리는 우리의 자유를 위하여, 우리의 국토를 위하여

한사코 싸우기를 결심도 하고 오랫동안 견디기도 하려니와 일본 국민이 무슨 그리 우리에게 큰 이해관계가 있어 백골을 한국 땅의 들판에 내버리리오. 시베리아의 출병도 지금 일본 국민의 반감을 일으켜 증병(增兵)하려던 계획도 일본 내 여론의 반대로 중지 상태에 있지 아니한가.

혁명은 이제는 하늘의 명령이요, 세계적 정신이다. 일본을 혁명케 할 자는 영국인이나 미국인이나 새로운 사상, 새로운 이상을 마음속에 품은 자와 특히 러시아인과 중국인은 모두 일본의 혁명에 참여하고 찬성할 자이니라. 그러나 이 세계적 대정신을 대표하여 일본에 끓는 피의 세례를 받을 자는 실로 우리 대한민족이니 그러므로 우리의 혈전은 다만 우리의 당연하고 신성한 독립의 완성만 위함일뿐더러 실로 일본을 위하고 세계를 위하여 하는 신성한 하늘의 밝은 명령이니라. 이는 이미 우리 독립선언이 발표한 바이다. 이러한지라 우리가 독립전쟁을 일으킴에 세계에 대하여 원조를 청할 권리도 있고, 또 세계는 우리의 청구에 응하여 원조를 바칠 의무도 있나니 미국과 중국과 러시아가 우리에게 원조를 약속함은 마땅한 일이다.

'우리가 이에 분기하도다. 양심이 우리와 병진하는도다…… 천백세조령(千百世祖靈)이 우리를 보이지 않는 곳에서 은밀히 도우니 전세계 기운이 우리를 보호하나니 시작이 곧 성공이라 다만 앞쪽의 광명으로만 힘차게 나아갈 따름인저.'

대한동포여, 모든 의혹과 근심을 버리고 확신과 용기를 내릴지어다. 그리하여 있는 금력을 다 모으고, 있는 생명을 다 바쳐 빨리 결전할 준비를 할지어다. 우리의 혈전이 개시되는 날 재력과 군수품과 인물과 생명의 후원이 곳곳에서 물려오리라.

아아, 유사 이래로 처음 세계적 대사명을 받아 실행하려는 대한민족아, 기뻐 뛰며 춤출지어다. 너희의 앞길은 오직 광명이니라.

조선 일본 두 민족 화합 못하는 까닭

　이번 독립운동을 무력으로 한순간에 제압할 줄 믿는 일본은 엄연히 종래의 태도를 바꾸어 가장 한인을 애호하는 듯한 모습을 짓도다. 일본의 각 신문지 등도 요사이에는 필법이 갑자기 변하여 한인을 수천 년 전부터 서로 아끼고 의지하던 동포인 듯이 말하며, 하라 다카시(原敬)는 한국·일본인이 무차별일 것과 조선은 결코 식민지가 아니라, 조선인 통치는 조선인 본위(本位)라 하는 등 확연히 큰 깨달음의 약속을 발표하였도다. 그리하고 부(部)를 국(局)으로 고치며, 도(道)의 장관(長官)을 도지사로 하며, 헌병 보조원의 지위를 조장(曹長)까지 높이며, 헌병의 일부분을 순사(巡査)로 꾸미는 등 천박한 2, 3개의 개조(改造)로써 한국인에게 정당한 처치를 함이라고 자긍하도다.

　생각건대 일본은 청·일, 러·일 두 군데 전쟁의 승리와 이번 대전(大戰)에 일약 5대국의 반열에 참여함으로써 그들의 특성인 교만을 더욱 키워, 그 융성이 영원하리라 자신하더니 문득 대전 중에 일본이 연합국에 저지른 배신적 죄악이 폭로되어 일본에 대한 세계의 증오와 불신의 공기가 짙어지며, 자기 집의 가축으로 확신하였던 한인이 일본에게는 가장 의외로 조직적 대활동을 시작하여 10년간 일본이 세계에 거짓으로 전한 한민족 스스로의 복종과 조선 통시(統始)의 성공이라던 거짓 꾸밈이 여지없이 깎이어 떨어졌을뿐더러 10년 전의 의병 학살과 30년래 잇따라 실행하던 대만인 학살과 재물 약탈을 오늘날의 독립운동에 실행하여 수만의 한인(韓人)을 살상하고 그 밖에도 문명의 한 조각이라도 있는 국민은 차마 행하지 못할 폭행을 일본국가의 이름 아래 행하여 전세계의 신임을 잃고 한편 4억의 중화인(中華人)에게 뿌리 깊고 조직적인 배척을 받아 일본은 오늘날에 사면초가의 고립 처지에 빠졌노라. 일본은 이해타산상으로 보더라도 외관상으로나마 전날의 잘못을 고치는 모습을 나타내어 세계의 신임을 회복할 필요가 있느니라. 이번 이른바 조선 통치 개혁도 이 정신과 속마음에서 나왔으려니와 이것이 혹 세계인의 이목은 얼마간 현혹하는 결과를 얻을지 몰라도 한족에 대하여서는 아무 효력도 주지 못할 것은 며칠 전 본지에 우리가 이미 밝힌 바이다. 일본의 이번 개혁에 앞서 기술한 동기를 빼고는 한족을 위한 아무런 성의도 인정할 수 없으니, 만일 일본에게 약간의 성의가 있다 하면 마땅히 한족의 의사를 존중하는 흔적이 있어야 할 것이어늘 그렇지 않고 모든 일을 자기네 임의대로 행하였도다.

그러나 이는 이론으로 말함이며, 일본의 성의(誠意)가 있고 없음과 선정(善政)이요 악정(惡政)임은 우리가 전연 관여할 바 아니니, 파리에 주재하는 우리나라 대표가 성명한 한족의 싸우고자 함은 일본인과 평등권을 얻으려 함이 아니요 오직 독립을 위함이니, 일본이 한국을 자기네 나라의 일부분으로 보유하기를 주장하는 동안 결코 극동(極東)에는 평화가 없으리라 함은 실로 한족의 의사를 최고로 간명직절(簡明直截)하게 설명한 것이니라. 그러므로 우리는 일본의 이른바 조선 통치 개혁안에 대하여는 옳고 그름을 논할 필요가 있도다. 그러나 일본인이 한족을 동화(同化)할 수 있다고 잘못 믿고 있음에 대하여 우리들 자신의 입으로 그 능·불능(能不能)을 밝혀, 한편 일본의 헛된 꿈을 깨뜨리고 한편 일부 인사의 의혹을 깨뜨림은 매우 필요한 일이라고 자신하노니 실(失)이 본론(本論)을 기초하는 까닭이다.

이것과 유사한 예(例)가 있으니 즉 1809년 러시아가 핀란드를 합병할 때에 공약(公約)으로 주민에게 허락한 화폐 주조, 우편, 전신 등 특권을 1899년에 칙령(勅令)으로써 모두 박탈하고 러시아화를 실시하므로 그때 학자 간에 비난이 있었으나 결국 국가의 생존발달상 필요에 응하여 주민의 물외포기(物椀抛棄) 또는 정지케 함도 있다 하고 그 비난을 배제하였도다.

그런즉 인류의 고유원권(固有原權)을 박멸한 제국주의 무장시대(武裝時代) 즉 강권자 만능시대의 이른바 국제법의 횡포 여하를 예측하기 어렵지 아니할 것이요, 따라서 이들 문제가 종전 국제법의 보호를 받기 불가능함도 상상키 어렵지 않도다.

그런데 이 문제를 해결함에 일대 활로(活路)를 얻은 것이 곧 국제연맹이다. 일본이 우리에게 공약한 합병조약 제 6, 7조는 확실히 우리의 생존을 빼앗았고 10년간 불법 정치가 명백히 우리를 박멸하였으니 이와 같은 폭행은 국제연맹이 이를 바로잡음에 유일한 의무라 하리라.

그러나 이번 조직되는 연맹으로 인하여 해결의 활로를 얻은 이상 본 문제는 전부가 을항(乙項) 문제에 부속하여 결론이 내려질 것은 조금도 의심할 여지가 없도다.

을항 경우에는 독일과 화의(和義)를 체결함에 정당범위를 벗어나고 세계 전반 문제에 간여하여 종전 국제법상 원칙되는 국가내정 불간섭의 절대 난관을 돌파해서 개인 또는 국가의 정당한 주장 요구에 대하여 공평히 이를 심판키 위하여 국가 단체의 관념을 포기하고 민족적 단체로써 국제연맹을 조직하는 이상은 우리의 생존과 발달에 장해되는 모든 굴레를 벗어나 자유생활을 하겠다, 즉 일본정부 아래에서 생존치 아니하고 자립하겠다 하는 민족결의에 그 근거를 두는 요구는 능히 한·일 간의 불법적인 결국(結國)의 전체 사실에 관계하여 심리(審理)를 받을 것은 물론이리라.

그러한즉 그 요구의 형식을 어떻게 할까. 즉 '한국을 완전한 독립국으로 승인하기를 요구함'의 일선(一線)이 될 뿐이니 조금도 주저치 말고 단도직입으로 큰 무대에 오를 것이니라.

이미 우리의 요구가 국제연맹 정신에 근거를 둔 이상은 결코 합병조약 폐기를 주장할 필요가 없도다.

즉 이는 간단명료한 전기(前記) 요구의 내용 사실에 속한 이유됨에 불과하며, 을(乙) 제2항 경우에는 어떠한가. 이것 역시 절대적 폐기수속을 필요로 하지 않나니 이미 일본은 5대 강국의 하나로 국제연맹 조직의 중요 분자(分子)가 된 이상은 연맹회의 결재는 곧 일본국 주권의 일부 작용이다. 그런즉 우리의 앞선 요구를 승인한다고 가정하면 이로 인하여 합병조약은 자연 소멸되리라.

어찌리오, 체약(締約)이 명시(明示) 또는 묵시로써 현행 조약과 양립치 못할 새로운 조약을 맺을 때는 앞의 조약은 이로 인하여 소멸될 것이요, 권리국과 의무국이 합병될 경우에는 종전 양국 간에 체결된 모든 조약은 이로 인하여 '조약혼동', 전부 소멸될 것이니 요컨대 우리의 독립을 승인하는 경우에는 아무런 의사표시가 없더라도 한·일 간 종전관계는 전부 갱신(更新)될 것은 물론이리라.

그러나 한 마디 보탤 것은 앞서 서술한 대로 단순히 독립을 요구할 때는 우리가 합병조약을 표면상 승인하는 불이익의 결과를 낳을 듯하나 이상 말한 바와 같이 폐기의 이유가 매우 박약할 뿐 아니라 이것이 앞의 요구에 대한 선결(先決) 문제가 되지 아니하는 이상은 결코 이에 얽매일 필요가 없으리라.

이상의 대체적 해석을 반복해 살펴볼 때는 우리의 출발점을 찾아

나가기 어렵지 않으리니, 즉 나는 을설(乙說)을 취하여 정면으로 조약폐기의 요구가 완전히 부당하다 하노라.

이와 같이 구차한 문제를 제출하여 판단을 받을 의무가 없을 뿐 아니라 거꾸로 불이익이 있다 할지언정 결코 아무 가치가 없도다.

그러나 내가 을설(乙說)을 취하는 동시에 우리 처우(處遇)의 사실을 갑(甲) 제2항의 설과 같이 조건적 해석으로써 국제연맹으로 하여금 근본적으로 이를 갱신케 하도록 요구의 내용 사실의 완전과 충실을 시도하여야 할 것이로다.

바라건대 연구계(研究界) 여러분이 만분의 1이라도 참고에 보탬이 된다면 참으로 다행이리라.

일본인은 아무쪼록 한족을 지배할 핑계를 얻기 위하여 한·일 양족의 동문동종(同文同種)임을 역설하며, 심지어 두 민족은 예부터 밀접하여 멀어질 수 없는 관계가 있다 하며, 어리석고 욕심 많은 양심이 마비된 저들은 예부터 한족(韓族)은 일본족에게 지배를 받는 경향이 있었다 하여 합병(合併)은 2천 년 이래의 숙제를 해결함이라고 장담하도다. 이는 우리 독립선언서에도 말하는 것이려니와 천박한 정복자적인 쾌락을 취하려 하는 좁은 견해에서 나온 것이다.

한·일 두 민족이 같은 민족이라 함은 민족의 정의(定義)를 모르는 자의 말이다. 혹 종족과 민족과의 뚜렷한 두 개념을 혼동하여 자기에게 유리하도록 말함일지나 한·일 두 민족이 같은 몽골족이라 하면 이 의미로 보아 이 두 민족이 같은 종족이라고 일컬을 수 있을지나 같은 역사와 언어를 갖는 외에 '우리는 같은 민족이다' 한 민족적 의식의 존재를 필요로 하는 민족이라는 관점에서 보면 아무리 견강부회(牽强附會)와 아전인수(我田引水)에 능한 일본인이라도 한·일 두 민족을 동일한 민족이라고 말할 낯가죽이 없으리라. 만일 동일한 몽골족이라는 근거로 한·일 두 민족의 동화가 가능하다 하면 몽골족,

한족은 물론이요, 멀리 터키족, 헝가리족, 폴란드족까지도 동화하여 한 민족이 될 수 있겠는가. 또 만일 같은 한자를 사용함을 근거로 동문(同文)이라 하여 동화가 가능하다 하면 한·일 두 민족의 동화보다도 한·중 두 민족의 동화가 더욱 쉬울 것이요, 같은 알파벳을 사용하는 유럽과 미국의 모든 민족은 모두 동화하여 한 민족을 이룰 것이다.

또 만일 한·일 양국이 일위대수(一葦帶水), 곧 바다만 건너가면 되는 관계임을 동화의 한 조건이라 하면 육지로 맞닿은 프랑스, 독일, 러시아, 이탈리아 등 여러 민족은 더욱 동화하기가 쉬우리라. 자고로 밀접한 역사적 관계가 있음으로써 동화의 조건이 된다 하면 한족(韓族)은 일본족(日本族)에게보다 한족(漢族)에게 동화할 가능성이 더 클 것이며 그리스와 로마, 영국, 프랑스, 독일 등은 더구나 동화하기 쉬울 것이다. 또 만일 일본민족은 한민족(韓民族)보다 근대문화를 하루라도 먼저 받아들인 장점이 있고, 일비(一臂)의 강점이 있으므로 동화의 조건이 된다 하면 세계의 열약(劣弱)민족은 모두 우강(優强)민족에게 동화되고 말 것이며, 또 만일 일본인이 철면피하게 스스로 칭찬함과 같이 일황(日皇)이 한민족을 일본민족과 같이 사랑하고 일본인이 한인을 동포와 같이 한다 함으로써 동화의 조건이 된다면 일본민족은 개와 말과 같이 자기에게 이익을 주는 다른 민족에게 동화될 것을 자백함이요, 민족적 의식(意識)과 민족적 긍지(矜持)와 신성한 역사의 전통을 무시하는 자이니라. 일본은 과연 어떠한 근거로써 한·일 양족의 동화를 주장하는가.

이론(理論)으로만 두 개의 다른 민족의 동화가 불가능할뿐더러 유사 이래로 일찍 이민족(異民族)동화의 실례(實例)가 없을뿐더러 이와 반대로 동화정책(同化政策)이 동화하려던 두 민족에게 참혹한 피해를 입고 실패한 실례만 역사에 비일비재하며, 특히 오늘날은 동화라는 거짓 이름 아래 폭력으로 억압되었던 민족이 분리하고 해방되는 시대이다. 일본은 감히 역사의 방향을 뒤집으려 하는가. 하물며 한·일 양족 사이에는 아래에서 논할 특수한 조화(調和)를 이루지 못할 이유가 있음이리오.

역사와 민족의식, 역사의 전설로 보면 일본민족은 우리나라에서부터 흘러들어간 듯하며 더욱이 일본의 숭신천황(崇神天皇)의 경성(京城)이 한족의 식민지인 돈하(敦賀)이던 것과 한족이 배(舟)를 놓아 일본에 들어가서 일본왕이 된 것으로 보든지 이른바 나라시대의 수도였던 나량(奈良, 일본음으로는 나라)이 신라어(新羅語)임과 그 밖에 고오리(郡), 무라(村) 등의 지방제도 명칭이 신라어에서 나왔음과 이른바 신공황후(神功皇后)는 한인 여자로 구주(九州)의 적(賊)을 토멸한 뒤에 본가(本家)인 고국 신라에 조근(朝覲, 신하가 임금을 뵘)하였을 때에 신라 왕실에서는 이를 특별히 맞이하여 일본민족이 아직 못 보던 여러 진귀한 물건을 하사하였음을 보든지 또 삼국시대의 백제국이 마치 어린아이를 돕듯이 일본민족에게 모든 방면의 문화를 전수하여 생식혈거(生食穴居)의 오랑캐이던 일본민족으로 하여금 제법 상당한 문화를 가지게 하였음을 보더라도 고대에서는 우리 한족은 일본족을 우리 민족의 한 분가(分家)로 본 듯하며, 아울러 위에서 기술한 전설과 숭신천황 및 신공황후의 예로 보더라도 일본 황실은 십중팔구는 우리 한족(韓族)의 혈통인 듯하도다. 그 밖에 삼국으로부터 혹은 식민으로 혹은 이주로 고등한 문화를 지니고 일본에 들어간 자가 많이 있으며, 현재의 일본인에게도 마땅히 수백만의 한족 후예가 있으리라. 그렇다고 한·일 두 민족을 같은 민족이라 할까.

한족은 4200여 년의 독립된 국민으로의 기록을 가지고 있고, 특수한 언어와 습관을 가지고 있으며, 우리는 한족이라 하는 강렬한 민족적 의식이 있다. 일본민족도 이러하다. 만일 한족이 일본족에게 동화할 가능성이 있다 하면 동일한 논리로 일본족도 한족에게 동화할 가능성이 있다 하리라. 만일 오늘날 두 민족이 처지를 바꾸어 한족이 새로운 문화를 일본보다 하루라도 먼저 받아들였다 하고 한족이 일본민족에게 동화하라 하면 일본족이 과연 신무천황(神武天皇)을 버리고 그 자긍하는 야마토 민족이라는 명칭과 야마토다마시(大和魂)를 버리고 단군을 일본족의 조상이라 하며 대한민족을 자기네 명칭이라 하여 영광으로 여길까.

자만심과 배타성 강하기로 저명한 일본민족이 요행히 한족의 처지에 서 있었던들 동화(同化)라는 동(同)자만 들어도 참지 못하였을 것이요, 만일 동경(東京)에 한족의 총독을 둔다 하면 적어도 10년간에 18명은 암살하였으리라. 한족이 일본 안에서 제멋대로 행동하면서 단군을 일본족의 선조라 하고 일본족은 예부터 한족의 지배를 받은 민족이니, 2천 년도 못 되는 야만된 역사를 버리고 반만년 문화의 역사를 가진 한족에게 동화하여 행동하라면 애국심을 자랑하는 일본인은 반드시 그 잘 쓰는 창과 단도로 수백 수천의 한인을 암살하고 한족의 간사한 속임수와 악함을 원망하였으리라. 어찌 이토 히로부미(伊藤), 사이토(齊藤), 두 사람의 저격뿐이었으리오. 일본인의 욕망대로 하면 한족이 속히 자기의 역사와 언어를 잊어버리고 속히속히 일본인이 되었으면 좋으련만, 일본인이 한족의 역사를 없애려 하면 할수록, 국어를 없애려 하면 할수록 한족의 이에 대한 애착심은 더욱 강렬하게 되며, 일본이 같은 민족이라고 역설할수록 일본은 다른 민족이라 한족의 원수다 하는 관념이 더욱 강하게 되지 아니하겠는가. 만일 일본이 애써 이치에 어긋나는 말과 역사 위조 등의 수단으로 동화의 신통한 핑계를 얻는다 하더라도 한족의 역사와 국어와 민족적 의식은 영원히 깨뜨리지 못하리라.

〈제5, 6, 8호 대한민국 원년 9월 4, 6, 13일〉

일본국민에게 선언한다(1)

대한민국 원년(元年) 3월 1일에 우리 민족이 독립을 선언하고 온 국민이 하나로 뭉쳐 평화적 시위운동을 행함으로부터 이미 6개월이 지났다. 우리 민족은 촌철(寸鐵)의 무기도 없이 오직 만세를 부름으로써 우리의 독립을 요구하는 의지를 표시할 뿐이거늘 귀국(貴國) 정부는 정의와 인도를 무시하고 오직 자가(自家)의 허위된 공명(功名)을 비호하여 2천만 민족을 폭압하던 죄악을 엄폐하기에만 급급하여 절제 없이 경찰과 무력을 사용하여서 우리의 지도자인 지사(志士)를 폭도(暴徒)라는 누명 아래 포박하고 투옥하고 악형(惡刑)하며 평화로써 자유를 부르짖는 양민을 쏘고 찌르며 때려서 2만여 사상자와 6만여 체포자를 냈고 심지어 무구한 처녀를 모욕하며 어린아이를 학살하여 평화롭던 2천만 민중의 끓는 피를 불같은 적개심으로 끌리게 하고 진압이라는 미명(美名)을 탐하여 방방곡곡에 총과 창의 병경(兵警)을 배치하여 행인을 검문검색하며 밤중에 민가에 침입하여 알몸의 남녀를 길가에 끌어내어 참지 못할 모욕과 구타를 가하며 국내의 여행조차 여행권을 요구하는 등 전무후무한 강압 정책을 써서 삼천리강산을 피비린내 나는 공포 아래 신음케 하여 일본국민과 세계에 대하여는 혹은 사실을 은폐하고 날조하여서 우리 민족을 헐뜯기에 급급하니 우리도 눈과 귀가 있고, 정신이 있고, 끓는 피가 있는 자인데 어찌 귀국 정부의 포학잔인(暴虐殘忍) 불의허위(不義虛僞)한 심사와 행위에 이를 갈며 주먹을 불끈 쥐지 아니하리오. 이러한 가증스럽고 혐오스러운 사실은 정부에게 기만되는 일본 국민을 제외하고 세계가 널리 아는 바이다. 어찌 한 사람의 손으로 천하의 눈을 가릴 수 있으랴. 가까이는 중국민족의 배일(排日)과 멀리는 유럽, 미국국빈의 배일(排日)에 참으로 귀국 정부가 우리 국민에 대한 행동이 중요한 한 원인을 만듦도 모르는 자는 오직 일본국민뿐인가 하노라.

사기와 폭력으로 행한 우리 민족의 하늘에 사무치는 원한인 한일합병도 잠깐 말 말고, 합병 뒤 10년 동안 귀국 정부가 우리 민족에게 행한 포학도 말 말고, 3월 1일 이래로 귀국 정부의 잔인불의(殘忍不義)한 행동이 우리 2천만 민중의 골수에 박힌 원한과 적개심만 하여도 수세기를 지나기 전에는 없어질 수 없느니라. 만일 귀국이 대학살을 실행하여 우리 민족을 섬멸하면 되거니와 그렇지 않고 다만 귀국 정부의 이른바 불령선인을 감옥에 가두며, 능력 있는 학생의 머리를 난타하여 뇌에 고장을 일으키게 하려는 수단으로는 우리 민족을 영원히 강압하기 불가능하리라. 귀국 정부가 보기에 우리 민족은 극히 뒤떨어지고 어리석고 굼떠서 칼의 위엄에 쉽게 두려워 굴복할 듯하거니와 우리는 실로 귀국(貴國)보다 2배나 오랜 문화의 역사를 갖고 있는 민족이다. 비록 일시 쇠약하였다 하더라도 귀국의 울흥(鬱興)에 강렬한 자극을 받고 세계를 풍미하는 자유사상에 민족정신의 새로운 불꽃을 얻은 우리 2천만 민중이 결코 다른 민족의 통치하에 만족할 수 없음이 분명치 아니한가. 갑작스럽게 떨치고 일어나는 민심은 오랜 옛날 민족의 지혜가 미개한 전제(專制)시대에 있어서도 억압키 불가능하거늘 하물며 오늘날이야.

귀국 정부가 우월한 무력만을 믿어 강압만 행한다면 2천만의 각성된 민족의 치열한 적개심을 도발하여 마침내 한·일 두 민족으로 하여금 영원히 융화치 못할 원수를 이루리니, 이는 오직 두 민족의 불행일뿐더러 실로 세계 인류의 불행일 것이다. 일본이라고 늘 강한 무력이 계속되리라는 법이 있으랴. 50년대의 일본 성운(盛運)이 비록 위대한 것이라 하더라도 이미 멀고 가까운 이웃나라 민족의 증오를 받음이 극렬하니 오직 강력함만 믿고 뉘우침이 없으면 어찌 제2의 독일이 아니되기를 보장하리오. 이미 우리는 일본 국내에 정치적·경제적 제반 위험 사조(思潮)가 팽배함을 알았고 시베리아에 출정한 병사가 과격파의 사상에 물들어 감화되는 사실을 들었도다. 비록 우리 민족에게 귀국의 무력을 저항할 만한 방비나 준비가 없다 하더라도 귀국이 여전히 우리들 의사를 무시하고 우리에게 참지 못할 부끄러움을 가할진대 우리는 능히 혹은 중화(中華)와 단결하여 혹은 과격파와 연결하여 귀국의 덮어버릴 수 없는 근심 걱정을 만들어 주겠으며, 또는 울분이 맺혔던 적개심이 폭발하는 날 한반도의 2천만은 봉기하여 한반도 내에 거주하는 귀 국민의 학살 폭거에 나감이 없으리라고도 단언키 불가능하도다.

〈제10호 대한민국 원년 9월 18일〉

일본국민에게 선언한다(2)

우리 민족이 정의로써 나의 고유한 자유를 부르짖되 귀국(貴國)은 우리 민족을 멸시하기를 소나 말과 같이 하나니 우리가 만일 평화로 우리의 목적을 이루지 못하는 날, 가능한 온갖 수단을 사용하여 잔인 불의 교만한 원적(怨敵)인 귀국에 대함이 차라리 당연한 인성(人性)으로서 할 바가 아니리오. 우리가 참는 것도 손님으로 이미 도를 넘어섰다.

우리는 우리의 지사(志士)가 귀국의 관리에게 모욕당함을 목격하였고, 우리의 부로(父老)와 형제와 자매가 귀국의 병사와 경관과 소방대와 사복(私服)한 무리들에게 총과 창과 몽둥이와 갈고리에 피를 흘렸음을 목격하였으며, 우리의 촌락과 교회와 학교에 불을 지르며 밤중에 우리 가정에 침입하여 우리의 처녀를 알몸으로 하여 길가에 세워놓고 조롱하고 구타함을 목격하였고, 우리의 소중한 자녀가 귀국의 헌병대와 경찰서에서 참혹한 악형을 당하여 혹은 깨어진 머리, 부러진 다리, 피묻은 옷으로 돌아옴을 목격하였으며, 심지어 부녀(婦女)의 음부를 지지며 음모(陰毛)를 뽑는 등 짐승 같은 짓의 증좌를 목격하였고, 1만여 명 우리 민족의 학살을 위하여는 일언반사의 애도(哀悼)의 말도 없으면서 1, 2개 폭행 난병(亂兵)의 사상(死傷)은 큰일인 듯이 드높이며, 무고한 양민을 학살한 수많은 난병에게는 아무 제지도 없음을 목격한 우리는 이미 참는 것도 그 도를 넘어섰도다. 그러하거늘 귀 국민은 아직도 인도적 자각을 깨우치지 아니하고,

도리어 귀국 정부의 행동을 승인하여 언론 문장에 우리 민족을 모욕하는 언사가 충만함을 보니 이는 귀국 정부가 사건의 진실을 귀 국민에게 은폐 혹은 개조함에도 있거니와 천인(天人)이 공분(共憤)하는 이 대악행을 듣고도 움직이지 아니함은 참으로 우리로 하여금 귀 국민의 양심의 존재를 의심케 할뿐더러, 눈앞의 적은 이욕에 연연하여 민족 구원의 대계(大計)를 도모하는 원려(遠慮)를 결핍한 것이 아닌가 의심케 하도다. 요즈음 귀 국민 중 몇몇 식자(識者) 간에 우리나라에 대한 총독부 정치의 결함을 논하는 자도 얼마쯤 있는 모양이나 아직도 영토욕과 정복자의 과긍(誇矜)을 버리지 못하고 문관 총독 헌병 제도의 폐지 등으로써 한때를 호도하려 하며, 가토 도모사부로(加藤), 고명남작(高明男爵) 그 밖의 조선자치론을 창도(唱導)하는 자도 있거니와 하나도 우리 국민의 의사를 무시하지 않은 것이 없도다.

우리의 불평은 실로 무관(武官) 총독 정치도 아니요, 헌병 제도도 아니요, 오직 다른 민족의 굴레에 있음이며, 따라서 우리의 요구는 문관(文官) 총독 제도도 아니요, 참정권도 아니요, 자치제도 아니요, 오직 하나인 자주독립이다. 이 자주독립의 목적을 이룩하는 날까지 우리는 부르짖을 것이며 싸울 것이다. 마지막 한 사람까지 죽기를 아끼지 아니하리라. 2만 명 우리 국민의 선혈(鮮血)이 아직도 이 목적을 달성하기에 부족하다 하면 20만이 있고, 20만도 부족하다 하면 2백만, 2천만의 끓는 피와 생명이 있느니라. 우리의 민족적 자부심으로 보거나 정치적, 경제적, 사회적 생존과 발전의 자유로 보거나 우리는 생명으로써 우리의 독립을 맹세코 도모하여야 할지니 이러한 사활의 큰 문제를 위하여는 우리는 우리의 자유의 강탈자를 대하기에 마침내 수단과 방법을 택할 여유가 없으리로다.

우리 2천만 민족은 이미 대한민국의 자유민이요, 우리를 지배하는 정부는 곧 우리 대한민국의 임시정부이니 일본이 폭력으로써 우리를 포로(捕虜)로 함은 가능할지라도 영원히 다시 우리를 일본의 새로 편입된 백성으로 만들지 못하리라. 우리는 함부로 이웃 나라의 국민을 적대하려 함이 아니나, 이웃 나라가 만일 그 불의(不義)와 잔학(殘虐)을 그치지 않을진대 반드시 끓는 피로써 서로 만날 수밖에 없도다.

우리는 귀국의 군벌(軍閥)과 관료가 반드시 귀 국민의 의사를 대표하는 자가 아님을 아노라. 그러므로 이에 몇 마디를 하겠으니 바라건대 귀국은 적게는 한·일 두 민족의 아득히 오래된 이해와 크게는 세계 인류의 자유와 평화를 위하여 귀 정부를 편달(鞭撻)하여서 당연하고 공정한 순결(順決)의 도(道)를 취하여 비참한 유혈의 비극을 미연에 방지하고 서로 이웃한 민족의 영원한 우애와 행복을 도모케 할지어다.

〈제11호 대한민국 원년 9월 20일〉

외교와 군사를 생각하며

외교와 군사행동, 또는 외교냐 군사행동이냐 하는 것이 3월 1일 이래의 우리들 중심 문제이다. 혹은 외교를 주로 한다 하고, 또는 군사행동을 주로 한다 하며, 또 혹은 외교와 군사행동을 병행하여야 한다 하여 의견이 불일치하였나니, 일반의 해석을 따르건대 시베리아의 국민의회와 길림(吉林)의 군정사(軍政司)는 군사행동을 위주로 한것이요, 상해에 설치된 임시정부는 외교를 위주한 것이다. 외교와 군사행동에 대한국민의 태도를 살펴보건대 말할 것도 없이 두 가지의병행을 이상으로 하거니와 만일 가벼움과 무거움의 구별이 있다고하면 평화회의가 끝날 때까지는 외교설(外交說)이 주(主)가 된다.

그러나 우리는 우리를 동정하는 외국 인사에게 군사행동이 불이익하다는 충고를 거듭할뿐더러 주변의 형세와 우리의 실력이 아직포화(砲火)로써 일본과 마주할 정도에 이르지 못하였으므로, 만일우리에게 한 개의 사단만 움직일 실력이 있다 하면 우리도 기꺼이일전을 시도하기를 주장하려니와 그렇지 못한 처지에 한갓 전쟁을부르짖음은 다만 한때 듣는 사람에게 천박한 만족을 주고 적으로하여금 경계를 더욱 엄중히 하여 우리의 행동을 더욱 불편케 할 뿐이다. 비록 수백 수천의 죽음을 무릅쓴 우국지사가 대오(隊伍)를 가다듬어 일본군에 대항한다 하더라도 이는 실로 계란으로써 바위를치는 격이니라. 귀중한 인재를 잃는 것 말고 무슨 이익이 있으랴.

우리가 최후 행동으로 일본에 대하여 전쟁을 시작할 방법에 두 가지가 있으니, 하나는 대국(大局)의 변화로 우리에게 참전할 기회가 도래하게 함이요, 또 하나는 일본인의 학살운동이다. 오늘이라도 우리 민족의 애국심과 단합력은 명령 한 마디에 충분히 전국의 적을 소탕할 것을 확신하지만 이는 사람의 도리가 허락하지 않을뿐더러 또한 우리에게 이익도 아니다. 그렇지 아니하고도 우리에게는 독립의 기회와 자신이 있거늘 왜 군이 조급한 행동을 하겠는가. 군사행동을 준비함에도 그 기초되는 것은 외교의 승리이다. 능히 외채를 얻어야 군비에 충당할 수도 있고, 제3국의 후원을 얻을 수도 있지 아니한가. 그러면 외교의 방식은 어떠할까.

예로부터 우리 정부의 외교는 더없이 국한하여 평화회의에 참여한 각국 대표 및 미국에 한한 듯하다. 그러므로 외교의 방침을 일변(一變)하고 아울러 외교의 통로를 넓힐 필요가 있도다.

국제연맹회의는 우리에게 중요한 기회이다. 마침 그 회기(會期)가 미루어짐은 우리를 위하여 막대한 행운이니 회기를 내년 2월이라 가정하면 지금부터 3, 4개월 동안 부리나케 각국 및 각 민족에게 대하여 활발한 선전운동을 시작하여서 필승을 기할 준비를 이루어야 하리라. 지금 국제연맹 가입국이 47개국이라 하고 각국은 대소(大小)를 막론하고 한 표를 가졌을 뿐이라 하며, 전원(全員) 3분의 2의 동의로 한 나라가 연맹에 가입할 수 있다 하니 32개국의 동의만 얻으면 우리 대한민국은 완전한 독립국의 자격으로 국제연맹의 일원이 되어 당해 연맹규약(聯盟規約)의 옹호를 받을 수 있으리라.

아무리 정의라 하더라도 앉아서 성공을 기약하기는 불가능하니 이 여론정치의 시대에 처하여는 선전은 가장 필요한 것이다. 실로 천채일시(千載一時)요, 또 얼마 남지 않은 긴급한 기회이니 우리는 있는 전력과 인재를 집중하여 이 사업에 참여하여야 한다.

지금 우리 민족의 인도(人道)를 기초로 한 문화와 통일에 대한 세계의 신용이 절대로 필요한 시기에 있어서 암살이나 부분적 전쟁이나 통일성 없는 행동을 함은 실로 자살적 행동이라 할 수밖에 없도다.

　원컨대 우리의 우두머리 여러분들께서는 매우 작은 한 예문(禮文)이나 감정에 얽매여 큰일을 그르치게 함이 없게 할지어다.

〈제19호 대한민국 원년 10월 11일〉

하늘이시여

오호, 푸르른 하늘아. 너는 한족(韓族)에게 화(禍)를 입히려 하느냐. 또는 앞으로 커다란 임무를 내리려 하기에 난감한 고난을 주려 함이냐. 만일 그러할진대 이보다 더한 고난을 내린들 무엇을 한탄하랴 원망하랴. 옛날 야곱(約百)에게 내리던 재앙을 다 내리고 그보다 더한 재앙을 더 내리더라도 감수하리다. 오직 오는 천만대 자손의 자유와 안락을 약속할진대 2천만의 생명을 성결한 제단에 바치니 무엇을 사랑하랴, 무엇을 아끼랴.

3월 1일 이래로 적의 칼자루 아래 죽은 자 얼마며, 다친 자 또 얼마며, 몹시 흉측하고 악독한 적리(敵吏)의 혹형(酷刑) 아래 겨우 얼마 남지 않은 목숨을 보전하면서 옥중에 신음하는 늙은 부모는 얼마며, 형제는 얼마며, 자매는 얼마인가. 집에 남겨둔 그들의 부모와 처자는 얼마인가. 게다가 수십 년래의 가뭄으로 오곡이 말라죽고, 늙은이를 도와 보호하고 어린이를 보살피며 산과 들에 초근목피(草根木皮)를 모으는 비참한 지경에 처해 있고 또 요사이 보도에 따르건대 콜레라는 가을바람과 더불어 더욱 창궐하여 전국 내 8천여 환자를 발생시켰다 하며, 또 10월에 들어서는 일본인이 나뭇잎이 움직여도 독립군인 줄 알 만큼 신경이 과민하여 일주일 동안에 경성에서만 2천여 동포가 포박되어 온몸이 피투성이로 적의 진영에 끌려감을 보도하도다.

날씨가 차츰 차가워지는데 입을 것과 먹을 것, 의지할 곳을 잃어버린 수십만 동포는 어떻게나 살아가는가. 어차피 한 번은 죽을 기회와 거처를 얻으려고 표연히 고국을 떠나 만주의 광야에 방황하는 수만의 젊은이는 앞으로 어찌하는가.

적(敵)은 한족을 억압하고 괴롭히고 죽이기 위하여 수원(水原)의 난병(亂兵) 무리를 날로 우리나라 영토에 투입하며 많은 돈을 풀어서 한인으로 하여금 한인에게 해를 입히게 하는 골육(骨肉)의 계에 부심하도다. 적의 속셈은 날로 악해지고 적의 횡포는 때가 갈수록 독하여지니, 오호 푸른 하늘아 언제까지 이 불의를 허락하려느냐. 삼천리강산에 근심스러운 기색이 암담하고 20만 심령(心靈)에 슬프고 분함이 가득하도다.

살아가랴 죽으랴, 웃으랴 통곡하랴, 취하랴 미치랴. 생리적으로나 도덕적으로나 정신적으로나 한족은 지금 가장 커다란 위기에 맞닥뜨렸도다. 행여나 첩첩 견디기 어려운 고통에 자포자기의 생각을 일으킬 우려도 있으니, 혹은 도덕적으로 타락해 실속 없이 겉만 화려하고 마음껏 음탕하게 노는 데로 흐를지요, 혹은 적개심을 능히 억제치 못하여 일본인 대학살의 대열에 나갈지요, 혹은 과격한 사상에 물들어 사회의 대붕괴를 가져올지니 이리되면 한족의 앞날은 아주 어두우리라. 온갖 고통과 갖은 시험을 다 당하되 대주의(大主義), 대이상(大理想)을 위하여는 태연부동(泰然不動)하는 용기와 인내를 보여야 비로소 한족은 새로 생기는 대국민의 영예를 얻게 되리라.

아아, 푸른 하늘아 한족에게 복(福)을 내릴지어다. 밝은 앞날을 기약할지어다. 야곱의 고난도 사양할 바 아니며, 예수의 고통도 사양할 바 아니니 우리는 오직 경건한 순교자의 태도로 무쌍한 인내와 용기로 이를 맞이하리라.

오호, 푸른 하늘아.

〈제21호 대한민국 원년 10월 16일〉

상해 임시정부와 국민

10년간 다른 민족의 통치를 받던 우리 민족이 다시 우리 민족 자신의 정부를 가지게 됨이 어떠한 행복이며, 어떠한 영광인가. 비록 아직 우리 국토를 광복(光復)하지 못하고 아직 세계 여러 나라로부터 독립의 승인을 받지 못하였다 하더라도, 비록 아직 우리 임시정부를 우리 서울에 세우지 못하고 나라 밖 영토 안에 임시로 세웠다 하더라도 우리 민족의 희망과 정신의 초점이요, 우리 국가가 발육하는 새싹이며, 우리 천만대 대한민족의 자유의 독립과 편안한 행복과 번영의 근원이다.

3월 1일 이후로 우리 민족의 진심에서 우러나오는 정성은 임시정부의 건설에 있었고, 앞으로의 우리 민족은 있는 힘을 다하여 임시정부의 옹호와 이곳의 정부를 우리 서울로 들여감에 있도다. 아아, 2천만 남녀의 충성 대상이 임시정부요, 진로의 목표가 임시정부로다.

그러나 우리 2천만 남녀가 임시정부를 높이 받들고 피와 생명으로써 이를 옹호함은 결코 대통령, 국무총리 이하 정부 각료의 특정한 사람들을 위한 게 아니라, 우리 국가의 주권 소재인 정부 그것을 위함이리라. 이(李) 대통령, 이(李) 국무총리 이하 각 총장 및 총판(總辦) 어느 것이 우리 민족의 숭앙경배(崇仰敬拜)하는 인물이 아니리오마는 그러하더라도 정부라는 기관에 비하면 저들은 그다지 중요하지 않도다. 정부라는 기관은 민국(民國) 원년(元年) 2년으로 시작하여 천년 만년에 이르기까지 끝없이 오래오래 전할 우리 대한민족의 자유의 독(獨)이요, 생명일 신기로되 그 각료되는 특정인은 잠시이 신기의 위탁을 받은 국민의 피용인(被傭人)이다. 그러므로 우리 2천만이 마음과 정성과 힘과 생명을 합하여 공경하여 받들고 옹호할 것은 실로 정부라는 신기이니 김가(金哥)가 대통령이 되고, 이가(李哥)가 대통령이 됨으로써 우리의 마음을 하나나 둘로 할 바 아니니라.

건국 초기 국가가 거의 그러한 모양으로 아직 우리 임시정부는 국민이 건설하고 기반을 튼튼히 하는 중이니 정부가 국민을 보호할 때가 아니요, 국민이 정부를 보호할 때이니라. 국민은 정부라는 기관을 통하여 안으로는 국민에게 밖으로는 세계의 여러 나라에 그 의사를 발표할 뿐이니, 이미 이루어진 국가의 정부와 같이 국민이 그에게 아직 보호를 청할 때가 아니요, 앞으로 우리 및 우리의 후손이 그의 안전한 보호를 받기 위하여 먼저 정부의 발육을 보호함이 마치 앞으로 안전한 주택을 삼기 위하여 먼저 가옥을 건축함과 같도다. 이로부터 만일 2천만 남녀가 마음을 하나로 뭉쳐 우리 정부를 높이 받들고 옹호한다면 날이 가고 달이 갈수록 우리 정부의 실력과 위신은 더욱 증가할 터이니 4월에 우리 정부가 처음 성립되자 적(敵)은 다만 어린아이의 장난쯤으로 여기는 비웃음으로 대할 뿐이러니 불과 4개월 만에 나라 안팎의 국민의 신임이 차츰 두터워지므로 적(敵)은 혹 밀사(密使)를 보내어 의사의 소통을 구하며, 혹 감언이설로 타협의 길을 꾀하다가 우리 정부 당국자의 '대한민족의 요구는 오직 한 가지이니, 그것은 즉 절대 독립이다. 우리는 국민의 위탁을 받았으므로 독립 승인에 관한 조약 외에 일본과 교섭할 아무 사건도 필요도 없다' 하고 강경히 거절하매 적은 마침내 온갖 간사한 꾀와 음모의 수단으로써 우리 정부를 박멸하려 하나니 이것과 세계 언론계의 대한민국 임시정부 운운하는 문자가 거듭 대두되며 특히 미국에 있는 우리 이(李) 대통령, 서(徐) 대사 등의 대활동, 대환영은 실로 우리 정부의 위신이 날로 진보함과 국민의 신임과 옹호가 정부로 하여금 어떻게 점점 유력하게 되게 하는지를 보여주는 대사실이다. 2천만이 전부 신임하고 옹호하는 우리 정부를 적이 능히 파멸할 수 있다고 동포 여러분은 상상하는가. 적이 그러한 망상을 지니고 있다 하면 우리는 코웃음으로써 이를 대하리라.

우리가 봉기하여 삼천리 성역에서 더러운 적을 몰아내기까지, 우리의 용감과 인내와 지혜와 활동이 마침내 여러 나라의 승인을 획득하기까지 일본인은 우리 정부를 핍박하려니와 일본인의 핍박에 정비례하여 우리 2천만 남녀의 애국심은 더욱 거세어질 것이니 우리 정부의 실력과 위신은 적의 핍박하에서 더욱 커가고 공고할 것이다.

어리석었던 우리는 일본인을 허락하여 전(前) 대한제국의 정부를 파멸케 하였다. 그러나 각성한 우리는 전세계가 힘을 합하더라도 다시 영원히 대한민국의 정부를 건드림을 허용하지 아니하리라. 수백만의 끓는 피로 대신 속죄한 우리 주권을 꿈엔들 다시 놓칠 수 있으랴. 일본은 말로만 하지 말고 미국이나 영국이나 프랑스나 세계 어느 나라 어느 민족을 막론하고 공중의 별과 하늘의 천사라도 우리의 정부를 감히 건드리는 자면 대한민족 천대 만대의 적이라 하여 생명을 바쳐 싸우리니 결단코 용서함이 없을 것이다.

개선가(凱旋歌)와 자유의 춤과 노래를 부르며, 우리 정부가 서울로 되돌아갈 날이 혹 몇 달 뒤이리라, 아니면 1년 뒤며, 2년 뒤이리라. 그동안 적은 온갖 간계와 핍박을 다 하리라. 비록 우리 정부의 위치가 변하고 또 변하여 혹은 태평양 혹은 대서양 저편에 가는 한이 있더라도 우리 대한민족의 주권의 소재(所在)는 오직 우리 임시정부이니, 우리는 비웃음으로써 적의 필사의 간계교책(奸計狡策)의 무효함을 지켜볼 것이다.

혹 정부가 국내에 있지 아니하고 외국에 있음으로써 동참 못한 동포가 없지 아니하거니와 이것은 결코 정부의 일을 맡은 특정인의 위험을 염려하여 구태여 안전지대를 택함이 아니다. 첫째, 국기(國旗)로써 대표한 정부의 신성한 기관과 독립운동에 관한 신성하고 기밀한 서류를 적의 유린에 맡기지 아니하려 함과 중임(重任)을 맡은 당국의 여러 사람들이 일망타진으로 적의 포로되기를 피함과 대외 행동과 회의, 인쇄 등 대내 행동의 자유를 보유하려 함이니, 서울을 되찾는 날까지 정부는 늘 안전한 지대에 있어야 하는 것은 마치 이번의 강화조약까지 벨기에 정부가 프랑스 내에 있는 것과 같다. 동포여 뒤돌아보라. 벨기에가 독일의 점령하에 들어가고 벨기에의 군주와 그 정부가 프랑스로 피란하였을 때에 그 기사(記事)를 읽었던 동포들은 과연 벨기에의 오늘날이 있으리라고 생각하였겠는가. 연합군이 날로 패하고 독일군이 날로 승리하여 파리에 비 내리듯 포탄을 쏟았을 때 여러분은 더구나 벨기에의 운명을 비관하였으리라. 그러나 3년이 못 되어 정의는 마침내 강력(强力)을 이겨냈도다.

프랑스의 시골 구석에 피란하였던 벨기에의 정부는 다시 개가(凱歌)로써 브뤼셀 수도에 들어갔고, 흉노의 포학 아래 신음하던 벨기에는 이제 자유의 바람이 불고 있다. 그때 벨기에가 독일에 가까이 붙지 아니함을 후회하던 무력한 무리들은 매국적으로 몸뚱이가 두 동강이 났고, 꿋꿋한 기상으로 자유를 위하여 피를 흘린 애국자의 무덤에는 전국의 감사와 찬양의 눈물이 깃들인 화환으로 빛나지 않는가.

아아, 대한동포여, 멀지 아니한 자유의 희망 중에서 용감하고 인내하고 활동할지어다.

언제나 부를지어다. 대한민국 만세를, 정부 만세를.

〈제22호 대한민국 원년 10월 25일〉

적들의 허위를 똑바로 보라

일본인의 허위를 누군들 모르랴. 하물며 백번 천번 일본인에게 속은 우리 한족은 어떠하리오. 아아, 가증한 허위의 화신(化身)인 일본이여.

요즈음 적의 신문에는 우리 임시정부 중에 무슨 큰 알력이 있는 듯이 전하도다. 조금의 교지(狡智)를 가진 일본인이라 아주 사실답게 꾸미는 모양이 더욱 가증하도다. 독립운동의 최고 간부인 우리 지도자가 금수(禽獸)가 아닐진대 이 시국에 있어 무슨 알력이나 결렬(決裂)의 행동을 감행하랴. 만일 그러한 일이 있다 하면 적이 그러한 보도를 전하기 전에 애국남아(愛國男兒)의 쇠주먹이 이미 그러한 매국적의 머리를 부수고 불룩한 배를 쳤으리라. 임시정부 내부에 만일 적이 전하는 바와 같은 알력이나 결렬이 존재한다 하면 그들 먼저 폭로하고 먼저 공격할 자는 본보(本報)이니 거의 본보는 대한의 독립운동과 천만대 이어져 전할 임시정부를 위하여 견마(犬馬)의 노력을 다하려니와 결코 당쟁이나 사리사정(私利私情)을 위하는 어떤 자연인을 변호함이 없으리라. 대통령보다도 국무총리보다도 모든 내각(內閣)이나 모든 지도자보다도 귀중한 것은 국가요 국민이니, 국가와 국민에게 해를 끼치는 언행을 하는 자는 다 나라의 적이니라. 우리들 애국의 끓는 피로 움직이는 붓끝은 조금도 용서함이 없이 그러한 무리를 공격하고 기록하리라.

3월 1일 이전은 물론 차치하고라도 3월 1일 이후로 적이 우리 국민에 대하여 허위의 선전을 하는 제목(題目)이 있으니, 즉 임시정부의 신뢰치 못할 것, 외국의 동정과 원조를 신뢰치 못할 것, 세계는 이제부터 제국주의의 무대일지니 한국이 독립한다 하더라도 미국에게 병탄(倂呑)함이 될 것, 일본이 이전의 잘못을 깨달아 지금부터는 한족을 우대할 것, 일본의 병력은 세계의 으뜸이니 만일 한족이 끝내 일본에 반항하면 일본은 강대한 무력으로 한족을 억압할 것 등이다. 외국에 대하여는 한족의 극히 유치한 것, 독립을 도모하는 자는 극소수의 이른바 불령선인이요, 다수는 일본에게 기쁜 마음으로 복종하는 것 등이리라.

그러므로 경성일보, 매일신보를 비롯하여 적의 각 신문에는 임시정부의 행동을 보도하되 모든 좋은 것은 다 버리고 조금이라도 좋지 않은 것이 있으면 호랑이 새끼나 얻은 듯이 이것을 침소봉대(針小棒大)하여 전하며 유럽과 미국의 여론 중에서도 친일파의 뇌물 받은 하나둘의 논조만 전하여 백방으로 우리 국민을 낙심케 하려 하나니 적으로서는 이는 할 만한 일이다. 우리에게 해로운 것, 이로운 것을 가리지 않고 사실과 진실만 보도하는 우리 독립신문을 적이 미워함도 적으로서는 마땅히 할 일이다.

적(敵)은 본보(本報)를 압박코자 하여 온갖 방법으로 교묘한 재주를 사용할지나 국민의 동정이 본보에 있는 동안 적의 노력은 물거품으로 돌아갈 것이며, 우리는 적이 애타하는 꼴을 어리석은 비웃음으로써 대할 뿐이리라.

적이 자기를 위하여 허위 보도로써 저들의 적인 우리 민족을 속이려 함은 괴이할 것이 없으려니와 저 매일신보의 편집실에서 고작 15원, 20원에 매수된 아이들의 어리석은 〔판독곤란〕 민원식(閔元植) 등 금수(禽獸)의 미쳐 날뛰며 소란스럽게 울부짖음은 실로 한족의 체면을 손상함이 많은지라 비록 우리가 폭력의 행동을 증오하지만 이와 같은 무리들에게는 하루라도 빨리 천벌을 내려서 어두귀면(魚頭鬼面)의 대견소견(大犬小犬)으로 하여금 〔판독 곤란〕 있도다. 만일 그러한 논의와 응징이 없으면 적(敵)은 많은 나약한 의시를 지닌 패류(悖倫)의 무리를 길러 더욱 민심을 꾀어 속이는 간교한 계획을 쓰게 되리라.

　보고 듣는 것을 자꾸만 잊어버리는 국민이여, 적의 허위를 삼갈지어다.

〈제25호 대한민국 원년 11월 4일〉

조선의 재산가들이여

20년 이래로 우리 재산가들이여, 그대들의 죄악은 5적·7적의 매국적 죄악과 다름이 없도다. 물론 모두 그러하지는 않으나 국민의 용서를 받을 자는 샛별과 같이 드물도다. 만일 저들이 20년 전부터 교육, 산업, 출판 등 그 공익사업에 노력하였던들 혹 망국(亡國)의 치욕을 아니 당하기도 하였으리라. 국치 10년 이래로라도 저들이 광복을 위한 모든 준비에 노력하였던들, 3월 1일 이래로라도 저들이 마땅히 해야 할 의무를 다 하였던들 우리 운동은 더욱 순조롭게 진행하여 더욱 위대한 효과를 얻었으리라. 그러나 어리석고 악한 저들은 가증한 이기심의 노예가 되어 적의 발바닥을 핥아 자기의 한때 안전을 지키려 하도다.

동포가 피를 바치고 몸을 바칠 때 저들은 적의 울타리 안에 숨어서 술과 아름다운 여인으로 옳지 않은 쾌락을 탐하며, 혹 위험을 무릅쓰고 애국금(愛國金)을 청구하는 지사(志士)를 적에게 내어주며, 혹 재산을 가지고 적국(敵國)으로 도망하며, 혹 짐짓 적에게 달라붙는 태도를 보여 방탕한 여인과 같이 적의 기쁜 미소를 사려 하도다. 가난한 집의 부녀(婦女)가 머리카락을 끊어서 국비(國費)에 충당할 때 저들은 적장(敵將)을 배불리기 위하여 소를 죽이고 염소를 삶아 바쳤도다.

아아, 가련하고 어리석은 재산가여. 너희들은 언제까지나 적의 보호 아래에서 안전하려 하는가. 너희들의 짐승 같은 목숨을 끊어버릴

자 오직 적의 칼뿐이라 하는가. 광복 뒤의 논죄(論罪)는 잠깐만 말고 오늘 저녁 너희들과 너희들의 처녀(妻女)의 생명 안전을 누가 담보하는가. 2천만의 뜨거운 피가 끓어오르는 증오의 눈초리는 이미 너희들의 기름기 많은 몸뚱이에 모여들었도다. 다만 그 증오와 저주의 쓰라림만 말하여도 넉넉히 너희들 집터를 쑥밭으로 만드리라. 하물며 무수의 서릿발과 무수한 폭탄이 이미 너희들의 베갯머리에 숨어 있으니 서릿발과 폭탄은 적들에게만 가할 것인 줄로 잘못 생각지 말지어다. 차라리 적들의 머리 위에 떨어질 날은 멀고 너희들의 머리 위에 떨어질 날은 가까우리라. 먼저 국내의 개와 적을 한꺼번에 싹 없애서 국민에게 따라갈 바를 분명히 보여준 뒤에야 적들의 소탕을 시작하리라.

귀중하고 유용한 국가의 재산을 너희들 같은 짐승들의 손안에 두는 것은 국가에 해롭기만 하고 이로움이 없을뿐더러 도리어 적의 힘을 키울 뿐이니, 차라리 너희들의 머리를 잘라버리고 너희들의 재산을 빼앗아 충성스럽고 선량한 국민에게 나누어 주리라. 너희들은 이미 공익을 생각한 적이 없었고 독립운동을 도운 적이 없었으며 대학살, 대흉년, 대악역(大惡疫)으로 곤경에 빠진 동포를 구제한 적이 없었도다. 천하에 마땅히 죽여야 할 악인이 있다 하면 너희들이 아니고 그 누구겠는가. 만일 너희가 국가에 보탬이 되고 이익됨이 있다 하면 아직 그 존재를 허락하려니와 여전히 사욕에만 급급하여 감히 적에게 아부하며 민족적인 대운동을 방해한다면, 너희들은 너희의 매우 아끼는 재산과 더불어 분쇄되어 버리리라.

너희를 분쇄할 자 어찌 폭탄과 육혈포와 화승(火繩)뿐이리오. 너희 계급의 수천배 되는 소작인, 노동자 등의 빈한한 동포는 언제든지 너희의 무서운 적이 되리라.

사회 공산주의의 사상은 오늘날 전세계를 풍미하나니 러시아를 보고 독일을 보라. 너희가 만일 러시아와 독일의 재산가가 당한 참경을 피하고 싶다면 꾸준히 회개하고 각성하여 대의(大義)를 쫓아 적을 배반하고 국민의 친우가 될지어다. 국민과 더불어 독립의 대운동에 힘을 모으고 적의 난폭한 학살과 흉년과 악역에 고통받는 동포를 구제할지어다. 그리하는 날 지금 너희를 기술하는 이 붓을 돌려잡아 너희를 찬양하고 감사하리라. 그러나 여전히 바뀌지 않고 떨쳐일어나지 않는다면 이 붓을 다시 움직여 너희를 섬멸하지 않고는 말지 아니하리라.

〈제26호 대한민국 원년 11월 8일〉

일본의 다섯 우상

베이컨 씨는 인류에게 네 가지 우상이 있어 진리를 못 찾고 미신과 오해에 빠지는 것이라고 갈파하여 세계 학술계에 하나의 새로운 기원(紀元)을 그었다. 나는 말하기를 일본은 우리나라에 관하여 사상(思想)하고 행동할 때에 다섯 가지 우상의 절제를 받아 미신과 오해가 생겨난 것이라 한다.

첫째는 우승(優勝)의 우상이니 일본은 스스로 생각하기를 세계에 최우승한 민족 가운데 하나이다. 영국이 인도를 정복할진대 미국이 필리핀을, 프랑스가 베트남을 정복할진대 자기가 한국과 중국을 정복치 못하랴 하는 우상이니 이는 일본이 지난 50년간의 행운 중에서 얻은 우상(偶像)이니라. 이 우상을 얻자 일본은 감히 거만하고 스스로 큰 체하여 전에는 없애려던 불완전한 것까지도 자기 것이면 존숭하려는 경향이 생겼나니 그 잘난 일본어로 한국어를 대신하려 하며, 그 잘난 도덕과 습관으로 한족의 도덕과 습관을 대신하려 하며, 그 잘난 일본인으로 한인의 통치를 대신하려 하는 등이다. 이 우상의 미신에서 나온 것이다. 생각하라. 일본이 가진 모든 것 중에 서양을 흉내낸 몇 가지 말고 세계가 칭찬할 만한 것이 무엇인가. 후지산〔富士山〕? 매음녀(賣淫女)? 기모노와 나막신?

둘째는 열등의 우상이니 한족은 자기들보다 매우 열등한 민족인지라 자기가 지배치 않으면 살아갈 수 없다 함을 이름이니 이는 일본의 건망성과 배은성(背恩性)을 나타냄이다. 혈거생식(穴居生食)의 일본인에게 문명 생활의 모든 방법을 준 자가 누구인가. 새로운 문명을 하루라도 더 있게 하고 병력과 사기술이 남보다 뛰어남을 거짓 핑계 삼아 부끄러이 선진국민이요 문화의 은인에게 열등민족이라, 식민지의 신부민(新附民)이라는 등 버릇없는 이름을 붙이도다.

셋째는 동화(同化)의 우상이니 자기는 우승하고 한족은 열등함으로써, 열등하되 역사를 망각하고 국민성을 잃어버리도록 열등함으로써 한족을 영구히 일본민족의 노예로 만들 수 있다 함을 이름이니 올해 2월 28일까지 저들이 세계에 대하여 장담한 것이요, 아직도 고집 세고 사리에 어두운 무리들이 주창하는 것이다.

넷째는 권력의 우상이니 비록 한족이 자기 동화정책에 기쁜 마음으로 복종치 않는다 해도 헌병과 악형과 군대와 구속으로써 영구히 억압할 수 있으리라 잘못 믿고 있음을 이름이니 육혈포 하나, 칼 하나 없는 한족을 도마 위 생선으로 확신했었다. 그래서 이번 독립운동에도 장곡천(長谷川)이 곧 이 우상의 신탁을 청한 것이다.

맨 나중은 필요의 우상이니 한국을 합병함도 일본 존립의 필요조건이요, 영구히 한국을 영유함도 일본 존립의 필요조건이라 함이니, 합병 무렵에는 말하되 한국이 러시아나 청나라의 손에 들어가면 일본의 독립이 위협되리라 하다가도 가상적(假想敵)인 러시아, 청나라 양국의 근심이 없어진 오늘날에는 핑계에 궁하여 미국의 야심을 의심하노라 일컫는다. 미국이 한국을 손안에 넣을 야심이 있다 하면 누가 곧이들으랴. 이는 미국이 인자하다 함이 아니요, 정치상으로나 경제상으로나 미국이 한국에 야심을 둘 필요가 없다 함이니라.

이 다섯 가지 우상에 유치한 신흥국민이 빠지기 쉬운 영유(領有)의 욕망이라는 유혹이 합하여 굳이 한국을 자기 손안에서 아니 내어놓으려 애를 쓰는 것이다.

〈제27호 대한민국 원년 11월 11일〉

조선을 탐하는 그들에게 보내는 글

　일본인의 이기욕으로 보건대, 한국을 영원히 자기 손아귀에 쥐고 싶으리라. 어찌 한국뿐이리오. 전세계는 못하여도 온 아시아는 자기 주머니 속의 물건으로 삼고 싶으리라. 일본이 여러 갈래의 혀를 놀려 자기의 제국주의적 야심이 없음을 변명한다 하더라도 누가 이를 믿으랴. 일본뿐 아니라, 예부터 오늘까지 인류 사상에는 혹은 천하의 통일 혹은 권력의 무한한 신장을 몽상하던 개인과 민족이 많았거니와 일찍이 그 공(功)을 이룬 자 없었고 모두 비참한 말로를 당하였나니 알렉산더가 그러하고 로마 제국이 그러하고 나폴레옹이 그러하고 독일이 그러하도다. 이러한 야심을 품는 자는 다 일시의 성운(盛運)에 취하여 자기의 운(運)과 힘을 지나치게 믿는 데서 나오나니 지난 반세기 동안 이름 없는 일반개족(一半開族)으로서 일약 세계 5대 강국이 된 일본은 틀림없이 자기의 운과 힘을 지나치게 믿어 앞차(車)의 엎어지고 부서진 것을 닮을 위기에 있도다.

　참으로 일본이 한국을 영유하려 함은 너무너무 과분한 욕망이다. 아직 한족이 새로운 문명에 각성치 못하고 긴 밤의 꿈에 취하였을 때인지라 소수 군벌주의자로 대표되었던 일본의 속임수와 간사함과 무력 아래 일시 합병의 치욕을 당하였거니와 일단 한족에게 민족적 자각이 생겨나는 날 일본이 족히 며칠이나 저들을 억압할 듯싶은가. 만일 경응연간(慶應年間)이나 명치(明治) 초년에 영국이나 미국이 일본을 합병하였던들 쉽사리 합병되었으리라. 처음에는 동맹이라 일

컨고 다음에는 일시 외교권을 위탁한다 하고, 다음에는 국민개병주의의 징병제도를 실시하기 위하여 용병제도를 폐지한다 하여 군대를 해산하고 민간의 무기를 아울러 압수하여 국민에게서 반항할 모든 능력을 뺏은 뒤에, 소수의 우리가 내세운 당국자를 유혹하고 위협하여 합병조약이라는 긴 두루마리에 5, 6인의 도장을 찍음으로써 모든 일을 끝맺은 일본의 한국을 합병하던 수단을 영국이나 미국이 국민의 지혜가 아직 미개한 일본에 실시하였던들 일본도 오늘날 한국이 당한 통한(痛恨)을 당하였으리라. 실로 일본이 한국을 합병함은 우의(友誼)를 이용한 배신적 행동이니, 마치 안심하고 내 품에 안기라 한 뒤에 칼을 목에 댄 것과 같도다.

합병되는 날 한족의 뇌리에 번갯불같이 지나간 것은 '속았구나' 함이요, 이후 10년간 한족의 마음속에 쌓이고 쌓인 것은 '언제나 이 원수를' 함이다. 10년간 가만히 있음을 보고 어떤 일본인은 한족이 일본에 기쁜 마음으로 복종함이라 함부로 말하였고 어떤 외국인은 한족은 독립을 위하여 분기할 정신도 용기도 없다 하였거니와 손안에 촌철(寸鐵)이 없고 적이 인격이나 식견이 족히 백성의 지도자가 될 만한 자에게는 헌병과 밀정을 붙여 밤낮 그 행동을 감시하며, 절대적으로 집회 결사와 언론출판을 금지하는 고압(高壓) 아래에 있어 10년 만에 비로소 분기한 것도 참으로 기이한 행적이라 할 것이다. 혹 총독정치의 개량(改良)이라든지 일본의 치하에 있으면서 조금의 민권(民權)을 신장하기를 목적하였다 하면, 이 사이에도 조금의 의사 표시도 있었음이려니와 이러한 것은 일찍 우리의 안중에 둔 적이 없었고, 궐기하면 독립을 위하여 궐기하리라 하여 도리어 민심을 격동키 위하여는 일본의 정치가 더욱 가혹하기를 희망하였나니, 지난 10년간에 우리의 큰 두려움은 일본의 악정(惡政)에 있지 아니하고 일본의 선정(善政)이 일부 동포의 독립 결심을 누그러뜨리려 함에 있었도다.

　또 혹 어떤 일본인은 일컫되, 합병 때에도 인심이 평온하였고 합병 뒤에도 아무 반항이 없다가 10년 뒤의 오늘날에 이러한 독립운동이 있음은 마땅히 총독정치가 백성의 원망을 샀던 것과 외인(外人)의 선동에 의함이리라 하나 합병 때에 언제 인심이 평온하였으며, 합병 뒤 어느 달 어느 날에 반항적 운동이 없었던가. 보호조약에서 합병조약에 이르기까지의 3년간에 혹은 강도라는, 혹은 살인이라는, 혹은 폭도라는, 혹은 저 유명한 보안법(保安法) 위반이라는, 혹은 이름 없이 학살된 자, 투옥된 자, 유배된 자가 얼마인가. 폭도라는 이름 아래 죽은 자도 10만에 달한다 하도다.

　합병 뒤에도 양기탁(梁起鐸)사건, 안명근(安命根)사건, 윤치호(尹致昊)사건, 광복단사건 등 이른바 강도, 모살미수(謀殺未遂), 보안법 위반 등 사건이 백(百)으로써 계산할 것이니 만일 언론기관이 있어 이러한 사건의 진실을 세상에 발표할 자유가 있었던들 벌써 전 또는 10년 전에 이미 일본인 및 세계는 오늘날에 한족 5, 6년의 의사를 이해하는 이만은 이해를 할 수 있었으리라.

　그러나 조선총독부는 혹 천만인 중 1, 2개 총독 송덕문(頌德文)이나 아첨을 위하는 동화론자(同化論者) 등을 굉장한 사실인 듯이 붓과 혀의 모든 편의와 능력을 다 사용하여 널리 퍼뜨렸으되 일본에 반대되는 한인의 행동은 그 건이 어떻게 중대한 의의를 지닌 것이라도 암중(暗中)에 묻어버리거나 혹 묻어버릴 수 없게 된 경우가 되면 절도나 강간 같은 한낱 무의미한 사건으로 꾸며 세상에 발표할 뿐이니 신문기사와 조선총독부의 보고만으로써 한족의 상태를 판단하는 일본인이 한족의 기쁜 복종이라든지 한족의 무정신(無精神), 무기력을 믿음도 무리는 아니다. 요컨대 일본의 수십 명 위정자는 5천만의 일본인 및 전세계에 대하여 한국의 상태를 기만한 것이다. 한족은 마치 유폐(幽閉)된 자와 같아서 유폐한 자가 임의로 만들어 세상에 낸 의사(意思)로써 자기 의사에 대신하지 아니치 못할 슬픈 지경에 이르렀도다.

그러하다가 세계대전이 끝나 말로만이라도 강권(强權)이 무너져 소수 지배자의 편의를 위하여 임의로 만들어 세상에 내는 이른바 백성의 의사보다도 백성 자신의 진정한 의사를 세계가 존중한다는 이른바 민족자결주의라는 설이 나왔다. 이에 한족은 일어나 '지금까지 강제로써 우리를 지배하던 일본이 세계에 대하여 널리 떠들어낸 한족의 상태나 의사는 다 거짓이다, 한국을 일본에 합병한 것은 결코 한족의 의사가 아니며 합병된 뒤에도 한족은 일찍 일본에 기쁘게 복종한 일이 없으니 한족의 뜻은 오직 절대 독립이다' 함을 절규하여 선언할 필요와 기회를 깨달아 3월 1일의 독립선언이 있었고, 이로 인하여 전국 각 지방에 독립시위 운동이 있었던 것이니 실로 유사 이래로 이만큼 전국에 확산되어 전 민족이 일치한 민족 의사의 표시는 이로써 효시(嚆矢)가 되리라.

이리하여 3월, 4월 두 달 동안에 6만의 투옥자와 6천3백의 총과 창에 죽은 자와 6백 호의 가옥이 불에 타버리고 4월 이후로도 혹은 악형에 못 이겨 죽은 자, 또는 시위운동 때에 학살되는 자가 거의 없던 날이 없으며, 90도의 법에 어긋난 태형(笞刑)의 여독(餘毒)으로, 혹은 일주일, 혹 십여 일 내에 죽은 자의 수도 9월 말까지 조사된 자 3천 명에 이른다 하도다. 그러면서도 한족의 활동과 용기는 더욱더 힘쓰려 하여 저지할 바를 알지 못하니 대개 한족의 요구는 오직 절대 독립이 있을 뿐일세라.

이러하거늘 일본은 아직도 한족의 의사를 알지 못하고 또는 알면서도 멸시하고 여전히 동화정책을 운운하며 여전히 조선통치책을 말하니, 이는 나의 이른바 일본의 5대 우상(五大偶像) 탓으로 생

조선민족에게 고함 301

긴 일이리라. 일본족은 우승하다, 한족은 열등하다, 그러니까 동화
(同化)시킬 수가 있다, 만일 동화가 아니되면 강압할 권력이 있다, 한
족이 비록 독립을 요구하더라도 한국의 영유(領有)는 일본의 존립상
필요한 일이다 하는 5대 우상 탓으로 생긴 일이리라. 나는 이 5대 우
상, 즉 일본의 한국에 대한 5대 미신 및 오해에 대하여 다음 기회에
상세히 논술할 일이 있겠기로 여기 반복치 아니하거니와 변론의 편
의상 여기 다만 그 결론만 들리라.

　일본의 성운(盛運)이 끝없이 계속되기를 희망하고 그 실력이 날로
충실하기를 백열(柏悅)의 정(情)으로써 기리고 축하하거니와 자기보
다 역사가 배나 오래되며 과거의 문화와 번영에 대한 추억이 자기보
다 배나 십 배나 풍부하고 강렬하며 현재의 경우에도 단결력과 애
국심과 문화의 소화 및 창조의 정신력이 자기와 큰 차이 없으며, 인
구로도 세계의 대민족 하나에 꼽힐 만할뿐더러 이미 독립의 일치한
의사와 견고한 결심을 세계에 발표한 한족을 강압하고 통치하기에
는 일본은 너무 약하리라. 한국을 영유함이 일본의 존립상 절대로
필요하다는 일본의 미신이 비록 정당하다 하더라도 한족은 결코 이
웃 나라의 필요를 위하여 희생될 아무런 의무도 없을뿐더러 정의와
인도를 주창하기 시작하는 일본도 자기를 위하여 2천만을 희생하기
를 사양치 아니한다는 말을 아마 참아내지 못하리라. 하물며 냉정
히 생각하면 한국을 강제로 영유함이 결코 일본 존립의 필요조건이
아닐뿐더러 도리어 일본의 대륙정책(大陸政策)과, 한국에 있는 일본
신민(臣民)의 생명 및 재산과 일본의 존립 자신에 대하여 큰 위협이
되고 덜어버릴 수 없는 근심 걱정이 될 것이다. 부탁하건대 나로 하
여금 그 이유를 진술케 하라.

〈제28호 대한민국 원년 11월 15일〉

용서할 수 없는 일제여

일본이 처음 한국을 합병하던 이유의 가장 중심되는 것은 첫째 러시아의 세력에 준비함과, 둘째 한국으로써 일본의 대륙경영(大陸經營)의 접족점(接足點)을 삼으려 함이니, 한국의 부원개발(富源開發)이라든지 이민이라든지 하는 것은 실로 제2차적 욕망에 지나지 않음이다. 그러나 러시아는 이미 제국주의적 야심도 없을뿐더러 실력도 없이 되었고 중국 또한 그러하니 이제 와서는 동양의 평화를 교란할 자는 오직 일본이 있을 뿐이요, 다시 러시아도 없고 청나라도 없도다. '일본의 안전을 위협'하는 세력은 이미 아시아에서 소멸되었나니 '자기 생존의 필요상 한국을 합병'하여야 할 이유도 따라서 소멸되었도다.

다음에 대륙경영의 접족점되는 것으로 보건대 일본이 정치적으로 만주나 몽골을 영유할 의사가 있다 하면, 이는 한국을 영유하려 함과 다름없는 공상적 야심이리라. 한족(漢族)도 한족(韓族)이나 다름없는 소멸치 못할 국민성이 있는 이외에 만주는 앞으로 여러 나라의 이해관계 충돌점이 될 우려가 있을진대 여러 나라는 결코 일본으로 하여금 임의로 만주를 처분하기를 허용치 아니할 것이다. 산동(山東)이 일본에게 영유됨을 불허한다 하면 그와 같은 이유로 만·한(滿漢)도 일본에게 영유됨을 불허할지니 일본의 과거 야심과 정책은 어찌하였든지 앞으로는 일본의 대륙경영은 경제적 발전에 제한하지 아니치 못하리라. 이것이 참으로 세계의 대세이니 결코 일본이 무력으로 어찌하지 못할 강제적 성질을 지닌 것이다. 이렇게 일본의 대륙 경영 목적이 오직 경제적 발전에 한할진대 한국의 독립은 이에 대하여 아무 피해를 미칠 것이 없을뿐더러 도리어 일본이 한족과 친의 (親誼)의 관계를 유지함이 대륙정책 시행에 큰 이익이 될지라 만일 한·일 양국 간에 친의의 관계가 성립된다 하면 일본인은 한국 내에서 자유롭게 상공업을 경영할 것이며, 또 일본의 물자를 만주로 수송하기에 자유롭게 한국의 철도를 이용할 수 있을 터이니, 어느 점으로 보든지 한국의 독립은 일본의 경제적 대륙발전에 아무 장애될 이유가 없도다.

　이상 두 가지의 이유 그 밖에 일본은 한국으로 농민의 이주지 및 상공업의 독점시장을 삼을 의사가 있는 모양이나 한국은 보통 일본인이 상상하는 바와 같이 인구가 희박하고 개간되지 않은 땅이 많은 야만(野蠻)의 국토가 아니라, 한족 자신도 경작할 땅이 부족하여 산비탈과 개펄까지 개간하고도 오히려 부족하여 이미 백만에 가까운 인구가 서·북간도로 이주하였고, 또 지금도 매년 수만 명씩 만주로 나가고 있으니 일본 농민의 이주는 곧 한인의 축출을 의미하는 것임에 일본의 이민 정책은 일본의 양심으로도 허락할 바 아닐뿐더러 한족의 자기 생존에 있어서도 용인치 못할 바이며, 또 한국을 일본의 상공업 시장으로 봄도 지금까지와 같이 일본인이 자신의 이익만 위하여 한족의 상공업 발전을 직접 또는 간접으로 압박하는 정책은 도저히 한족이 받아들이지 못할 바이다. 그러나 영국 혹은 미국의 세력을 끌어들여서 일본을 견제하는 등 정책은 한국이 한국자신을 위하여서도 취할 바 아닌즉 일본인은 적당한 조건으로 한국의 원료를 사용할 수도 있고, 상공업 등의 기업권을 차지할 수도 있으니 이것이 결코 한국을 영유하여야 할 필요조건이 될 것은 아니다.

이상은 한국의 독립이 결코 일본의 존립에 피해를 미치지 아니할 것을 말함이어니와 만일 일본이 어디까지든지 한국의 독립을 승인하지 아니하고 무력으로써 한국의 영유를 고집한다 하면 어떠한 결과가 일어날까.

첫째, 한국 안의 독립운동은 일본이 한국의 독립을 승인하는 날까지 계속할 것이요 또 그러하기를 희망하고 노력할 것이며, 그러하면 일본도 그 포학한 수단을 계속할지니 이러하여 원인은 결과가 되고 결과는 다시 원인이 되어 무한한 연쇄(連鎖)의 독립운동이 일어나는 동안에 한족의 피가 더욱 많이 흐르리라. 따라서 한족의 일본에 대한 적개심은 날로 격렬의 도를 더해갈 것이며 그리되면 한국 내에 있는 40만 일본인은 늘 생명과 재산에 대한 위험을 느낄지니 벌써부터 벽지의 일본인이 도시로 퇴각함이 무엇을 의미함인가. 아직도 한족의 가슴속에 평화적 해결의 희망이 있는지라, 오직 평화적 운동을 계속하거니와 만일 적개심이 극도에 이르러 '왜놈이라면 다 죽여라' 하는 하나의 변태 심리 충동이 2천만에게 일어나는 날, 그날의 참상을 누구라 알며 누구라 막을 수 있겠는가. 설사 일본이 병력으로 한족을 일어나는 대로 학살하여 일시의 진압을 할 수 있다 하더라도 한족의 일본에 대한 원한은 영원히 사라지지 못할 지경에 이르리니 이것이 일본의 이익일까.

둘째, 남북만주(南北滿洲)에 있는 한인이 만일 생사를 결단하는 태도를 취하여 만주 내 일본의 사업과 민중을 위협하고자 하면 매우 쉬운 일이요 또 중국의 군대와 마적과 결속하여 일본에게 피해를 미치게 하는 것도 매우 쉬운 일이다. 그리하여 혹은 폭탄으로 혹은 돌로 철로도 파괴할 수 있고, 시가지도 파괴할 수 있는 것이니라.

셋째, 일본의 신문이 거듭 보도하는 바—아마 거짓말로 전하는 것일지라도—와 같이 한인의 자객이 일본 각지에 횡행함도 앞으로 상상할 일이다. 일본 내에도 수만의 한인 노동자가 있을뿐더러 한인으로서 일본 내에 들어가기는 극히 쉬운 일이니 이도 한족의 적개심에 정비례하여 증가할 위험이 있도다.

넷째, 중국과 미국 그 밖의 외국에 있는 한인의 반일본적 선전도 결코 일본에 대하여 유리할 것이 없고, 또 그 해로움이 결코 적지도 아니하리니, 특히 중국에 대한 한인의 선전은 일본에게 뚜렷한 손해를 가할 것이다.

나는 정의(正義)나 인도(人道)를 말하지 아니하리라. 일본민족의 도덕적, 인도적 가치의 향상도 말하지 아니하리라. 오직 한국의 영유가 결코 일본 존립의 필요조건이 아니요, 한국의 독립이 도리어 일본의 원대한 장래에 이익이 될 것을 역설할 뿐이니, 일본에게 원대한 안광(眼光)과 넓은 도량을 가진 정치가가 있는가 없는가.

〈제29호 대한민국 원년 11월 20일〉

군자와 소인을 아는가

　사람을 너무 믿다가 해(害)됨이 있으니, 예부터 인인군자(仁人君子) 가운데 혹 그러한 일이 있었도다. '카이사르'는 '카시우스'의 손에 죽고, '예수'는 '유다'의 손에 죽었으니, '카시우스'는 '카이사르'의 신임하던 동지요, 유다는 예수의 아끼던 제자였다. 모든 정성스런 마음을 다 바쳐서 믿던 자에게 배반을 당함은 아마 인생 최대 비극이요, 가장 원통한 일이리라. 그러나 사람을 믿다가 해를 당하는 것은 거의 인인군자의 일이니 대개 사람을 믿음은 인인군자 아니고는 좀처럼 하지 못할 일이기 때문일 것이다.

　소인(小人)의 여러 본색(本色) 중에 가장 큰 본색은 사람을 의심함이니 소인은 사람을 의심함으로써 이(利)를 보고, 또한 사람을 의심함으로써 해(害)를 보게 된다. 모든 사람과 모든 일을 대할 때에 결코 일을 정면으로써 하지 아니하고 뒷면으로, 옆면으로 거슬러 제멋대로 이해하고, 곡해하고, 고개를 갸웃갸웃 천만 가지로 추측해 보고 의심해 보는 것이 소인의 본색인데, 이를 소인은 스스로 현명함이라고 말한다.

　국가가 흥할 때에는 국민에게 군자의 성품이 있어 서로 동지나 동포를 신임함이 많으나, 국가가 망할 때에는 국민에게 소인의 성품이 있어 서로 동지나 동포를 여우처럼 고양이처럼 쥐처럼 지나치게 의심하여 시기하는 의혹의 눈만 반짝거린다.

　군자가 모임으로 서로 믿고 믿음으로써 단합이 견고하며 단합이 견고함으로 큰일이 이루어지는 것이니, 이것이 흥하는 자의 일이요, 소인이 모임으로 서로 의심하고 서로 의심함으로써 단합력이 박약하며 단합력이 박약하므로 큰일이 결렬하게 되느니 이는 망하는 자의 일이니라.

소인은 모든 일과 모든 사람을 바라볼 때 그의 결점만 먼저 찾으니, 억지로 남의 허물을 들추어 냄은 늘 영리한 소인의 장기(長技)이니라. 그러므로 소인의 용모에는 언제나 불평의 색(色)이 있고 소인의 말에는 항상 불평의 조(調)가 있으니, 소인의 말을 들으면 세상에는 완전한 사람이 없으며 선한 일이 없다. 그는 즐겨 사람의 결점과 약점을 끄집어 내어 현미경 아래에 천배 만배로 확대하여 세상 사람 앞에 내놓고 스스로 그 날카로운 관찰력을 자랑하니 마치 어떤 사람의 신체 중에서 부스럼 있는 곳만 끄집어 들고 길바닥에 서서 큰 소리로 부르짖되 '오호라, 이 사람은 온몸이 부스럼으로 이루어졌도다' 떠드는 것과 같으니 만일 이 크게 부르짖는 소리를 듣는 백성이 어리석을 경우에는 '아아, 선생이여! 과연 그러하도다' 하고 따라 기뻐서 감격하느니라. 어찌 사람뿐이겠는가. 사물에 관하여서도 그 가운데 흠된 점만 끄집어 내어 '오호라, 이 사물은 흠집뿐이로다' 하고 때때로 우국(憂國)의 뜨거운 눈물을 섞어 이를 공격하느니라. 그에게는 사람이나 사물의 밝은 반쪽을 보는 힘이 부족하고 또 어쩌다 보더라도 그 밝은 면은 그에게 아무 흥미를 주지 아니하도다. 구더기가 맑은 공기와 맑은 물을 다 버리고 뒷간 밑의 썩은 똥 속에 끌려들어가는 것과 같이 소인은 오직 사람이나 사물의 어두운 면만 즐겨하게 되니 주로 그는 암흑의 아들이기 때문이다. 그러므로 이러한 사람의 언사는 매번 사람에게 전율(戰慄)을 주고 갈등을 주고 불평을 주니 세상의 불행한 일 가운데 대부분은 이러한 사람의 조작이니라.

세상에 더러운 것을 집어내려면 무한히 많고, 우리 독립운동 중에도, 또는 독립운동에 참여하는 사람 중에도 흠집을 집어내려면 무한히 많으리라.

그러나 세상에는 좋은 일도 무한히 많을지니 왜 구태여 좋은 것은 다 내버리고 좋지 못한 것만 찾으며 사람들의 공적과 선행은 못 본 체하고 모든 사람이 다 피하지 못할 흠집만 끄집어 내어 세상을 시끄럽게 하는 것인가.

미인을 앞에 놓고 왜 그의 불그레한 뺨과 생긋뱅긋 웃음 띤 눈이며, 얌전한 태도는 아니 보고 그의 배 속에 있는 똥과 겨드랑과 발바닥에 있는 흠만 잡아내 놓고 얼굴을 찡그리는가. 군자의 입에는 언제나 찬송이 있으되, 소인의 혀에는 늘 꾸짖음과 욕과 저주가 있도다. 소인의 유일한 쾌락은 사람이나 사물을 험담하고 공격함이니, 또한 불행히 세상의 불완전한 인류 중에는 이것을 듣기 좋아하는 자도 있다.

군자는 길사(吉事)를 좋아하고 흉사(凶事)를 싫어하되 소인은 그 독안(毒眼)을 돌려 흉사의 재료를 구하니 바늘 만한 무엇을 얻으면 침을 바르고 흙을 묻히고 온갖 수단을 다하여 커다란 사건을 만들어 세상에 내어놓고 '오호라, 국가의 큰일이라' 하여 세상을 놀라 움직이게 하는구나. 잔디잎 끝에도 전 우주가 축사(縮寫)되었으니 무슨 일이든지 집어들고 어떤 독단적 대전제에 맞춰 풀어내려가면 국가의 큰일, 천하의 큰일, 우주의 큰일 아닌 것이 어딨겠는가. 아무 준비 없던 세상 사람들은 그 교묘한 논리에 현혹하여 장구를 치고 춤을 추어 이에 화합하도다.

건설보다 파괴가 쉽고 화합케 하는 것보다 이간케 함이 쉬우니 아버지와 할아버지가 수십 년간의 노력으로 일구어 놓은 가산(家産)을 그 아들이 하루아침에 탕진하며, 위인(偉人)이 일생 동안 심혈을 다하여 얻은 화합을 간인(奸人)의 세 치 혀끝으로 능히 파괴하는 것이다. 사업이 쉽기 때문에 소인은 언제나 파괴의 방면에 흥미를 두어 악마적 쾌감에 만족하려 하나니, 소인의 언행은 어디까지든지 소극적이요 음성적이니라. 남이 애써 건설할 때는 손가락 하나 까딱하지 않고 가만히 냉정하게 바라보다가 바야흐로 그 건설이 성공되는 순간이면 독사와 같이 뛰어나와 그 두 갈래, 세 갈래의 독설을 놀리어 그 건설이 소리를 내고 쓰러지는 것을 보면서 회심의 미소를 짓나니, 참으로 인인군자의 심장을 마디마디 끊는구나.

아아, 내 어찌 이러한 말을 내었던가. 그러나 또한 아니하지 못할 말이로다. 차마 더 하랴, 이만하고 말리라.

〈제30호 대한민국 원년 11월 27일〉

독립, 독립, 오로지 독립일 뿐

국가의 독립에 무슨 절대 독립, 상대 독립의 구별이 있겠는가. 독립이라 하면 이미 그 자신이 절대성을 내포한 것이다. 그런데 국민 중에 3월 이후로 절대 독립의 구(句)를 자주 듣게 됨은 어인 일이냐. 그 까닭을 생각하건대 이번 평화회의에서 독립된 민족 가운데 체코나 폴란드와 같이 완전한 독립권을 얻은 나라도 있고 이스라엘 등과 같이 국제연맹이나 국제연맹에서 지정된 제3국의 위임통치 아래에서 독립의 명의를 얻은 자도 있음이니, 국민이 절대 독립을 주장함은 실로 이 위임통치 아래의 독립을 부인하기 위함이다.

지난 4월에 임시정부에서 그즈음 국무총리이던 이 박사와 파리 특사 김규식에게 보낸 전문 중에 '국민의 요구는 오직 절대 독립에 있다'는 문장이 들어감이 아마 그 시초이리라. 그러나 우리 독립운동은 이미 분명히 절대 독립을 선언하였고 우리 중에 아무도 위임통치하의 독립을 주장하는 이가 없은즉, 절대 독립이라는 말은 거의 소용이 없게 되었다 할 것이다.

그러나 일부 인사 중에는 절대 독립이라는 말을 자치(自治)에 답하는 말같이 오인하는 듯하다. 독립이라 하면 자국(自國)의 국호(國號)를 가지고 자국의 국기를 달고 자국의 입법기관이 제정한 법률하에 자국의 국민으로서 행정 및 사법기관 밑에서 다른 민족의 간섭함을 허용치 않고 국가적 생활을 경영함을 말함이니 이 이상의 독립도 없고 이하의 독립도 없는 것이다.

저 일본의 국호(國號)와 국기(國旗)하에서 오직 내정(內政)만 우리
─이것도 한국 내에 거주하는 일본인까지 합하여─의 의회(議會)가
참여하는 자치와는 비할 바도 아니다. 지금 몇몇 적의 앞잡이 말고
는 모든 국민이 일치하여 독립을 부르짖으니 이 독립의 부르짖음은
결코 이하의 무엇을 만족하려는 에누리의 고가(高價)의 요구가 아니
요, 실로 액면 그대로의 독립의 요구이며 또 아무 대용물이나 교환
을 허용할 수 없는 절대 필요한 요구이리라. 이만한 것은 전 국민이
다 아는 바이며, 특히 독립운동에 종사하는 자가 너무 잘 아는 바이
요, 또 독립 이외 또는 이하의 요구를 하는 자, 우리 운동의 적인 자
도 너무 잘 아는 바이다. 그러하거늘 요사이 절대 독립이라는 말을
무슨 새로운 발명이나 되는 듯이 잇달아 사용하여 동지(同志)의 공
격을 일삼는 자가 혹 있음은 어찌된 일인가.

독립운동의 중요 인물 가운데 독립운동의 방식에 관하여 여러 의
견이 있는 것은 피하지 못할 일이며, 또 그것이 해로운 일도 아니다.
혹은 독립운동의 유일한 방법은 혈전(血戰)뿐이라 하여 닥치는 대로
집어들고 금방이라도 나가 싸우기를 주장하고 혹은 해외의 선전을
성대히 하여 세계의 여론과 동정에 호소하여서 제1차 이래의 국제
연맹회의에서 평화를 깨뜨림을 결단하기를 주장하며, 같은 주전파
(主戰派) 중에도 혹 준비를 충분히 하고 시기를 기다려 일대 결전을
행하기를 주장하고, 혹 당장에 폭탄이나 권총이나 닥치는 대로 들고
적을 학살하기를 주장하며, 선전론자(宣傳論者) 중에는 혹은 유럽과
미국에 대한 선전만을 주장하는 이도 있고, 또는 일본에 대한 선전
을 중요시하는 자도 있으며, 또 혹은 청년의 교육, 민족 개조산업의
장려로써 독립운동과 건설운동의 주지(主旨)로 삼으려는 자도 있으
니, 독립운동자 중에는 이상의 어느 한 종류의 주장을 가졌을 것이
다. 그러나 이는 독립이라는 종지(宗旨)와 목적에 대한 의견의 차이

가 아니요 오직 그 방법에 관한 의견의 차이이니, 이러한 의견의 차이는 결코 서로 배제할 바도 아니요, 공격할 바도 아니다. 혹 각각 자가(自家)의 주장을 붓이나 혀로써 선전하여 동지를 많이 구함은 마땅히 할 일이로되 자가(自家)의 주장과 다른 주장이라 하여 남을 배제함은 이유도 없을뿐더러 당치도 아니한 일이다.

예컨대 이번 여운형(呂運亨) 씨 도일(渡日) 문제를 보더라도 결코 독립, 비(非)독립의 문제가 아니요 그 방법의 문제이니, 말하자면 여(呂) 씨 등은 일본인에 대한 선전을 필요하게 보는지라 이번에 일본으로 건너간 것이다. 여 씨 등의 도일을 반대하는 자는 일본인에 대한 선전을 불필요하게 보아 반대할 테니, 여 씨 등을 공격하려면 먼저 여 씨 등이 독립이라는 우리 운동의 목적에 위반되는 언행을 하였다는 증거가 필요하리라.

절대 독립이라는 말을 지난날 난신적자(亂臣賊子), 곧 나라를 어지럽히는 불충한 무리라는 말과 같이 남용하여 자기 주장에만 위반되는 이가 있으면 곧 그릇된 논리를 이용하여 절대 독립의 종지나 민의(民意)에 위반된다는 이유로 나라의 적을 만들려 함은 결코 절대 독립을 요구하는 자의 행동이 아니다.

사람마다 자기 의견이 있으며, 또 각 개인의 의견을 충분히 활용케 함이 그 사회나 국가의 이익이니 만일 자기 의견만이 정당하다 하여 자기 의사에 위반되는 자를 '성토(聲討)하고 죄로 몰아 죽이려 함은 조선시대의 노·소론에 당쟁하던 버릇이니라.' 그러므로 독립이라는 주지를 함께하는 동지의 행동이라면 그 방법의 차이로 하여 공연히 세상을 요란케 하며, 동지의 명예를 훼손하는 등의 말을 실없이 하지 아니함이 마땅하리라.

〈제31호 대한민국 원년 12월 2일〉

신뢰하라 그리고 용서하라

삶과 죽음, 영예와 치욕을 함께할 동지들끼리 벌할 자를 벌하고 상 줄 자를 상 주어 정의의 소재를 분명히 하고 정법(政法)의 기강을 엄숙히 함은 치국(治國)의 중요한 길이다.

그러나 한 가지 공(功)으로써 백 가지 죄를 속죄하며 온정(溫情)으로써 작은 허물을 용서함도 또한 치국의 중요한 길이다. 너무 관대함이 기강을 해이케 하는 폐(弊)도 있으려니와 너무 엄함이 기강을 지나치게 하는 폐는 더욱 심하리라.

너그러움과 엄격함을 마땅하게 하는 것이 치국의 이상이려니와 이는 어려운 일 가운데에도 어려운 일이니 지나치게 엄격한 것은 차라리 지나치게 너그러움 것만 못하다.

특별히 비상한 시기를 맞이하여 많은 국민의 기쁜 복종이 필요하고 많은 인재(人材)의 모여듦이 필요할 경우에는 언제나 엄격함보다 관대함을 많이 하고 벌하기보다 상을 많이 내림이 옳도다.

지금 우리의 경우는 바로 이러한 것이니 전 국민의 기쁜 복종도 얻어야 하겠고 많은 인재의 모여듦도 구하여야 하리라. 그러할 뿐 아니라 현재의 경우에 모여드는 자는 관직과 작위나 황금의 보수를 구하려 함이 아니요, 오직 애국의 열성을 발하여 기능과 생명과 황금을 가지고 고난과 위험 가운데에 용감히 들어옴이니, 이렇게 들어오는 자를 영접할 방법은 오직 감사와 찬송과 뜨거운 눈물과 형제의 애정으로써 포용하는 것이다.

아아, 가정을 버리고 재산을 버리고 모든 고난과 위험이 자기 생명을 위협하는 줄 분명히 알면서 몸을 바쳐 독립운동의 장막 아래 들어오는 남녀 동포의 그 의기(義氣)와 애국심만 하여도 뜨거운 눈물로써 감사할 만하지 아니한가.

하물며 그들은 봉급이나 명예의 보수도 구함이 없이 각기 정성과 힘을 다해 독립운동을 위하여 분주하니 비록 이것이 국민된 자의 마땅히 행할 의무라 하더라도 마땅히 행할 의무를 자각치도, 이행치도 못하는 수천만 가운데에서 솔선하여 이를 자각하고 실행하는 한 가지 사실만 하여도 찬송할 만하지 아니한가. 만일 그들이 아니한다고 누가 비난하고 벌할 것도 아니거늘 자원하여 이러한 고난과 위험을 당하는 한 가지 사실만 하여도 감사할 만하지 아니한가.

또는 중요한 통신이나 서류를 지니고 위험한 곳에 오가며 혹은 낮에는 숨어 있다가 밤에만 길을 감으로 칼과 창 사이를 드나들면서 동포를 격려하고 시위운동을 부추기며, 혹은 등사판을 지고 다니고, 혹은 추운 지하실에서 활자를 골라 국민을 깨우치는 인쇄에 종사하며, 혹은 내외인(內外人)을 방문하여 세 치의 혀로써 대한의 독립을 주장하며, 혹은 적의 횡포한 창칼 끝에 동포가 찔려 쓰러지는 것을 보면서도 대한독립의 만세를 절규하며, 혹은 국민의 위임을 마다하지 않고 밤낮으로 대업(大業) 진행의 획책에 애태우며 생각하는 등, 어느 것이나 무슨 보수를 바라거나 누구의 명령을 기다려 하는 것인가. 오직 찬송하고 오직 감사할 바 아닌가.

사람에게 어찌 잘못이 없겠느냐. 일하여 가는 동안에는 과실도 있으리라. 또는 능력의 부족함도 있으리라. 혹 게으름도 있을 것이요, 혹 부정(不正)한 행위를 저지르는 일도 있으리라. 그러나 현재의 우리 처지에 할 일은 그들을 벌함보다, 성토함보다, 질시함보다 비웃고 경멸하며 욕하기보다, 그들에게 정의(正義)로써 충고하고 정의(情誼)

로써 용서하는 것이며 그리하여도 듣지 아니하여 부득이 그들을 동지 중에서 제명할 때에도 증오로써 하기보다 비통으로써 할 것이며, 성토로써 하는 것보다 침묵과 비밀로 하여서 그로 하여금 회개하고 돌아올 기회를 얻게 함이 마땅할 것이나.

만일 한번 그를 여러 사람 앞에서 성토하여 버리면 그는 영원히 돌아올 길을 잃을 것이 아닌가. 더구나 동지로 한번 허락된 이상, 특별히 국가의 큰일을 위하여 동지로 허락된 이상, 비록 눈물을 뿌리고 큰 목적을 위하여 자기가 아끼는 사람을 버리는 경우가 있다 하더라도 천(千)이나 만(萬) 중의 하나일 것이다.

일반적으로 말하면 영구히 관리하고 보호하고 용서함이 일로 보든지, 인정으로 보든지 합당하다. 만일 한 가지 죄로써 어제의 동지를 오늘에 '죄로 몰아 죽인다' 하면 어찌 동지를 믿고 의지하겠는가. 또 한 번 죄를 지었던 동지라도 회개의 눈물로써 돌아올 때에는 반가운 포옹으로써 영접할 것이며 비록 과거의 동지가 아니라 할지라도 무릇 대한민족으로서 독립운동에 참여키 위하여 오는 이라면 두 팔을 벌려 반갑게 맞이할 것이다. 한번 맞아들인 뒤에는 추호의 차별이 없을 터이니 지금토록 적의 관리로 있던 이도 가능하며 정탐(偵探)으로 있던 이도 가능하리라.

본디 단군의 혈손(血孫)으로서 대한민국의 독립을 주장하고 나서는 이는 모두 우리의 동지이니 거기 무슨 두텁거나 얄팍한 차별이 있겠느냐. 만일 적의 관리나 다른 적의 수하(手下)가 되었던 것을 꺼리고 미워하면 10년간 적국의 민적(民籍)에 등록하고 적의 지배를 받던 2천만은 모두 매국적이리라. 어느 것이 용서치 못할 죄인이 아니겠는가. 그러나 한번 독립을 선언하고 독립만세를 부른 뒤에는 모두 신성한 대한민국의 국민이니 적의 차별대우에 분격하여 치를 떨며 팔을 휘두르던 우리가 다시 꿈속에서나 우리 가운데 차별

이나 계급을 세울 리가 있으랴. 대한의 독립을 주장하는 자는 동지
이니라.

이 비상한 시기에 처하여 우리의 할 일은 동지가 서로 형제의 의
(誼)를 맺어 서로 권하고 서로 사랑하며 서로 용서하고 서로 협조하
여 삶과 죽음, 영예와 치욕을 같이하기를 결심함과, 바다와 같은 도
량으로써 새로 오는 동지를 환영하고 신뢰함이니 우리로 하여금 신
뢰하고 용서하다가 실패하는 자가 되게 할지언정 시기하고 의심하
고 서로 밀어내어 물리치는 무리는 되지 말지어다.

〈제32호 대한민국 원년 12월 25일〉

내 나라 내 동포여
10가지 일로써 고함

조국 동포의 고초를 잘 아노라. 수많은 희생과 흉년과 악성 전염병과 적의 포학과 마음속의 고통과 애태움을.

그러나 동포여, 하늘이 우리에게 약속한 날이 멀지 아니할 줄을 믿고 희망과 용기로써 끝까지 인내할지어다. 이에 나는 특히 본국에서 적의 횡포 아래 있는 동포에게 열 가지 일(十事)로써 알리노라.

첫째 일 독립을 맹세하라

독립하겠다는 맹세를 굳게 하라. 죽을지언정 일본을 한반도에서 내쫓고 대한민국의 독립을 완성치 아니하고는 말지 아니하기를 다시금 맹세하라. 아침에 맹세하고 저녁에 맹세하고 대한독립 넉 자를 주문같이, 염불같이 외우라. 이리하면 용기가 나고 희망이 나고 굳센 힘이 나리라. 그리고 오늘 내일 사이에 혹은 이번 달이나 다음 달이나 선전(宣戰)이 포고될 때에 저마다 한 목숨을 들고 독립군으로 나갈 각오와 준비를 가져라.

둘째 일 오직 독립이다

적에게 속지 말라. 적은 악마와 같이 교활하고 독사와 같이 속이려 한다. 적은 예부터 우리에게 신의를 보인 일이 없으니 적에게는 절대로 신의가 없느니라. 적은 감언이설로 우리를 속여 우리를 노예로 만들었도다. 이제 다시 감언이설로 우리를 속여 우리를 노예로 영구토록 두려 하니 동포여 속지 말지어다. 사이토(齋藤)가 무슨 말을 하거나 하라 다카시(原敬)나 요시히토(嘉仁)가 무슨 맹약을 하거나 모두 악마와 독사의 속임수이니 속지 말지어다. 혹은 평등으로 속일지나 우리로써 천황(天皇)을 모시려 하는가. 혹은 자치(自治)로 속일지나 자치도 적의 노예임은 마찬가지이다. 요시히토가 소거백마(素車白馬)로 우리 대본영(大本營)에 목숨을 구걸하기까지 적의 말을 믿지 말지어다. 그리하고 이 적이 무슨 말을 하든지 '가거라, 우리는 독립 국민이다' 외칠지어다.

셋째 일 독립 위해 무슨 일이나 하라

하나에 하나씩 대한독립을 위하며 무슨 일이나 하라. 혹 기밀(機密)의 통신을 함도 일이요, 독립운동에 관한 선전을 함도 일이며, 적의 매(鷹)나 개가 된 악의 무리를 징계하거나 적의 우두머리를 죽이며 적의 공공건물을 파괴함도 일이고, 독립전쟁 준비를 하기 위하여 적의 군대 정세를 정탐함도 일이요, 그날을 미리 준비하기 위하여 충성스런 동지를 규합하여 정신을 단속하며 무예를 익힘도 일이며, 독립전쟁의 군비(軍費)를 위하여 정부 공채를 팔며 애국금(愛國金)을 거두어 모음도 일이다. 남이야 알거나 모르거나, 일이 크거나 작거나 대한 남녀는 대한독립을 위하여 무슨 일이나 하나씩 잡으라.

넷째 일 적을 배척하라

적에게 이익될 일을 말지어다. 적의 명령에 복종치 말고 적의 공채를 사지 말며 적의 물품을 사지 말고 적에게 생활필수품을 팔지 말고 특히 적에게 한 조각의 벼슬도 팔지 말며 적과 교제도 말지어다. 이는 적에게 가장 큰 고통이자 손실이니 동포 여러분은 이리함으로써 독립군 직분의 일부를 다함인 줄 알고 힘써 행할지어다.

다섯째 일 독립자금을 내자

독립전쟁에는 금전이 필요하도다. 동포여, 날마다 먹는 것과 쓰는 것의 10분의 1을 절약하여 저축하였다가 독립군비를 위하여 바칠지어다. 2천만 명이 각각 1원씩만 내어도 2천만 원이니 2천만 원은 우리의 독립을 사기에 충분하리라. 부자를 바라지 말고 저마다 독립을 바라거든 낼지어다. 이웃으로 하여금 내게 할지어다.

여섯째 일 애국지사와 유족을 보호하라

독립운동에 희생된 여러 애국지사 및 그의 유족을 구제하고 위로할지어다. 이는 마땅한 일이니라. 앞으로 국가의 감사와 포상이 있으려니와 그의 벗과 이웃이 그와 그의 유족에게 열렬한 정신적 감사와 물질적 구조를 드릴지어다. 또 독립을 위하여 분주한 애국자로 하여금 뒷날의 염려가 없게 할지어다. 만일 의로운 애국지사의 자녀가 추위와 배고픔에 운다면 이것이 국민의 수치가 아니겠는가.

일곱째 일 각 단체 원조하라

각 단체를 도와라. 광복사업을 목적으로 하는 각 단체를 존경하고 원조하라. 그에게 활동할 자금을 주며 편의를 주며 기도를 하며 신체를 주라. 새로 많은 단체를 조직하려고만 말고 이미 만든 단체를 유지하고 발전케 하도록 힘을 쓰라. 어느 단체의 주의가 옳은지 그른지를 알려거든 그 단체의 정부에 대한 충성을 보라.

여덟째 일 영원한 전쟁을 결심하라

일시 동포에게 천박한 만족을 주기 위하여 독립의 완성이 쉬운 듯이, 확실한 듯이, 당장 될 듯이 말하지 말라. 이는 동포를 속이는 일일뿐더러 동포의 마음을 상하게 하는 일이니라.

독립의 완성이 어찌 쉽겠는가. 많은 노력과 많은 생명을 들이지 아니하고 어찌 되겠느냐. 독립운동의 제1기가 겨우 지나가고 앞으로 제2기가 오려 하니, 이제 2기야말로 우리 독립운동의 본론이요 중심이다. 이미 평화운동 시기가 지나고 혈전 시기가 찾아왔으니, 이 시기는 제1기보다 길며, 그 곤란과 희생은 더욱 거대하리라. 따라서 이 시기에 우리 국민이 나타내야 할 애국의 열성과 용기와 인내는 더욱 늘어나야 할지니 한갓 일시의 자기 위로를 위하여 독립운동을 쉽고 간단한 것으로 알지 말라.

아홉째 일 임시정부를 신임하라

임시정부를 믿고 각 단체나 개인이 그들의 지력(知力)과 금력(金力)과 모든 것을 정부로 집중케 하라. 교통이 불편하고 적의 방해가 심하여 정부 행동을 국내 동포가 알기 어려우려니와 정부 당국의 모든 분은 국민의 뜻을 대표하여 독립전쟁 준비로 밤낮 정진하고 있음을 믿으라.

그러나 이는 독립운동을 정부에만 모조리 맡기라 함은 아니니 다른 나라의 모든 분들이 비록 여럿 가운데서 뛰어난 영웅호걸이라 하더라도 국가 대사를 소수의 지력이나 금력으로 감당할 수는 없으므로, 전 국민 중에 뛰어난 인물은 아무쪼록 본부로 집중하여 각 국(局)에 이르게 하고 그렇치 못하더라도 사자(使者)나 통신으로 의견을 제출할지며 또 금전으로써 정부의 활동자금을 공급케 하여야 할지며 마지막에 정부가 한번 명령을 내리거든 2천만이 한 몸으로 이것에 복종하여야 한다. 국민은 정부에 의견과 재정(財政)을 내놓을 때에는 주권자요, 정부 명령에 복종할 때에는 백성임을 밝히 알아야 하며 또 독립운동은 국민 전체가 할 일이요, 결코 정부에만 맡기고 '찾아주시오' 의뢰할 것이 아님을 각오하여야 하리라.

열째 일 독립을 확신하라

우리 독립의 확실함을 확신할지어다. 자기도 확신하고 남에게도 확신을 주도록 할지어다. 우리의 독립은 오직 시간문제이니, 우리 국민의 결심문제이니 우리 국민에게 '독립 아니면 죽음'이라는 결심만 확고하면 독립은 오직 금년이나 내년의 일임을 확신할지어다. 이제부터의 독립운동은 오직 혈전뿐이니라.

〈제41호 대한민국 2년 1월 31일〉

죽여 마땅한 일곱 적

우리의 적이 누구누구인가. 전시(戰時)의 적에게는 사형이 있을 뿐이니라. 지난 1년간 우리는 저들에게 회개의 기회를 주었나니, 1년의 기간은 저들에게 과분한 은전(恩典)이니라. 이미 은전의 기간이 다하였도다.

동포여, 용감한 애국자여. 주저할 것 없이 죽일 자는 죽이고 태울 것은 태울지어다. 저들은 양심이 없는 금수(禽獸)이니 흉악한 금수에게는 죽음밖에 줄 것이 없느니라. 생명을 죽임이 어찌 본뜻이겠는가. 금수 같은 한 목숨으로 하여 국가가 커다란 해를 받는다 할진대 아니 죽이고 어찌하겠느냐. 이제 우리가 마땅히 죽여야 할 일곱 적(七可殺)을 헤아려 보자.

1. 적의 우두머리 죽여 마땅함

적이라 하면 물론 일본인이다. 전쟁이 시작되면 마땅히 죽여야 할 자를 알려니와 먼저 개전 전(前)에 죽여야 할 적의 우두머리가 있으니 즉 이른바 총독 정무총감 등은 물론이요, 무릇 한국 독립에 강경히 반대 의견을 내뿜는 적의 유력한 인물과 나라 안팎에 대하여 우리 독립운동 및 우리 지도자를 헐뜯는 정치가, 학자, 신문기자, 종교가 등의 불령일인(不逞日人) 등과 독립운동 이래로 가장 우리 동포를 학대하던 적의 헌병 경관 등이다.

2. 매국 역적 죽여 마땅함

이완용(李完用), 송병준(宋秉畯) 등은 아직 그냥 두고 한국인으로 새 한국의 독립을 반대하고 적의 국기(國旗) 아래에 있기를 주장하는 흉적 등이니 민원식(閔元植), 선우○(鮮于○), 유일선(柳一宣) 및 협성구락부(協成俱樂部) 등의 추악한 무리이다.

3. 밀정 죽여 마땅함

고등정탐이나 형사로 우리 독립운동의 기밀을 적에게 밀고하거나 우리 지사를 체포하며 동포를 구타하는 추악한 무리들이니 선우갑(鮮于甲), 김태석(金泰錫), 김극일(金極一)과 같은 흉적이다. 특히 중요한 비밀을 적에게 밀고하거나 중요한 인사를 체포하는 자에게는 반드시 즉시 복수를 하여야 할지니 이는 동지에 대한 의무일뿐더러 이들 적들을 징계하는 가장 유력한 수단이리라. 이와 같은 죄악을 저지른 악한은 멀리 떨어진 어디로 가더라도 죽음의 저주를 피하지 못하도록 함이 애국자의 의무이니라.

4. 친일의 부호 죽여 마땅함

한때 자기 재산의 안전을 도모하기 위하여 적과 내통하여 그 군대와 경찰의 보호를 받거나 혹 일신의 안전을 탐하여 적국(敵國)으로 도주하거나 거듭 권유하되 독립운동에 헌금하기를 받아들이지 않거나 특히 헌금을 권유하는 지사를 적에게 밀고한 자는 용천(龍川)의 최 씨와 철원(鐵原)의 고 씨와 같이 그 집을 태우고 그 목숨을 끊어서 그들과 같은 부류를 징계하여야 한다.

5. 적의 관리된 자 죽여 마땅함

적의 관리된 자로 독립운동 모든 단체의 퇴직 권유가 세 번이 넘되 뉘우칠 줄을 모르는 자와 적의 수하가 되어 독립운동을 헐뜯거나 국민의 애국심과 용기를 줄어들게 하는 자와 적의 위력을 믿고 일반 동포를 압박하는 자.

6. 불량배 죽여 마땅함

헛소문을 퍼뜨려 독립운동을 해(害)하거나 민심을 현혹하는 자, 혹은 독립운동자로 거짓 꾸며대며 동포의 애국의연금(愛國義捐金)을 횡령한 자, 중요한 사명을 띠고 파견된 자로서 혹은 변심하거나 혹은 두려워 기간 내에 사명을 다하지 못한 자, 혹 중요한 비밀을 누설하거나 동지에 대한 신의를 배반한 자, 동지 간에 이간질을 놓은 자.

7. 배신자 죽여 마땅함

대한독립을 위하여 생사를 굳게 맹세한 동지로서 중도에 뜻이 변하여 독립운동에 위반되는 행동을 하는 자는 최고로 마땅히 죽여야 할 것이며 사사로이 당파를 만들어 한갓 정부를 헐뜯고 반항하여서 독립운동에 장애가 되게 하는 자도 죽여라.

아아, 우리는 이렇게 상서롭지 못한 일을 하지 아니치 못하게 되었도다. 그러나 적은 줄곧 사나워 온갖 속임수와 간사함을 사용하며 국내의 적들이 또한 창궐하여 도저히 화평한 수단으로 그 악(惡)을 막을 수 없느니라.

적은 수만의 군경(軍警)과 극악한 유혹과 수천 칸의 감옥으로 우리 운동을 방해하며 우리 동지를 능욕하고 구속하나니 우리에게 아직 군경과 감옥이 없음에 저 악한 무리를 막을 방법은 오직 단총(短銃)과 비수(匕首)와 폭탄이 있을 뿐이다.

우리는 일찍 이러한 난폭한 행동을 취하지 말기를 힘껏 동포에게 권유하였거니와 적의 횡포가 이에 이르렀으니 더는 참을 수 없도다.

아아, 우리로 하여금 이러한 말, 이러한 행동을 하게 함이 과연 누구의 책임인가.

내 몇 번이나 적의 뉘우침을 권하고 동포 가운데 적(賊)의 반성을 구하였던가. 그러나 너희는 우리의 지극한 정성과 피눈물의 충언을 무시하였도다. 이제 네가 받기에 합당한 것은 오직 죽음뿐이니라.

경고하노라. 적의 우두머리와 적들이여, 혈전의 선언을 내리기 전에 이미 너희의 신변에는 죽음의 저주가 따르리라.

〈제43호 대한민국 2년 2월 5일〉

조선사람이여 독립군에 들어오라

임시정부는 나라 안팎 곳곳에 18세 이상 남자의 군적 등록을 명하여 지금 진행 중이다. ○○재류하고 있는 동포는 이미 거의 등록을 완성하다.

임시헌법(臨時憲法)에 전 국민의 병역 의무를 규정하였으나 아직은 강제징병을 실행치 아니하고 의용병제도를 취할 작정이며 의용병 지원자는 갑을 두 종류로 나누어 갑종(甲種)은 매일 한 시간 이상, 을종(乙種)은 매주 두 시간 이상 군사 교련을 받을 자이니, 을종이라 함은 독립운동의 다른 부분의 사무에 복무하거나 또는 현재의 생업을 그만두기 곤란한 자를 일컬음이다. 중국·러시아 각지와 미국에 거주하는 동포는 물론이요, 각 연통부(聯通府)를 통하여 내지(內地)에까지 의용병 등록이 시행될지니 그 상세한 내용은 비밀이라 엿보기 곤란하거니와 이 총리의 담화에 따르건대 의용병 등록은 전속력으로 진행될 것이다.

해외에는 적당한 장소에 훈련기관의 설치도 준비 중이라 하며 또 오늘날 제국시대의 장교와 사졸(士卒)과 의병도 조사해 책으로 만드는 중이므로 예정된 수의 모집 완료를 계기로 머지않아 군대 편제를 시작하리라. 내지의 군인에 대하여 아직 정식 훈련을 할 수는 없으나 책을 만들거나 서약을 작성하였다가 곧 동원령에 응하여 일어나게 할 것이다. 우리 군대가 앞으로 취하려는 전략도 그동안의 통상 전술이 아닐 터인즉 지원 군인에게는 각각 그 전략의 정신을 드높이라. 이 우리의 전략은 통상 전술이 아니라는 말은 크게 의미 있는 말이니 우리 전쟁의 주요한 승세와 책략이 이것에 있을 것이다.

대한사람아 어서 군적(軍籍)에 이름을 적어라

대한사람아, 이제는 오래 기다리던 독립전쟁의 시기가 다가왔도다. 우리 국민의 결심이 독립전쟁에 있고 일본의 악독함이 독립전쟁을 요구하며 세계의 여론과 정의가 독립전쟁을 요구하도다. 독립전쟁은 우리들 양심의 명령이고, 천백세 조상의 명령이며, 세계의 정의와 자유와 인도의 명령이고, 억만대 사랑스런 후손의 요구이며, 사악(邪惡)을 벌하고 정선(正善)을 표창하는 하늘의 명령이다. 대한사람아, 네가 이 요구를 포기하고 이 명령을 거역하려는 것이냐. 2천만 충의(忠義)의 남녀가 다 독립군이 되며 정의를 사랑하는 세계 우방이 독립을 후원하며 하느님과 조상의 영혼이 독립을 후원하고 있느니라.

대한사람아, 네가 이 좋은 기회를 버리려 하는가.

네가 자유와 충의의 끓는 피를 뿌려 불의와 압제(壓制)의 적을 물리치고 영광의 독립국민이 될 때에 하느님과 조상 영혼은 너에게 상을 줄 것이요, 세계 우방은 너를 우러를 것이며, 억만세 자손은 자유에 기뻐하여 너를 흠모하고 너에게 감사할 것이다.

대한사람아, 너는 이 길을 취하려느냐 또는 비겁과 무기력으로 노예의 수치를 후세에 남기려느냐. 너는 용감하던 부여와 고구려 사람의 자손이 아니냐. 너는 살수대첩에 수나라 군대 백만을 멸하고 안시성 전투에 당태종을 패배케 한 조상의 자손이 아니냐. 너의 조상은 임진왜란 8년의 대혈전으로 국가와 자유를 목숨 바쳐 지키던 조상이 아니냐. 너는 이를 기억하느냐 하지 못하느냐.

너는 마땅히 죽어야 할 때에 죽지 못한 자들이 아니냐. 을사조약 때 충정공 민영환과 더불어 죽었어야 옳았고 경술국치 때 여러 순국

지사와 더불어 죽었어야 옳았으며, 3월 1일에 가련한 너의 누이가 적에게 두 팔을 찢길 때에, 너의 선도자요 통솔자인 수령과 애국지사가 적에게 모욕을 당할 때에 죽었어야 옳았고, 너의 가련한 어린 남동생과 여동생이 악마 같은 적들에게 원한이 사무치는 악형과 치욕을 당하고 이를 갈며 통곡할 때 죽었어야 옳았도다. 대한사람아, 죽을 때 죽지 못한 그 목숨을 위하여 늙은 부모와 형제와 자매의 저 참상을 보면서 밥이 넘어가는가 물이 넘어가는가.

대한사람아, 너는 3월 1일에 대한의 독립국임과 대한사람의 자유민임을 하느님과 조상 혼령과 세계의 앞에 선언을 하고 마지막 한 사람까지 최후의 일각까지 이를 위하여 분투하기로 공약맹세하지 아니하였느냐. 너는 감히 이 선언과 이 공약을 헛소리로 휴지로 만들려 하느냐. 그리하여 영세무궁토록 믿음을 얻지 못할 천한 종자를 만들려 하느냐.

대한사람아, 그것을 백번 생각하더라도 너희가 나아갈 길은 오직 혈전이로다. 혈전이로다. 혈전뿐이로다. 대한사람아, 네가 나아갈 길은 오직 혈전이로다. 하느님이 너를 부르고, 조상 혼령이 너를 부르며, 세계가 너를 부르고, 옥중의 동포가 너를 부르며, 순국(殉國)의 원혼이 너를 부르고, 억만세 후손이 너를 부르며, 너의 자유요 너의 생명인 국가가 너를 부르고, 네가 밟은 대한의 강토가, 네가 보는 대한의 산천이, 네가 사람일진대 너의 양심이 너를 부른다. '대한사람아, 나와 군인이 되라' 하는 그들의 부르는 소리가 네가 가는 곳마다, 산에나, 들에나, 바다에나, 침실에나, 꿈속에나, 네게 들리니라.

대한사람아, 군적의 등록을 맡은 국가의 사자(使者)가 네 집에 이를 때에 너는 어찌하려느냐. 충의로운 애국자인 너는 두 팔을 들어 만세를 부르고 기쁘게 네 이름을 독립군적(獨立軍籍)에 두리라.

본디 우리 국민은 개병(皆兵)이었다

우리 시조 한배검은 국민에게 용감하게 싸우라는 성훈(聖訓)을 내리셨고 한족의 부여 및 삼한시대 우리 조상을 평(評)하여 군자라 하면서도 '강용선전(剛勇善戰)'이라 하였으며 한족이 고대 우리 민족을 일컫던 이자(夷字)는 종대종궁(從大從弓)이라 하여 큰 화살을 지닌 용사라는 뜻이며 부여시대에 남자들은 평상시나 잠자고 먹을 때에도 자리의 오른쪽에 갑옷 투구와 무기를 두고 국가의 소명을 기다렸도다. 오직 우리 민족은 저 흉악한 일본과 같이 불의의 군대와 침략 전쟁을 아니하였을 뿐이요, 국가와 자유를 위하여는 국민이 다 강병용졸(强兵勇卒)이더니라.

특히 삼국시대 와서는 고구려, 백제, 신라 3국이 다 비슷한 국민개병주의(國民皆兵主義)의 징병제도를 채용하였나니 역사에 의거하건대 17세 이상 남자는 다 군적에 등록하여 3년간 군대 훈련을 받고 2년간 변방에 복무한 뒤에 각자의 생업에 돌아오되 일단 일이 생기면 곧 동원령에 따라서 일제히 병영에 들어가니 근대 모든 국가의 징병제도와 다름없다. 그때로부터 1천여 년이 지난 오늘 우리는 다시 조국과 자유와 세계의 평화를 위하여 우리 선조의 풍속을 취하니 또한 기이한 인연이요 용감히 뛰어야 할 통쾌한 일이로다. 네가 대한사람이냐? 그러하거던 선조(先祖)의 훌륭한 공적을 지키어 용감히 나서서 대한의 독립군이 되대 남에서 북까지 동에서 서까지 한 사람도 빠짐이 없으라.

결심과 용기와 복종은 독립군의 생명이라

대한의 독립군아, 너는 결심하라. 굳게 결심하고 맹세코 결심하라. 나는 대한의 독립군이니 독립을 완성하기까지 또는 뜨거운 피로써 신성한 대한의 강토를 물들이기까지 싸우리라고 결심하고 맹세하라.

지거나 이기거나 살거나 죽거나 끝까지 싸우리라. 하나라도 더 적을 죽이고 적에게 손해를 주어 대한독립의 기초에 한 줌의 흙이 되리라는 결심을 굳게 하고 굳게 하라.

대한의 독립군아, 너는 용기를 가져라. 코끝에 포환이 폭발하여도 눈도 깜빡 아니하는 용기, 동료의 시체를 타고 넘고 타고 넘어 자기가 최후의 일인이 되기까지 태극기를 높이 들고 적진 중으로 돌진하는 용기, 가슴에 폭탄을 품고 적장이나 적영을 분쇄하되 자기 몸까지 분쇄하는 용기…… 이러한 용기는 다 너의 조상에게 있던 것이니 이는 결코 그들의 육체와 같이 무덤에 간 것이 아니요, 너희의 핏속에 흐르나니 흔들기만 하면 너희 중에 되살아나리라.

대한의 독립군아, 너희는 자유를 얻기 위하나니, 그러므로 먼저 복종하라. 복종은 자유의 어머니이다. 독립전쟁 기간에 국민이 정부의, 군인이 장군의 명령에 절대로 복종하여 2천만 한마음 한 몸으로 싸우지 아니하고는 너희에게는 영원히 자유가 없으리라. 지난날 너의 조상이 수나라 군대에 대하여 당나라 군대에 대하여 이렇게 하였으니 너희는 오늘날에 이리함이 마땅하니라.

지난번 대전에 영국이, 미국이, 벨기에가, 체코가 이렇게 하였나니 너희도 이리함이 마땅하니라.

2천만의 이날의 기도

하느님이여, 오늘날에 2천만 대한동포에게 조국의 독립과 정의와 자유를 위하여 혈전할 결심을 주시고 오늘날에 일어나 신성한 독립군의 군적에 이름을 두게 하옵시며, 일찍이 2천만의 조상이 가졌던 의기와 용기가 오늘날에 되살아나게 하시며, 일찍이 미국의 의군(義軍)에게 내리시던 비호를 대한의 독립군에게 내리시옵소서.

오늘날에 들리는 우리의 끓는 피의 제사가 당신의 보좌에 올라

우리 모든 죄의 허물을 용서하게 하시고 괴로운 벌에서 나와 하늘이 준 자유와 복락을 누리게 하시옵소서. 이날에! 2천만이 부활의 고통을 시작하는 이날에.

<제46호 대한민국 2년 2월 14일>

회개하라, 새로 태어나라

'회개하라, 천국이 가까우니라.'

'다시 태어나지 아니한 자는 천국을 보지 못하리라.'

회개하라, 대한사람아! 노예에서 자유에, 어리석음에서 지혜에, 천함에서 귀함에, 가난함에서 넉넉함에 나오려거던 대한사람아, 회개할지어다!

썩은 재목(材木)으로 다시 집을 지으랴. 백번 지어도 백번 무너질 뿐이니 한번 무너질 때마다 그 무너짐이 더욱 심하리라. 그리하여 마침내 영원히 다시 일어나지 못하게 되리라.

대한사람아, 너는 망국(亡國)하던 백성이니 망국하던 백성으로 능히 흥국(興國)하는 백성이 되리라 하는가. 하늘의 도우심으로 되며, 세계의 도움으로 되며, 요행으로 되며, 자연히 되리라 하는가.

너희 나라를 망하게 한 것이 하늘이라고 하지 말고, 운수라고도 하지 말며, 우리를 노예로 한 일본이라고도 하지 말고, 우리의 노예됨을 묵인한 여러 나라라고도 말하지 말라. 대한을 망하게 한 것은 오직 너희 대한사람의 죄임을 깊이 깨닫고 이 죄를 아프게 회개하기 전 다시 네 국가의 자유가 오리라고 망상하지 말지어다. 1년을 회개치 아니하면 1년을 노예의 쇠사슬과 쇳조각이 네 위에 있고 10년을 회개치 아니하면 10년을 네 위에 있으리라. 눈물을 흘리고 가슴을 두드려 회개할지어다.

10년간 적에게 말과 소의 학대를 받되 회개할 줄을 모르며, 3월 이래로 수많은 형제와 자매가 피를 흘리되 회개할 줄을 모르는가. 너희 추악한 죄악이 핏속에 가득하고 심신의 조직 내에 스며들어 지옥의 타는 불로 살과 뼈가 모두 타버리기 전에는 소멸할 수 없다 하는가. 이사야, 예레미야 등 여러 선지자(先知者)의 열화 같은 절규를 들은 체 만 체 하고 마침내 수천 년간 까마득히 멀리서 떠도는 망국민(亡國民)이 되었던 유대인이 되고야 말 것인가.

대한사람아! 오늘의 독립운동으로 과거의 죄를 속죄하였다고 생각하지 말라. 지금의 여러 나라 동정과 칭찬으로 대한사람의 과거 누명을 깨끗이 씻어내고 세계의 신임과 동정을 넓혔다 생각하지 말라. 이렇게 생각함은 과히 주제넘은 일이요, 아울러 자살적인 망상이니 대한사람의 추악한 죄장(罪障)은 더욱 쌓일 뿐이다. 세계에 대한 대한사람의 누명과 불신용(不信用)은 여전한 줄 알고 더욱 회개하고 채찍질할지어다.

대한사람아, 스스로 생각할지어다. 너희에게 문명화된 새로운 국민이 되기에 적당한 자격이 있는가. 네게 그만한 도덕이, 그만한 지식이, 그만한 부력(富力)이, 그만한 충성이, 그만한 용기가, 그만한 순결한 애국심과 단결력이, 그만한 신의가 있다고 자신하는가. 5백 년대의 악정(惡政)과 부패에서 생겨난 허위와 공론과 속임수와 불신과 시기와 질투와 나태와 무기력과 이기심을 쾌히 버렸다고 자신하는가. 이것을 아니 버리고도 노예의 치욕에서 벗어나 자유의 영광에 들려고 생각하는가.

죄로는 병자(病者), 유치하기로는 어린아이인 대한사람아! 광복과 새로이 세울 대사업을 병자와 어린아이로 능히 하리라 여기느냐. 죄를 뉘우쳐 건전하게 되고 정신을 수련하여 힘을 얻으라. 개인으로 '힘'을 얻고 단체로 '힘'을 얻고 민족으로 '힘'을 얻어야 하리니, 대한의 부활과 번영은 대한사람의 '힘'에 있고 대한사람의 '힘'은 대한사람의 회개에서 근원을 발할지니, 뉘우침 없는 대한사람에게는 영원히 자유의 구원이 없으리라. 회개의 눈물과 희망의 빛은 동시에 같은 근원에서 나오는 것이다.

대한사람아, 회개하라. 다시 태어나라. 그리하고 신랑을 기다리는 처녀와 같이 저마다 정결한 촛불을 준비하여 다가오는 새로운 국가와 새로운 시대를 맞으라.

〈제48호 대한민국 2년 2월 26일〉

해외동포들아 경고하노라

1. 화합하라, 한마음 되자

해외동포의 수는 모두 2백만에 미치지 못할지라도 하나로 합치면 대한민족의 10분의 1을 차지할 것이요, 또 2백만은 결코 적은 수가 아니라 합하면 넉넉히 하나의 국가라도 건설할 것이다. 그러므로 과거에 이미 합하였더라면 우리의 독립을 이미 완성하였을 것이며, 이제부터 하나로 합하더라도 2백만의 대단결, 대군대는 아시아에서 당할 자가 없으리라.

그러나 기억하라. 이는 하나로 합한 뒤의 일인 것을. 합함이 없으면 2백만이 아니라, 2천만, 2억이라도 아무 힘이 없으리니 4억의 한인이 그 8분의 1 되는 5천만의 일본인에게 수모를 당하게 됨을 보라. 재외동포 여러분에게 만일 진정으로 애국심이 있고 진정으로 독립을 기원하는 충성이 있다 하면 반드시 합하기를 힘쓰리니 군사 장비 없는 2천만으로 5대 강국의 하나라 일컫는 일본의 5천만을 대적하려 하니 합하여야 하고, 만일 재외동포 2백만이 죽음을 맹세코 광복의 뜻이 있어 본국 동포야 응하거나 말거나 조국을 광복하리라 한다 하면 2백만으로써 그 25배나 되는 5천만을 대적하려 함이니 더욱 합하여야 하리다.

생각하라. 러시아에 거주하는 동포가 50만이라 하여도 이 50만의 지력(知力)과 금력(金力)과 혈력(血力)만으로 족히 조국을 광복하리라 하는가. 북간도의 동포가 1백만이라 하고 서간도의 동포가 1백만이라 하더라도, 그들 하나하나의 지력과 금력과 혈력으로 충분히 광복의 대사업을 성취하리라 하느냐.

아아, 동포여. 2백만이 온통 합심이 되어도 어렵거늘, 2천만이 온통 합심이 되어도 어렵거늘 그 속에서 갑을(甲乙)로 갈리고 병정(丙丁)으로 나누어진다 하면 무슨 일이 되겠는가.

망국 10년에 합하지 못한 여러분을 보니 애국심이 없다 하노라. 독립선언 뒤 1년에 합하지 못한 것을 보니 애국심이 없다 하노라. 이후라도 합하지 못한다 하면 재외한인(在外韓人) 2백만은 영원한 노예의 저주를 받으리라.

2. 왜 화합하지 못하였던가

왜 합하지 못하였느냐. 내 직언하리니, 양심이 있는 자거든 화내지 말고 통곡하고 회개할지어다.

1) 국민의 고양 정도(程度)가 유치함.

2) 사납고 용맹스런 인물의 횡행함.

이 두 가지가 재외동포의 통일되지 못한, 못하는, 못할 근본적 원인이니 국민의 교양 정도가 유치하므로 자유의사도 세상 형편을 관찰하여 사리를 공정하게 판단할 능력 없이, 혹은 아는 사람, 혹은 같은 고향 사람, 혹은 아첨하는 자, 혹은 먼저 들어간 자의 말만 믿어서 한 장님이 여러 장님을 이끄는 비참한 상태를 나타냄이다.

국민의 이 약점인 심리를 이용하여 교묘하게 남을 속이거나 어부지리로 얻거나 거짓을 꾸며 명예를 구하는 무리가 양의 탈을 쓴 늑대의 마음으로 혹은 편지(片紙)정책으로 혹은 유언(流言)정책으로, 혹은 사기 수단으로 국민을 속이는 수많은 부정(不正)한 작은 단체를 만드나니 가련한 것은 이처럼 사나운 영웅을 맹종한 순박한 국민이다. 그들은 '이것이 애국인 줄, 광복운동인 줄' 맹신하고 금력과 정력(精力)을 다하여도 오히려 나라의 큰일에는 해를 끼치면서 간악한 무리의 명리욕(名利慾)의 희생이 되도다.

러시아에 거주하는 동포들을 하나가 되지 못하게 하는 자가 누구이며, 서북간도의 동포를 현혹케 하는 자가 누구이며, 미주(美洲) 동포를 분열케 하는 자가 누구인가. 겨우 열 손가락을 헤아릴 만한 몇 안 되는 간악한 악당의 작태이다.

아아! 동포에게 무슨 허물이 있겠는가.

3. 자기를 내세워 통일을 방해하는 자는 적일뿐

나는 이러한 무리들을 악당이라 하노라, 간악한 무리라 하노라. 그들은 물론 살인범도 아니요, 강도범도 아니요, 국법(國法)에 저촉할 만한 사기 취재범(詐欺取財犯)도 아니다. 그들은 입으로 애국을 주창하며, 일상의 상투어로도 죽음을 맹세코 광복을 운운하며, 일부 동포에게는 지사(志士) 선생 영웅이라는 칭호까지 듣는 어른들이다. 그러하거늘 나는 왜 그들을 악당이라 간악한 무리라 하느냐.

그들은 국민을 현혹하였도다. 국민을 어지럽혀 통일을 방해하고, 독립운동을 방해하였도다. 이것이 악당이요, 간악한 무리가 아니고 무엇이냐. 이것이 매국적과 적의 밀정이 아니고 무엇이냐. 이제 나로 하여금 그 증거를 들게 하라.

그 첫 번째 증거는 중국, 러시아 양령(兩領)의 거의 2백만 동포가 통일되지 못함이니 러시아는 러시아끼리, 북간도는 북간도, 서간도는 서간도끼리도 통일되지 못하고 각 한 지방 내에 수많은 단체가 나란히 서서 서로 대항하고 미워하며, 더욱 그중에 어떠한 자는 정부를 중심으로 하고 바른길과 큰 원칙을 버리고 모든 일에 역행(逆行)하기를 일삼고 있다.

두 번째는 지난 10년간에도 2백만 동포를 이끌어 독립사업의 준비를 이룩함이 없고 헛된 사업과 불의(不義)한 분쟁에 동포의 정성과 금력만 소모하였으며, 독립운동 시작 뒤에도 여전하여 별로 이루어 놓은 사업이나 사업의 준비가 없나니, 자네들은 인심을 단합하였느냐, 재정을 적립하였느냐, 군대를 양성하였느냐, 또는 그들에게 정당한 지도를 주었느냐.

4. 북미동포의 모범을 보라

저 북미에 있는 동포는 인구가 1천에 달하지 못하되, 국민회(國民會)라는 통일되고 완전한 단체를 조직하여 과거에도 많은 활동을 하였거니와 특히 3월 1일 이래로 가난한 동포들임에도 10여만 원의 금전을 내놓았고, 그러면서도 중앙정부에 털끝만큼도 반항하거나 이견(異見)을 내세우려는 태도를 보지 못하니 참으로 감사할 만하고 본받아 배울 만하도다. 그들은 돈을 내면 독립운동을 위하여 쓰고, 글을 쓰면 동포에게 애국심을 북돋거나, 외국사람에게 본국의 사정을 소개하는 것을 썼나니, 돈을 내면 따로 하나의 깃발을 세우거나 사리사욕을 채우는 데 쓰고, 글을 쓰면 성토문(聲討文)이니 질문서니 하여 국민끼리 서로 거짓을 꾸며 해하고 동포의 정신을 현혹하는 자와 하늘과 땅만큼 차이가 있도다.

불행히 옛 한국 시대의 협잡 분경군(挾雜紛競軍) 같은 애국지사가 국외 여기저기에 횡행하여 과거에도 우리 대사업에 막대한 재난을 주었고, 아직까지도 독사와 악마와 같이 각지에 잠복하여 대사업의 진행을 방해하나니 저들은 참으로 적의 사육견보다 더 큰 피해를 주는구나. 이완용(李完用), 민원식(閔元植)의 무리는 국민이 모두 죽여 마땅할 적의 밀정으로 훤히 아는지라 그 해(害)가 심히 가볍되, 애국의 가면을 쓴 자의 해는 국민을 속이는 위험이 심히 크도다.

5. 간악한 무리 음모가 또다시

요즈음에도 상해 북경 등지에서 무수한 암실(暗室)의 사사로운 편지가 러시아, 서북간도 및 미국 등지로 날아드는 모양이며, 그 편지가 날아드는 대로 통일이 있던 곳에는 통일이 깨어지려 하고 통일이 되려던 곳에도 분열이 심해지는 경향이 있도다. 러시아 동포는, 최근에 점점 인심이 통일되어 중앙정부의 기치 아래에서 광복의 대사업을 힘쓰려는 조짐이 보이더니 그 저주받을 암실의 사사로운 편지가 또 인심을 어지럽히는 모양이다. 서북간도도 많이 통일되는 듯하더니 역시 요사이 상해와 북경 등지 암실의 사사로운 편지의 재앙을 받는다 하도다. 저 간사한 무리들의 상투어는 '상해 정부는 신임할 수 없다. 혈전을 하여야 되겠는데 정부에도 혈전의 준비가 없다. 그런데 내게는 이 의사가 있으니 금전이나 인물이나 정부의 밑으로 가지 말고 내 밑으로 오너라' 함이니, 간사한 악당이 으레 하는 모양으로 전쟁이 일어나길 바라는 국민의 심리를 교묘히 속여 이용하여 일이 이루어지면 건국의 영웅이 되고 패하더라도 손안에 들어온 금전과 명예야 갈 데 있으랴 하는 가증스럽고 불쌍한 마음으로 이리함이다.

6. 독립사업은 영웅의 것 아니라 인민의 것

지금은 건국 영웅의 시대는 아니로다. 광복사업은 하나둘 영웅의 사업이 아니요, 대한국민의 사업이로다. 영웅이 되려는 자는 물러갈지어다. 너는 일본인과 같이 우리의 적이니라. 나를 내세우지 아니하고 국가라는 기관의 역군이 되려는 자야말로 우리가 요구하는 인물이니 국가에 복종하려 함은 선(善)이로되 내게 복종하려 하는 자는 적(賊)이니라.

7. 선과 악 판단을

재외 2백만 동포여! 정신 차려 간악한 무리에 속지 않도록 할지어다. 선악(善惡)과 정사(正邪)를 분명히 가릴지어다. 많은 큰 악마, 작은 악마가 여러분 주위를 돌며 나타나 여러분의 순결한 애국심과 재물과 돈을 빼앗으려 하나니 분명한 판단을 가질지어다. 내 이제 판단의 표준이 되는 몇 가지를 들겠노라.

1) 합하기를 중요시하는 자와 분열하기를 중요시하는 자와,

2) 수단이라 하여 거짓말하는 자와 정직하게 진실을 말하는 자와,

3) 정부라는 국민의 공기(公器)를 높이 받드는 자와, 자기 개인을 중심으로 내세우려는 자와,

4) 국가의 이름으로 준비 있고 통일 있는 전쟁을 하려는 자와, 자기가 중심이 되어 한패공(漢霸公), 초패왕(楚霸王) 같은 남다른 공로를 세우려는 자.

이들 가운데 어느 것이 선(善)이고 정(正)이요, 어느 것이 사(邪)이며 악(惡)인가.

아아, 동포여! 지금이 위기일발의 때이다. 지금 합하여야 하고, 지금 준비하여야 하며, 지금 진로를 정하여야 하나니, 동포여, 지금이 위급의 때이다. 언제까지나 간사한 무리, 악당의 흉계에 빠져 내부의 분쟁만 일삼으려 하는가.

깰지어다. 깨어서 모든 사심을 버리고 오직 광복의 대사업을 위하는 밝은 지혜와 참된 정성으로 선악과 정사(正邪)의 판단을 분명히 하고 선(善)과 정(正)을 향하여 용감하고 씩씩하게 나아갈지어다. 국가의 운명이 여러분에게 달렸느니라.

〈제52호 대한민국 2년 3월 11일〉

삼기론(三氣論)을 깨치다
(의기, 근기, 용기)

대한사람아, 우리가 경영하는 사업이 얼마나 원대한가를 먼저 깨달을지어다.

4~5세기 동안 우리는 원대한 사업을 잊었더라

대한사람은 지난 4~5세기 동안 원대한 사업을 경영하고 실행하여 본 일이 없었도다. 그들은 눈앞의 조그만 이익과 편안함으로 생활하여 왔도다. 그러므로 그들은 원대한 사업의 의미와 재미를 모르도다. 그러므로 독립운동을 시작한 지 겨우 1년에 벌써 어찌할 바 모르고 조급하며 피곤하고 넋을 잃도다.

아아, 대한사람아! 우리가 경영하는 사업이 얼마나 원대한가를 먼저 깨달을지어다.

남북 만리의 만주평야와 삼천리강토의 산을 뚫고 들을 개간하던 조상은 원대한 사업을 알았더라. 지금 우리가 걷는 길을 처음 만들고, 밭을 처음 일구며 경성 평양의 대성루를 세운 조상은 원대한 사업을 알았더라.

임진왜란, 8년의 혈전, 수백만의 희생으로 조국의 독립과 자유를 보전한 때까지도 우리는 원대한 사업을 알았지마는 그로부터 몇 년이 못 되어 병자호란에 일시의 편안을 도모하기 위하여 남한산성 아래에서 굴복했을 때 벌써 우리 민족은 원대한 사업을 모르게 되었더라.

그들은 일시 많은 희생이 있기를 두려워하고 수백년간 자손에게 노예의 치욕을 주며 신성한 역사에 만년에 씻지 못할 오점을 끼치는 줄을 몰랐더라.

이로부터 우리에게는 원대한 사업이 없었나니 개인으로 10년의 계획을 세운 자도 드물고 국가로 백년의 계획을 세운 일도 없었더라. 10년 뒤의 홍수를 염려하기보다 눈앞의 조그마한 이익에 급급하여 산야의 삼림(森林)은 이발하듯이 베어내고, 10년 뒤 국가의 끔찍한 운을 두려워하기보다는 눈앞의 구차스러운 편안을 탐하여 여러 매국적 조약을 체결하였나니, 한 번 죽음으로써 국가를 위기에서 붙들려고 하는 기백이 없었더라.

독립운동에도 원대한 계획이 없었더라

이리하다가 국치(國恥) 뒤 광복을 도모한다는 지사들까지도 원대한 계획을 세울 줄 모르고 조급하여 어찌할 바 모르며 눈앞의 작은 일과 작은 명분에만 급급하고 광복운동의 기초되는 인재 양성과 자금 축적 등 5년이나 10년이 걸리는 사업은 손댈 줄도 몰랐더라. 많은 인재를 길러서 동지를 삼으려 하기보다 감언이설로나 심하면 사기수단으로라도 일시 많은 붕당(朋黨)을 만들기에 힘썼고, 다가올 일대 결전을 위하여 자금을 장만하고 군대를 양성하기보다 아무러한 수단으로든지 몇 천 원의 돈을 긁고 당장 있는 포수(捕手)나 의병을 모아 일시의 분한 마음을 풀기나 하기를 힘썼더라.

3월 1일 독립운동을 시작한 뒤부터도 많은 단체나 개인은 그저 조급하여 자포자기적이고 임시변통의 수단만 취하려 하고 원대한 계획을 세우는 자 드무니 슬프다. 이러한 국민으로 무슨 대사업을 이루겠는가.

나는 그 애국심의 반짝하고 꺼지는 불꽃이 되기를 두려워하노라. 지금 곧 독립이 되었으면 좋겠는가. 우리는 조금도 고생을 말고 하늘에서 신병(神兵)이 내려와 적을 토멸하여 주면 좋겠는가.

우리의 사업은 원대하다. 그러하므로 어렵더라도

대한사람아, 우리가 경영하는 사업은 원대한 사업이니라. '동포가 옥중에서 고초를 당하는데 하나씩이라도 어서 나가서 죽어야지' 하고 책상을 두드리며 우짖는 아녀자의 풍을 버려라. 이것으로 일이 되지 아니하리니, 너희 눈물이 적에게 무슨 상관이 있으며, 너희 한숨이 독립에 무슨 상관이 있으랴.

적을 물리치려거든 우는 것보다 적을 물리칠 힘과 일을 준비하여야 하고, 독립을 하려거든 한숨을 짓기보다 독립의 기초에 흙 한 짐을 져 날라야 한다. 이것이 옳으니라.

대한사람아, 우리의 사업은 원대한 사업이니 뒷산에 솔씨를 심어 기둥을 삼으리라는 기백을 가질 것이요, 결코 그해에 자란 수수깡으로 큰 집을 지으려 하지 말지어다. 아니 나가겠다고 악을 부리는 일본인을 내쫓기가 어찌하여 쉬운 일이며 망국한, 부패한, 빈약한 국민으로 고등한 새로운 국가를 건설하기가 어찌 쉬운 일이랴. 둘 중에 한 가지만 해도 인생에 최고로 어려운 사업이거니 하물며 동시에 두 가지 일을 다하자 하니 어찌 어려운 중에도 어려운 일이 아니랴. 돈도 무척 많이 들어야 하겠고, 애도 무척 많이 쓰고, 사람도 무척 많이 죽고, 세월도 무척 많이 허비하여야 하리니 3월 1일 이래 동포 여러분은 각각 몇 푼이나 돈을 내었으며, 얼마나 애를 썼으며, 우리 민족의 피는 몇 방울이나 흘렸느냐.

독립을 광복하고는 건설하여 우리의 일생은 고투와 희생이라

지금 독립을 운동하고 새로운 국가 건설의 사업에 참가하는 형제자매여, 그대들은 당대에 만년의 대계(大計)를 이루고 당대에 이 큰 복을 맛보려 하는가.

이처럼 짧고 조급한 생각을 버릴지어다. 이것은 우리의 용감하고 굳센 조상도 아니 가지던 바요, 오늘날 세계에 힘 있는 모든 국민도 아니 가지는 바다.

일본인을 몰아내고 독립권을 회복하기는 혹 2~3년 내에 있으려니와 그것으로써 우리의 사업이 완성된 것이 아니라 도리어 시작된 것이니, 진실로 일본에서 독립하는 것은 우리 민족의 원대한 사업에 들어서는 첫걸음이다.

대한사람아, 독립이 귀한 것이냐. 우리는 을미년에 마관조약(馬關條約)의 결과로 독립을 얻지 아니하였는가. 그 뒤에 우리나라는 대한제국이라 칭하였고, 외교도 있고, 사법(司法)도 있고, 경찰도 있고, 군대도 있지 아니하였는가. 그런데 왜 그것을 지키지 못하고 원수에게 빼앗겼단 말이냐. 오직 힘이 없음이로다. 국가를 보전할 힘이 없음이로다.

그러므로 우리가 독립을 광복한 뒤에는 완전한 국가를 조직하고 그 국가를 보전, 발달하도록 큰 힘을 준비하여야 하리니 이것이 없으면 백번 독립을 하더라도 보전키 어려우리라.

따라서 지금 광복사업에 헌신하는 우리의 고투(苦鬪)는 일본인을 몰아냄으로써 끝날 것이 아니요 도리어 시작할 것이니, 우리는 우리의 일생에 행복의 보수를 바라지 못할 것을 깨달아야 하리라. 다만 일본인을 쫓아내는 사업만 하여도 여간 많은 피와 세월을 허비할 것이 아니니, 동포여 우리의 일생은 오직 희생이요 고투인 것을 깨달아 알지어다.

그러면 우리는 우리 당대에 맛보지 못할 행복을 위하여, 우리 당대에 완성하지 못할 대사업을 위하여 애를 쓰고 피를 흘리는 자니 이것을 생각하면 우리의 앞길은 너무 암담하고 삭막하지 아니한가. 차라리 세계 어느 구석에 이 몸을 숨겨 후손이야 잘살던 못 살던 내 한 몸이나 안락하게 하는 게 좋은 방법이 아닐까.

의(義)로 일어나 의(義)의 사업을 의(義)의 방법으로 의(義)의 기초에

이에 의기(義氣)가 필요하도다. 우리에게 산야를 개척하여 주고 문화를 내려준 조상을 위하여, 다른 민족—그야 선하거나 악하거나—의 지배—그야 행복하거나 불행하거나—아래에서 노예의 수치에 울부짖는 2천만 동혈동문(同血同文)의 민족을 위하여, 자유를 부르짖고 먼저 적의 손에 희생이 된 사랑스러운 형제자매를 위하여, 지금 철모르고 장난하는 자녀와 이후에 대를 이을 천만대 자손의 자유와 행복을 위하여 나야 괴롭든지 즐겁든지, 나야 죽든지 살든지, 결과를 내 눈으로 보든지 말든지 비록 일의 성공과 실패조차 내다볼 수 없다 하더라도 분연히 일어나 재산을 다하고 힘을 다하고 생명을 다하여 나의 의무에 대답하리라는 의기가 필요하도다. 나는 자손의 자유와 행복의 씨가 되리라. 내가 땅에 썩어 잎이 나고 이삭이 익어 자손으로 하여금 그 가을걷이를 즐기게 하리라. 씨는 못 되더라도 거름이나 되리라. 내가 거름이 되어 뒤에 떨어지는 씨를 쉽게 자라게 하리라. 거름은 못 되더라도 거름을 지고 가는 소라도 되리라 하는 의기가 필요하도다.

독립운동이나 건국사업을 자기 이해타산으로 할 수 있는 것일까.

과연 과거의, 갑신(甲申) 이래 많은 애국운동이 여기에서 나왔다. 자기 한 사람 또는 한 무리 사람의 권력욕, 명리욕의 충동으로 금점(金店)꾼이 금광을 찾으려, 정해진 방향 없이 산야를 두루 돌아다니는 모양으로 국가의 부강(富强)을 찾으려 하고 독립을 찾으려 하였으며 혹 순정(純正)한 의기에서 시작한 자라도 그 방법은 역시 금광꾼의 방법이리라.

의기가 동기가 아닌지라 불의(不義)에 일을 짐짓 행하며 사물의 근본 원리인 바른길을 가지 아니하고 뜻밖에 얻는 행운과 승리를 바랐느니라. 정당한 준비와 노력을 하기보다 권모라 일컫고 술수라 부르는 사기에 가깝고 협잡에 가까운 수단을 취하였나니 동포가, 그 결과가 어찌되었는가.

의(義) 아닌 기초 위에 의로운 사업을 쌓을 수가 있을까. 엉겅퀴에서 포도를 딸 수가 있을까.

이번 독립운동에도 사람은 저마다 자기 이해를 계산하여 제각기 영웅이 되고 중심이 되려 함에 번번이 요행과 술수로 일을 삼는다 하면 영광의 독립이 성공될까. 혹 미국을 말하고 러시아를 농락하며 부자를 속이고 동포를 현혹함으로써 독립의 좋은 결과를 얻을까 생각지는 말지어다. 우리는 과거 우리 조상의 실패 역사를 보았도다. 다시 이기(利己)를 달지 말고 권모와 술수를 말하지 말 것이다.

우리로 하여금 나랏일을 하매 자기와 민족 당대의 이해를 계산하지 말고 안으로 국민에게나 밖으로 세계에나, 평화로운 운동을 하든지 전쟁을 하든지 금전을 모으거나, 군인을 모으거나, 인심을 격려하거나 오직 바름으로, 오직 진실로, 오직 정성으로, 오직 의로움으로 하게 할지어다.

부패한 세대에서도 조금 아는 자들은 비웃으리라. '너는 곧바르지 않은 썩은 선비의 말을 말지어라'고. 그러나 나는 용감히 분명하게 답하리라. '독립운동을 실패케 하고 자손만대에 피하기 어려운 재난과 치욕을 끼칠 자가 너와 같은 부패한 지자(智者)라'고.

의(義)만큼 강한 것이 없느니라. 이해타산으로 일어난 자는 이익을 주어도 그치고 큰 해를 주어도 그치리니, 그는 믿을 수 없는 지사요 애국자이다. 오직 의기로 일어난 자라야 이익이 되거나 해가 되거나, 살거나 죽거나, 마지막 목적을 이루기까지 매진할 것이다.

대한사람아! 너희는 이로움으로 일어나느냐, 의로움으로 일어나느냐.

떨쳐 일어났으니 백절불굴 끈기를 가져라

의로 일어났거든 마땅히 근기(根氣)를 가졌으리라. 독립을 도모하는 것이 가장 중요한 의무임을 깨닫고 일어난 자가, 곤란하다고 그만두며 실패가 있다고 낙심하며 성공이 더디다고 뜻이 변하랴.

성공하여도 '할 일'이고 실패하여도 '할 일'이며 빠르거나 늦거나, 희생이 크거나 작거나 '할 일'이거니 무슨 낙심이나 변절이 있겠는가. 만일 그러한 자가 있거든 물러갈지어다.

그렇지 아니한 자거든 그저 꾸준히 용감하고 씩씩하게 나아갈 지어다. 죽든지 살든지, 5년이 되든지 10년이 되든지, 우리의 사업은 자손만대에 전할 원대한 사업인 줄 알고서.

의를 위하여 생명을 바쳤나니 두려움 없는 용기를 가져라

이러한 의기와 근기를 가진 자는 마땅히 어떠한 곤란이나 강적이라도 두려워 겁내지 아니할 용기를 가졌으리라. 의를 위하여 일어났고 몸이 가루가 되고 백년이 천년이 되더라도 기어코 이 의무를 행하리라는 결심을 가진 자에게 무슨 두려움이 있겠는가. 생명을 바쳤거니 감옥엔들 못 가며, 천 개의 창과 만 개의 칼 속인들 못 가랴. '할 일'이면 한다.

백번이라도 천번이라도 더욱 용기 있게 한다. 이러한 용기를 가지면 무슨 일이 아니 될까. '돈이 있어야 하겠다', '그러면 있게 하자' 이에 돈이 있도다.

적의 경계하에서 이러이러한 활동을 하여야 하겠다. 그러면 하자. 비행기를 탈 자가 있어야 하겠다. 그러면 배우자. 무엇이나 할 일이 있거든 말하라. 내가 하마. 독립을 위하여 적과 혈전을 해야 되겠다. 그러면 하자.

(······) 이러한 용기 앞에서 '나아가 공격함에 어떠한 강한 것이라 뺏지 못하며 물러나 만듦에 무슨 일이든 성공하지 못하랴.'

동포여, 우리가 경영하는 사업은 이렇게 원대한 사업이다.

이를 성공시킬 자, 오직 의기와 근기와 용기이니 여러분은 이 3기(三氣)를 가졌는가. 이에 3기론(三氣論) 한 편을 지어 독립과 자유를 부르짖는 대한의 동포에게 드리노라.

〈제53호 대한민국 2년 3월 13일〉

간도사변과 독립운동

10월 4일 혼춘(渾春)의 변이 일어나고 10월 6일에 일본이 간도 출병을 공개적으로 발표한 뒤부터 지금까지 두 달여 동안에 간도 일대는 아수라장이 되어 적에게 학살당한 동포의 수가 3469명에 달하고 소실된 동포의 주택이 3209호이며, 소실된 학교와 교회당이 50곳에 이른다 하도다(외무부 발표).

그 밖에 곡물과 집물이 불에 타 재가 된 것이 얼마인지는 알 수 없거니와 간도 지방에서 오는 동포의 말과 통신을 보면 간도 동포는 임진왜란 이래에 미증유한 참상 중에 있는 듯하도다.

적의 무정의(無正義) 몰인도(沒人道)한 만행은 오늘에 비롯한 것이 아니리라. 30년 이래로 이것을 대만에 실시하여 수백만의 대만인을 도륙하였으며, 10여 년 전 국내에 의병이 일어났을 때에 강원도와 황해도 일대에서도 적(敵)은 그 장기(長技)인 방화와 학살을 자행하여 수만의 무고한 동포를 짓밟아 으깨었나니 이번 적이 간도에서 한 만행은 다만 저들의 습관적인 수단을 재연함에 불과하도다.

적 육군성의 발표라는 것을 보건대 '예수교회는 저들 불령선인의 소굴이므로 부득이 이를 불태운 것이요, 또 국풍(國風)에 의하여 도둑의 무리를 화장(火葬)한 것을 온 마을의 소각이라고 사실과 다르게 전하며, 땔감이 부족하여 매장한 것이거늘 온 마을을 구덩이에 산 채로 넣고 묻어 죽였다 말하여 우리 군대가 잔학무도한 것처럼 선전함은 불령선인단(不逞鮮人團) 및 일본에 적의를 가진 자의 날조'

라 하였다. 이렇듯 적은 교묘히 변명한다는 것이 도리어 불을 지름, 불태워 죽임, 땅에 묻어 죽임 이 세 가지 사실을 인정하는 일이 되었으며 아울러 살육을 행한 것은 결코 독립군이 아닌 무고한 농민에게 저지른 일임을 인정함이로다.

사실상 이번 간도사변 전투에 참가한 독립군의 사상은 2~30명에 불과한 모양이며, 적에게 희생당한 3천여 동포는 거의 모두가 전투에는 아무 상관이 없는 농민이다.

이런 참혹한 소식을 들을 때에 우리는 동포를 위한 통곡과 무도(無道)한 적에 대한 원한이 격발함을 금하지 못하거니와 지금은 통곡하고 원망할 때가 아니라, 냉정하게 앞으로의 운동 방침을 고려할 때이니 다만 한때의 격분으로 이로움과 해로움을 따지지 않고 무턱대고 나아감은 결코 큰일을 경영하는 민족이 선택할 길이 아니로다.

이에 독립운동의 지도자 가운데 이제부터의 방침에 대하여 양론(兩論)으로 나뉘니, 하나는 이때에 혈전을 결행하자 함이요, 다른 하나는 더욱 냉정 침착하게 대혈전을 준비하자 함이다.

얼마 전 이 국무총리께서 의정원 의원을 초대하였을 때와 그로부터 며칠 뒤에 의정원 의원 및 각 단체의 대표와 유력인사를 초대한 자리에서도 이 두 주장이 각각 나왔으며 다수는 급진론에 찬성하는 모양이며, 이 총리의 의견도 '어서 나가자'는 편에 찬성하시는 모양이다.

그 밖에도 간도 방면에서 오는 인사(人士)는 절반 넘게 급진론의 편을 들어 동의하는 듯하도다.

물론 분한 생각으로는 당장에 빈주먹으로라도 몰려나가 원한의 적의 멱살이라도 물고 늘어지려 함이 대한사람된 자의 정일지나 이것이 어찌 오늘날에 비롯한 일이겠는가. 15년 이래로 이러한 원한 가운데서 마음속에 감추고 참아온 우리이니 그처럼 참고 견딘 까닭은 오직 우리에게 실력과 기회가 없기 때문이다.

지난 15년 동안에도 늘 급진론과 실력 준비론이 갈리어 급진론을 대하는 지도자는 날마다 해마다 '나간다, 나간다' 하여왔고, 해외에 있는, 그중에도 중국·러시아에 있는 동포들은 이 급진론에 공명하여 인재와 금전과 단결의 큰 힘을 준비하자는 지도자의 지도를 받지 아니하였도다.

그리하여 국치 뒤 10년이 지나도록 나라의 큰일을 경영할 인재도 금전도 준비함이 없고, 민족적 대운동에 핵심이 될 만한 튼튼한 단결도 이룩함이 없어 작년 3월 1일 독립을 선언한 뒤로도 이리저리 흩어지고 갈라진 상태를 계속하였고 이 북간도의 참변을 당하고도 통쾌한 복수의 거사에 나갈 실력이 없게 되었도다.

지금 이른바 급진론자는 다만 입으로 말하는 급진론이니 인재를 내고 금전을 내고 조직적이며 튼튼한 독립당을 내놓기 전에는 아무리 급진을 호소한다 하더라도 '앉은뱅이에게 달리기를 잘하라' 재촉함과 같도다.

군인도 없이, 군비도 없이, 무기도 없이 어찌 큰 부대와 맞서 전쟁을 하겠는가. 이는 지난 27일 우리 민단강연회에서 강연한 안도산(安島山)의 연설에 가장 잘 설명되었도다.

그러면 우리의 독립운동은 이제부터 어떠한 방향을 취할까.

동포여, 냉정하게 고려하자.

우리의 목적은 독립이다. 독립의 오직 한 방법은 독립전쟁이다.

그러므로 우리의 의무는 독립을 회복할 능력을 가진 독립전쟁이 생기도록 한마음으로 노력함이다.

그런데 독립전쟁은 군인과 군비(軍費)와 기회가 있어야 한다. 그러므로 군인을 양성하고 군비를 저축하면서도 기회를 기다리는 것이 우리의 근본주의가 될 터이니 정부나 각 단체나 국민이 이로부터 한 마음으로 노력할 것은 이 주의를 실현하는 일이리라.

이에 대하여 안도산은 앞에서 말한 연설에 '우리는 이로부터 국민을 모집하자' 절규하였으니, 이것은 참으로 이제부터 우리의 표어가 될 것이다.

독립운동의 자금이 될 세금을 바치고, 독립전쟁의 군인이 될 병역을 맡을 국민을 모집하자 함이니 이것은 15년 전부터, 10년 전부터 했어야 할 일이요 작년 3월 1일부터 했어야 될 일이리라. 그러나 우리 민족에게 그만한 자각이 없었고 우리의 지도자에게도 그만한 식견을 가진 자가 적었도다.

러시아의 혁명에는 러시아 혁명당이 있고, 중국의 혁명에는 중국 혁명당이 있었으며, 체코 민족에게는 체코 독립당이 있었고, 이스라엘에는 이스라엘 독립당, 아일랜드에는 아일랜드 독립당이 있도다.

이러한 당들은 그 범위가 민족적이며, 아울러 그 단결이 심히 단단하여 남이 그 민족 국가의 독립을 승인하기 전에 그 당이 완전한 한 국가를 형성하였으니 그 당원들은 세금을 바치고 생명을 바치도다.

예컨대 지금 아일랜드의 신펜당을 보라. 비밀 결사임으로 그 당의 인원수와 내막을 자세히 엿보아 알 수 없거니와 아일랜드 국내는 물론 영국과 미국에 흩어져 있는 수십만 당원들은 수십 년 이래로 많은 인재를 양성하고 자금을 저축하여 왔으며 따라서 그 단체의 실력과 신용이 넉넉히 모든 아일랜드 민족을 지배할 만하니 그러므로 아일랜드의 독립운동은 선전하는 한 장의 종이와 시위하는 한 발의 탄환이 어느 것이나 신펜당의 이름으로 되지 아니함이 없다. 이로써 힘이 있고, 힘이 있으므로 강대한 영국으로 하여금 정부나 의회나 군대나 국민이 이를 근심하고 두려워하며 이에 대하여 늘 양보의 태도를 취하여 의회에서도 혹은 자치안을 제출하네, 혹은 영국─

아일랜드 강화안을 제출하게 하도록 위대한 세력을 얻었나니, 이것을 우리 운동이 심히 무력하여 일본의 정부, 의회, 민간, 언론기관으로 하여금 한 지방의 소요에 불과한 듯이 경멸의 태도를 취하게 함에 비하여 어떠한가.

돌아보라, 우리에게 무슨 독립당이 있느냐. 내일 즉 러시아 영토 국민의회의 대표로 파리에 앞서 갔다 온 고창일(高昌一) 군을 만나 우리 독립운동에 주력될 만한 단체가 없음을 한탄하매 군은 깜짝 놀라며 '왜 우리에게 2백만 명의 독립당이 있지 아니한가' 하더라.

군의 이 말은 작년 3월 상해에서 파리 평화회의 각 대표에게 발표한 독립선언 통보 가운데 '2백만으로 된 한국독립연합회를 대표한 손병희(孫秉熙) 등 여러 이름으로 한국의 독립이 선언되었다' 하는 구절에 의거함이다.

이에 2백만으로 된 한국독립연합회라 함은 천도교인 1백만, 예수교인 50만, 학생 및 지식계급 50만을 더한 것이요, 일찍 그러한 조직된 단체가 존재한 것이 아니라, 이 전문을 기초한 사람은 독립운동에 주력 단체가 있음이 필요함을 인정하므로 이러한 것이다.

그러면 우리에게 무슨 단체가 있는가. 신민회, 러시아에 국민의회, 북간도에 국민회, 정의군정서(正義軍政署), 서간도에 한족총회·독립단, 국내에 청년단연합회, 애국부인회, 대동단(大同團), 미국에 국민회 대략 이러하도다.

나는 이러한 각 단체를 하나하나 비평하기를 꺼리거니와 통틀어 조직이 불완전하고 인재의 결핍으로 사업의 방침이 그 마땅함을 얻지 못하여 마땅히 얻을 좋은 성적을 얻지 못하였을뿐더러, 이상의 각 단체가 서로 시기하며 배제하여 도리어 국민이 나아갈 길을 그르침이 적지 않다. 그중에도 가장 통탄할 바는 독립운동의 최고 중심인 임시정부에 충성을 나타낸 자가 적고, 혹은 독립, 심하면 반항의 태도를 취하여 이러한 큰 사업에 생명이 되는 실력의 집중과 방침의 일치를 방해함이 많았도다.

그 가운데 처음부터 끝까지 대의(大義)를 가진 이는 미국의 국민회이니 불과 1천여 명의 노동하는 동포를 회원으로 둔 그 모임에서는 기관신문 및 국내외에 선전사업을 행하였을뿐더러 임시정부 비용의 거의 반액을 담당하여 왔도다.

이러한 형편인즉 현존의 단체로는 도저히 독립운동을 감당하기 불가능하니 반드시 전 민족의 중심이 되고 전 운동의 주력이 될 대독립당을 건설하여야 하리라. 이 독립당은 반드시 임시정부를 수뇌로 하고 중심으로 하는 자라야 한다.

이러한 대단결이 생겨 현존한 우리의 인력과 재력이 집중되고, 아울러 새 인력과 재력을 준비해서 이 단체 자신이 완전한 한 국가의 이름과 실속을 갖추어야 한다. 이러한 뒤에야 모든 민족을 지배할 것이요, 여러 나라의 원조를 얻기도 하리라.

동포가 무엇을 향하고 모으고 복종하며 여러 나라가 누구와 더불어 원조하랴. 원조할 것을 의논이나 하랴.

그러므로 위의 정부나 각 단체나 동포나 앞으로의 방침은 이 대단체를 겉으로 드러나게 함에 있으니 독립전쟁은 그날에야 사실로 나타날 것이리라. 이를 지극히 어려운 일이라 하고 사정에 어두운 책략이라 할지나 이것이 유일한 길이니 어찌하겠는가.

또 이것이 매우 어렵다 하고 불가능이라 하면 독립사업은 더욱 어려울 것이요 불가능하리라.

나는 지금부터 본지(本紙)에 이 대단체 조직의 구체적 방침에 대하여 내 보잘것없는 의견을 펼치려니와, 간도 동포의 참상에 흐르는 통곡의 눈물을 뿌리고, 이 동포를 건지기 위하여 '국민을 모집하자'는 절규로 붓을 내려놓을까 하노라. (……)

대독립당 건설계획

나는 전 민족적 대독립당의 조직에 대하여 세 가지 안을 제공하려 하노니,

제1안 민적안(民籍案)

제2안 현존 독립운동 모든 단체 연합안

제3안 신당 조직안이다.

이상 세 가지 안은 각기 일장일단이 있거니와 세 가지 안이 다 충분히 연구 고려할 가치가 있을 것이며, 또 이 세 가지 안을 제외하면 다른 길이 없으리라.

그런데 이 세 가지 안에 공통 원칙이 또한 세 가지 있으니

(1) 임시정부를 수뇌(首腦)요 중심으로 할 것

(2) 당원은 납세의 의무를 질 것

(3) 당원은 병역의 의무를 질 것이다.

독립당이 어떠한 계획, 어떠한 조직으로 되더라도 절대적으로 이 3원칙에 따라야 한다.

운동에는 그 역점(力點)인 중심이 필요하니 모든 힘이 각각 같은 마음인 중심으로 모여야 비로소 큰 힘을 이룰 것이다. 더욱이 우리 독립운동과 같이 본디 허약한 실력을 가지고 하는 대운동에는 힘의 집중이 절대로 필요할 터이니 힘을 집중함에는 그 중심을 확정함이 요구된다.

저 중국은 금력(金力)과 인재의 힘이 그리 모자라지는 않지만 그가 내치(內治)에나 국제적 절충에나 늘 권위를 잃음은 실로 분열에 근본 원인이 있느니라.

우리도 독립운동 이래로 모든 힘이 동일한 중심으로 통합되었던들 현재 상태보다 더 큰 활동을 하였을 것이니 러시아의 국민의회, 길림의 군정사, 북간도의 국민회와 정의군정서, 서간도의 한족총회

와 독립단, 국내에도 무슨 단체, 무슨 단체가 각각 독립한 기치를 세우고 금전을 따로 모으며 인재를 따로 모집하고 민심에 정당하지 않은 분야를 나누어 통일의 기초를 파괴하고 서로 어긋나는 정책으로 서로의 활동력을 상쇄(相殺)하였으니 하나의 독립운동이어야 할 것이 수많은 독립운동을 이룩하여 효력이 강대할 대사업을 경영한 귀중한 재력과 인력을 무익한 작은 일에 허비하고 말았도다.

지난날의 이 원통한 과실이 우리 실력의 절반 이상을 소모하여 버렸거니와 민족의 실력은 유기적(有機的)이라, 적당한 배양(培養) 방법을 찾으면 소모한 것을 다시 보충할 수 있으므로 지금부터 생긴 실력은 한 땀이라도 허비함이 없이 집중하여야 하리라. 그리하려면 실력이 집중될 중심을 확정하여야 한다.

만일 우리에게 아직 민족적 중심이자 수뇌될 만한 기관이 없다 하면 새로이 이를 형성하여야 하고, 만일 이미 형성된 것이 있다 하면 이를 향하고 모여들어야 할지니 이미 형성된 것을 버리고 새로 형성한다 하면 이것은 편협한 자기 본위의 이기심이 아니면 어리석은 자의 심사(心事)이리라.

우리 임시정부는 실로 독립운동과 함께 발생하였고 또 민족 33인으로 대표된 대한민족 주권의 정통을 계승하였으며 성립 이래 2년 동안 안으로 국민에게, 밖으로 여러 나라에 늘 대한(大韓)의 국가를 대표하였나니 우리 민족의 국민적 생존의 중심이 이것에 있을 것은 매우 마땅하다.

오직 초창기에 아직 실력이 충실치 못함이 한스럽거니와 임시정부는 결코 어떤 개인이나 혹은 어떤 개인들 집합의 소유가 아니요, 대한민국의 공기(公器)이다. 대한국민이 실력을 내면 실력이 있게 되고 아니 내면 없게 될지니 실로 임시정부를 유력하게 하고 무력하게 함이 완전히 대한국민의 자유에 있으리라.

지금이 참으로 대한국민이 그 애국심과 실력을 시험할 때이니 이제 2천만 동포가 임시정부 밑으로 모여들면 우리에게 독립이 있고 그렇지 아니하면 우리에게 노예의 멍에가 있을뿐이라 무슨 이유로든지 오늘날에 있어서 임시정부에 귀속하지 않는 자는 비국민적(非國民的)이라는 비난을 피하지 못할 것이다.

　이것이 내가 말하는 제1원칙인 임시정부를 중심이자 수뇌로 하자는 까닭이다.

　임시정부에 실력이 있게 하려면 그에게 재력과 병력을 주어야 할지니, 그리하는 유일한 방법은 모든 국민이 금전과 생명을 가지고 임시정부의 기치 앞으로 모여드는 것, 즉 모든 국민이 납세 의무와 병역 의무를 고루 나누어 맡음이니라.

　그러나 오늘날의 처지에 있어서는 모든 국민의 통일을 기약하기 어려우니 이에 국민 가운데 특별히 애국심이 열렬한 자를 모아서 대독립당을 건설하자 함이니 이것이 곧 '국민을 모집하자' 함이다. 하지만 우리 국민은 흔히 '마음만 있으면 그만이라' 하여 애국도 마음만으로 하려 하고 독립운동을 돕는 것도 마음만으로 하려 하며, 임시정부를 소중하게 떠받드는 것도 마음만으로 하려 하고, 혹 매우 애국하노라 하는 충정(衷情)을 발표할 때에는 '나는 생명을 내어놓노라' 하도다.

　마음을 내고 생명을 내는 것도 좋거니와 마음이 있거든 그 마음을 물질로 표현하여야 비로소 효과를 낼 것이요, 생명을 내려면 생명을 쓰게 할 준비가 필요할 터이니 여기 쓸 것은 금전이다. 마음을 내놓고 생명을 내놓되 금전을 내놓지 아니하는 국민으로는 영원히 국가의 대업을 경영치 못할 것이다.

　국민아, 만일 네게 나라를 위하는 마음이 있고, 또 나라를 위하여 네 생명을 내어놓았거든, 앉아서 그 생명을 희생할 날을 기다리지 말고 그 생명으로 힘써 일하여 금전을 만들어 네 생명을 희생할 날이 오도록 하라.

생명을 내놓는 것만이 네 의무가 아니요, 생명과 금전을 함께 내는 것이 네 의무이니 그러므로 먼저 매월 1일에 몇 원씩이라도 부담하고 그다음에는 일단 국가가 부르는 때에 생명을 가지고 나서기를 허락하여야 할지니 이리하여 우리 독립운동은 해마다 일정한 금전의 수입을 얻고, 기회만 있으면 움직일 수 있는 확실한 군적(軍籍)에 등록된 군인을 확보하게 될지니 이것이 진실로 독립전쟁의 근본적인 가장 확실한 준비이며 따라서 국가 독립의 핵심이다.

내게 얼마쯤 금력의 근거가 있어야 남에게 빌리기라도 하지 않느냐. 내게 몇만 명의 군인이 있어야 남에게 지원병을 요청하지 않겠느냐. 납세와 병역의 의무를 부담하기로 정식으로 허락하고 서약한 단 한 명의 국민도 없는 오늘날의 우리 독립운동은 실로 아무 근거도 없는 환영(幻影)이라 할 것이다.

이러므로 나는 민족적 대독립당을 조직하기를 절규하고, 조직하되 임시정부를 그 중심으로 하고 납세와 병역의 의무를 지기로 허락하고 서약하는 자로 하자 함이로다. 이로부터 나는 제1안, 제2안, 제3안에 대하여 논하려 하노라.

독립완성을 위한 3가지

나는 3회에 걸쳐 우리 독립완성의 기초로, 독립전쟁 실현의 유일한 계제(階梯)로 민족적 대독립당 건설의 필요를 논하였고, 그 방법은 민적안, 현존 독립운동 모든 단체 연합안 및 새로운 단체의 조직안 세 가지임과, 이 세 가지 안 가운데 어느 것을 택하든지 다 같이 기준으로 삼아야 할 3원칙이라 하여 ① 임시정부를 수뇌요, 중심으로 할 것 ② 당원은 납세의 의무를 부담할 것 ③ 당원은 병역의 의

무를 부담할 것을 들었노라.

이제 그 제1안 되는 민적안을 논하건대 이는 세 가지 안 중에 가장 합리적이고 당연한 안건이니, 병합 무렵에 곧 시작하였어야 할 것이요 적어도 원년(元年) 독립선언 때에 곧 착수하였어야 할 것이다. 외국에 대하여 선전을 계획하기 전에 군대를 교련하며 무기를 준비하기 전에, 첫 번째로 하였어야 할 일이니 대부분 이 일이 대외 선전이나 군사행동의 기초를 이루는 금력과 인력을 얻는 오직 한 방법이기 때문이다.

지금에 이르기까지 우리 독립운동의 지도자 가운데에 대외 선전과 군사행동을 주장한 이는 많았으되, 그 모든 일의 기초가 되는 국민의 모집 곧 민적(民籍)의 실시를 주장하는 것은 장난삼아 쓴 글이라 하였나니 이것은 실로 앞뒤와 처음 끝을 뒤바꿈이라 하리라.

혹은 말하기를 정부에서 직접 민적을 실시한 일은 없었으나 각종 독립운동 단체가 정부를 대신하여 이에 상당한 사업을 시행하였다 하리라. 그러나 이는 크게 그렇지 않으니,

① 각종 단체는 거의 기관(機關)뿐이요 회원이 없었고 따라서 단체사업의 생명인 일정한 금전의 수입과 아울러 독립전쟁의 기초인 군인의 등록이 없었으며,

② 그뿐 아니라 이 각종 단체가 징발적(徵發的)이거나 의연적(義捐的)으로 각각 일부의 동포에게서 약간의 일시적 금전을 모금하였으나 이것을 통일한 목적하에 사용하도록 집중하지 못하였고,

③ 이것을 따라 이러한 각종 단체의 기관 및 그 회원이라 일컬을 만한 여러 분야에 나누어진 동포의 정신도 통일되지 못하였으니,

이상 세 가지 이유로 보아도 현존 독립운동 각 단체의 사업이 결코 민적을 대신하지 못할 것이 분명하리라. 그러므로 정부에 통일적으로 민적을 실시함은 근본적으로 꼭 필요하고 중요한 일이다.

그러면 그 방법을 어찌할까. 이에 민적 실시 세 원칙을 세우니,

(1) 권유
(2) 모집
(3) 조직이다.

권유라 함은 선전이라고 말할 수도 있으니 동포에게 독립운동과 민적과의 관계를 깨닫게 함이니라.

이는 중요하지 아니한 듯싶으면서도 사실은 근본적으로 중요한 일이니 국민에게 민적을 해야 되겠다는 절실한 깨달음이 없고는 아무리 민적을 실시하려 하여도 되지 못하리라. 그러므로 민적 실시 2, 3개월 전부터 권유를 하여 국민의 깨달음을 불러일으킨 뒤에 모집을 시작하여야 하고 모집 중에도 이 권유사업은 계속 진행하여야 한다. 신문이나 전단으로 혹은 연설로 일반적인 격려와 용기를 주는 동시에 편지를 보내거나 집집마다 찾아감으로써 개별적 권유를 하여야 하니 이 두 가지가 함께 필요하되 전자는 그 분위기를 만드는 데 유력하고 후자는 그 열매를 맺는 필요조건이리라.

특히 각 지방마다 그 지방주민의 중심이 될 계급, 즉 그 지방 민적운동(民籍運動)의 핵심이 될 계급을 얻기에는 편지와 가정방문이 절대로 필요하다.

이렇게 권유한 결과로 몇몇 지방에—각 지방이 아니요 몇몇 지방이라 함은 흔히 예정된 권유기간 내에 권유를 마친 지방을 일컬음이니, 일시에 동포가 거주하는 각 지방을 포함치 못하더라도 바둑돌 놓듯이 점점 버리는 것이 지혜로운 일이기 때문이다—그 지방 민적운동의 중심이 될 계급이 생기고 일반 민심에 민적에 대한 깨달음이 생기면 이에 모집운동을 시작할지니 이리함에도 그 지방 주민 모두를 널리 포함하기만 바라지 말고 다음의 원칙에 비추어봐야 하리라.

(1) 회원모집 방법을 적용하되 수(數)를 탐하지 말 것.

(2) 그 지방에 중심이 될 자—곧 의무를 끝까지 행할 확고한 결심이 있는 자를 먼저 모아 결속하여 그 지방 민적운동의 모든 책임을 지게 할 것.

(3) 호(戶) 단위로 말고 의무를 행할 개인 단위로 할 것. 따라서 남녀와 노소의 차별이 없을 것.

(4) 모집된 주민은 책으로 만들고 의무를 힘써 행하도록 할 것.

이리하여 어느 지방에 몇십 명이나 몇백 명이나 또는 몇천 명이 모집되거든 형편이나 조건이 좋은 지방 및 인원수를 조직하여서 납세와 병역의 의무이행과 교육, 산업, 위생, 토목 등의 사업을 행하게 할지니 이러하므로 능히 독립운동의 2대 중요 사업인 금전과 군사를 확보하는 동시에 국민 힘의 함양을 도모할 수 있으리라.

이에 한 가지 필요한 것은 당원의 종류에 따른 구별이니 혹 납세는 할 수 있으되 병역의 의무를 감당치 못할 자도 있음으로 당원을 제1종 제2종의 두 가지로 나누어 납세와 병역의 두 의무를 모두 지는 자를 제1종, 납세의 의무만 지는 자를 제2종으로 함이 좋다.

그러면 그 당원은 독립당원이라 할 수도 있고 국민이라 할 수도 있나니, 그들에게만 선거권과 피선거권과 공직에 해당하는 권리를 부여하여 임시의정원도 이러한 국민의 호선(互選)으로 성립케 하며 임시정부 및 각 자치체(自治體)의 직원을 이러한 국민 중에서 임용하게 하면 국민은 국민으로 직접 국정(國政)에 참여하게 되어 납세·병역의 두 가지 의무 이행과 아울러 진정한 책임 있는 애국심을 함양하게 되리라. 의정원 의원이나 임시정부 그 밖의 직원도 흥미와 책임의 생각을 더하게 되리라.

이리하여 단결은 더욱 튼튼하여지고 정부의 기초와 세력은 더욱 확대되므로, 따라서 민족의 힘의 중심이 확립하여 움직여도 움직이지 않는 독립운동의 주력(主力)이 형성될 것이다.

이리하여야 나라 안팎의 일반동포도 독립운동에 대하여 신뢰의 마음을 갖게 되고, 해외 여러 나라도 우리의 운동을 신임하게 되리니. 국민아! 이것이 독립운동의 근본이 아니고 무엇인가.

더욱 구체적인 방침에 대하여는 기회를 보아 다시 논하려니와 이상으로써 민적의 대강령(大綱領)을 기술한 줄로 믿노라. 그런데 다른 두 안은 이 민적안의 부본(副本)에 불과한 것이니 그러므로 민족적 대독립당 조직의 원리원칙은 민적안을 논하기에 다 말하였다 하리라. (……)

정부의 성의와 3가지 방법

나는 앞선 호(號)에 약속하기를 이번에는 임시정부의 성의에 대하여 한 마디의 비평을 가하리라 하였노라. 그러나 다시 생각해 보니 이때에 냉정한 비평을 가함보다 따스한 충언(忠言)을 올림이 옳으리라.

원컨대 나의 마음 깊은 곳의 고언(苦言)을 나의 경애하는 임시정부 당국과 독립운동의 여러 단체, 지도자 여러분이 큰일을 경영하심에 만분의 1의 자극이 되기를 바라노라.

내가 잇따라 여러 번 기술한 것과 같이 민적의 실시는 실로 우리 독립운동의 근본방침이니 이것이 있으면 독립운동이 있고 이것이 없으면 독립운동이 없을 그러한 중대한 문제이다.

지금 우리 독립운동이 일대 전기(轉機)를 만들어야 할 위급한 시기—그러하도다, 진실로 위급한 시기를 당하여 이 위급한 곳에서 한 가닥의 살아날 길로 나아갈 유일한 지름길인 민적의 실시에 대하여는 마땅히 정부나, 각 단체나 각 개인이 마음을 하나로 하고 힘을 하나로 하여 전 국민 총동원의 절개로 힘차게 나아가야 할지니 주저할 바도 못 되고 곤란이 있다고 좌절할 바도 못 되는 바이다.

정부 부내(部內)의 각원(各員)은 배가 파손될 위험하고 좁은 길에 들어선 선원의 마음으로 모든 의견이나 감정의 차이를 버리고 담장 안에서 서로 싸움하는 시기심을 비리고 독립운동의 기초공사인 민적의 실시 곧 대독립당의 건설에 성의와 힘을 다하여야 할지며, 서간도, 북간도, 러시아, 미국, 하와이 국내의 각 단체들도 모든 국민의 이 사활이 걸린 대독립당 건설의 근본 문제에 대하여는 한마음, 한몸이 되어 목숨을 걸고 성공을 기약하여야 할지며, 한 지방의 우두머리가 된 여러 지사들은 물론이요, 일반국민도 남녀노소를 물론하고 이 대독립당의 건설을 위하여는 서로 몸이 되고 팔다리가 되어야 하리라.

먼저 정부에서 쓸모없는 형식론으로 황금 같은 세월을 헛되이 보내지 말고 하루라도 빨리 이 안건의 실시를 결의하고, 결의한 뒤에는 대통령 이하 각원(各員)은 각각 이 사업의 실현을 반드시 임무로 삼아 양(陽)으로만 말고 음(陰)으로 더욱, 혀끝으로만 말고 실행으로 더욱, 개인적으로 말고 팔다리가 되어 하되 성의로써 각 단체 및 일반국민에게 이 뜻을 알리고 아울러 그들의 협력을 구하여야 한다.

그리하는 날, 각 단체나 개인들은 지난날의 모든 시비를 버리고 정부의 뜻을 받들어 이것과 힘을 합하여 혼연일체가 되어 이 대사업의 성취를 기약하여야 하리라.

이에 한 마디 덧붙일 것은 정부와 힘을 합한다고 각 단체가 그 독립된 개성을 잃을 이유는 없으니, 단체는 단체대로 그 독립의 존재를 계속하면서 민적사업에 대해서만 연합적 노력을 하면 충분할 것이다. 또 이렇게 하여 민적사업이 진보됨으로 다만 일반적 독립운동의 실력이 증진될뿐더러 또한 각 단체의 신용과 위엄과 사업도 증진되리라.

만일 일이 이에 나가지 아니하여 독립운동의 일반적 기초가 튼튼해지지 못하면 파멸할 자는 다만 정부뿐이 아니요, 각 단체도 그러할 것이다. 따라서 우리 독립운동 전체가 비참한 실패로 돌아갈 터이기에 만일 각 단체가 정부를 받들어 협력하여 나오기를 받아들이지 아니한다면 형편상 부득이 정부는 직접 국민의 규합에 손대야 할지니 이러한 경우에는 이를 받아들이지 아니하는 각 단체는 독립의 적이요 국가의 적으로 인정하리라.

아아, 임시정부 당국자에게 이러한 자각과 결심이 있는가.

아아, 임시정부 당국자 여러분에게 과연 이러한 자각과 결심이 있는가.

그리고 각 단체의 일반국민에게 이러한 자각과 결심이 있는가.

만일 임시정부에 이만한 자각과 결심이 없다 하면 어찌하랴. 우리는 불가불 제2안인 각 단체연합안에 나아가야 할 것이다. 각 단체에게 만일 이러한 자각과 결심이 없다 하면 우리는 제3안에 나아가야 직접으로 충성스럽고 선량한 동포를 규합함으로 대독립당 건설의 사업을 시험하여야 하리라.

〈제87~93호 대한민국 2년 12월 18일~3년 2월 5일〉

조국해방을 맞는 마음
춘원이광수/고산고정일 풀어씀

아, 아 질곡의 36년 포로가 되어 왔던 나의 영혼이여, 나의 삶이여! 나의 문학이여! 이제, 너의 감옥으로부터 빠져 나갈 때가 닥쳐 왔으니, 이 육체의 속박으로부터 빠져 나가리라. 이제 기쁨과 용기로 36년 사슬이여 풀려 나가라. 나는 조국 환희의 찬가를 부르리라.

조국해방을 맞는 마음

평생에 자비의 길을 즐겨 남에게 주노라 했네마는 내어민 내 손은 번번이 물렸네 채왔네. 어쭙지 않았던 것일세, 숫제 가만히나 있을 걸 그랬나. 내 밭에 참외를 심어 길 가는 사람을 주니 본체만체는 좋아도 욕하고 때림을 받았네. 내 참외 맛이 없었나, 내 꼴이 흉해서 그랬나.

1.

을유년(1945) 8월 16일 아침, 나는 자갈을 파는 개울가에 나가 보았다.*¹ 근로보국대(勤勞報國隊)*² 자갈 파는 사람들이 수십 명 삽들을 든 채로 서성거리고 있었다. 서울 근방에 B-29를 막는 방비공사를 한다고 사릉 내 집 앞 개울에서 여름내 자갈을 추려서는 기차로 나르고 있었던 것이다. 농민들, 소학생들, 남녀노소가 날마다 밥을 싸가지고 와서는 자갈을 팠던 것이다. 내 작은 우물은 그들의 목마름을 축이는 데가 되어서 날마다 수백 명이 들고났다. 그런데 이날

---

*1 오늘날 남양주군 사릉리 왕숙천(王宿川)을 말한다.
*2 중일전쟁 뒤 조선인 노동력 수탈을 위해 일제가 강제 연행하여 만든 조직이다. 1941년 '국민근로보국령'에 의해 편성된 것으로 철도·도로·비행장 및 신사(神祀)의 건립·확장 공사에 동원되었다. 각종 직장보국대를 비롯하여 국민학교(지금의 초등학교) 고등과에서 전문학교·중등학교 고학년에 이르는 학도보국대, 형무소 재소자들로 구성된 남방파견보국대 및 농민들로 조직된 강제노역보국대 등이 있었다. 농민보국대는 징용·징발·징병에서 제외된 사람들로 만들어졌었다. 근로보국대 형식으로 강제 연행된 조선인의 숫자는 1938~44년까지 762만 명 정도였다.

은 웬일일까? 사람이 수십 명밖에 안 오고 감독하는 일본 병사도 보이지 않았다.

"오늘은 안 하는 거야?"

"병사도 어째 안 왔어?"

근로보국대 사람들은 이런 소리를 주고받으며 담배를 피우고 있었다. 자갈을 반쯤 실은 열차가 뙤약볕에 아지랑이를 피우며 서 있었다. 이때에 내 팔촌동생(운허당)이 더운 듯이 두루마기 고름을 풀어 헤치고 달려왔다.

"형님, 일본이 항복했소. 어저께 정오에 일본 천황이 항복하는 방송을 했다오. 나 지금 서울로 가는 길이야."

이렇게 말하고 그는 가버렸다.*3

근로보국대원들도 누구에게 같은 소리를 들었는지 슬몃슬몃 다 떠나버리고 개울가는 온종일 조용했다. 자갈 파는 감독을 하느라고 와 있던 일본 병사들은 동네 사람들한테 매를 얻어맞고 달아났다며 어떤 청년이 내게 와서 말했다. 사릉에서의 전쟁 끝은 이러한 것이었다. 그날 사람들은 떼로 몰려다니며 면사무소와 면장의 집을 부수고, 배급 양곡 창고에서 마구 쌀을 꺼냈다. 밤새 4, 5명 청년이 술이 거나하게 취해 내 집에 찾아와서는,

"독립이 되었어요" 떠들며 모두들 좋아하였다.

여운형과 안재홍이 건국준비위원회를 조직했다.*4 사릉 앞으로 달리는 경춘선 열차에는 태극기를 든 사람들이 차 지붕 위에까지 무더기로 가득 올라타고 다녔다. 9월에 미군이 들어와서 금곡(金

---

*3 운허(이학수)는 이때부터 정당을 조직하여 정치활동을 모색했으나 여의치 않아 해산하고 봉선사로 돌아와 광동학교의 교육과 불경 국역사업에 정진했다. 자세히는 신용철, 《운허스님의 큰길 : 교육의 빛나는 발자취》, 밝은빛, 2013 참조.

*4 춘원은 여운형, 안재홍 같은 가까운 인사가 주도한 건준의 출발을 알았으나 참여하지 않았다.

谷)*⁵에 와 있는 병사들이 곧잘 우리 동네에도 놀러 왔다. 까막까치도 막 쏘며 다녔다. 나는 사릉에 여전히 가만히 앉아 있었다. 독립의 기회가 이렇게 쉽게 온 것이 큰 기쁨임은 말할 것도 없거니와 조국이 전쟁터가 되지 않고, 동포가 일본의 손에 학살을 당하지 않은 것이 가장 기쁜 일이었다.

앞으로 나 자신은 어떻게 해야 할지를 여러 가지로 생각했으나 결국 가만히 있기로 하고, 역사와 철학 책을 읽으면서 그날그날을 보냈다. 나는 조선사, 그중에도 조선시대의 야사를 탐독했고 《시전》·《서전》과 《주역》을 읽었다. 그리스, 로마, 영국, 미국, 러시아의 역사도 읽었다. 7, 8년간 내가 걸어오던 길, 해오던 생각에서 벗어난 나는 완전히 무념무상(無念無想)의 심경으로 세계와 우리 민족의 장래를 명상할 여유가 있었다.

왜 그런고 하면, 나는 다시는 세상에 안 나설 사람이기 때문이다. 7, 8년 걸어온 내 길, 그 동기는 어찌 갔든지 민족정기로 보아서 나는 정경대도(正逕大道)를 걸은 사람이 아니었다.*⁶ 내가 조선신궁(朝鮮神宮)*⁷에 가서 절을 하고, 향산광랑(香山光郎)*⁸으로 이름을 고친 날 나는 이미 훼절한 사람이었다. 전쟁 중에 내가 천황을 부르고, 내선일체를 부른 것은 일시 조선민족에 내릴 듯한 화단(禍端)을 조금이라도 돌리고자 한 것이었지만, 그러한 목적으로 살아 있어 움직

---

*5 경기도 남양주시 사릉 근처 금곡동으로 여기에 고종릉(홍릉)과 순종릉(유릉)이 있다.
*6 춘원은 스스로 '친일'의 기간을 7, 8년으로 생각하고 있었다. 그것은 1938~45년에 해당한다.
*7 한반도에도 많은 신사가 세워졌는데 1912년부터 1925년까지 서울시 남산에 조선신궁이 설립되었다. 1940년대 조선신궁에 연간 200만 명에서 250만 명이 참배했다고 하며, 이는 1일 평균 5000명에서 7000명이 참배를 한 것이다.
*8 춘원이 가야마 미쓰로(香山光郎)라 개명한 것에 대해 여러 해석이 있는데, 김원모 교수는 춘원이 개명하기 전부터 향산(香山)이란 호를 쓰고 있었음을 지적한다. 김원모, 《영마루의 구름》, 단국대 출판부, 2009, 1009~1014쪽.

인 것이지만 이제 민족이 일본의 굴레를 벗은 이상 나는 더 말할 필요도 또 말할 자격도 없는 것이다. 가장 깨끗하자면 해방의 기별을 듣는 순간에 내가 스스로 목숨을 끊어버리는 것이지만, 그러지를 못한 나의 갈 길은 입을 다물고 가만히 있는 것이라고 나는 생각했다. 그래서 나는 해방을 맞고 2년 동안 가만히 있었다. 내가 사릉 집도 버리고 양주 봉선사(奉先寺)로 간 것은 아주 산중에 숨어버리자는 결심에서였다.*⁹

그러나 나의 건강과 가정의 사정이 그것을 허락하지 않아서, 산에서 나와 다시 소설을 쓰게 되었다. 스스로 핑계하기를, 내가 그저 서민이니 정치적, 지도자적 일은 못하더라도 제 직업을 위해서 움직이는 것이야 어떠랴는 생각이었다. 문학이나 학문의 일은 국가의 죄인이라도 할 수 있는 일이 아니냐. 사마천(司馬遷)은 옥에 갇힌 죄인이건만 《사기》의 집필을 허락받았고, 버니언(Bunyan)도 옥중에서 《천로역정》을 쓸 수 있지 않았던가. 나도 국가가 내 목숨을 부지할 수 있도록 허락하는 이상 글은 쓰도록 되리라고 생각했다.

몇몇 친구들은 벌써부터 나더러 참회록 쓰기를 권한다. 그러나 나는 그 권유를 듣지 않았으니, 내가 나를 변명하는 일이 사내답지 못하다고 생각했기 때문이다. 나는 세상이 무슨 비난을 해도 다 받아들이는 것이 옳기도 하고 좋기도 하다고 생각했다.

성삼문이 찬양받고 신숙주가 비난받는 것이나, 남한산성에서 항복을 거절한 분들이 숭앙을 받고 이를 주장한 사람들이 욕을 먹는 것이, 민족을 위해서 옳기도 하고 좋기도 하기 때문이다. 그러므로

---

*9 수양대군(세조)의 명복을 빌었던, 광릉의 원찰 봉선사는 세조의 능인 광릉 초입에 있다. 고려시대인 광종 20년(969) 법인국사 탄문이 창건했는데 본디 운악사였다. 남양주시 진전읍 부평리에 있다. 운허 스님의 노력으로 법당에 '봉선사'라는 한글 현판이 걸려 있다. 여기에 춘원이 만년을 의지했고, 그의 기념비가 서 있다.

세상이 나를 비난할 때에 나도 사람이라 듣기 거북하지 않음은 아니나, 한번 돌이켜 생각하면 그것은 기쁘고 고마운 일이 아닐 수 없다. 민족정기를 위하는 일이 기쁘고 평소에 나를 사랑해 주던 표시이니 고마운 것이다.

이런 까닭으로 나는 지금까지 참회록을 쓰지 않고 오직 소설과 수필 몇 편을 썼을 뿐이다. 수필을 쓰는 데도 나는 꽤 엄밀하게 제 말만 쓰자는 주의를 지켰고, 남이나 세상일을 비판하거나 남에게 권고하는 것 같은 말을 삼갔다. 더구나 민족에 대한 것은 내 주관적인 생각 말고는 전혀 건드리지 않기로 조심했다. 그것은 내 입과 붓이 부정(不淨)을 탔기 때문이다.

해방 뒤 출판된 내 책들 가운데 《꿈》은 십여 년 전에 반쯤 쓰다가 한글 출판을 할 수 없게 되어서 중지했던 것을 끝까지 채워서 낸 것이요, 《원효대사》는 내가 친일파 노릇을 하는 중에 〈매일신보〉에 연재했던 것이다.*10 나는 검열이 허락하는 한 이 소설 속에서 우리 민족의 전통적 정신과 영광과 애국심과 민족의식을 그려서, 천황 만세를 부르고 황국신민서사를 제창하지 않으면 안 될 운명에 있는 동포들에게 보낸 것이었다.

《무정》을 쓰고 나서 《마의태자》나, 《단종애사》나, 《이순신》이나, 또 《재생》, 《그 여자의 일생》이나 무릇 내가 쓴 소설은 민족정신 밀수입의 포장으로 쓴 것이었다. 내 소설을 통속소설이니 케케묵었느니 순문학 가치가 부족하느니, 하는 고급 평론가들의 평을 나는 무관심하게 받아들였다. 그러나 그것은 전문가인 문사의 일이요, 일반 동포

---

*10 〈매일신보〉는 〈대한매일신보〉의 후신이라는 명분으로 일제가 발간한 신문인데, 도쿠토미 소호(德富蘇峰, 1863~1957)의 영향력으로 춘원에게 지면을 허락해 주었다. 춘원이 도쿠토미의 끈질긴 회유로 친일의 길을 가게 된 경위에 대해서는 정일성, 《일본 군국주의의 괴벨스 도쿠토미 소호》, 지식산업사, 2005, 63~83쪽 참조.

독자들은 그 포장 속에 밀수입된 내 참뜻을 잘 찾아서 알아보았으리라 믿는다. 그래서 나는 독립 전야까지 내 밀수입 포장을 계속할 작정이었던 것이다.[11]

나는 《나》라는 소설에서 자기비판을 해보려고 생각했다. 거기에 나오는 인물이나 사건이 다 실재적인 사실은 아니더라도 내 일생에 가장 죄가 된다고 생각하는 것, 내 성격의 약점, 또 내가 평생에 지켜오던 한 줄기의 이상과 관련된 유혹과 실패와 그리고 재기의 연속을 그려보려고 했다. 그러나 소년편, 청춘편, 두 편을 내놓고 보니 그렇게 진행하다가는 언제가 되어야 지난 10년간의 내 심경을 그리게 될는지 모른다.

그런데 반민법도 이미 실시되었으니, 내가 언제 심판을 받을는지도 모르고, 또 심판을 받으면 어떠한 법의 처분을 받는지 몰라 아직 글을 쓸 수 있는 동안에 민족운동과 나와의 일을 대략 적어서 평소에 나를 사랑하고 염려하여 주던, 또는 나를 미워하고 저주하던 이들에게 내 심경을 알리고자 하여 이 글을 쓴다.

나는 동포에게 어떤 장래의 약속을 할 처지에 있지 않다. 나는 국법의 죄인이기 때문이다. 그러나 내 생명이 남아 있는 동안 내게는 무슨 사명이 남으리라고 생각한다. 나는 그 사명을 따라서 남은 생을 바칠 것이다.

2.

병자호란에 서울 사대부집 처녀들만 해도 수백 명이 청나라의 포로가 되어서 심양(瀋陽)으로 갔다. 그 얼마나 절치할 일이었던가, 통곡할 일이었던가. 화친이 성립되자 그들은 본국으로 송환되었으나,

---

[11] 이러한 이른바 위장친일론에 대해서는 김원모, 《영마루의 구름》, 단국대 출판부, 2009 참조.

이에 문제되는 것은 그들의 정조가 온전한가, 않은가였다. 그래서 남편은 아내를 의심하고, 처녀들은 혼인길이 막혔다. 수년 동안 적진에 있었으니 유부녀나 처녀가 몸이 성했으리라고 상상키가 어려운 까닭이었다.

이에 인조대왕은 명을 내렸다. "심양에 잡혀갔다 돌아오는 여자들은 홍제원(弘濟院)에서 모조리 목욕을 하고 나서 서울에 들어오라." 이것으로 그들의 정조 논란을 한 번에 버리기로 하고, 다시 거론하는 자는 엄벌한다는 것이다.

이리하여 수백의 아내와 딸들이 누명을 벗고, 다시 아내가 되고 어머니가 된 것이었다. 그때 만일 처녀들을 일일이 심문해서, 정말 깨끗한 자와 더럽혀진 자를 가리고, 더럽혀진 자 중에도 억지로 더럽혀진 자, 마음이 스스로 움직인 자를 가리기로 했다 하면 어떠한 결과를 낳았을까.

오늘날 친일파 문제도 이와 비슷하리라. 40년 일정(日政) 밑에 일본에 협력한 자, 하지 않은 자를 가리고, 협력한 자 중에서도 참으로 협력한 자, 할 수 없어서 한 자를 가린다 하면 그 결과가 어찌 될 것인가.

일정에 세금을 바치고, 호적을 만들고, 법률에 복종하고, 일장기를 달고, 황국신민서사를 부르고, 신사에 참배하고, 국방헌금을 보내고, 관공립 학교에 자녀를 보내고 한 것이 모두 일본에의 협력이다. 더 엄격하게 말하면, 죽지 않고 살아남은 것도 협력이다. 왜 그런고 하면, 그가 협력을 하지 않았던들 죽었거나 옥에 갔을 터이기 때문이다.

만일 일정 40년에 전혀 일본에 협력하지 않고 살아온 사람이 있다고 하면, 그는 해외에서 살았던 사람들일 것이니, 이들만 가지고 나라를 이어갈 수 있겠는가. 그러므로 우리는 삼천만 민족 전체로서 홍제원 목욕을 깨끗이 하고 다시는 죽더라도 이민족의 지배를 받지 말자고 서약함이 옳기도 하고 효과적이기도 할 것이다.

3.

병자호란에 홍, 오, 윤 삼학사(三學士)라는 갸륵한 이들이 있었다.[*12] 그들은 끝까지 청에 항복하지 않고 죽었다. 나라와 민족은 그들을 숭앙해 그들의 자손은 채용되고 대접받았다. 그러나 그들이 갸륵하다 하여 전 국민이 다 삼학사가 될 수는 없어서, 270년간 청국의 절제 밑에서 살았다.

전한제국(前韓帝國)이 망할 때에도 민충정(閔忠正) 등 절사가 났다. 그를 우리는 흠모하거니와 그렇다고 다시 2천만이 다 자살할 수도 없어서 40년 일정 밑에서 치욕의 생활을 계속한 것이다. 그 뒤에 나라 안에서 밖에서 많은 애국지사들이 피를 흘렸다. 또는 망명의 고초를 맛보았다. 그러나 그렇다고 온 민족이 모두 피를 흘릴 수도 없는 일이요, 다 망명을 할 수도 없는 노릇이다.

─────────

*12 병자호란 때 청과의 화의(和議)를 반대하고 척화(斥和)를 주장한 홍익한·윤집·오달제를 이르는 말이다. 척화삼학사, 병자삼학사라고도 한다. 1627년(인조5) 정묘호란으로 조선과 후금(後金 : 뒤의 청)은 형제지국의 맹약을 맺었으나, 후금은 명을 정벌하기 위해 조선에 군량과 병선(兵船)을 요구했고, 1632년에는 형제관계를 군신관계로 고칠 것을 요구했다. 또 후금은 내몽골을 평정하는 등 세력이 날로 커지자 칭제건원(稱帝建元)하고 국호를 청으로 고쳤으며, 1636년 2월에는 조선을 속국시하는 조건을 제시했다. 이에 최명길 같은 주화론자(主和論者)도 있었지만 조선의 분위기는 척화로 기울어져 갔고, 윤집·오달제·홍익한 등은 상소문을 올려 청나라 사신들을 죽여 모독을 씻자고 주장했다. 그러나 병자호란이 일어나고 이듬해 인조가 삼전도에서 굴욕적인 항복을 하며 화의가 성립되자, 청나라 측에서는 전쟁의 책임을 척화론자에게 돌려 이들을 찾아 처단할 것을 주장했다. 오달제와 윤집은 스스로 척화론자로 나섰고, 홍익한은 1637년 2월 초 평양에서 회군하는 청군에 잡혀 심양(瀋陽)으로 끌려갔다. 이들은 청나라의 회유와 협박에 굴하지 않고 척화의 대의를 끝까지 밝히다가 모두 선양성 서문(西門) 밖에서 처형당했다. 이후 조정에서는 이들의 충절을 기려 시호를 주었으며 모두 영의정으로 추증했다.

그래서 3천만 서민들은 갸륵한 지자들을 사모하면서, 그들이 독립의 영광을 가져올 날을 바라면서, 정복자들의 법을 좇고 하라는 대로 하면서 일도 하고 자녀도 낳고 살아온 것이다. 그렇다고 해서 그들을 죄인이라고 할 수도 없는 것이다. 또 애국지사들이 혹은 죽고 혹은 감옥에 가고 혹은 해외에 망명한 동안에, 정복자의 금령(禁令)을 피할 만큼의 타협을 하면서 혹은 교육에 혹은 산업에 혹은 변호사로 혹은 관공리로 혹은 공직자로 나서, 가능한 한의 동포의 복리를 위해 일하는 사람들도 나서지 않을 수 없는 것이다.

'천황에 충성하라', '내선일체'라 하는 것을 내세우지 않고는 이런 일은 못하는 것이 그때의 사정이었다. 예컨대 '우리 조선인의 교육기관을 세워다오' 할 경우에 언론인이나 공직자는, "같은 천황의 적자(赤子)가 아니냐, 왜 교육에 차별을 두느냐" 해야 그때는 말이 통했다. 관공직의 조선인에 대한 제한이나 차별 타파를 부르짖는 공식이 '다 같이 천황의 적자거든, 내선일체거든, 메이지 대제의 뜻이거든 왜 내선 차별을 하느냐' 하는 것이었다.

이는 마치 예수교인이 '우리 주 예수'를 찾고 불교도들이 나무아미타불을 불러야 하는 것과 마찬가지였다. 선술집 영업 허가를 얻으러 가면, 관헌은 창씨했느냐, 황국신민서사를 불러보아라 하여, 통하면 좋고 불통이면 하라는 대로 다 해 가지고 다시 가야만 되는 것이었다.

이러한 세상에서 국내에 있으면서 '반민족 행위'를 하지 않고 살아온 사람은 삼학사 같은 지사가 아니면 아무것도 하지 않고 가만히 있을 팔자를 가진 이였을 터이니, 그는 아마 민족을 위한 행위도 하지 않았을 것이다.

민족 전체를 삼학사의 절개를 표준으로 단죄한다는 것은 불가능한 일일뿐더러 민족에 이로운 일도 아닐 것이다.

우리나라에서 친일파의 처단을 절규하는 이는 그들 자신이 청정
무구한 애국자로서 민족정기의 확립을 위해 노심초사하는 것이겠지
만, 실제로 그 영향이 미칠 바도 생각할 필요가 있고 또 동포를 안
고 우는 인정도 고려하지 않으며 너무 엄하게 권위적으로 나가면 민
족 화기(和氣)를 깨뜨릴뿐더러 지사 자신의 덕을 상하게 하지 않을
까 염려된다. 군중이 간음한 여인을 끌어다가 돌로 때려죽이자고 외
칠 때에, "너희 중에 죄 없는 자가 먼저 돌을 던져라" 하신 예수의
말씀도 한번 참작할 것이 아닐까 한다.

"남이 온전하기를 요구치 말고, 제가 부족한 것을 용서치 말라"고
했다. 만일 삼학사가 오늘 계시다면 자기의 청결을 자랑하여 불쌍한
동족을 숙청하라고 주장하셨을까.

4.

일본 순사보다는 조선인 순사가 좀 낫지 않았던가. "그놈 왜놈보다
더하다"는 악평을 듣던 형사도 일본인보다는 낫지 않았던가. 조선인
군수이던 고을에 일본인 군수가 올 때에 백성들은 싫어하지 않았던
가. 아이들도 조선인 훈도나 교장을 더 좋아하지 않았던가. 판검사
도 조선인은 조선인에게 인정을 두었다는 것은, 사상사건을 조선인
판검사에게 아니 맡기는 것을 보아서 알 것이었다. 유치장이나 감옥
의 간수도 조선인이 우리에게 사정을 보였다. 다만 그들은 일본인에
게 의심받지 않을 만큼에서만 인정을 썼기 때문에 우리에게는 불만
이었던 것이다.

조선인 학교 예산을 한 푼이라도 더하려고 애쓴 것은 조선인 도·
부 회의원이었었다고 나는 생각한다. 아무려나 나는 지난 40년간의
경험으로 보아서, 조선인 관공리가 일본인보다는 민족에 해를 끼쳤
다고는 생각지 않는다. 그렇다 하면, 조선인 관공리가 많으면 많을

수록 일정(日政) 아래 우리 민족의 실제생활에 조금이라도 유리하지 않았던가.

또 조선인 관공리 치고 '나는 조선민족을 배반해서까지라도 일본에 붙으리라' 하고 관공리가 된 사람을 상상할 수가 있을까. 일본인에게 불신임받을 것이 두려워서 가장 충성을 보이고 조선인에게 냉혹한 모양을 보인 자가 있었다 하더라도 그는 돌아서서 눈물을 흘리지 않았을까. 더구나 서러운 일을 당하기로 하면 우리 평민들보다도 조선인 관리들이 더했다고 생각한다. 같은 학력을 가지고도 일본인보다 월급은 적고, 승진은 늦어, 또 대우는 나빠 그들에게 피눈물고일 때가 많았으리라고 믿는다.

"그러고 왜 그놈의 종노릇을 해? 차고 나오지 못하고" 한다면 그만이다. 그러나 한번 잡은 직업을 버리는 것은 어려운 일인지라, 참고 오래오래 견디는 동안에 고등관 삼등에 올라갈 수도 있는 것이다. 그러므로 고등관 삼등이라 하여 특별히 더 죄를 많이 주어야 할까닭은 없고, 도리어 일본인과 경쟁해서 그렇게 불리한 조건 밑에서 그만큼 올라갔으니 참을성도 솜씨도 있는 경험 있는 능력자라고 믿을 수가 있을 것이다.

사람 하나를 대학교육을 시키고 고등문관시험을 치러서 고등문관 삼등까지 끌어올리기에는 수재로도 34~5년의 세월이 걸리는 것이니, 진실로 고귀한 것이라고 하지 않을 수 없다. 친일파의 손으로 지은 쌀이 식량이 될 수 있다면 일정시대의 사무능력이 대한민국의 사무능력이 되지 않을 수도 없을 것이다.

어디든지 악질인 자가 있는 터라 일정시대 관공리 중에도 그런 자가 있을 것이다. 그러나 한두 포기 김을 없애기 위해 밭 한 뙈기를 갈아엎을 것인가. 한번 반민족행위자의 낙인이 찍히면 그는 다시 애국의 일을 못하게 될 것이다. 모모 농학박사가 일본시대에 장(長)이

되었다는 이유로 그 좋은 재주를 썩히고 있으니,*13 결과로 생각해
본다면 누구의 해(害)인가.

5.

해방 직후 미국 국무성 파견원이라는 미국 장교 두 사람이 나를
찾아왔다. 그들은, 서너 장 되는 타자기로 친 글을 내게 보이고 비평
을 원했다. 그것은 조선의 친일파 문제에 관한 그들의 보고서로서 국
무성으로 보내는 것이었다.*14 그 내용은 이러한 것이었다.

---

*13 우장춘(禹長春, 1898~1959)은 1916년 구례중학교를 졸업하고 도쿄제국대학 농과대학
에 진학, 1919년 졸업과 함께 일본 농림성 농사시험장에 취직하여 육종학 연구를 시작
했다. 1922년부터 《유전학잡지》에 〈종자에 의해 감별할 수 있는 나팔꽃 품종의 특성에
관하여〉 등 다수의 논문을 발표하며 왕성한 연구 활동을 했다. 1930년 나팔꽃에 관한
그의 박사학위 제출용 논문이 시험장의 불로 타버려 뜻을 이루지 못했으나 4년여의
노력 끝에 〈종의 합성〉이라는 논문을 다시 작성·제출하여 1936년 도쿄제국대학 농학
박사학위를 받았다. 이 학위논문은 세포유전학 연구에서 게놈을 분석하고 기존의 식
물을 실제로 합성시킨 최초의 사례로서 《일본식물학잡지》에 발표되어 세계적인 명성
을 얻었다. 박사학위 취득 후에도 기사(技師)가 되지는 못하고 계속 기수(技手)에 머물
렀으나 1937년 다키이(瀧井)종묘회사 연구농장장으로 초빙되어 1945년 사임할 때까지
의욕적인 연구는 물론 《원예와 육종》을 발행하는 등 육종의 과학화를 위해 노력했다.
8·15 해방 뒤 식민통치로 피폐해진 우리 농촌을 구하고자 1947년부터 벌어진 우장춘
박사 귀국추진운동에 답하여 1950년 한국농업과학연구소(1953년에 중앙원예기술원으
로 개칭)의 초대 소장에 취임했다. 귀국 후 무·배추 등 채소와 볍씨 품종개량에 정열적
인 노력을 기울였으며 육종학에 대한 인식을 높이고자 일본의 기하라(木原) 박사가
개발한 씨 없는 수박을 재배하고, 김종·진정기·김영실, 그리고 원우회의 제자들을 길
러내 한국 농업근대화에 커다란 기여를 했다. 1953년 중앙원예기술원 원장, 1954년 학
술원 추천 회원, 1958년 농사원 원예시험장 책임자가 되었다. 1959년 대한민국 문화포
장을 받고 같은 해 8월 10일 세상을 떠났다.
*14 두 미군 장교 중 한 사람은 로버트 키니(Robert A. Kinney)로, 그는 1935년부터 2년간 서
울외국인학교 교사 겸 교장대리로 있었으며 1942~46년 미 육군정보국 조사분석가
(Evaluator)로 한국 관련 정보를 담당하고 있었다. 그는 일제하의 이른바 친일 문제에
대한민국 지도자 5인(김성수, 조만식, 윤치호, 양주삼, 이광수)과 면담을 했는데, 그 기록
이 미국정부기록보존소(National Archives, NARA)에 있다. 키니는 해방 후 미군정청 경
제고문이자 미소공동위원회의 실무자로 활동하기도 했다. 그는 이 보고서에서 "이광

그들은 조선에 와서 일찍 한 친일파도 만나지 못했다. 조선의 해방을 마다하고 일본의 신민으로 머물려는 조선인은 하나도 없었다 하는 점에 놀라는 모양으로 말하고, 다음에는 조선의 친일파 문제와 프랑스 등 제2차 세계대전 중 독일 점령지대의 치독파를 구별해서 말했다. 즉 40년 조직적인 일본 통치 아래 있던 조선인으로서는 일본에 협력하는 것은 불가피한 일이었다. 그렇지 않은 사람은 망명했거나 죽었다. 일본에 협력하는 것은 조선인 생명의 대가였다. 그러므로 조선에 생존하는 조선인은 다 일본에 협력한 자이며, 일본에 친한 자는 하나도 없다.

그리고 그 글에는 해학적인 표현으로, 만일 일본에 협력한 자를 다 제외한다면 죽은 자와 몇 명 안 되는 망명객들로 새로운 국가를 조직해야 할 것이라 하고, 끝으로 조선에서 친일파 배제를 주장하는 자는 좌익과 안락의자 정치가라 했다.

내가 그 글을 다 읽은 뒤에 그들 중 한 사람이 내게,

"어떠냐. 우리의 관찰이 옳으냐?"

하고 물어서, 나는 옳다고 대답했다.

다른 한 사람이,

"너희는 그러면 이 문제를 어떻게 해결할 것이냐?"

묻기에 나는 다음과 같이 대답했다.

"우리나라에서도 반드시 로마와 너희 미국에서의 해결법을 본받

수는 교육을 잘 받은 한국의 대표적 작가이자 신문인의 한 사람이다. 1930년대에 일본에 체포 구금되어(동우회 사건, 1937) 고문을 받았다. 석방된 뒤 일본에 협력했다는 비난을 받았고, 이전의 영향력 일부를 잃었다. 능력 및 타인과의 협력능력에서는 '뛰어남'에 체크됐지만, 신뢰도와 공동체 내의 위상항목에서는 '보통'의 평가를 받았다. 정치 사회적 상황에서는 '공공의식' '자유주의적' '국제적 사고방식' '민족주의적' '친미적' 등으로 평가됐으나 '친일적 또는 반일적' 항목은 빈칸으로 남겨놓았다"고 적었다. 그래서 춘원의 대일 협력은 친일행위로 볼 수 없다는 결론이었다(김원모, 《영마루의 구름 : 춘원 이광수의 친일과 민족보존론》, 단국대 출판부, 2009, 1104~1105쪽).

아서 친일파 문제를 해결 지을 것이다."

로마와 미국의 무엇을 본받느냐 묻기에, 나는 옛날 로마에서 혁명이 있을 때마다 서로 간에 반대파를 숙청해서 로마의 인재가 줄어듦을 근심해 원로원에서 망각법(忘却法)을 발포해 새 질서 전달까지의 일은 묻지 않기로 한 것이요, 미국은 남북전쟁 뒤 남쪽 반란 가담자 처단 문제를 7년이나 끌다가 사면법(赦免法)을 국회에서 결의해 일절 책임을 묻지 않기로 하고, 전후 최초의 총선거를 실시했다는 것이라고 대답했다. 로마의 망각법은 카이사르 대로마 전의 일이었고, 미국의 사면법은 남북의 영원한 통일의 계기를 만들었다.*15

6.

건설 중에 있는 대한민국이 절실히 요구하는 것은 인화(人和)이다. 힘은 화(和)에서 오기 때문이다. 천시(天時)와 지리(地理)가 다 합의하더라도 인화가 없으면 승리는 못하는 것이다. 그런데 미·소의 대립과 삼팔선의 국토와 민족양단은 천시와 지리에의 불리를 의미한다. 이 어려운 조건을 극복하는 것은, 오직 삼팔 이남 주민 2천만의 인화라고 하지 않을 수 없다.

그런데 이남 인화의 정세는 어떠한가. 결코 화합이 이루어진 상태는 아니다. 5월 10일 총선거에서 헌법 제정, 대통령 취임까지가 아마 이남 인화의 극치였을 것이다. 그때에는 좌익과 이른바 남북 협상계열을 빼놓고는 한마음으로 협력했었다. 남북 협상이라는 중간파에서도 많은 사람이 대한민국 지지로 전향해 왔었다. 적어도 민족진영이라고 부를 세력만은 일치하는 느낌이 있었다.

그러나 조각인사(組閣人事) 문제로 제1차로 정당 측에서 반정부

---

*15 자세히는 최종고,《춘원과 법 : 그의 법경험과 법사상》,〈춘원연구학보〉1, 2008, 199~220쪽 참조.

적 분열이 생기고, 반민법*¹⁶으로 민중의 뼛속을 꿰뚫는 제2차 분열이 생겼다. 반민법의 대상이 되는 자의 수효를 분명하게 알 길은 없으나 어림으로 보아서 만으로 셀 것이요, 그 가족을 합하면 이 법의 영향이 미칠 자가 수십만에서 모자라지 않을 것이니, 이는 수십만의 남한 주민이 건국대업에 협력할 자격을 잃고 반민족적 죄인의 낙인을 받게 되는 것이어서, 새로운 국가를 건설할 실력을 줄여 없앰이, 저 한두 정당의 불협력에 비할 것이 아니리라. 하물며 반민법의 대상이 되는 자는 대체로 유식 유산계급이요, 각 방면에 기능과 경험을 가진 자들인 것을 생각하면 이들의 협력을 국가가 거부하기 때문에 받는 국가의 손실은 실로 막대하다 할 것이다. 일반에서는 그들이 조직된 다수가 아니요, 흩어져 있는 무저항의 개인이기 때문에 영향을 과소평가하는 것 같다.

그렇다 하더라도, 만일 그들의 존재가 현실적으로 국가에 해가 된다 하면 국력을 봐서라도 이를 섬멸해야 할 테지만, 사실에 있어서 그들은 일정 시대에 있어서도, 소수 악질자는 몰라도 민족에게 해를 끼쳤다고 단정할 수는 없었고, 해방 이후 삼 년 이래로 더구나 그들은 대체로 대의의 죄인으로 자처해 스스로 조심하고 경계해 왔다. 해방 뒤 관직에 머문 자도 있은 모양이나, 특히 그들이 친일파 전직자이기 때문에 국가 민족에 무슨 해를 끼쳤다는 증거는 듣지 못했으며, 또 앞으로도 그러할 우려가 있으리라고 생각되지 않는다.

이와는 반대로 친일파 민족반역행위를 한 자라 하여 반민법의 대상이 된 사람들은, 현재 대한민국이 마주한 적이 된 공산당에 가

---

*16 반민족행위처벌법은 1948년 8월 대한민국 건국헌법 제1조에 의하여 국회에 반민족행위처벌법 기초특별위원회가 만들어지고, 그해 9월 22일 법률 제3호로서 제정되었다. 반민특위가 구성된 1948년 10월부터 친일반민족행위자들에 대한 예비 조사를 시작으로 의욕적인 활동을 벌였으나 이승만정부의 미온적 태도, 특위위원 암살음모, 특경대 습격사건, 김구의 암살, 그리고 반민특위법의 개정으로 1949년 10월에 해체되었다.

담할 사람들이 아니요, 유식 유산층이라 하여 도리어 다른 대한민국 지지자와 함께 공산혁명의 숙청의 대상이 될 사람들이니, 그들은 숙명적으로 대한민국을 사수(死守)할 사상과 처지에 있다. 그들이 5·10 총선거를 지지한 것은 선거법으로 그들에게 허락된 공민권(公民權)에 감격했던 때문이다. 그런데 그들의 투표를 받고 당선된 국회에서 그들을 정죄하는 반민법이 제정된 것으로 그들은 건국의 환희와 새 나라에 바치려던 충성을 짓밟히고 말았다.

몇 해 전 민전의장(民戰議長) 박헌영의 대리로 "민전 산하로 오라. 과거는 불문한다"는 방송을 한 일이 있었다. 이것은 그 논지로 보아서 친일파라고 지목받는 인재를 부르는 소리라고 해석되었다. 이 부름에 몇 사람이나 응했는지 모르거니와, 남로당에서는 이런 차별이 없다고 들었다.

친일파 숙청이란 말은 좌익에서 시작한 것이거니와, 그들의 이 용어는 다른 용어가 다 그러하듯이 민심을 이용한 것이어서 친일파라면 민중의 귀에 익고 알아듣기 쉽기 때문이요, 사실로 말하면 유식 유산계급 전체를 지적하는 것이다. 이것은 세계 어디서나 그러하기 때문이다. 물론 당원은 제외된 것이다.

그러므로 좌익에서 친일파 숙청을 주장하는 것은 그것이 유산 유식계급 숙청이기 때문에 당연한 일이겠지만, 우익을 주체로 하는 대한민국의 국회나 정부로서 이른바 친일파를 숙청한다는 것은 결국 자기 진영의 전투력을 제 손으로 깎는 결과가 될 터이니, 설사 그 숙청이 절대 불가피한 성질이라 하더라도 좌우, 남북 대립 속에 이 일을 하는 것은 아무것도 얻을 바 없는 대책이라 아니할 수 없다.

워낙 해방 바로 그 무렵에는 남의 팔매에 밤 줍기로, 독립이 쉽사리 될 것으로 생각했다. 그리고 남은 일은 논공행상의 대향연인 것처럼 다들 생각한 모양이었다. 그래서 "건국의 영광에 친일파와 같은 부정한 것들이 참여해 쓰느냐" 하는 언론이 성행했다. 이것은 입옥자(入獄者), 망명자들 사이에서 더욱 그러했다.

그러나 건국의 일은 향연이 아니라 노역이었고 앞으로도 그러하다. 향연이라면 식구가 적을수록 돌아오는 것이 오붓하거니와 노역이라면 일꾼들이 많을수록 일이 쉬울 것이요, 일꾼이 적으면 일이 힘도 들려니와, 전혀 안 될는지도 모르는 것이다. 우리 건국의 역사(役事)는 실로 일꾼이 부족한 역사인 것이 판명되었다. 청정무구한 애국자만으로서는 다 해낼 수 없는, 지극히 어렵고 더할 수 없이 큰 역사인 것이다. 그러므로 외국인이라도 꾸어다 써야 할 형편이다. 그렇다 하면 일정 아래 관공직에 있던 사람이나 그 밖의 친일파라는 지목을 받는 사람이라 하더라도 인재 본위로 골라 쓰는 일쯤은 할 필요가 있는 것이다.

군인을 예로 들자. 동포들 중에는 일본 군대에서 장교, 하사관으로 있던 자가 많다. 그들은 강병으로 세계의 공포가 되었던 일본 군대에서 훈련을 받았고 아울러 10년 긴 전쟁의 실전 경험을 가진 자들이니, 대한민국의 국군에 유용한 인재라고 하지 않을 수 없다. 그런데 그들이 과연 민족을 배반해서 일본의 군인이 되었었던가. 작년 마닐라에서 육군중장 홍사익(洪思翊)*17이 전범으로 사형선고를 받았을 적에 우리 각 정당 사회단체에서는 직명(職名)으로 맺아더 총사령관에게 사면 진정서를 제출했던 것이다.

---

*17 홍사익(1889~1946)은 경기도 안성 출신으로 대한제국 육군무관학교, 일본 육군사관학교, 육군대학교를 졸업했다. 1933년부터 만주군사령부에 근무하다 태평양전쟁 중 1944년 일본남방군에 배속, 10개월간 연합군포로수용소장을 지냈다. 육군 중장으로 1945년 8월 루손섬 산악지대에 고립되어 유격전을 벌이다 전범으로 체포되어 마닐라 국제군사법정에 기소되었다. 1946년 4월 그에게 사형선고가 내려졌는데 한국에서의 구명운동에도 9월 26일 형이 집행되었다. 자세히는 이기동, 《비극의 군인들 : 일본육사출신의 역사》, 일조각, 1982 참조.

왜 그리했던가. 그가 비록 일본의 육군 중장이었지만, 그의 정신은 조선의 애국자라고 믿었기 때문이다. 사실상 홍사익은 독립조국의 군인이 될 날을 간절히 기다리면서 전술을 갈고닦았던 것이다. 그러다가 마침내 그날을 못 보고는 천추의 한을 품고 일본 군인의 전범으로 사형을 당한 것이다. 그래도 그를 친일파라고 하여 비난만 할 것인가. 다 같은 한 민족 운명으로 삼천만이 함께 통곡해야 옳을 것인가.

홍사익이 공주령(公主嶺)에 있다가 마닐라 포로수용소로 좌천된 것은 그가 재류동포들로부터 존경과 사랑을 받은 죄였다. 그 유족의 말에 의하면,*18 그는 그때에 중경(重慶) 방면으로 달아나라는 친지의 권고를 받았으나, 일본군 안에 있는 수많은 동포 장병이 자신의 탈주 때문에 증오받을 것을 염려해서 묵묵히 참았다고 한다. 나는 일본군 내에 있던 동포 장병의 심경은 하나도 빠짐없이 다 이와 같았다고 믿는다. 문관이나 공직자나 또는 실업가들도 이러했다고 생각하는 것이 옳지 않을까. 역사(役事)는 크고 손은 부족한데 각박하게 예전에 저지른 죄를 찾아 몰아내느니보다 훈훈한 마음으로 "다들 오라" 하여 일터로 모아들이는 것이 좋지 않을까.

민족대의로 말하면, 지난 3년간의 친일파에 대한 혀로 베고 붓으로 베는 아픔과 괴로움도 이미 3년 징역의 고통만은 할 것이요, 또 반민법의 제정으로 민족대의의 지향을 명시했으니, 이제 더 추궁함 없이 망각법을 결의해 민족 대화합을 회복하고, 민족 일심일체의 새로운 기력(氣力)을 떨쳐 일으킴이 현명한 조처가 아닐까. 형벽지문

---

*18 홍사익의 첫 아내 조숙원은 1943년 병사, 아들 홍국선은 와세다대학 출신으로 해방 뒤 한국은행에 근무하다 1984년 고향 안성에서 죽었다. 후처 이청영은 아들 홍현선과 미국으로 가서 로스앤젤레스에 살다 1978년 교통사고로 죽었다. 춘원과 교분이 있었을 것이다.

(刑辟之門)에는 충신이 나지 않는다 했으니 죄지은 사람을 형법에 따라 죽이는 일은 한 사람뿐 아니라, 집안 일족의 충(忠)을 막게 된다는 뜻이요, 상을 후하게 주면 반드시 용감한 일꾼을 구할 수 있다는 것은 은혜를 베푸는 것이 충용(忠勇)을 북돋운다는 뜻이니, 친일파 운운을 말끔히 없애는 일이 민심에 좋게 미치는 영향이 적지 않으리라고 믿는다.

화(和)는 힘이다.

돌베개
춘원이광수

　오늘 우리는 기쁨과 슬픔이 아울러 발하여 뜨거운 피가 조수 이상으로 끓어오르니 마음을 진정하기 어렵다. 우리는 오랫동안 마음이 아프고 얼굴이 뜨뜻한 비애와 치욕을 받아오다가, 오늘에야 비로소 역사상에 큰일 일으켜 놓았으니, 기뻐서 일어나는 느낌이 간절하여 도리어 슬퍼하며, 이 앞에 성공이 간난한 것을 두려워합니다.

돌베개

죽은 새

나는 지팡이를 끌고 절 문을 나섰다. 처음에는 날마다 돌던 코스로 걸으려다가 뒷고개 턱에 이르러서 안 걸어 본 길로 가 보리라는 생각이 나서, 왼편 작은 길로 접어들었다. 간밤 추위에 뚝 끊겼던 벌레 소리가 째듯한 볕에 기운을 얻어서 한가로이 울고 있다.

안 걸어 본 길에는 언제나 불안이 있다. 이 길이 어디로 가는 것인가. 길가에 무슨 위험은 없나 하여서 버스럭 소리만 나도 쭈뼛하여 마음이 쓰인다. 내 수양이 부족한 탓인가. 이 몸뚱이에 붙은 본능인가. 이 불안을 이기고 모르는 길을 끝끝내 걷는 데는 용기가 필요하다. 이것을 보면 길 없던 곳에 첫걸음을 들여 놓은 우리 조상님네는 큰 용기를 가졌거나 큰 필요에 몰렸었을 것이라고 고개가 숙여진다. 성인이나 영웅은 다 첫길을 밟은 용기 있는 어른들이셨다. 이 세상에 어느 길치고 첫걸음 안 밟힌 길이 있던가.

내가 걷고 있는 작은 길은 늙은 솔밭으로 산줄기 마루터기를 타고 서남쪽으로 올라간다. 보기 좋은 소나무들이 이리 비틀 저리 비틀 서로 얽히어서 사람 손 닿지 않은 솔밭에서만 볼 수 있는 경치였다. 솔 수풀에는 언제나 바람 소리가 있는 모양이어서 우수수 소리가 은은히 울리고 산새들의 가느스름한 노래도 들렸다. 대단히 고요하고 내 마음에 드는 경치였다.

이름을 지으려면 무슨 '대'라고 할 만한 봉우리에 올라섰다. 노송들이 드문드문 둘러 서고 머리에는 평평한 데가 있었다. 내 몸은 마치 인간에서 멀리 떠난 곳에 와있는 것 같았다. 사실은 평지에서 얼마 안 되지마는 나무에 가리운 까닭이었다. 어디를 보아도 나무, 천리만리를 가도 인간은 없을 것 같았다. 가엾은 우리 육안의 착각이다.

한 굽이 또 한 굽이, 한 봉우리 또 한 봉우리 돌고 오르는 동안에 어느덧 처음 가는 길의 불안도 없어지고 좋기만 했다. 가슴속은 후련하고 머릿속은 시원하여서 오래 떠났던 내 집에 돌아온 것도 같고 반가운 벗의 집에 간 것도 같았다. 그러나 다음 순간에 문득 같이 걷는 이가 있었으면 하는 생각이 났다. 나는 평생에 그리워하던 그림자들이 차례차례로 내 앞에 나타나는 것 같이 상상하면서 허전한 생각을 안고 걸음을 옮겼다. 내 마음 구석구석에서 평생에 억제되었던 사랑들이 반항하고 원망하는 소리를 치고 일어나는 것도 같았다.

나는 한 걸음 한 걸음 더 깊이 더 높은 산으로 올랐다. 고운 버섯들도 보고 이름 모를 이끼들도 보았다. 모두 생명이었다. 점점 길은 분명치 않고 나무는 많다. 거미줄이 많이 앞을 가리웠으나 거미는 날이 추워서 벌써 들어가 숨은 모양이었다. 인제는 거미줄에 걸릴 벌레도 없다. 그 거미줄들은 인제는 고물이요 역사적 유적에 불과하다. 나는 지팡이로 아낌없이 거미줄을 후려갈겨서 길을 내면서 젊은 솔이 자욱한 속으로 헤어 올랐다. 내 키보다 위는 가지와 잎으로 빽빽하고 아랫도리는 줄기만이 얼레빗살 같다. 붉은 빛, 누른 빛 섞인, 비둘기보다는 크고 꿩보다는 작은 새 한 마리가 땅으로 기다가 나를 힐끗 보고는 용하게도 빗살 같은 나무 틈을 헤어서 날아난다.

나는 이 산 줄기에서는 제일 높은 봉인 듯한 곳에 올라섰다. 소리봉의 엄전한 양자가 바로 내 이마 앞에 나선다. 나는 지팡이에 의지하여 사방을 둘러보았으나 보이는 것은 나무와 산 뿐이었다. 다만 내 마음이 세상에서 멀어졌다 하는 것만이 분명했다.

문득 내 눈에는 회색빛 나는 무엇이 보였다. 그것이 이상하게도 내 마음을 끌었다. 나는 그것이 있는 곳으로 몇 걸음 가까이 갔다. 그것은 땅에 떨어져 있는 죽은 새 한 마리였다. 솔새보다는 크고 비둘기보다는 작고 몸의 생김생김이 비둘기보다 경첩하고 주둥이가 몸에 비겨서 긴 것을 보니 아마 딱따구리 족속인 모양이었다. 아무려나 무척 어여쁘게 생긴 새였다. 사람의 눈에도 저렇게 어여쁘니 사랑하는 저희끼리의 눈에야 오죽이나 잘 생겨 보였을까.

어찌해 죽었을까. 무엇에 먹힌 것이면 몸이 온전할 리가 없고, 어디를 보아도 치명상이 될 만한 상처도 없다. 왼편 다리가 하나 뻗었으나 부러진 것은 아니었다. 마치 땅에 펄썩 주저앉은 모양으로 한편으로 약간 몸을 기울이고 죽어 있었다. 커다란 검정 개미 한 마리가 시체 위로 돌아다니고 있었으나 아직 몸이 썩지 아니하여 먹을 것이 없다고 생각함인지 분주히 달아나 버리고 말았다.

나는 이 작은 새가, 몇 해 동안인지 모르거니와, 그렇게 아끼고 소중하게 여기던 몸이 이 모양으로 던져진 것이 슬펐다. 그 털 한대도 그에게는 귀하던 것이다.

어느 때에 어떤 모양으로 죽었는지 모르지마는 그가 죽을 때에는 몹시 아프고 괴로웠을 것이다. 아프다 못해서 괴롭다 못해서 죽은 것이다. 그 고통이 옆에서 보는 자에게는 잠시 잠깐이었겠지마는 당자에게는 마치 끝이 없이 오래고 오랜 것이었을 것이다. 영원! 그렇다! 그 괴로움은 그에게는 무안하고 또 영원한 것이었을 것이다.

그는 아마 혼자 괴로워했을 것이다. 그의 부모와 형제와 자녀와 또는 사랑하던 여러 짝들이 그가 운명하는 곁에 있었으리라고는 생각하지 않는다. 그는 아픈 것을 참다 못하여 괴로운 소리로 울었을 것이지마는 그 소리를 들은 자가 누군가. 그래도 그는 그러할 기운이 있는 때까지는 몇 마디고 슬픈 소리를 지르며 무엇을 피하려는 듯, 무엇에 기대려는 듯, 날개를 퍼덕거리고 다리를 버둥거리고 고개를 내어두르고 눈으로 허공에서 무엇을 찾았을 것이다. 그렇지마는 그 소리를 들은 자는 누구? 그 애타는 광경을 본 자는 누구? 허공아, 대답하라! 우주야, 대답하라! 그것은 누구?

그는 혼자 애쓰다가 혼자 누구를 부르다가 죽었다. 아아, 암만 불러도 쓸데없구나 하는 듯이 그의 콩알만한 심장은 움직이기를 그쳤다. 그리고 아마 전신에 일순간의 경련이 일고는 그의 시체가 고요하듯이 우주는 고요했다. 그의 그 물 끓듯하고 불 타듯하고 질풍과 같고 천뢰와 같고 천지가 온통 뒤집히고, 오그라지고, 찌그러지고, 찢어지고, 부서지는 듯하던 것은 모두 한바탕 꿈이었다. 그러나 분명히 그랬는데, 그것이 어디 갔나? 그 괴로워하던 괴롭다고 보던 그는 어디로 갔나?

나는 지팡이 끝으로 두어 치 깊이, 서너 치 길이 되는 구덩이를 파고 이 이름 모를 새의 시체를 묻어 주었다. 그리고는 돌아섰다. 내 마음에는 그 새의 생각이 가득 찼다. 나는 오던 길을 걸어서 한 걸음 한 걸음 내려왔다.

내가 어찌하여서 오늘 여기 올 생각이 났을까. 내가 묻어 준 그 새와 나의 무슨 인연이 있었나. 그 새가 죽던 순간에 나를 간절히 생각해서 그래 내가 오늘 여기를 왔나?

'내 시체라도 보아 주고 나를 묻어나 주오.'

이렇게 그가 생각한 것이 내 마음에 통한 것인가. 숙명통이 없는 나는 그와 나와의 전생의 인연을 알 길은 없다. 그러나 혹은 부자나 부부나 친구나 무슨 심상치 아니한 인연이었던 것만은 분명한 것 같다. 제 몸은 새요, 나는 사람이어서 크고 작기와 걷고 날기는 다르다 하더라도 그와 나와 마음은 하나요 인과응보의 줄은 하나다. 내게 기쁨과 슬픔이 있으면 그에게도 있었고 내가 사랑도 하고 미워도 하면 그도 그러했다. 그의 몸에 돌던 피는 곧 내 몸의 피였던 것이다. 내가 돌아가신 아버지와 어머니를 때때로 생각하고는 그리워도 하고 설워도 하던 모양으로 그는 밤바람에 흔들리는 나뭇가지에서 잠을 못 이루고 그 어미가 품어주던 것과 먹여주던 정을 생각했을 것이요, 내가 집에 두고 온 처자를 생각하는 모양으로 그도 이제는 어디 가 있는지 모르는 처자를 생각했을 것이다. 그도 그의 부모의 애욕으로 몸을 얻었고 또 그와 다른 어떤 새와의 애욕으로 여러 생명을 끌어들인 것이 나와 다름이 없다. 한마디로 말하면 그와 나와는 같은 생명과 운명의 고리들이었다.

그는 무엇하러 새의 몸을 받아 가지고 나왔었나? 일생에 몇 천 마리 벌레를 잡아먹고 배고픈 일 추운 일 다 겪고 사랑하고 이별하고 싸우다가 죽고 다만 이것이 목적이었을까?

나는? 나는 왜 사람이라는 이 몸을 타고 났나? 내 목적은? 내 사명은? 지난 일을 돌아보면 알지 못하는 어떤 힘에 끌려서 웃고 울고 헤맨 것만 같다. 내 뜻대로 된 일이 없는 것만 같다. 앞으로 내 날이 얼마나 남았는지 모르거니와 그 날들이 어떤 모양으로 지나갈 것인고?

나는 쉬임없이 발을 옮겨 놓는다. 해가 늦음인지 솔바람은 아까보다 크게 울고 새의 소리도 더 많은 것 같다. 모두 그 죽은 새를 조상하는 것 같다. 우툴두툴한 소나무 껍데기에 숭숭 뚫린 벌레의 구멍, 소나무가 몸이 가려워서 편할 날이 없을 것 같다. 간밤 된서리에 축 축 늘어진 나뭇잎을 보면 추위를 피하여 땅 속으로, 나무 껍질 틈으로 황망하게 피난하는 수없는 생명들이 눈에 암담하다. 금년 추위는 피한다 손 치더라도 조만간 그 새모양으로 아프다 아프다 못하여 죽어버릴 몸이언마는 그래도 그것이 아깝고 소중하여서 하루라도 한 시각이라도 더 길게 살아 보겠다고 중생들은 갖은 꾀를 다 부리고 있는 애를 쓰고 있다. 보약, 기도, 피난 등등.

퍽 많이 내려왔다. 어디서 텅텅 나무 찍는 소리가 울려 온다. 마을 사람들이 겨울준비를 하노라고 나무를 훔치는 것이다. 산림 간수에게 들키면 찍던 나무를 내버리고 지게와 도끼를 가지고 달아나 숨어야 한다. 그에게 아내와 아들과 딸들이 있을 것이다. 저도 살아야, 그들도 살려야 한다. 그런데 그는 박복하여서 훔치고 훔치니 또 박복하다. 그도 필경은 죽으려니와 그가 사랑하는 처자들도 틀림없이 죽을 것이다. 그러면서도 들킬까 보아서 가슴을 두근거리면서 저렇게 나무를 도벌하고 있다.

무엇하러 났나? 왜 사나? 왜 죽나?

절에 돌아오니 손님 셋이 나를 찾아와서 기다리고 있었다. 하나는 나이 팔십이 가까운 애국자 조 여사. 하나는 공연한 장가를 들어서 어린 것을 셋이나 낳아 가지고 쩔쩔매노라는 천축 중. 또 하나는 가난에 시달리면서도 공부를 계속하여 양반의 체통도 보전하려는 성 생원이었다. 천축 중은 김 여사의 심부름이었다. 김 여사는 욕심은 그대로 두고 향락도 그대로 하면서 극락왕생을 위하여서는 염불을 모시고 천당길을 위하여서는 십자 성호를 그리는 이였다.

조 여사는 나를 민족운동의 동지라고 허위단심으로 이 산골짜기에를 찾아오셨으며 김 여사는 나를 불교의 선지식이라고 중을 보내서 내게 법문을 물은 것이요, 성 생원은 나를 선배 학자라고 찾아왔다. 나를 알기는 다 달리 알았으나, 잘못 알기는 셋이 다 마찬가지였으리라. 나는 오늘 묻어준 새 이야기로 세 사람에 대한 공통한 대답을 삼았다.

돌베개

옛날 한시에 '고침석두면(高枕石頭眠)'이라는 구가 있다. 돌베개를 높이 베고 잔다는 말이다. 세상을 버린 한가한 사람의 모양을 말한 것이다. '탈건괘석벽(脫巾掛石壁), 노정쇄송풍(露頂灑松風)—갓 벗어 바위에 걸고, 맨머리에 솔바람을 쏘이다' 함과 같은 맛이다. 옛날뿐 아니라 지금도 산길을 가노라면, 무거운 짐을 벗어 놓고 돌베개를 베고 자는 사람을 보는 일이 있다. 대단히 시원해 보인다. 성경에 야곱이 돌베개를 베고 자다 좋은 꿈을 꾸었다는 이야기가 있다. 그러나 야곱은 세상을 버리거나 잊은 사람은 아니요, 한 큰 민족의 조상이 되려는 불붙는 야심을 품은 사람이었다. 그는 유대민족 큰 조상이 되었다.

나는 연전에 처음 이 집을 짓고 왔을 때에 아직 베개도 아니 가져오고 또 목침도 없기로 앞개울에 나가서 돌 하나를 얻어다가 베개를 삼았다. 때는 마침 여름이어서 돌베개를 베고 자는 맛은 참 시원했다. 그때부터 나는 돌베개를 좋아하게 되었다. 그러나 돌베개에는 한가지 흠이 있으니 그것은 무게가 많은 것이다. 여간 기구로는 도저히 가지고 다닐 수는 없다. 그래서 내가 광릉 봉선사에 머무를 때에는 다른 돌베개 하나를 구했다. 그것은 참으로 잘생긴 돌이었다. 대리석과 같이 흰 차돌이 여러 만 년 동안 물에 갈리고 씻긴 것이어서 희귀한 옥과 같았다. 내가 광릉을 떠날 때에는 거기 두고 왔다.

내가 돌베개를 베고 자노라면 외양간 소의 숨소리가 들린다. 씨근씨근 푸우푸우 하는 소리다. 나는 처음에는 소가 병이 든 것이나 아닌가 했더니 그런 것은 아니었다. 이십여 일 연달아 논을 가느라 몸이 고단하여 숨소리가 크고 또 가끔 한숨을 쉬는 것이었다. 못난이니, 자빠뿔이니 갖은 험구를 다 듣던 우리 소는 이번 여름에 십여 집 논을 갈았다. 흉보던 집 논도 우리 소는 노엽게도 생각하지 않고 갈

아주었다. 그리고는 밤에 고단해서 수없이 한숨을 쉬고 있는 것이다.

해오라기

바로 내 집 문앞이 해오라기가 다니는 길인가 보다. 문재산의 푸른 병풍을 배경으로 해오라기가 흰 줄을 그어서 날아가는 것을 한 시간에도 여러 번 볼 수가 있다. 느릿느릿 여러 가지 곡선을 그리고 날아가는 것을 보면 마음이 한가해진다.

나는 가끔 내 서창 앞 방축 위에, 흔히 식전에 허연 것이 웅숭그리고 앉았는 것을 보고 사람인가고 놀라는 일이 있다. 그것은 해오라기다. 붓돌에 아침 먹이를 엿보는 것이겠지마는 언제까지나 언제까지나 꼼짝도 않고 앉아 있는 것을 보면 옛 사람들이 망기(忘機)라고 비기는 것도 그럴 듯한 일이다. 더구나 참새가 깝죽대고, 제비가 팔랑거리고, 나비들이 나불대는 것을 전경으로 하고 볼 때에 해오라기는 세상을 잊은 사람에 비길 수밖에 없다.

여기도 해오라기가 많지는 않다. 사릉의 노송도 다 찍히니 따오기, 황새와 같은 점잖은 새들이 의접할 곳이 차차 줄어간다.

"저놈 저, 못자리 밟는다."

해오라기도 농부의 미움을 받는 일이 있으나 원체 수가 적기 때문에 미움보다도 사랑을 받고 있는 모양이다.

"이놈, 이놈!"

돌팔매를 들고 따라가다가도 너슬너슬 도롱이 같은 꼬리(그것도 꼬리라고 할까)를 늘이고 한 다리를 들고 조는 듯이 앉았는 양을 보면 누구나 손에 들었던 돌을 슬며시 버리게 된다.

해오라기는 쌍으로 다닐 때는 드물다. 대개는 혼자 날아다닌다. 어디까지나 높고 외로운 선비의 모습이다.

아무리 보아도 그는 열정가는 아니다. 담담한 성격이다. 까분다든가, 방정맞다든가, 허욕을 부리고 싸움질을 한다든가 그러한 마음을 가진 자는 아니다. 그에게는 기러기와 같이 만리장공을 날아 새 경지를 개척하려는 야심도 없다. 꿩과 같이 겁 많고 성질 내는 패도 물론 아니다. 그렇다고 부엉이나 올빼미 모양으로 의뭉스럽지도 않다. 아마 그에게 비길 벗은 오직 두루미가 있을 뿐이다. 그러나 두루미가 걸걸한 편이라면 해오라기는 고요한 편이다. 우선 차림차림부터도 그러하다. 두루미는 아직도 이마에 붉은 장식을 하고 까만 처마를 둘러서 꾸미는 마음이 가시지 못함을 보이지마는 해오라기는 이미 그러한 마음까지도 떠났다. 모든 것을 다 버린 경지다. 이른바 배고프면 먹고 졸리면 자는 지경에 이른 도인이다.

꾸밈없이 아무렇게나 차리기로는 솔개미가 있다. 그는 마치 누더기를 입은 행자나 선승과 같지마는 그에게는 혐상이 있다. 그렇지마는 솔개미도 속태를 떠난 일종의 도인임에는 틀림이 없다. 속에 불측한 뜻을 품고 슬슬 기회를 엿보는 야심가라고 할까.

나는 바쁘다

글을 써 보려고 대문을 닫고 혼자 책상 앞에 앉았다. 만년필에 잉크를 잔뜩 넣어 들고 원고지 위에 손을 놓았다. 그러나 글을 쓸 새가 없이 나는 바쁘다.

제비 새끼들이 재재재재하고 모이 물고 들어오는 어버이를 맞아들이는 소리가 들린다. 받아 먹는 것은 번번이 한 놈이지마는 다섯 놈이 다 입을 벌리고 나도 달라고 떠든다. 그러나 어버이는 어느 놈에게 주어야 할 것을 잘 알고 새끼들도 이번이 제 차례인지 아닌지를 잘 알면서도 괜히 한번 입을 벌리고 재재거려 보는 것이다. 차례가 된 동생이 받아 먹은 뒤에 다 들 입을 다물고 가만히 있다.

인제 제비 새끼도 깐 지 이 주일이나 되어서 제법 제비 모양이 다

되었다. 뒤를 볼 때에는 그 좁은 데서 비비대기를 쳐서라도 꽁무니를 밖으로 돌려대는 것은 사오일 전부터도 하는 일이지마는 어제 오늘은 두 발로 잔뜩 집 언저리를 거머쥐고 꼬랑지를 내밀 수 있는 대로 밖으로 내밀어서 부정한 것이 집터에 묻지 아니하도록 애를 쓰게 되었다. 방바닥에 싸 놓은 똥을 어미 아비가 물어내던 것은 벌써 옛날 일이다.

인제는 그들은 눈깔을 떠서 배 타고 앉은 사람들 모양으로 고개를 내어 둘러서 사방을 바라보기도 한다.

어저께는 어버이 제비들이 거진 한나절이나 새끼들에게 모이를 안 먹이고 빨랫줄에 돌아와 앉아서 소리를 했다. 이것은 새끼들더러 날아 나와 보라는 뜻인 모양이나 새끼들은 아직 그 날갯죽지에 자신이 없는 모양이어서 어버이를 바라보고 소리만 지르고 있었다. 어미 제비들도 하릴없이 다시 물어다가 먹이기를 시작했다.

새끼들이 자란 탓인지, 아비 제비가 어제 오늘은 어미 제비를 얼르는 행동을 시작했으나 어미 제비는 거절했다.

"주책도 없이. 어디다가 알을 낳으란 말이요?"

암제비는 이렇게 남편을 책망하는 것이었다.

"찌째, 찌째."

하는 소리를 어미 제비가 반복하는 것은 '조심하라, 적이 가까이 왔다' 하는 경보다. 그저께는 하도 이 경보가 심하기로 나가 살펴보았더니, 아랫채 기와 끝에 젊은 구렁이 한 마리가 참새 집을 찾노라고 슬슬 기고 있었다. 접때는 안 마당 쪽으로 가지런히 넷이나 있던 참새 집이 갑자기 없어진 것이 이놈 때문이었다.

참새는 농가의 미움받이라 뱀이 잡아먹어도 괜찮지마는 제비 집을 건드려서는 큰일이다. 나는 작대기를 가지고 때려잡아서 땅을 파고 묻으려고 했더니 마침 와 있던 창욱이라는 사람이,

"뱀은 묻는 것이 아니랍니다. 막대기에 걸어서 내다가 홱 던지는 법이랍니다."

하여 뱀 장사하는 예법대로 했다.

뱀이란 언제 보아도 싫은 짐승이다. '사람의 자손은 네 자손의 머리를 까고, 네 자손은 사람의 자손의 발 뒤꿈치를 물어서 영원히 서로 원수가 되리라'고 하느님의 저주를 받았다는 창세기의 말은 우리 감정으로 보아서 꼼짝할 수 없는 진리다. 그 입하고 눈하고! 생각만 하여도 몸에 소름이 끼치는 짐승이다. 뱀의 편으로 보면 사람도 그러할까.

그러나 뱀에는 업구렁이라는 것이 있다. 집터에 있어서 쥐와 새를 잡아 먹으므로 주인을 이롭게 한다는 것이다.

상사뱀이란 것이 있다. 남녀 간에 외짝 사랑을 하다가 죽으면 뱀이 되어서 생전에 사랑하던 여자의 몸에 붙어서 떨어지지 아니한다는 것이다. 여자가 뱀이 되어서 남자에게 붙는지 않는지는 나는 듣지 못했다. 재산에 탐을 내면 구렁이가 되고 여자에 탐을 내면 상사뱀이 된다. 무릇 무엇에나 탐을 내어서 잊지 못하면 뱀의 몸을 받는다는 것이다.

뱀은 이렇게 악업이 깊은 짐승이라, 그의 일생이 대단히 괴롭다고 법화경에도 씌어 있다. 부처님의 말씀을 비방한 자는 큰 구렁이가 되어서 그 비늘마다 벌레가 있어, 가려워 못 견딘다고 한다. 속에 욕심과 독을 품고 항상 그늘로만 숨어다니는 그는 마음이 편할 리가 없다. 세상이 넓고 중생이 많다 해도 뱀을 사랑하는 이가 있을까. 사람 중에도 뱀 같은 이가 있지 아니할까.

글을 쓰려고 붓을 들고 앉아서 이러한 생각에 바빴다. 안 되겠다. 인제부터는 글을 쓰자.

나는 기분을 전환하려고 앉음앉음을 고친다. 이때에 우수수하고 비 내리는 소리가 들리고 뜰 언저리 소나무가 바람에 흔들리는 소리도 난다. 서창을 아니 열어볼 수가 있는가. 서창은 바로 내가 책상을 놓은 쪽 쌍창이다.

나는 서창을 열었다. 삼각산 불암산은 빗속에 녹아버리고 바로 앞 개울 건너 문재산도 묽은 숯먹으로 그린 듯하게 희미하다.

며칠 전에 핀 달리아 꽃잎이 비와 바람을 맞아서 산산이 떨어져 땅에 깔린다. 흙에서 왔다가 흙으로 돌아가는 것이다. 그러나 그가 떨어지기 전에 벌써 다른 꽃이 피어서 한창 그 아름다움을 자랑하고 있다. 그래서 달리아의 꽃 공양은 쉴 새가 없는 것이다.

달리아에 이웃해 있는 토마토도 그 있는 듯 마는 듯한 꽃이 피었다. 남들은 순을 친다는데 나는 토마토 자신에게 맡겨 버리고 말았다. 몇 가지를 치든지, 열매를 몇 개 달든지 제 마음대로 하라고 했다. 또 어떤 모양의 토마토가 열릴는지 물론 나는 모른다. 그 왁살스럽고 까닭 없이 혹이 돋치고 찌그러진 열매의 모양이 생각켜서 나는 웃었다.

그 옆에는 대싸리가 났다. 가만 내버려 두었다. 또 그 옆에는 살구나무가 났다. 그것도 가느다란 가장이와 이파리가 너불너불하고 있다. 보리 타작할 때에는 살구가 익는다. 젊어서는 독한 청산을 품어도 누렇게 익으면 그 독하던 것이 달고 향기로운 살구로 변화하는 것이다. 이 나무가 자라서 살구가 섬으로 달리자면 아마 삼십 년은 기다려야 할 것이다. 그때에 우리 우물을 파던 그 기운찬 제하도 환갑 노인이 될 것이다.

비를 맞으면서도 나비들이 날아다닌다. 흰나비 한 마리에게 쫓기는 알락나비가 피하다 피하다 못하여 달리아꽃에 모가지를 박고 흰나비의 사랑을 거절하고 있다.

비는 더 와야 하겠는데 방죽 위의 버드나무가 남으로 고개를 숙인다. 바람이 서쪽으로 돌았다가는 걱정이다. 비가 왜 이리 시원치 아니하냐고, 사람들이 성화를 하고 있다. 비를 맞으며 써레를 지고 소를 앞세우고 울타리 밖으로 지나간다.

"모는 꽂아 놓아야지, 소서가 낼 모렌데!"

하는 것이 농가의 속 소리다.

때까치가 소나무 중턱에 붙어서 비를 피하며 깨깨거린다. 내가 어릴 적에 살던 집 뒤란 오동나무에서 비가 올 때면 이 새가 짖었다. 깨깨깨깨. 어머니는 저놈이 제 어미를 개울가에 묻고 비만 오면 저렇게 애를 쓰는 것이라고 했다. 그때에 들은 이름은 개고마리라 했는데 이 고장 사람들은 그것을 때까치라고 한다. 이름이야 무엇이거나 내 귀의 기억으로는 소리는 마찬가지다. 오십 년 전 내 집 오동나무에 울던 그 개고마리가 지금까지 살아 있을 리도 없고 설사 살아 있기로서니 천 리밖에 그 늙은 몸이 나를 따라와서 내 창 밖에서 울 리는 없다. 그러나 한 개고마리는 죽어도 그 종족은 살아서 같은 소리를 영원히 전하는 것이다.

장난군 아이 녀석 같은 옥수수 잎사귀가 바람에 흔들리고 소나무 소리가 물결 소리와 같다.

아차, 소를 옮겨 매어야 하겠다. 오늘은 다섯 집에서나 소를 빌려 온 것을 모조리 거절해 버렸다. 줄창 너무 오래 일을 하여서 소가 꺼칠하게 몸이 깠을 뿐더러 설사가 대단하다. 말이 통치 못하니 자세한 사정은 알 수 없어도 너무 몸이 고단한 것과 갑자기 햇풀을 뜯긴 까닭이라고 사람들이 말한다.

잔디판 위의 누운 소는 그린 듯이 있다. 고개를 들고 어딘지 모르게 바라보고 있다. 나고 자란 고향을 생각함인가. 수없이 논을 갈고 밭을 헤친 기억을 더듬음인가. 코를 꿰이고 고삐에 매인지도 이미 오래였으니 고삐 기럭지밖에 나갈 생각도 잊은 지 오래다. 당당한 황소이면서 암소 곁에 한 번도 못 가 보고 햇풀이 길길이 자도록 묵은 여물과 콩깍지를 먹고 목이 터지도록 멍에를 메어야 한다. 주인 없는 물가 풀판에서 마음놓고 먹고 놀고 하던 것은 그의 수백 대조 할아버지 적 일이다. 그의 집안에는 역사를 적는 이가 없으니 글로 읽어서 조상 적 일을 알 수는 없으되 어미에서 새끼에 끝없이 전하는 그의 마음이 개벽 적부터의 그 집안 풍속을 그의 몸맵시와 함께 전하여 주는 것이다. 머리로 받는 버릇은 뿔과 함께, 새김질하는 법은 천엽과 함께, 무슨 풀은 먹고 어떤 것은 안 먹는 재주는 그의 코와 함께 받은 것이다. 뿔이 있으니 받아도 보고 싶고, 몸이 있으니 자손도 보고 싶으련마는 이것저것 다 마음대로 못하게시리 코를 꿰인 그는 사바 세계의 참는 도를 닦을 수밖에 없이 된 것이다. 조상 적부터 따라오는 파리와 등에와 모기는 어디를 가든지 그에게 묵은 빚을 내라고 재촉하고 있다. 아무리 피를 빨리고 가려움과 아픔을 받아도 그 몸을 벗어 놓기 전에는 면할 수 없는 빚이다.

밤마다 내 베개에 오는 그의 한숨 소리의 뜻을 나는 안 것 같다.

우리 소

사릉에서 농사를 짓는다 하여 동대문 밖 우시장에서 소 한 마리를 산 것이 지나간 삼월이었다. 육만 원이라면 나 같은 사람에게는 무척 큰 돈이다. 더구나 내 농토 전체의 값과 얼마 틀리지 않는 큰 돈이다.

소를 사리 말리 하기에 우리 내외는 두 달이나 의논도 하고 다투기도 했다. 십만 원어치도 못 되는 농토를 갈겠다고 육만 원짜리 소를 산다는 것이 아이보다 배꼽이 큰 것 같기 때문이었다. 그러나 농군도 없는 우리 농사에 소까지 없고는 품을 얻을 수가 없는 것하고, 또 소를 안 먹이고는 거름을 받을 길이 없다는 이유로 마침내 우리 내외는 소를 사기로 결정한 것이었다.

그러나 소를 가져 본 일이 없는 우리는 소를 사는 것이 우선 큰 문제였다. 소란 네 발을 가지고 두 뿔을 가졌고 잡아먹으면 맛이 있다는 것밖에 모르는 우리로서 어떻게 소를 고르기는 하며 값을 알기는 하랴. 없는 돈에 속아 사기가 싫을 뿐더러 속았다 하면 두고두고 속이 상할 것이 걱정되었다.

소를 살 때에는 입을 벌려서 이를 보아서 나이를 알고, 걸음을 걸려 보고 꼴을 먹여 보고, 이 모양으로 한다는 말은 이 사람 저 사람에게서 얻어들었으나 지식이란 경험 없이 효과가 생기는 것은 아니다.

"속을 심대고 사자. 아무리 속기로니 소 대신에 개야 오랴."

하고 배짱을 대고 소 장날을 기다렸다.

눈 감으면 코 베어간다는 것도 호랑이 담배 먹을 때 말이요, 지금 세상은 눈깔 후벼내고 코 떼어간다는 세상이다. 믿을 사람이 어디 있나. 모두 도적놈으로 알아라 하는 말을 날마다 듣는 이 세상이다. 그러나 나는 세상이 이렇게까지 되었다고는 생각지 아니한다. 천에 하나이나 만에 하나 악한 사람이 있으면 세상이 온통 악해 보이는 것이다. 천 명에 악인이 하나라면 우리 삼천만 동포 중에 악인이 삼만 명쯤, 만 명에 하나라면 삼천 명쯤 속이고 훔치는 사람이 있을까. 그렇다면 그다지 겁낼 것도 없는 일이다.

소 장날이 왔다. 소를 사러 가는 일행은 모두 세 사람, 하나는 내 아내, 하나는 나와 같이 농사를 지을 박군, 그리고 또 하나는 내 동서되는 박 서방이다. 그중에서 쇠고삐를 한 번이라도 잡아 본 것은 박군뿐인데 이 이도 삼십이 넘도록 책만 보던 패요, 내 동서는 돌구멍 안에서 나서 남으로는 한강, 북으로는 무악재까지밖에 못 나가 보고 환갑을 넘긴 노인이다. 내 아내는 뿔이 있고 없는 것으로 겨우 소와 말을 구별하는 위인이다. 소를 입도 벌려 보고 걸음도 걸려 보는 것은 박군이 할 일이어니와 물론 자신은 없고 박 서방은 허위대와 소 묘리를 잘 아는 것처럼 뽐내어서 거간과 소 장수를 위협하는 소임이었다. 이렇게 사온 것이 우리 소다.

소는 다 떨어진 짚세기를 신고 동대문 밖 시장에서 사십 리 길을 걸어서 내 사릉 집에를 왔다.

지난 해 만 원 이만 원 하는 바람에 웬 떡이냐 하고 소를 다 팔아먹고 이제 육만 원 칠만 원, 크면 십만 원을 하게 되니 새로 소는 살수가 없어서 칠십 호 농촌 부락에 우차 소 다섯 마리밖에 없는 이 동네라 우리 집에서 소를 사 왔다는 것은 큰 일이 아닐 수가 없다. 마치 새색시나 들어온 것 모양으로 어른 아이 할 것 없이 우리 소를 보러 왔다. 와서 보고는 무슨 소리나 한 마디씩 비평을 했다. 본디 친분이 있는 점잖은 이들은 주인이 듣기 싫은 소리는 삼가지마는 나와 면식이 없는 젊은 축들은 대개는 우리 소의 흠담이었다.

"어, 자빠뿔이다."

하는 사람이 있었다. 자빠뿔이 무엇이냐고 물었더니 뿔이 앞으로 뻗지 아니하고 뒤로 자빠졌다는 뜻이다. 그 말을 듣고야 나는 비로소 우리 소 뿔이 남과 다른 것을 알았다. 이 동네 어느 소도 뿔은 모두 앞으로 향했다.

"우리 소는 인자한 소야. 뿔은 있어도 받지 아니하거든."

나는 어떤 사람을 보고 이런 소리를 했다. 그런즉 그 사람은,

"흥, 자빠뿔이 소가 심술이 무섭다는 게요. 자빠뿔이 호랑이 잡는다는 말도 못 들었소?"

하고 코웃음을 쳤다.

"평소에는 순하다가 호랑이를 보면 기운을 내는 것이 잘난 것이거든."

하고 나는 그 사람의 코웃음을 반박했다. 나는 정말 우리 소를 그렇게 생각하고 싶었다.

"허, 그 소 살 많이 쪘다."

이것은 우리 소가 마른 것을 비웃는 말이었다. 마르기는 과연 말랐다. 소 장수 말이, 이 소가 칠백 리를 걸어 온 길소라고 했고 한 보름만 잘 먹이면 윤이 찌르르 흐른다고 했다. 소는 삼남 소라야 쓴다는데, 칠백 리라면 적어도 대전 저쪽이나 삼남인 것이 분명하고 발에 신긴 짚세기를 보아도 먼 길을 온 것이 분명했다. '길소'란 말도 나는 처음 배운 말이었다.

털빛이 윤이 없느니, 뒷다리가 어떠니, 무엇이 어떠니 하고 대체 사람마다 한 가지씩 보는 흠이 많기도 많았다. 하도 흠들을 보는 것을 들으니 일변 심사도 나고 낙심도 되었다.

그러나 이 사람들의 말이 다 믿을 수 없는 것을 한 가지 발견했다. 그것은 어떤 사람은 우리 소가 너무 어리다 하고 또 어떤 사람은 너무 늙었다는 것이다. 그러므로 그 비평가의 대부분은 세상의 다른 비평가들 모양으로 별로 근거도 없이 아는 체하는 자들인 것이 분명했다.

나와 박군은 어떻게 해서라도 우리 소가 남의 흠을 안 듣는 소가 되도록 잘 먹이자고 결심하고 콩, 콩깍지, 등겨며 짚도 썩 좋은 것을 구하여서 비싼 장작을 아낌없이 때어 가며 죽을 끓여 먹였다.

"흥, 주제에 먹새는 잘 하는데."

사람들은 우리 소가 궁이 밑에 한 방울 국물도 안 남기고 다 먹는 것도 코웃음으로 비평했다. 아무려나 우리 소는 이 동네에 들어와서는 몇 사람이 손꼽아 셀 만하게,

"소 순하다."

"먹기는 잘 먹는데."

"한참 잘 먹이면 논은 갈 것 같소."

하는 칭찬을 했을 뿐이고는 열이면 아홉은 우리 소를 할 수 없이 못난 소로 돌려 버렸다. 열 번 찍어서 안 넘어가는 나무 없다고, 하도 다들 흉을 보니까, 나도 우리 소가 못난이가 아닌가 하고 마음이 찜찜했다.

"박군, 우리 소가 자네나 내게 꼭 맞는 술세. 세 못난이가 모였네 그려."

하고 웃었다.

그런데 하루는 C라는 글 잘하는 노인이 우리 집에를 왔다가 가는 길에 대문 밖에 매어 놓은 우리 소를 보고,

"허, 그 소 좋다!"

하고 칭찬하는 말을 했다. 나는 이 노인은 조롱하는 말을 할 이가 아닌 점잖은 이라고 알기 때문에 대단히 마음에 기뻐서 그 어른께 물었다.

"다들 우리 소를 못난이라고 흉을 보는데 선생께서는 무엇을 보시고 우리 소를 칭찬하시오?"

그 노인은 지팡이 머리에 손을 포개서 얹고 대단히 유쾌한 듯이,

"시전에 황우 흑순(黃牛黑脣)이로소니 하는 말이 있지 않소. 이 소가 황우 흑순이야. 털은 누르고 입술이 검거든. 털이 누른 소는 흔하거니와 입술 검은 것은 드문 것이요. 이 소는 순하고 일 잘할 것이요."

하고 자신 있게 설명했다.

황우 흑순이란 시전 문자가 얼마나 과학적 근거를 가진 것인지 모르지마는, 그것이 삼천 년 전 문헌인 것과 또 그것을 내게 말한 이가 팔십을 바라보는 늙은 선비인 것만 하여도 우리 소를 위하여서는 큰 영광이라고 아니할 수 없었다. 나는 그 후부터는 황우 흑순이

라는 문자 하나로 우리 소에 대하여 자신을 얻었다.

그러나 걱정은 한 달이 넘고 두 달이 가깝도록 계숙이 어머니는 동넷집 뜨물까지 얻어오고 박군은 정성을 다하여서 쇠죽을 끊여 먹이건마는 영 살이 찌지 아니하고, 다른 소들은 다 털을 벗고 암내를 내어서 영각들을 하는데 우리 흑순은 길마 자리에는 밍숭밍숭하게 닳아져서 털 한 대 아니 나오고 털이 있는 부분도 꺼칠하고 누덕누덕한 대로 있었다.

"이거 어디 소 구실 하겠어. 내다가 팔고 돈 만원이나 더 쳐서 다른 소를 사 와야지, 어디 금년 농사짓겠나."

소 애비로 정한 T서방까지도 거진 날마다 이런 소리를 했다.

"흉보지 말아요!"

하고 나는 우리 소를 위하여서 변명했다. 내 변명의 요지는,

"이 소가 삼남 어느 가난한 집에 태어났거나 팔려가서 잘 얻어먹지는 못 하고 짐실이를 했다. 등에 털 한 대 없는 것을 보면 알 것이 아니냐. 그러다가 칠백 리 길을 소 장사에게 끌려서 걸어온 때에 오장에 있던 기름까지도 다 마른 것이다. 그러니까 그 동안 한 가마나 먹은 콩이 이제 겨우 내장에 잃은 기름을 채웠을 것이니 앞으로는 머지 않아 털을 벗고 살이 찌리라."

하는 것이었다.

내 말은 맞았다. 청명 때 채마를 갈 때쯤부터 벌써 우리 소를 흉보던 입들이 쑥 들어갔다.

"곧잘 끄는데."

하는 소리를 듣게 되고 장작 가득 실은 마차까지도 끌게 되었다.

나도 나도 하고 우리 소를 빌러 왔다. 우리 소는 이제는 논갈이, 써레질, 무엇이나 하는 소가 되었다. 역시 황우 흑순이다!

이거 못 쓰겠으니 팔아서 바꾸자는 소 애비 T씨를 써레질하다가

한 번 보기 좋게 둘러메친 것은 거짓말 같은 정말이다. 설마 '네가 내 흉을 보았겠다' 하고 그런 것은 아니겠지마는 사람이 흉보는 말이 소에게 아니 통할 리가 없다. 하물며 우리 황우 흑순이랴.

우리 소는 쉬일 새가 없이 우리 동네 사람들의 논을 갈았다. 오늘도 비가 오는데 멍에에 터진 목을 가지고 동넷집 논을 갈러 갔다. 벌써 박군이 쑤는 쇠죽 가마에서 구수한 풀 향기가 무럭무럭 나건마는 우리 흑순은 아직도 아픈 목을 참고 연장을 끌고 있는 모양이다. 소가 시장한 배를 안고 허겁지겁 대문으로 들어와 외양간에 들어와 그 순하고 큰 눈을 뒤룩뒤룩하면서 쇠죽 가마 쪽으로 고개를 돌리고 귀를 기울일 것도 아마 반 시간 이내일 것이다.

밤이면 내 베개에까지 그의 곤한 숨소리가 들려온다. 너무 고단하지나 아니한가. 요새는 또 살이 쭉 빠졌다.

하지도 앞으로 1주일밖에 없으니, 모내기도 그 안에 끝날 것이다, 그리되면 우리 흑순은 하루 종일 풀밭에 누워 쉴 수도 있을 것이다. 우리 흑순의 터진 목덜미가 아물고 투실투실 살이 오를 날도 머지 않을 것이다. 수고한 자는 쉴 날이 있어야 할 것이 아닌가.

물

못자리에 물이 말랐다. 오래 가물어서 봇물이 준 데다가 하지가 가까워 저마다 다투어서 모를 내느라고 물이 마른다.

"에, 고이한 사람들 같으니. 아무러기로 남의 못자리까지 말린담."

나는 혼자 중얼거리면서 꼭꼭 막아 놓은 내 물꼬를 들여다보고 섰다.

'물꼬를 터 놓을까.'

나는 혼자 생각한다. 내 웃논에서 물을 대느라고 봇물은 조금밖에 없다. 이것을 내 논에 대면 저 아래 모내는 논에는 물이 한 방울도 아니 갈 것이다.

'저 논에 모내기가 끝날 때까지 참자.'

나는 이렇게 생각해 본다.

그러나 못자리는 바짝 말라서 높은 곳에 틈까지 텄다.

'설마 몇 시간 더 마르기로 어찌 될라고.'

나는 참기로 작정한다.

웃논은 벌써 모를 내었건마는 뱃심 좋은 사람들은 절절 물을 대고 있다.

"못자리가 말랐소그려."

삽을 메고 오던 꺼먼 늙은이가 나를 보고 인사를 한다. 이 동네에 온 지도 얼마 안 되고 또 꼭 집에만 있는 나는 그 꺼먼 늙은이가 누구인지 모르나 공손히 답례를 한다.

"물꼬를 좀 터 놓으시우. 못자리가 말라서야 쓰겠소?"

하고 그는 제 손으로 내 물꼬를 터 준다. 그리고 아래로 내려가는 물을 막아서 내 논으로만 들어가게 하고 나서,

"어디 물이 얼마 되나. 그까진거 내려 보내기로 저 모내는 데까지는 기별도 안 가겠소. 댁 못자리에나 대우."

하고 위로 올라간다.

나는 모내는 집에 미안하다 하면서 내 논으로 들어가는 물줄기를 본다. 이 따위로 들어가 가지고는 열 시간을 대어도 찰 것 같지 않다.

나는 하늘을 쳐다보았다. 구름은 여기저기 떠 있건마는 비가 될 듯한 구름은 안 보였다.

"산은 가까이 보이는구먼."

하던 어떤 노인의 말을 생각하고 나는 서쪽을 바라본다. 삼각산과 도봉이 한결 가깝게 파르스름한 기운을 띠고 있다.

'뻐꾸기가 쌍으로 운다.'

나는 귀를 기울였다. 금년에는 외뻐꾸기만 울어서 흉년이라고 사람들이 걱정하는 소리를 들었기 때문이다. 그런데 지금은 뻐꾸기가 자지러지게 쌍으로 울었다. 나는 속으로 기뻤다.

나비가 쌍둥이 춤을 추며 하늘로 올라간다. 이것도 비가 가까운 징조라고 한다. 비만 왔으면 물 걱정은 없다. 모들도 낼 것이다. 나는 이런 생각을 하고 내 물줄기를 바라보고 섰다가 깜짝 놀랐다. 갑자기 물이 소리를 하며 들어오기 때문이다.

나는 고개를 아까 그 꺼먼 늙은이 올라간 데로 돌렸다. 그도 나를 향하여 싱그레 웃고 있었다. 그는 자기 논에 대던 물을 나를 위하여 터 놓아 준 것이었다.

"고맙습니다."

하고 내가 소리를 질렀더니 그는 유쾌한 듯이 고개를 끄덕거렸다.

이날 밤이었다. 상노가 그저께 모낸 자리가 바짝 말랐으니 오늘 밤에 한 번 축여 주지 못하면 다 말라 죽는다고들 남들이 걱정해 주었다.

"밤중에 가서 좀 대시우, 염치 보다가는 물 한 방울 못 얻어 봅니다."

어떤 이웃의 훈수를 듣기로 하고 밤 열한 시가 지나서 박군이 삽을 메고 나갔다. 그는 두 시간이나 있다가 돌아왔다. 그를 혼자 보내고 나만 누워 잘 수가 없어서 나도 그때까지 책을 보고 앉아 있었다.

"한 절반 닿는 것을 보고 왔어요."

박군은 만족한 모양이었다. 나도 우리 모가 이틀은 살았다고 마음 놓고 갔다.

이튿날 아침에 누가 와서,

"어젯밤 물을 괜히 댔습니다. 남의 모낼 물 댔다고 댁 논두렁을 여러 군데 잘라 놓아서 물 한 방울 없습니다. 댁 논 밑에 생갈이 할 논에만 물이 그득합니다."

하고 일러 주었다. 제 논에 들어온 물을 우리 논에 넣은 것이 분해서 우리 논에 닿은 물을 제 논도 아닌 논에 찌어 버린 것이었다.

이 말을 듣고 나는 창 밖을 바라보았다. 나비가 쌍쌍이 춤을 추며 하늘로 올라가는 것이 보이지나 않는가 하고.

나는 다시는 남과 다투어서 봇물 댈 생각을 버렸다. 비 오기나 기다려 보자.

물은 왜 없나? 정말 없나? 나는 이 동네에 유명한 실농군인 Y노인에게 물어 보았다. 그이와의 문답을 종합하면 이러하다.

이 동네 논은 샘논, 고래논, 봇돌논 세 가지가 있다. 샘논이란 것은 제 논 안에 또는 제 논 가까이 샘을 가진 논이다. 그 샘이 논보다 높이 있으면 가만히 있더라도 저절로 논에 물이 닿으니 영영 물 걱정은 없는 논이다. 만일 샘이 논과 같은 평면 이하에 있으면 사람은 물을 퍼대어야만 논에 물이 드는 것이니 이것은 좀 인력이 드는 것이어서 누워서 떡 먹기는 못 되는 것이다.

고래논이란 것은 산골짜기에 있는 것으로서 산에서 졸졸 내려오는 장류수를 받는 논이니 이것도 누워서 떡 먹기와 같은 논이지마는 이런 것은 대개는 큰 배미는 없고 조그마한 배미가 충충대 모양으로 되어 있어서 세모난 놈, 찌그러진 놈, 꼬부라진 놈, 이 모양으로 생김생김이나 크기가 형형색색이어서, 소위 마늘 배미, 종지 배미, 접시 배미라는 별명을 가진 것이 있고 양푼 배미, 대야 배미라면 무척 큰 배미다. 이곳에 그중 착한 사람인 P노인이 부치는 꽃나미 논이란 것은 겨우 서마지기가 배미수로는 마흔다섯이나 된다는 것이다.

봇돌논은 보라고 하는 돌을 쳐서 개울물을 끌어 대는 것으로서 이것은 좀 대규모의 관개법이다. 우리 동네 앞으로 흐르는 개울물을 끌어 대는 보가 상노깨보, 두리개보, 사갑들 웃보, 아랫보, 이 모양으로 넷이 있는데 그중에 두리개보라는 것이 제일 물이 넉넉한 보라고 하나 그것도 요새 가뭄에는 겨우 차례를 정하여서 이 논에 하루 저 논에 하루씩 물을 대고 있는 형편이다.

이상한 것은 두리개보에는 약간한 법이 있어서 물싸움이 적은데, 상노깨보라는 것은 조금도 질서가 없어서 뱃심 좋고 염치없는 사람만이 물을 얻어 보게 되어 있다. 아마 두리개보에는 언제 한 번 좋은 지도자가 나서 법을 정했던 모양이다. 법이란 한번 정해서 한참 동안 실시에 힘을 써서 한 번 자리만 잡히면 쉽게 변하지 않는 것이다. 사람에게 이런 성질이 있기 때문에 나라도 되고 문화도 생기는 것이다.

그런데 상노깨보의 몽리 관계자는 사십 명이나 된다는데 도무지 법이 없다. 여기는 개벽 이래에 아직 한 번도 지도자가 난 일이 없는 것이다. 이 원시 상태, 무정부 상태를 정리하여서 물을 골고루 받게 하는 일은 오직 대정치가의 출현을 기다려서야 될 일이다.

오늘도 상노깨보를 친다고 다들 나오라고 해서 우리 집 박군도 삽을 메고 나갔다. 이것이 금년 철잡아서 벌써 네 번째다. 금년 철이라야 두 달 동안이다. 처음에는 해묵은 봇돌을 치느라고 전부 났고, 둘째 번 셋째 번은 상노깨보에 못자리를 가진 사람들만이 났고 이번에는 모가 거진 난 뒤라 전원이 출동하라는 것이다.

Y노인의 말을 듣건댄 만일 사십 명이 전부 나서 하루만 잘 일을 한다면 이 보는 두리개보 보다도 물이 흔하리라고 한다. 첫째로 수원지를 길게 올려 파면 얼마든지 샘을 얻을 수가 있고, 둘째로 물을 돌려 오는 돌창 밑에 진흙을 깔면 물이 새지 아니할 것이요, 셋째로 물을 서로서로 차례를 정하여 대기만 하면 마르는 논이 없으리라고

한다.

"그러면 왜 그것을 안 해요?"

하고 묻는 내 말에 Y씨는,

"사람들이 말을 들어먹어야지요. 나오라니 나오기를 해요? 나오더라도 일을 아니해요. 사십 명이 다 나와서 제 일하듯 하면야 하루에 다 되지 오니까. 이건, 사십 명더러 나오라면 스물도 잘 안 오고, 오더라도 노라리란 말씀야요. 그러고는 남이 애써 파서 봇돌에 물이 내려올 때에 나도나도하고 제 논에만 물을 대겠다고 아우성을 하지 오니까."

하고 쓴웃음을 웃는다.

"그럼, 물을 두고 논을 말리우는 것 아냐요?"

"이를테면 그렇지요."

"거, 어떻게 잘 해볼 수 없을까요?"

"안 됩니다. 말을 들어먹어야지요. 저마다 잘난 걸요. 민주주의고요."

Y노인은 민주주의라는 말을 썼다. 이 노인이 아는 민주주의는 '저마다 잘나서 아무의 말도 아니 듣는 주의'다.

Y노인의 생각에는 사람들이 말을 아니 들어먹으니 상노깨보는 만만세에 가물 수밖에 없다는 것이었다. 아아, 물을 두고도 논을 말려야 하는 우리 신세여!

제비집

내 집을 지은 지 4년 만에 제비가 들어와서 집을 지었다.

나는 이 집을 지은 후로 몇 달을 살다가는 떠나고 또 며칠을 묵다가는 떠나서 지난 4년 동안에 들어와서 산 것은 모두 1년 턱이 못된다. 아마 그래서 제비도 집을 안 짓는 모양이었다.

재작년 여름에 소위 소개통에 아이들이 이른 여름부터 이 집에 나와 있었다. 그때 어느 날 제비 두 마리가 집에 들어와서 처마 밑으로 날아다니는 것을 보고 열 일곱살 먹은 아들이 보꾹에 못 두 개를 박고 지푸라기로 얽어서 제비가 집을 짓기에 편하도록 해 주고는 날마다 제비가 들어오기를 기다렸으나 이내 집을 안 짓고 말았었다.

금년에는 천만 생각 밖에―그야말로 천만 생각 밖이다―하루는 제비들이 들어와서 집자리를 찾기 시작했다. 하루, 이틀, 사흘 삼사일을 두고 그들은 집에 들어와서는 여러 번 여러 번 처마 밑을 두루 살폈다. 아들이 만들어 놓은 집터를 처음에는 아마 위태하고 의심스러운 물건으로 보는 모양이었으나 차차 의심도 풀려서 거기 올라가 앉아 보는 일도 있었다.

마침내 그 터에 집을 짓기로 정한 모양이었다. 그들은 사흘째 되는 날부터는 우리 집 차양 밑 철사에 내외가 가지런히 앉아서 자고 있었다.

이튿날 그들은 흙을 물어들여서 집터 위에 기초 공사를 개시했다.

"자, 인제야말로 집을 짓는다."

하고 나는 자신 있는 듯이 자랑을 했다. 그러나 내심으로는 은근히 걱정이 되었다. 저것들이 집을 짓다가 중도에 그만두고 가버리면 어찌할꼬 함이었다. 제비들이 보기에 내가 그들과 그들의 자녀를 위탁할 만할까. 나 자신의 복력에 자신이 없는 나는 제비들의 신임을 받을 자격이 없는 것만 같았다.

나는 제비들의 편리를 위하여 마당에 줄을 매어 주었다. 그들을 만류하는 호의를 보이자는 것이다. 과연 그 줄에 올라앉아서 좋아라고 지저귀었다. 나는 기쁨을 누를 수가 없었다.

'무지오옥사명당(不知吾屋是明堂.)'

'해연쌍쌍비입량(海燕雙雙飛入樑.)'

이러한 소리를 썼다.

하루 동안 부지런히 집짓기에 바쁘던 제비들은 웬일인지 이튿날은 역사를 중지했다. 내 실망은 컸다. 역시 그들은 나를 믿지 아니하는 것이다. 내 집에는 그들이 의탁할 만한 복력이 없는 것이다.

그 이튿날도 그들은 역사를 계속하지 아니했다. 이웃의 W씨는,

"괜히 믿지 마셔요. 제비집은 틀렸소이다."

하고 빈정거렸다.

이튿날도 제비는 일할 생각은 아니하고 내가 매어 준 줄에 앉아서 재재거리기만 했다.

대관절 무슨 변괴가 난 것일까. 줄에 가만히 앉았는 것을 살펴보면 수놈은 연달아 암놈을 싸고 놀고 지껄이는데 암놈이 몹시 새침하고 있었다. 시무룩하다는 것이 더욱 적당할 것 같았다.

'내외 간에 불화인가.'

나는 이런 걱정을 했다. 내 이 걱정에는 이유가 없지 아니했다. 그것은 하루에 한두 차례씩 난데없는 제비가 한 마리 날아 들어와서는 우리 집 수놈과 한바탕 승강이를 하고 가는 일이다. 우리 수놈은 이 침입자를 멀리로 내어 쫓고 돌아와서 아직도 줄에 새침하고 앉았는 암놈의 곁으로 가까이 가나 암놈은 야멸차게도 패끈패끈 몸을 비켜서 수놈의 호의를 귀찮은 듯이 물리쳤다. 그러면 수놈은 하릴없이 줄에 올라앉아서 목을 놓아 한바탕 울었다. 마치 화풀이를 하는 것 같았다.

'옳지, 이놈이 남의 계집을 빼앗아 왔다. 그렇지 아니하면 이 계집이 다른 수놈의 노림을 받고 있다?'

나는 이런 궁리를 하게 되었다. 두 가지가 다 상서롭지 못한 일이다.

이 날 U대사가 찾아왔다. 나는 그에게 우리 집 제비가 하루 역사를 하고는 사흘째나 쉬고 있다는 사정을 말했다. 그러나 그 때문에 나는 나 자신의 덕과 복을 의심하여서 걱정이 된다는 말까지는 아니했다.

U대사는 빙글빙글 웃으면서,

"제비 중에도 그런 놈이 있어. 제 집을 두고도 동넷집에 댕기면서 여기도 집을 좀 지어 보고 저기도 집을 좀 짓다가는 내버리고, 그런 버릇 가진 놈이 있습니다. 아마 그런 놈인가 보오."

하고 줄에 앉아 지저귀는 우리 제비를 바라본다.

"하, 하."

하고 나는 U대사의 말을 재미있게 생각했다. 그러면 우리 제비가 과연 그런 놈인가. 그렇다면 그는 나를 모욕하는 괘씸한 놈이다. 그러나 역사를 쉬면서도 제비 내외는 우리 집에서 사는 것을 보면 다른 데 집을 두고 우리 집을 장난 터로 아는 제비는 아닌 성싶었다. 혹시 수놈이 딴 계집을 데리고 나온 것일까. 그래서 날마다 찾아와서 한 바탕씩 야단을 치고 가는 제비는 그 본 서방일까, 또 본 여편네일까. 그 어느 편이라 하여도 괘씸한 일이어서 집에 붙이기는 어려운 일이었다. 나흘째 되던 날 우리 제비들은 역사를 계속했다.

"야아, 우리 제비가 역사를 한다. 그러면 그렇지."

하고 나는 동네방네 다 들소 하고 소리를 질렀다. 인제 망신살을 벗었다. 제비가 집을 짓다가 그만두고 갔대서야 낯을 들 수가 있는가. 나는 제비들에게 절을 하고 싶도록 고마웠다. 기뻤다.

제비들은 너무 열심으로 흙을 물어들였다. 저것들이 지치지나 아니할까 하리만큼 부지런히 흙을 물어다가는 대가리를 마치 삼아 흔들면서 만 년 가도 무너지지 말라고 힘 있게 꼭꼭 박는다.

집은 당일로 한치 이상이나 올라갔다. 검불이 너슬너슬 달린 것을 제비는 입으로 물어서 나꿔채었다.

"허, 허, 금년에는 큰물 나겠는 걸."

하고 T노인이 걱정했다. 제비집에 티검불이 너슬너슬 달리면 큰물이 나고 맹숭맹숭하면 크게 가문다고 한다.

"금년에는 암만해도 큰물이 올 듯해. 일전에 꿩이 산꼭대기에 알을 낳았단 말야."

하고 Y노인이 또 한숨을 쉬었다.

내게는 큰물보다도 또 걱정이 생겼다. 이튿날 또 역사를 쉬었다. 그리고는 마치 무슨 일 난 집 식구들 모양으로 제비들은 후줄근해서 하루의 대부분을 줄에 앉아서 웅숭그리고 있었다. 대체 또 무슨 일이 생겼단 말인고.

또 이삼 일을 지나서 다시 제비들은 역사를 시작하여서 이날은 더욱 부지런하게 서두르는 모양이더니 당일로 집이 낙성이 되고 말았다.

"정말 다 지어 놓았구려."

하고 괜히 믿지도 말라고 빈정대던 W씨가 눈을 휘둥그렇게 떴다.

또 이삼 일을 쉬었으나 인제는 나도 제비들의 뜻을 알았기 때문에 태연했다. 그들이 역사를 쉰 것은 마음이 변한 것도 아니요, 게으름을 핀 것도 아니요, 흙이 마르기를 기다리는 것이었다. 어리석은 나는 그것을 모르고 마음을 졸인 것이다.

집이 보송보송하게 마르기를 기다려서 그들은 보드라운 털을 물어들이기 시작했다. 이제야말로 알을 낳아 놓을 보금자리를 만드는 것이었다.

수놈은 연달아 암놈을 건드렸다. 암놈은 집이 다 되기까지는 몸을 허하지 아니했었으나 인제는 보금자리도 다 되었으니 마음 놓고 남편의 요구에 응하는 것이었다. 내가 암놈을 새침하다고 보고 야멸

차다고 보고 남편에게 이심을 품었다고 본 것은 전연 내 무식에서 나온 오해였다. 암놈이 새침한 것은 남편의 철없음을 타이르는 것이었었다.

"아이, 알 자리도 되기 전에!"

하고 뿌리치는 것이었었다. 그들은 인제는 새로 깐 새끼들에게 벌레를 물어다가 먹이기에 바쁘다. 제비 새끼 모양은 아직 보이지 않으나 그 집 밑에 가까이 가면 쩍쩍하는 가련한 소리가 들렸다. 아직 털도 안 나고 노란 주둥이만 커다란 보기 흉한 괴물일 것이다. 그렇지마는 제 어미 아비에게는 더할 수 없이 귀여운 아들과 딸들이다. 제 자식 못난 줄을 아는 총명은 사람도 가진 이가 없다.

그들은 내외가 같이 집자리를 찾고, 같이 역사를 하여서 집을 짓고, 알을 낳는 것은 암놈이지마는, 품기도 내외가 번갈아 하고 새끼가 까면 벌레를 잡아다가 먹이는 것도 둘이 다 하고 있다. 암놈이 알을 안고 앉았을 적에 수놈은 줄에 앉아서 망을 보며 소리를 하지마는 그러는 동안에도 연해 집 있는 쪽을 돌아보고 가끔 집에 날아가서는 암놈이 무사히 있는 것을 보고야 또 줄에 나와 앉는다. 옆에서 보기가 애처로워서 차마 못할 만큼 애를 쓰고 있다. 우리 조상네가 제비에게 집자리를 빌려 주고 그들에게 무한 애정을 느끼는 것도 이 때문인가 한다.

새끼를 둔 제비가 가장 무서워할 것이 뱀인 것은 말할 것도 없지마는 고양이도 그의 원수다. 뱀으로 보면 갓 깐 제비 새끼는 참새 새끼와 아울러 가장 탐나는 밥일 것이지마는 고양이도 어지간히 이런 것을 좋아하는 식성이다.

동넷집 어떤 할머니가 와서 고양이가 제비를 잡아 먹은 이야기를 했다. 그 이야기는 이러하다—.

밤에 방문을 열 때에 불빛에 놀라서 처마 밑에서 자던 어미 제비가 떨어진 것을 마침 옆에 있던 고양이가 덥석 집어 먹었다. 그 이튿날부터는 아비 제비 혼자서 벌레를 물어다가 새끼들을 먹이고 있다. 둘이서 물어 와도 넉넉치 못한 것을 혼자서 대자니 저도 힘들고 새끼도 배고플 것은 말할 것도 없었다. 삼사 일 후에 아비 제비는 어디서 후처를 얻어 왔다. 후처도 남편과 함께 전실 자식을 먹이고 있었다. 그러나 며칠 후에 새끼 한 마리가 집에서 떨어져 죽었다. 이튿날 또 한 마리가 떨어지고 그 이튿날 또 한 마리가 떨어졌다. 주인은 이상히 여겨서 떨어져 죽은 새끼의 배를 갈라 보았더니 가시 돋고 단단한 엉겅퀴 열매가 하나씩 뱃속에 들어 있었다. 제비 계모가 전실 자식을 죽이는 약이 아마 이것인가 보다고 그 할머니는 웃지도 않고 말했다.

그 말을 듣고 보니 날마다 찾아와서 훼살을 놓는 그 제비가 연인지 놈인지 확실치 않으나 아마도 무슨 악의를 품은 놈인 것 같아서 염려가 되었다. 어미 아비가 다 나가고 없는 틈에 들어와서 새끼를 어떻게 하는 것이나 아닌가 하여 가끔 제비집을 바라본다. 아직도 대가리를 내놓지 못하는 것을 보면 새끼들은 무척 어린 모양인데, 이것들이 어버인지 남인지도 몰라보고 철없이 원수가 주는 독약이나 받아먹지 않을까. 아마 이러한 걱정은 나보다도 제 어미 아비가 더할 것이다. 대체 그놈은 제 집도 배우도 없는 놈이란 말인가. 벌써 남들은 새끼를 다 깠는데도 혼자 돌아다니며 훼살꾼 노릇만 하고 있으니 그놈의 소갈머리는 어찌된 것인가.

제비들 속에는 언제부터 어찌하여서 악이 생겼는고. 그렇게도 얌전하고 작은 몸을 가지고도 하루도 마음 편한 날 없는 것이 사람과도 같아라.

그러나 누가 무어라 하더라도 우리 제비는 선량한 제비다. 그들은 정식 부부요, 또 자녀를 사랑할 줄 아는 어버이다. 나는 그들이 몇 대조 조상 적부터 선량한 혈통을 가지고 내려오는 제비라고 믿는다. 도적 제비도 아니요, 남의 집에 헤살을 놓으러 다니는 난봉 제비도 아니요, 수놈은 군자요, 암놈은 숙녀인 제비라고 믿는다. 나는 이 제비의 자손이 더욱더욱 번창하고 더욱더욱 착하게 되어서 작게는 제비 종속을 건지고 크게는 일체 중생을 건지는 가문이 되기를 바란다.

여름의 유머
일명 소가 웃는다

보는 마음, 보는 각도를 따라서 같은 것이 다르게 보이는 것이다. 이것이 극치에 달하면 같은 세계를 하나는 지옥으로 보고, 다른 이는 극락으로 보고, 또 다른 이는 텅빈 것으로 보는 것이다.

농촌의 여름도 그러하다. 이것을 즐겁게 보는 이도 있고, 괴롭게 보는 이도 있고, 또 고락이 상반되게 보는 이도 있다. 어느 것이 참이요 어느 것이 거짓이라고 할 것이 아니라 보는 사람의 마음 태도와 그가 보는 각도에 따라서 변하는 것이다. 여름의 농촌을 유머의 마음으로 유머의 각도에서 보는 것도 하나의 보는 법일 것이다.

초복을 앞둔 어느 날, 선선한 아침이었다. 나는 소를 개울가에 내다 매고 방에 앉아서 뒤꼍 옥수수에 붉은 솔이 늘어진 것이 꼭 등에 업힌 어린애와 같다고 보고 있었다. 언제 보아도 그것이 어린애 같았다. 옥수수 대는 어린 것이 잠이 깰세라 하고 고이고이 업고 있었다. 달리아의 자줏빛, 보랏빛, 원추리꽃의 노란빛, 호박꽃, 오이꽃도 노랗고, 인제는 벌써 옛날이거니와 복숭아꽃, 살구꽃도 붉거나 분홍이었다. 꽃들의 이런 빛과 처녀나 새아기들의 분홍치마, 노랑저고리나 다 같은 뜻이라고 생각하고 빙그레 웃고 있을 때에 삼각산과 불암산이 차례로 스러지고 문재 봉우리에 뽀얗게 비가 묻어 들어

왔다.

'저 건너 갈뫼봉에

비가 묻어 들어온다.

우장을 허리에 두르고

기심매러 갈가나.'

언제 들어도 우리의 농촌 정조다.

비는 소리를 내고 왔다.

'소!'

나는 개울가에 맨 소를 생각했다. 이 비를 맞혀도 좋을까, 이렇게 선선한데. 소를 올해 처음 맨 나는 소의 습성을 잘 알지 못했다. 여름비를 좀 맞는 것이 좋을 것도 같고 찬비를 맞는 것이 고통일 것 같기도 했다. 그의 코 안 꿰인 조상들이야 비도 맞고 한데 잠도 잤겠지마는 수백 대를 외양간에서 살아온 그는 조상적 기운을 많이 잃어서 찬비에 못 견딜는지 모른다.

나는 마침내 소를 끌어들이기로 결심하고 대단히 큰일이나 하러 가는 사람 모양으로 빗발을 뚫고 긴 방죽을 걸어서 개울가로 갔다. 소는 시름없이 풀을 뜯고 있다가 고개를 들어서 나를 바라보았다. 말은 못 하나 반가운 것이었다.

나는 말뚝을 뽑고 바를 사려들었다.

"이랴!"

하고 소를 끌려다가 보니 비는 그치고 말았다. 어느 틈에 동쪽 하늘은 훤하게 열렸다. 나는 얼빠진 사람 모양으로 하늘을 휘둘러보고는 싱거운 듯이 웃었다. 그리고 도로 말뚝을 박아 놓고 집으로 향했다. 소는 또 한 번 고개를 들어서 나를 보았다. 돌아오는 길에 이웃 벗이 내 꾀죄죄 흐르게 젖은 꼴을 보고 빙글빙글 웃으며,

"어딜 비 맞고 갔다 오슈?"

하고 물을 때에 나는 말없이 웃었다.

강아지와 소와는 의좋은 사이는 아니다. 강아지라고 다 그런지는 모르지마는 우리 집 놈은 소를 못견디게 구는 것으로 큰 재미를 삼는다. 소가 외양간에 들어오면 우리 강아지 오요는 소 곁으로 달려가서 한바탕 앙앙거리고 짖는데 소는 우선 그것부터가 싫어서 머리를 내어두르고 발을 구른다. 그러면 강아지는 더욱 신이 나서 앞으로 뒤로 배 밑으로 뱅뱅 돌며 짖기도 하고 무는 시늉도 한다. 그래도 소는 커단 몸집에 한참은 눈을 껌벅거리고 참고 있다. 그러나 소가 가만히 참고 있어서는 강아지에게는 아무 재미도 없었다. 강아지는 모든 수단을 다해서 소를 성을 내어 놓고야 말 작정이다. 그는 더욱 짖고 더욱 빨리 뛰어 돌아가다가 마침내는 고삐를 물어 나꿔채고 꼬랑지를 물고 늘어진다. 이에 소는 잔뜩 골이 나고 약이 올라서 꼬리를 두르고 발을 구르고 받는 동작을 한다. 그러나 강아지는 좁은 외양간에서 그 최대한 소가 자유로 용맹을 쓸 수 없는 것과, 아무리 받는댔자 제 편이 더욱 민첩해서 얼른 피할 수 있음을 잘 알기 때문에 더욱 소를 못 견디게 굴고 놀려먹는다. 하루에도 몇 차례씩 이런 일이 반복되노라면 강아지가 발이나 꼬랑지를 쇠발에 밟히는 일도 있고 고삐에 매달렸다가 쇠이마에 얻어 받히는 수도 있다. 그때에는 강아지는 깡이깡이 하고 우는 소리를 하고 그 우는 소리를 들으면 소는 가여운 생각이 나는 모양이어서 얼른 발을 들어 주고 또 쿵쿵 강아지를 맡아 준다.

'내가 너를 죽이려는 생각은 아니다.'

하는 것 같은 눈이 된다.

이렇게 한번 되게 혼이 나면 강아지는 외양간에서 뛰쳐나와서 궁이를 새에 두고 소와 마주 보는 위치에 쭈그리고 앉아서 물끄러미 바라보고 있다. 그러나 밟히거나 받혀서 아픈 것이 나을 만하면 강아지는 또 버릇없는 장난을 시작하는 것이다.

내가 소를 끌고 나가면 강아지도 따라온다. 소에게 풀을 뜯기면 강아지는 또 고삐에 매어달리기, 꼬랑지를 물고 늘어지기를 시작하거니와 그중에도 가장 소가 화를 내는 것은 강아지가 방금 풀을 뜯고 있는 소 주둥이를 슬적슬적 스치고 연달아 왔다갔다 하는 것이다. 소는 이것도 몇 번은 참고 여전히 풀을 뜯지마는 하도 강아지가 성가시게 굴면 그만 눈이 뒤집히는 모양이어서 흥 소리를 치며 강아지를 받는다.

'흥, 네 따위헌테 받힐 낸 줄 알고.'

하는 듯이 강아지는 재빨리 몸을 피해서 얼른 뒤로 돌아 쇠꼬리를 물고 네 발을 버틴다. 소는 한번 한숨을 쉬고는 또 풀을 뜯는다. 좁은 외양간에서나 한 번 만나자 하고 벼르는 모양이었다.

우리 소와 강아지는 이 모양으로 벌써 석 달째나 살았다. 그리 의 좋은 친구는 아니나 역시 서로 정이 든 모양이었다. 다만 한 가지 걱정은 강아지는 유머를 알건마는 소는 그것을 모르는 일이었다.

셰퍼드와 포인터의 튀기인가 싶은 우리 강아지가 황소를 어리석은 놀림감으로 보는 것은 당연한 일이었다. 오요는 젖 떨어진지 며칠 되지 않아 우리 집에 온 즉시부터도 오줌똥을 잘 가리어서 꼭 울타리 밖에 나갔다. 그런데 우리 소는 여섯 살이나 나이를 먹어서 벌써 어른이건마는 선 자리에서 오줌을 누고 똥을 싸서 자리를 어질러 놓고는 그 위에 펄썩 드러누웠다. 그래 그 커다란 볼기짝과 배때기가 밤낮 온통 똥 투성이었다. 코를 꿰어서 고삐에 얽매우고 외양간에 갇힌 몸이니 뒤를 보러 울타리 밖에까지는 못 나가더라도 한편 구석으로 꽁무니를 돌려 댈 수는 있지 아니한가. 그것을 보고 우리 다섯 달 된 강아지가 못난이라고 업신여기는 것은 허물할 수 없는 일이다.

그렇지마는 소의 편에서 보면 강아지란 하잘것없는 미물이다. 그것이 감히 소의 앞에 버릇없는 행동을 하는 것은 귀엽게 본다면 몰라도 괘씸하기 짝이 없는 일이었다. 기운으로 보든지 용기로 보든지 소는 능히 호랑이와 싸워서 이기는 맹수다. 불행히 땅 껍데기의 변동으로 독립한 생활을 못하고 사람의 집에 붙어서 사는 신세가 되었거니와 포로 된 영웅일지언정 항복한 노예가 아니란 것은 낱낱이 콧도리를 꿰인 사실이 증명하는 것이 아니냐. 천하의 소 치고는 어느 소 한 마리도 코를 꿰이지 아니하고 사람의 비위를 맞추는 비루한 자는 없는 것이다. 이러한 소의 기개로, 주인을 보고 꼬리를 치고 멀쩡한 어금니를 두고도 사람의 손발을 곱게 핥는 강아지를 볼 때에는 새김질할 때가 아니고도 아니꼬움을 금치 못할 것이다.

소는 죽도록 일해서 사람을 벌어 먹이고도 마침내는 떡메로 골싸배기를 맞아서 죽어 피와 살을 사람에게 먹힌다. 그러나 사람에게 항복하여 그 귀염을 받는다는 개도 필경은 올가미를 쓰고 혀를 빼어 물지 않는가.

소를 순하다고 하고 어리석다고 하고 말 안 듣는다고 한다. 순한 듯한 것은 단념하고 참는 까닭이다. 어리석은 것은 지혜를 쓸데가 없기 때문이다. '이러', '어디어' 같은 말을 알아듣는 것만해도 소로서는 수치다. 훼절이다. 그러나 그것은 최소한도의 양보라고 할까. 강아지와 같이 주인의 집지기가 되고 노리개가 되는 그런 영리함은 소의 겨레가 취하지 않는 바다. 개는 미친 뒤에야 비로소 조상적 자유와 위신과 용기를 발휘하지마는 소는 미래 영겁에 포로의 생활을 달게 받을 것이다. 오줌을 어디서 싸거나 똥 위에 주저앉거나 그런 것을 염두에 둘 소는 아니다. 대장부 소질에 구애 않는다는 것이다.

"개는 제 주인을 알아도 소는 몰라 본다고? 흥."

소는 이렇게 코웃음할 것이다. 소는 일찍 어느 사람에게고 충성을 맹세한 일은 없다. 그러므로 사람이 호의를 보일 때에도 굽실거릴 것도 없는 동시에 비록 십 년 묵은 주인이라도 잘못하면 받아 넘길 자유를 보류한 것이다.

소는 불평가다. 더욱이 여름에 그러하다. 일은 고되어 목은 멍에에 터지고 등은 채찍에 부었다. 적이 한가하게 되어 개울가 풀판에 누워 쉴 만하면 물것이 덤빈다. 생물치고 물것이 없는 것이 없지마는 아마 물것 단련을 가장 많이 하는 이는 소일 것이다. 적어도 사람의 눈에는 그렇게 보인다. 낮에는 등에와 여러 종류 되는 파리에게 뜯기고 밤이면 모기에게 뜯긴다. 시험조로 여름날의 그의 몸을 보라. 온통 두드러기 천지니 이것은 다 물것에게 피를 빨린 자국이다. 또 사람으로 이르면 이나 벼룩이 같은 물것이 털 하나에 하나씩이라 할 만하게 들어박혀서 그를 가렵게 하는 것이다. 그가 천지에게 받은 물것 막는 법은 꼬리와 목을 둘러서 몸에 붙는 파리 따위를 쫓는 것, 또는 피부를 푸르르 떠는 것이 있고 가려울 때에는 혀로 핥는 치료법이 있다. 그러나 쫓으면 오고 쫓으면 오는 등에와 파리 떼를 이루 다 쫓으려면 소의 머리와 꼬리를 비행기 프로펠러 모양으로 눈에 보이지 않게 내어둘러야 할 것이다. 그러나 이것은 불가능한 일이니 운명으로 돌리고 꾹 참을 수밖에 없다. 그래서 그는 눈에 수십 마리, 몸에는 수백 마리 큰 놈, 작은 놈, 중간 놈, 파리가 붙어도,

'그래, 마음껏 뜯고 빨아라.'

하고 한숨을 쉬며 새김질을 하고 있다. 호랑이나 사자라도 받아 넘길 뿔과 기운이 있건마는 뿔에도 발에도 안 걸리는 파리 떼, 모기 떼를 어찌할 도리가 없다. 그는 입정한 중 모양으로 고개를 번쩍 들어서 멀리 지평선에 피어오르는 저녁 구름 봉우리를 바라본다. 그는 콧도리와 물것이 없고 부드러운 풀 많은 개울가를 가진 극락 세계

를 염할 것이다.

그러나 그에게 원한의 빚을 받아 내고야 말려고 찐득찐득하게도 덤비어 들고 파고드는 작은 원혼들은 그에게 극락의 꿈을 허하려 아니하여 저녁 때가 될수록 채무 지불 기일의 최후의 일각을 다투고 그 아프고도 가렵게 하는 주둥이를 살에다가 박는다. 소는 참다 참다 못하여 벌떡 일어나서 네 굽으로 땅을 차서 흙바래를 구름과 같이 일으키며 영각을 하고 날뛴다. 고삐가 끊어지거나 콧도리가 튕겨지거나 땅아 부서져라, 하늘아 무너져라 하고 그는 눈을 부릅뜨고 미친 듯이 몸을 들었다 놓는다. 거기는 무서운 분노와 저주가 있다. 그러나 천지는 그가 반항하기에는 너무나 컸다. 그는 다시 마음을 가라앉혀서 땅에 돋는 풀을 뜯고 인과의 사슬이 한 마디 한 마디 넘어가기를 기다릴 수밖에는 없다.

그렇다고 그에게는 전혀 부드러운 감정이 없는 것은 아니다. 병아리가 그의 누운 등에서 걸어다닐 때에 그는 귀여움을 느껴서 꼬리로 쳐버리지 않는다. 어린애가 제 고삐를 끌고 갈 때에 그는 버티고 서려 아니한다. 암소를 볼 때에 일어나는 애정은 말할 것도 없거니와 아직 굴레도 안 쓴 송아지가 엄매엄매 부를 때에는 그는 귀를 솔깃한다.

그러나 그는 그의 부드러운 감정을 쏟을 데도 없고 때도 없다. 까만 옛날 엄마의 젖에서 떨어져서 소장수 손에 들어가서부터는 평생이 고독의 생활이다. 외양간에 누웠거나 들에 나가서 풀을 뜯거나 언제나 혼자다. 만일 천둥 번개 치고 폭풍우 날치는 날 그가 개울가에 고개를 번쩍들고 혼자 누워 있는 양을 본다면 그것이 그의 평생을 상징하는 대표적 경계다.

그는 수도자다. 그는 참는 바라밀을 닦고 있다. 어쩌다가 인자한 사람을 만날 때에 그는 자비의 설법을 듣는다. 그 설법은 말로가 아니요 행동으로다. 가려운데를 긁어 줄 때에, 풀 많은 데로 옮겨 매어 줄 때에, 땀을 흘리며 꼴 짐을 지고 들어오는 이를 볼 때에 그는 자비의 빛을 보고 몸과 마음이 느긋해진다. 이 빛에 비추어진 세계는 물것 등살에 네 굽을 놓아 흙 바래를 일으키거나 무지하게 때리고 사정없이 부려먹는 주인을 받아넘길 때의 세계와는 딴 모양의 세계다.

암소에게는 새끼를 떼이는 슬픔이 있거니와 황소에게는 그것은 없다. 그 대신에 새끼에게 젖을 빨리고 그 배틀한 몸을 핥아주는 낙이 없다.

한여름 일도 끝나면 가난한 주인은 대개 소를 팔아 버린다. 이래서 육칠 월이면 소값이 뚝 떨어진다. 굴레며, 장식 있는 관자끈이며, 풍경이며, 이런 것은 다 벗기고 짚으로 꼰 굴레에 허름한 고삐를 갈아 매면 소는 제가 이 집을 떠나는 줄을 안다. 어른 주인은 주판만 생각하지마는 아낙네 주인과 아이들은 정들인 소를 떠내 보내는 것을 섭섭히 여겨준다. 소는 또 한 번 인정이라는 것을 느껴서 마음이 느긋해진다. 그렇지마는 다시 돌아보도록 안 잊히는 주인 집 편안한 외양간이 그렇게 많을 리가 없다. 그는 주인이 끄는 대로 끌리고 모는 대로 몰려서 장으로 간다. 어떤 집 어떤 사람의 손에 넘어가는고? 뚱뚱한 푸주집 주인의 손으로 팔려 간다면 앞날이 며칠 안 남은 것이요, 만일 어떤 농가로 간다면 김장밭 보리밭부터 갈기를 시작할 날이 또 며칠 안 남았을 것이다.

"어디를 가면 대수냐."

하는 듯이 팔려가는 소는 앞고개를 넘어가는 것이다. 그는 이 동네에 들어오던 때와 다른 것은 나이를 한 살 더 먹은 것뿐이다. 그는 맨몸으로 왔다가 맨몸으로 나가는 것이다. 아마 다시 이 동네나 이 주인의 손에 돌아 올 기약은 없을 것이다.

쌍둥이 할아버지는 언제나 일터에 나갈 때에 테 없는 헌 맥고모를 쓴다. 그 만든 제로 보아서 전쟁 전 것이 분명하다. 비가 오나 볕이 나나 늘 테 없는 맥고모다. 멀리서 보아도 이것으로 그를 알아볼 수가 있다. 그는 수염이 노랗고 살은 까맣고 술을 좋아하나 주정하는 일이 없는 노랑이다. 그는 자수성가하여 금년에도 논과 밭을 샀다. 이웃간에서는 인색하고 이악하다는 평을 듣는다.

박 생원은 일하러 다닐 때에는 테 없는 중절모를 눌러 쓴다. 이른 봄부터 늦은 가을까지 그는 이것을 쓴다. 뙤약볕에 연장질을 할 때에도 그의 머리에는 이 테 없는 중절모가 있다. 그는 여름에 쓰려고 겨울 동안 이 겨울 모자를 싸 두는 모양이다.

박 생원은 아들이 없는 늙은이다. 그는 술은 입에도 안 대나 담배는 좋아하고 땔나무를 할 때에도 푸른 가지는 건드리지 않는다. 이웃간에 착한 노인으로 이름이 났다. 그는 마치 가난하고 싶어서 가난한 사람 모양으로 도무지 욕심이 없고 또 근심도 없다. 언제나 벙글벙글 웃는 낯이다. 지금 세상에 이런 사람을 존경할 사람은 많지 않지마는 그를 시비하는 사람은 없다.

"그렇게 착한 이가 왜 못살까."

사람들은 이렇게 그를 애석하는 한편으로 착한 자에게 복이 온다는 성인들의 가르침을 의심하는 근거로 삼는 모양이다. '못산다'는 것은 '잘산다'의 반대로 가난하단 말이다.

'재봉이'는 서양 여자의 겨울 모자와 같은 모자를 쓰고 다닌다. 그는 아직 삼십 전 청년이다. 떡벌어진 어깨에 제 손으로 걸었다는 지게를 지고 한편 팔꿈치에 작대기를 비스듬히 끼고 벙글벙글 웃는 그의 모양은 청춘의 힘의 화신이다. 머리에 얹은 서양 부인의 모자도 용사의 투구와 같아서 척 어울린다.

그는 무슨 일이나 다 잘하고, 해도 남의 세 곱절은 한다. 자갈을 채판에 퍼담는 일을 할 때에는 장장군이라야 삼백 원을 번다는데 그는 능히 오백 원어치를 하고도 석양에 길게 목청 좋은 소리를 뽑는다. 어디서 목청 좋은 소리가 들리거든 보지도 말고 묻지도 말고 그를 안 재봉으로 알라.

그는 아내와 딸이 있다. 옹솥 하나, 사발 둘, 숟가락 둘로 세간을 난 그는 삼 년만인 금년에는 오백 평을 샀다.

"작년에 병으로 수술만 안 했으면 밭 천 평이나 샀을 게야요."

하고 그는 웃는다.

임 생원은 무르팍 나간 양복바지를 입고 쇠고삐를 끌었다. 그는 검은테 있는 말짱한 파나마모자를 쓰고 비를 맞으며 소에게 풀을 뜯겼다. 마치 발만 벗고 비만 맞으면 농부가 되는 줄 아는 것 같았다. 그는 도시에서 쫓겨나서 할 줄을 모르는 농사를 해 보려고 망계를 내인 늙은이다. 그는 아직 소에게 하는 말을 못 배워서,

"앗아! 아, 안 돼!"

이 모양으로 사람의 말을 하면서 쇠고삐에 매달렸다. 소는 한 입 물어 뜯은 콩잎을 문 채로 모가지를 길게 빼고 턱을 쳐들었다. 소가 웃는다는 것이다. 소가 파나마모자 쓴 그에게,

'네나 내나 딱한 신세다.'

하는 것 같았다.

하루는 덕관이 할아버지라는 노인이 흙 묻은 잠방이를 무르팍까지 걷어 올리고 찾아왔다. 그는 모자를 쓰는 대신에 깎은 머리가 덥수룩하게 자라서 마치 아이 녀석 같다. 초면 인사를 하고 보니 그가 그였다. 우리 논에 대는 차례가 된 봇물을 대고 돌아만 서면 따돌리던 그 늙은이다. 그의 논에는 어젯밤 밤새도록 대고 난 뒤였다. 그는 도리어,

"내 논에 먼저 대고 다음에 당신 논에 대면 피차에 좋을 것 아

니요?"

하고 그가 물을 따돌리는 것을 내가 가만두지 않았다고 승강이를 하러 온 것이었다. 이 노인이 딴 마음을 먹고 마루 끝에 올라앉아서 따지는 품이 대단히 불온했다.

"아따, 지난 일이야 할 수 있소? 내년부터는 댁 논에 실컷 대신 뒤에 내 논에 떼어돌려 주시구려."

이렇게 나는 말해 버렸다. 이 노인과 시비곡직을 따져야 쓸데없다고 나는 생각한 때문이었다.

내 말에 덕관이 할아버지는 입을 딱 벌리고 한참이나 멍멍하니 앉아 있었다. 내 입에서 나온 말이 하도 의외여서 믿기지 않는 모양이었다. 나는 또 한번 같은 뜻의 말을 했다. 그제야 알아들은 듯이 벌떡 일어나며,

"우리 가십시다. 내가 영감을 꼭 술을 한 잔 대접해야 하겠소. 만나 보니 좋은 양반이로구먼그래. 자, 갑시다."

하고 나를 끌다시피 했다.

나는 이 동네에 온 후로 처음 술집에를 가서 잔뜩 이 늙은이에게 막걸리 대접을 받았다. 그는 거나해서 신세 타령까지 했다. 한 아들은 서울 어느 회사에 고원(雇員)으로 다니고 손자는 좌익의 한 투사였다. 작은 손자는 금년에 국민학교를 졸업했고 자기는 하는 일 없이 한가한 사람으로 술이나 먹고 다니면 그만일 팔자였다. 입으론 이렇게 말하건마는 이 늙은이 노는 때는 없었다. 가래질도 나가고, 특별히 가물 때 물 싸움에는 맹장이었다.

"논 이웃도 이웃이라는 거요. 우리 사이좋게 지냅시다."

하고 말끝을 번쩍번쩍 드는 말투로 내가 자리에서 일어날 때에 그렇게 말했다.

'평화는 내가 지는 데서 온다.'

하고 나는 집으로 돌아오면서 혼자 웃었다.

"지고 살자."

하는 것이 썩 훌륭한 인생관인 것 같았다. 아내가 들으면,

"또 못난 소리 하오."

하고 펄쩍 뛸 소리다.

인토(忍土)

나는 파리와 모기가 싫다. 소가 제일 싫어하는 것도 이것인 모양이다. 소의 꼬리는 전혀 모기와 파리를 날리기 위해서 있는 모양이다. 닭도 모기 때문에 잠을 못 잔다. 아마 날짐승 길짐승을 여름에 제일 못견디게 구는 것이 파리와 모기인가 보다.

소위 물것이란 것으로는 모기, 파리 밖에도 이, 벼룩, 빈대가 있다. 모기와 파리는 소나 말이나 다 귀찮아하는 것이지마는, 이와 빈대는 사람을 전문으로 먹는 놈이다. 이에는 닭의 이라는 놈도 있다. 벼룩은 사람과 개에 공통이요, 진드기와 개파리는 개만을 전문으로 파먹고, 등에는 소를 먹거니와 사람도 먹는다.

제비도 참새도 이를 잡는다. 깐 지 열흘도 못되는 제비 새끼도 이를 잡고 있다. 사람이나 짐승이나 다 같이 물것이라는 것을 태고적부터 물려 가지고 오거니와 이것은 마음의 죄에 상당한 것인가 보다.

새로운 지식으로 보면 회충, 촌백충, 십이지장충, 무좀, 어루러기, 모발충 같은 벌레는 물론이어니와 매독, 임질, 결핵, 염병, 이질 등 모든 미균도 우리 몸에 붙어서 사는 생물들이다. 홍역, 마마, 감기 같은 것은 아직 어떻게 생긴 물건으로 되는 것인지 모른다 하거니와 우리 몸이 가려운 것, 아픈 것, 앓는 것, 죽는 것이 결국 대부분은 이 미생물의 장난이니 우리 조상님네가 귀신이라고 하던 것이 바로

이것이다. 우리 눈에 아니 보이니 귀신이요, 막아낼 수 없으니 귀신이다. 간장, 된장, 고추장, 김치, 깍두기가 익게 하는 것도 귀신이요, 술이 고이게 하는 것도 귀신이다. 이러한 귀신의 이름을 발효균이라고 한다. 이런 귀신은 다 우리에게 좋은 귀신이거니와 뱃속에 들어오는 염병, 이질 같은 병이 나게 하는 흉악한 귀신을 잡아먹는 것도 유산균이라는 고마우신 귀신님이시다.

그렇게 말하면 우리 피의 적혈구, 백혈구는 말할 것도 없이 먹기도 하고 숨도 쉬고 싸움도 하고 단결도 하고 배척도 하는 생물이지마는 우리의 내장으로부터 힘줄, 껍질, 머리카락, 손톱, 발톱에 이르기까지 세포라고 일컫는 미생물이 아님이 없으니, 이로 보건댄 우리 몸이 곧 한 나라요 한 우주다. 수억 수십억 인구(?)가 모여서 저마다 분업을 하고 얼키설키 엉키어서 사는 대집단이다. 대집단이기 때문에 반란도 일어나고 외적의 침입도 있어서 이것이 병이 되는 것이다. 그러다가 서로 뭉친 이들의 한 부분이 맥이 빠지고 염증이 났을 때 죽음이 오는 것이다. 오다가다 만난 남녀가 오다가다 흩어지는 것과 마찬가지다. 이렇게나 뭉치면 좋을까, 저렇게나 뭉치면 편안할까, 가지각색으로 팔자를 고쳐 보아도 신통한 것이 없어서 또 헤어지고 또 만나고 하는 것이 곧 우리가 나고 죽음이다. 부자가 되어 보아도 별 낙이 없고 미인으로 태어나 보아도 생각던 것과는 다르다. 하나도 완전한 것은 없고 어디나 흠이 있고 빈 구석이 있다.

산 자는 죽고 젊은 자는 늙는다. 있던 것은 없어지고 재미있던 것은 싱거워진다. 단것을 먹으면 훗입이 쓰고 술이 취하여 흥에 겨운 뒤에는 목이 컬컬하고 머리는 띵하다. 남녀의 사랑이 인생의 지극한 낙이라고 하나 그것도 술에 취한 것과 같아서 마음의 괴로움과 몸의 고단함이 뒤를 따른다. 큰 희망과 큰 수고로 아들딸을 길러 놓으면 어느 틈에 좀이 먹었는지 믿던 바와 같은 자식은 되지 않는다. 친한 벗은 마음이 변하고 남편과 아내의 사랑에는 틈이 생긴다.

농사를 하려면, 모낼 비를 바랄 때에는 가물고 보리 말리울 볕을 기다릴 적에는 장마가 진다. 벼를 심었건마는 피가 성하고 김을 매었으나 벌레가 꼬인다. 추수할 날을 앞에 두고 우박이 쏟아지고 산삭이 가까운 태모에게 부종이 온다. 이런 것을 일러서 뜻대로 아니 되는 세상이라 하고 사람들은 한숨을 쉬고 화를 낸다. 그러기로 별수가 있나. 아무리 원망하고 반항한댔자 그물에 든 고기의 날침과 한가지다. 인과의 그물을 벗어날 길은 없고 마침내는 '아아 할 수 없다' 하고 단념하고 늘어질 수밖에 없다.

뉘 마음에 편안함이 있는고? 저마다 생각해 보고 제가 아는 사람들을 생각해 보라. 어느 집에 안락함이 있는고? 제 집과 아는 집을 보라! 장 안 만호에 숨막히는 연기가 나지 않는 집 있으며, 낮 찌푸릴 냄새 아니 나는 사람 있던가. 번드르한 몸은 색헝겊으로 싼 것이요 희끄므레한 얼굴은 분으로 칠한 것이다. 잇새에 썩는 밥찌기와 고기 부스러기를 생각할 때에 어느 미인의 입에서 향내가 날까 보냐. 부지런히 이를 닦고 양치질을 하여서 겨우 구역나는 구린내를 막는 것이 우리의 입이다.

이러므로 세상을 괴로움의 바다라고 부르고, 불 붙는 집에다가 비긴다. 뱀은 밖에서 노리고 구더기는 안에서 끓는다.

사람만이 아니라, 모든 짐승이 다 그렇고 초목도 그러하다. 벌레 안 붙는 초목 있나. 그들에게 생명을 주는 해는 때로는 태우는 불이 되고 그들을 먹여서 기르는 물도 가끔 그들을 뿌리채 둘러엎는 무서운 힘이 된다. 공기가 없어도 못 살지마는 그 움직임은 또 줄기와 가지를 부러뜨린다. 사랑의 중매가 되는 바람은 곧잘 꽃과 열매를 피기도 전에 익지도 않아서 송두리째 흔들어 떨구는 사정 없는 일도 한다.

농사를 뉘라서 한가하다 하는고? 농사는 싸움이다. 땅 속에, 공중에, 기는 놈, 나는 놈, 농작물을 먹는 놈은 수없이 많다. 흙 속에 숨었다가 트는 싹을 잘라먹는 검벌레, 돼지벌레, 연한 잎이 너불너불하기가 무섭게 떼를 지어서 덤벼드는 딱정벌레, 순을 집어먹는 놈, 꽃봉오리를 따 먹는 놈, 톱질하듯이 대를 자르는 놈, 벼에는 느치, 강충이, 무 배추에는 청벌레, 감자 고구마에는 두더지, 땅강아지, 농사하는 우리는 여름내 이 벌레들하고 전쟁을 하고 있다. 우리가 보기에는 농작물은 우리의 것이지마는 벌레들이 보기에는 당연히 저희가먹을 것이다. 벌에게서는 꿀을 빼앗고, 누에의 집재목인 실을 빼앗고, 닭, 돼지의 살과 피를 제 것으로 여겨서 먹는 우리로서는 소리개가병아릿마리나 채어간다고 나무랄 염치도 없는 것이다.

오곡이 다 여물거든 새와 주둥이 넓적한 오리, 기러기 같은 무리가 한 몫 끼려 하고 다 거두어 광에 넣은 뒤에는 쥐와 좀이 제 몫을찾는다. 끓여서 우리 입에 들어가게 다 된 때에도 파리가 먼저 발을벗고 덤비고 더운 기운이 가시기가 무섭게 각색 균들이 제 세상이라고 모여들어서 쉬게 하고 썩게 하여서 제 자손의 먹을 판을 삼는다. 겨우 우리 목구멍을 넘어간 뒤에도 내 것이 다 된 것은 아니다. 위에서는 회충이 기다리고, 곱창에는 채독이 노리고 있고, 창자 속에는촌백충 등속이 모두 우리에게 묵은 빚을 채근한다.

이러한 상태를 다윈은 생존 경쟁이라고 부르고 이 싸움판에 겨우이겨서 살아 남는 것을 적자 생존이라 하고 우승 열패라고 한다. 게다가 또 사람끼리도 싸워야 한다. 땅싸움, 물싸움은 드러난 싸움이지마는 마음 속으로는 끊임없는 싸움이 벌어지고 있다. 형제의 유산 싸움, 시어미와 며느리, 올케와 시누이, 시앗과 시앗의 싸움은 가끔 피눈물을 자아내는 비극을 이루지마는 전차나 기차의 자리 싸움, 잘 사는 놈, 못 사는 놈의 으릉거림에서 강한 민족과 강한 민족의 싸움, 약한 민족과 강한 민족의 갈등, 멸시, 원망, 시기, 질투, 음해, 모해, 비방, 암살, 구타, 욕설, 악담, 대체 싸움의 종류도 팔만 사천이거니와 싸우는 쟁기도 팔만 사천이다.

이러므로 옛날 이스라엘의 전도자는 죽은 자는 산 자보디 낫고 아니 난 자는 죽은 자보다 낫다 하여 제가 난 날을 저주한 것이다. 나는 것이 모든 고생의 장본이니 아니 나기만 하면 그만인 것이다. 그러나 인과의 그물 속에 든 우리는 아니 나려도 아니 나지를 못하니 어찌하랴. 씨가 들면 나는 것이다. 석가여래는 사랑이 있기 때문에 나고 죽는 것이 끊어짐이 없다고 하셨다. 제비는 애욕 때문에 집을 짓고 애욕의 결과가 알이 되고 새끼가 되고 수없는 벌레를 물어다가 먹이는 수고가 되고 찌재, 찌재, 찌재하고 뱀 같은 적을 무서워하는 걱정이 되는 것이다. 이 새끼들이 제 힘으로 날아다니게만 되면 또 애욕의 일을 하여서 끝없이 나고 죽는 일을 하는 것이다. 사람의 집도 마찬가지다. 저 대문 있고 굴뚝 있는 집에는 다 남녀가 있어 부부가 되고 부모가 되어서 나고 죽는 역사를 하고 있는 것이다. 거기서는 생일과 혼인 잔치를 하고 사자밥과 제사 메를 짓고 있다. 나는 것은 좋아서 웃고 죽는 것은 서러워 운다. 그러나 신랑 신부의 찬란한 가마가 들어가는 대문으로는 기직으로 싼 관이 나오는 것이다.

웃는 입은 동시에 우는 입이다. 그나마 빚쟁이와 의사만 안 들어오고 사는 날까지 산다면 그런 큰 복은 없을 것이다. 사위, 며느리의 옷감과 함께 수윗감을 두지 않으면 안 되는 것이 기막힌 일이다. 식구마다 환갑 진갑 다 지나고 항렬 차례로만 죽어도 큰 복이지마는 늙은 부모가 젊은 자식을 묶어내는 일도 드물지 않은 것이 서러운 일이다. 생일 고기를 굽던 불에 약을 달이니, 못 믿을손 사람의 일이다. 게다가 내외 싸움은 의례히 있는 것으로 알게 되다시피 했지마는 부자 싸움, 모녀 싸움도 희한한 일이 아니니 한숨질 노릇이다.

미움에는 아첨의 사탕을 바르고 탐욕에는 거짓의 껍데기를 씌워서 서로 속이고 속고 의심하고 넘겨짚고 살아 가는 것이 이른바 교제란 것이다. 웃음 속에는 칼날이 들고 언약에는 배반이 감추어 있다. 다 같이 인형을 썼건마는 그 속에 독사도 있고, 능구렁이도 있고, 여우도 있고, 승냥이도 있다. 세상을 걸어가는 것이 마치 맹수와 독충이 들끓는 열대의 정글 속을 가는 것과 같다. 누구 믿을 이가 있고 어디 몸 둘 곳이 있는고. '공중에 나는 새도 집이 있고 여우도 돌아갈 굴이 있건마는 인자는 머리 둘 곳이 없다'고 예수께서 탄식하셨다. 남과 같이 거짓의 갑옷과 미움의 칼을 들고 나서지 않는 사람의 심정을 이르심이다.

그러면 그들의 거짓과 미움은 얼마나 한 효과를 거두는고? 과연 다들 잘 사는가. 그들은 목적한 행복을 얻었는가. 돌아보니 모두들 가난뱅이요, 초라한 무리들이다. 얼굴에나 눈매에는 궁상과 천상과 간악한 상이 드러나지 않았는가. 종각 모퉁이에 서서 온종일 그 앞으로 지나가는 남녀의 상을 보라. 참으로 복상과 덕상을 가진 사람이 몇이나 있나? 약고 영악한 상은 있다. 밥술이나 먹을 상도 있다. 그러나 턱 믿어지고 정이 푹 쏠리고 저절로 고개가 숙여지는 사람이 몇이나 있나. 얄밉고 뻔뻔스럽거나 어리석고 둔하며 음흉하고 불량한 꼴은 얼마나 되나. 그러고 집에 돌아가 제 굴을 거울에 비추어 보라. 얼굴은 마음의 거울이요 지난 일의 총목록이다. 어떻게 속일 수가 있나. 사자는 사자답고 여우는 여우답다. 올빼미의 음충맞음, 곰의 미련함이 다 그의 얼굴에 그려 있지 아니하냐. 사람이 제 마음을 제게는 속여도 남에게는 못 속인다. 낯바닥에 대서특서로써 붙인 것을 무엇으로 가리우랴. 그렇건마는 눈 가리우고 아웅을 하고 있는 것이다.

이러한 세상이니 살기가 힘이 들고 재미가 없다. 이 인과의 세계라는 것이 워낙 물결 위에 떠서 흐르는 헐고 물드는 조각배와 같아서 언제 둘러 엎어질는지 어디서 부서질는지도 모르는 믿을 수 없는 것이니 그 속에 같이 탄 사람들끼리나 서로 믿고 사랑해야 잠시의 위로라도 될 것이 아닌가. 그런데 이 속에서도 서로 미워하고 속이고 자리 다툼을 하고 눈을 흘기고 잔소리를 하고 아우성을 하고 주먹질을 하고 발길질을 하니 이거 어디 살 수 있는가. 인생을 이렇게 보아서 소부(巢父)가 되고 디오게네스가 되는 것이다. 그들은 세상이 보기가 싫고 사람이 대하기가 싫어서 숨어 버린 것이다. 거짓된 사람들보다도 도리어 정직한 짐승들로 벗을 삼으려 한 것이다. 소위 염세주의라는 것이다.

성인이라는 이들도 다 세상을 이렇게 보았다. 그러나 그들은 세상을 버리려 하지 않고 좀 살기 좋게 고쳐 보려 했다. 비 새는 데는 가리우고 내 나는 데는 발라서 좀 더 살기 좋은 세상을 만들어 보자는 것이 모든 성인들의 사업이었다.

세상을 고쳐 보는 데 처음으로 쓴 것이 법이었다. 법이란 말라는 것을 정해 놓고 그것을 어기는 놈을 벌하는 것이다. 법의 큰 항목은 살인, 도적, 간통이다. 목숨, 재산, 아내가 사람에게 그중 소중하기 때문이다. '살인자는 사'—사람을 죽인 자는 죽어, 이것이 법이요 벌이다. 법을 세우려면 힘 있는 사람이 있어야 한다. 이것이 주권자다. 그에게는 오랏줄이 있고, 감옥이 있고, 몽둥이와 칼이 있다. 사람이 늘어가니 죄가 늘고, 죄가 느니 법이 늘고, 법이 느니 형벌이 늘었다. 삼천 년 전에 벌써 주나라에서는 오형지속이 삼천이라고 했다. 목을 벰, 귀를 자름, 코를 뗌, 발뒤꿈치를 깎음, 불알을 발김, 이마에 글자를 새김, 집과 재산을 빼앗음, 삼족을 멸함, 수족을 비끄러 매어서 어두운 방에 가두어 둠, 형문을 침, 볼기를 때림, 어떤 나라에서는 등덜미와 발바닥을 때림, 불에 구움, 팔다리를 발겨서 찢어 죽임, 독약을 먹임. 이 모양으로 형벌의 수를 이루 다 셀 수가 없었다. 행길에, 이마빼기에 도적 도자를 새긴 놈, 코 없는 놈, 귀 없는 놈이 돌아다니는 꼴은 그리 유쾌한 풍경은 아니었을 것이다.

그러나 아무리 형벌을 엄히 하여도 죄는 갈수록 늘었다. 이에 성인이 착안한 것이 사람의 마음을 돌리는 길을 취함이었다.

성인은 사람의 마음속에 사랑이 있는 것을 보았다. 죽이자는 마음과 함께 살리자는 마음이 있고, 빼앗자는 마음과 친구하여 주자는 생각이 있음을 보았다. 또 제가 많이 먹겠다는 욕심과 이웃하여 남을 많이 먹이겠다는 욕심이 불 붙는 것을 보았다. 강도가 남의 것을 빼앗는 것은 제가 사랑하는 자에게 주고 싶은 것임을 보았다. 억지로 남을 부려먹는 자가 있으면 해달라지도 않는 일을 하여 주기를 즐거워하는 자도 있다. 성인들은 이 속에서 사람들이 좀 더 잘 살아 갈 길을 찾았다.

"빼앗지 말고 주면서 살아보세."
"미워하지 말고 사랑하면서 살아 보세."
"속이지 말고 서로 믿고 살아 보세."
"싸우지 말고 서로 돕고 살아 보세."
이것이다.

이러한 모양으로만 살면 이 세상도 살아갈 만한 세상이 된다. 인토(忍土)란 그러한 세상이란 말이다.

애인들의 눈에는 삼라만상이 모두 아름답다. 사랑하는 눈으로 보면 이 세상이 곧 천국이요 극락인 것이다. 그러나 싸움을 하는 내외는 세간을 막 부순다. 모두 미워지기 때문이다. 사랑하는 이의 눈에는 무엇이나 사랑스러운 것과 같이 미워하는 눈에는 무엇이나 다 밉다. 시어미의 눈에 며느리의 발뒤꿈치가 달걀 같다고 하거니와 발뒤꿈치가 달걀 같으면 귀여울 것이지마는 시어미의 눈에는 밉다. 그러나 손주의 발뒤꿈치가 달걀 같은 것은 귀엽다. 아내가 마음에 들면 처갓집 말뚝에도 절을 한다. 사람들의 마음의 스위치를 돌려서 미움을 가리키던 바늘을 사랑에만 대어 놓으면, 그 순간으로 강산은 꽃동산이요 동포는 그리운 임들일 것이다. 이쯤 되면 벌써 세상은 인토를 넘어서 극락이 된다.

같은 값이면 기쁜 것이 좋다. 구태여 화를 낼 것은 없다. 그럴진댄 같은 값이면 사랑하는 것이 좋다. 구태여 미워하여서 두통을 앓을 까닭은 없다.

미술가는 아름다운 것을 찾아 눈을 굴리고, 음악가는 좋은 멜로디를 찾아서 귀를 기울인다. 이 우주에는 아름다운 빛도 있고 듣기 좋은 소리도 있는 것이다. 귀찮은 파리도 발을 비비고 볕에 앉았는 것을 보면 내 벗이고, 몸을 가렵게 하는 이나 벼룩도 빙그레 웃음거리도 될 수 있는 것이다. 우리가 '고연 놈', '죽일 놈'이라는 사람들도 누구나 한두 사람의 사랑은 받고 있다.

사람들아, 서로 사랑하는 마음으로 이 비 새고 벌레 끓고 연기 드는 집을 바르고 꾸며서 살기 좋은 집을 아니 만드려는가. 다들 짜증내는 눈살을 펴고 서로 원망하는 입을 한번 잘 닦고 나서 화평한 웃음과 유쾌한 노래를 불러 보지 아니하려는가.

서울 열흘

집에서 한번 다녀가라는 말도 듣지 않고 나는 사릉에 박혀 있었다. 비를 기다려서 모를 내어야 한다는 것이 핑계였으나 사실은 움쭉하기가 싫은 것이었다. 사릉이라고 특별히 내 마음을 끄는 것은 없다. 있다면 자라나는 제비 새끼를 바라보는 것, 강아지와 병아리를 보는 것, 새 소리를 듣는 것쯤이었다. 논, 밭은 원체 땅이 좋지 못한 데다가 가물어서 빼빼 말라 가는 곡식을 보기가 마음에 괴로웠고 이웃끼리 물싸움으로 으릉거리는 것, 남의 논에 대어 놓은 물을 훔치는 것, 물을 훔쳤대서 욕설을 퍼부으며 논두렁을 끊는 것이 농촌의 유머라기에는 너무 악착스러웠다. '소서가 내일 모렌데' 하는 것이 농민의 눈에 피를 세우고 염치를 불구하게 하는 것이었다. '한 보지락만 왔으면' 하고 모여만 앉으면 말했으나 그 한 보지락이 좀체로 와 주지 아니했다. 십여 일을 두고 거진 날마다 큰 비가 올 듯이 판을 차려놓고는 부슬부슬 몇 방울 떨구다가는 걷어치우는 것이었다. '하늘에 비가 없어서 못 줄 리도 없으련마는' 사람들은 이런 소리도 했다. 소서가 낼모렌데 모는 반밖에 안 냈다. 보리는 흉년이요, 밭곡은 타고 모두 속상하는 일이었다.

이런 것을 두고 나는 서울을 가기로 했다. 워낙 약한 몸에다가 맹장을 뗀 지가 한 달밖에 안 되는 막내딸 정화가 중학에 입학 시험을 치른다는 것이다. 그도 오학년에서 검정 시험을 보고 들어가자는 것이다. 괜한 욕심이요 억지 일이다. 그러나 그러기로 정했으니 하릴없다. 모든 것을 운명에 맡길 도리밖에 없다. 내가 강하게 반대하면 이번 입학을 중지할 수도 있겠지마는 딸의 재주에 자신도 있거니와 한 해를 얻는다는 것이 욕심이었다.

내가 서울에 발을 들여 놓은 날은 훈훈한 바람이 불어서 동대문 밖이 온통 먼지였다. 길가 배추밭에 배추 포기들이 검은 먼지를 뒤집어 쓴 양이 내 숨이 턱턱 막힐 것 같았다. 푹푹 패인 길로 자동차들이 덜컥덜컥하고 수없는 고개를 넘듯이, 달려서 먼지의 연막을 일으켰다. 여자들은 손수건으로 코를 막고 외면하고 걸었다. 넝마에 또 넝마가 다 된 전차가 터지도록 사람을 싣고 비틀거리며 달렸다. 동대문 같은 데는 전차를 기다리는 사람이 W자형으로 열을 짓고서고 그 새로는 책과 담배와 사탕을 파는 아이들이 외우고 다녔다. 모두 전에 없던 새 풍경이다. 나는 전차를 탈 생각을 버리고 걸어서 집으로 왔다.

맹장을 쩬 딸은 생각했던 것보다는 건강한 것 같아서 대견했다.

"낙제해도 울지 마라. 육학년 다니면 고만 아니냐."

하고 나는 그에게 예방하는 말을 했다. .

나는 부녀 둘이서 먹을 점심을 싸 들고 날마다 딸을 데리고 시험장을 찾았다. 아비라고 아이들을 데리고 구경을 다닌 일도 그리 없을 뿐더러 최 근 이삼 년간에는 매양 나는 집을 거의 떠나 있어서 아이들과 함께 할 때가 드물었다. 마치 엄마의 새끼들이요 내게는 관계 없는 것 같았다. 그러던 아비와 온종일 날마다 같이 있는 것을 어린 딸은 이상하게도 알고 또 만족도 하는 것 같았다.

나는 비 오는 속에 우산을 쓰고 학교 마당 한구석에 자리를 잡고 앉아서 시험장에 들어간 자식을 염려하면서 담배를 피웠다. 혹시 나와 아는 사람도 나와 같은 일로 와서 서로 만나는 일도 있었다.

"따님이요?"

"네, 막내요."

대개는 이런 문답으로 이야기가 시작되었다. 내 친구라면 대개 막내가 중학에 갈 나이었다. 내나 그나 다 같이 지금 시험장에 들어가 앉았을 제 딸에 대하여 애정과 자랑을 느끼는 것이었다. 내 자식의 좋은 점을 적은 목록만을 어버이는 지니고 다니면서 세상 다른 계집애보다는 비길 수 없이 잘난 딸로 생각하고, 따라서 다른 집 딸들은 어찌 되든지 내 딸만은 꼭 입학이 되어야 하고 또 반드시 입학이 될 것이라고 믿고 있다. 그 딸은 아마 첫째나, 그렇지 않더라도 첫째에서 얼마 멀지 않은 성적의 자리를 가지고 있을 것이다. 이렇게 제 딸에 대해서 자신을 가지면서도 한편으로는 가슴 조이는 불안이 있다. 천 명에 가까운 이 딸들은 대개는 한 가지씩 자신을 가진 딸들이다. 게다가 이 학교에 대해서 무슨 끄나풀—비록 거미줄만한 끄나풀이라도 가진 아이들이다. 혹은 직원과 무슨 관계가 있다거나, 혹은 유력자의 소개나 청이 있다든가, 부형 자신이 명사라거나 혹은 돈으로 우겨댈 만한 재산이 있다거나, 또는 이 학교 출신의 딸이라거나, 이 모양으로 대개는 시험 성적 이외에도 무엇 한 가지 믿는 것이 있는 아이들일 것이다. 제 성적에 자신을 가진 아이들은 이 학교가 공정한 채점을 하기를 비는 반면에, 성적보다도 다른 힘을 믿는 아이들과 그의 부모들은 학교가 고집불통이 아니요, 좀 변통성이 있기를 바랄 것이다.

"부자의 자식 낙제하는 법 있나?"

하는 것이 근년에 자주 들리는 말이 된 것은 불행한 일이어니와, 딴은 꼽아 보면 그런 것도 같았다. 부자의 저능아 하나를 넣기 때문에 가난한 우량아 하나가 울어야 하는 것이다. 이런 일이 많으리라고 나는 생각지 않거니와 더러 있더라도 슬픈 일이었다.

셋째 날인가 한다. 내 옆에 어떤 중학생 하나가 비를 맞고 앉아 있었다. 그의 깃에 단 표를 보면 사년생이었다.

"누이가 시험을 치르나?"

나는 이렇게 물었다.

"아니요. 제가 가르치는 아이가 시험을 치르고 있어요."

그 중학생은 이렇게 대답했다. 나는 그가 고학생으로서 남의 집에 가정 교사를 하고 밥을 얻어 먹고 있는 것이라고 판단하고 그 계집 아이가 꼭 합격이 되어야만 할 사정인 것을 느꼈다. 만일 그 애가 낙제를 해도 그 애 집에서 이 가여운 중학생을 두어 줄까. 성적 발표가 있던 날 나는 또 그 학생을 만나서,

"그 애 붙었나?"

하고 물었다.

"떨어졌어요."

하고 그는 빙그레 웃으며 고개를 숙였다. 나도 그의 눈에는 눈물이 핑 돈 것이라고 짐작했다.

또 하루는 비를 맞고 우두커니 앉았노라니 어떤 실업 계통 학교의 모표를 붙인 소년 하나가 내 옆에 와 쭈그리고 앉는다. 나는 또,

"동생이 왔어?"

하고 그에게 물었다.

"네. 누이 동생이에요."

하고 말았으면 그만일 텐데 이 소년은 내가 묻지도 않는 말을,

"괜히 시험을 치르죠, 아무러면 들어가겠기에요?"

하고 빈정대는 낯을 짓는다.

"왜?"

나는 정말 이 소년의 말과 태도에 놀랐다.

"모두들 유력한 청이 있거나 돈을 많이 내어야 들어가죠. 제 동생 같이 시골서 혼자 올라와 가지고 어떻게 들어가요? 오만 원만 내면 누구나 들어간답니다."

이 소년은 제가 다 아는 일처럼 단정적으로 말을 했다.

"그럴 리가 있나? 그렇게 생각해서 쓰나? 간혹 그런 부정한 일을 하는 학교도 있겠지만 다 그럴 리야 있나? 그렇게 생각하면 못 쓰는 게야."

하고 나는 그 소년을 경계했다.

그러나 그 소년은 내 말을 믿으려 않고 더욱더욱 제 생각이 옳은 것을 입증하려고 제가 아는 전례를 두셋 들고 나서, 총괄적 결론으로,

"요즘 빈손으로 되는 것이 하나나 있어요? 모두 협잡이지요, 모두 뒷거래구요."

했다. 나는 이 소년에게 이러한 선입견을 넣어 준 어른들과 우리의 사회 상태를 원망하지 않을 수가 없었다. 만일 소년들이 많이 이런 생각을 가지게 되면 이 민족이 어떻게 될까. 어찌하면 이 소년의 마음에서 이런 무서운 편견을 빼어내일 수가 있을까. 실로 무시무시한 큰 문제다.

성적이 발표되던 날 나는 한 시간이라도 일찍 결과가 알고 싶어서 발표한다고 예고한 시간보다 서너 시간이나 전에 학교를 갔더니 나보다도 먼저 온 부모와 아이들도 있었다. 아무리 일찍 오기로니 발표되기 전에 알 리는 없건마는 발표하는 담벼락 가까이만 와 있어도 좀 더 마음이 놓이는 것이다.

이날 하늘에는 풍운이 대단했다. 검은 구름이 뭉게뭉게 바람에 불려서 남산에서 인왕산 쪽으로 달리고 가끔 구름 조각이 항렬에서 떨어진 자 모양으로 우리 머리 위에서 헤매었다. 성랑 위에 선 나무들이 솨솨 소리를 내며 몸을 굽혔다 폈다 했다. 비가 둑둑 떨어지기도 하고 홱홱 뿌려지기도 했다. 우산을 펴들면 내 몸까지 달고 달아나려 했다. 까치들이 방향을 잡을 힘을 잃고 이리 뒤치고 저리 뒤치면서 바람결을 벗어나려고 애를 썼다. 문득 나뭇잎 하나가 펄럭펄럭 바람에 불려서 오르락내리락 하는 것이 눈에 띄었다. 그것은 유난히 내 눈을 끌었다. 나뭇잎으로서는 너무 보드랍고 또 아주 미약하나마 그 동작에는 저항하는 약간의 힘이 보이기 때문이었다. 얼마 동안 바람에 떠놀던 그것이 있는가 없는가 싶은 힘은 마침내 그것을 큰 나무 무성한 잎사귀들 속으로 끌어 들이기에 성공 했다. 그것은 흰나비 한 마리였다.

차츰 학부형들과 아이들이 붙었다. 지난 나흘 동안에 낯을 기억하는 아이들의 얼굴을 바라보는 것은 반가운 일이었다. 나도 그가 누군지 모르고 그도 내가 누군지 모르지마는 서로 낯은 익어서 눈

익혀 보고 지나가는 것이었다.

부모 중에는 자가용차를 타고 왔는가 싶은 이도 있고 출근했다가 돌아오는 길에 들렀는가 싶은 피곤한 얼굴도 있었다. 학교는 나왔으나 아직 시집도 안 가고 취직도 안한 듯한 여자며 맨머리에 가방을 든 대학생도 있었다. 가정 교사 하는 그 중학생, 세상 이면을 모두 악으로 해석하는 그 소년도 왔다. 이 학교 재학생들도 번뜻번뜻 보였다. 제복을 입고 운동화를 끌고 그들은 마치 천상 선녀인 것 같이 보였다. 발표를 기다리는 아이들의 마음에 얼마나 이 땀 배고 꾸깃꾸깃한 제복이 부러울까.

시간이 가까우니 마당이 뿌듯하게 사람들이 모였다. 일 분 앞을 내다볼 힘이 없는 그들은 명부가 나와 붙기까지는 제가, 또는 제 딸이 붙었는지 떨어졌는지 알 길이 없는 것이다. 일 분 뒤에 흐를 낙제의 슬픈 눈물을 품은 채 열세 살, 열네 살된 계집애들은 강둥강둥 뛰놀고 있다.

몇 번이나 사람들은 '발표다' 하고 밀렸다. 누가 헛소문을 내는 것도 아니요, 피차의 기다리는 마음이 착각, 환각을 일으키는 것이었다.

"따님이야 물론 붙으시겠지."

사람들은 이런 쓸데없는 소리를 주고 받았다.

"이 중에서 육백여 명은 울고 돌아갈 운명이니 기막힌 일이요."

이런 소리들도 했다. 저마다 제 딸은 이 육백 명 속에는 들지 않을 것 같았다.

약속의 여섯 시도 지났다. 사람들은 연해 팔뚝 시계를 보았다. 금방 보고서는 또 보는 것이었다. 시계가 가는 동안에 합격자 명부에 적혔던 제 딸의 이름이 스러지지나 않을까 하고 조바심하는 것 같았다. 어서 나와 붙어야 비로소 굳어지는 것 같았다.

지금 교장의 연필이 아이들 이름 위에서 춤을 추고 있는 것이었다. 한 명만 더, 한 명만 더 하고 끌어올리자니 정원이 넘고 이 이름을 엘까 저 이름을 엘까 하니 가여웠다. 그러나 마침내 교장의 연필은 몇 아이의 이름자 위로 검은 줄을 그으며 달리지 않으면 안 된다. 그 아이들은 지금 그 어버이와 함께 조바심을 하면서 발표를 기다리고 있는 것이다. 무슨 이상한 운명의 재결을 기다리는 것 같다.

　"나왔다!"

　웬 사람이 와이셔츠 바람으로 커단 두루마리를 들고 나왔다. 이제는 발표다. 뻘건 벽돌 담벼락에 그 두루마리가 붙으며 풀린다. 1, 2, 3번은 없다. 4, 5가 있고 8이 있고, 이 모양으로 번호가 나붙는다. 없는 번호가 넷에 셋일 것이다.

　아주 조용하다. 아무 소리도 없다. 이 동안에 바람이 불었는지, 구름이 날았는지, 또는 빗방울이 떨어졌는지 나는 기억이 없다. 아마 이천 명 가까운 사람들이 다 그랬을 것이다.

　차차 우는 소리가 들린다. 두루마리가 풀려서 달라붙는 대로 웃음과 울음이 번갈아 벌어지는 것이다. 혹시나 잘못 본 것이나 아닌가 하고 눈을 비비고 다시 보고 몇 걸음 사람을 헤치고 다가들어가서 또 다시 본다. 그래도 있는 것은 있는 것이요, 없는 것은 없는 것이다. 없다가 있을 수도 없고 있다가 없을 수도 없었다.

　먹으로 쓰인 1, 2, 3, 4, 5, 6, 7, 8, 9, 0이 모두 생명이 있어서 움직이는 것만 같았다.

　201, 301, 다 지나 내 딸의 번호인 5자가 나오기 시작했다. 559, 569, 내 딸의 번호는 579다. 580이 먼저 내 눈에 띄었다. 나는 곧 외면하여 버렸다. 찾다가 579가 없는 것보다는 숫제 안 보는 것이 나았다.

　"정화 붙었어요!"

아는 재학생이 내게 보고해 주고 정화라는 내 딸을 껴안아 주었다.

"붙었다, 붙었다."

나와 내 어린 딸이 선 땅에는 네다섯 명의 기뻐하는 패를 이루었다. 그제야 눈을 들어보니 과연 579가 578과 580 사이에 있었다.

그러나 내 기쁨은 옆에서 일어난 비극으로 멈추었다. 어깨 달린 세루 스커트를 입은 계집애가 제 오빠인 상싶은 남자의 붙드는 손을 뿌리치고 몸부림하고 울며 무엇에 부딪쳤는지 코피를 쏟고 있었다.

"이차도 있지 않느냐."

달래는 소리도 그 어린 뉘 집 딸의 몸부림을 막을 수는 없었다. 저 두루마리에 그 애 번호 하나를 넣어 주기 전에는 그 애의 가슴 아픈 슬픔을 달래 줄 수는 없었다. 교장도 무정도 하다. 어쩌면 요 애 하나를 다 안 넣어 주었을까. 하나쯤 더 넣기로 큰일 나리? 그러나 '요 애 하나만'이 육백여 명이니 어찌하리?

이튿날 모인 것은 웃던 애들뿐이었다. 이백 여든 몇 아이와 그들의 부모. 떨어져서 슬퍼하는 자를 돌아볼 새도 없이 세상은 예정대로 진행했다. 그들은 목청껏 애국가를 부르고 저마다 나는 인제는 이 학교 학생이라고 우쭐했다. 부모들은 내 딸이야 떨어질 리가 있나 하고 제 딸은 떨어진 계집애들과는 씨가 다른 것 같이 생각했다.

"육백여 명 떨어진 아이들을 생각하면"

하고 교장은 울음이 북받쳐서 목이 메었다.

"해방이 되었다는데 왜 우리 아들딸들이 마음대로 입학을 못 하오? 전에는 일본의 죄였지만 지금은 뉘 죄요?"

하고 외치는 소리가 교장의 목메인 성의를 증명했다. 나도 울었다. 입학시험에서 이러한 광경이 벌어지는 동안에 덕수궁에는 미소 공동위원회가 열리고 좌우익의 정치가들은 바쁘게 머리와 입을 움직이고 있었다.

딸의 입학 수속을 끝낸 나는 서울에는 더 흥미는 없고 일도 없었다.

전차를 타자는 것은 망계여서 나는 자잇골서 성동역까지를 내리 걸었다. 만일 택시를 탔다면 육백 원을 달랄 것이요 투정을 해야 오백 원에 갔을 것이다. 길가에는 부인네와 아이들이 소위 양담배, 양 사탕 가게를 수없이 벌여 놓고 있었다. 상점 유리창에는 '日本製鉛筆 一打百圓, 이니, '中國製 성냥 十滔七十圓'이니 하는 절지가 붙어 있었다. 담배도, 사탕도, 아이들 연필도, 당성냥도 외국서 들여다가 먹는 우리 신세는 한숨지을 신세였다.

성동역에 소매치기가 많다는 소문이 나서 사람들은 돈 넣은 주머니를 손으로 꼭 누르고 있었다. 돈 여기 있소 하는 것이다. 누구는 사만원을 잃고 누구는 무엇을 잃었다고 약은 듯이 말하는 사람들도 있었다. 나는 주머니에 잃을 것이 없으니 안심이었다.

사릉에 돌아오니 개울에는 물이 소리를 내고 흐르고 벼들이 까무스름하게 자랐다. 박군은 모를 다 내어 놓았고 소도 인제는 한가했다. 강아지는 가무스름한 털이 야드르르하게 나서 몸빛이 변했다. 제비 새끼는 벌써 나와서 날아 돌아다니고 잘 때에만 들어와 잤다. 토마토가 열리고 오이는 늙었다. 옥수수가 피었다. 논에 물들이 닿아서 개구리와 맹꽁이 소리가 무척 늘었다. 문재의 꿩은 여전히 꿩 꿩 울고 백로도 여전히 집 앞으로 지났다.

서울이 무엇으로 시골보다 나은고 하는 것은 예전부터 가진 생각이지마는, 나도 이번 우연히 내가 무엇으로 새 짐승보다 나은고 하는 생각을 하게 되었다. 소나, 강아지나, 제비와 비겨서 나는 나을 것이 하나도 없는 것 같았다. 식과 색의 본능으로 말하면 그들과 나와 다른 것이 없고, 부처 될 성품도 그들이나 나나 마찬가지다.

사랑의 길

사람의 갈 길이 오직 하나요, 하나밖에 없으니 그것은 사랑의 길이다. 남녀 간의 사랑이나 부모 자식의 사랑은 가르치지 않아도 아는 것이니, 이것은 사람뿐 아니라 모든 생물이 다 가지고 있는 것이라 말할 것도 없고, 여기 말하는 사랑은 이웃 간의 사랑, 국민의 사랑, 인류의 사랑 같은 남남 간의 사랑이다.

벌거벗고 에덴 동산에 살 때에는 이러한 남남 간의 사랑은 쓸데없었다. 에덴에서 쫓겨 나와서 집을 짓고 밭을 갈아야 될 때부터 남남간의 사랑이 필요하게 되었다. 서로 의지하고 서로 도와야만 살게 되었기 때문이다. 그러나 사랑이 생길 때에 미움도 같이 생겼다. 사랑하는 자끼리는 뭉치고, 미워하는 자는 멀리해 버리는 것이다. 아담의 아들 카인은 그 동생 아벨을 죽여서 폭력과 테러리즘의 조상이 되었다.

지구는 인류에게는 벌써 에덴은 아니다. 지독한 더위와 추위가 생기고 맹수, 독충, 질병, 기근 등 인류의 적이 많아서 마음 놓고 살 수가 없다. 이에 집이 생기고 동네가 생겼다. 집에는 가족이 있고, 동네에는 이웃이 있다. 가족 간에는 사랑이 있고, 이웃 간에는 법이 있었다. 사랑은 한없이 주는 마음이요, 달라는 따짐이 아니나, 법은 여수가 분명하게 주고 받는 것이다. 안 주거든 달라고 조르고, 그래도 안 주거든 법 맡은 이에게 하소연하여 억지로라도 찾는 것이다.

그러나 다른 동네와 서로 싸워 죽이고 살리는 일이 생길 때에는 동네의 이웃 간에 가족과 비슷한 사랑이 생긴다. 서로 주고, 받으려 않고, 서로 용서하여, 앙갚으려 하지 않는다. 이러한 이웃의 사랑이 도타운 자는 합쳐진 마음이 되어서 이기고, 그렇지 못하여서 서로 법을 내들고 다투는 자는 갈라져서 망하는 것이다. 이것이 애국심의 시초다. 오래 태평하면 애국심이 줄고, 다른 민족과 싸울 때에는 같은 민족 간의 사랑이 깊어 간다. 서로 같은 운명에 매어 있음을 절실하게 느끼는 때문이니, 옛 글에,

'형제가 담 안에서는 서로 다투더라도 남이 쳐 올 때는 함께 막는다(兄弟鬩于牆. 禦于外務時).'

한 것이 이것이다. 그러나 나라가 위태하여도 이러한 사랑을 발하지 못하고 서로 제 욕심을 채우려고 다투다가 망한 전례는 백제와 고구려에서도 볼 수 있으니 슬픈 일이다.

제 처자를 사랑하는 마음은 저마다 가지고 있다고 위에 말했지만, 반드시 그런 것도 아니어서 제 몸의 향락에 취해서 처자를 못 살게 하는 자도 적지 않다. 집 팔아 술 사먹고, 자식 팔아 노름하는 따위는 말할 것도 없지마는 진실로 처자의 전정을 늘 생각해서 그들의 복락을 위해서 힘을 다하는 아비와 지아비도 그렇게 흔치는 못하다. 그러므로 '집을 다스린다', '집을 일으킨다' 하는 것을 큰 덕의 하나로 꼽는 것이다.

그래도 대체로 한 집안에서는 네 것, 내 것이 없는 것이 아직도 보통이다. 한 사람이 벌어다가 여러 식구를 먹이고 입혀도 그것을 자세하게 식구들에게 대상을 요구하는 자는 아직은 후레아들뿐이다. 집은 우리 집이요, 집에 있는 모든 것은 우리 것이지, 네 것이나 내 것은 아니다. 부자와 형제가 서로 네 것 내 것을 다투게 되면 그 집은 기울어진 집이요, 가도가 틀린 집이다. 이러한 집은 망할 날이 며칠 안 남았을 것이니, 선한 벗들은 차츰 멀어지고 악한 사람과 악한 귀신들만이 모여들어서 자꾸 화단을 일으키고 재앙을 부를 것이다. 옛날에는 이렇게 패악한 집이 있으면 온 동네에 상서롭지 못하다 하여 동네 밖으로 그 집을 몰아내었다. 무서운 전염병같이 본 것이다.

인심이 좋은 동네라는 것이 있다. 그것은 일어나는 동네요, 잘 되는 동네다. 그 동네에는 새 집이 늘고, 길이 넓어지고, 우물이 깨끗해지고, 마, 소와 닭, 개 짐승도 순하고 번성하고, 아이들도 순하고 잘나고 복상스럽게 태어날 것이다. 딸 보내고 싶고, 며느리 얻어오고 싶은 동네다. 이런 동네에는 나쁜 병도 안 들어간다. 족제비나 삵괭이도 안 내려온다.

이 동네 사람들은 서로 믿는다. 속이지 않으니, 속을 걱정이 없다. 서로 돕고 서로 보태기를 자랑으로 안다. 앞집에서 떡을 한 개를 얻어먹었으면 열 개를 주고 싶어하고, 지나가는 거지에게도 잘 먹이고 싶어 한다. 우물 치세 하면 우물을 치고, 길닦이 하세 하면 길을 닦는다. 서로 힘을 모으니, 저마다 온 동네 물건이 다 제 것이다. 서로 주관을 따지면 만호 장안에 살아도 저마다 외로운 혼자다.

이러한 동네도 흔히는 어떤 한 사람으로부터 시작된다. 마음 좋고 행신 좋은 한 사람이 좋은 한 집을 만들고, 그것이 마치 누룩 모양으로 이웃을 다 뜨게 하여서 훈훈하고 구수한 동네가 되게 하는 것이니, 그 첫 사람은 성인이요, 보살이다. 그는 반드시 극락 왕생할 것이요, 자손 창성할 것이다. 천지는 결코 늙지 않고, 인과 응보의 법칙은 일점 일획도 변함이 없는 것이다.

이러한 동네의 주민들은 '나'를 생각할 때에 항상 '우리'를 생각한다. 이 우리라는 생각이 지극히 높고 값있는 것이어서 진실로 애국심의 뿌리가 되는 것이다. 한 그루의 정자나무를 심을 때에, 그것은 우리 동네 모두의 것이라고 생각한다. 백 년이나 이백 년 후에 이 그늘에 와서 쉴 모든 사람을 위해서 이 나무를 심는다. 이 나무 그늘에 쉬는 자는 모두 몸이 든든하고, 마음이 편안하고 선량해서 복락이 무궁할지어다 하고 빌면서 기쁨과 정성으로 심는 것이다. 밤이나, 감이나, 배나, 대추나, 과일나무를 심을 때에는 이 나무의 생명이 계속하는 동안 거기 열리는 열매들이 사람들, 그중에도 아이들에게, 맛이 있고 약이 되어지이다 하면서 북을 돋우고, 거름을 주고, 약을 주고, 벌레를 잡는다. 그러고 정자나무 그늘에 쉬이고 과일나무의 과일을 먹는 자는 그 나무들을 심고 가꾼 이들을 사랑하고, 사모하고, 고마워 한다. 따라서 몸들은 비록 따로따로 시간과 공간으로 서로 막혔더라도 마음은 하나로 서로 통하고 서로 맺어서 큰 '우리'를 이루는 것이다.

이 모양으로 '나'가 집을 이뤄서 된 '우리'는 여러 집이 모인 '동네의 우리'로 커지고, 그것이 다시 '나라의 우리'로 진화해서 저 '인류의 우리'를 향하고 진화의 걸음을 쉬지 않는다.

동네의 우리가 법의 우리로부터 애정의 우리로 올라가듯이 나라의 우리 도법의 관계에서 애국심과 동포의 사랑의 정으로 엉키게 된다. 이리하여서 우리는 동포를 대할 때에 한가족과 같은 정다움과 소중함을 느끼도록 연습이 되어 그것이 천성과 같이 누를 수도 없고, 변할 수도 없이 되어 버린다.

예컨대 우리가 길을 가다가 가래를 뱉고 싶을 때에 우리는 그것을 뱉을 곳이 없음을 느낀다. 이 길을 걸어올 다른 사람들은 다 내가 사랑하는 형제요, 자매요, 자녀들이다. 내가 뱉은 가래가 그들의 눈을 불쾌케 하여서는 안 된다. 하물며 그 속에 있을지도 모르는 병균이 내 사랑하는 이의 몸에 묻으면 안 된다. 나는 차라리 삼킬지언정 이 더러운 것을 길에 뱉어서는 안 된다. 그래서 나는 그것을 종이나 수건에 뱉어서 주머니에 넣어둔다.

우리 조상들은 산이나, 물이나, 경치가 좋은 곳에 정자를 지었다. 누구나 다 들러서 쉬고 아름다운 경치를 보란 말이다. 백년 후에나, 천년 후에나 그 정자에 오르는 사람은 다 내 사랑하는 동포다. 형제요, 자매요, 자녀다—이러한 정신으로 그 정자가 지어진 것이다.

명산에 지어 놓은 절들도 마찬가지다. 누구든지 거기 와서 공부하여서 좋은 사람이 되고 성불하라는 것이다. 내가 그렇게 못 하더라도 우리 중에 누구나 잘 되란 말이다. 좋은 사람이 나는 것이 민족의 복이요, 또 내 복이다. 우리들은 좋은 사람들의 은혜 속에서 살고 있다. 형이 힘들게 일해서 동생의 공부를 시킨다. 동생이 공부를 해서 형을 주는 것이 아니지만 동생이 잘 되면 형은 그것만으로도 기쁜 것이다.

우리 중에 고마운 사람들이 혹은 학교를 세우고, 혹은 병원을 혹은 도서관을 세우고, 혹은 좋은 학문을, 혹은 좋은 예술을 만들어 주고, 혹은 좋은 발명을 하여 주고, 혹은 정치를 하여 주고 하는 덕에 우리들은 즐겁게 살아가고 있는 것이다. 저마다 제 욕심만 채운다면 세상은 살 재미도 없고 살아갈 수도 없을 것이다.

우리는 외국 사람을 대할 때에 정성을 다해서 그에게 친절을 베푼다. 나를 고마운 사람으로 보았다 하면 그는 반드시 평생을 두고 그의 동포들 중에 우리나라에 감사하고 우리 민족을 칭찬할 것이다. 그의 감사와 칭찬을 들은 그의 동포는 우리 민족을 정답게 생각해서 기회만 있으면 우리에게 호의를 표할 것이다. 그들은 친절한 일을 한 나 개인을 기억하지 아니하고, 내가 속한 내 나라를 기억하는 것이다. 통사 홍순언(洪淳彥)이 명나라의 한 여자에게 보인 호의가 임진왜란 때 명나라의 구원병을 끈 한 중요한 이유가 된 것이다.

집을 사랑하는 사람이 집의 명예를 상할 일을 하지 않는 것처럼, 민족을 제 식구로 아는 감정이 발달한 사람은 언제나 자신과 자기 나라를 한가지로 생각한다. 알고 보면 자신과 자기 나라와는 하나요, 둘이 아니어서 나라에는 좋지 않아도 제게만 좋은 일도 있는 것 같이 생각하는 것은 어리석기 그지없는 일이건만, 좋지 못한 환경에 자라난 사람들은 자신과 나라가 하나인 것을 보는 눈이 어두워져서 제 나라를 깎아서 제 배를 불리려는 일을 하고 있다. 이것은 마치 자기가 들어 있는 집의 서까래를 뽑아서 불을 때고, 기둥을 빼어 팔아서 의식을 장만하려는 것과 같다.

그러나 어리석지 않아서 나라와 자신, 민족과 자신의 관계를 알고 나라와 민족에 대한 맑은 감정이 발달한 사람은 자기 나라의 흙 한 줌, 돌 한개, 풀 한 포기, 나무 한 그루도 다 자기 것인 줄을 알아서 이것을 사랑하고, 아끼고, 소중히 여기는 것이다. 다른 나라에 갈 일이 있을 때에 멀어져가는 고국의 산천을 보고 울고 갔다가, 돌아올 때는 지평선에 나타나는 조국의 그림자를 보고 젖먹이가 엄마를 보는 것과 같은 감격을 가지는 것이다.

이런 사람이야 부득이한 일이 아니고서야 산에 나무 한 개를 베일 수가 있으며, 개울에 물고기 한 마린들 건드릴 일이 있을 것인가. 벌거벗은 산을 대할 때에 내 몸에 껍질이 벗겨진 듯 쓰라려 하고, 거기 나무 한 포기가 퍼렇게 붙는 것을 내 몸에 옷 한 가지가 걸쳐지는 것 같이 생각할 것이다. 어느 산은 내 산이 아니며, 어느 강은 내 강이 아닌가. 내 강산을 내가 사랑할 줄 모르면, 하늘은 이것을 사랑할 줄 아는 자에게 옮겨 주실 것이다.

어느 동네는 내 동네가 아니며, 삼천리 방방곡곡에 다니는 어느 사람은 내 사랑하는 형이요, 아우요, 누이요, 아들이요, 딸이 아닌가. 다만 피 와 살이 같을 뿐이 아니요, 역사가 같고 역사와 문화가 같을 뿐이 아니요, 잘 되고 못 되고 흥하고 망하는 운명이 같지 아니한가. 함께 이 땅에 살고 함께 이 흙에 묻힐 너와 나다. 그나 그뿐인가. 하늘에서 타고난 큰 사명 이 또한 같다. 지나간 수천 년간의 고난과 시련을 같이 받아 이로부터 사랑의 문화를 빚어내어 손톱과 이빨에 피 묻은 인류에게 사랑과 평화의 길을 가르치라 하는 크고도 거룩한 사명에 있어서도 우리는 동지요, 동행이다. 간 날을 생각하고 올 일을 헤아리면 우리 민족처럼 눈물겹게도 정답고 소중한 동포가 또 어디 있는가. 과연 겪은 고생도 크거니와, 받을 복락도 큰 우리 겨레다. 이 때문에 우리 동포의 서로의 애정과 동정이 자별하니, 이 따뜻한 정이야말로 인류를 평화의 세계로 끌어들일 수 있는 유일한 길이다.

대체로 사람과 사람의 관계를 지배하는 길이 네 가지 있으니, 하나는 억지요, 둘은 꾀요, 셋은 경우요, 그리고 넷은 사랑이다. 억지라는 것은 폭력으로 서로 싸워서 승부를 가르는 것이니, 이것은 사람 이하로 모든 동물에 적용되는 방법이요, 둘째 꾀라는 것은 약음과 속임을 수단으로 승부를 가르는 것이니, 이것도 사람 이하 지능이 발달한 동물이 이용하는 무기다. 짐승에는 여우가 꾀 많기로 유명하고 사람 중에는 남을 꾀어 제 욕심을 채우는 무리가 있어 협잡, 사기 같은 칭호를 받고 이것이 나라에 유리하게 쓰이는 것으로는 장수와 외교관이 있다.

이상의 두 가지는 사람과 짐승에 공통한 것으로서 이른바 생존경쟁 마당에서 자신을 보존하기에 쓰이는 무기이거니와 나중의 두 가지, 즉 경우와 사랑은 동물에서보다 사람에서 가장 발달된 것이다. 특별히 보편된 경우와 사랑이란 것은 오직 사람 이상에서만 볼 수 있는 것이다. 다른 동물에서도 어미와 새끼, 그리고 가까운 동무 사이에 사랑의 정과 경우의 이지력을 보인다. 제비가 새끼에게 먹이를 먹일 때에 어미 제비는 아까 받아 먹은 놈은 안 주고, 못 먹은 놈을 주는 것은 경우다. 경우에서 법률이 나오고, 정의, 즉 옳고 그른 것이 나온다. 서로 아는 사람끼리만, 좋아하는 사람끼리만 경우를 찾는 것이 아니라, 한 나라 사람은 누구나를 물론하고 평등으로 경우를 따지는 것이 이른바 법치 국가, 즉 법으로 다스리는 나라다. 어떤 민족이 법률을 가지고 살게 되면 대단히 문화 정도가 높다고 한다.

그러나 사랑은 법보다 한층 더 올라간 높은 경계다. 더구나 아는 사람이나 모르는 사람이나 평등으로 다 사랑한다는 것을 우리는 성인의 경계라 하여 자비, 인, 또는 사랑이라고 이름짓는 것이다. 부자, 부부와 같은 육친의 사랑은 따로 있거니와, 여기 말하는 것은 동포로서의 사랑, 인류로서의 사랑을 가리키는 것이다.

경우는 주고 받는 것이요, 사랑은 주는 것이다. 경우에는 갚음을 저울에 달되, 사랑에는 일체 갚음을 염두에 두지 않는다. 남에게서 사랑을 받을 때에 감사로써 이에 대하는 것은 옳은 일이거니와, 내가 남을 사랑할 때에는 아기에게 젖을 먹이는 어미와 같이 오직 주고 싶은 마음이 있을 뿐이다. 갚음을 바라는 사랑은 아직 덜 익은 사랑이다. 익고 익어서 화하여지면 숨을 쉬는 것 모양으로, 땀을 흘리는 것 모양으로, 저도 모르게 저절로 사랑이 되는 것이다. 젖먹이를 안고 있는 어머니는 일거수일투족이 어느 것이나 사랑에서 나온 것이 아닐 리가 없다.

사랑의 일반적인 것을 친절이라고 한다. 친절이 속 깊은 정신 속으로부터 우러나는 것을 사랑이라고 한다. 사랑이나 친절이나, 그 특색은 남을 위하여 저를 희생하는 것이다. 나그네에게 길을 가르쳐 주는 데서부터 제 목숨을 던져 남을 살려 내는 것에 이르기까지 모두 친절이요, 사랑이다. 모두 제 것을 남을 위해서 버리는 일이다.

사랑을 갖지 않은 자는 없다. 새 짐승에게도 있다. 오직 다른 것은 그 범위와 농도다. 그 사랑이 능히 전 민족을 품을 만하면 어지간한 것이어서 족히 남에게 괄시 안 받을 만한 자격이 있다. 이러한 사람들이 사는 나라에서는 법률은 다만 소수 어리석은 무리들만 위해서 있는 것이요, 보통의 도덕 감정을 갖춘 사람들은 경우를 따질 필요도 없이 서로 위하고 서로 사양하므로 모든 문제가 해결이 되는 것이니, 이러한 상태의 국가를 가리켜서 공자님이,

"덕으로 인도하고 예로 다스리면(導之以德齊之以禮)."

하신 상당히 높은 이상의 국가다. 이에 대해서 경우로, 즉 법으로 다스리는 나라를 공자님은,

"정사로 인도하고 형벌로 다스리면 백성이 염치 없음은 면하리라."

하는 범주에 넣으셨다.

우리나라는 수천 년 이래로 덕으로 인도하고 예로 다스리는 나라를 만드는 것을 건국의 목표로 삼아 왔다. (이 책 '내 나라' 편을 보라) 이제 우리는 새나라를 세우는 길에 있거니와, 우리 새나라의 목표는 더구나 '사랑의 나라'에 있을 것이다. 우리 민족은 그러한 나라를 지을 가장 적임자요, 또 인류가 지구상에서 멸망하지 않으려면 어느 구석에서나 이러한 나라가 일어나야 할 것이다.

사랑의 정신으로 사는 새나라에서는 정의와 자유의 관념이 오늘날의 것과는 다를 것이다. 오늘날은 기껏 경우의 시대여서, 정의라면 공평한 분배와 보복을 의미하고, 자유라면 개인이나 민족의 사욕을 채우는 자유를 가리키는 데 지나지 못한다. 공평한 세상, 저마다 제 마음대로 하고 남에게 매이지 않는 세상을 만드는 것이 우선 좋은 일인 것은 말할 것도 없다. 한 집에서는 놀고도 밥이 썩어나는데, 다른 집에서는 뼈가 휘도록 일하고도 배를 곯는 나라여서는 안 된다. 힘센 자가 약한 자를 누르는 나라여서도 아니 된다. 옳지 못한 일을 하고도 무사한 나라여서도 안 된다. 부지런한 사람은 넉넉히 받고, 착한 사람은 대접을 받고, 악한 사람은 반드시 벌을 받고야마는 것을 정의라고 한다. 이만한 정의가 없어서는 좋은 나라라고 할 수 없다. 그러나 그만한 것은 초보의 것에 불과하다. 이는 이로 갚고, 눈은 눈으로 갚는 세상에서 저마다 남을 위하고 저마다 남에게 주고 남을 용서하는 세상으로 옮아 가고야 비로소 문화가 높은 나라, 살기 좋은 나라, 사랑의 도가 행하는 나라라 할 것이니, 대개 정의란

다툼이 있고야 있는 것이다. 애초에 서로 사양해서 다툼이 없을진 댄 정의는 겨울의 부채와 같이 쓸 데가 없을 것이다. 사랑의 세상에 서는 정의란 말은 잊혀질 것이다. 중국 사람들이 우리 조상을 평하여 '사양하기를 좋아하고 다투지 않는다(好讓不爭)'이라고 했거니와, 이것은 벌써 정의를 넘어선 경계다. '사양'이 있는 곳에 다툼이 있을 리가 없다. 경우를 따질 것이 있을 리가 없다. 여기는 서로 감사함이 있고, 서로 남을 많이 주려고 다툼이 있을 뿐이다. 마치 친구끼리 술 자리에 앉아서 서로 더 먹으라고 권하듯이, 서로 안 먹는다고 나무 라듯이. 또 반가운 손님이 집에 왔을 때에 싫다는 것도 억지로 먹이고 억지로 좋은 것을 그의 짐에 털어 넣어 주듯이. 이러한 처지에야 사양이란 것도 벌써 소멸이 되고 만다. 온 나라가 이렇게 살아가는 것을 '우리나라'라고 부르는 것이다. 똑바로만 생각하면 한 나라 한 민족이란 그런 것이요, 더 나아가 생각하면 인류 전체가 한 배를 탄 손님이다. 우리가 할 일은 이 땅 위에 이러한 나라를 세우는 것이다. 이것이 신시(神市)요 홍익인간(弘益人間)인 것이다.

자유도 그러하다. 남을 누르려는 자가 있으므로 자유라는 생각이 나는 것이다. 나를 섬겨라 하는 자가 있을 때에 나는 너를 안 섬길 란다 하고 버티는 것이 자유라는 것이다.

'자유냐 죽음이냐' 하는 것은 눌린 자의 부르짖음이다. 우리나라 에는 한 사람도 눌린 사람이 있어서는 안 될 것이다. 아비는 아들을 누르지 않고, 지아비와 지어미는 서로 섬기는 마음을 가지고, 관은 민을 섬기고, 민은 관을 섬기면 눌리는 원통함을 가지는 사람이 없 을 것이다.

본디 사랑에는 자유와 부자유가 없다. 왜 그런고 하면, 사랑하는 사람은 항상 자신이 상대의 종이 되는 것을 낙으로 알기 때문이다. 진실로 사랑하는 자는 상대의 섬김 받기를 차마 하지 못하고 언제나 상대를 섬기려고 애쓰는 것이다. 내가 섬기기를 원해서 섬기는 것은 자유보다도 더 기쁘고 더 귀한 것이다. 노예에서 해방되어 자유가 되거니와, 자유를 버리고 일부러 섬기는 자가 되는 것이 사랑의 경계다.

그러므로 이러한 높은 경지에서 자유라면 그것은 제 욕심에서의 자유를 가리키는 것이 된다. 남에서의 자유가 아니다. 다시 말하면 제 욕심에서의 자유를 얻어서 남을 사랑하고 섬기는 자유를 삼는 것이다. 이것이 해탈이다. 예수께서 최후의 만찬 뒤에 제자들의 발을 씻으신 것이 이것을 가리킨 것이다.

서전(書傳)을 보면, 하늘의 명에 순종하는 것으로 정의를 삼았고 불경을 보면, 모든 욕심에서의 해탈을 자유자재라 했으니 다 동양 성인의 공통한 생각이다.

서로 경우를 따지고 자유를 부르짖는 소리가 있는 동안 나라에나 세계에나 태평이 오지 않을 것이다. 사람들이 정의와 자유를 잊을 때에 비로소 사랑의 세계가 실현될 것이다. 태평의 세계는 결코 폭력으로 올 것도 아니요, 경우로 올 것도 아니기 때문이다.

인생의 기쁨

아침에 번쩍 눈을 뜨면 담담한 기쁨을 느낀다. 불안한 세상에 하룻밤을 무사히 지내고 또 하루를 살아 있다는 기쁨이다.

옷을 갈아 입고 창을 열어 아침 볕에 붉은 하늘과 산을 보면 기쁨은 더욱 뚜렷하게 된다. 이에 세수하고, 청소하고 옷깃을 여미고 앉으면 어디다가 감사의 기도를 올리고 싶은 마음이 난다.

이때에 사랑하는 식구들의 손으로 이루어진 밥상이 들어오고, 부모 처자 형제, 혹은 친구가 한자리에 앉아 음식을 같이 할 때에 기쁨은 절정에 달하는 것이다.

낮에 종일 힘드는 일에 지친다 하더라도 석양에 집에 돌아오면 기다려주는 사랑하는 식구들이었고, 곤한 몸이 편히 쉬일 잠자리가 있을 때에 우리는 또 한 번 고마운 기도를 올릴 생각이 난다. 이것이 인생이 살아가는 기쁨이거니와, 사람마다 이 기쁨이 있자면 집이 있어야 하고, 밥과 옷이 있어야 하고, 치안이 있어야 하고, 도덕이 있어야 한다. 이 모든 것을 구비한 사람을 복이 있다고 하고, 백성들의 대다수에게 이 모든 것을 얻을 기회를 주는 나라를 좋은 나라라고 한다.

인생은 괴로운 바다라고 하지만 기쁨도 많은 것이 또한 인생이다. 갓난이가 어머니 배에서 이 세상에 뚝 떨어질 때에 우는 것은 깜짝 놀람인지 모르거니와, 엄마의 젖꼭지를 빨 때에는 벌써 기쁨이 있는 것이다. 그가 다리를 가둥가둥하고 두 손으로 젖꼭지를 꽉 붙들고 이마에 땀을 뻘뻘 흘리며 젖을 빠는 양은 살려는 무서운 노력이기도 하겠지마는, 거기는 기쁨과 만족이 함께 하는 것이다.

배껏 젖을 먹고 쌕쌕 잠이 들어 버리거나 또는 좀 자라서 방바닥으로 기어 돌아다니면서 장난을 치는 것도 기쁨이 아닐 수가 없다. 가다가 감기가 들거나 배탈이 나거나 또 볼기짝을 얻어맞아서 아픈 때도 있지마는 병 뒤에는 낫는 기쁨이 있지 아니한가.

책보를 끼고 학교에 다니는 것, 상급 학교에 올라가는 것, 졸업하는 것, 다 인생의 기쁨이어니와 그 반면에는 그것을 못 하는 불행한 자도 있다. 이러한 불행이 없게 하는 것이 나라의 힘이다. 그러나 제 몸이 남만 못한 병신이거나 게을러서 학교의 기쁨을 못 얻는 것은 나라의 책임은 아니다. 그와 반대로 혹은 학업 성적이 우등이 되어서, 혹은 글이나, 그림이나, 음악이나, 스포츠에 뛰어나서 칭찬을 받는 자는 특별한 행복이라고 아니 할 수 없다. 이러한 뛰어난 재주는 다만 그것을 가진 본인의 복이 될 뿐 아니라 전 사회, 전 국민의 복이 된다. 좋은 재주를 가진 사람이 나는 것보다 나라에 큰 복은 다시 없는 것이다.

학업을 마치고 세상에 나선 때에는 배를 타고 큰 바다에나 뜨는 것 같은 불안도 있거니와, 그와 함께 '내가 이제 한 어른이 되었다' 하는 자부심이 생기는 것이다. 그것이 좋은 나라일진댄 그가 학교에서, 또는 집에서 배운 재주를 가지고 나아가 맡을 일거리가 있을 것이다. 그 일은 그가 나라에 대한 의무를 다하는 길이 되는 동시에 그와 그의 처자 권속의 의식의 방도도 될 것이다. 병든 나라, 잘못된 사회만 아니라면 정직, 근면하게 제 직분을 다하는 자에게 밥 걱정이 있지 않을 것이요, 상당한 지위와 복락이 따를 것이다.

직업이 작정이 되자 혼인이 또 맺힌다면 이에서 더한 기쁨은 없을 것이다. 몸과 마음이 다 깨끗한 처녀와 총각이 육례를 갖추어서 혼인을 한다는 것은 다만 두 본인의 가장 큰 기쁨이 될 뿐더러 실로 옆에서 보는 사람의 기쁨까지도 되는 것이다.

옛날 우리나라에서는 신랑과 신부와 기쁨을 완전하게 하기 위해서 혼인 날 하루는 의관이나, 채비나, 공경의 것까지도 쓰기를 허락했던 것이다. 남녀간 일생에 이런 날은 하루밖에 없는 것을 축복하는 동시에 혼인이 인생의 모든 제도의 으뜸이 되고 근원이 되기 때문이다. 그러하기 때문에 예의도 혼례가 가장 중요했던 것이다.

이렇게 서로 만난 부부가 아들딸 낳고 의초좋게 환갑 진갑 지나 머리가 파뿌리가 되도록 해로하는 것이 인생의 큰 복인 것은 말할 것도 없다. 불행히 한편이 먼저 죽거나, 또 생이별하는 일이 있다면 이것은 매우 큰 슬픔이고 불행이지만, 이러한 경우에도 저마다 마음먹을 탓으로 불행을 최소한도로 줄이고 슬픔 속에서 기쁨을 찾을 수도 있는 것이다. 우리는 어린 자녀를 거느린 젊은 과부가 용하게도 장하게도 어머니의 길을 걸어 인생의 가시밭을 뚫고 나아가는 양을 보거니와, 이는 벌써 남자니 여자니 하는 육신의 경계를 넘어서 신의 거룩한 지경에 올라간 것이다. 뉘라서 그를 존경치 아니하랴, 찬미치 아니하랴. 홀아비의 재취를 허할 것이면 홀어미의 재가를 막을 것이 아니지만 어미의 길만으로 얼마든지 살아갈 수 있는 여성을 찬양하는 일에는 다름이 없을 것이다.

남자의 경우에도 자녀를 계모의 슬하에 두지 않도록 홀로 아비의 길로만 걸어간다 하면(이는 외국에는 있는 일이거니와) 이는 과부의 경우에서와 같이 우러러볼 일이다.

혼인의 기쁨은 남녀 쌍방의 동정으로 말미암아 결정된다. 첫 사랑 아닌 사랑은 암만해도 새롭다는 맛이 없다. 혼인의 참 기쁨을 맛보려는 이는 모름지기 동정을 지킬 것이다. 몸만 아니라 마음의 동정을 지킬 것이다. 진정한 동정 남녀의 사랑이야말로 하늘 나라의 기쁨이라 할 것이다· 이 기쁨을 맛보는 사람은 대복지인이다.

첫아기를 밴 젊은 어머니와 그의 남편의 기쁨은 지내 본 사람이라야 알 것이다. 두 사람의 사랑의 열매가 꼬물꼬물, 나중에는 펄떡펄떡 놀기를 시작할 때에 젊은 부부가 느끼는 심경은 참으로 형언할 수 없는 것이다. 기쁨이라는 말만으로 도저히 표현할 수 없으니, 황송도 하고, 대견도 하고, 소중도 하고, 이상도 하고, 신통도 하고, 그럴 수 없는 것 같기도 하고, 어떤 것이 나오려나 하는 예기와 기다려짐이 혹시나 하는 겁나는 것과 아울러서 젊은 어미와 아비의 마음을 졸이는 것이다.

"아들이 나면 효자가 나고,
 딸이 나면 열녀가 나고."

잘 나고, 재주 있고, 복 있고, 수명 장수하고, 부귀 공명하고 이렇게 모든 좋은 것을 갖추어 가지고 아들 딸이 나기를 바라지 않는 부모 있던가. 그러나 개는 강아지를 낳고 소는 송아지를 낳는 모양으로 어미 아비 이상의 자식을 바라기는 어려운 일이니, 좋은 아들딸을 낳으려면 저부터 좋게 되는 수밖에 없는 것이다. 자식만이 아니라 남편이나 아내를 고르기에도 마찬가지여서 저는 못 나고서 잘난 배필을 바란들 얻어질 까닭이 있는가.

고슴도치도 제 새끼는 귀애한다. 자식을 기르는 부모의 마음은 자비 덩어리요, 희망 덩어리요, 만족 덩어리다. 기고 앉고 따로따로, 걸음마를 지나서 말을 배우게 될 때 부모의 기쁨은 한량이 없는 것이다. 이따금 말을 안 듣는다는 죄명으로 말랑말랑한 볼기짝에 손가락 자국이 나도록 때리기도 하지만 어린 것이 아프다고 울면 때리던 손으로 맞은 자국을 쓸어 주며 함께 우는 것이다.

어린 것이 자라서 학교를 다녀, 차츰 철이 들고 어른이 되어, 이러하는 이십여 년의 세월이 모두 부모에게는 기쁨과 소망의 연속이다.

혹은 자녀가 말을 안 듣거나 앓거나 죽거나 하는 일도 있지만 이것은 사바에 태어난 업보 중생으로는 면하기 어려운 불행이다.

무슨 일을 경영하여서 그것이 뜻대로 잘 되어 가는 것은 기쁜 일이다. 하물며 큰 발명을 하거나 큰 작품을 완성하거나 하여 세상에 큰 보배가 될 만한 것을 이뤄서 아름다운 명예가 사방으로 바람과 같이, 물결과 같이 올 때에 그 기쁨을 무엇에나 비기랴. 이러한 큰 기쁨은 오직 저를 잊는 정신으로 사는 이에게만 오는 것이다.

내가 스스로 이러한 일을 하는 것도 좋은 일이거니와 혹은 제 형제나 자식이, 혹은 제 친구가, 혹은 같은 나라 사람이 이러한 큰 명예를 얻었을 때에도 우리의 기쁨과 자랑이 큰 것이다. 만일 그 큰 사업의 성공에 내 도움이 얼마쯤 힘이 되었다 하면 그 기쁨은 더욱 클 것이다.

그러나 이 모든 기쁨 중에도 가장 큰 것은 아마 내가 해 놓은 일이, 또는 내가 현재에 하고 있는 일이 중생에게 알지도 못하게 도움이 되는 것이다. 내가 베푸는 은혜인 줄을 중생이 알 때에 나타난 감사와 명예가 내게 돌아오려니와, 그것은 헤아릴 수가 있고 또 끝날 수가 있어도 받는 중생도 어디서 오는지 모르게 내게서 나온 은혜에 대한 감사와 명예는 법계에 사무쳐서 끝 간 데를 모르는 것이다.

강에 다리를 놓은 자, 광야에 우물을 판 자, 거문고나 퉁소를 만들고 재미있는 노래나 이야기를 끼친 자, 그리고 비가 오게 하고 샘물이 나게 하고 오곡 백과가 열리게 하는 자, 사람의 마음 속에 아름다운 생각과 착한 마음이 나게 하는 자—이러한 자들은 이름을 알거나 모르거나 끝 없이 한량없이 찬양을 받을 것이다.

내가 명예를 받는 것이 물론 기쁜 일이지마는 남을 찬양하는 것도 기쁜 일이다. 남의 칭찬과 감사를 못 받는 이는 불행한 이지만 남을 칭찬하고 남에게 감사할 줄 모르는 이는 더욱 불행한 사람이다. 남을 칭찬할 때에 내 마음이 기쁘고, 남에게 감사한 생각이 나을 때에 내 속은 부드럽고 따뜻한 것이다. 칭찬을 받을 때에는 두려움이 있고 감사를 받을 때에는 미안함이 있어서 기쁨이 온전치 못하지마는 내가 남을 찬양하고 남에게 감사하는 마음에는 티끌만한 그림자도 거리낌도 없으므로 행복이 순수하고 원만한 것이다.

무릇 받는 기쁨은 적고 주는 기쁨은 크다. 받을 생각이 없이 주는 기쁨은 더욱 크고, 지정함이 없이 아무에게나, 즉 인연 없는 중생에게 주는 기쁨은 더더욱 크고, 준다고 하는 생각을 잊어 버리고 주는 기쁨은 천지간에 차고도 남는 것이다. 받으려는 마음은 거지 영신이요, 주려는 생각은 왕의 기상이다. 저 해를 보니 오직 그 빛과 더위를 만물에게 줄 뿐이요, 달라는 것이 없다. 사람들은 많이 받는 마음으로 있거니와, 자식을 가짐으로 주는 정신을 아주 잃지는 않는 것이다. 어버이의 마음은 주는 마음이다. 어린 자녀의 생활은 어버이에게서 받는 일이거니와 대장부가 되어서는 모름지기 주는 일의 기쁨만을 누릴 것이다. 자비라, 인이라, 사랑이라 하는 것은 결국 주는 마음의 별명들이다. 이 마음의 기쁨을 먼저 맛본 이들이 석가요, 공자요, 예수였다.

미인들이 경대 앞에 앉아서 화장을 하듯이 군자는 제 마음을 닦는다. 조각가가 여기를 깎고 저기를 다듬어서 보기 흉한 바윗돌에서 아름다운 사람의 모양을 파내듯이 흠 많고 허물 많은 저를 갈고 닦아서 제가 가장 좋다고 생각하는 인격을 만드는 것이 우리의 가장 큰 공부요, 예술이다.

이렇게 하는 일을 수양이라고도 하고 수도라고도 하거니와, 이 과정을 조각에만 비길 것이 아니라 그림에도 비길 수 있고, 원예에도 비길 수 있고, 또 체조와 광대의 재주 공부에도 비길 수 있다. 또 바윗돌에 쌓인 옥을 다듬고 가는 데도 비기고, 금광을 불려서 순금을 찾는 데도 비긴다.

아무려나 오랜 세월을 두고 많은 공력을 들여서 본디는 변변치 못하던 감을 변하여 썩 훌륭한 작품을 만드는 것이 수양이요, 수도다.

이렇게 사람을 다시 만드는 데는 본, 또는 골이 있다. 혹은 부처를, 혹은 공자를, 혹은 예수를, 또 혹은 어떤 영웅이나 학자를 본을 삼고 골을 삼아서 거기 가까와지도록, 비슷해지도록 두들기고 다듬는 것이다. 이것은 지식이나 재주와는 딴 것이어서 아무리 많은 지식과 묘한 재주를 배웠더라도 마음을 닦음이 없으면 그것은 값이 없고 힘이 없다.

제가 저를 닦아 가는 길에 참 재미도 많고 기쁨도 많다고 옛 성현들이 글로, 또는 말로 전하셨다. 조금씩 조금씩 마음을 닦아 들어가는 모양이 마치 한 고개 넘어 또 한 고개 넘어 명산의 경치를 찾아 들어가는 것과 같고, 또는 천지를 덮었던 검은 구름과 흐린 안개가

한 뼘씩 한 길씩 걷혀서 명랑한 천지 일월과 산천 초목이 드러나는 것과도 같다고 하고, 또는 오랫동안 집을 잃고 비렁뱅이로 떠돌아다니던 몸이 제 고향에 돌아와 본즉 저는 임금이나 큰 부자의 아들이었다고 깨닫는 것 같다고도 한다. 어지간히 기쁜 일이다.

삼천리 강산에 꺼멓게 나무가 들어서서 사태밥이 한 땀도 아니 보이는 날 우리는 대단히 기쁠 것이다. 산이 무너진 데가 없고, 개천이 마르거나 범람하는 데가 없고, 길들이 모두 번뜻하고, 그리고 사람과 수레가 기운차게 달리는 것을 볼 때에 우리는 기쁠 것이다. 우리나라의 촌락과 도시가 다 깨끗하고 번쩍하고, 살기는 풍성하고, 마음들은 친절하여 서로 미워함이 없고 반가운 웃음으로만 서로 대하는 날에 우리는 기쁠 것이다.

우리나라의 문화가 세계의 가장 높은 수준을 넘어서 일찍 인류가 보지 못하던 새 빛을 발하기 때문에, 세계 여러 나라의 젊은 남녀들이 도를 배우고 학문을 받으려고 우리나라로 모여드는 것을 볼 때에 우리는 기쁠 것이다. 그리고 최후로 세계 인류가 모두 사랑의 길로 살고 서로 싸우고 누르는 일이 없어서 백 년 천 년 평화가 계속될 때에 우리는 크게 크게 기쁠 것이다.

우리가 개인으로나 민족으로나 할 만한 사업이 이것밖에 또 있는가. 이런 사업에 몸을 바칠 수 있는 이 인생은 살 만한 인생이요, 기쁨이 넉넉한 인생이다.

누구나 한 번은 죽거니와 죽을 때에 능히 뻐젓하게,

"고마워라. 동포의 은혜와 사랑 속에 일생을 편안히 살았노라. 비록 변변치 못하나마 내가 맡은 직분을 다했노라. 무한한 희망과 축복을 동포에게 남기고 나는 이 세상을 떠나노라."

할 수 있다면 인생의 기쁨은 완성되는 것이다.

인생을 무엇에 비기리
산 오름에 비기리라
오르면 새 경개요
넘으면 새 경개라
험한 턱 추어 오르면
더욱 큰 경개로다
마루턱 다 올라설 때
오른 고생 헤오랴.

내나라

우리 민족이 맡은 구실이 무엇인가. 대체로 자연계의 물건은 그것이 제 구실을 잃게 되면 멸망하고 만다. 우리 사람의 몸에 꼬리가 사라지고 털이 퇴화한 것이 모두 이 때문이니, 할 노릇이 없는 것은 우주 경제의 섭리에서 제외되고 마는 것이다. 교통 기관의 발달로 등짐 장사와 마소바리짐이 없어지는 것도 다 제 구실을 잃기 때문이다.

민족도 그렇다. 그것이 제 구실을 잃어버리면 할 노릇 없는 개인과 같이 세상에서 밀려나고 마는 것이다. 그러면 우리 민족의 제 구실은 과연 무엇인가.

우리는 어엿하게 또 힘 있게 인류 세계에 대하여 또는 우주의 정치에 대하여 '우리는 살아야 한다'는 것을 주장할 구실이 있어야 한다. 그런데 이 구실을 결정하는 것은 그 민족의 이상과 그것을 실현하는 능력이다. 이 두 가지가 있고서야 생존권을 주장할 수가 있는 것이다.

이에 우리는 우리 이상이 무엇인가를 먼저 생각하여 보자.

우리 민족은 건국 이래로 다른 민족을 침략하는 전쟁을 한 일이 없었다. 이렇게 말하면, 우리 민족이 다른 민족을 침략할 만한 부강의 힘이 없었기 때문이라고 말하는 자도 있다. 그러나 아주 옛날은 차치하고라도 고구려 때로만 말하더라도 당시 세계에 가장 강국이었던 수와 당의 대군을 격퇴할 실력이 있을 만큼 강대했건마는 한 번도 이편에서 전쟁을 건 일은 없고 저편에서 침략하여 올 때에만 일어나서 이것을 물리쳤다. 일찍 세계가 제국주의의 판일 때에 우리는 우리 민족이 몽고족이나 로마족 못 된 것을 한탄한 일이 있었거니와, 이제 와서 보건댄 우리 민족의 홍익인간(弘益人間)의 이상은 깊이깊이 우리의 정신에 뿌리를 박아서 몇천 년의 세월을 지나고 어떠한 밖에서 오는 압박과 고뇌를 받아도 스러지지 아니함을 깨닫고 기쁘고 고맙게 생각하지 아니할 수 없다.

왜 그런고 하면 침략은 악이요, 병이어서 결코 배울 것도 아니요, 자랑을 삼을 것도 아니다. 차라리 이것은 인류가 아직도 동물성에서 멀리 떠나지 못한 부끄러움이어서 인류의 불행한 사정인 것이다. 민족마다 제 부강을 도모하여서 남을 침략할 마음을 가진 동안 인류 세계에 화평은 올 수 없는 것이다. 그러길래로 인류의 큰 스승인 성인네들은 동양이나 서양을 물론하고 탐욕을 죄라 하고 자비를 복이라 하여 우리로 하여금 동물적인 투쟁의 아수라도에서 자비적인 사랑의 길에 오르게 하기 위하여 애쓰신 것이다. 또 실제로는 침략을 목적으로 하는 행위를 하면서도 말로는 인도라 부르짖는 것이, 이 인류의 양심이 무엇인가를 가장 웅변으로 설명하는 것이라고 아니할 수 없다.

그런데 탐욕을 떠난 자비 또는 인의의 도를 직접 국가 목적으로 하면서 수천 년간 닦아 내려온 민족으로는 아마 우리 민족이 이웃인 한족과 더불어 세계에 쌍벽이라고 생각한다.

한족으로 말하면 요순 시대로부터 그 국가 목적이 하늘의 뜻인 인의의 실현에 있었다. 이것은 그 시경과 서경에 분명히 드러나 있다. 그러면 이 이상이 저 나라에서 실현되어 본 일이 있느냐 하면 그것은 없었다. 만일 있었다 하면 이미 인류의 문제는 해결되고 한민족의 구실도 다 끝나고 말았을 것이다. 그러나 이른바 하, 은, 주 삼대를 비롯하여서 한, 당, 송, 원, 명, 청에 이르러 다 각각 한 전성시대를 가졌거니와, 그 전성시대라는 것은 이 인의의 이상이 가장 많이 드러난 때였던 것은 사실이다. 그리고 그들이 이 정신을 잃을 때가 곧 쇠퇴를 의미하는 것이다. 그래서 그 나라들은 인류 문화에 대하여 몇 가지 새 업적을 남기고 스러져 버렸다. 우리가 중국 문화를 존중하는 것은 그 속에 인류가 바로 알고 실행하면 즐거운 화평 세계를 실현할 수 있는 여러 가지 가르침과 역대의 시험 성적이 들어 있기 때문이다. 그중에 가장 두드러진 것 한 둘을 예로 들면 주공의 뜻이요, 일부 주나라에서 실행되었던 예로 다스리는 생각이다. 곧 국민을 정치로 지도하고 법률로 다스리는 것보다, 덕으로 지도하고 예로 다스리는 것이 더욱 좋다는 공자의 가르치심은 인류의 정치사상 중에 가장 진보한 것이다.

그러면 우리 민족은 어떠한가. 단군의 삼백 육십 사라는 헌법을 일언이 폐지한 것이 홍익인간이니, 곧 '인간을 널리 돕는다'는 뜻이다. 개인의 생활 목적도 인간을 돕는 데 있고 나라의 목적도 인간을 돕는 데 있다. 돕되 누구만을 돕는 것이 아니라 널리 돕는다는 것이니, 국민으로서는 알거나 모르거나, 멀거나 가깝거나 형제요, 자매로 알아서 널리 돕고, 인류로서는 하늘 아래 땅 위에 사는 모든 종족들을 널리 돕는다는 것이어서 참으로 원융 무애한 민족 이상이라고 아니할 수 없다.

이 홍익인간이라는 사상은 단군이 나라를 세우신 이래로 세 부여(三扶餘), 세 나라(麗羅濟三國)를 통하여서 건국의 이상으로 내려왔다. 《산해경(山海經)》이라는 중국 옛날 책에 우리나라를 군자의 나라

(君子國)라 했고 우리나라 사람의 특색을 사양하기를 좋아하여 다투지 아니한다(好讓不爭) 했으며, 고구려가 무를 숭상했으나 침략하는 전쟁을 일으킨 일이 없었고, 신라에서도 이 옛 도가 행한 것이 가장 분명히 기록에 나타났으니, 김인문(金仁問)의 풍류교를 설명한 말에, 우리나라에 예부터 한 교가 있으니 이름은 풍류(風流)라, 충효를 숭상함은 공자의 가르침과 같고, 맑은 마음을 숭상함은 노자의 가르침과 같고, 모든 악일랑 짓지 말고 무릇 선으로 행하라 함은 부처의 가르침과 같아, 큰사람과 좋은 장수가 다 이 속에 났으니, 이 교가 일어난 근원은 《신사(神史)》에 자세히 적혀 있다고 했다. 이제 그 《신사》란 책을 찾을 수가 없으나, 김인문의 말에서 풍류교라는 것이 어떠한 것임과 그것이 외국으로부터 들어온 것이 아니라 우리 조상 적부터 내려온 것임을 알 수 있으니 국선이나 화랑은 이 풍류교에서 생긴 인물을 이름이요, 법흥왕(法興王—일천 사백 년 전) 때에 의식적으로 국가에서 장려하게 된 국선 화랑(國仙花郎)이란 것이 그때에 새로 생긴 것이 아니라 결국 이 풍류교의 종지를 청년 교육에 대대적으로 응용한 것이라는 것은 말할 것도 없는 일이다. 지금도 우리나라 말에 남아 있는 선비, 도령, 서방, 거랑방이라는 말이 다 이 국선교의 말이요, 화랑도의 말이니, 선비라 함은 요새 말로 선생을 가리킴이요, 도령이란 말은 용의 새끼에서 온 말이니 장차 용이 될 어린이라는 뜻이요, 서방이란 말은 '새방아'가 줄어든 것이니 새로 방아가 된 사람이란 뜻이다. 방아는 꽃이란 말로서 지금은 아직 피지 않은 꽃을 가리키는 봉오리와 꽃이 방은다는 말로 남아 있다. '花郎'이라는 한자는 방이라는 우리말의 새김과 음을 함께 표현하려고 붙인 것이니 '花'에서는 방을 취하고, '郎'에서는 'ㅇ' 소리와 남자라는 뜻을 취한 것이다.

화랑들이 지키던 도덕률을 간단히 표현한 것이, 저 원광법사(圓光

法師)의 입을 통하여서 귀산(貴山)과 추항(箒項) 두 청년에게 가르쳐진 '세속오교(世俗五教)'다. 거기 했으되,

1. 임금을 충성으로 섬겨라.
2. 어버이를 효도로 섬겨라.
3. 벗을 믿음으로 사귀어라.
4. 전장에서 물러나지 말아라.
5. 산 것을 죽임에는 가리어 하여라.

하는 것이다. 이것은 한문 문자를 빌어서 표현된 것이매 얼른 보면 충, 효, 신, 용, 인(忠孝信勇仁)이 다 유교의 덕목(德目)인 것 같으나, 그렇지 않음은 이 다섯 가지를 한데 꿰어 놓은 모양으로도 알 수 있다. 이것은 삼강오륜 등의 순서와 합하지 아니할 뿐더러 이 다섯 가지 덕목 중에 효 하나를 제하고는 넷이 다 국민적이요, 개인적, 가족적이 아닌 점이다. 중국의 삼강으로 말하면 군신, 부자, 부부요, 오륜은 부자, 군신, 부부, 장유, 붕우여서 군신 하나를 제하고는 다른 덕목은 다 개인적이요, 가족적이다. 이 점으로 보아서 우리 민족의 본디의 도덕이 국민적이란 것을 알 수 있다.

또 하나 세속 오교의 특색은 그 다섯째 가르침인 '산 것을 죽일 때에 가림이 있으라' 하는 것이다. 중국의 실천 도덕인 삼강오륜에는 인이나 자비심에 관한 것은 없고 지, 인, 용(智人勇)이라든가 인, 의, 예, 지, 신(仁義禮智信)이라든가 하는 도덕 이론에서만 비로소 '인'이란 것이 보이는데, 우리의 세속 오교는 실천 도덕이건마는 인을 충효와 아울러서 세웠다.

또 이 죽이되 가리라는 항목은 세계에 독특한 도덕 명제라고 생각한다. 죽이지 말라는 가르침은 부처도 예수도 말씀하셨다. 그러나 인생의 실제 생활에서는 면할 수 없는, 죽이는 일을 '가리어 하라'는 것으로 제한하는 동시에 이를 도덕화한 것은 우리 민족의 양심적인

동시에 실제적인 성격을 보이는 것이라고 생각한다. 이 가르침에는 무한한 묘미를 느낀다. 왜 그런고 하면, 이 덕목이 침략을 금하는 조건이 되기 때문이다. 죽이지 않고는 안 될 때에만 죽여라 하는 것이기 때문에, 적이 침입하여서 우리를 해할 때에 백방으로 죽이는 일을 피하다가 할 수 없어야 칼을 빼라는 것이다.

그런데 대단히 흥미있는 것은 수양제의 침입이나 당태종의 침입에 있어서, 고구려는 마치 어디까지나 패퇴하는 듯이 보이고 을지문덕도 몸소 적진 중에 찾아가서 적장에게 화친을 청하기까지 했다. 그래도 안 될 때에 분연히 칼을 빼어들고 일어나되, 한 번 일어나면 적군을 국경 밖으로 쫓아 버리고야 말았다. 그러면 그만이지 적을 추격하는 일은 하지 않았다. 이리하여 고구려는 세 번 싸워 한, 수, 당군을 쫓고 네째번에는 나당 연합군에게 옥으로 부서지고 말았다.

삼국시대에 이르러서 세 나라가 서로 싸운 것은 매우 유감된 일이지마는, 이 속에는 세 갈래를 하나로 통일하려는 강한 동기가 있었다. 그것은 신라가 당의 힘을 빌어서 백제와 고구려를 멸하여 통일 민족을 이룬 뒤에는 곧 당나라와 싸워서 그 침입을 막은 것을 보아서 알 수 있는 일이다. 그러므로 삼국의 싸움은 민족의 통일을 위한 것이다.

이상 몇 가지 실례로 보아서 우리는 침략하려면 침략할 실력을 가지고도 그것을 하지 않았다는 것을 증명할 수 있으니, 이것은 홍익 인간과 함부로 죽이지 말라는 우리 민족의 근본 정신이 꾸준히 뻗쳐 왔음을 보이는 것이다.

이 정신은 통일된 신라와 그 뒤를 이은 고려와 조선을 통하여서 더욱 분명히, 더욱 의식적으로 나타났다. 즉, 신라는 민족의 근본 정신인 홍익인간의 고신도(古神道)에다가 불교의 자비의 이상을 가미한, 가미했다기 보다는 조화한 국토를 건설하려 했고, 고려는 불교를 국교로 해서 이 나라에 자비의 이상국을 건설할 것을 건국의 이상으로 삼았다. 이것은 태조 왕건(王建)의 십개조 유훈의 첫머리에, '삼보를 존중하고(尊重三寶)'라고 한 것에 분명히 나타났고, 후에 인종이 살생 금지령을 내린 것으로 보아 역대 왕들이 얼마나 자비의 이상을 실현하기에 열심이었는가를 알 수 있다.

이씨 조선이 되면서는 불교를 누르고 고신도까지도 버리려는 정책을 써서 중국 문화를 그대로 이 땅에 옮겨 심으려는 방향으로 나왔지마는 그렇게도 순수하게, 어리석다 하리만큼 외곬으로 요순과 공맹의 인의의 나라를 실현하려 한 것은 중국 역대에도 보지 못할 일이었다. 세종, 성종, 중종 등 초기의 왕들은 말할 것도 없이 요순을 본받기에, 주공을 스승으로 하기에 전 정치력을 다했지마는 말엽의 영조, 정조도 이들에게 못지 않게 이 나라를 인의의 나라로 만들고 백성을 인의의 백성으로 만들려고 최후의 노력을 다했다. 부국 강병과 같은 관중, 상앙의 무리는 우리나라에 있어서는 침 뱉어 버릴 이단자였다. 국가로나 개인으로나 높일 것은 오직 청빈(淸貧)이었다. 하도 이러한 극단에 치우쳤기 때문에 이용 후생의 길은 등한하게 되고 문학, 예술까지도 천히 여김이 되어서 이씨 조선의 가난의 특색을 유감 없이 발휘한 것은 유감이어니와, 이를 통하여서 우리 민족의 이상이 물질적 이욕에 있지 않고, 정신적인 인의 도덕에 있다는 것은 의심할 여지없이 잘 나타났다. 이조 말에 와서 매판 매직이 공공연하게 행하여, 정치는 썩고 백성의 마음은 거칠었지마는 그래도, 그래도 하나만 사라지지 않고 남아난 것이 있었으니 곧 돈과 세력이 양반을 만들지 못한다는 것이었다. 다시 말하면, 벼슬도 살 수 있고 권세도 살 수 있어도 양반만은 살 수 없었다. 덕이 높은 사람이거나 나라에 공이 큰 사람과 그 자손만이 양반이 될 수 있는 것이었다.

양반이란 말은, 근세에서는 문관과 무관 두 반을 가리키는 말로만 알게 되었으나, 그 어원은 아랑방아로서 다랑방아에 대한 말이다. 아랑이란 용이란 말이요, 도랑이란 새끼용이란 말이니, 지금도 도롱뇽이란 말로 남아 있다. 방아라는 것이 화랑이란 뜻임은 위에도 말했거니와, 방아란 식물에서는 꽃이요, 짐승에서는 봉황이다. 닭의 어린 것을 병아리라 함도 거기서 나온 말이거니와, 사람 가운데 도를 닦는 사람이 방아다. 그 도란 무엇인고 하면 충, 효, 신, 용, 인의 덕을 닦아서 제 욕심을 죽이고 나라와 세상을 위하여 일하는 길이다. 도 닦는 도령이다가, 남을 가르치는 선생이 되면 선비요, 나라에 벼슬을 받아 벼슬아치가 되면 아랑방아다. 방아란 말이 화랑이라고 한문화한 모양으로 아랑방아는 양반이라고 된 것이다.

그러므로 양반이란 것은 결코 조상의 뼈를 팔아먹는 계급을 가리킨 것은 아니요, 도를 닦고 나라와 세상일에 평생을 바치는 사람들을 일컫는 말이다. 이와 반대로 도를 닦지 않고, 나라와 세상을 위해 일하지 않고, 저 한 몸의 이익과 안락을 위하여 사는 사람이 상놈이니, 상놈의 상이란 말은 종족적, 종교적으로 생긴 말이지마는 현재 우리 말의 뜻에서는 양반에 대한 말이다.

오늘날에도 양반의 특색은, 첫째로 공부를 하는 것, 둘째로 예절을 지키는 것, 그리고 세째로 영리를 직업으로 하지 않는 것이다. 이른바 양반 행세를 하려면, 학문이 있어야 하고 관혼 상제는 물론이거니와 일상 생활에도 말하는 것, 걸음걸이, 옷 입는 것이 모두 법도와 체통에 맞아야 하고, 농사는 허하나 장사를 하여서는 되는 것이니, 대개 장사는 재물을 욕심내는 일일 뿐더러 고개 안 숙이지 않는데 고개를 숙이고 속이는 일을 하기 쉬운 때문이다.

이상에 말한 바와 같이 양반이란 민족의 꽃이요, 지도자를 의미함이요, 홍익 인간의 민족적 이상을 지키고 발전하고 실현하는 것으로 제 구실을 삼는 사람들이지, 권세를 잡고 저를 높이고 다른 동포들을 낮추어 일종의 특권 계급을 이루는 자들을 가리키는 것은 아니다. 무엇이나 폐해를 속에 싸지 않은 것은 없으니 향내 나는 꽃도 썩으면 구린내를 냄과 같아서, 아무리 좋은 제도라도 썩으면 해독이 되는 것이다. 역사상에 보는 종교로서 생기는 해독이 그 가장 좋은 전례다.

그러나 죽어서 썩을 것을 싫어하여 새로 나는 아기를 미워하거나 슬퍼할 수는 없는 것이다. 비록 사람이 죽으면 추악한 빛과 냄새를 풍기지마는 살아서는 아름답고 향기로운 일을 할 수 있기 때문에 우리는 인명을 소중히 여기는 것이다.

우리 민족은 홍익 인간의 외줄기 민족 이상을 실현하기 위하여서 고구려의 조의선인(皂衣仙人), 신라의 풍류교, 고려의 승려, 이씨 조선의 양반, 이 모양으로 여러 가지로 겉모양을 변하면서 흥망성쇠가 있었지만, 우리 민족이 사는 동안 이 모든 것을 꿰뚫어 흐르는 홍익 인간의 한 줄기 빛은 변함이 없는 것이니, 장차 오려는 새 시대의 출발도 여기서 시작될 것이다.

돌아보건댄, 지난 이천 년간에 우리 민족은 실로 많은 무서운 시련을 겪었으니, 작은 것은 차치하고 다른 민족의 큰 침입만 하여도 무릇 열 번에 달한다. 그중에서 맨 첫번인 한(漢)의 침입은 수백 년에 뻗쳤었고, 수가 한 번, 당이 두 번, 합하여 네 번은 한족의 침입이요, 다음에 거란(契丹)이 한 번, 원이 한 번, 일본이 두 번, 청이 한 번, 그리고 이번 미, 소 두 나라의 군대의 주둔이다. 미, 소 군의 주둔을 침입이라고 할 수 없으니, 그것을 제하면 이천 년간에 도합 아홉 번의 대침입을 당했고, 그중에서 한, 원, 청, 일의 침입과 명에 대한 이씨 왕조의 자진 조공은 각각 수십 년 내지 수백 년간 우리 민족을 한족, 몽고족, 만주족, 일본족의 밑에서 부용 또는 다스림 받는 자의 수치에 두었다.

이것은 매우 부끄럽고 쓰라린 일이다. 이 때문에 우리는 수 없는 피를 흘리고, 국토는 짓밟히고, 국민은 애통했다. 그러나 우리는 이 불행한 시련 속에서 위안과 자신과 힘을 찾아낼 수가 있다.

그중에 한 가지는 우리 민족이 그러한 많은 시련 속에서 용하게 도 멸망하지 않고 살아 남았다는 것이다. 다른 민족은 이러한 대시 련의 한두 번에 벌써 종족적 멸망을 당했거나, 그렇지 않더라도 민 족의 정신과 말과 모든 문화를 잃어버렸을 것이건만 평균하여 이백 년에 한 번씩이나, 그도 계속하여서, 우리보다 몇 갑절 되는 인구와 병력을 가진 자의 대침입, 대살육을 당하면서도 혈통적으로 문화적 으로 통일된 민족 단위를 유지하여 왔다는 것은 전 인류의 역사를 통하여서 큰 이적이라고 안 볼 수가 없는 것이다. 저 몽고족을 보라, 만주족을 보라, 사라센 옛 제국의 아라비아족을 보라. 이들과 대조 할 때에 우리 민족의 불가살, 불가사적 끈기를 새삼스럽게 안 느끼 지 않을 수 없는 것이다. 지난번 일본이 그처럼 조직적으로 우리 민 족의 통일과 문화를 깨뜨리고 제 물을 들이려던 사십 년의 노력도 이제 보면 연꽃과 연잎에 부운 물과 같아서 터럭끝만치도 젖은 구석 이 없지 않느냐. 그나 그뿐인가, 우리 민족은 그 놀라운 인구 증식 률로써 그가 이 무서운 연속적인 타격 밑에서도 생활력이 위축하지 않을 뿐더러 도리어 그 타격이 자극이 되어서 활력을 더함을 보이 고 있다. 삼 백 육십 년 전 임진란에 사백만으로 줄었던 인구는 약 이백 년 전 영조 때의 호구 조사에 칠백만으로 회복한 것을 보이고, 사십 년 전에 일천 삼백 만이던 것이 지금은 삼천만으로 갑절 이상 이 늘었다. 앞으로 삼십 년에 우리 인구가 오천만이 넘을 것을 우리 는 의심하지 않거니와, 이것은 우리 민족의 사명이 과거에 있지 않 고 미래에 있다는 것을 가장 분명하게 보이는 하늘 뜻이 아닐 수가 없는 것이다.

둘째로 우리가 이천 년의 불행에서 얻은 것은 문화적 수련이다. 우리는 낙랑 유적이라는 것으로 보아서 한의 문물을 받아들인 것을 보고, 삼국시대에 우리 편에서 자발적으로 실어들인 불교와, 당나라 문화와, 또 고려가 자진하여 가져온 송나라 문화 외에 원, 명, 청 삼대를 통하여서 거의 중국 문화의 전부를 흡수했으니, 이것이 우리의 큰 문화적 재산인 것은 말할 것도 없는 것이다.

우리 민족은 다른 어떤 민족에서도 볼 수 없는 크고 긴 고난을 받으면서, 또 놀라운 끈기로 그것을 견디어 오면서 우리가 낳은 문화에다가 중국, 인도에서 일어난 모든 문화를 받아들여서 내 것을 만들었으니, 우리의 정신은 동아 문화의 저수지가 된 것이다. 우리 음악이 이에 대한 가장 좋은 상징이다. 우리 음악은 서역, 중국, 몽고, 만주 등 동아 모든 민족의 음악을 모아서 이루어진 것이라고 한다. 음악이 그러함과 같이 우리의 다른 정신 문화도 동아의 모든 것을 집대성한 것이다. 여러 번 병란과 이씨 조선의 편협한 정치로 우리 문화의 많은 부분이 소멸되었지마는, 비록 넉넉치 못한 우리 기록과 유적에서도 이것을 찾을 수가 있을 뿐더러, 우리말은 이 정신 문화를 가장 많이 담은 큰 창고여서 우리가 고요한 마음으로 정성껏 찾기만 한다면 옛 문화의 옹근 모양을 알아낼 수가 있다고 믿는다.

이 모양으로 동아에서 발생한 모든 문화의 훈련을 받은 우리 민족은 최근 일세기 동안에 천주교로부터 공산주의에 이르기까지의 모든 서양 문화를 맛보았다. 이것은 세계의 역사로 보아서 깊은 뜻이 있는 것이다. 왜 그런고 하면 동편 사람은 동편 것만을 알고, 서편 사람은 서편 것만을 아는 데 대해서 우리는 두 가지를 다 알기 때문이다. 그뿐더러 우리는 동아 사상의 대종이 되는 인도와 중국 사상에 대해서도 제삼자요, 구미 사상에 대해서는 더욱 제삼자이기 때문에 두 가지에 대해서 다 같이 비판적인 지위에 설 수 있기 때문이니, 동서 두 큰 문화를 비판해서 그 장을 취하고 그 단을 버리는 일에 있어서나, 또는 이 두 가지 술을 합해 한 가지 새 술을 만드는 일에 있어서나, 우리가 가장 적당한 처지에 있기 때문이다.

지금 세계는 큰 고민 중에 있다. 모든 민족이 다 평화를 원하면서 평화를 얻지 못하고 나날이 다음 전쟁의 위협을 느끼고 있다. 아들을 가진 어머니치고 그 아들이 전장에서 죽을 근심을 하지 않는 이가 없고, 큰 도시의 주민치고 원자탄, 폭격의 위험을 느끼지 않고 있는 이가 없다. 이리하여서 인류 세계는 무시무시한 불안의 안개 속에 잠겨서 도덕은 날로 퇴폐하고, 서로서로의 사랑은 서로서로의 미움으로 변하고 있고, 나라와 나라, 민족과 민족은 말할 것도 없거니와, 계급과 계급, 개인과 개인도 서로 믿는 생각이 엷어지고 서로 의심하는 마음만 두터워 간다. 인류 세계는 바야흐로 아수라도, 아귀도로 떨어지고 있다. 그래서 젊은 사람들은 인류의 성인들이 가르치신 모든 계명을 헌신짝같이 버리고, 짐승의 본능과 충동을 마음놓고 따라가는 것을 부끄러워 하지도 않고 있다.

이것이 이대로 가면 세계는 파멸하고 말 것이다. 진실로 무서운 것은 원자탄이 아니요, 원자탄을 던지려는 사람의 마음이니, 이것은 곧 욕심이요, 미움이다.

파멸에서 세계를 건지려고 일찍이 국제연맹이 생겼었으나, 효험을 보지 못하고 도리어 둘째 큰 싸움을 끌어들인 것 같은 아이러니를 보였으며, 이제 또 국제연합이라는 미증유한 국제 조직을 만들어서 모이고 또 모이고 하나, 아직 세계에 화기는 돌아오지 않는다. 도리어 세째 큰 싸움이 또 닥쳐오는 것만 같은 것이 오늘날 세계 대세다.

이제 인류는 고개를 숙여서 반성할 때가 되었다. 지금까지 따라온 생활 원리에 어디 큰 잘못이 있는 것을 찾아 볼 수밖에 없다. 어디 무슨 크게 잘못된 구석이 있길래, 자연과학이 발달되면 발달될수록, 생산능력이 증가하면 증가할수록 인류는 더더욱 불행에 빠져가는 것이 아니겠는가. 그 잘못을 고치지 않고, 평화를 바라는 것은 병을 그냥 두고 건강을 구하는 것과 같아서, 결국 아귀가 물을 먹어도 그 물이 불이 되어 목이 더욱 마르는 것과 같고, 탄탈로스가 몸을 턱까지 물에 담그고도 물이 입에 닿지 않는 것과 같을 것이다.

여기 새로 나라를 세우려는 우리 민족의 사명이 있다. 곧 인류가 참되고 오래 갈 평화를 누릴 수 있는 생활 원리와 생활 방식을 궁리해 내어서 우선 우리가 세우는 새 나라에 이것을 실현하여 몸소 표본이 되고 모범이 되는 것이다.

이것이 너무 엄청난 생각이라는 이가 있다고 하면 그는 두 가지로 잘못 하는 것이다. 한 가지는 우리 민족의 능력과 처지를 무시하는 것이요, 또 한 가지는 참된 소원은 이루어진다는 우주의 원칙을 못 깨달은 것이다.

우리 민족이 인류를 위한 새로운 생활 원리와 방식을 만들어 내기에 가장 합당하다는 한 이유는 이미 위에 말했으니, 그것은 곧 우리 민족이 한 몸에 동서 모든 문화를 다 갖추었다는 것이다. 이것이 물론 이 일을 위해서 가장 기초적인 자격이거니와, 또 한 가지 우리에게 남이 못 가진 독특한 조건이 있으니, 그것은 우리는 비었다는 것이다. 다시 말하면 내 것이라고 아끼고 지킬 것이 없다는 것이다. 이것은 얼른 듣기에 우스운 소리와 같으나, 제 것이 있는 자는 욕심을 떠난 냉정하고 공평한 판단을 하기가 지극히 어려운 것이다. 이것을 다음에 실례를 들어서 간단히 설명해 보자.

예컨대 미국과 영국과 같이 큰 권력과 부력을 가지고, 게다가 정치에 있어서 제 것이 가장 좋다는 강한 자부심을 가진 자는 '제가 옳다'는 우상을 숭배하는 마음을 떼기가 어렵다. 사실상 그들은 민주주의라는 총괄적인 이름으로 부르는 원리를 가장 옳은 것이라고 믿어서 세계 모든 민족이 이것을 따라오기를 주장하고 있으나, 세계의 평화가 깨지는 원인이 다만 무솔리니, 히틀러에게만 있는 것이 아니라 미·영 자신에게도 있는 것을 보지 못한다. 그것은 인정상 부득이한 일이다.

다음에 미·영과 대립한 세력인 소비에트 러시아로 보면 이미 종교 단체화해서 스탈린주의에 대해서는 신조가 되어 버리고 말았으니, 자기 비판을 바랄 수는 없는 사정이요, 실제에 있어서 러시아로서는 그대로 밀고 나갈 길 밖에 없는 것이다.

이 푸른 민주주의, 붉은 민주주의 두 가지가 다 진리일 수는 물론 없거니와, 이것을 공평하게, 정당하게 비판할 자격은 선입견이 없는 제삼자에게서만 바랄 수 있는 것이다. 그런데 우리 민족은 지금 이들 중에서 어느 것이나 하나를 택하지 않을 수 없는 처지에 있다. 우리가 나라를 세우는 이 마당에 우리는 푸른 것, 붉은 것 둘 중에 어느 것을 골라잡을 것인가. 사실로 보면 우익은 푸른 편, 좌익은 붉은 편이나, 이 우익이나 좌익이나 다 국민 전체의 정당한 의사 표시로부터서 생긴 것이 아니다. 다시 말하면 합법적인 투표로 말미암아 뽑힌 대의원으로 된 좌·우익이라야 비로소 정말 좌·우익이지, 현재의 것은 좌·우익적 생각을 가진 개인들끼리 임의로 뭉쳐진 것에 불과한 것이다. 그리고 국민 전체는 똑바로 말하면 좌·우의 두 사상을 연구하고 비교하는 중이요, 세계적으로 보아 좌·우 두 세력이 어느 편이 득세하는가를 관망하고 있는 것이다.

그러므로 좌·우, 즉 푸른 민주주의와 붉은 민주주의를 잘 알아보고 잘 따져 보아서 어느 것이 어느 것인지를 분명히 가릴 필요가 있다. 이것은 냉정한 이지로 판단할 것이지, 일부 너무 열심있는 주의자들이 하는 것과 같이 광신적이어서는 안 된다. 마치 유치한 종교의 신조와 같이 무조건 무비판으로 믿는다거나, 또는 미처 충분한 비판도 있기 전에, 혹은 구변 좋은 권유나, 혹은 일시의 열정적인 감격을 이용한 서약으로 꼼짝달싹 못하게 얽매어져서 의사의 자유를 잃게 하는 그러한 책략에 걸려서도 안 된다.

그러나 이 두 가지 대립적인 사상을 연구하여 어느 것이 더 옳고 어느 것이 그르다고 판단하는 것은 반드시 그 옳은 편에 가담한다는 것과는 다르다. 왜 그런고 하면, 우리에게는 '저'라는 것이 있기 때문이다. 여우에게는 굴이 좋고, 새에게는 나뭇가지가 좋다. 아무리 다른 나라, 다른 민족에게 좋다는 것이라도 우리에게도 좋을지 아니 좋을지는 다시 알아보아야 할 일이니, 이것을 결정하는 것은 논리가 아니요, 역사다. 우리의 민족적 체질과 구미에 맞고 아니 맞는 것을 알려 주는 것이 우리의 역사이기 때문이다. 우리에게는 밥보다 빵이 낫지 못하다. 남이야 무어라고 하든지 김치, 깍두기, 고추장은 우리가 버릴 수는 없는 물건이다. 아무리 우리가 서양을 배운다 하더라도 사촌, 오촌은 말고 동성 동본이 혼인을 하기까지에는 좀체로 가지 않을 것이요, 수숙 간에 너, 나 하기도 하기 어려울 것이다.

개인에 있어서도 세살 적 버릇이 아흔 살까지 간다고 하거니와 민족에 있어서 더욱 그러하다고 본다. 우리의 역사로 보더라도 중국의 문화를 따르자는 국가적 운동이 칠백 년이나 계속하여 왔건마는 그래도 여전히 우리는 우리다. 저 유명한 숭명주의자요, 그것을 실천하기에 평생을 바쳤다는 우암 송시열도 결국 조선 집에서 김치, 깍두기를 먹고 조선 말을 하다가 죽었다. 근래에 이론가들이 역사를 가벼이 보는 경향이 있어서, 역사와 문화를 가진 인류를 마치 그것이 없는 다른 동물과 같이 생물학적으로만 처리할 수 있는 것처럼 생각하는 버릇을 보이고 있다. 다른 생물은 그 씨와 피로만 종족성을 유전하지마는, 사람은 씨와 피의 유전 밖에 역사와 문화의 유전을 받는 것이니, 이것을 제이 유전, 또는 전통이라고도 부르거니와, 이 유전이 인류 사회에 있어서는 제일 유전, 즉 생물학적 유전보다 못지 않을 뿐더러 어떤 경우에는 더욱 힘 있는 때가 있는 것이다.

사람이 아무도 없는 데서 혼자 살 때에나, 일상 생활의 어느 부분에서는 생물의 본능과 충동만으로 사는 동안도 있겠지마는 자세히 살펴보면, 그러한 때에도 제가 속한 민족의 역사와 문화의 영향에서 벗어나지 못하는 것이니, 쉬운 예를 들자면 밥을 지어서 바른 손으로 숟가락을 잡고 먹는 것 같은 것이다. 우리는 여기서 벌써 그가 역사와 문화의 아들임을 보거니와 한 걸음 나와 가정 생활, 사회 생활, 국가 생활의 지경에 들어서면, 마치 그는 생물적 유전에서는 벗어나서 오직 역사와 문화의 유전에서만 사는 것 같음을 볼 것이다. 가까이는 부자, 부부, 형제의 관계와 멀리는 이웃, 국민의 관계, 좀 더 높고 멀리는 신명과 우리, 자연과 우리의 관계에서 나오는 모든 감정, 의리, 예의 같은 것이 어느 것이나 역사와 문화에서 나오지 않은 것이 없으니, 이것이 없이는 사람의 생활이 없는 것이다.

그런데 이 역사가 민족에 따라서 다르고, 그러므로 문화의 골(型)이 역사를 따라서 다르므로, 우리는 지리학에서 재미있게 배우는 것과 같은 인정, 풍속이 다른 여러 가지 민족을 보는 것이다. 쉽게 말하면 모든 인류가 사람이라는 넓은 뜻으로 보아서 같은 모양으로, 모든 민족 문화도 그 근본 정신에 있어서는 같은 것이지만, 또 모든 민족이 그 살빛과 키와 말이 다르니만큼 그들의 문화에도 그만한 다름은 있는 것이다. 우리는 박애주의와 세계주의를 칭찬하고 또 그 사상과 감정이 더더욱 짙어지기를 바라는 바이거니와, 그와 꼭같이 각 민족의 문화의 다른 점을 간과하여서는 안 되는 것이니, 너무 민족적 특성을 중요시하는 편에 치우치면 민족적 이기주의와 배타주의에 흘러서 세계에 민족의 쟁투를 격발하여 평화를 깨뜨릴 염려가 있지만, 그와 반대로 너무 인류의 공통성을 보기에만 치우쳐서 인류를 다 같은 생물로만 볼 때에는 열대지방 사람에게 온돌을 강제하고 한대에 사는 이들에게 벌거벗기를 주장함과 같은 일이 생길 것이니, 이렇게 되면 열대 사람은 더워서 죽고, 한대 사람은 추워서 죽게 될 것이다.

강남의 귤이 강북에 심으면 탱자가 된다 하거니와, 다 같은 불교나 예수교조차도 그것을 받아들인 민족성을 따라서 그 민족의 특색을 아니 띠지 못하는 것이다. 프랑스의 루소의 생각이 도버 해협을 건너가면 홉스의 사상이 되고, 그러한 뒤에 비로소 영국의 입헌 민주주의가 되는 것이다.

이제 우리가 앵글로색슨의 민주주의와 슬라브의 공산주의를 대할 때에도 우리의 역사와 문화를 잊고 체질과 식성에 맞지 않는 것을 통으로 삼키는 어리석음을 보여서는 안 될 것이니, 우리는 이씨 조선의 유교에 있어서 이미 실컷 쓴 경험을 한 것이다.

그런데 현실로 보건댄 앵글로색슨식 민주주의자나 슬라브식 민주주의자나 다 제 민족의 역사와 문화를 무시하고, 혹은 워싱턴을, 혹은 모스크바를 고대로 서울에 떠오려 하는 것 같다. 지난날 우리나라를 소중화(小中華)를 만들려는 유교도들이 하던 모양으로, 이제는 이 땅을 소 미국, 소 소련을 만들려 하는 것 같다. 우익은 자유주의니까 그토록 심하지 않거니와, 좌익 사람들은 군대적이요, 교파적이어서 주의에 있어서는 개인의 자유가 없는 만큼 이 색채가 더욱 농후하다. 그럴 뿐더러 공산당의 근본 정신이 유산 계급과 무산 계급의 대립을 인정할 뿐이요, 민족을 통일체로 본 정치적, 문화적 단위성을 거부하여, 무산자의 독재를 유일한 합리적인 정치 형태로 보고, 소련을 세계 공산주의자의 조국으로 규정해 민족국가의 존재 이유를 부정(국제 공산당 체제)하는 만큼 한 민족의 역사, 문화를 기초로 삼는 민족 국가는, 혹 과도 시기의 한 방편으로 이용은 할지언정 이것을 소멸시키는 것이야말로 공산주의자의 신조요, 임무인 것이매 우리나라에 있어서도 좌익이 방편으로야 무슨 말을 하든지 간에 그 움직일 수 없는 목표가,

1. 소유권을 폐지할 것.
2. 무산 계급의 이름으로 공산당 독재의 국가를 세울 것.
3. 소비에트연맹, 즉 소련의 일 연방으로 가입할 것.

세 가지에 있음은 숨길 수도 없고 변할 수도 없는 것이다. 그러므로 좌익 사람들(정말 공산주의를 알고 좌익에 참가했다 하면)을 향해 민족의 역사와 문화를 말하고 민족적인 자주 독립 국가를 말하는 것은 쓸데없는 일이니, 이는 예수교도에게 불교를 선전하는 것과 같은 목적으로 하는 것밖에는 무의미한 일이다. 그러므로 민족주의자와 소련 계통의 공산주의자와 합작한다는 것은 다른 일에는 몰라도 국가를 건설하는 정치적인 일이면 되지도 않을 요술에 불과한 것이다.

본디 주의가 같지 않은 둘이 합작한다는 것이 말이 되지 않는 소리다. 합작은 모방보다도 나쁘다. 푸른 빛과 붉은 빛이 합한다면 까맣게 되고 말 것이니, 이는 곧 붉은 것은 붉기를 그만두고 푸른 것은 푸르기를 그만둔다는 것이되고 만다.

그러므로 모방과 합작은 다 찬성하지 못할 일이다. 우리의 살림은 우리의 생각으로 할 시기가 되었다. 우리 민족의 기나긴 수련과 고난의 시대를 보내고 이로부터 창조와 건설의 시대에 들어가자.

세계는 분명 어디가 잘못 되었다. 그러길래 이렇게도 편안치 못한 것이다. 큰 싸움이 금시에 벌어질 듯, 벌어질 듯, 나라와 나라, 사람과 사람의 마음에는 서로 의심하고 서로 미워하는 기운이 그득 차서 마음을 놓고 살 수가 없다. 난세, 난세 하기로니 이런 난세가 또

있었던가. 전세계에 아들을 가진 부모치고 걱정하지 않는 사람이 없고 일 년 앞 일을 예정할 수가 없다.

이러고는 도저히 살아 갈 수가 없다. 무슨 새로운 생활의 원리를 찾아야 하지, 그렇지 않고는 인류 세계는 망하고 말 것이다.

이러한 새 원리가 나오고, 이론으로 나오는 것만 아니라 사실로 실현될 데가 우리나라다. 우리 강산은 이 일을 위하여서 준비되어 있었고 우리 민족은 이 구실을 위해서 수천 년간의 대시련을 겪은 것이다.

"빛은 동방에서."

"새 하늘 새 땅이 열린다."

우리, 특별히 우리 젊은 아들딸들은 종의 생각과 거지의 근성을 버릴 때가 되었다. 예전에 중국 민족을 숭배하던 것이 종의 생각이면, 오늘날에 누구누구를 무서워하고 거기 의지하려는 것도 종의 생각이다. 저가 나보다 크고, 내가 저보다 작다 하여 저를 높이고 나를 낮추는가. 저가 큰 바위면 나는 작은 구슬이 될 것이다. 저가 물질문명이 나보다 발달되고 기계와 재물이 많음을 보고 나는 저만 못하다고 하는가. 나는 잠깐 동안에 저의 것을 배울 수가 있거니와 내게 있는 자비와 화평의 정신은 저가 천 년을 두고 배워도 따르기 어려울 큰 재주다.

우리는 제게 있는 보배를 잃어버리고 거지로 자처하는 것이다. 천하를 다 주어도 바꾸지 않을 우리 민족의 정신적 보배를 가슴에 품은 채 저를 세계의 가장 가난하고 천한 거지로 여겨서 '적선합시오' 하는 손을 외국에 내밀고 있다.

우리 국토가 우리가 살기에 필요한 모든 보물을 감춘 채, 헐벗은 모양을 보이고 있듯이 우리 민족도 왕자의 존귀한 몸으로서 빈천의 상을 쓰고 있다. 또 마치 우리 국토가 앞으로 삼십 년만 힘쓰면 그가 가진 모든 힘과 빛을 발할 것과 같이 우리 민족의 정신적 힘이 정치로, 경제로, 철학으로, 예술로, 과학으로, 꽃을 피우는 것도 앞으로 삼십 년, 오십 년이면 볼 수 있는 것이다.

지극히 가난하던 우리 국토가 개간으로, 식목으로, 광산 채굴로, 수력 전기로, 공업으로, 목축으로, 넉넉히 살 수 있음과 같이, 우리 민족도 다른 나라의 모든 학문과 기술을 배우는 동시에 우리의 정신의 빛을 발휘하여서 세계의 스승이 될 것이다.

우리에게 부족한 것이 있어서 우리가 빈천한 것이 아니다. 있기는 다 있는데, 우리가 하지 않기 때문에 빈천한 것이었다. 이를테면, 광에 그득한 것을 꺼낼 줄을 몰라서 배를 곯은 것이었다. 우리 땅의 수력 전기만 다 개발하여서 그 전기만 팔아 먹더라도 우리 민족의 생활은 넉넉하다고 한다. 우리나라의 개간할 수 있는 땅을 다 개간하면 팔천만 석 이상의 곡식을 거둘 수 있으니 이것은 경작방법을 오늘 모양으로 하더라도 그렇단 말이지, 만일 기계와 화학 비료를 쓰면 그 세 배 이상을 증산할 수 있다고 하니, 그렇다면 농사만 해도 지금 우리 인구의 서너 배는 먹고 살 수가 있는 것이다. 게다가 목축과 과일까지를 넣는다면 얼마나 풍족할 것이냐. 우리가 정신으로 빚어 내일 문화도 조금도 그와 다름이 없는 것이다.

이리하여 이루어진 우리나라가 사랑의 나라요, 서로 미워하는 나라가 아닐 것은 말할 것도 없다. 그것은 위대한 혁명이거니와, 이 혁명은 지금 세상에서 말하는 것 같이 악을 쓰고 욕설을 하고 때리고 죽이고 지독히 서로 미워하는 그러한 맹수적인 혁명이 아니라, 형제와 자매의 정에서, 서로 저를 책망하고, 서로 남을 위하는 그러한 혁명이다. 우리는 저 이른바 혁명가들의 지긋지긋한 아우성을 더 참을 수가 없고, 피 묻은 칼을 들고 날뛰는 양을 보기에 진저리가 났다. 우리는 평화를 원하고 사랑을 구한다. 천당 극락까지는 아니라도 서로 미워하지 않는 이웃을 가져야 하겠다. 모두 전쟁과 피 흘리는 혁명이라는 것과 이름 좋은 투쟁이라는 것이 이미 진저리가 났다.

"땅 위에는 화평이 있고 사람들 속에는 서로 위함이 있으소서."

빌 때가 아니라, 이제는 그것을 만들 때다. 그 역사의 첫 일군이 우리 민족이요, 그 세계의 첫 나라가 우리나라다.

춘원이광수 삶의 길
고산고정일

    이경훈 교수는 말한다. "친일 문학이란 일본 제국주의가 조장한 역사적 맥락을 벗어날 수 없었다는 본질적인 부정성에도 불구하고, 서구적 근대나 문명 개화, 더 나아가 전시대의 봉건적 사대 관계에 대한 반성이나 초극을 시도했던 일면을 가지고 있었으며, 이같이 복잡하게 뒤섞인 왜곡된 정신의 도박에 대한 전체적 파악이야말로 진정으로 친일 문학을 극복하게 하고, 더 나아가 우리의 근대를 이해하게 할 첫걸음인 것이다. 따라서 우리 근대 문학사가 결코 잊을 수 없는 춘원 이광수의 친일 문학 자료들을 엮은 《동포에 告함》의 핵심적인 태도는 바로 그 점에 있다. 우리는 비난하기에 앞서 비판해야 할 것이며, 비판하기에 앞서 본격적이고 정확하게 파악해야 할 것이기 때문이다."

    고산고정일이 펴내는 《춘원이광수 민족정신을 찾아서》 이 책이 이경훈 교수 논지에 답변이 되기를 기대한다.

춘원이광수 삶의 길

1892(1세) 이광수 아이 때 이름은 보경(寶鏡), 호는 춘원(春園)·장백산인(長白山人)·고주(孤舟)·외배·올보리. 익명은 노아자·닷뫼·당백·경서학인(京西學人) 등이다. 2월 28일 평안북도 정주군 갈산면 익성리에서 이종원(李鍾元, 42세)과 충주김씨(23세) 사이에서 전주이씨문중 5대 장손으로 태어나다. 할아버지는 이건규(李建圭)이다.

1894(3세) 가세가 기울어져 자주 이사하며 생활고를 겪는다. 1월 전라도 고부에서 동학접주 전봉준이 동학농민운동을 일으키다. 6월 군국기무처 설치되고 갑오경장 시작되다. 8월 1일 청일전쟁 일어나다.

1895(4세) 8월 일본낭인들 우범선 안내받아 경복궁으로 쳐들어가 명성황후를 시해하다. 11월 단발령이 반포되다.

1896(5세) 한글을 비롯 천자문을 깨우치고, 외할머니에게 《소대성전》《장풍운전》 등 국문소설을 읽어드릴 정도로 똑똑했다. 2월 고종 임금이 정동 러시아공사관으로 옮겨가다(아관파천). 4월 서재필이 〈독립신문〉을 창간하고, 7월에 독립협회가 세워지다.

1897(6세) 첫째 누이동생 애경(愛鏡)이 태어나다. 10월 고종이 황제에 오르며 국호를 대한제국으로 고치다.

1899(8세) 마을 글방에서 《논어》《맹자》《대학》《중용》《사략》《고문진보》 등을 읽고 한시 백일장에서 장원하다. 5월 경인선 철도 개설되다.

1900(9세) 정양동 자성산 자락으로 이사, 3년간 살다. 자성재(慈聖齋) 서당에서 한학을 배우다. 산에서 나무해다 팔고 담배장사를 하며 생

활비를 벌어들이다.

1901(10세) 둘째 누이동생 애란(愛蘭)이 태어나다.

1902(11세) 7월 콜레라가 서북지방에 퍼지더니 이어서 전국으로 확산되다. 8월 아버지 이종원(52)이 콜레라로 별세, 이어 어머니 김씨(33)도 같은 병으로 세상을 떠나다. 3남매 고아가 되어, 큰누이는 할아버지 이건규에게 맡겨 길러졌으나 젖먹이 동생은 남의 집 민며느리 감이 되어 가다. 외가와 아버지 육촌형제 집을 떠돌면서 방랑생활을 시작하다.

1903(12세) 10월 둘째 누이동생 애란이 이질로 어린 나이에 죽다. 10월 28일 서울에 황성기독교청년회관(YMCA)이 창립되다. 11월 동학당에 들어가다. 12월 대접주 박찬명 집에 묵으며, 서기일을 하다. 이때 동학이념에 크게 감명받다.

1904(13세) 2월 러일전쟁 일어나다. 정주성에서 러일전투를 보고, 러시아군의 만행을 체험하면서 민족의식에 눈 뜨다. 이달 23일 한일의정서 조인되다. 3월 용암포를 일본에 개항하다. 7월 16일 영국인 베델이 양기탁과 〈대한매일신보〉와 영문지 〈Korea Daily News〉를 창간(1910년까지 발간). 7월 일본 관헌의 동학 탄압으로 현상 체포령이 내려져 고향을 떠나다. 7월 가쓰라–태프트 비밀협약 체결 미국은 사실상 일본의 한국 지배를 묵인하였다. 8월 정주읍에 수백명 동학인이 모여 진보회를 조직하는 데 참가하다.

1905(14세) 2월 정주를 떠나 서울 소공동에 박찬명이 경영하는 학교에서 일본어 교사로 지내다. 머리를 깎고 양복을 입었다. 진보회원 자녀들이 70여 명 수강하였다. 그 뒤 일진회와 접촉하면서 개화사상에 눈 뜨다. 반년 만에 고향으로 내려가 큰누이를 데리고 사는 할아버지에게 일본 유학의 결심을 말하다. 6월 일진회가 만든 학교에 들어가다. 일본인 고미나리케(五味成助)를 통하여 일어를

익히는 한편 산수를 배우다. 8월 일진회 유학생으로 선발 일본으로 건너가다. 이상헌이란 가명의 손병희를 일본에서 찾아뵙다. 도카이의숙(東海義塾)에서 일어를 배우다. 9월 5일 러일강화조약(포츠머스조약)이 조인되어 일본은 한국보호권, 요동조차권, 남만주철도권을 획득하다. 11월 7일 을사보호조약이 맺어져 통감정치 실시되어, 한국은 외교권을 빼앗기고 일본의 보호국이 되다. 12월 손병희가 동학을 천도교로 고치다.

1906(15세) 3월 다이세이(大成)중학교 1학년에 입학, 서구와 일본의 신문학을 접하면서 문학 재능을 발휘하여 습작에 몰두하고, 〈황성신문〉에 〈정육론(情育論)〉을 발표. 11월 일진회 내분으로 학비가 끊기자 부득이 귀국하다.

1907(16세) 외갓집에 머무는 동안 조카의 친구 실단을 만나 첫사랑을 느끼다. 4월 25일 학부에서 유학을 국비로 해결해주어 다시 일본에 건너가 하쿠산학사(예비학교) 입학하다. 7월 한일신협약(정미조약)이 강제로 맺어져 차관정치가 시작되다. 이달 31일 군대해산이 발표되고, 다음날 해산식 이루어지다. 30일 러일비밀협약이 맺어져 러시아는 한국에 대한 일본의 특권을 인정하다. 헤이그밀사사건을 빌미로 고종의 양위(讓位) 소식을 접하고 국운절박을 통탄하다. 9월 메이지학원(明治學院) 중학부 3학년에 편입, 학업을 계속하다. 이 무렵 도산 안창호가 미국으로부터 귀국하는 중 도쿄에 들러 행한 애국연설을 듣고 크게 감명받다. 메이지학원의 분위기에 따라 청교도적 생활을 흠모하게 되고 서양 선교사들이 성경시간에 익힌 기독교 생활을 하기로 결심하다. 동급생 호암 문일평 등과 사귀다. 홍명희, 문일평 등과 '소년회'를 조직, 회람잡지 《소년》을 발행하면서 시·소설·문학론·논설 등을 쓰기 시작하다. 특히 여기에 첫 소설 〈방랑〉 발표하다. 12월 이승

훈이 안창호 연설에 감동해 오산학교를 세우다.

1908(17세) 4월 메이지학원 4학년 진급. 반 친구인 야마자키 도시오(山崎俊夫)의 권유로 톨스토이에 심취하고 무저항사상에 감명받는다. 7월 방학중 안악면강회의 사범강습소에서 최광옥 등과 강의하다. 홍명희의 소개로 서울에서 정인보를 알게 되다. 개학을 앞두고 다시 일본으로 건너갔으나 개인적인 번뇌가 심해 불면증으로 고생하다. 9월 평양에 안창호가 대성학교를 열다. 11월 1일 최남선이 젊은이를 위한 월간 종합지 《소년》 창간하다.

1909(18세) 2월 도쿄 간다(神田)에 있는 조선청년회관(YMCA)에서 열린 메이지학원문학회 대회에서 문일평의 한국어 연설에서 통역을 맡다. 3월 졸업식에서 학업우수상을 받다. 4월 메이지학원 5학년 진급하다. 9월 간도조약 체결되어 간도 땅이 청나라 영토임이 일본에 의해 확인되다. 10월 26일 안중근이 하얼빈역에서 이토 히로부미를 사살하다. 11월부터 3개월간 일기를 쓰다. 이달 7일 〈노예〉, 18일 일문 〈사랑인가〉, 24일 〈호(虎)〉 등을 메이지학원 동창회보 〈백금학보〉에 발표하고 유학생들 사이에 유명해지다. 그해 다갈 무렵 동급생 홍명희 소개로 최남선(17세)을 알게 되다. 이해부터 구니키타 돗보, 나쓰메 소세키, 모리 오가이, 기노시타 나오에, 도쿠토미 로카 등을 애독하는 한편, 홍명희 권유로 바이런의 〈카인〉 〈해적〉 등 읽고 그무렵 자연주의에 휩쓸리다.

1910(19세) 3월 24일 할아버지가 위급하여 귀국하다. 이달 메이지학원 보통부 중학부 5학년을 졸업했다. 3월 언문일치의 새 문장으로 된 단편 〈무정〉을 〈대한흥학보〉 11~12호에 발표하다. 이때 할아버지의 별세와 국운의 쇠잔함을 보고 깊은 실의에 빠지다. 남강 이승훈의 초청으로 4월 오산학교 교원으로 들어가다. 7월 아버지 친구의 딸 백혜순(白惠順)과 중매로 혼인했으나 날이 갈수록 애

정 없는 결혼을 후회하며 실망의 나날을 보내다. 8월 29일 마침내 대한제국이 일본에 합병되자 망국의 한을 통탄하다. 9월 나라 잃은 슬픔을 노래로 만들어 학생들에게 부르게 하다. 남강 이승훈이 기독교신자가 되고 로버트 선교사를 교장으로 초빙하다. 10월 남강의 고향마을 용동으로 집을 옮기고 야학을 열며 이상촌운동에 나서다. 11월 20일 톨스토이 서거에 오산학교 학생들과 추도회를 열다. 망명 중에 이 학교를 찾은 신채호와 만나다. 최남선과 더불어 《조선역사》 5부작 구상하다.

1911(20세) 1월 105인 사건으로 오산학교 창립자 이승훈이 구속되자 학감으로 취임, 오산학교의 실질적 책임자가 되다. 학제개혁을 주장하여 교과과정을 바꾸다. 3월 오산학교 운영이 예수교회에 의지함에 따라 선교사 로버트 목사가 교장으로 취임하다. 7월 여름방학 서울 조선광문회로 올라와 최남선 집에 머물며 편찬일에 참여하다. 10월 남강의 뒤를 이어 용동의 동회장이 되다.

1912(21세) 1월 1일 중화민국 정부 성립되다. 쑨원이 대통령에 취임하고 공화제 선언하다. 1월 나라 잃은 슬픔과 자신의 앞날에 대한 번민 및 영양부족으로 건강이 많이 상하다. 7월 일본 메이지 천황이 죽고 다이쇼(大正) 연호를 사용하다. 10월 톨스토이 인도주의 사상을 따르면서 오산학교 학생들에게 생물진화론을 가르쳐 신앙심을 타락케 한다는 이유로 교장과 대립하다. 11월 대한인국민회가 조직되어 안창호가 초대 회장이 되다.

1913(22세) 2월 스토 부인 소설 《검둥이의 설움(Uncle Tom's Cabin)》을 최초 번역하여 신문관에서 펴내다. 그 무렵 시 〈말 듣거라〉를 《새별》에 발표하다. 5월 경남 웅천에서 열린 하기강습회에 강사로 초빙되다. 이달 안창호, 송종우 등이 샌프란시스코에서 흥사단을 조직하다. 9월 오산학교 로버트 목사에게 물리침을 받고, 대구형무

소로 이승훈을 찾아가 교사직 사의를 밝히다. 11월 4년간 근무하던 오산학교를 떠나 세계여행을 목적으로 한국과 만주의 국경을 넘다. 안동현에서 정인보를 만나 상하이로 갈 것을 결심하다. 영국선 악구호에서 민충식, 정우영을 만나 다롄, 잉커우를 거쳐 상하이에 이르다. 12월 상하이 프랑스조계 안에서 홍명희, 문일평 등과 한 집에 살다. 독감에 걸려 신성모의 극진한 간호를 받다. 신채호, 신규식, 김규식, 변영태 등과 사귀다.

1914(23세) 1월 신규식 추천으로 샌프란시스코에서 발행되는 〈신한민보〉 주필로 가기로 마음 먹다. 유럽을 거쳐 미국으로 가기 위해 상하이에서 러시아 선박 포르타와호로 일본 나가사키를 거쳐 블라디보스토크(해삼위)에 이르러 신한촌을 찾다. 김립, 김하구 안내로 이종호를 만나다. 이곳에 1주일 동안 머물며 이동녕을 만나고, 홍범도, 엄인섭, 정재관 등과 사귀다. 2월 블라디보스토크를 떠나 모스코바행 열차로 물린에 도착, 안정근 안내로 이갑 장군을 만나다. 전신불수로 와병중인 이갑의 말벗이 되어 편지를 대신 써주면서 안정근 집에 머물다. 이동휘를 여기서 알게 되다. 2월 끝 무렵 물린을 떠나 치타로 향하다. 시베리아의 드넓은 설원과 싱안링(興安嶺) 산맥을 넘으면서 대자연의 신비에 경탄하다. 뒷날 이를 배경으로 소설 《유정》을 쓴다. 치타에서 이강을 찾아가 미국으로부터 여비를 기다리며 국민회 기관지 〈대한인정교보〉 편집일을 돕다가 옥종경과의 오해로 뜻밖에 미국행이 늦어지다. 4월 2일 도쿄 유학생학우회에서 〈학지광〉을 창간하다(1930년까지 발간). 5월 〈대한인정교보〉 편집을 도우면서 틈틈이 공원을 산책하며 여가를 즐기다. 6월 치타에서 열린 시베리아 국민회 대의회에서 〈대한인정교보〉 주필로 임명되고, 제11호에 〈망국민의 설움〉 등 시 3편과 수필 〈지사의 감회〉를 발표하다. 이때에 이극로

를 만나다. 7월 미국의 〈신한민보〉와 옥종경에게서 미국으로 건너오라는 기별을 받다. 그러나 유럽에서 1차대전이 일어나 유럽을 거쳐 미국으로 가는 길이 막히다. 8월 일본이 독일에 선전포고를 하고, 치타에 동원령이 내려 많은 젊은이들이 전선으로 끌려가는 것을 몸소 보면서 전쟁의 비참함을 절감하다. 유럽으로 가는 길을 포기하고 학업을 계속할 생각으로 귀국하다. 이어서 일제가 〈대한인정교보〉 편집진을 체포하지만 그는 겨우 화를 피하다. 9월 오산학교에서 다시 교사로 일하며 용동 동회장 일을 보다. 최남선이 소년 잡지 《새별》을 창간하는 일을 돕다. 10월 최남선 주재로 창간된 《청춘》(1918년까지 발행)에 글 쓰면서 용기를 얻어 다시 문필을 가다듬다. 최남선, 안재홍, 권덕규 등과 신문관에 모여 역사 이야기를 즐기다. 12월 기행문 〈상하이에서〉 발표하다.

1915(24세) 3월 박은식, 신규식, 이상설 등이 상하이에서 신한혁명당을 만들다. 이달에 기행문 〈해삼위에서〉를 《청춘》 제6호에 발표하다. 5월 김성수 후원으로 다시 일본으로 건너가다. 김병로(메이지대), 전영택(아오야마학원대), 신석우(와세다대) 등과 교류하며 사상가 교육자가 되기를 꿈꾸다. 8월 4일 큰아들 진근(震根)이 백혜순에게서 태어나다. 9월 와세다대학 고등예과 문학과에 편입하다. 12월 유지들과 조선학회를 설립하다.

1916(25세) 1월 10일 시 〈어린 벗에게〉를 써서 《학지광》 8호에 싣다. 1월 22일 학우회 주최 웅변대회에서 연설, 이어 조선학회에서 농촌문제를 연설하다. 31일 도쿄 유학생회에서 언더우드 목사 환영회를 갖다. 4월 〈조선인의 눈에 비친 일본인의 결점〉을 《홍수이후》지에 보냈으나 실리지 않다. 7월 5일 와세다대학 고등예과를 졸업하다. 11일 일본에 온 타고르를 와세다대 영문과 학생 진학문과

요코하마에까지 가서 만남을 이루다. 9월 11일 와세다대학 철학과에 입학, 폭넓은 독서를 하다. 27일 〈매일신보〉의 요청으로 《동경잡신》을 쓰다(11월 9일 완성). 10월 여름방학을 마치고 도쿄 가는 길에 심우섭 소개로 아베 요시이에(阿部充家)(〈경성일보〉 〈매일신보〉 사장)를 만나다. 이 달 일본 육군대장 하세가와 요시미치(長谷川好道)가 조선총독으로 임명되다. 11월 조선학회 월례회에서 〈우리 민족성 연구〉 발표하다. 이어 청년회관에서 언더우드 목사추모회를 갖다. 이 달 11월 〈문학이란 하(何)오〉를 〈매일신문〉에 발표하다. 12월 〈매일신보〉에 〈조선가정의 개혁〉 〈조혼의 악습〉 발표하다. 이 신문으로부터 신년장편소설을 쓰라는 청탁을 받고 구고 중 박영채에 대한 부분을 정리하여 작품 이름을 《무정》이라 짓다.

1917(26세) 1월 1일 한국신문학사상 획기적 첫 장편 《무정》을 〈매일신보〉에 연재 시작하다. 독자들에겐 찬사를 받는 한편 유림에게 비난 받다. 이어 〈소년의 비애〉 〈윤광호〉 〈방황〉을 완성하여 《청춘》 잡지에 발표하다. 2월 3일 청년회관에서 요시노 이나조(吉野作造)의 강연을 듣다. 이달부터 중앙학교로부터 매달 20원의 학비보조를 받다. 3월 와세다대학 철학과 특대생으로 진급. 도쿄 유학생회에서 도쿄여자의학전문학교 학생 허영숙을 알게 되다. 10일 청년회관에서 매큔 목사 환영회 가지다. 4월 29일 학우회에서 개최한 신입생 환영회와 졸업생 축하회에서 강연하다. 5월 과로로 폐병에 걸려 고생, 의사 권유로 휴양하려 귀국하다. 6월 14일 〈매일신보〉에 장편 《무정》을 126회로 끝내다. 24일 〈매일신보〉 특파원으로 남한지역 충남·전남·전북·경남·경북의 5개도 답사여행 떠나다. 차 안에서 한국 순방 중인 극작가 시마무라 호게쓰(島村抱月) 일행을 만나다. 조치원, 공주, 부여 등을 여행하다. 7월 군

산, 전주, 이리, 광주를 거쳐 목포에 이르러 건강 악화로 고생하다. 선편으로 다도해를 지나 삼천포, 통영을 지나 부산 동래에 이르다. 여기서 소춘 김기전을 알게 되고, 아베 요시이에의 소개로 도쿠토미 소호(德富蘇峯)를 만나다. 이 달에 《청춘》 9호에 〈야소교의 조선에 준 은혜〉를 발표하고, 이 잡지 11월호에 〈금일 조선 야소교회의 결점〉이란 논문 발표하다. 8월 부산, 마산, 대구, 진주, 경주를 거쳐 다시 금강산으로 가려 했으나 건강 악화로 그만두다. 9월 15일 폐병 휴양의 여유도 없이 다시 일본으로 건너가 학업 계속하다. 30일 도쿄조선유학생학우회 임원 개선에서 최승만, 전영택 등과 함께 편집부원으로 뽑혀 《학지광》 편집위원이 되다. 10월 27일 도쿄한인청년회(YMCA)에서 5개도 답사여행을 강연하다. 11월 두 번째 장편 《개척자》를 〈매일신보〉에 연재, 달마다 20원의 원고료를 받다. 청년층 호평을 받고 수많은 격려 편지를 받는다. 17일 최두선, 현상윤, 김여제와 함께 와세다대학 하기시험성적이 우수하여 조선총독부로부터 상금을 받다. 12월 《학지광》 14호에 〈우리의 이상〉이란 논문 발표하다.

1918(27세) 1월 8일 미국 윌슨 대통령이 '민족자결주의'를 발표하자, 이에 춘원은 크게 자극 받다. 12일 조선유학생청년회 부회장으로 선출되다. 2월 10일 학우회 정기총회에서 최승만, 서춘과 함께 편집위원으로 유임되다. 2월 말 《기독청년》 편집위원으로 되다. 3월 초 병으로 서울에 왔다가 17일 도쿄로 다시 돌아오다. 9일 나혜석, 허영숙, 김마리아 등 24인이 조선연합예수협회에서 모여 《여자계》 2호 발행 협의하다. 4월 도쿄에서 폐병의 재발로 각혈하다가 허영숙의 헌신적 간호로 위기를 넘기다. 6월 논문 〈의지적 진화론〉의 필화로 《학지광》 16호가 당국에 압수되다. 7월 5일 와세다대학 철학과 3학년에 우등으로 진급하다. 25일 허영숙이 도쿄여자

의학전문학교 졸업하다. 26일 장편 《무정》이 서울 광익서관에서 단행본 출간되다. 8월 뒷날 결혼하는 허영숙이 귀국하자 그녀와의 연애편지가 현해탄을 오고가다. 9월 첫 번째 부인 백혜순과 이혼에 합의하다. 전통적 아버지 혈통 중심의 가족제도와 봉건적인 사회제도를 비판하는 〈신생활론〉 〈자녀중심론〉 등의 논문을 〈매일신보〉에 발표하자, 중추원 참의 연명으로 총독부, 경무총감부, 매일신보사 등에 "춘원의 글을 싣지 말라"는 진정서가 투서되고, 경학원 공격의 표적이 되다. 10월 16일 허영숙이 총독부 의사시험에 합격하다. 그달 중순쯤 도쿄에서 귀국하여 허영숙과 장래를 약속하고 둘이 베이징으로 애정도피 하다. 11월 11일 독일과 연합군 간에 휴전협정 맺어지고 1차대전이 끝났다는 소식을 베이징에서 알게 되다. 윌슨 미국 대통령의 민족자결 14개 원칙에 따라 파리평화회의가 열린다는 소식에 나라의 앞날을 격정하며 서둘러 귀국하다. 서울에서 최남선, 현상윤, 최린을 설득하여 3·1 독립선언운동의 선봉이 되도록 모의하다. 12월 끝 무렵 다시 일본에 건너가 최팔용을 움직여 백관수, 김도연, 김철수, 최근우, 송계백과 도쿄제국대학에 모여 조선청년독립단, 일명 신인회(新人會)를 만들다.

1919(28세) 1월 상하이에서 신한청년당 조직되다. 31일 도쿄에서 이광수가 조선청년독립단 선언문을 기초하고 이를 송계백에게 주어 본국에 전달케 하다. 2월 5일 이 선언서를 이광수가 영어로 번역 메이지학원 선생 랜디스 교정을 받고 해외에 알리는 책임을 맡아 몰래 상하이에 도착하다. 조동철, 김철 등과 이 영문선언서를 파리의 윌슨, 클레망소, 로이드 조지에게 보내다. 신석우 소개로 중국학자 덕림(德林)을 만나다. 이달 8일 도쿄유학생들이 춘원이 기초한 2·8독립선언서를 발표하고 경찰 수배를 받다. 18일 와세

다대학으로부터 학비 미납 명목으로 제적되다. 이달 끝 무렵 한송계, 김철, 선우혁과 상하이 프랑스조계에서 신한청년당을 세우고, 고국에서 온 현순, 최창식을 통해 최남선이 쓴 3·1독립선언서를 입수하다. 춘원도 신한청년당에 가입하다. 3월 1일 서울파고다공원에서 최남선이 쓴 3·1독립선언서를 낭독하고 만세시위가 펼쳐지다. 이달 10일 여운홍과 3·1독립선언서를 기사화하여 〈차이나 프레스〉 〈데일리 뉴스〉에 보도하는 데 성공하다. 이달 중하순 현순, 손정도 등과 함께 독립임시사무소를 열다. 3월 하순 중국을 시찰 중인 미국특사 크레인을 만나 나라의 장래를 이야기하고 한국정세를 알리다. 망명청년들이 제작한 프린트판 〈우리 소식〉에 논설 싣다. 이달 하순 〈차이나 프레스〉 미국특파원 나다니엘 페퍼를 서울에 보내도록 주선하다. 페퍼는 서울에 한 달 머물며 스코필드를 만나 독립운동과 일제탄압에 대한 사진과 자료를 얻어 〈차이나 프레스〉에 몇 차례 보도하다. 또한 페퍼가 저술한 《The Truth about Korea》란 책을 춘원 권유로 김여제가 번역, 《3·1운동의 진상》이란 단행본을 상하이에서 출간하였다. 이달 28일 〈독립신보〉 창간되어, 4월 11일 제10호를 내고 휴간하다. 4월 11일 신익희, 손정도 등을 주축으로 임시의정원 만들다. 여기서 나라이름을 '대한민국'으로 정하고, 춘원은 서기에 취임하다. 13일 상하이임시정부 수립 선포하다. 이때 중국에는 5·4운동이 일어나 반제국주의, 반봉건주의 문화투쟁이 전국에 퍼지고 있음을 직접 보게 된다. 5월 25일 상하이에 도착한 도산 안창호를 만나다. 6월 17일 임시사료편찬위원회가 발족되어 춘원이 주임을 맡다. 8월 12일 제3대 조선총독 사이토 마코토 취임하다. 21일 조동우, 주요한의 협력을 빌려 임시정부 기관지 〈독립〉의 사장 겸 편집국장을 이광수가 맡아 애국적 계몽의 논설을 많이 쓰다. 22호부터 〈독립신문〉으로 고치다. 10월 안창호의 민족운동과 흥사단 이념에 크게 감명받아 그를 도와 독립운동 방법을 기초하다. 이 무렵 도산의 인도로 주요한·박현환 등과 독서·정좌·기도를 함으로써 수양생활에 힘쓰다. 11월 24일 임시정부 개천절 축하회에서 '민족개조론' 연설하다. 12월 1일 신한청년당 기관지 〈신한청년〉이 창간, 안창호가 흥사단 원동위원회를 서리하다.

1920(29세) 1월 10일 국제연맹 창립되다. 18일 이광수 과로 끝에 발병하여 안창호 주선으로 치료를 받다. 29일 여운형으로부터 러시아에 동행하자는 권유를 받았으나 안창호와 상의하여 그를 따르지 않다. 3월 '우리 민족의 전도대업', '공산주의'의 연제로 흥사단 지방단우회에서 강연하다. 허영숙은 서울에 '영혜의원'을 열다. 3월 5일 〈조선일보〉 창간하다. 4월 1일 〈동아일보〉가 창간하다. 26일 흥사단 통상단우문답을 마치고, 29일 원동(遠東)지부에서 처음으로 서약식을 갖고 흥사단우가 되다. 5월 27일에는 원동지부의 임시반장을 맡다. 5월 허영숙과의 연애편지가 더욱 잦아지다. 6월 정인과, 황진남 등과 함께 안창호를 방문하고 미국 국회의원 시찰단에 대비할 것을 협의하다. 24일 일본영사관 항의로 프랑스영사관에서 〈독립신문〉의 정간명령이 내려지다(12월 25일 속간하다). 25일 천도교청년회 이돈화 등이 월간 종합지 《개벽》 창간하다. 7월 일품향이란 여관에서 미국 국회의원단에게 보내는 선전문을 영어로 쓰다. 8월 사료편찬 5권을 마치고 재정상 이유로 사료편찬위원회를 해산하다. 〈독립신문〉의 경영난으로 민족운동의 미래와 자신의 앞길을 괴로워하다. 그즈음 임시정부로부터 제네바 주재 대표로 임명되었으나 여비 사정으로 지연되다가 흐지부지되다. 9월 20일 흥사단 원동임시위원회가 세워져 안창호, 손정도, 주요한과 함께 위원에 선출되다. 11월 시 〈너는 청춘

이다〉, 평론 〈문사와 수양〉을 집필, 창조사에 보내다(평론은 이듬해 1월《창조》8호에 실리다).

1921(30세) 1월 24일 임시정부 국무총리 이동휘가 대통령 이승만과의 노선 대립으로 사임하고 독립운동 침체로 절망에 빠지다. 2월 5일 〈독립신문〉에 논설 〈칠가살(七可殺)〉을 발표하다. 13일 동아일보 기자 진학문과 안창호를 면담하다. 16일 허영숙이 상하이에 도착하여 임시정부에 물의를 일으키다. 18일 허영숙과 함께 안창호를 방문 귀국 결심을 말하다. 3월 이성태와 함께 허영숙을 귀국시키다. 26일 상하이에서 〈독립신문〉 사장으로 이승만 대통령을 면담, 귀국의 참뜻인 친일위장 독립운동을 보고하다. 4월 단신으로 상하이를 떠나 톈진, 펑톈을 거쳐 압록강을 건넜으나 평북 선천 부근에서 일본 경찰에 체포되어 서울로 압송, 엄중한 조사를 받았으나 곧 불기소 처분으로 석방되자 이때부터 변절자라는 비난을 받다. 고읍역에서 김억의 소개로 염상섭을 만나다. 5월 허영숙과 정식 결혼, 금강산으로 신혼여행을 다녀온 뒤 당주동에서 두문불출하다. 이 무렵 8촌 동생 이학수는 불교계 출가하다. 7월 1일 상하이에서 중국공산당 창립대회가 개최되다. 8월 3일 대자연의 장엄 앞에서 영의 세례를 받고자 금강산 순례 길을 나서다. 뒷날《금강산유기》발표하다. 10월 19일 최남선이 서대문형무소에서 가출옥하다. 11월 12일 개벽사 요청으로 〈소년에게〉를 《개벽》에 실어 출판법위반 혐의로 종로경찰서에 끌려가다. 《개벽》에 실린 〈상쟁의 세계에서 상애의 세계에〉(《쟁투의 세계에서 부조의 세계에로》, 1923. 2)는 민족운동에 대한 부분이 검열당국에 의해 삭제되다. 이달 11일부터 22일까지 〈민족개조론〉을 집필하다. 12월 사이토 총독과 왜성대(倭城臺)에서 회견하다.

1922(31세) 1월 9일 홍사용, 박종화 등이《백조》창간하다. 이 무렵 김성수,

송진우, 장덕수와 자주 만나 우국의 정을 나누다. 2월 12일 해외에서 돌아온 김항주, 김태진, 곽용주, 박현환과 국내 동지 김윤경, 김기전, 강창기, 홍사용 등과 당주동 자택에서 수양동맹회를 발기하다. 3월 2일 부인 허영숙이 공부를 계속하기 위해 일본으로 건너가다. 이어 종학원(宗學院) 교사로 초청되어 철학, 심리학을 강의하다. 이달부터 8월까지 《금강산유기》를 《신생활》에 연재한 뒤 1923년 시문사에서 단행본 출간하다. 《백조》 동인 홍사용, 박종화 등과 사귀다. 4월 1일 〈동아일보〉에 〈사이토 마코토(齊藤實) 군에게 말한다〉를 발표하다. 이어서 연극 〈개척자〉가 예술좌에서 공연되다. 5월 《개벽》 주간 김기전의 요청으로 〈민족개조론〉을 발표해 개벽사가 피습 폭행을 당하는 등 민족진영에게 물의를 일으키다. 7월 〈민족개조론〉 필화사건으로 《개벽》지에도 글을 삭제하고 문단에서 물리침을 당하다. 16일 평양에서 김동원(김동인의 형) 등이 동우구락부를 만들어 이듬해 1월 정식 발족하다. 9월 경성학교, 경신학교 등에 영어 강사로 나가다. 그즈음 서해 최학송과 편지가 오고가다. 30일 사이토 총독과 왜성대에서 다시 회견하다. 12월 30일 러시아 혁명정부 소련이 들어서다.

1923(32세) 1월 장편소설 《개척자》가 단행본 간행, 성공리 판매되다. 이 무렵 불경 《원각경》을 탐독하다. 김성수·송진우 권유로 동아일보사의 객원이 되어 논설과 소설을 발표하기 시작하는데, 2월 단편 《할멈》·《가실(嘉實)》을 Y생이라는 익명으로 〈동아일보〉에 싣다. 3월 27일 안창호를 모델로 한 장편 《선도자》를 장백산인이라는 아호로 〈동아일보〉에 연재. 4월 25일 강상호 등이 진주에서 형평사를 세워 백정들 민권운동 시작하다. 5월 동아일보사에 입사하다. 7월 7일 홍명희, 윤덕병이 화요회 전신 신한사상연구회 조직. 17일 《선도자》가 총독부 압력으로 연재가 중단되다. 이달 박

현환, 이병기 등과 함께 원산, 장전 거쳐 두 번째 금강산을 순례하다. 8월 금강산 보광암 월하 노스님 인도로 뒷날 《법화경》에 심취하게 되다. 유점사에서 8촌동생 운허(이학수) 스님 만나다. 9월 1일 일본에 관동대지진 발생, 일본관리들이 한국인 폭동설을 조작, 교포 5000명이 학살당하는 대사건 일어나다. 9~17일 함남 고원에 다녀와 기행문 〈초향록〉을 〈동아일보〉에 발표하다. 이달에 톨스토이 《어둠의 힘》 번역, 중앙서림에서 출간되다. 10월 《조선의 현재와 장래》(홍문당) 출간되다. 12월 1일 《허생전》을 〈동아일보〉에 연재 시작하다. 이 작품은 1924년 시문사에서 출판되고, 1927년 이극로 독일어 번역으로 베를린대학의 한국학과 교재로 사용되다.

1924(33세) 1월 2~6일 〈동아일보〉 연재 사설 〈민족적 경륜〉이 물의를 일으켜 잠시 퇴사하다. 12일 《춘원단편소설집》이 중간되다. 3월 22일 《허생전》 이어 《금십자가》를 〈동아일보〉에 연재하다. 4월 비밀리에 베이징으로 안창호를 찾아가 8일간 함께 지내며, 그의 담론을 필기해오다. 이는 흥사단운동의 방안과 고국 동포에게 전하는 안창호의 포부로서 뒷날 '산옹(産翁)'이란 이름으로 《동광》지에 발표되다. 5월 11일 《금십자가》 연재가 병으로 멈추다. 14일 연정회(研政會) 조직 협박사건으로 김성수가 동아일보사 사장 사임하다. 7월 전영택 소개로 방인근과 알게 되어 문예잡지 발간을 권하다. 8월 김억, 김동인, 주요한, 김소월, 김안서, 전영택과 함께 《영대(靈臺)》 동인에 참여. 《인생의 향기》를 이 잡지에 연재. 방인근 등과 함께 석왕사에 피서하며 《혈서》, 《재생》을 쓰다. 10월 방인근 출자로 순문예지 《조선문단》 창간하다. 11월 9일 《재생》을 〈동아일보〉에 연재하다. 만주를 떠돌다 찾아온 최학송을 양주 봉선사로 보내다. 12월 〈동아일보〉에 가까운 미국인 변호사 돌

프의 〈공개장 : 조선인에게〉를 번역하여 첫 회 게재하고는 총독부에 압수당하다.

1925(34세) 1월 23~25일 베이징에서 써온 안창호와의 면담을 정리 〈동아일보〉에 발표하다. 그러나 3회를 싣고 총독부로부터 게재 금지 처분을 당하다. 2월 8일 단편 《혼인》을 쓴 뒤 과로로 몸져눕다. 3월 11일 〈동아일보〉 연재하던 《재생》을 병으로 중단하다. 백병원 백인제 박사로부터 척추카리에스라는 진단을 받고 한쪽 갈빗대를 도려내는 수술을 받고 100일쯤 치료하다. 5월 8일 치안유지법이 공포 12일부터 시행되다. 이에 박영희, 김기진, 최학송 등이 조선프롤레타리아예술가동맹(카프)을 조직 신경향파 문학운동을 일으키다. 7월 1일 완쾌되지 않은 몸으로 《재생》 연재를 계속하다. 병으로 《조선문단》의 주재를 사퇴하다. 8월 주요한이 상하이에서 귀국. 9월 18일 신천 온천에서 휴양하며 《재생》을 완성하다. 10월 10일 안창호 지시에 따라 수양동맹회와 동우구락부 통합을 교섭하여 1926년 1월 수양동우회로 출범시킨다. 11월 27일 제1차 공산당 사건이 일어나 박헌영, 김약수, 임원근 등 수많은 사람이 검거되다.

1926(35세) 1월 양주동과 문학관에 대하여 처음으로 지상논쟁을 하다. 이달 3일 〈동아일보〉에 《춘향전》 연재를 끝내고, 5일부터 《천안기(千眼記)》 연재하다. 이달에 박영희, 김기진, 홍명희 등 신경향파 잡지 《문예운동》을 발간하다. 3월 6일 〈동아일보〉 정간으로 《천안기》를 61회로 중단하다. 5월 1일 《마의태자》를 〈동아일보〉에 연재하다. 이달 20일 종합교양지 《동광》을 창간, 주요한과 온 힘을 다해 힘쓰다(1933년 1월까지 발간). 6월 1일 와세다대학의 학력을 인정받아 경성제국대학 법문학부 문학과에 입학하다. 몇 주 수강한 뒤 병이 악화되어 그 뒤 4년간 휴학하다. 1930년 1월 23일

부로 학칙 25조에 의거 제적 처리되다. 6월 폐병 재발 경성의전 병원에 입원하다. 10일 광주 6·10 만세운동 일어나다. 7월 수양동우회 발행 《동광》 3호가 압수되다. 27일 장제스가 국민혁명군 총사령관에 취임 북벌을 시작하다. 8월 의사 유상규 등과 삼척, 약수포, 석왕사 등을 돌며 휴양하다. 10월 5일 논문집 《신생활론》, 단편집 《젊은 꿈》이 박문서관에서 간행됨. 11월 동아일보사 편집국장에 취임하다. 같은 달 《동광》에 〈현대의 가인 이상재 옹〉 발표. 12월 《동광》에 발표한 〈남강 이승훈 옹〉이 검열에서 삭제당하다.

1927(36세) 1월 6일 《유랑》을 〈동아일보〉에 연재. 이달 15일 수양동우회 진흥을 위한 진흥방침 연구위원에 임명되다. 주요한의 과격한 개혁안이 탄압을 불러올 것을 두려워 반대하다. 그 뒤 2월 18일 병으로 위원직을 그만두다. 28일 폐병 재발로 병석에 누운 지 반년 이상 사경을 헤매다. 2월 《동광》에 〈규모의 인 윤치호 씨〉를 발표하다. 2월 14일 안창호가 길림에서 연설회 도중 전원 체포되었다. 20일 뒤에 석방되다(길림사건). 이달 15일 민족운동단체 신간회가 서울YMCA에서 창립. 4월 20일 장제스의 반공 난징정부가 수립되다. 5월 27일 신간회 자매단체로 여성운동의 단일전선인 근우회 창립되다. 30일 둘째 아들 봉근이 태어나다. 6월 백인제 박사 숭삼동 자택에서 지내며 간병 치료를 받다. 8월 12일 요양을 위하여 신천온천, 황해도 연등사로 떠나다. 의사 유상규의 간병을 받다. 이계천과 사귀어 호의를 받다. 친구 김선량의 권고로 안악 연등사 학소암에 머물며 삶과 죽음을 깊게 생각하다. 9월 4일 각혈을 쏟아내다. 10일 병으로 동아일보사 편집국장직을 그만두고 편집고문으로 전임. 세 번째 폐병이 재발. 10월 틈틈이 《연등기》를 집필. 아베 요시이에가 연등사에서 요양 중인 춘원

을 방문하다. 11월 29일 태어난 지 5개월 된 봉근을 업고 허영숙이 연등사로 찾아오다. 12월 서울에 돌아와 경성의전병원에 입원하다. 10일 제4대 총독 야마나시 한조(山梨半造) 취임하다(1929년 8월 17일까지 재임).

1928(37세) 1월 일본경찰이 공산주의자 대검거 시작하다(제3차 공산당사건). 29일 경성의전병원 퇴원하다. 7월 건강을 회복 《병상록》 쓰다. 9월 4~19일 《젊은 조선인의 소환》을 〈동아일보〉에 발표. 이즈음 역사책을 많이 읽다. 《병창어(病窓語)》를 〈동아일보〉에 연재하다. 11월 31일 《단종애사》를 〈동아일보〉에 연재 시작 선풍적 인기를 끌다.

1929(38세) 1월 30일 《일설 춘향전》을 한성도서에서 출간. 2월 6일 《단종애사》 집필 중 신장결핵 진단. 3월 22일 고향 정주로부터 서대문정 1정목 9번지로 호적 옮기다. 5월 14일 경성의전병원에 입원, 24일 백인제, 유상규 박사의 집도로 좌편 신장 절제 대수술을 받다. 수술 후유증으로 폐염을 앓다. 6월 20일 3개월여 만에 《단종애사》 연재를 계속하다. 8월 17일 제3대 총독 사이토 마코토가 제5대 총독으로 다시 부임하다(1931년 6월 16일까지 재임). 9월 5일 수양동우회 이사회에서 동우회로 개칭하다. 26일 셋째 아들 영근이 태어나다. 10월 24일 뉴욕주가 대폭락, 세계대공황 시작. 11월 3일 광주학생운동이 일어나다. 12월 11일 《단종애사》 연재를 217회로 끝내고, 이광수·주요한·김동환 《3인 시가집》을 삼천리사에서 간행하다.

1930(39세) 1월 1일 《군상》 3부작으로 《혁명가의 아내》를 〈동아일보〉에 연재 시작하다. 3월 정지용, 박용철, 김영랑이 문예지 《시문학》 창간하다. 4월 〈동아일보〉가 미국 〈Nation〉지 주필의 창립 10주년 기념축사를 실어 정간당하다. 12일 숭삼동 자택에서 동우회 이

사회를 갖고, 탄압을 피해 '신조선건설'이란 표현을 '신문화건설'로 바꾸다. 5월 19일 이충무공 유적 순례길을 떠나다. 온양묘소, 목포, 우수영, 벽파진, 여수, 통영, 한산도를 돌아보고 《충무공유적순례》를 〈동아일보〉 발표(5월 21일~6월 8일). 7월 불교적 인생관에 따라서 자비 원리에 몰입하다. 9월 자작영화소설 《정의는 이긴다》를 〈동아일보〉에 발표(9월 25일~10월 1일). 10월 《혁명가의 아내》 한성도서에서 출판. 11월 29일 《삼봉이네 집》《군상》 3부)을 〈동아일보〉 연재하다.

1931(40세) 1월 동우회 《동광》을 재간. 같은 달 민족주의와 민족주의 문학에 대한 양주동과의 논쟁(1926년 1월) 하고 나서 처음으로 자신의 작가적 입장을 밝히다. 3월 이갑을 모델로 《무명씨전》을 《동광》에 연재 다시 당국 주목을 받다. 4월 24일 《삼봉이네 집》을 〈동아일보〉 연재 끝내다. 5월 16일 신간회가 전국대회를 열고 해체를 결의하다. 6월 초순 일제 당국의 저지로 《무명씨전》 연재 중단되다. 6월 17일 제6대 총독 우가키 가즈시게(宇垣一成)가 취임하다(1936년 8월 4일까지 재임). 이달 박영희, 김기진, 임화, 김남천 등 카프 관련 70여 명이 검거되다(제1차 카프 사건). 26일 《이순신》을 〈동아일보〉에 연재 시작하다. 7월 2일 만보산 사건이 일어나 3일 인천, 5일 평양에서 중국인을 폭행하는 일들이 벌어지다. 7월 《이충무공행록》을 《동광》에 연재. 7월 16일 동아일보사가 학생들에게 브나로드 농촌운동을 시작하다. 8월 10일 행주의 임진왜란 권율 장군 기념대회에서 강연하다. 9월 〈김성수론〉을 《동광》에 발표하다. 같은 달 《삼천리》에 김명식의 〈이광수씨의 지도자론 비판〉이 실리다. 9월 18일 중일전쟁 발단이 되는 만주사변을 일본군이 일으키다. 10월 《동광》에 발표한 〈비상시인물론〉이 검열에서 삭제 당하다. 같은 달 기행문 〈노령정경(露領情景)〉을

《동광》에 발표하다.

1932(41세) 3월 1일 일본 괴뢰정부 만주국이 건국되어 마지막 황제 푸이가 집정하다. 4월 3일 〈동아일보〉 연재 《이순신》을 178회로 끝내고, 12일부터 계몽문학 대표소설 《흙》을 〈동아일보〉에 연재하다. 이 달 29일 윤봉길이 상하이 훙커우공원에서 일본 천황 생일축하 식장에서 폭탄을 던져 일본군 시라카와 대장 등이 살해 당하다. 이 사건으로 안창호가 상하이에서 체포되어 6월 7일 인천 거쳐 서울로 호송됨을 보고 크게 낙심하다. 〈안도산론〉을 《동광》에 기고했으나 총독부 검열로 삭제. 7월 초 임종의 최서해를 문병. 〈동아일보〉 연재 《흙》 상편을 완성하고 단군 유적을 답사. 8월 서대문형무소에 수감 중인 안창호를 자주 면회 의복 등을 들여보내다. 9월 수력발전소가 들어선 부전공원을 찾아가 자연과 인위를 깊이 생각하다. 그즈음 모윤숙과 가깝게 지내다. 관서지방을 돌며 시를 쓰다. 27일 동아일보 업무차 도쿄에 들려 개조사 사장 초대 만찬에서 은사들을 만나 이야기를 나누다. 11월 논문 〈비상시의 비상인〉을 《동광》 잡지에 발표하다. 12월 26일 안창호 징역 4년 선고를 받다.

1933(42세) 1월 〈동아일보〉 주최 문인좌담회에 참석. 20일 종합지 《동광》이 통권 40호로 폐간. 2월 11일 동우회 이사장직을 그만두다. 3월 23일 독일의회가 바이마르헌법을 폐기하고 히틀러 독재를 승인하다. 28일 일본이 국제연맹 탈퇴하다. 4월 송진우 등과 동아일보사 경남지국장대회에 참석한 뒤 영남 일대를 돌다. 6월 주요한 등과 《동광총서》를 편찬. 이달부터 7월까지 남만주 선양, 안산, 다롄 등지를 여행. 7월 10일 《흙》 연재를 끝내다. 이날 방응모가 조선일보사를 매입 인수하였다. 8월 28일 방응모, 주요한의 권고로 동아일보사를 그만두고, 조선일보사 부사장에 선임되다. 9월

18일부터 〈조선일보〉에 시평《일사일언》을 '장백산인'이란 필명으로 쓰다. 이달 24일 큰딸 정란이 태어나다. 10월 1일 장편《유정》을 〈조선일보〉에 연재, 12월 31일 76회로 끝내다. 11월 4일 조선어학회 '한글맞춤법통일안'을 발표하다.

1934(43세) 1월 3일 동우회회의 참석하다. 2월 18일부터 장편《그 여자의 일생》을 〈조선일보〉 연재. 28일 아들 봉근(8세)이 패혈증으로 죽자 매우 슬퍼하다. 5월 11일 이병도, 김윤경, 이병기 등이 진단학회를 창립. 13일 주요한 자택에서 동우회 이사회를 열고 주요한을 이사장으로 선출. 22일 조선일보사 부사장직을 그만두다. 출가할 목적으로 명산풍광을 구경하며 금강산을 돌아다니다 찾아온 아내의 설득으로 31일 서울로 돌아오다. 7월 〈나의 문단생활 30년〉을 《신인문학》 7월호 싣다. 이달 소림사에 틀어박혀 불교서적에 열중하다. 김동인이 《춘원연구》를 《삼천리》 연재하다. 8월 자하문 밖 홍지동 산장으로 옮겨간 뒤 두문불출. 11월 홍지동 산장에서 《법화경》 한글풀이를 시작하며 독서와 명상으로 지내다. 11월 1일 만주철도 개통되다.

1935(44세) 1월 수필 〈나의 참회〉를 《신인문학》에 발표하다. 31일 둘째 딸 정화(廷華)가 태어나다. 이날 우가키 총독이 불교관계자들을 초대 마음 공부에 대하여 토의. 2월 10일 안창호가 형기 2년 6개월의 복역 중 대전형무소에서 가출옥되다. 19일 《그 여자의 일생》을 〈조선일보〉에 계속 연재하다. 4월 13일 안재홍, 이은상 등과 〈조선일보〉 편집고문으로 입사, 《일사일언》 다시 집필하다. 5월 5일 이항녕 등 경성제대 학생들과 금강산을 여행하다. 8월 허영숙이 세 아이를 데리고 일본으로 연수차 떠나다. 9월 안창호와 함께 개성 만월대, 박연폭포 등지를 여행하다. 26일 《그 여자의 일생》 연재 마치고, 30일부터 〈조선일보〉에 《이차돈의 사》 연재를 시작.

11월 수필 〈톨스토이의 인생관〉을 《동광》에, 〈두옹(杜翁 : 톨스토이)과 나〉를 〈조선일보〉에 발표하다. 12월 일본에 가족을 만나고자 도쿄에 갔다가 다음해 1월 귀국하다. 이해 박정호를 문하생으로 두고 홍지동 산장에 함께 살다.

1936(45세) 1월 가회동 땅을 비롯해 저작 판권을 팔아 효자동 175번지에 '허영숙산원'을 짓기 위한 땅을 마련하다. 같은 달 평론 〈전쟁기의 작가적 태도〉를 〈조선일보〉에 발표하다. 이달 아베 요시이에의 임종 및 장례식에 참가 도쿠토미 소호를 만나다. 《이광수·김동인 소설집》이 조선서관에서 간행되다. 4월 기행문 〈단군릉〉을 《삼천리》 잡지에 발표하다. 5월 가족을 만나려 일본으로 건너가 은사 요시다 겐지로(吉田絃二郎)를 비롯 사토 하루오(佐藤春夫) 등 유명 작가들과 만나다. 6월 아베 요시이에 흉상 건립을 위한 발기인이 되다. 이달 도쿄에서 귀국, 홍지(弘智)출판사를 세우고, 22일 자작 《인생의 향기》를 첫 출간하다. 8월 5일 제7대 총독 미나미 지로 취임하다(1942년 5월 28일까지 재임). 9월 기행문 〈동경 구경기〉를 《조광》에 연재하다. 이달 중순쯤 평양 김동원 댁에서 동우회가 모여 안창호 연설을 듣다. 10월 17일 평북 선천 오순애 댁 동우회 모임에서 안창호가 연설하다. 28일 인사동 천향각에 동우회원 113명이 모여 안창호 강연을 듣다. 11월 11일 안창호 평남 대동군 대보면 송태산장에 들어가 살다. 12월 12일 조선사상범보호관찰령이 공포되어 21일부터 시행, 이날 〈조선일보〉 연재 《애욕의 피안》을 끝내다. 22일부터 자전적 장편 《그의 자서전》을 연재하다. 이해 단 하나 남은 누이동생이 만주 잉커우에서 세상을 떠나다.

1937(46세) 1월 〈예수의 사상〉을 《삼천리》에 발표하다. 3월 조선 총독 미나미의 황국신민화 정책에 따라 '조선문예협회'를 만들어 그 회장

에 선출되다. 8일 《이차돈의 사》 한성도서에서 간행. 15일 《문장독본》 홍지출판사에서 간행. 3월 총독부가 일본어 사용 철저를 지시하는 통지문을 각 도에 내리다. 4월 동우회 사정을 상의하려 송태산장으로 안창호를 찾다. 이달 14일 총독부가 가출옥 사상범 처우규정을 공포하다. 24일 안창호가 이광수의 조선문예협회 가입을 알고 말리는 편지를 보내다. 5월 1일 조선호텔 조선문예협회 발기모임에 불참하다. 그날 〈조선일보〉 연재 《그의 자서전》을 128회로 끝내다. 27일 일본의 '국가총동원준비의 건' 법률 공포되다. 6월 7일 동우회 사건으로 김윤경, 주요한, 신윤국 등 10명과 함께 이광수 종로경찰서에 가두어 두다. 허영숙이 도쿄에서 서둘러 귀국하다. 뜻밖에 잡혀가게 되면서 〈조선일보〉 연재 《공민왕》 14회로 멈추다. 16일 안창호, 조만식 등 5명이 경찰에 잡히다. 28일 동우회원 김동원 등 25명이 붙잡히다. 7월 중일전쟁을 계기로 임시정부 외곽단체 한국광복전선을 조직하다. 7월 7일 중일전쟁 일어나다. 27일 총독부는 정례국장회의에서 내선일체운동의 박차를 강조하다. 8월 5일 이광수 서대문형무소에 수감되다. 지병이 재발하여 병감으로 옮겨지다. 이달 10일 동우회 서울지회 관련자 55명이 구속되다. 9월 22일 중국 국민정부가 국공합작을 발표하여 제2차 국공합작이 이루어지다. 10월 2일 '황국신민의 서사(誓詞)'를 공포하다. 이달 12일 일본 국민정신총동원 중앙연맹을 만들다. 11월 1일 동우회 평양 선천지회 관련자 93명이 구속되고, 안창호는 검사국으로 보내지다. 12월 18일 이광수 병보석으로 풀려나서 경성의전병원에 입원하다. 안창호도 병보석으로 출감하여 24일 경성제대병원에 입원하다. 이달 22일 총독부는 국민정신총동원 철저강화에 대한 임시 각 도지사 회의를 열다.

1938(47세) 1월 종로경찰서는 안창호, 이광수, 주요한 등 42명을 송치하다. 춘원은 병상에서 박정호에게 구술하여 시를 쓰며 지내다. 2월 흥업구락부 사건이 일어나 신흥우, 안재홍, 최두선 등 YMCA를 중심으로 하는 민족주의자 여럿이 검거되다. 3월 10일 안창호의 죽음 소식을 듣고 춘원 통곡하다. 4월 단편 〈무명〉과 장편 《사랑》의 집필에 들어가다. 이달에 기행문 〈백마강상에서〉를 《삼천리문학》에 발표하다. 4월 1일 국가총동원법이 공포되다. 6월 동우회 사건으로 고바야시 예심판사로부터 임상심문을 받다. 7월 29일 예심 보석으로 병원생활 8개월 만에 퇴원, 홍지동 집으로 돌아오다. 8월 15일 동우회사건 예심결정으로 기소되다. 9월 가을 김동인이 홍지동 집으로 찾아와 기소된 동우회원들을 위해 진정서를 제출해줄 것을 요청하다. 10월에 《사랑》이 《현대걸작장편소설집》 제1권으로 박문서관에서 간행되다. 18일 이광수 작품을 읽는 춘천고교 비밀독서클럽 상록회 회원들이 붙잡히고 회장 이연호는 2년 6개월 징역 선고받다. 11월 3일 재판소 허가 받아 28명의 동우회원들과 함께 사상전향회의를 가지다. 남산 조선신궁을 참배하고 황궁요배, 일본국가 제창, 황군 전몰장병을 위한 묵념을 행하다. 재판소에 사상전향신청서를 제출하고 국방성금을 내다. 12월 14일 전향자 중심 좌담회 '시국유지원탁회의' 출석하다.

1939(48세) 1월 단편 〈무명〉을 창간준비중인 《문장》에 보내다. 16일 중앙협화회에서 내선일체를 강연하다. 2월 이태준이 문예지 《문장》을 창간하다(1942년 2월까지 발간). 이달 장편 《늙은 절도범》을 《신세기》에 연재 시작했으나 미완성으로 그치다. 3월 《조선문인전집》 제1권 〈이광수 편〉 삼문사에서 간행되다. 14일 북지 황군 위문단사절 후보를 뽑는 선거의 실행위원이 되어, 김동인, 임화, 박영희 등을 보내기로 결정하다. 4월 《사랑》 하권 집필 끝내다. 5월

불교서적을 비롯 참고서적들을 읽으며,《세조대왕》집필을 시작하다. 홍지동 집을 팔고 효자동으로 이사하다. 4일 다석 류영모가 홍지동 집으로 와서 함께 도덕경을 논하다. 8일 소림사에서 노작 홍사용 어머니 초상에 참석하다. 10일 중앙협화회에서《내선일체수상록》을 간행하다. 11일 단편 〈꿈〉을 쓰다. 12일 류영모 집에 가서 모란꽃을 즐기며 동양고전을 토론하다. 6월 〈무정〉이 영화로 제작되어 상영되다. 7월《이광수단편선》이 박문서관에서 출간. 이달 삼천리사 주최 좌담회 '문학, 연애, 종교를 묻는 모임' 참석하다. 이달 8일 국민징용령 공포. 8월《춘원 이광수걸작선집》(전5권) 제1권《반도강산》영창서관에서 출간되다. 9월 1일 독일군이 폴란드 공격으로 2차대전 시작되다. 이달에《춘원서간문범》이 삼중당에서 간행. 10월 아내 허영숙이 관절염으로 입원. 1일 국민징용제 실시. 17일 조선문인협회 발기인으로 참여. 12월 8일 경성지방재판소에서 동우회 사건 1심 7년 구형을 받았으나 무죄로 선고 되다. 그러나 사상검사 나가사키 유조(長崎祐三)가 바로 그날로 공소를 제기하다. 29일 조선문인협회 회장이 되다.

1940(49세) 1월 장편《사랑》의 저작권을 파는 등 심한 경제적 어려움과 함께 아내의 입원, 영근·정란의 병으로 고초를 겪다. 형사사건 관련을 구실로 조선문인협회 탈퇴. 2월 소설 〈무명〉으로 마해송 발행 모던일본사 주관 제1회 '조선예술상'을 받는다. 심사위원은 기쿠치 간(菊池寬), 가와바타 야스나리(川端康成) 등 12인, 상금은 500원(円)이었다. 2월 1일 창씨개명제가 강제로 실시되다. 20일 〈매일신보〉에 〈창씨와 나〉 발표하다. 이달에《춘원시가집》을 박문서관에서 발행하다. 3월 가야마 미쓰오(香山光郎)로 창씨 개명, 다음날 도쿠도미 소호에게 창씨개명을 알리는 편지를 보내다. 4월 〈內鮮一體와 國民文學〉《조선》에 일문으로 발표하다. 이

달 베이징 매일신보 지국 초청으로 중국에 다녀오다. 모던일본 사에서 단편집 《가실》(1940. 4), 《유정》(1940. 6), 《사랑》 전편(1940. 10), 후편(1941. 3)이 번역 간행되다. 5월 장편 《세조대왕》을 1년여 만에 완성하다. 6월 14일 독일군 프랑스 파리를 점령하다. 8월 기쿠치 간이 문예총후(銃後)운동으로 고바야시 히데오(小林秀雄)와 방한 춘원과 문예좌담회를 열다. 10일 〈동아일보〉, 〈조선일보〉 폐간되다. 21일 동우회 사건 2심 최고형 5년 징역 판결을 받다. 피고들 전원 불복 상고하다. 담당변호사는 김병로, 이인, 허헌 등 한일 변호사 13인. 9월 17일 충칭으로 옮긴 임시정부가 그곳에 한국광복군 총사령부를 설치하다. 9월 29일 경성중앙방송국 제2방송에서 이광수 지음 〈지원병장행가〉가 방송되다. 10월 조선총독부로부터 저작의 재검열을 받아 《흙》, 《무정》 등 십수 편이 발매금지 처분당하다. 12일 조선문인협회 '문사부대'로 지원병 훈련소에 2차로 입영 견학하다. 12월 국민총력연맹 출범하다. 이달 25일 황도학회 발기인으로 참여하다.

1941(50세) 1월 일본어 산문집 《同胞に寄す》 발간. 이달 《신시대》에 장편 《그들의 사랑》 연재, 3회로 그만두다. 3월 7일 총독부가 조선사상범 예방구금령 공포. 10일 경성 대화숙(大和塾) 개최 수양회 1주일간 참석 《신시대》지 〈대화숙수양회잡기〉를 발표하다. 대화숙은 동우회 사건을 담당한 나가사키 유조(長崎祐三) 검사가 운영하는 보호관찰소로 여기에 장덕수, 백남운, 이순택, 최익한도 함께 참석 반장 역할 하다. 4월 《문장》, 《인문평론》 강제 폐간되다. 5월 15일 치안유지법시행개정안 공포. 10월 《신시대》에 장편 《봄의 노래》를 연재하다. 18일 부민관에서 조선임전보국단 발대식이 열려 생활부장이 되다. 11월 17일 4년 5개월 끌어오던 동우회 사건 경성고등법원 상고심 전원 무죄 판결. 28일 임시정부 대한민국 건

국강령 발표하다. 12월 8일 일본군 진주만 폭격 태평양전쟁 일어
나다. 9일 대한민국 임시정부 대일선전포고하다. 24일 일본 문학
자애국대회가 열리다.

1942(51세) 3월 1일 장편 《원효대사》 〈매일신보〉에 연재 시작 10월 31일 끝
내다. 5월 10일 《내선일체수상록》 중앙협화회에서 발간. 10월 일
본 경찰이 독립운동혐의로 조선어학회 회원 대검거 시작(조선
어학회 사건). 11월 3~10일 제1회 대동아문학자대회 도쿄 오시
카에서 열려 유진오, 박영희와 더불어 참석. 메이지학원 중학
시절 친구 야마자키 도시오(山崎俊夫)와 다시 만나다. 〈경성일
보〉(11.11~12)에 〈대동아정신〉이 대회에 발언을 두 번 연재하다.

1943(52세) 1월 3일 만주제국 10주년 기념문집 《반도사화와 낙토만주》(장춘,
만선학해사)에 〈반도소설사〉를 발표. 이달에 단편 〈면화〉를 《방
송지우》 창간호에 발표. 3월 1일 징병제 공포 8월 1일 시행되다. 4
월 조선문인보국회 발족 이사가 되어 〈징병제도의 감격과 용의〉,
〈학도여〉를 써서 학도병 지원을 권장하다. 8월 25~27일 제2회
대동아문학자대회가 도쿄 제국극장 대동아회관에서 열려 유진
오, 최재서, 유치진, 김용제, 장혁주 참석하다. 9월 8일 이탈리아
가 연합국에 항복하다. 10월 20일 일본 육군성 한국 학생 징병
유예를 폐지하고 학병제 실시하다. 11월 8일 최남선, 김명학과 함
께 일본에 건너가다. 12일 간다 숙소로 찾아온 조선유학생들과
지원병 문제를 심각히 토론하다. 21일 2시 메이지대학 강당에서
조선장학회 주최 반도학도격려강연회 최남선, 이선근과 함께 격
려연설 학병권유를 하다. 11월 27일 카이로선언이 발표되다.

1944(53세) 1월 단편 〈귀거래〉를 《방송지우》 2권 1호에 발표 2월 8일 총동원
법 따라 전면징용 실시 광산과 군수공장에 동원되다. 3월 아내
허영숙 권유로 양주군 진건면 사릉리에 농삿집을 짓고 만주에

서 돌아온 박정호와 농사를 시작하다. 6월 6일 연합군 노르망디에 상륙. 11월 12~14일 제3회 대동아문학자대회(중국 난징 중독문화협회회관)에 김팔봉과 참가하다. 이 해 이광수 모든 저작이 조선총독부에 압수되어 발간 중지를 당하다.

1945(54세) 1월 단편 〈구장님〉을 《방송지우》 3권 1호에 발표. 2월 신태양사(옛 모던일본사) 주관 제6회 '조선예술상' 문학부문 심사위원. 이달 4~11일 얄타회담에서 한반도에 관한 협정 발표하다. 5월 7일 독일 연합국에 항복 선언. 7월 26일 포츠담선언에서 카이로선언 이행을 다시 확인 한민족 독립을 공약하다. 8월 운허 이학수는 재만혁명동지회를 조직 상경 정치활동을 모색했으나 좌절하고 돌아와 해단한다. 8월 6일 히로시마에 원자폭탄 투하. 8일 소련이 대일본전에 참전. 9일 나가사키에 원자폭탄 투하. 8월 15일 일본 천황 무조건 항복 선언하다. 이날 조선건국준비위원회 발족하다. 이달 16일 일본 패망과 조선 해방 소식을 사릉에서 듣다. 18일 사회적으로 친일파라는 비난을 받자 아내 허영숙이 밤에 사릉으로 와서 피신할 것을 설득했으나 이광수 거절하다. 부인은 두 딸만을 데리고 다음날 서울로 올라오다. 9월 초순 김일성, 김책, 김일 등이 소련군과 함께 북한을 장악하다. 이즈음 사릉에 계속 틀어박혀 독서와 농사를 지으며 지내다. 미 국무성 파견 장교 키니 등이 찾아와 친일문제 등을 면담하다. 2일 맥아더 사령관이 북위 38도선 경계로 미소 양 군의 한반도분담점령책을 발표하다. 7일 미 극동사령부가 남한에 군정 선포하다. 12월 27일 모스크바 3상회의에서 한국 5개년 신탁통치를 결정하자, 이에 국내에서 찬반투쟁이 일어나다.

1946(55세) 1월 오랫동안 돌베개를 베어온 탓으로 안면 신경마비와 고혈압으로 고생하다. 2월 8일 독립촉성회(이승만계)와 반탁위원회(임정

계) 합동으로 대한독립촉성국민회를 결성, 총재 이승만, 부총재 김구 등을 선출하다. 평양에서는 북조선임시인민위원회가 발족되어 위원장 김일성, 부위원장 김두봉 등을 뽑다. 3월 자바뿔소를 사와서 농사에 더욱 전념하다. 15일 동우회 사건을 맡았던 나가사키 유조(長崎祐三) 검사장이 1945년 10월 미군에 붙잡혀 이날 미군법정에서 공문서 훼손 및 횡령죄로 1년 6개월 징역형을 선고받다. 4월 8일 운허 스님(이학수)이 봉선사에 광동중학교를 세우다. 5월 21일 부부가 함께 종로구 호적계를 찾아 가족 및 재산 보호 목적으로 합의 이혼하다. 9월 2일 운허 스님을 만나 양주 봉선사로 들어가, 광동중학교에서 영어와 작문을 가르치다. 이달 9일 아버지 44주기 기념하여 글을 쓰고, 18일 어머니 44주기와 봉근이를 생각하며 글을 쓰다. 이달 2~21일 〈산중일기〉를 쓰다. 10월 수필 〈죽은 새〉를 쓰다. 다시 붓을 들어 《돌베개》 집필을 시작하다.

1947(56세) 1월 흥사단 요청으로 사릉으로 돌아와 《도산 안창호》 집필에 들어가다. 4월 24일 입법의원에서 부일협력자처단법을 상정하다. 5월 31일 이광수가 쓴 《도산 안창호》가 대성문화사에서 간행되다. 6월 5일 〈꿈〉이 단행본 출간. 17~28일 수필 〈제비집〉, 〈나는 바쁘다〉를 사릉에서 집필. 9월 농사일 틈틈이 자전적 소설을 써서 12월 24일 《나 : 소년편》 간행. 11월 14일 유엔총회가 한국총선거안, 유엔한국임시위원단 설치안 결의하다.

1948(57세) 1월 모윤숙 주선으로 유엔한국위원단장 메논 박사와 만나 시와 문학을 논의하고 인도 대학들에 와서 강연을 해달라는 요청을 수락하다. 2월 《돌베개》 서시를 비롯 시와 독서로 지내다. 4월 1일 소련이 베를린 봉쇄를 단행하다. 4월 19일 김구, 김규식이 평양 남북대표자 연석회의에 참석, 김일성에게 이용만 당하고 돌

아옴을 알고 실의에 빠지다. 5월 10일 국회의원 선거 실시되다. 31일 제헌국회 개원하다. 6월 수필집 《돌베개》가 생활사에서 출판되다. 8월 자전 고백기 〈나의 고백〉 붓을 들다. 한편 사회 혼란상을 냉철히 관찰 비판하는 '사회시'를 많이 썼다. 이달 15일 대한민국정부 수립 선포되다. 9월 친지와 가족 권고로 사릉을 떠나 효자동 집으로 돌아오다. 이달 《유랑》이 성문당 출간. 9월 7일 국회가 반민족행위자처벌법을 통과 22일 공포하다. 9일 북한이 조선민주주의인민공화국의 건국 선포. 10월 《나 : 스무살고개》 박문서관에서 출간. 11월 《선도자》가 태극서관 출판. 12월 《나의 고백》 춘추사, 《원효대사》 생활사에서 출간되다.

1949(58세) 2월 7일 최남선과 반민특위에 잡혀 마포형무소 수감되다. 10일 반민특위, 이광수 자택 수색 원고와 서류 등을 압수해가다. 이달 15일 이승만 대통령 담화문을 통해 반민법 개정 필요성 주창하다. 3월 4일 고혈압으로 병보석 출감(최남선은 4월 7일 출감). 8월 24일 병보석 상태로 검찰 송치되어, 31일 기소결정했다가 9월 5일 불기소 결정이 내려지다.

1950(59세) 1월 장편 《서울》을 〈태양신문〉에 연재하다 미완성으로 끝나다. 2월 1일 백인제, 박근영, 백붕제 등을 불러 59세 생일잔치를 하다. 3월 《사랑》 상하권이 박문출판사 재간. 4월 《유정》 한성도서 재간. 이달 10일 농지개혁 실시되다. 5월 《사랑의 동명왕》, 《이차돈의 사》 한성도서, 《사랑의 죄》 문연사에서 출간되다. 이달에 시 〈사랑〉이 《문예》(모윤숙 발행)에 발표되다. 6월 시 〈지구〉가 《문예》에 발표되다. 22일 고혈압과 폐렴으로 다시 병석에 눕다. 6월 25일 북한 공산군 남침으로 6·25전란 일어나다. 건강이 나빠 피란 가지 못하다. 7월 5일 효자동 집이 공산군에 의하여 차압되다. 6일 내무서에 끌려가 심문을 받고 오다. 12일 공산군

에게 납북되어 평양감옥으로 이송되다. 16일 평양감옥에서 계광순을 만나다. 심한 동상과 위병에 걸려 죽음에 이르렀으나 북한 부수상 홍명희 도움으로 인민군 병원으로 후송되어 치료 받았다. 그러나 10월 25일 지병인 폐결핵 악화로 세상을 떠났다고 전해진다. 그 뒤 춘원 이광수는 평양에 있는 애국지사묘지에 묻히다. 춘원 이광수는 한국근대사의 수난을 순교자처럼 받았고, 그 것을 날카롭게 소설·논설문·시가·수필문·기행문 형식으로 표현하다. 그의 원고매수는 8만 매로 추산할 정도로 방대하다. 이광수의 문학관은 "동시대 최선의 세계관을 선택하고 동시대와 인물의 중심계급을 전형화했다"는 작자의 말을 참고하더라도 퇴폐적인 문학이나 한쪽으로 지나치게 기울어지는 극단적 문학관을 삼가다. 그는 장편 《무정》을 '러일전쟁에 눈뜬 조선', 《개척자》를 '한일합병으로부터 대전(大戰) 전까지의 조선', 《재생》을 '만세운동 이후 1925년 무렵의 조선', 《군상》을 '1930년대 조선의 기록'이라고 스스로 말했듯이 사실주의문학을 지향하려 하다. 이광수는 한국근대문학사에서 선구적인 작가로서 계몽주의·민족주의·인도주의 작가로 평가받다. 그것은 시대 분위기와 사회적 조건 그리고 개인의 취향에 따른 결과인 것이다. 주로 이광수의 초기 작품들은 인간의 개성과 자유를 계몽하기 위해 자유연애사상을 불어넣고, 조혼의 폐습을 거부했는가 하면, 《무정》에서는 신교육문제를, 《개척자》에서는 과학사상을, 《흙》에서는 농민계몽사상을 북돋우면서 민족주의사상을 펼치다.

1955년   6·25전란 끝나고 춘원의 부인 허영숙이 '광영사' 출판사를 세워 전쟁의 포연이 남은 곳곳에 흩어진 춘원의 작품들을 모아 《춘원 이광수선집》을 펴내기 시작하다. 이때 전국 판매 보급에 전갑석 고산고정일 참여하다.

1963년   춘원 이광수가 납북된 지 13년을 맞은 해에 삼중당에서 모두 20
        권에 이르는《이광수 전집》을 완간하고 이어 곽학송이 쓴《춘원
        이광수》전기를 출판하다.

1972년   월간《문학사상》이어령이 창간기념사업으로 '춘원문학상' 제정
        했으나 시행 못하고 무산되다.

1975년   허영숙은 영근, 정란, 정화 세 자녀를 길러내고 79세로 세상 떠
        나다.

1976년   봉선사 들어서는 길에 춘원 이광수 기념비가 세워지다. 시인 주
        요한이 비문 짓고 서예가 김기승이 글씨를 쓰다.

1990년   7월 춘원 이광수의 아들 영근이 북한 방문, 평양 아버지 이광수
        의 무덤을 참배하다. 아들이 확인한 아버지 묘비에 그가 죽은
        날은 1950년 10월 25일이다. 뒷날 춘원이 납치되어 죽음에 이르
        기까지 100일 동안 그 고난의 길을 설명해 놓은 책이 다섯수레
        출판사에서 간행되다. 1951~1968년 북한 조국통일민주주의전선
        중앙위원회 간부로 남북인사를 접촉해온 신경완의 증언을 이태
        호가 받아 쓴《압록강변의 겨울》이 그것이다.

2006년   김용직·윤홍로·김원모·신용철 등이〈춘원연구학회〉창립하다.

2016년   한국문인협회 육당상 춘원상 제정했으나 시행 못하고 무산되다.

2016년   박현태·박순녀·정명숙·신상웅·최공웅·최박광·전성곤·김계덕·김현
        경·고산고정일이〈육당춘원학회〉창립하다.

2016년   동서문화사 육당학술상·춘원문학상 제정하다. 제1회 육당학술
        상 전성곤 수상. 춘원문학상 박순녀 수상.

2017년   춘원 이광수《무정》탄생 100년을 맞다.

참고문헌

1. 국내 저서

고산고정일, 《애국작법 : 新文館 崔南善·講談社 野間淸治》, 동서문화사, 2007.

고산고정일, 《한국출판 100년을 찾아서 : 한국근현대출판문화사》, 정음사, 2012.

곽학송·박계주, 《춘원 이광수》, 삼중당, 1962.

구인환, 《한국근대소설연구》, 삼영사, 1977.

김경미 외, 《1910년대 문학과 근대》, 월인, 2005.

김경미, 《이광수 문학과 민족 담론》, 역락, 2011.

김관호·최범술·박종홍·천관우 《한용운전집》, 신구문화사, 1973.

김복순, 《1910년대 한국문학과 근대성》, 소명, 1999.

김사엽, 《독립신문 : 춘원 이광수 애국의 글》, 문학생활사, 1988.

김열규, 《최남선과 이광수의 문학》, 새문사, 1986.

김원모, 《춘원의 광복론 : 독립신문》, 단국대출판부, 2009.

김원모, 《영마루의 구름 : 춘원 이광수의 친일과 민족보존론》, 단국대출판부, 2009.

김원모, 《자유꽃이 피리라 : 춘원 이광수의 민족주의 사상》 상하, 철학과현실사, 2015.

김윤식, 《이광수와 그의 시대 1·2》, 솔, 1999.

김윤식, 《이광수의 일어창작 및 산문선》, 역락, 2007.

김윤식, 《일제말기 한국 작가의 글쓰기론》, 서울대학교 출판부, 2003.

김재용, 《협력과 저항》, 소명, 2004.

김현주, 〈이광수의 문화적 파시즘〉, 《문학속의 파시즘》, 삼인, 2001.

나병철, 《탈식민주의와 근대문학》, 문예출판사, 2004.

동국대학교 부설 한국문학연구소, 《이광수 연구 上·下》, 태학사, 1984.

방인근, 《한국문단이면사》, 깊은샘, 1999.

백낙청, 《한국 근대 문학사론》, 한길사, 1982.

복거일, 《죽은 자들을 위한 변호 : 21세기 친일문제》, 들린아침, 2003.

손정수, 〈1910년대 이광수의 문학론과 작품의 관련양상〉, 《개념사로서
　　　　의 한국근대비평사》, 역락, 2002.

수요역사연구회 편, 《식민지 조선과 매일신보》, 신서원, 2003.

연세대학교 국학연구원, 《춘원 이광수 문학 연구》, 국학자료원, 1994.

윤대석, 《식민지 국민문학론》, 역락, 2006.

윤명구, 〈이광수 문학의 평가〉, 《한국문학사의 쟁점》, 집문당, 1996.

윤홍로, 《이광수 문학과 삶》, 한국연구원, 1992.

이경훈, 《이광수의 친일문학연구》, 태학사, 1998.

이광수·최종고, 《나의 일생 : 춘원 자서전》, 푸른사상, 2014.

이광수, 《이광수전집》 1~20권, 삼중당, 1962~63.

이광수·김원모 외, 《동포에 고함 : 춘원 이광수 친일문학》, 철학과현실
　　　　사, 1997.

이정화, 《그리운 아버님 춘원》, 우신사, 1993.

이주형, 《한국근대소설연구》, 창작과 비평사, 1995.

이주형, 《한국현대소설과 민족현실의 인식》, 역락, 2007.

이중오, 《이광수를 위한 변명 : 춘원이 선택한 삶에 대한 정신과 의사의
　　　　새로운 분석》, 중앙앰앤비, 2000.

임종국, 《친일문학론》, 평화출판사, 1966.

임지현, 《민족주의는 반역인가》, 소나무, 1999.

장문석, 《민족주의 길들이기》, 지식의 풍경, 2007.

정백수, 《한국 근대의 식민지 체험과 이중언어 문학》, 아세아문화사, 2000.

조관자, 〈민족의 힘을 욕망한 친일 내셔널리스트 이광수〉, 《해방전후사의 재인식 I》, 책세상, 2006.

조용만, 《육당 최남선》, 삼중당, 1962.

최주한, 《이광수와 식민지 문학의 윤리》, 소명출판, 2014.

하정일, 《20세기 한국 문학과 근대성의 변증법》, 소명, 2000.

하정일, 《탈식민의 역학》, 소명, 2006.

한승옥, 〈이광수의 장편소설〉, 《한국현대소설연구》, 새문사, 1990.

2. 논문

강영주, 〈이광수의 역사소설〉, 《한국학보》 39, 일지사, 1985.

공임순, 〈한국 근대 역사소설의 장르론적 연구〉, 서강대학교 박사학위논문, 2000.

곽현주, 〈춘원 이광수 시가의 연구〉, 연세대학교 석사학위논문, 1984. 8.

구인환, 〈이광수 소설 연구〉, 서울대학교 박사학위논문, 1981.

권영민, 〈《무정》은 과연 근대소설인가 : 이광수 문학의 근대성 평가〉, 《문학사상》, 문학사상사, 1997. 9.

김경미, 〈1910년대 이광수 문학에 나타난 준비론의 양가성〉, 《어문학》 86, 한국어문학회, 2004.

김경미, 〈1910년대 이광수의 단편소설과 '정'의 양가성 연구〉, 《어문학》 89, 한국어문학회, 2005.

김경미, 〈1920년대 이광수 역사내러티브와 민족주의 담론의 양상 《단종애사》를 중심으로〉, 《어문학》 105, 한국어문학회, 2009. 9.

김경미, 〈1920년대 전반기 이광수 문학에 나타난 문화담론 연구〉, 《어문논총》 51, 한국문학언어학회, 2009. 12.

김경미, 〈1940년대 어문정책하 이광수의 이중어 글쓰기 연구〉,《한민족
　　　어문학》 53, 한민족어문학회, 2008. 12.

김경미, 〈이광수 문학에 나타난 민족주의 담론의 양가성 연구〉, 경북대
　　　학교 박사학위논문, 2007, 12.

김경미, 〈해방기 이광수 문학의 기억 서사와 민족담론의 양상〉,《현대문
　　　학이론 연구》 43, 현대문학이론학회, 2010. 12.

김동식, 〈한국의 근대적 문학 개념형성과정 연구〉, 서울대학교 박사학
　　　위논문, 1999.

김명구, 〈1920년대 국내 부르주아 민족운동 우파 계열의 민족운동
　　　론-〈동아일보〉 주도층을 중심으로〉,《한국근현대사연구》 20,
　　　한국근현대사연구회, 2002.

김병길, 〈한국근대 신문연재 역사소설의 기원과 계보〉, 연세대학교 박
　　　사학위논문, 2006. 7.

김종수, 〈이광수 문학론의 계몽의식 연구〉,《한국문학이론과 비평》 11,
　　　한국문학이론과비평학회, 2001. 6.

김춘섭, 〈이광수의 민족주의와 인도주의 문학사상 연구〉, 고려대학교
　　　박사학위논문, 1992.

김현주, 〈논쟁의 정치와 〈민족개조론〉 글쓰기〉,《역사와 현실》 57, 한국
　　　역사연구회, 2005. 9.

김현주, 〈이광수의 문화이념 연구〉, 연세대학교 박사학위논문, 2002. 8.

김형국, 〈1920년대초 민족개조론 검토〉,《한국근현대사연구》 19, 한국근
　　　현대사학회, 2001.

나영준, 〈도산사상이 춘원문학에 끼친 영향 : 민족개조론과《흙》을 중
　　　심으로〉, 단국대학교 석사학위논문, 1984. 2.

노상래,《《국민문학》소재 한국작가의 일본어 소설 연구〉,《한민족어문

학》44, 한민족어문학회, 2004. 6.

박상준, 〈역사속의 비극적 개인과 계몽의식—춘원 이광수의 1920년대 역사소설 논고〉, 《우리말글》 28, 우리말글학회, 2003.

박헌호, 〈1920년대 전반기 《매일신보》의 반사회주의 담론 연구〉, 《한국 문학연구》 29, 동국대학교 한국문학연구소, 2004.

서영채, 〈이광수의 초기 단편에 나타난 사랑의 양상〉, 《한국현대문학연 구》 10, 한국현대문학회, 2001.

서영채, 〈한국 근대소설에 나타난 사랑의 양상과 의미에 대한 연구〉, 서울대학교 박사학위논문, 2002.

서희원, 〈이광수의 문학·종교·정치의 연관에 대한 연구〉, 동국대학교 박 사학위논문, 2011. 8.

신동욱, 〈이광수 문학의 재평가〉, 《인문논집》 22, 고려대학교, 1977.

신용철, 〈춘원이광수와 운허 스님〉, 2009.

심원섭, 〈이광수의 보살행 서원과 친일의 문제〉, 《한림일본학연구》 7, 한 림대학교 일본학연구소, 2002. 12.

안태정, 〈1920년대 이광수의 민족운동론의 성격 : 논설을 중심으로〉, 고 려대학교 대학원, 1986.

유호식, 〈자기에 대한 글쓰기—고백의 전략〉, 《불어불문학 연구》 43, 한 국불어불문학회, 2000.

윤영실, 〈문학적 글쓰기와 민족의 공간〉, 《한국현대문학연구》 26, 한국 현대문학회, 2008. 12.

이동하, 〈이광수와 채만식의 해방기 작품에 대한 연구〉, 《배달말》, 배달 말학회, 1991. 12.

이승윤, 〈한국 근대 역사소설의 형성과 전개〉, 연세대학교 박사학위논 문, 2005. 12.

이주형, 〈한국 근대소설에 나타난 민족주의〉, 《한국어문》 1, 한국정신문화연구원, 1992.

이준형, 〈이광수의 민족문학적 특성과 톨스토이즘〉, 《어문논집》 5, 부산
　　　외국어대학교, 1988.

이중재, 〈이광수 문학론의 연대기적 고찰〉, 《목멱어문》 5, 동국대학교 국
　　　어교육과, 1993.

임문혁, 〈이광수의 엘리트의식과 계몽주의〉, 《한국어문교육》 1, 한국교
　　　원대학교, 1990.

장영우, 〈이광수의 근대인식과 민족주의 사상〉, 《동악어문논집》 35, 동
　　　국대학교 동악어문학회, 1999.

정병호, 〈이광수의 초기 문학론과 일본 문학사의 편제〉, 《일본학보》 59,
　　　한국일본학회, 2004.

조태린, 〈일제시대의 언어정책과 언어운동에 관한 연구〉, 연세대학교
　　　석사학위논문, 1997.

조항래, 〈이광수의 민족보존론과 광복론〉, 2009.

차미령, 《무정》에 나타난 '사랑'과 '주체'의 문제〉, 《한국학보》 110, 일지
　　　사, 2002.

최수일, 〈근대문학의 재생산 회로와 검열―《개벽》을 중심으로〉, 《대동문
　　　화연구》 53, 성균관대학교 대동문화연구원, 2006.

최주한, 〈이광수 소설 연구〉, 서강대학교 박사학위논문, 2001.

탁광혁, 〈이광수 역사소설 연구〉, 한국외국어대학교 박사학위논문,
　　　2003. 8.

한기형, 〈문화정치기 검열체계와 식민지 미디어〉, 《대동문화연구》 53, 성
　　　균관대학교 대동문화연구원, 2005.

한기형, 〈식민지 검열장의 성격과 근대 텍스트〉, 《민족문학사연구》 34,
　　　민족문학사학회, 2007.

한상무, 〈이광수의 민족주의와 소설형식〉, 《어문학보》 12, 강원대학교,

1989.

한승옥, 〈이광수 연구-《무정》을 중심으로〉, 고려대학교 박사학위논문,
    1981.

한용환, 〈이광수 소설의 비평적 연구〉, 동국대학교 박사학위논문, 1984.

한점돌, 〈1920년대 한국소설의 정신사적 연구〉, 서울대학교 박사학위논
    문, 1992.

홍혜원, 〈이광수 소설의 서사성 연구〉, 이화여자대학교 박사학위논문,
    2000.

3. 국외 저서

姜尙中, 이경덕·임성모 역, 《오리엔탈리즘을 넘어서》, 이산, 1999.

姜尙中, 임성모 역, 《내셔널리즘》, 이산, 2004.

廣松涉, 김항 역, 《근대초극론》, 민음사, 2003.

루샤오펑, 조미원 외 2인 역, 《역사에서 허구로》, 길, 2001.

西川長夫, 윤대석 역, 《국민이라는 괴물》, 소명, 2002.

上野千鶴子, 이선이 역, 《내셔널리즘과 젠더》, 박종철 출판사, 2000.

小森陽一 외, 이규수 역, 《내셔널 히스토리를 넘어서》, 삼인, 1999.

小坂井敏晶, 방광석 역, 《민족은 없다》, 뿌리와 이파리, 2003.

신기욱·마이클 로빈슨, 도면회 역, 《한국의 식민지 근대성》, 삼인, 2006.

李孝德, 박성관 역, 《표상공간의 근대》, 소명, 2002.

河上徹太郎, 《近代の超克》, 創元社, 1943.

丸山眞男 외, 임성모 역, 《번역과 일본의 근대》, 이산, 2000.

檜山久雄, 정선태 역, 《동양적 근대의 창출》, 소명, 2001.

波田野節子, 《李光洙 : 韓國近代文學の祖と親日の烙印》, 中央公論新社,
    2015.

고산고정일(高山高正一)

서울에서 태어나다. 성균관대학교국어국문학과졸업. 성균관대학교대학원비교문화
학과졸업. 소설 「청계천」으로 「자유문학」 등단. 1956년~ 동서문화사 창업 발행인.
1977~87년 「동인문학상」 운영위집행위원장. 1996년 「한국세계대백과사전 총31권」 편
찬주간. 지은책 대하소설 「폭풍속으로」 「매혹된 혼 최승희」 「장진호·불과 얼음」 전작
소설 「파파 이중섭」 「불굴혼 박정희」 평론집 「한국출판100년을 찾아서」 「愛國作法·新
文館 崔南善·講談社 野間淸治」 「망석중이들 잠꼬대」 2016년 「육당학술상·춘원문학
상」 운영위집행위원장 한국출판학술상수상 한국출판문화상수상 아동문예상수상.

第1回春園文學賞紀念出版

춘원이광수 민족정신 찾아서
고산고정일 지음

1판 1쇄 발행/2016. 12. 12

발행인 고정일

발행처 동서문화사

창업 1956. 12. 12. 등록 16-3799

서울 중구 다산로 12길 6(신당동 4층)

☎ 546-0331~6 Fax. 545-0331

www.dongsuhbook.com

*

사업자등록번호 211-87-75330
ISBN 978-89-497-1626-8 03810